姜亮夫 著

楚辭通故
（三）

荆楚文庫

荆楚文庫編纂出版委員會

長江文藝出版社

本册目録

文物部第七

旌

《楚辭》旌字六見，單言旌者三，言蘭旌、霓旌、雌旌各一。其制與《周禮》不一，大約皆通言旗也。

按《周禮·司常》"析羽爲旌"。《爾雅》郭注云"載旄於竿頭，如今之幢"。《詩·干旄》"孑孑干旌"。《傳》云"析羽爲旌"。又"孑孑干旌"。《傳》云"孑孑干旌之貌，注旌於干首"。《正義》云"旌總名也……未設旒緣，空有析羽謂之旌……遊車則空載析羽，無旒緣也"。《左傳》襄十四年"范宣子假羽毛於齊"，《注》"析羽爲旌，王者游車之所建"。《説文》㫃部"旌，游車載旌，析羽注旌首，所以精進士卒。從㫃，生聲"。大徐子盈切。旌之形制，上舉諸説已足明之矣。《周禮·司常》"遊車載旌"，《注》"王以田以鄙"，《正義》以游樂解田，以圃游解鄙，則旌乃田游所載之旗也。然《楚辭》所載，不盡與此同。《九歌·國殤》"旌蔽日兮敵若雲"，此旌旗非以田游，乃臨陳所用也。《九歌·湘君》"薜荔柏兮蕙綢，蓀橈兮蘭旌"，則舟上所用以爲飾之旗，非車上所建也。《七諫·自悲》"載雌霓而爲旌"，又《九歎·遠逝》"舉霓旌之墆翳兮"，霓旌猶《離騷》言雲霓。旌無游，不能畫而言霓，則謂其析羽如霓而已。《九懷·尊嘉》"水躍兮余旌"，義不甚明。又《九懷·思忠》

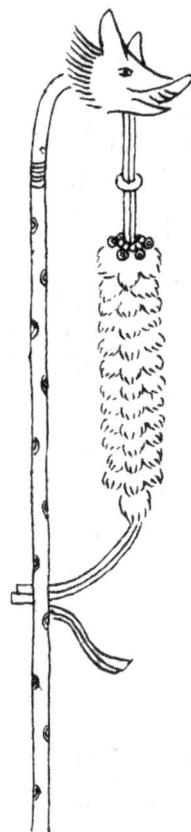

旌

"連五宿兮建旃，揚氛氣兮爲旌"，則旌乃成虚構矣。大體《楚辭》所用旌字，皆旌旗通名，不必以《周禮》定之，惟旌爲翻幢而無斿，則《楚辭》固不能外也。兹録聶氏《三禮圖》翻旌於下，以見一斑。

字又作旌，《九歌·少司命》"孔蓋兮翠旌"，《遠遊》"擎彗星以爲旌"，皆是。（詳旌字條下）

又考旌旐之制，所起甚古，探其作義，可得而言。大體交龍爲旂，熊虎爲旗，龜蛇爲旐，則九旗之面，實分畫東西南北七宿，此爲殷之開國已有旗字，知九旗之制不始於周，且知四方七宿之名象亦不始於周矣。參下旗字條。

旗

《離騷》"載雲旗之委蛇"。《補》曰"其高至雲，故曰雲旗"。《九歎·遠遊》"褰虹旗於玉門"。王逸注"褰，袪也，玉門山名也。言乃旋我之車而西行，褰舉虹旗，驅上玉門之山，以趣疾也"。按旗字有兩用，一通名，則常、旂、旜、物、旗、旞、旟、旐、旌九旗，皆可用旗。《周禮·司常》"掌九旗之物名"是也。古籍亦多此義，析別言之，則指《周禮》九旗之五，"熊虎爲旗"，指旗上之畫熊虎者言。《周禮·司常》注"畫熊虎者，鄉遂出軍賦，象其守猛，莫敢犯也"。《司常》又云"國之大閱，孤卿建旜，師都建旗"。凡此皆析言之者也。《説文·㫃部》"旗熊旗五游以象罰星士卒以爲期，從㫃其聲"。五游《周禮·考工記·輈人》作"六游"是也。罰《周禮》作伐，同聲通用也，其形制與作用，大約如此。《釋名》"熊虎爲旗，將軍所建，象其猛如虎，與象期之於下也"，則引類而言之，不必爲周制，然其取義則同也。

《管子·兵法》"旗所以立兵也，所以利兵也，所以偃兵也"。《墨子·旗幟篇》"守城之法，木爲蒼旗，火爲赤旗，薪樵爲黃旗，石爲白旗，水爲黑旗，食爲菌旗，死士爲倉英之旗，竟士爲雲旗，多卒爲雙兔之旗，五尺童子爲童旗，女子爲梯末之旗，弩爲狗旗，戟爲莅旗，劍首爲羽旗，車爲龍旗，騎爲鳥旗。凡所求索，旗名不在書者，皆以其形名爲旗，城上舉旗備具之，官致財物足而下旗”。又言“五兵各有旗”。《尉繚子·兵教》“自尉吏而下盡有旗”。戰國以前載籍言旗之用者，莫詳於此。則旗本武事之用。又《周禮》説之引申。

《楚辭》旗字凡數見，大體皆用通義。《離騷》“載雲旗之委蛇”（《遠遊》同有此句），王無注。《補》曰“其高至雲，故曰雲旗”。按上文言雲霓、言旍、言麾，下文言抑志（別詳志下）。此言雲旗，此雲旗即雲霓、旍、麾諸旗也。則旗爲總上文而言。古無畫雲於旗之制，故洪以其高至雲爲釋（王逸以雲爲潤施萬物，己德如雲，則爲喻辭。雖所釋不同，而亦不言畫雲於旗也）是也。又《九歎·遠遊》“褰虹旗於玉門”，此言西遊至玉門，而舉其旗也。曰虹旗者，猶《離騷》之揚雲霓也。五臣注“雲霓虹也，畫於旗”，當即本於子政此文。按雲霓亦狀旗之高如雲，色如霓，與雲旗義同（詳雲霓條下），不得譯爲虹也，子政蓋不考耳。然漢制與戰國殊者至多，漢人固有鳳旗、虹旍矣。《九歎·遠逝》云“杖玉華與朱旗兮，垂明月之玄珠。舉霓旌之墆翳兮，建黃繡之總旄”，則皆想象而爲旌旗之飾者也，旗亦通名耳。而旌旄皆無遊，不能飾，則霓也、總也，皆狀析羽與旄首者矣。參旌旄兩條下。雲旗一詞亦見《九歌·少司命》。

麾

《離騷》“麾蛟龍使梁津兮，詔西皇使涉予”。王逸注“舉手曰麾”。五臣曰“麾，昭也”。麾即《説文·手部》之摩字。許訓云“旌旗所以指摩也”。經典作麾，隸變也。《左傳》成十六年“楚人謂夫旌，子重之麾也”，此旌旗之證。鄭注《春官·族人》云“旄牛尾，舞者持以指麾”，此指麾之證（王筠《句讀》説）。按《墨子·號令篇》“即有警原作驚見寇越陳去，城上以麾指之，迹坐擊缶，以期戰備，從麾所指”。兩麾字即摩也。又《雜守》“見寇舉牧表城上，以麾指之，斥步鼓，整旗以備戰，從麾所指”。兩麾字亦同。

《周禮·巾車》“王路建大常，金路建大旂，象路建大赤，革路建大白，木路建大麾”。金榜據《考工記》、《曲禮》、《明堂位》諸文定爲“大麾即《司常》所謂龜蛇爲旐”，則以旗物言曰旐，以使用言曰摩，其義一也。《周禮·巾車》“建大麾”，注“不在九旗中，蓋九旗以旐名，不更以麾名也”。（詳參孫詒讓《九旗古義》）然則旐旗皆可以爲指麾。《墨子·旗幟》“言寇攻城，則以鼓舉幟，鼓數與旗數相爲比例，鼓三舉一幟，至鼓八舉六幟”。大約即禦寇舉旗之一法也。《書·牧誓》“右秉白旄以麾”。《博物志》“武王伐紂渡河，大風波，武王秉麾麾之，風波立齊，武王乃以大白旗麾諸侯”。《左》隱十一年“瑕叔盈又以蝥弧登，周麾而呼”。桓五年《傳》“旝動而鼓”，杜注云“今大將麾也”。《穀梁傳》“天子救日置五麾”。范甯《集解》“麾，旌幡也”。《思元賦》“前祝融而使舉麾兮，纏朱鳥以承旗”。舊注“《尚書》曰‘右秉白旗以麾’”。案執麾以指麾也。秦漢以來，即以所執之旗名曰麾，凡此皆麾字之本義。《離騷》麾蛟龍、招西皇二句，在鳳皇承旗之下，“載雲旗之委蛇”之上，則麾詔及下文之“使衆車指西海”，皆以龍旂旗指麾之也。引申則爲一切指麾，《詩·無羊》“麾之以肱”，《大招》“近禹麾只”，《注》曰“麾，舉手也”，《離騷》“麾蛟龍使梁津兮”，《注》“舉手曰麾，或言以手教曰麾”，是也。字又作撝，《說文》“撝一曰指撝也”。宣十二年《公羊傳》“左右撝軍退舍七里”。又以同聲之戲爲之，《漢書·灌夫傳》“嬰去戲夫”，晉灼曰“戲，古麾字”。師古曰“漢書多以戲爲麾”。

旐

《離騷》“鳳皇翼其承旂兮，高翱翔之翼翼”。王逸注“旂旗也。畫龍虎爲旂也”。《補》曰“《周禮》交龍爲旂，熊虎爲旗’。《左傳》曰‘三辰旂旗’，《爾雅》‘有鈴曰旂’”。《詩·周頌·載見》“龍旂陽陽，和鈴央央"。《傳》云"鈴在旂上"。左桓二年《傳》"錫鸞和鈴，昭其聲也"。杜云"鈴在旂"。盧植《禮記注》"有鈴曰旂"。《釋天》"有鈴曰旂"。郭璞曰"縣鈴於竿頭"。《説文·㫃部》"旂旗有衆鈴，以令衆也。從㫃斤聲"。此言旂之形制也。古建旗各有屬，以待國事。《周禮·春官·司常》"日月爲常，交龍爲旂"。《左傳》"臧哀伯曰'三辰旂旗，昭其明也'"。《考工記》曰"龍旂九斿，以象大火"。金榜云"巾車玉路建大常，令路建大旂……大常色黃，大旂色青"。依禮制旂與常爲天子諸侯所建。其斿數皆以尊卑遞減，大常十二斿，古旂九斿，大白即熊旗六斿，大麾即龜旐四斿。并見《巾車·輈人》。詳孫詒讓《周禮正義·司常》疏及《九旗古義述》二書。原非天子諸侯，亦言旂者，《離騷》本浪漫之言，不能以禮繩之也。鳳皇翼承者，王注以"鳳凰來隨我車，敬承旂旗，高飛翱翔，翼翼而和"。即《遠遊》注所謂"俊鳥夾轂而抉輪"是也。古者旂旗皆建於車上，故叔師以承旂爲隨車。其説自亦不誤。然旂有九斿，斿周緣參差似鳳尾，則亦可解爲旂上之斿如鳳鳥之翼。詩人因想象其爲鳳也。上文言"鳴玉鸞之啾啾"，此用以象鈴置竿頭之旂。又言鳳，則又所以狀鸞鳳和鳴之意象也。下文又言麾、言旗、言駕八龍，儼然以王者之象自爲擬儀（詳麾旗兩字下）。故能麾蛟龍、詔西皇、奏九歌、舞韶樂、陟陞皇，極盡其神遊之樂，極盡其浪漫之意象，醺透飽滿，然後斗然落入臨睨舊鄉，僕悲馬懷，其愛鄉國之忱，襯托無遺矣。國無人知，又何所懷，又固爲搖蕩，其情愫之抗憤而委曲，終之以不能不逃遁，截然折斷，傷痛罔極，此千載至人至情之文也。

總旄

按旄字《楚辭》三見，義皆相同。《説文·㫃部》"旄，幢也。從㫃、從毛，毛亦聲"。大徐莫袍切。《繫傳》徐鍇曰"按《爾雅注》'旄首曰纛'，注謂載旄竿頭，如今之幢，以旄牛尾結爲之也"。按以犛牛尾注竿首曰旄，故其字從毛，與旌之析羽爲之者異。《左傳》定四年"晋人假羽旄於鄭”。《正義》云“羽旄者，有五色鳥羽，又有旄牛尾也”。其初蓋以牛尾爲之曰旄，此《周禮·旄人》“旋舞皆謂犛牛尾曰旄”也。析羽爲之曰旌，其後則二者多相混矣。故詩言干旄、言設旄、言建旄，有旄則亦有羽。《書·牧誓》“右秉白旄”，《詩·出車》“設彼旄矣”，《孟子》“見羽旄之美”皆是。《説文》訓幢者，幢即舞者所持之翿，旌旗之細也。《漢書·司馬相如傳》“總光耀之采旄”，張揖曰“旄葆也”，顏師古注“葆即今之所謂纛頭也，其形當與旌字略近”，參旌字條圖自可想象得之。

《楚辭·遠遊》“建雄虹之采旄兮，五色雜而炫耀”。王逸注“係綴蟒蝀，文紛錯也”。此言采旄如雄虹，虹之雄者其色麗，此以虹比色，故下句言五色炫耀也。采旄即五色鳥羽或染犛牛之尾爲五色以爲麾也。《九懷·思忠》“連五宿兮建旄”。王注“係續列星，爲旗旄也”。犛牛尾爲旄，束束相連。（參旌字條圖）列宿爲旄，有以似之，故曰“連五宿以建旄”也。此狀旄形亦至切。《九歎·遠逝》“杖玉華與朱旗兮，垂明月之玄珠，舉霓旌之墆翳兮，建黃縭之總旄”。王逸注“總合也。言己雜五色以爲旗旄，志行清明，車服又殊也”。按言旗、言旌、言旄，皆連類而及之者也，以狀車旗之盛，然旗爲九旗之一，而旌旄則幡幢之屬也。朱旗以色言，霓旌以狀言（詳旌字條下）。總旄則以旄之結構言，旄必總之而後成，故曰總旄，即上引《司馬相如傳》“總采旄”也。

旍

《九歌·少司命》“孔蓋兮翠旍”。王注“言司命以孔雀之翅爲車蓋，翡翠之羽爲旗旍”。“旍一作旌”。《遠遊》“擥彗星兮爲旍兮”。洪補曰“旍即旌字”。按旍即旌字，《楚辭》各篇旌字，多注一作旍。《少司命》、《遠遊》兩旍，又注一作旌，可證兩字同音也。詳旌字條下。旌析羽爲之，故《少司命》翠旍即析青羽鳥之羽爲旌也，然此乃虛擬之義，非必周禮九旗之旌也。《遠遊》“覽彗星爲旍”，亦言以彗星總合爲旌，亦擬詞也。

翠旂

形名複合詞，以翡翠之羽飾於旌旗也。

《九歌·少司命》"孔蓋兮翠旂"。王逸注"言司命以孔雀之翅爲車蓋，翡翠之羽爲旗旂，言殊飾也"。"旂一作旌"。一本此句上有揚字，洪興祖《補注》"相如賦云'宛雛孔鸞'，孔，孔雀也。顏師古曰'鳥赤羽者曰翡，青羽者曰翠'。漢樂歌曰'庶旄翠旌翠旂'"。以翡翠之羽飾於旂旌曰翠旂，王、洪義已明，不煩申述。惟旂字一作旌者，兩字同屬清韻，與下星正韻叶，惟常見旌而少見旂，故或以旌易旂。

雲旗

《離騷》"載雲旗之委蛇"，王逸注"又載雲旗委蛇而長也"。五臣云"言我所往，皆與神遊，故可御氣爲駕，載雲爲旗也"。洪補云"《文選注》云其高至雲，故曰雲旗"。朱熹注曰"雲旗以雲爲旗也"。《九歌》"乘回風兮載雲旗"。王逸注"言司命之去乘風載雲，其形貌，不可得見"。又《九歌》"載雲旗兮委蛇"。王逸注"言日以龍爲車轅，乘雷而行，以雲爲旌旗，委蛇而長。委一作逶"，"載雲旗之逶蛇"。王逸注"旌旒竟天，皆霓霄也"。雲旗乃寓言，不論其爲以雲爲旌旗，或形容高至雲端，或旗上繪雲，皆無不可。

車

按車字《楚辭》二十三見。見於屈宋賦者十一，其義一也。其他車制、名物，如輪、轂、軫、軔、軑、軸、軨、衡、轅、軛，《考工記》所記略得八九，故詳之於此，以爲綱領。

按《説文·車部》"車，輿輪之總名。夏后時奚仲所造，象形，凡車之屬皆从車。𨏖，籀文車"。按籀文車形，即甲文金文之訛，蓋即車之全形，而車則省形也。《書契前編》五卷六葉作𦥑，《書契菁華》二葉作𦥑，略有殘斷，金文基本相同，如《切父敦》作𦥑，《車鼎》作𨏖，至《毛公鼎》作𨏖，變爲側形，已不合甲文文例（甲文凡能飛走之字，形皆直畫，此變作橫畫也），而金文遂多用之。《車卣》𨏖，象建戈於車上之形，此兵車也。故畫車形，并畫所建之戈，即《説文》籀文車字之所本。甲文有省作�者，金文有省作𨏖《孔父鼎》，橫書則作𨏖《巩鼎》，𨏖《录伯敦》其變遷之跡與小篆合，而圖形之真，則與清儒所釋《考工》車制同，與近世河南出土戰國車制亦相合。而金文《父乙鼎》之𨏖，全具輿（車）、輪（𨏖）、輈（𠃊）、軏（一）、鞃（凵）之形（詳孫詒讓《籀文車字説》一文，論之最詳，可參），尤見中土象形文字寫象之具體。照以戰國及漢代墓圖及戰國出土之零件，皆極一致（參圖版）。兹録清儒所考車制圖，并附其名稱於後，以佐觀省。

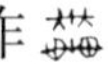

上來所圖，以《周禮·考工記》爲據，雖爲文獻上之材料，但大致與周、秦、兩漢所傳銅器及墓畫塼畫上所有之形制基本一致。其任木軸之部與阮説亦相密合。兹特選附三門峽上村嶺虢國墓地一七二七號車馬坑3號車子復原圖（用《新中國考古收獲》P58所載圖二七——一），以佐觀省，并參卷首所附車制各圖版，則古車制之全貌，可得一具像。至楚國車制全部概況，余以爲《長沙考古報告》附録木車模型一文，雖叙述者爲漢時楚地之制，而與戰代不相遠，且可證文獻之得失，有一參之必要。又古貴冑之車，其各部多有加飾品，如銅玉之屬者，郭寶鈞氏《濬縣辛村》一書47頁（三）車器可參考。

惟車之用至廣，而周人尚輿，一器而工聚焉者車爲多。《考工記》語故兵車、乘車、田車之輪，大小不同，且轂有長短，輪有抒侔，揉有反仄，輪有二四，輻分有無，轅有曲直。又有一轅二轅之制，輿有曲直，有廣箱、有方箱，較有單重，而駕又有牛馬與人挽之異，亦因階級男女而生差別（如周之五路，玉路爲天子乘之，諸侯自金路而下，以封同姓，

車圖一　兵車乘車田車（戴氏考工圖）

　　兩輢中設橫直軹爲軨，一作轞，又作笭，笭別名軨，一名箱。車箱式前兩輢外三面皆有闌，高三尺。

車圖二　車輿全圖

（以鄭珍《輪輿私箋圖》爲主，子知同繪。參阮元《考工車制圖解》）

車圖三　任木軸圖（阮元）

車圖四

象路以封異姓，革路以封四衛，木路以封蕃國）。又孤乘夏篆（如陽圭之瑑，以五采畫轂約也），卿乘縵，亦五采，組無瑑飾。大夫墨車不畫，士棧車，不革鞔。庶人役車，方箱可載器以供役。婦人之車，王后重翟，重翟雉之羽也。侯伯夫人厭翟，子男大人翟車等。又如駕馬，自天子至於大夫，馬皆四駕，或言天子駕六，大夫駕三，大概三代不同制也。士駕二，庶人駕一。此在古代禮制中，亦一極繁雜之問題（考戴震《考工記圖·釋車》、阮元《考工車制圖解》、程瑤田《考工創物小記》，鄭珍《輪輿私箋》集其成。戴震《辯〈詩〉〈禮〉注軌、軓、軹、軒四字義》、焦循《釋軓》等皆有參考之必要。清人集中論車制者至多，近人郭寶鈞對河南出土戰國車輿論文，亦極有價值，可參考）。

《楚辭》全書用車字二十三則，其形制皆無明文（除上文所引輪、軫、轂等十名外），其可考者，則（一）駕皆以馬（往往與車馬兩字對文），惟《九辯》“甯戚謳車下”之言爲駕牛車。（二）馬有驂、騑、駢、駟之別，輜乘、輕輬之異，他皆不可徵。

就各文所言論，只《離騷》有“雜瑤象以爲車”一語，有關車制。然此爲虛構之境，非實指也。餘則皆無異說需申述者。

今考金文車本象駟馬車之全形，其義至精，不徒可正《說文》之譌，且可考正古駟馬車制，今略釋之。蓋金文車字如《吳彝》案原本未刻，依《殷虛文字類編》補。《毛公鼎》、《不嬰敢》並作𨍮……諦審其形，左兩⊕象兩輪，旁兩畫象轂耑之鍵，而軸貫之。其中畫特長者，夾於兩輪與軸午交者，輈也。輈曲爲梁形，前出而連於衡，故右爲╪形，長畫與輈午交者，衡也。兩旁短畫下歧如半月者，軛與軶也。蓋衡縛於輈，軛縛於衡，而軶又縛於軛……頃見《湯陰羑里出土古龜甲文》亦有車字作𢍁，與金文同，唯中畫上下分歧不相聯母，則契刻偶錯異耳。龜甲文多象形，又有且甲、大戊諸號，近人定爲商時物，則較金文尤古。參孫氏《周禮正義》。

轅

《九歎·離世》"必折軛而摧轅"。王逸注"言駟馬驚奔，雖有執彎之御，猶不能制，必摧車軛，而折其轅也。以言賢臣奔亡，使國荒亂而傾危也"。洪興祖《補注》"軛轅前也，於革切，轅輈也"。按《説文·車部》"轅輈也，從車，袁聲"。大徐雨元切。又輈字《説文》"轅也"，則許氏轅與輈不分，段玉裁引《考工記》以明輈轅之別，王筠亦言之，至簡明扼要，尤以王説爲最，然詳盡不足。清吳夌雲《小學説·釋轅》字云"《説文》轅輈也，輈轅也。又云'軹車轅崇持衡者，輈轅前也。輓大車，轅崇持衡者，暈直轅車耤也。欒車衡三來也。曲轅欒縛，直轅暈縛。讀若《論語》鑽燧之鑽'。鍇曰'乘車當中爲一曲轅，以木爲衡，縛軛於上。乘車別鑽孔縛之。大車雙直轅，衡執都縛之而已，不鑽也'。又云'犇大車駕馬也。居玉切'，與暈同音。按許説雖有曲直之分，而無輈轅之別。惟軒字注云'曲輈藩'一語爲得之。小徐雖知一曲雙直之異，而究亦以輈爲轅。而《考工記》'輈人爲輈'，鄭注亦云'輈車轅也'，《詩》'五楘梁輈'，《禮記·雜記》'陳乘黃大路於中庭北輈'，《注》'輈轅也'，《左傳》隱十一年、宣四年兩言輈。杜注皆云'轅也'。是輈轅混稱，相傳已久。而分之者，則始於《考工記》。合《輈人》兩文觀之，見其於小車必言輈，於大車必言轅，知輈與轅別矣。《車人疏》'大車之轅長二丈七尺，枸車羊車之轅，皆以次減短'。阮芸臺《車制圖解》推求車度一條，言國馬之輈，長一丈五尺有奇，四馬駕馬，亦以次減短，又《車人疏》'鬲長六尺'者，以其兩轅一牛在轅內，故狹。四馬車鬲長六尺六寸，以其一轅，兩服馬在轅外，故鬲長也。此推輈轅之異處，而所以命名，不在是也。夌雲謂輈爲一木而曲，名義重在曲，則兩木而直，名義重在兩木。故博考之"云云（以下考袁、桓同音，轅之正字當作桓，桓義有雙植之義云云，多比附，故不錄）。按吳氏所考《説文》輈、轅不分，古籍亦多不分，而《周禮·考工記》分之最悉，此爲至當之論，又欲以聲義相關之理，考定兩字之別，亦不無見解，軸與曲言，從舟之字，古固有曲義，而與周句十九皆通轉。從袁之字，與周環之義相通也。然此乃語源問題。按《方言》九"輈楚衛之間謂之輈"。《詩·小戎》傳"梁輈，輈上句衡也"，《正義》"輈從軫以前，稍曲而上，至衡而嚮下，句之。是也"。則輈本南楚車轅之名，其制不直而曲，故曰輈，轅則先秦以來標準語也。惟《楚辭》只一見輈字，《九歎》用轅者，漢人已習用，通語也。惟用輈者，載重不如轅，而輈必句之，故遂以爲大小車之分，此亦文物發展所習見之例。《公羊》僖元年何休注云"輈小車轅，冀州人以此名之"。則文化傳播之故也。王筠曰"《廣雅》轅謂輈"，皆以用之同而通其名也。然轅直而輈曲，轅兩而輈一。轅施之大車，以駕牛；輈施之小車，以駕馬。固不同也。試圖之如下。依近世考古發掘所得資料證之，則殷、西周、戰國皆無兩轅之車，僅有獨轅之車，其事象與上引《詩經》、《左傳》及屈宋賦只用輈之字全合，則轅其秦人以後之制，故漢車多兩轅。《考工記》本非純先秦舊籍，其雜秦漢之說，固其宜也。然以此見車制發展之跡，亦吾人所不可廢，故亦依以爲說。

此與今世西南所用牛車相似，今則轅寬於鬲，故頭稍揜，而鬲以曲木爲之，軶正當曲處，且閣兩轅上，而以繩束之，如小車之軶也。《九歎》"折軶而摧轅"，謂軶轅斷折也。

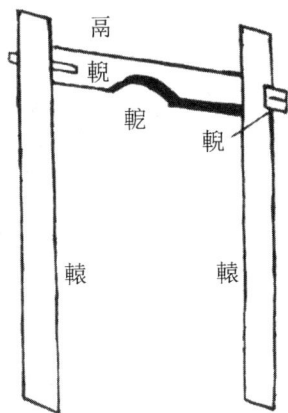

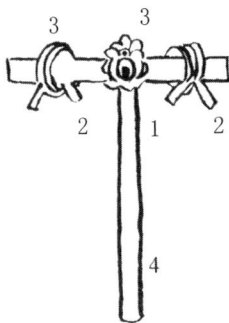

1.軏（軏） 2.軶（又名輈）
3.鞙 4.轅（輈）

軨

《九辯》"倚結軨兮長太息"。王逸注"伏車重軾而涕泣也"。一無長字。洪興祖《補注》"軨音零，車轕間橫木"。按《説文·車部》"軨，車轕間橫木，從車令聲，輪軨或從霝，司馬相如説"。大徐郎丁切。按古令或作霝、作靈，零或作霝，苓或作蒿，皆令霝通用之證。段玉裁《注》云"車轕間蒙上文言之，猶言車輿間也"。《木部》曰"橫闌木也"，車轕間橫木謂車轕之直者衡者也。軾與車轕皆以木一橫一直爲方格，如今之大方格。然《楚辭》"倚結軨兮長太息，涕潺湲兮下霑軾"。戴震曰"軨者軾較下縱橫木總名。即《考工記》之軹軹也。結軨謂軨之橫縱交結。倚軨而涕霑軾。則是倚於軨内之軨。故其涕得下霑軾也"。

字又作靈。《左傳》"陽虎載蔥靈寢於其中而逃"。蔥即囪繁文，初江切。靈即軨也，輪也。《文選》四十八注引《尚書大傳》曰"未名爲士，不得有飛軨"。鄭注"如今窗車也"。李尤《小車銘》云"軨之嗛虛，疏達開通"。蓋古者飾車鞔革，更有不鞔革者，露其窗櫺，在車曰輪，在屋則曰櫺，事狀同，故聲亦同也。

又《曲禮》"僕展軨，效駕"，此軨乃以木直橫交錯爲車後之門，其形與軹軹開相同，故亦曰軨。軨門爲登車而設，故僕先啟而後效駕。段氏以爲輪之聲借，則甚誤。輪或以轔爲之。

又漢制有所謂飛軨，《東京賦》謂"統轂飛軨"，薛綜注曰"以緹紬廣八尺，長拄地，左青龍，右白虎，繫軸頭取兩邊飾，二千石亦然，但無畫耳"。則爲輿外之飾，大體覆於車上如蓋者也。則同名而異其實。更以竹爲之，則曰笭。《釋名》"笭橫在車前，織竹作之，孔笭，笭也"。此爲大車牝服之笭，在軨内，以護所載物者。一名筐。《説文》"筐車軨也"是也。惟大車有之，小車則無。而亦同名者，以相類而同也。參車圖二自明。

軫

《九歎·遠遊》"結余軫於西山兮"。王逸注"結旋也,言乃旋我車軫,橫度飛泉之谷,以南行也"。"軫一作車"。按《説文·車部》"軫車後橫木也,從車,㐱聲"。大徐之忍切。《考工記》"輿人爲車,六分其廣,以一爲之軫圍",鄭注"軫輿後橫者也"。又云"車軫四尺",注云"軫輿後橫木"。《漢書·司馬相如傳》"羌夷接軫",《揚雄傳》"回軫遥衡",顏注并云"軫輿後橫木也"。《詩·小戎》"俴收",《毛傳》云"收,軫也"。《正義》"軫者,車之前後兩端之橫木也"。此漢唐以來經師舊説。然《考工記·輈人》、《大戴禮·保傅篇》、賈誼書皆有"軫方以象地"之説。則先秦漢初,不獨指車後橫木也。戴侗《六書故》曰"軫乃輿四面木匡,合成輿,獨以爲輿後橫木者誤也"。《考工記》曰"軫之方也,以象地也"。又曰"六尺又六寸之輪,軹崇三尺又三寸也,加軫與轐焉四尺也"。又曰"輪人爲蓋,弓長六尺謂之庇軹,五尺謂之庇輪,四尺謂之庇軫"。使軫獨爲輿後橫木,則不得言方以象地。且軫之兩旁木加於轐,轐加於軸,故曰加軫與轐爲四尺,若輿後橫木,安能加轐軸?軸上平且庇軫、庇輪、庇軹,皆指左右兩旁而言,非指輿後明矣。康成以任正爲輿下三面材持車正者,故獨以軫爲輿後橫木也。況記言"五分其軫間,以其一爲之軸圍"。若獨爲輿後橫木,則不得言間矣。阮元亦云《天官書》"軫爲車",《索隱》引宋均説"軫四星居中,又有二星爲左右轄,車之象也"。此亦四面爲軫之象也。先儒考之已明,無庸更爲之詞矣。參車下車圖二,自明。《九歎》結軫之言,謂旋車,則以小名代大名也。

輈

《九歌·東君》"駕龍輈兮乘雷"。王逸注"輈,車轅也"。洪《補》

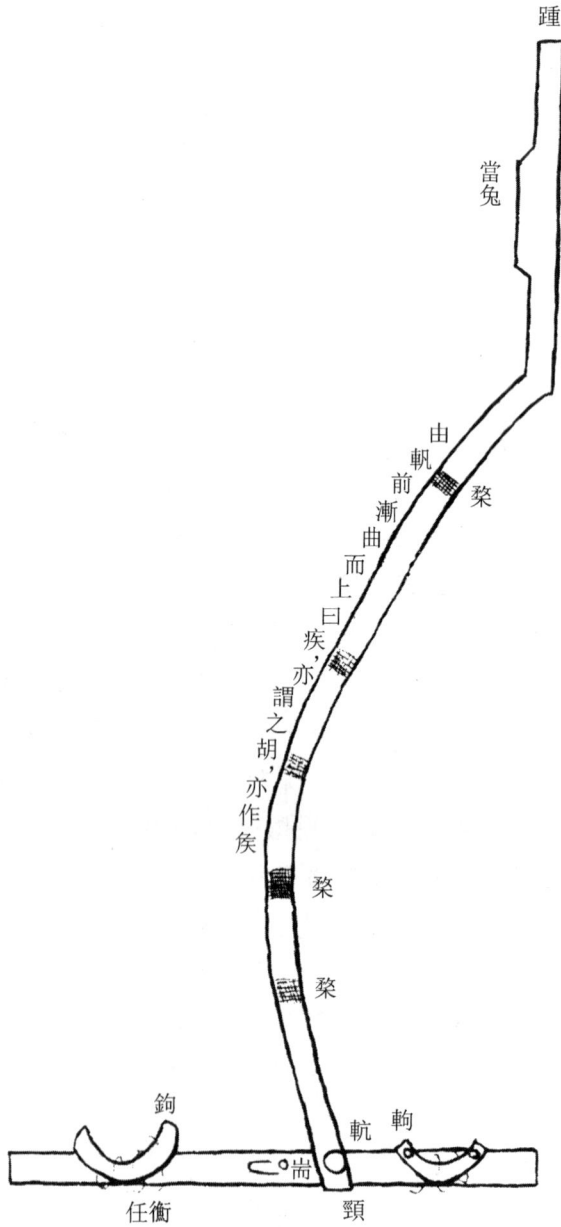

踵

當兔

由軨前漸曲而上曰疾，亦謂之胡，亦作庡

桼

桼

桼

鉤

軥

軏

頸

軓

任衡

軥合衡度數圖

（以鄭珍圖爲主參阮元）

"輈,張雷切"。《方言》曰"轅,楚韓之間謂之輈"。按《説文·車部》訓輈爲轅,以通名釋之也。轅本大車兩直轅之稱,通以名車轅。輈則一曲之轅也。《秦風·小戎》"五楘梁輈"。《傳》"梁輈,輈上句衡也"。《正義》云"衡者軛也,轅從軫以前,稍曲而上,至衡,則居衡之上,曰軥,下句之衡,則橫居輈下,如屋之梁然,故謂之梁輈"。阮元曰"輈者曲轅駕馬者也,以其形曲,故與舟同聲曰輈"。餘參轅字條下。輈用於乘車、兵車、田車,其制則輈之尾,入輿下,後軫者曰踵(入軫處以鐵固之),輈在軸上,當兩伏兔之間曰當兔。輈出軌處,穹而上曰疾(亦作胡、作佚),自此至輈端有楘。《小戎》之詩所謂"五楘梁輈"也。輈端曰頸,頸所持橫木有兩軥,以服馬者曰衡,所以持衡者曰軏(大車兩轅則曰輗),詳阮元《考工車制圖解》三之《輈解》,言之極詳盡。茲採其圖,而稍益其名稱如次,惟依近世考古出土之戰國車制觀之,曲軌以前至衡,曲度無如此之甚者。

又按洪《補》引《方言》"轅,楚韓之間謂之輈",今本作楚衛之間。何休僖元年《公羊傳注》"輈小車轅,冀州人以此名之"。則漢以後冀州人亦言輈,漢以前當爲韓衛南楚一帶方言,與當時標準語之轅同義,而以指小車者也。詳轅字條下。又輈與轅之別,非僅單複之異,尚有時代之別。據近世考古資料所表示,則殷周戰國皆用輈而不用轅。轅蓋秦漢人之制,可能爲秦同軌以後之制歟?《九歌》"駕龍輈兮乘雷",輈直解則駕馬於龍飾之輈,謂駕於軥也。即叔師之車轅義解,則以輈代車,故龍輈即龍車也。

軸

《七諫·沈江》"衆輕積而折軸兮"。王逸注"言車載衆輕之物,以折其軸,而不可乘,其過咎由重絫雜載衆多之故也。以言國君聽用羣小之言,則壞敗法度,而自傾危也"。"原一作厚"。洪補"《戰國策》云'積羽沈舟,羣輕折軸'。絫釋文力瑞切"。按《説文·車部》"軸持輪

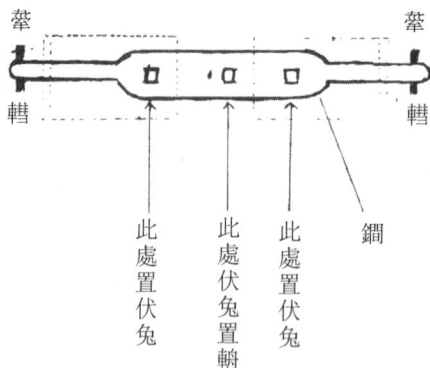

戴東原《考工記圖》軸圖

也。從車，由聲”。大徐直六切。《釋名》“軸，抽也，入轂中，可抽出也”。顏師古注《急就篇》“軸者所以穿轂而轉也”。按軸在轂內，若詳言之，當云兩端貫入左右轂，橫於輿（車牀）之下，而爲伏兔所鉗，以承輿者曰軸。其穿轂而長出於外者，曰輮。軸端之鍵，以制轂者曰䡅（字亦作轄，在軸之末。以金屬插入軸端，以止輪之外軼也）。兹采戴氏《考工記圖》，以佐觀省。其圖與近世所發現之殷、周、戰國以來之制全同。參車字下，圖三、圖四兩圖。

按軸以乘輿（車牀）若輿內所載之物過量，則軸不能勝任，故《七諫》言“衆輕”，隨隨便便之意，“積而折軸”也。軸與輿之間，以伏兔連之，伏兔一名蝶，又名輹，皆一聲之轉。而伏兔則緩言之也。伏兔之形，説者多以爲上平戴輿，下曲函軸，如是而多繪作 ▄ 則恐未允。阮氏作 ⊓（轙）爲允。參車字條下，車圖三。

輪

《國殤》“霾兩輪兮縶四馬”。王逸注“馬雖死傷。更霾車兩輪，絆四馬，終不反顧，示必死也”。按輪，車之輪也。《説文·車部》“有輻曰輪，無輻曰輇。從車，侖聲”。大徐力比切。本書“輻，輪轑也”，輻即自圓心射入圓邊之支柱。今人以鋼爲之，古以木爲之。如日光之輻射者然。古蓋以三十輻爲一輪，距離必相等，無差別。故字從侖，謂有侖紀侖理也。今農村謂之活頭車，其無輻謂之輇者，《説文》訓"輇車，下庳輪"。其輪小，故曰庳。今農村謂之死頭車。其制則圓心貫軸之處曰轂（詳轂字下）。輪之外楺而行地者曰牙（亦曰輞）。周環持牙而直指轑於轂者曰輻（一輪三十輻。《老子》"三十輻共一軸"，及《易·小畜》説輻皆是）。輻數據近世考古發現資料論之，大約後世益多。殷車爲十八輻，西周二十一或二十五，春秋二十五，戰國二十六。《老子》言三十者，舉成數也。輻之四轂處曰菑，入牙處曰蚤。兹采戴、阮諸家説爲圖。輪之大小，古無定説，近世出土殷至戰國木車，據近人研究，其直徑爲 1.3—1.4 米，足補文獻之不足。

《國殤》"霾兩輪兮縶四馬"者，兵車兩輪而一乘，駕四馬。此周以來通制，南楚蓋亦不例外也（四馬詳駟字下）。

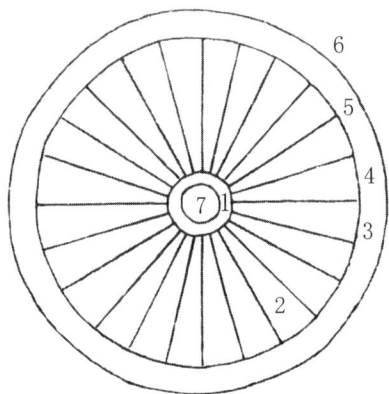

1. 轂　2. 輻　3. 牙　4. 菑　5. 蚤　6. 輞　7. 藪（亦曰楺）

车輪圖

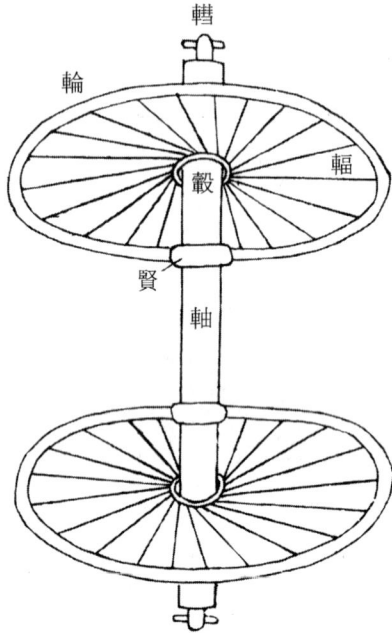

輪軸圖

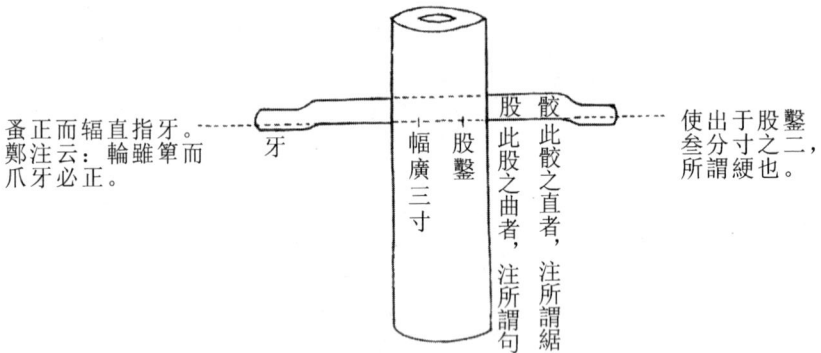

蚤正而輻直指牙。
鄭注云：輪雖箪而
爪牙必正。

牙

骸此骹之直者，
注所謂緄

股此股之曲者，
注所謂句

股鑿
幅廣三寸

使出于股鑿
叁分寸之二，
所謂綆也。

元儀詳玩記文暨鄭注，審定輪綆之形如此，不惟與
《考工記》上下文合，而鄭氏《匠人注》計徹廣必數綆，
不煩言而解矣。近儒各說，於輇輻之義及徹廣必計綆有
乖，其書俱存，未暇詳辯。

輪綆圖

軛

《九歎·離世》“必折軛而摧轅”。王逸注“言駟馬驚奔，雖有執轡之御，猶不能制，必摧車軛而折其轅也。以言賢臣奔亡，使國荒亂，而傾危也”。洪興祖《補注》“軛轅前也。於革切。轅輈也”。按《説文·車部》“軶轅前也”。段曰“轅前者謂衡也。自其橫者言之謂之衡，自其扼制馬言之謂之軛。隸省變作軛。《毛詩·韓奕》作厄”。按古今言軛者，有兩説，一謂軛即衡。《論語》“在輿則見其倚於衡也”。注云“衡軛也”。《卜居》“甯與騏驥亢軛乎”。洪注“車轅前也”。王筠《説文釋例》與段注本同。一謂軛爲衡上之附件，《説苑》“孫叔敖相楚，三年，不知軛在衡後”。《考工記·輈人》衡任注云“衡任謂兩軛之間也”。《疏》云“服馬有二，一馬有一軛。軛者厄馬領不得出也”。按兩説皆是也。軛之字，金文《录伯敔》作𢀜，正象厄形，後加馬爲形聲兼會意字。其實古只作厄也。下象“厄”，上依衡處，⋂即加於馬領之木。殷、周、戰國兵車、乘車、田車以輈引輪者，則衡上加兩厄，以繩束之（見衡圖及圖版或車制圖第四圖）。此兩軛與衡爲二物，軛加於衡，以軛馬者也。此即《説苑》、《考工記》注疏之所説者。秦漢以後，大車以兩轅引輪而行，則於衡後鑿爲厄形，如轅圖所示及圖版5（參轅字下），引牛入軛，亦即入於衡也。此《卜居》洪注、《説文》段、王兩家注所説是也。大車又或名曰鬲、曰槅。《釋名》“扼也”，所以扼牛頭也。小車則或名曰輈。參轅字條文及其圖自明。《卜居》“與騏驥亢軛”，軛爲馬引車著力之處，加軛於頸，則車即前行。故叔師亢扼爲與賢才齊列也。《九歎》所謂“折軛”者，扼折則不能駕，而車危矣。此執轡者之無能。叔師以賢臣奔亡，使國荒而傾危也。參圖版。輈上之軛，參圖版當自明。轅上之厄，參圖版當自明。

長沙第四號墓出土之車衡軛，乃兩轅車軛，故只有一軛，衡木長34.0（厘米），兩末端有小鉛管爲飾，距末端1.9處，上有凹槽，以便

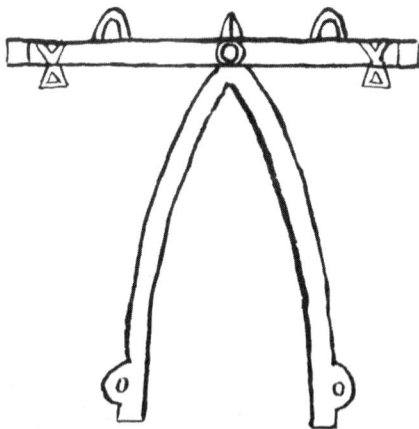

軛

縛，容軛孔距末端4.5與6.5。轙爲鉛製，已毀。車軛以二件拼成，全高19.4，空處高14.6，頂部高4.8，全寬15.0，空處寬10.6，頂部自尖端至0.9處，爲圓錐形，以下突然擴大，成橢圓形，兩股剖面爲馬蹄鐵形。軛之頂部有凹槽，以便緊按於衡上。記之極詳。參《長沙發掘報告》一五〇頁，并有附圖。

孫仲容云"卂，金文《录伯敦》説金車之飾，有金卂，《毛公鼎》'右卂'亦同。卂當爲軛原始象形字。蓋古乘車、兵車，竝以輈持衡，衡箸兩軛，以挖兩服馬頸。卂上從一，以象衡，中從卩，以象軛，下從八以象軛，其義甚精。《説文·車部》云'軛轅前也。從車，厄聲'。則變爲形聲字，而無古文卂。蓋許君未見此字，故不免遺漏也。金卂，《詩·大雅·韓奕》作金厄。《説文·卩部》'厄，科厄木節也，從卩，厂聲'。與車軛義異。以金文征之，詩文當亦作卂，與厄形近而誤。學者不知古文自有卂字，遂以厄爲軛之借字矣"。

轂

《國殤》"車錯轂兮短兵接"。王逸注"錯交也，短兵刀劍也，言戎車相迫，輪轂交錯，長兵不施，故用刀劍，以相接擊也"。按《説文·車部》"轂輻所湊也，從車，殻聲"。大徐古禄切。顏師古注《急就篇》"轂謂輻所湊也"。《考工記·輪人》"轂也者，以爲利轉也"。《漢書·食貨志》"轉轂百數"。注"車也"。《周髀算經》"車輻引繩，就中央之正，以爲轂"。按轂分内外兩部，内部以受軸，外部以納輻。細言之，則其制爲一。轂中之空，所以受軸者曰轉，或曰藪（見輪圖）。以金屬裏轂中曰釭，大釭在輪輻内曰賢，小釭在輪輻外曰軹（工作軒）。兹爲圖以明之。

驗以實物，則科學院考古學專刊2種十三號《濬縣辛店》一書所載圖版第二十六、二十七兩圖，一爲賢端，一爲軹端，與《考工》所言無殊，其圖版第三十，爲輻、軸、軹接合使用之形狀，以之與程、戴及阮氏諸家所考較之，皆能悉合。《長沙考古報告》木車模型一文中之長轂部份，則益爲明白清晰矣。

《國殤》"車錯轂"者，轂二在輪外。周制兵車之轂長三尺二寸，軌與軸同寬八尺，則轂外尚有一尺六寸，故轂較爲寬，而露在輪外之件，亦以轂爲最巨。輪之高有定制，則兩車相值，最易交錯，爲轂之相錯，則不能行。故長兵不能用，而用短兵也。

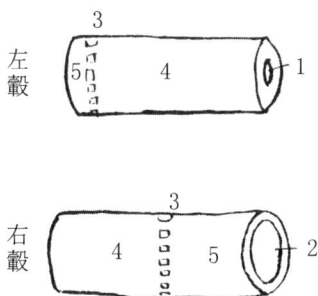

1. 内小穿（軹）又曰輨　2. 内大釭（賢）　3. 置輻　4. 二輪在外　5. 一輪在内

轂圖　阮元《考工車制圖解》

㮑

《九章·懷沙》“同糅玉石兮，一㮑而相量”，洪《補》“㮑平斗斛木，古代切”。《惜誓》“同權㮑而就衡”，王逸注“㮑平也”，洪補釋㮑同《懷沙》，別詳權㮑條。考《說文》“㮑杚斗斛者也，從木、㮑聲”。徐曰“杚戛摩之也，斗斛量㮑也”，《禮記·月令》“仲春之月，正權㮑”。《冬官考工記·㮚氏》“㮑內不稅”《疏》“㮑所以勘諸廛之量器，以取平者”，《管子·樞言》“釜、鼓滿滿則人㮑之”，《韓非·外儲說》“㮑者平量者也”。蓋㮑者用以平括量中所盛黍稷之屬，使不多溢于量器之木，今西南謂之斗括子。括子者，以通語釋專語也。括亦㮑一聲之轉，有柄，皆以木爲之，形如丁，用于斗與斛。若在較小之升，則以手平之而已。故引申爲一切平義。上引《管子·樞言》釜鼓人㮑之言是也。㮑所以助量使平，故又引申爲量。《禮記·曲禮》“食饗不如㮑”《注》“量也”，《史記·老莊申韓傳》“則無以其難㮑之”，《索隱》“㮑猶格也”，格亦平量之義又凡訓平者，本字當作杚。《說文》“杚平也”，《廣雅》“杚摩也”（此從《吳都賦》引今本《廣雅》三作磨，義亦一也。摩磨皆使物平也）。惟杚字始見于漢人書，則爲後起分別文。

銜

（一）馬口中勒鐵也。《九章·惜往日》“無轡銜而自載”。王逸注“不能制御，乘車將僕”。洪補“銜，馬勒口中行馬者也”。朱熹《集注》“轡馬韁，銜馬勒也”。按《說文·金部》“銜馬勒口中，從金，從行，銜行馬者也”。大徐戶監切（今本作馬勒口中。此從《一切經音義》十一卷引）。《莊子·馬蹄》“詭銜竊轡”，《釋文》“口中勒也”，即本《說文·革部》“勒馬頭落銜也”。落謂絡其頭，銜謂關其口，統謂之勒，在口中者謂之銜，落以輅爲之。輅，生革也，銜以鐵爲之，故其字從金。

用段注説凡馬提控其銜，以制其行止，故字從金，從行。又《九歎・離世》"斷鑣銜以馳騖兮"，王逸注"銜飾口鐵也"，以銜爲口中之鐵是也，以爲飾，則猶有間，銜非以飾口，以節行止，則飾行也。兹圖如下。

銜

[此圖據山東長清出土《戰國青銅器摹録》（見《文物》一九六四年四月），惟形制各地所出不盡相同（參圖版11），上圖兩端，當爲銜外之鑣，與銜相連者也]

（二）借爲街字。《天問》"鴟龜曳銜"，即下文之"妖夫曳銜"也。詳街字下。

鑣

《九歎》"斷鑣銜目馳騖兮"。王逸注"鑣勒也，銜飾口鐵也"。"斷一作絶，目一作以"。"言車敗馬奔，鑣銜斷絶，猶自馳騖"。洪興祖《補注》"鑣彼苗切"。按《説文・金部》"鑣馬銜也。從金，麃聲"。大徐補嬌切。觿，鑣或從角。段注"馬銜横毌口中，其兩耑外出者，系以鑾鈴"。此即《文選》劉越石《答盧諶詩注》所謂馬勒傍鐵也之義。《釋名》曰"銜在口中之言也，鑣苞也，在旁苞歛其口也"。《詩・衛風・碩人》"朱幘鑣鑣"。《毛傳》"幘，飾也，人君以朱纏鑣扇汗，且以爲飾"。按勒繫於鑣。《釋文》"鑣馬銜外鐵也。一名扇汗，又曰排沫"。總而言之，銜鑣勒皆可通名之曰勒。然勒以革爲之，所以繫於鑣。鑣與銜皆以金爲之，鑣在口旁，銜在口中之物，一體故得通名也。參勒銜二條下，并參圖版及銜字條下一圖。《鹽鐵諭・散不足篇》"古者，庶人鐵鑣不飾，今富者錯鑣涂朱"。此鑣之制也。因在口外，故可爲之飾。

轡

《離騷》"總余轡乎扶桑"。王逸注"結我車轡於扶桑，以留日行，幸得不老，延年壽也"。按轡字《離騷》、《九章·惜往日》、《遠遊》皆曾用之，其義亦相同。《詩》亦屢用之。轡以指馬韁。劉芳《毛詩箋音義》以爲"轡是御者所執者，不得以轡爲勒。《詩》稱'執轡如組'，又云'六轡在手'，以所執爲轡審矣"。蓋於勒上加革帶，御者執之，以使馬左右馳止之節，而所以持帶者，正在馬面之勒。劉說尚有當明者。按《九章·惜往日》亦言"無轡銜而自載"，轡銜雖同爲御具，而轡在御者之手，則劉氏之說取證楚南亦同然也。惟今本《說文》載此字作轡。段玉裁據《廣韻》以爲從車，從絲。桂馥、王筠據《玉篇》、石鼓文及漢碑等，以爲當從更，省作更，更礙不行也。王氏又引六朝碑帖作轡，與更之古文貞下半合，與桂引漢碑作轡轡之形，皆隸變過程之體。考金文《貿鼎》有轡字，作 𩆩 形，明從車省，𢆶 正象轡形，蓋合體象形字也，與段氏之說合。惟

馬轡圖

其言有云"以絲運車，猶以扶輓車，故曰繼，與連同意，祇應從車，不煩從更"云云，則不切合實際，宜加修訂。至石鼓漢碑諸文異形，則古文形體，往往有增筆畫之現象。而增"止"以變更詞性（由名詞變作動詞），與增口、增手、增寸、增又等同例，不足異也。繼之作轡若轡，正是此例。

馬轡之制，近世出土零件至多，《考古學報》五册所載武官大墓出土馬轡飾復原模型可以概見。參前圖版即能詳知。金文轡從 𢆶，即當鼻與兩腮之處也，而銜在其中，已入馬口，不得見也。又長安張家村《西周轡飾復原圖》，見《新中國考古收獲》59 頁者，亦可參考。

附張家村馬轡圖，以佐觀省。

蓋

　　《惜誓》“建日月以爲蓋”。王逸注“蓋車蓋”。又《九歎·逢紛》“芙蓉蓋而菱華車兮”。王無説。蓋與車連文，則車蓋也。芙蓉之葉圓似繖蓋，故以爲喻。《左傳》莊三十二年“能投蓋於稷門”，皆此一器也。蓋之制，《考工記》言之詳矣。其主要部分有二，一爲蓋，一爲弓。蓋杠曰桯，蓋頂曰部，上貫部，下入桯者曰達常，四面曰弓，弓根於部凡二十八，上覆以衣，旁維以緌，以紘維之。兹依戴震所考圖之如下。

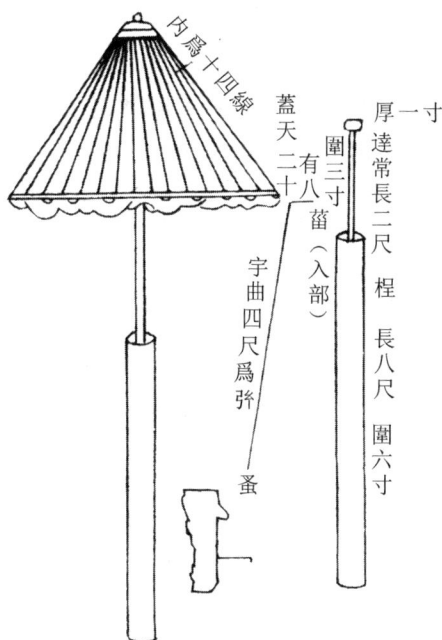

內爲十四檁　蓋天二十八　圍三寸（入部）　宇曲四尺爲弓　蚤　厚一寸　達常長二尺　桯　長八尺　圍六寸

蓋

（長沙出土蓋弓帽見《長沙考古報告》P42，有圖版見14之4）

　　蓋惟乘車有之，爲雨設耳，平時則撤之。巾車及葬執蓋從。王以下以蓋從。兵車無蓋。尊者則一人執笠，依轂而立。婦人之車，王后有容蓋，容或謂之童容，或謂之裳幃。三夫人與三公夫人有羽蓋（《九歌·少司命》"孔蓋翠旍"，王逸注"言司命以孔雀之翅爲車蓋"，此喻設，非寫實也，與此異）。此其大略也。參戴氏《考工記圖》。漢以後其制益侈，爲蓋亦益繁褥矣。惟近世長沙出土輿上之蓋又作圓形，而爲四注，形略如"屋"，見圖版。或南楚之遺制歟？戴氏所圖多見於漢畫磚與漢墓明器之中，是否爲周以來舊制，不可知矣。又蓋字《楚辭》六見，除車蓋尚得二義。（一）語詞也。《九章》"蓋爲余而造怒。"王逸"蓋一作盍"。又《九歎·思古》"蓋見兹以永歎，欲登階而狐疑"。此兩蓋字皆作發語詞解，有蓋然之義。凡中情有所疑慮，不必能決而決之，則用蓋字引首。《易·文言》"蓋言順也"。《疏》"稱蓋者，是疑之詞"。《詩·黍苗》"盍云歸哉"。《禮記·禮運》"蓋歎魯也"。《疏》"謙爲疑詞"。《孝經》"蓋天子之孝也"。孔傳"蓋者辜較之詞"。依孔説，則如今恒言大概矣。（二）覆也。《九思·尊嘉》"援芙蕖以爲蓋"，王注"取荷葉覆身也"，此當爲漢人制度，故《章句》以注此也。又引申則一切掩覆亦曰蓋。《九章·悲回風》"萬變其情豈可蓋兮"，王注"覆也"，洪補"掩也"，此言掩蓋，今恒語也。《爾雅·釋言》"蓋弇蓋也"。考《説文》"蓋，苫也"，《爾雅·釋器》曰"蓋謂之苫"，李巡曰"編茅菅以覆屋也"，是蓋本苫蓋。引申之則凡掩蓋皆用之。《左傳》成二年"所蓋多矣"，《淮南·説林》"日月欲明而浮雲蓋之"，皆是也。故皆本義之引申，而語詞之蓋，則借用字也。

孔蓋

《九歌》"孔蓋兮翠旍"。王逸注"言司命以孔雀之翅爲車蓋，翡翠之羽爲旗旍。言殊飾也"。洪補云"相如賦云'宛雛孔鸞'，孔，孔雀也。（一）《周禮》曰'蓋之圜也以象天'。漢樂歌曰'庶旄翠旌'"。按《周禮·考工記》"輪人爲蓋以象天，崇十尺"。注"車蓋也"。按蓋車蓋建於車，所以遮風日雨塵者也。近世出土古器物中，車蓋極多。蓋如今世之繖（俗以傘爲之）。蓋樹車中，當軾前。又宋玉《高唐賦》"峴爲旌，翠爲蓋"。與此言孔蓋翠旍正可相參。（二）舟蓋。《九懷·尊嘉》"援芙蕖兮爲蓋"，此舟工之蓋也。（三）天文上之蓋。《思忠》"登華蓋兮乘陽"，此天文上紫微宮中，臨勾陳，上以蔭帝坐之狀，如繖蓋之十六星。詳革蓋一條。

玄輿

《九歎·離世》"玄輿馳而并集兮"。王逸注"玄者水也。言己以水爲車，與船並馳而流"。按依上下文氣審之，叔師説是也。

揚靈

《楚辭》習用成語。乃動名相屬之複合詞，然有數義。（一）謂發其光霯也。（二）則爲揚舲之借字，謂鼓枻乘舲而行也。《離騷》"皇剡剡其揚靈兮，告余以吉故"。王逸注"言皇天揚其光靈，使百神告我"。朱熹集注曰"揚靈，發其光靈也"。按王訓霯爲光靈，據上剡剡一詞合釋之也，朱訓揚爲發。又《九歌·湘君》云"橫大江兮揚霯"。王逸注云"霯精誠也，橫渡大江揚己精誠，冀能感悟懷王使還己也"。諸家多就王義發恢。按文云"望涔陽兮（之）極浦，橫大江兮（而）揚靈，揚霯兮未極，女嬋媛兮爲余太息"云云，則揚霯必與橫大江有關，非泛泛言之也。王注顯有不當。按《後漢書·杜篤傳》"東橫乎大河"。章懷注云"《楚辭》曰'橫大江兮揚舲'也。則漢人所傳本作舲，不作靈。《九章》'乘舲船余上征兮'，則揚舲即乘舲矣。舲或作艦。舟中有窗者曰艦。因離騷有揚靈，故遂誤艦爲靈矣"。王夫之云"艦與靈同，揚靈鼓枻而行如飛也"，於義爲得。

玉鸞

《離騷》"揚雲霓之晻藹兮，鳴玉鸞之啾啾"。王逸注"鸞鸞鳥也，以玉爲之，著於衡，和著於軾。啾啾鳴聲也"。五臣云"玉馬佩也。鸞車鈴也"。《補》曰"許慎云'鸞以象鳥之聲'。《詩》云'和鸞雝雝'。注云'在軾曰和，在鑣曰鸞'。《禮記》曰'君子在車，則聞鸞和之音'。注云'鸞在衡，和在式'。《正義》云'鸞在衡，和在式。謂常所乘之車，若田獵之車，則鸞在馬鑣'。《韓詩外傳》'升車則馬動，馬動則鸞鳴，鸞鳴則和應'"。餘參和字條下。于省吾氏《商周金文録遺》五百二十圖爲康侯鸞鈴。兹摹如下，并參圖版銅鑾（依阮元《揅經室集》卷五《銅和考》所定，此當爲和圖，不得謂之鑾。《楚辭》不言和，而古籍多鸞和連用，故録之以佐觀省）。

此圖與近年發掘出土器物多相符，故附於此。

鸞

輿

按輿字《楚辭》七見，其中四見爲"皇輿"一詞，詳皇輿下。一爲《九懷》之抉輿，乃抉疏一語之變，輿爲聲借字，象輿謂以神象之輿，詳象輿下。其餘即《九歎·離世》之"輿中塗以回畔兮，馳馬驚而橫奔"之輿。王逸注云'言君無道，國人中道倍畔而去之，賢臣驚怖奔亡，爭欲遠也"。按《説文》"輿，車輿也。從車，舁聲"。大徐以諸切。段注"車輿謂車之輿也。《考工記》'輿人爲車'，《注》'車輿也'"。按散言則車輿可通，《孟子》所謂"今乘輿已駕"是也。分言則車者，有輪、有轅、駕牛馬以行者也。輿則車牀而已。然尚非朔義。甲文有𦥑字，象衆手舉車之形，非舉車也，造車之義也。車與輪載輿架輈，獨爲

特徵之所在，較式軹樹不可象，故舉輪以象
之，則輿本造車之形，而聲則爲舁。甲文以後
從然之字或變作舁，而受載之輿（大車名箱），
本以載物居人，且與輈、輪、軸、衡等皆分
立，故可獨用，舉而加之於輪，則輪載以行曰
車，去輪而以人載之行則曰輿。亦曰輂。此本
後世分化以後之制（參輂字條）。輿者，人舁
之以行者也，然水行有舟，而陸行有輪，惟山
行則輪失其效，故以人舁之。故輿者，謂人載
以行於山間者也。當即《夏本紀》"禹乘四
載"之攡，《史記·河渠書》引《夏書》作橋。《漢書·溝洫志》引
《夏書》作梮。韋昭曰"梮木器，如今轝牀，人舉以行"。《說文》欙下
引《虞書》"山行乘欙"，《書疏》引應劭云"梮或作欙"。《呂覽·慎勢
篇》"山用欙"。按輂、檋、橋、樏、欙、梮皆一物而異名。輂自盛載而
言，欙自其輓引而言，韋訓輂云"人舉以行"，爲得正解，或由古今之
變，或由方俗之殊，輿制之可言者，車身受載者曰輿。輿大車名，箱亦
名輨，亦曰車牀。輿底之板，四旁夾以木曰軫。分前後左右四方。輿底下
三面加厚，以持車正者曰任正，亦曰軓，自前軫至後軫曰隧，輿左右爲
楯，欄曰輢，輢之上曰較。輿前卑於較而環以當面者曰式。輢內有木，
橫直交午以上承較者曰軹（參車字條下車輿圖二）。惟《考工》尺寸與
今出土戰國兩漢車型相較皆出於輪者至多，尤以信陽所出楚車車牀至低，
車蓋緊接車身，此或是載物之車，而非兵車、乘車、田車也（參圖版）。
凡乘車，尊者居左，御者居中。兵車則將帥居中，馭者居左，戎右在右。
士卒車則左持弓，右持矛，御人居中。字又作轝，《說苑》"翟黃乘軒車
華蓋"，《田子方》曰"何子賜車轝之厚"。

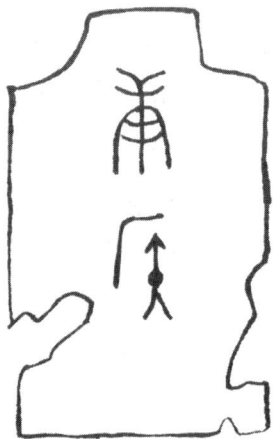

瑶象車

《離騷》"爲余駕飛龍兮，雜瑶象以爲車"。王逸注"象，象之牙也。言我駕飛龍，乘明智之獸，象玉之車，文章雜錯，以言己德似龍玉，而世莫之識也"。洪補曰"瑶，美玉也。言以瑶象爲車，而駕以飛龍也"。按《惜誓》"駕太一之象輿"，王逸注"太一神象之轝"，未允。朱熹注云"象輿，以象齒飾輿也。與《離騷》瑶象車同義，瑶象車謂以美玉象牙飾車也"。古車飾繁多，讀《秦風·小戎》之詩"五楘梁輈，陰靷鋈續，文茵暢轂，觼軜鋈膺"，所飾多矣。則瓊玉象牙，不必定爲虛設之辭，在讀者之善於體會也。近世考古發現之車飾至多，各家著録者亦不少。郭寶鈞氏所著《濬縣辛村》一書，有專篇，述之尤詳。於四十七頁第（三）節車器一節言之最悉。又二十八頁車馬坑和馬坑一節亦可合參。當時貴族之豪風，固因以可見，而工藝美術之發達，亦爲一極可注意之事。文長不備録矣。

皇輿

此詞《楚辭》四見。其中"述皇輿之踵跡"，"皇輿覆以幽辟"，"惜皇輿之不興"三句皆見劉向《九歎》。《九歎》乃擬屈之作，其詞皆本於《離騷》'恐皇輿之敗績"一語。依劉向義皇輿皆指國家或國君。王逸注云"皇君也。輿君之所乘，以喻國也"。蓋本向説。按皇《爾雅》"皇、王、后、辟皆訓君"，皇即王之繁文（詳皇王兩詞下）。輿者，《説文》訓車輿。蓋即指車床而言，車床不可行，以人昇之者也。此蓋古代南方交通工具。《風俗通·過譽篇》"趙仲讓爲高唐令，不乘轝車徑至高唐"。猶可證南土多溝洫汙池，便於舟而不便于車。故以人昇之行于山陵小道中。今世風習尚存。此亦當爲南楚方言之一，故曰"皇輿"，不曰"大路"也。

軒輬

《招魂》“軒輬既低”。王逸注“軒、輬皆輕車名也。低，屯也。一曰：低，俛也”。洪興祖《補注》言“軒曲輈藩車也，輬音凉，卧車也”。朱熹《集注》言“輬音凉，軒曲輈藩車也。輬，卧車也。皆輕車也。低，俛也。凡車行之勢，一低一昂，《詩》所謂如輊如軒者也。此則指其方低而未昂，方輕而未軒之時而言耳”。按《説文》“軒，曲輈藩車也”。段玉裁曰“謂曲輈而有藩蔽之車也。戴先生曰小車謂之輈，大車謂之轅。又曰藩者，屏也。服虔注《左傳》，薛綜解《東京賦》，劉昭注《輿服志》皆云‘車有藩曰軒’，皆同許説”。又《説文》“輬卧車也”，《史記·李斯傳》“置始皇居輼輬車中”，孟康曰“如衣車有窗牖，閉之則温，開之則凉”。顔注“輼輬本安車，可以卧息，後因載喪，飾以柳翣，故遂爲喪車耳”。輼者密閉，輬者旁開窗牖，各别一乘，隨事爲名。依諸家説，則輬車即凉車耳。輬乃後起專字。又輼車即温車也。輼亦後起專字。《説文》訓輼輬皆云卧車。其實温凉固有别也。《九辯》十亦云“前輕輬之鏘鏘兮”。後世多以輬爲喪車。《楚辭》無此義。大約起於秦始皇死卧車中，遂誤以爲喪車耳。

輕輬

《九辯》“前輕輬之鏘鏘兮”。王逸注“軒車先導，聲轉轔也”。“輕一作輊”。洪興祖《補注》曰“輊音致。《詩》曰‘如輊如軒’。《説文》云‘輬卧車’音凉。《招魂》云‘軒輬既低’。注云‘軒輬皆輕車名’。則作輕輬亦通”。朱熹《集注》云“輕一作輊，音致，非是。輬卧車，音凉。輕輬車之輕而有窗者。《招魂》注云‘軒輬皆輕車名’是也”。按叔師不詁輕字，但曰軒車。輕不得言軒。《説文》無輊字。《玉篇》以爲與𧗴字同，《説文》“抵也”。《詩·小雅·六月》“如輊如軒”，乃形容車行之狀，非車有名輕者。《説文》訓抵，即今低字。與軒之訓昂，相對成文。此處乃車名。洪知其義而未敢從一本，朱熹從一本作輕是也。蓋形而誤。古從巠之字，省作坙，遂與至近也。餘詳軒輊一條下。

輜

《九辯》“後輜乘之從從”。王逸注“輜軿侍從響雷震也”。洪興祖《補注》“《説文》‘輜軿車前，衣車後也。從，楚江切’”。《説文》“輜軿車前，衣車後也。從車，甾聲”。大徐側持切。按《説文》此釋句讀，古今讀者多異，遂至不可通。段玉裁改爲“輜軿，衣車也。軿，車前衣也，車後爲輜”。王筠改爲“軿衣車也，前後有蔽”。皆據《左傳》定九年、宣十二年《疏》，《文選》任彥昇《天監三年策注》等異文爲説。惟瑞安孫仲容能通之。其言曰“車部輜軿車前，衣車後也。段校依《左傳》孔疏、《文選注》改爲輜軿衣車也，軿車前衣也，車後爲輜。按此不當改。漢時有輜車、軿車、衣車三者。制蓋略相類，故下文云軿輜，車也（段校改輜軿也亦非）。《後漢書·梁冀傳》李注引《蒼頡篇》又云‘軿，衣車也’。《釋名·釋車》云輜軿之形同，有邸曰輜，無邸曰軿。《宋書·禮志》引《字林》云‘軿車有衣蔽，無後轅，其有後轅者，謂之輜’。明其形大同。惟以前後衣蔽及開户爲别異。蓋輜車後面開户。《周禮·巾車》鄭注云‘輜車後户’是也。軿車則四面有衣蔽。故《釋名》云‘軿車軿屏也，四面屏蔽，婦人所乘牛車也’。是前户後皆不開户矣。若衣車則後有衣蔽，而前開户，可以啓閉，與輜車正相反。故《釋名》云‘衣車前户，所以載衣服之車也’。若然輜車前有衣蔽，有似軿車，而後有開户，有似衣車。故許云軿車前，衣車後也。段氏不解，乃妄爲竄易，失之遠矣”。（《籀高述林》）按孫校《説文》義至允當。惟衣蔽不同制，有申説之必要。《爾雅·釋器》“輿竹前謂之禦，後謂之蔽”。是蔽以竹爲之也。衣則以布帛爲之。《廣韻》、《衆經音義》引《蒼頡篇》云布帛張車上，爲幰是也。

按輜車乃載物之車，非乘車。故《九辯》云“後輜乘之從從”。從從，盛多之貌。

輂

《七諫·怨世》“驥躊躇於弊輂兮，遇孫陽而得代”。王逸注“躊躇不行貌”。“輂一作轚，一作輦”。洪興祖《補注》“輂拘玉切。大車，駕馬”。按《説文·車部》“輂大車，駕馬也，從車，共聲”。大徐居玉切。大車駕馬以別於駕牛也。古大車多駕牛。《周禮·鄉師》“大軍旅會同，正治其徒役，與其輂輦”。注“輂駕馬。輦，人輓行，所以載任器也”。《管子·海王篇》“行服連軺輂”。《廣雅》“輂車也”。段玉裁輂字注云“按《左氏傳》‘陳畚梮’，梮者土轝。《漢·五行志》作輂。是梮乃輂之或字也。《史記·河渠書》‘山行即橋’。一作檋。《夏本紀》正作檋。《溝洫志》作山行則梮。韋昭曰‘梮，木器，如今轝牀人舉以行也’”。然則《周禮》輂之制，四方如車之輿，故曰轝，或作轝。或駕馬，或人舉皆宜。用之徙土，則謂之土轝。即《公羊》之筍。《史記》“輂篾輿也”。用之昇人，則謂之橋。橋即《漢書》“輿轎而越嶺”之轎字也。《禮記》“輁軸”，輁即輂之異者，注云“輁狀如長牀是也”。《七諫》言“驥躊躇於弊輂”，則以輂爲車，散言則通也。

象輿

《惜誓》“飛朱鳥使先驅兮，駕太一之象輿”。王逸注“言己吸天元氣，得其道真，即朱雀神鳥爲我先導，遂乘太一神象之轝而遊戲也”。朱熹《集注》云“象輿以象齒飾輿也”。王朱兩説各異，按《離騷》“雜瑤象以爲車”，謂雜玉石象牙以飾車也。朱説即本之此，則以朱説爲有據，叔師讀爲“太一之象輿”，朱以爲太一象齒之輿，以語法論，亦朱説爲條暢。別詳。

後車

《惜誓》"載玉女於後車"。王逸注"載玉女於後車以待棲宿也"。按後車猶言副車，侍從之車也。《詩·小雅·魚藻》、《縣蠻》"命彼後車，謂之載之"。鄭《箋》"後車倅車也"。古天子諸侯出行，有警衛侍從之人，載副車以隨之，亦以載美姬宮女侍游。此玉女後車即此。

軌

《九歎·思古》"復往軌於初古"。王逸注"軌車轍也。《月令》曰車同軌"。洪興祖《補注》曰"車同軌。今《中庸》文也"。按《説文·車部》"軌車轍也。從車，九聲"。大徐居洧切。《詩釋文》、《衆經音義》皆引作"車轍也"。漢以後俗間專別字易之也。《漢·文帝紀》"結轍於道"。《陳平傳》"門多長者車徹"。《考工記·匠人》"經涂九軌"。注"軌謂轍"。《廣韻·支部》"徹者通也"。車迹不得言通，故徹乃聲借字。《十月之交》"天命不徹"。《傳》云"徹道也"。《釋訓》"不徹不道也"。段玉裁因據《齊策》、《吕覽·勿躬》、《淮南·覽冥》高誘注訓軌爲"兩輪間車輿之下中空處"，朱駿聲已非之，由過信二徐本也，固失之鑒矣。然其誤自《詩》、《毛傳》、《鄭箋》已然。桂氏《義證》，引之詳矣。阮元斷之曰"軌自爲徹迹之名，軌廣八尺，匠人以爲度，乘車、兵車、田車，兩輪同廣八尺，不如此出門不合徹，故《禮記·中庸》曰'今天下車同軌'是也"。按戴氏《考工記圖考》以爲八尺。依今世考古所得古車資料度之，安陽大司空村殷車，長安張家坡西漢車，興輝縣琉璃閣戰國車較之，其軌距 1.8—2.3 之間（《新中國考古收獲》P58）。《孟子》"城門之軌"，《莊子》"車徹中有鮒魚焉"，并指車迹，證以《九歎》此文，曰"復往軌於初古"。猶言復古初之往迹也。

軋

《九章・悲回風》"軋洋洋之無從兮，馳委移之焉止"。王逸注"言欲軋洶已心，仿佯立功，則其道無從至也"。洪興祖《補注》"《釋文》軋，於八切。此言懷亂之勢如水洋洋，雖欲軋絶之，而無由也"。朱熹《集注》"軋，傾壓之貌。言己心煩亂，無復經紀，欲進則無所從，欲退則無所止也"。按三説以朱氏解較允。《説文》"軋報也"。報轢即凌轢之義。故得引申爲傾壓也。然報有絶止之義，較傾壓又有輕重之別，此處實當解爲絶止。洋洋，心意仿偟也（見洋洋下）。軋洋洋言欲絶止此仿偟之心也。紛容四句本就心境立説，朱熹之説至當。惟傾壓釋軋情象尚不足。

音衍，則爲坱軋不通利也。凌轢安得通利，固其引申義矣。詳坱軋條下。

軾

《九辯》"倚結軨兮長太息，涕潺湲兮下霑軾"。王逸注"泣下交流，濡茵席也"。五臣云"軾，車上所憑者"。《九懷・陶壅》"悲九州兮靡君，撫軾歎兮作詩"。王逸注"伏車浩歎作風雅也"。按《説文・車部》"軾車前也，從車，式聲"。大徐賞職切。鍇曰"按《周禮・兵車》軾高三尺三寸，人所憑也"。徐野民《輿服志》云"軾，車前隱膝也"。戴震《考工記圖》曰"軾與較皆車闌上之木，周於輿外，非橫在輿中。較有兩，在兩旁。軾有三面。故《説文》概言之曰車前。軾卑於較者，以便車前射御執兵，亦因之伏以式敬"。（據段玉裁《説文》注引）其形參車字下車圖一二即知，軾在前可以登，可以憑。《左傳》莊十年"登軾而望之"，《漢書・酈食其傳》"馮軾下齊七十餘城"皆是。與《九懷》撫軾義皆同。古多作式。叔師《九辯注》云"泣下交流，濡茵席也"者，

《續漢書·輿服志》"皇太子諸侯王倚虎較伏鹿軾，三公列侯倚鹿較伏熊軾"。禮家亦言覆式以虎皮曰淺幭，車褥用虎皮曰文茵（《釋名》云"文茵，車中所坐"）。叔師用茵，乃坐上席名，施之於軾似小誤。惟茵本有籍意，故亦無礙。

軑

《離騷》"屯余車其千乘兮，齊玉軑而并馳"。王逸注"軑，錮也。一云車轄也，言齊以玉爲車轄竝馳左右"。洪補曰"軑音大。《方言》云'輪，韓楚之間謂之軑'"。則玉軑猶玉輪矣。按叔師車轄之説，當是車錮之誤。《説文·車部》"軑車錮也。從車，大聲"。大徐特計切。朱駿聲云"《方言》九'輪韓楚之間謂之軑'"。又錮軑鍊鐗也，關東西曰錮，南楚曰軑。《離騷》"齊玉軑而並馳"，注"銅也"。《甘泉賦》"肆玉軑而下馳"，注"車轄也"。按軑之言鉗制（鈦爲鉗制之説，錢繹《方言箋疏》九輪下考之最悉，可參）轄所以制轂，錮所以錮轂，於字義皆合，未知孰是。訂以《方言》輪可謂軑，則包轂之鐵連於轂。即連于輪，故有此稱，似訓錮爲長，若轄則斷不可謂之輪也。按朱説雖以軑訓轄亦合字義，而以輪義比之，定爲訓錮較長。錮者即車轂中䡅，古以金爲之，故字亦作鈦。後乃以玉，其形外方内圜，今猶有存者，俗稱釭頭是也略本阮元説阮元《考工車制圖解下·金解五》云"金在輪轑謂之錫，在穿曰釭（即裏于轂内者）大穿釭賢，小穿釭釱。釱謂之錧，錧謂之軑，在軸間，釭謂之鐧，在畫鍵輪謂之轄"。其解至明。參轂字條下。然《離騷》之文，自以訓輪爲當，蓋異事而同名也。依文義定之，則以車輪之説爲最當。南楚故言，又得自《離騷》而得其解。

軔

《離騷》"朝發軔於蒼梧兮"。王逸注"軔，搘輪木也"。洪興祖

《補注》"軔音刃。《戰國策》'陛下嘗軔車於趙矣'。軔止車之木，將行則發之。五臣以軔爲輪，誤矣"。朱熹《集注》"搘車木也"。（又"朝發軔於天津兮"無注）又《九懷·思忠》"發玉軔兮西行"。王逸注"引支車木，遂驅馳也"。按《説文·車部》"軔礙車也。（《詩·小旻》正義引作"礙車木也"，當從之）從木，刃聲"。大徐而振切。《秦策》"陛下當軔車於趙"矣。鮑注"軔，碾車木"。古今釋軔大同而小異，止車木，蓋置於軌上輪之下，其制當下寬上鋭。兹爲示意圖如次。

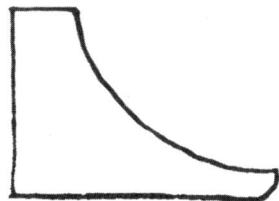

軔

今民間止車使不前，則置于輪前，止車使不後傾，則置於輪後者，其形大致如是。

玉軔

《九懷·思忠》"發玉軔兮西行"。王逸注"軔，支車木"。按《説文》訓"礙車木也"，與叔師説同。古蓋以木爲之。此言玉軔，玉乃飾詞，或漢人已有以石爲之者，或以玉形容木質堅而白，皆不可知。別詳軔字條。

組

《九歎·離世》"執組者不能制兮，必折軛而摧轅"。王逸注"言執組猶織組也。言駟馬驚奔，雖有執轡之御，猶不能制，必摧車軛而折其轅也"。洪補曰"組，綬屬。《列女傳》曰'詩云，執轡如組，兩驂如舞，孔子曰，信若是詩，則可以治天下也'。言執之於此，而成文於彼"。按洪引《列女傳》以申叔師織組之義。按《詩·邶風·簡兮》"有力如虎，執轡如組。"《毛傳》"組織組也。武力比於虎，可以御亂，御衆有文章，言能治衆，動於近，成於遠也"。叔師當本于此。然《詩》

言如組，以組比擬之也。此言執組不能制，則折軛摧轅，則直以組爲彎組，子政通人必有所據。按《左傳》襄三年“帥組甲三百”。賈注“以組綴甲”，“以組爲甲裏”。杜注“漆甲成組文”。《管子·五行》“組甲厲兵”。注“以組貫甲也”。則古組用於兵甲，組本大絲繩，其小者以爲冠纓，則大者以爲甲兵。馬彎，其用至多，印綬以組，佩玉以組，幔帷亦以組（見《長門賦》）。且《長門賦》云“張羅綺之幔帷兮，垂楚組之連綱”。五臣云“組，綬類。楚人善爲之，故用以連繫帷幔也”。則楚人善爲組，而用組亦最廣，則馬彎用組亦當然之事。故子政以執彎而御爲執組。正用楚人故習矣。

策

《楚辭》十餘見。分爲三義，一馬箠也，二策謀也，三龜策也。

（一）馬箠也。此策之本義。《説文·竹部》“策馬箠也，從竹，束聲”。大徐楚革切。《一切經音義》十七“策馬撾也，所以捶馬驅馳也”。《初學記》“鞭策箠皆馬撾之名，古者用革以撲罪人，亦以驅馬”。《左傳》文十三年“繞朝贈之以策”。杜注“策馬撾”。襄十七年左師爲己短策，苟過華臣之門，必騁。服虔曰“策馬捶也”。此皆以策爲名詞而用爲動詞者。如《論語·雍也》“策其馬”。《左傳》襄十一年“抽矢策其馬”，此動詞。《説文》別有殺字，“擊馬也”。若以漢字發展定之，則初文當作束，因以竹爲之，則加竹作策，爲名詞。而加殳爲動詞也。惟經傳多不分，《楚辭》亦同。《遠遊》“撰余彎而正策兮”，《九辯》“馭安用夫强策”，《七諫·謬諫》“駕蹇驢而無策兮”，《九思·守志》“秉雷策兮爲鞭”，諸策字皆名詞。《七諫·謬諫》“策駑駘而取路”，《九辯》同《九思·傷時》“放余彎兮策駟”，諸策字皆作動詞用。字應作殺也。

（二）策謀也。段玉裁策字注云“又計謀曰籌策者。策猶籌，猶筭，所以計謀曆數，謀而得之，猶用筭而得之也。故曰籌，曰策，曰筭，一也”。按籌策一聲之變也。《楚辭》以策爲籌謀者，凡兩見。一《九章·

悲回風》"施黃棘之枉策"，枉策猶言錯箄。詳黃棘枉策條下。二《九思・亂辭》"策謀從兮翼機衡"，策謀連文，策即謀也，亦籌箄之義。《禮記・仲尼燕居》"田臘戎事失其策"，注"策，謀也"。

（三）龜策也，當爲筴之借字。詳筴字條下《秦策》"錯龜數策"。注"蓍也"是。《卜居》"端策拂龜"。五臣注云"策蓍也"。

《卜居》策字凡三見，皆此義。古卜者以蓍筴草內龜殼中，振之使出，而視其先後長短而布之，因而得卦。故《卜居》言端策言釋策，皆指蓍草言。詳筴字及端策拂龜條下。

銜枚

《九辯》"願銜枚而無言兮"。王逸注"意欲括囊而靜默也"。五臣云"銜枚所以止言者也"。洪興祖《補注》"《周禮》有銜枚氏。枚狀如箸，橫銜之"。朱熹《集注》"枚狀如箸，橫銜之。兩頭繘有，結於項後"。按銜枚古行軍役民時一種制度。《周禮・秋官・銜枚氏》"軍旅田役，令銜枚"注"爲其言語以相誤"。《疏》"軍旅田役二者，銜枚氏出令，使六軍之士皆銜枚，止言語也"。其制見《周禮・夏官・大司馬》注"枚如箸，有繘結項中"。即朱熹《集注》所本。《漢書・高帝紀》"九月章邯夜銜枚擊項梁定陶"。師古曰"銜枚者，《周禮》有銜枚氏。枚狀如箸，橫銜之。繘絜於項。繘者結礙也。絜，繞也。蓋爲結紐而繞項也"。師古言之最詳盡。

騏驥

騏驥一詞《楚辭》十八見，義皆相同。《離騷》"乘騏驥以馳騁兮"。王逸注"駿馬也，以喻賢智"。除《九章・惜往日》"乘騏驥而馳騁兮，無轡銜而自載"之騏驥，當從朱熹引叔師注，應作駕駘外，其餘皆同。惟所指喻，當依文申說，不繁列舉。然《楚辭》雖合爲一詞，而其義則各殊。《説文・馬部》“騏馬青驪，文如博綦也。從馬，其聲”。大徐渠之切（綦字據《一切經音義》卷二卷四卷七。《文選・七發》注引《説文》并作綦，又無博字，當從之）。《系部》“綦帛蒼艾色”，此馬蓋亦蒼艾色，故云如綦也。《詩・小戎》“駕我騏馬”。《傳》“騏，綦文也”。《正義》云“色之青黑者名爲綦，馬名騏。知其色作綦文”。又《馬部》“驥千里馬也。孫陽所相者。從馬，冀聲”。大徐幾利切。《一切經音義》卷七引作“驥，千里馬也。孫陽所相者也，赤驥也”。多“赤驥也”三字，與騏之爲青驪相對成文。《論語》“驥不稱其力”。《釋文》“驥，古之善馬也”。《吕氏春秋・貴卒篇》“所謂驥者，謂其一日千里也”。兩字訓詁有異，然二字叠韻，且同爲驪馬，故齊楚文人合用之。《莊子・秋水篇》“騏驥華騮，一日而馳十里”，《齊策》五“騏驥之衰也，駑馬先之”，《荀子・勸學》“騏驥一躍不能十步”，皆是。至漢而賦家多襲用之矣。而《史記》、《淮南》尤多。其見於《楚辭》者，《離騷》一見，《九章》十三見，《卜居》一見，《九辯》七見，《七諫》一見，《哀時命》一見，《九歎》一見。

騑

《惜誓》“蒼龍蚴虬於左驂兮，白虎騁而爲右騑”。王逸注“言己德合神明，則駕蒼龍驂白虎，其狀蚴虬有威容也”。洪興祖《補注》“騑音妃”。朱熹《集注》“《淮南》云‘左青龍，右白虎，前朱雀，後玄武’。《注》云‘角、亢爲青龍，參伐爲白虎，星張爲朱雀，斗牛爲玄武’”。按《説文・馬部》“騑驂旁馬”。《文選・北征賦》注、《陸機贈弟士龍詩注》、《左傳》桓三年、《正義》引《説文》與此同。按騑即驂，就其個別言，則曰左驂右驂，兩驂。就其排列於兩服之外言，則曰騑。故二者異名同實。詳驂字條下。然漢人有以騑爲右驂者，《陽給事誄》“如彼騑駟，配服驂衡”。注“在服之左曰驂，右曰騑”，是也。《惜誓》“蒼龍左驂，白虎右騑”。大略即爲左驂右騑之所本。其實換詞以避複，非有兩義。惟驂以左爲重，故曰蒼龍左驂也。

駟

按駟字《楚辭》四見。一見於《離騷》"駟玉虯以椉鷖"，二見於《招魂》"青驪結駟"，三見於《哀時命》"駟跛鼈而上山兮"，四見於《九歎·離世》"駟馬驚而橫奔"，其義皆同。惟或作名詞，或作動詞爲異。王注皆以一乘四馬釋之，是也。《説文·馬部》"駟一乘也。從馬，四聲"。大徐息利切。許以四爲聲，其實聲兼意者也。《周禮·校人》鄭司農注"四匹爲一乘"，《詩》又言四牡、四騏、四驖、四駱、四黃皆作四，而四下皆馬名，則駟者通言四馬爲駟也。故《九歎》言"駟馬驚而橫奔"，即上句之"輿中途以回畔"也。《詩·青人》"駟介旁旁"，《小戎》言"俴駟"，則散言之矣。《詩·干旄》"良馬四之，良馬五之，良馬六之"。《傳》曰"四之御四馬也，五之驂馬五轡也，六之四馬六轡也"。《正義》云"四之謂服馬之四轡也，加一驂馬，益一轡，故言五之；又加一驂，更益一轡，故六一之也"。引車之則，一乘謂之駟。《穆天子傳》"乃獻良馬十駟"，《論語》"駟不及舌"，《孟子》"繫馬千駟"，《禮·三年問》"若駟之過隙"，皆謂一乘曰駟。《穆傳》十駟則十乘，馬四十匹也，因之駕車亦得曰駟。《離騷》"駟玉虯以椉鷖"，謂駕玉虯（猶玉龍也）以椉鳳車也。《招魂》"青驪結駟兮濟千乘"，猶言青驪結軛，千車齊同，千乘多也。《哀時命》"駟跛鼈而上山兮"，言駕跛鼈而上山也。皆是。餘參駕字條下。

驤

《九懷·株昭》"步驟桂林兮，超驤卷阿"。王逸注"騰越曲阜，過阨難也"。按《説文·馬部》"驤馬之低仰也。從馬，襄聲"。大徐息良切。段氏曰"馬之或俛或仰謂之驤。《西京賦》'乃奮翅而騰驤'，注

'驤馳也'"。《繫傳》引潘岳《藉田賦》"龍驤騰驤"。《玉篇》"驤,駕也,超也,低卬也"。《九懷》"超驤卷阿"者,謂馬超馳於卷曲之山阿也。

騄

《九思·疾世》"赴崑山兮騽騄"。王逸注"乃至崑崙,取駿馬而律之。騄,駿馬名"。補曰"騄耳,馬名,音綠"。按先秦古籍未見騄字。《說文》亦不收。《漢書·地理志》"得驊騮綠耳之乘",師古曰"華騮言其色如華之赤也。綠耳,耳綠色",則騄乃後起專用字。耳,又或加馬作騄。與騄之異糸爲馬,同爲漢人俗構之專字。

騽

《九思·疾世》"赴崑山兮騽騄"。舊注"言至崑崙,取駿馬而絆之"。"騽一作羉"。洪興祖《補注》"騽竹及切,絆馬也"。按騽《說文·馬部》"絆馬也。從馬,口其足"。《春秋傳》曰"韓厥執騽前,讀若輒。縶,騽或從糸,執聲"。大徐陟立切。按《國殤》"霾兩輪兮縶四馬",屈賦用會意字,《九思》用象形字也。詳縶字條下。

軼

《遠遊》"軼迅風於清源兮"。王逸注"遂入八風之藏府也"。"源一作凉"。洪興祖補曰"軼音逸。《三蒼》曰'從後出前也'"。按《說文·車部》"軼車相出也。從車,失聲"。大徐夷質切。按車相出者,謂後車突出於前車,即今所謂超車也。《左傳》隱五年"懼其侵軼我也"。注"突也"。《莊子·徐無鬼》"超軼絶塵"。

駕

按《説文·馬部》"駕馬在軛也。從馬，加聲。犃籀文駕"。大徐古訝切。王筠曰《衆經音義》引作四馬也。又引《字林》"馬在軶中曰駕"，又引《三蒼》"載曰乘，馬曰駕"。按《詩》"駕彼四牡"、"駕我乘馬"，古之兵車、田車、乘車，皆四馬，則言駕者，即四馬也。參駟字下。

駕字，《楚辭》二十一見。除"駕辯"爲曲名外，皆用爲車駕，或作動詞之駕車用。《離騷》"爲余駕飛龍兮"，以駕爲動字。"駕八龍婉婉"同《九歌·雲中君》"龍駕兮帝服"，《湘夫人》"將騰駕兮偕逝"，以駕爲名詞。《九歌》凡四見，《九章》兩見，《九辯》一見，《遠遊》一見，《惜誓》一見，《七諫》二見，《九懷》四見，《九歎》一見，《九思》一見，其用法皆同。其听駕惟《九歌》一言騰駕，《九章》一言駕騏驥，《七諫》一言駕蹇驢，《九辯》一言車駕，其餘則駕龍（八龍、飛龍、兩龍、青龍、龍輈）駕鸞鳳、駕玄螭、駕太一。大抵多虚擬之詞。然亦可能爲喻詞，有以喻車之飾者（如龍輈），有以狀所駕之如龍如鳳者（兩龍喻兩服，四龍喻兩驂），隨文爲解可耳。

惟《涉江》云"駕青虬兮驂白螭"，則駕指兩服受軶之馬言，而兩服之外，則曰驂。可知駕指在軶之馬言。故許説與《九章》義合。參龍駕條。

古書傳舜服牛。《天問》言殷之先服牛，此謂使用牛以耕也。至以牛駕，則至遲在戰國以來已有。長沙出土《牛駕圖》可證。《七諫》"服罷牛而驂驥"，亦此意也。漢人駕牛者至多，兹不具論。

馭

《九辯》"棄騏驥之瀏瀏兮，馭安用夫强策"。又《七諫·謬諫》

"當世豈無騏驥兮，誠無王良之善馭"。王無解。按《説文·彳部》"御使馬也。古文作馭"。今經典御、馭截然兩義。御字多用作使用、進用之義，或其引申義，乃役使奴僕之象。而使馬則皆用馭字。《書·五子之歌》"馭六馬"，《周禮·保氏》"五馭"，《夏官》"大馭"、"馭王路"，又"戎僕馭戎車"之類引申爲駕馭。太宰"馭其神"、"馭其官"、"馭群臣"、"馭萬民"之類則義與御近矣。別詳御字條下。

御

《楚辭》十六見，其用單字而見於屈宋賦者凡八，漢賦所用大體與屈宋同，細爲分類大體可得四義，而以同一義之引申爲主，假借亦有之。茲分説如次。

（一）使馬也。《九辯》"當世豈無騏驥兮，誠莫之能善御"。此言使馬者之不善駕馬，非世無騏驥良馬也。王逸《九思·遭厄》之所謂"御者迷兮失軌"，亦即此義也。考御字，《説文》"使馬也。從彳，從卸。古文作馭，從又，從馬"。按《説文》又云"卸解車馬也"。御卸分爲兩字。考甲文作𢒟、𢒠，若𢓲、𢓷，或變作𢓭，或省作𠂤，則卸御蓋一字之繁簡。而小篆定𠂤、𡈼等形爲午，蓋古以來變體。此形與𠂤若𠂤皆同類字，後世或譯𠂤爲玄，𠂤爲五，與𡈼殊科。則小篆一形必止爲一字統一形體之義也。然午、五、吾、互、即笴，皆同聲，則形雖分化而音仍歸一也。此蓋象繩絲之屬。卸字從跪地之人（凡甲文金文女母等字寫足部皆屈，謂女子善舞且又卑弱爾。而人字足下從跪形者，表被奴役之人爾）。此正表使用此𠂤若𡈼之人，則𡈼若士者，皆馬策也。殷商時代馬之用極甚。近世考古出土殷代殉葬之車馬有至百以上者，蓋殷人已善乘，故孔子以乘殷之輅與夏時、周冕等同而觀，則使馬之事其殷代奴隸所不可不善習者耶？儒家六藝中有御。孔子殷人，保其故習耳。引申之則凡乘皆可曰御。《九歌·大司命》"乘清氣兮御陰陽"，以御與乘對舉，御亦乘也。陰陽何能乘，此字義引申用之耳。王逸注"陰主殺，陽主生。言司命常乘天清明之氣，御持萬民死生之命也"。萬民生死之言叔師結構之説也。洪興祖《補注》"《易》云'時乘六龍以御天'。《莊子》曰'乘天地之正，御六氣之辨'。乘猶乘車，御猶御馬也"。朱熹注曰"乘猶乘車，清氣謂輕清之氣，御猶御馬，陰陽則兼清濁變化而言也"。綜合王、洪、朱三家説，則御陰陽之義可得而明矣。

（二）引申爲用也。其義較通順而達，故御字訓用遂成通詁矣。《涉江》"腥臊並御芳不得薄兮"。王逸注曰"御用也。言不識味者，並甘臭惡，不知人者信任讒佞，故忠信之士不得附近，而放逐也"。朱熹注曰"御，用也。言污賤並進而芳潔不容也"。朱説簡明。漢賦中作用字解者如《七諫·謬諫》之"鈆刀進御兮遥棄太阿"，《九懷·株昭》之"鈆刀厲御兮頓棄太阿"，《九歎·遠逝》之"御后土之中和"等，王、洪諸家皆以用義詁之是也。

（三）以女侍寝曰御。《遠遊》"二女御九韶歌"。洪補"御，侍也"。又《七諫·怨世》"蓬艾親入御於牀笫"，此言爲最直樸。按蔡邕《獨斷》"天子所進曰御。凡衣服加於身，飲食入於口，妃妾接于寝，皆曰御"。《荀子·大略》"天子御珽，諸侯御荼"。考《曲禮》婦人不當御，謂不值御。侍於牀笫之婦人曰不當御，反之則值於牀笫曰當御矣。《晋語》"朱也當御"是也。《詩》、《書》、《三傳》中用此義者至多。古統治階級自有一套專用術語，如朕爲天子自稱，誥命爲天子諭示，平民皆不得用之。御女猶言使用女人，使用女人最專之事，莫如牀笫，故以此義當之也。統治者使用人如使馬者之御馬耳。此當自奴隸已立而有之，至封建制興而達于成熟。屈宋在過渡時期，故屈子亦自曰朕、曰御二女矣。秦尊大王者，吏亦爲師父，故其制遂定，爲歷代統治者所遵行。

（四）侍也。第三節所陳訓詁家本已用侍字解之，此外如《九章·惜誦》"俾山川以備御兮"。王逸注"俾，使也。御，侍也"。朱熹注云"山川名山大川之神也。御，侍也"。以御爲侍者，如《書·顧命》"御王册命"，《詩·六月》"飲御諸友"，《内則》"冢子御食"，《左傳》成十六年"使鍼御持矛"，諸御字皆作侍解。

（五）引申爲止、爲制，即今俗所用禦字。《九辯》"無衣裘以御冬"，無衣御冬，即無衣以制止冬寒之義。今世通行之禦字是也。止也制也。亦御義之引申。凡使用之即制治之，制治則能止也。《詩·思齊》"以御於家邦"，《箋》"治也"。治亦制也。《左傳》襄四年"季孫不御"，注"止也"。則御冬猶言治冬矣。然此實借爲敔字，《九辯》"無衣裘以御冬兮，恐溘死不得見乎陽春"，注"御一作禦"。補云"魚據切"《詩》云"我有旨蓄，亦以御冬"。注云"御禦也。以禦冬月乏無時也"。然禦字本祀也，從示，御聲。其本字當作毃敔之敔。《説文·攴部》"敔禁也"。古多借禦爲之。

（六）迓之聲借字。《禮記·曲禮上》"大夫士必自御之"。注"御當爲迓"。《離騷》"帥雲霓而來御"。王逸注"御迎"。補曰"御讀若迓"。迓御一聲之轉，故借爲迓也。《詩》"百兩御之"。《釋文》"五嫁反。本亦作訝，又作迓。同迎也。王肅魚據反。云侍也"。《儀禮》"媵御沃盥交"。《公羊傳》"孫者御妙者，跛者御跛者"。《大雅》"刑於寡妻，至于兄弟，以御于家邦"。諸御字皆訓迓。惟以詩叶而論，則《召南·鵲巢》與居叶，《大叔于田》與射叶，《黍苗》與旅、處叶，《行露》與罣叶，《莊子·徐无鬼》與馬、野、塗叶，《九辯》與錯、路、去、舉、叶，《禮記·禮運》與嘏、度、序叶。皆讀魚模韻，即《離騷》"帥雲霓而來御"句，亦與上文夜、下文下韻叶，不誤。然今魚模韻字與麻、馬韻相涉者至多。如牙、邪、華、家、車、瓜、且、夜、犯、葭、茶、舍、馬、下、瑕、若、霞、者、夏、嘏、寫、射、假、野諸字，今皆讀麻、馬、禡韻，而古音盡叶魚模也。此近世歌、魚、模、麻古讀，遂爲韻學上論争之一事也。

附論《説文》所録馭字，當以使馬爲本義，无疑。故馬旁加又者，馬行動也。故得爲使馬。甲文不見此字，然金文則有之。《盂鼎》作𩢢，《不娭敦》作𩢲，《𡘇馭敦》作𩢦，皆確然馭字。象執杖策樸馬之形，其爲御馬之義，亦無疑。然經典中使用此兩字，馭則專歸使馬，《書·五子之歌》"馭六馬"，《周禮·保氏》"五馭"，《夏官》"大馭"，"馭玉路"，又"戎僕馭戎車"，《儀禮·既夕》"馭者執策從"，《周禮·校人》鄭司農注、《左傳》桓十三年"謂其馭曰"（從《漢書·五行志》中之上。今本作御），《荀子·王霸》"王良造父者善服馭者也"，又《哀公》"東野子之善馭乎"，《管子·形勢解》"馭者操轡也"，皆是。

至御則見於《書·泰誓》、《五子之歌》、《顧命》，《易·文言》，《詩·思齊》、《鵲巢》、《行葦》、《谷風》、《簡兮》、《六月》，《左傳》僖十九年、成十六年、昭廿九年、廿三年、襄廿六年、廿八年，《周語·鄭語》，《荀子·大略》、《禮論》、《榮辱》，《管子·五行》，《呂覽·貴卒》、《孟春》、《上農》等及《孟子》、三《禮》、《史記》、兩《漢書》、《獨斷》，皆訓使用、訓治、訓侍、訓待、訓進、訓幸、訓勸、訓行、訓將、訓陳、訓生、訓奉、訓享、訓衣食。引申爲進用之女，近臣之供使用者，婦官，引申爲王者所用及進於王者之人與物。皆無馭馬之義（《詩·車攻》徒御，《漢書·揚雄傳》、《荀卿傳》以御爲馭。當出後人臆改）。是御與馭實兩字也。

以《楚辭》而論，惟《九辯》"當世豈無騏驥兮，誠莫之能善御"，及《大司命》"乘清氣兮御陰陽"兩字，似略有馭字義（按"當世豈無騏驥兮"二句，本之《七諫》誠莫之三字，《七諫》作"無王良"，用馭字，則《九歎》原本或亦當作馭。則此處御字乃馭之借矣。又當別論）。然善御釋爲善使用，亦未嘗不可。御陰陽之御，王逸訓御持萬民生死之命（洪慶善引《易》"時乘六龍以御天"，及《莊子》"乘天地之正，御六氣之變"，謂乘猶乘車，御猶御馬。其實《易》、《莊》乘字當作載字解，御字當作制字解也）。外此惟《九思·遭厄》"御者迷兮失軌"一御字作馭義，此本漢人習用語，不能以明字源者也。是《楚辭》全書，除《九思》一用外，御無用爲馭者。此義既明，則御義亦自能辯章矣。

檻檻

叠字狀聲詞,車聲也。《九歎·怨思》"山中檻檻,余傷懷兮"。王逸注"檻檻,車聲也。《詩》云'大車檻檻'。言己放去山中,車行檻檻,鳴有節度,自傷不遇,心愁思也"。洪補云"檻音艦,上聲"。按《詩·王風·大車》"大車檻檻"。《毛傳》"檻檻,車行聲也"。《釋文》"檻,胡覽反。"按檻本訓櫳,本闌檻字。所以因囚罪人之牢,車聲義,特借字。大徐音胡黯切。不似車聲。洪音艦上聲,與大徐同,古音當讀監,古銜切。開口一等呼,後人又別造轞字。見《六帖》十一,引《詩》作"大車轞轞"。《五經文字》云"轞大車聲",古狀聲字,多假借。漢人乃漸依聲義造爲新字,此類是也。

驂

驂字《楚辭》七見,其義皆同,因詞序而異其用。有爲名詞者,《九歌·國殤》"左驂殪兮右刃傷",《惜誓》"蒼蚴虬於左驂",《遠遊》"驂連蜷以驕驁"是也。有作動詞者,《九章·涉江》"駕青虬兮驂白螭",《九辯》"驂白霓之習習",《九懷》"乘虹驂蜺"是也。而以名詞爲本義。《説文·馬部》"驂駕三馬也。從馬,參聲"。大徐倉含切。按疑今本《説文》有缺誤。《遠遊》洪補引《説文》"騑驂旁馬",李善《北征賦》引作"旁馬也"。《一切經音義》引作"駕三馬也",居右爲驂,"乘者備非常也"。《詩·大叔于田》"兩驂如舞"。《傳》云"在旁曰驂"。《左傳》桓三年"驂絓而止",注云"驂騑馬"。《正義》云"《説文》云'騑驂旁馬'"。是騑驂爲一也。初駕者以二馬夾轅而已,又駕一馬與兩服爲參,故謂之驂;又駕一馬乃謂之駟。故《説文》云"驂駕三馬也"、"駟一乘也"。兩服爲主,以驂參之,兩旁二馬,遂名爲驂。革一乘,則謂之駟,指其騑馬,則謂之驂。《詩》稱"兩驂如舞",

二馬皆稱驂。是驂本兩服外之一馬，而其第四馬亦得曰驂。一馬亦稱驂，是本其初參遂以爲名也。驂馬在衡外，挽靷每挂於木，由頸不當衡故也。馬之在駕者，只於兩服，謂以軛加之也。兩服外，雖通言，亦得曰駕，而正詁則不得言駕。故《説文》原文當作旁馬也。居左右（見後）。爲參乘者，備非常也。與禮制、體制皆相合。如今本言駕三馬，則義未允。且驂馬游環在服馬背上，而無并軛於輈，更不得言駕。又《詩》言"兩驂如舞"，則驂馬在兩服左右者，皆可曰驂。則不得專指左馬。然車之馳行，兩服爲主，左驂所以助兩服，調其和利，使無側仄非常者也。而右驂則不如是重要。大體以飾車駕之盛（見後）。故古賜馬亦有賜三馬者，有賜四馬者，多見周初金文（王筠所引已足説明此義）。自實際使用及品階而別也。蓋初駕馬者，以二馬夾輈而已，又加一馬於左服，遂兩服爲三。此今本《説文》駕三馬之由來。更加一馬於右服，則成四馬，四馬爲一乘之專制，因制專字曰駟（詳駟字條下）。兩馬與兩服并列，專指一馬曰驂，指左馬曰左驂，右曰右驂。左驂見《國殤》、《惜誓》及《詩·大叔于田》；右驂見《禮記·服問》、《莊子·徐無鬼》、《覲禮》。并指兩馬則曰兩驂，或曰騑。混言之，則曰驂騑，或曰騑驂。驂在助佐之義，非以指三數而言，古言三，與言參大別，歷世皆不悟其誤，故詳爲定之。又殷、周至戰國，皆獨輈，故一乘必四馬。至秦漢而有雙轅之車，則一馬輓，兩馬佐之，遂有驂駕之制（詳後時説）。《衛策》"拊驂無笒服"，高注云"兩旁曰驂，轅中曰服"。漢人猶有知其別者也。此義既明，則讀《國殤》者能得其精義。"左驂殪兮右刃傷"，言左驂既死，而右驂爲刃所傷也。古車行皆由右，兩兵相接，則各以左當敵，左車相對，所謂凌陣躒行，則左驂正當敵之冲擊，故先傷也。至此兩車轂相交，敵車之左持弓矢者，無所用其力，敵右持矛者，可以刺擊，於是而右驂爲矛之鋒刃所傷也（叔師注右騑馬被刃，洪補《遠遊》、《説文》云"騑驂旁馬"，則騑驂一也）。必如此解。乃見《九歌》文字簡潔，而表達顯明，不然則左右字不過爲形容詞而已。不考制度，何由知其謹嚴。《惜誓》"蒼龍蚴虬於左驂兮，白虎騁而爲右騑"。右騑特易詞以避複，亦右驂也。洪興祖引《淮南》"前朱雀，後玄武，左青龍，右白虎，天文四象也"。其中以龍鳳最爲神武，以左驂定龍，與古車行由右，當軌徹之緣，易於傾軼，故以左驂佐助之，使不至軼於軌外，故左驂乃行於道中，用力最多，故以神武之龍當之。此制既明，則此文之謹嚴非雜湊又可知矣。《左傳》成二年"逢丑父與公易位，將及華泉，驂絓於木而止"。杜注"驂馬絓也"。此必爲右驂，車行在軌右，即軌緣之地，故能絓於木，若在左，則正當道中，不能有木，且馳急，必不行於左也。亦可證驂之制及行道之制。《涉江》"駕青虬兮驂白螭"。虬龍，螭龍屬，故以螭參虬也。《楚辭》凡乘車多言驂。重之也。《遠遊》云"驂連蜷兮驕驁"。《九辯》"驂白霓之習習"。《九懷》"乘如驂蜺"。《七諫·謬諫》"服罷牛而驂驥"。王逸注"驂兩騑也"。《詩·小戎》"騏騮是驂"，鄭箋曰"驂兩騑也"。《覲禮注》、《檀弓注》皆云"騑馬曰驂"。《呂覽》高誘注"兩馬在邊曰驂"。凡言驂，皆所以表其武壯。不明驂義，皆無體會也。

附漢人驂駕圖説

重慶博物館所藏蜀中出土漢代墓磚，有軺車驂駕圖一幅，並以輔佐吾人具體瞭解古代車制駕車法，及乘車法等。實爲最好之直觀教材。故採其拓本，附之書後圖版内。圖爲三馬駕車，車有蓋，繫四牽帶，御者居左，吏人坐右，馬尾有駖，車爲雙轅，中馬負軛，兩馬居外，輿有較，稍高於輪而已，坐而不立，周有障泥，與戰國以前制，稍稍別矣。

又附游環

游環者，兩環以上相銜，以便於左右前後轉動，有如游動也。長沙戰國墓出土車馬件，有遊環一事，形如：三環相銜，蓋以一環置服馬背，以一環在驂馬背，使兩馬相牽，又靈活不礙也。（見《長沙發掘報告·圖版十四之三》）

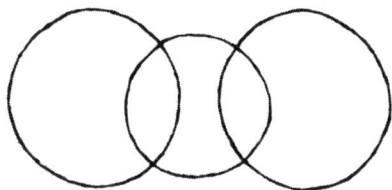

游環

龍駕

《九歌·雲中君》"龍駕兮帝服"。王逸注"龍駕言雲神駕龍也。故《易》曰'雲從龍'。帝爲五方之帝也。言天尊雲神使之乘龍，兼衣青黄五采之色，與五帝同服也"。五臣云"言神駕雲龍之車"。朱熹《集注》曰"龍駕以龍引車也。帝謂上帝也"。按王、朱皆以龍駕爲以龍引車是也。此就神而言，故裝飾亦以神性是也。凡《楚辭》言神車駕，以龍、鳳、玄、螭者皆是也。惟《湘君》亦云"駕飛龍兮北征"。《湘君》爲人先而非神，亦用龍。《離騷》亦言"駕飛龍雜瑤象、駕八龍、載雲旗"。則固生人且原自語者矣。固不能更以龍神視之，然龍不可知（春秋以來，釋者多方足不能明也）。則此龍乃虛擬之詞矣。然何以不以他獸爲喻，而以龍喻。按《周禮·庾人》、《儀禮·覲禮》"天子乘龍"，注"馬八尺曰龍"；《禮記·月令》"駕蒼龍"，注"馬八尺曰龍"；《文選·東京賦》"龍輅充庭"，薛注"馬八尺曰龍"，其餘如《後漢書·馮衍傳》下注、《馬融傳注》、《班彪傳注》皆有此説，或又讀爲駹。《周禮·巾車》"駹車藿蔽"。杜注"又犬八用駹可也"。司農注讀龍爲駹。則古固有以馬之高大壯健者爲龍。《易卦》亦以龍與馬配言，故駕龍之説，虛言則以喻神駕，實言亦未始不可指爲天子公卿之壯馬，混言之足以增加文章之神秘氣氛，而又不背於傳統之説。此《楚辭》之所以多以龍爲喻語也。引申之則龍子曰虬，亦可駕青虬矣。螭亦龍屬，亦可爲驂矣。詩人喻詞，無往不可。然吾人作釋當探其遣詞之歷史發展與演變，不得以比興喻言了之也。故發其例於此。

駕龍輈

《東君》"駕龍輈兮乘雷"。《章句》"輈，車轅也"。洪補曰"震，東方也。爲雷、爲龍、日出東方，故曰駕龍輈乘雷也。《春秋命厤序》曰'皇伯登扶桑，日之陽，駕六龍以上下'"。按《方言》"轅楚韓之間謂之輈，輈者在輿之中，轅在輿之兩旁，散言則通。楚韓謂轅馬輈者，猶齊魯以單梁之輈爲轅，其義一也"。洪以雷震説東方，使切於東君，於疏釋故言固甚有據，而諸言龍、言雷者至多，則洪説失之鑿。引《春秋命厤》説駕龍之義，其失亦同。此古初民間神話，以龍爲駕，爲神靈輿服之威儀爾。別詳駕龍條。

駕龍

《離騷》"爲余駕飛龍兮，雜瑶象以爲車"。又曰"駕八龍之婉婉兮，載雲旗之委蛇"。《遠遊》同此文。《章句》注駕飛龍二句云"象象牙也。言我駕飛龍，乘明智之獸，象玉之車，文章雜錯，以言己德似龍玉，而世莫之識也"。五臣云"飛龍喻道，瑶象以比君子之德，言我遠遊，但駕此道德以爲車"云云，是王與五臣皆以駕龍爲喻詞，而道德美備之義。此漢以後人引喻之義，屈義恐不如此。而五臣釋八龍，以爲八節之氣，更荒眇不足信。考屈賦言駕龍者，《離騷》尚有"駟玉虬以乘鷖兮"之句（虬《廣雅》龍無角説，以爲虬龍子，有角者。別詳虬字下），《九歌》益盛言之。《雲中君》云"龍駕兮帝服"，《湘君》云"駕飛龍兮北征"、"飛龍兮翩翩"，《大司命》言"乘龍兮轔轔"，《東君》言"駕龍輈兮乘雷"，《河伯》言"駕兩龍兮驂螭"，皆指神靈陟降之所乘，固不必即有明智等義存乎其中。考《山海經·海外西經》、《大荒西經》之夏后啟，《海外東經》之句芒，《海外北經》之水夷，皆言乘兩龍，則駕龍車，乃古昔先民神話中對神靈輿服之飾，常用之物，不論其神異爲何等，皆所以狀其威儀，威儀雖亦以表德，而不必即明智云云之德。屈于神遊天庭，則天庭神靈之所服御，正所以表其神遊之威儀，《韓非·十過》曰"昔者黃帝合鬼神於泰山之上，駕象車，而六蛟龍，畢方並轄，蚩尤居前，風伯逝掃，雨師灑道，虎狼在前，鬼神在後，騰蛇伏地，鳳皇覆上"云云，此與《離騷》駕飛龍以下一段，"鳳皇承旂"、"蛟龍梁津"、"西皇涉余"、"雲旂委蛇"及"駟玉虬"以下一段之"埃風上征"、"羲和弭節"、"望舒先驅"、"飛廉後屬"、"鸞皇先戒"、"雷師未具"、"鳳鳥飛騰"、"飄風屯離"，固儼然與《十過》之形頌黃帝者，何其相似？恐兩傳說爲一源之本。屈子特假以自飾者耳。此文家浪漫之夢遊，非必即以此爲道德之崇飾矣。《五帝德》述孔子語，謂"顓頊乘龍而至四海"，述帝嚳事亦曰"春夏乘龍，秋冬乘馬"。而《易》爻亦恒言乘龍，則此一神話，固南北諸子之所共有，《九歌》述神靈，傳說而立言。《離騷》、《遠遊》用之，爲依心神之仿彿而立言，皆有所本，非向壁虛造者矣。次復龍駕之"制"，姑不論其文學創造上之思維邏輯如何，而其足以說明歷史發展之因緣者，尤不可忽視，其事蓋有二大端，一則豢龍、御龍、乘龍等說，戰國以前，皆爲統治階級之——尤其是大酋——所獨專。此其中蓋有一嚴格之階級屬性在，何以屈宋文中能出現如此大量，而又如此隨便使用之情事。二則古但言乘龍，以龍爲乘，坐之本位，而屈賦乃言駕龍，此一字之差別，表面似甚微，而其實則足以說明歷史發展者固甚大也。茲請分別詳之。

（一）夏殷以前之中國史書，爲傳說時代。三皇不必論，即以五帝而論，雖已有合於社會發展之傳說，而極少證驗，真正有歷史記載，文獻足徵者，起於夏殷，而社會組織，脫離氏族部族社會，有確然可述之初步政治組織者，亦始於夏殷。《論語》謂"夏禮吾能言之，杞不足徵；殷禮吾能言之，宋不足徵"之言，至今日而益見其非妄言。然夏殷之足徵者，在今日實又勝於春秋之世。

考夏殷兩族，爲中土古代東西兩方不同之兩族。殷人以鳳爲圖騰，夏以龍爲圖騰。龍鳳兩物，儼然爲夏殷兩族全部文化之象徵。在夏殷之際，兩族相互容受，相互傳播，各有其社會發展史之最要作用。自周大王、王季、文王與殷人之政治閏爭日急，以圖騰宗教性之觀念，已不能適應人類進步之組織需要。至呂望、姬旦輔文、武以傾殷紂，而後呂望以武功勘定東方，姬旦以思理制作政理，集權中央，以奠定周室，又擴大深化宗法舊制，以血緣基礎代氏族圖騰神話，大封同姓及懿親。槃根錯節，以鞏固周家八百年之統治。而又分封古帝之後，以維持各氏族間宗教信仰之暫局。使各得所安，而周室遂成爲大一統之局面。從此龍所象徵之文化，遂成爲中國史上之中心機緣，鳳文化退而爲學術上爭衡之工具（如孔、墨及三晉部分學說皆是）。此一政治上之大變更，影響於黃河流域者最爲巨，其勢力僅在黃河流域地區，南楚之統治階級本爲夏後，周室政治力量對南方較鬆，然統治階級雖已全被化，而民間因民族複雜，龍之宗教信念則保存於民間爲最切實，而洞庭綿邈，江漢浩瀚，其中可以助人神思者至多，如齊人之于海上龍之神秘性，歷來所傳說者，又自與此環境相調適。故《九歌》神飾之説，遂以龍爲中心。此時龍之屬性，已由統治階級所特有而轉化爲齊民所共享（漢高本楚人，故漢以後文化之中心機緣，亦以楚爲重點）。此一段歷史發展之內在規律，極與一般社會發展史之規律全部自相合拍。而龍自降而爲人民所愛仰崇敬，本有其甚深牢固之歷史因力，非突然而來者也。屈子正其中吸風飲露，肩統治者與人民兩大對立階級之巨人。則駕龍乘龍，有其歷史根源與現實事象，非茫茫然揶揄神秘，以説愉其心志者可比。

（二）凡文學創作之思維基礎，必有一中心主題，即兩翼輔車，中心主幹者，作者之思想感情及對物事之認識。兩翼者，一爲其民族本有之風習故技，二及當時之物質存在。屈宋創作之中心主幹，已詳見論屈宋思想意識各節中，兹不具述。其兩翼中民族本有之風習故技一事，亦即上文第一節之所陳説，則吾人所當賡續論列者，即當時之物質存在一事。

考上古大酋，多乘龍升天傳説。黃帝當日鼎湖上賓，臣民之不得上者，攀龍髯鱗，亦得上，則龍近黃帝所乘坐之本體。蓋其時尚無所謂車乘也。黃帝造車之說，以軒轅二音所代表之字，從車旁符會而得，不可信。今日考古學上最早見之車乘始於殷，從此興制有大小繁簡貴賤之殊，使用之者亦因其地位而生差別。故自殷、周以降，車制已成爲代表政治財産地位之儀則。孔子所謂"乘殷之輅"一語，可以見之。至戰國則車爲戰陣行政交通之工具，而南楚舟車，遍大江南北。故此時統治階級之交通工具，以車爲最普遍，亦以車爲最能表現其容儀地位。故已不言"乘龍"，而用"駕龍"矣。駕龍者，龍駕於車轅之謂也（《九歌》有"乘龍兮轔轔"之言。以轔轔狀乘，轔轔車聲也。則此乘龍亦謂駕龍車矣）。則駕龍、飛龍、龍輈等之組合成份，自有其時代之物質基礎。登天則有天梯，可釋階而登矣，又何必用夫龍駕？以龍與駕組合爲一語，正以見寫實與浪漫組合之功能，此種功能恰是屈賦最大特色之一，不僅十五國風及二雅三頌之所無，即漢賦樂章亦莫能望其項背。而屈子又非任意創作，爲無根之木，無源之水。即此一詞，亦已表現吾土吾民之深厚歷史意義，此吾人所不可不深知之者也。

駕飛龍

《離騷》"爲余駕飛龍兮，雜瑤象以爲車"。《九歌·湘君》"駕飛龍兮北徵"。言以飛龍爲車駕，如後世之駕馬、駕牛。此乃古初神話，對神靈輿服之飾詞。詳駕龍條。

乘龍

《九歌》"乘龍兮轔轔"。王逸注"轔轔，車聲。《詩》云'有車轔轔'也。言己雖見疏遠，執志彌堅，想乘神龍，轔轔然而有節度"。朱熹注"轔轔一作輪輪，立音鄰。轔轔，車聲。與《詩》'有車轔轔'字同"。按朱說極確。王逸以轔轔爲節度，則是跨乘龍身，與黃帝鼎湖之變同。非也。詳參駕龍條。

步

《離騷》"步余馬於蘭臯兮，馳椒丘且焉止息"。注"步徐行也。言已欲還，則徐步我之馬於芳澤之中，以觀聽懷王，遂馳高丘而止息，以須君命也"。又《九章·涉江》"步余馬兮山臯，邸余車兮方林"。注"言我馬強壯，行於山臯，無所驅馳；我車堅牢，舍於方林，無所載任也"。又《大招》"騰駕步遊，獵春囿只"。注"言從曲閣之路，可駕馬騰馳，而臨平易，又可步行，遂往田獵於春囿之中，取禽獸也"。按《涉江》步與邸對舉，皆謂徐行勿驅。王注是也。此與《離騷》句義相似。"邸余車兮方林"猶"馳椒丘且焉止息"矣。然朱駿聲《離騷賦補注》引《左傳》"左師見夫人之步馬者"。俞樾《讀楚辭》亦云"離騷王注非也"。襄二十六年《左傳》"左師見夫人之步馬者"。杜注曰"步馬習馬。'步余馬於蘭臯'當從此解"。按步馬自有二義。《春秋傳》主習馬。與《離騷》異，《說苑·正諫篇》"楚昭王欲之荆臺遊，於是令尹子西駕安車，步馬十里，引轡而止，曰臣不敢下車，願得有道，大王肯聽之乎？"其言步馬則同。《淮南·人間訓》"徐行而出門，上車而步馬，顏色不變，其御欲驅，撫而止之"。皆楚書也。胥謂安步徐行，不關習馬。《離騷》"步馬"亦與此文同。

另步卒或徒步也。《招魂》"步及驟處兮誘騁先"。王注"言獵時有步行者，有乘馬走驟者，有處止者，分以圍獸，己獨馳騁，爲君先導也"。按步當指步卒言。又《大招》"騰駕步遊，獵春囿只"。王注"言從曲閣之路，可駕馬騰馳而臨平易，又可步行遂往田獵於春囿之中取禽獸也"。騰駕與步遊對舉，則騰駕爲乘馬馳驅，步遊爲步卒行游，至明。此騰步與《招魂》步驟正同，皆言獵時有騎者，有徒步者爾。步言及，及逮也。言徒步者能相及也。及與處對文。《淮南·原道訓》云"縱志舒節，以馳大區，可以步而步，可以驟而驟"。亦言步驟矣。

轔轔

《九歌・少司命》"乘龍兮轔轔"。王逸注"轔轔，車聲。《詩》云'有車轔轔'也"。《釋文》作軨音轔。洪補云"今《詩》作鄰"。按轔轔，車聲也。《詩・秦風》"有車鄰鄰"。叔師引作轔轔。古今文之異也。作轔者以其爲車聲，故配以車旁耳。《釋文》云"本亦作轔"，漢賦家亦多用轔轔，蓋承襲南楚風習也（見《文選・東京賦、籍田賦》等文）。《廣雅・釋訓》"轔轔聲也"。轔與鄰同從粦聲。《説文》無轔字，今在新附中。然《九歌》用轔，則亦可謂北土用借字，南楚用專字矣。

闐闐

《九辯》"屬雷師之闐闐兮"。王逸注"整理車駕而鼓嚴也"。洪興祖《補注》"闐音田，鼓聲"。又《九懷・通路》"聞雷兮闐闐"。王逸注"君好妄怒，威武盛也"。洪《補注》"闐音田"。按《楚辭》闐闐凡兩見。皆訓雷聲。《説文》"闐盛皃"。《詩・小雅・采芑》"振旅闐闐"，箋云"至戰止將歸"，又"振旅伐鼓闐闐然"，亦以爲鼓聲。《説文》引此詩則作嗔嗔。郭注《爾雅》云"闐闐群行聲"，是闐嗔皆由衆盛而引申爲衆聲，更因上下文義而可別爲雷爲鼓爲衆聲也。王念孫《廣雅疏證》云"凡盛貌謂之闐闐，盛聲亦謂之闐闐。《説文》闐盛皃也，又嗔盛氣也"。按王説至圓通。字又作填填。《九歌》"雷填填兮雨冥冥"，《易林・賁之蹇》云"轀轀填填"是也。詳填填條下。又《問喪》云"殷殷田田，如壞牆然"。田田亦盛也。

填填

《九歌・山鬼》"靁填填兮雨冥冥"。五臣云"填填，雷聲"。洪補云

“填音田”。按《説文·土部》“填塞也”，無雷聲義，此聲借字也，本無專字。《九辯》“屬雷師之闐闐兮”。補曰“闐音田，鼓聲”。填填即闐闐也。《文選·蜀都賦》“車馬雷駭，轟轟闐闐”。良注“轟轟闐闐，車馬聲”。《詩·小雅》“振旅闐闐”。箋云“至戰止將歸，又振旅伐鼓”。則鄭以闐闐爲伐鼓聲。郭注《爾雅》云“闐闐群行聲”，則填填、闐闐皆狀聲字。字又作輱輱。《文選·魏都賦》“振旅輱輱”，即《毛詩》之“振旅闐闐”也。李善注引《蒼頡篇》曰“輱輱衆車聲也”。《廣雅·釋訓》“闐闐盛也”。王念孫《疏證》“凡盛皃謂闐闐，盛聲亦謂之闐闐”。餘詳疏證，及闐闐一條下。雷聲曰闐闐、填填，擊鼓之聲曰搷。語根一也。而字形則增手爲動字之例也。詳搷下。

搷

《招魂》“搷鳴鼓些”。王逸注“搷，擊也。言衆樂並會，吹竽彈瑟，又搷擊鳴鼓以進，八音爲之節也”。“搷一作嗔，一作填。《文選》作槙，徒年切”。洪《補注》“搷田殿二音。《集韻》嗔音田。引《詩》‘振旅嗔嗔’”。朱熹集注“搷一作填，田殿二音。疑當從入聲讀搷。急擊如投擲之勢者也”。按《九辯》“雷師闐闐”，《九歌》“雷填填”，與此搷搷皆同一語根之詞也。狀其聲曰闐、曰填，舉其事則擊鼓曰搷搷。其事一也。則闐、搷、填皆轉注字，此從手者，自甲文金文以來，諸動詞性之字，多增手、寸、又、止、彳、丁等形以名之。此用搷爲擊鼓，就字形言，猶有古義也。《説文》無搷字。《孟子》“填然鼓之”。注“填鼓音也”。按洪本云“搷一作填”，則此字當作填，從手與從土相混而誤也。

縶

《九歌·國殤》“霾兩輪兮縶四馬。”王注“縶絆也。《詩》曰‘縶之維之’言己馬雖死傷，更霾車兩輪，絆四馬，終不反顧，示必死也”。洪興祖補曰“縶陟立切”。《詩·白駒》“縶之維之”，傳“絆也”；《有客》“言授之縶，以縶其馬”，箋云“縶絆也”；《莊子·秋水》“東海之鱉左足未入而右足已縶”，《釋文》引《三蒼》“縶絆也”；《吕氏春秋·仲夏紀》“游牝别其群則縶騰駒”，與叔師之訓皆同。其字有二形，《説文·馬部》“罵絆馬也。從馬，口其足”。《春秋傳》曰“韓厥執罵前，讀若輒輒縶，罵或從糸，縶聲是也”。大徐讀陟立切、罵字象馬足被絆之形。從口非，口乃絆縶之意也。縶則會意字。許引《左傳》成二年“韓厥執罵前”，今本作韓厥執縶馬前。杜注“縶馬絆也”，則古文作罵，今文作縶耳。《經義雜記》云“韓厥執罵前。罵即縶正字，今本譌爲馬，又别出縶字，縶當爲衍文。上言，驂絓于木而止，丑父爲蛇所傷，不能推車，爲韓厥執齊絆馬而前也”。（執執縶，又見襄二十五年《傳》，乃古敗者之禮。詳《經義雜記》）然昭二十一年“盗殺衛侯之兄縶”，《公羊》、《穀梁》皆作輒。《穀梁傳》曰“輒者何也，兩足不能相過，齊謂之綦，楚謂之踂，衛謂之輒”。《釋文》“輒本亦作縶”。則許君以罵讀若輒者，據楚衛方音言之，則固楚語矣。《楚辭》除《國殤》用縶字外，《九思》有罵字。

陣

《九歌》“凌余陣兮躐余行”。王逸注“凌，犯也。躐，踐也。言敵家來侵凌我屯陣，踐躐我行伍也”。洪興祖《補注》“顔之推云‘六韜有天陣、地陣、人陣、雲鳥之陣’。《左傳》有‘魚麗之陣’。行陣之義取於陳列耳。俗作阜傍車，非也”。按《史記·淮陰侯傳》“信乃使萬人先行出背水陣”，《後漢書·禮儀志》“兵官皆肄孫吳兵法，六十四陣”，桂馥《義證》引司農劉夫人碑“香車騎陣”，是漢已有從車之字，以爲戰陣之義，古只作陳字。《書·武成》“陳於商郊”。桓五年《左傳》“爲魚麗之陳”。莊十一年《傳》“宋師未陳而薄之”。成七年《傳》“教吴乘車教之戰陳"。按陳又即《説文》敶之借字。《説文·𨸏部》"敶，列也"。王筠曰"大司馬平列陳如戰之陳，知許以列説之是軍敶爲本義。而後借爲鋪陳之義"云，與顔之推之説適相反，搆形之義不可知。然甲文金文從攴之字，絶對多數爲動詞。陳本宛丘地名，從𨸏。舜後爲嬀滿之所封（詳《毛詩譜》）。而加攴爲陳。列則陳乃聲借。顔之推説似較可通。凡陣皆先爲。僖公二十二年《左傳》"宋及楚人戰泓，宋人既成列，楚人未既濟，司馬請擊之，公曰不可。既濟而未成列，又以告，公曰未可。既陳而後擊之"。此即陣先以列之證。則軍敶乃敶列之引申爲名詞者，又活用爲動詞也。陣必有行。僖公二十八年《左傳》所謂"晋侯作三行以禦狄"，襄三年"揚於亂，行於曲梁"，皆是其證。《九歌》"凌余陣"、"躐余行"，正春秋以來軍事術語也。

舟

舟字《楚辭》八見，義皆同。最早見於《九歌·湘君》"沛吾乘兮桂舟"。其餘如《九章·哀郢》言運舟，《惜往日》言舟楫，《天問》言釋舟、覆舟，《七諫》言方舟，《九歎·離世》言舟杭，《遠逝》言舟航，義皆同。《九歌》王逸注"舟，船也"，與許君説合。《説文·舟部》"舟，船也。古者共鼓、貨狄刳木爲舟，剡木爲楫，以濟不通"云云。蓋本於《世本注》云"二人皆黃帝臣也"。刳木二句亦見《易·繫詞》"吾先民好論事物原始"。此亦一例，惟始于何人，諸家説者不一。《墨子·非儒》言"巧垂作舟"，《呂覽·勿射》言"虞姁作舟"，《物理論》以爲化孤，《大荒北經》以爲"番禺始作舟"，《發蒙記》以爲"伯益作舟"。按《墨子·節用篇》又云"古者聖王爲大川廣谷之不可濟，於是利爲舟楫"云云，無所指名，説最圓通。古事物之始，大抵皆起於齊民以勢而爲者，必指爲某帝某王者鑿也。按甲文已有舟字，作 ，若 ，舟以行水也。古縱圖之（凡甲文圖能動能飛之事物皆縱圖）。至金文乃作 ，若 ，石鼓作 ，與小篆正同。則殷商之世已大用舟船。以社會發史論之，舟船蓋大行使于湖居時代（前於湖居已有之，而非大使用也）。中土湖居之時，大約在傳說中之夏代，故禹治水已乘船矣。惟舟皆以木爲之，傳世不易。近世出土已漸多。南楚本爲水鄉，屈宋之文，往往稱濟渡邅回，其舟之用亦最廣，而莊、屈又多傳漁父，則舟已不僅爲濟水之用，且爲網罟助漁以得生者矣（漁字亦早見于甲文，取魚雖不必定以舟，而舟爲最便）。近世長沙、廣州墓中皆曾出土舟型模。玆采其圖案如下，并附廣州皇帝崗木槨墓木船復原圖于圖版。以便兩相參照。

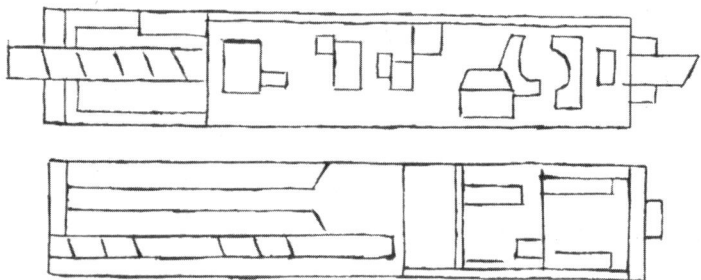

其詳說見《長沙發掘報告》第一五五頁。惟舟之制，亦自有其進發之歷程，此雖爲漢人所使用，度與戰國亦不相遠。

特古之舟以獨木刳其中使空爲之，此在中土文獻中言之鑿鑿，必非虛構，此與世界一切史前人類所用之獨木舟相同，無可懷疑。《說文》有俞字，訓空中木舟也。則以空木爲舟更在刳木爲舟之先。參王筠《句讀》言之最明晰。其後，乃有以木版拼纏而成，集眾材以爲之。廣州更出東漢陶型舟，且有舵有錨，船艙之制益繁矣。

楫

《九章·哀郢》"楫齊揚以容與兮"。王逸注"楫，船櫂也，言己去乘船，士卒齊舉楫櫂，低佪容與，咸有還意"。洪興祖《補注》"楫音接"。朱熹《集注》"言鼓棹者亦不欲去，知己之戀戀於君也"。按楫《說文》"舟櫂也"，櫂即棹字。《說文》櫂棹二字皆無，古亦作濯。《史記·鄧通傳》"濯船"，《司馬相如傳》"濯鷁牛首"，皆借濯爲之。《爾雅·釋文》引楫作檝，《詩·竹竿》"檜楫松舟"。《書·説命》"若濟用汝楫"。曰楫、曰櫂，皆先秦南北通語。《詩》、《書》無不用之。楫即今之槳，楫櫂一聲之轉也。今俗亦名橈，則櫂之音變也。按焦循《易餘籥錄》舉漢以來歷世諸制以説之，最爲徵實，可助吾人對此事之深識。兹附之。

《方言》楫謂之橈，或謂之櫂。所以隱櫂謂之籊，所以縣櫂謂之楫。《楚辭·湘君》篇"蓀橈兮蘭旌"。王逸注云"橈，船小楫也"。《後漢書·岑彭傳》"樓船冒突，露橈數千艘"。李賢注云"橈，小檝也。露橈謂露橈在外，人在船中"。又《吳漢傳》"裝露橈船"。注云"橈短檝也。人遥反"。按《淮南·主術訓》云"夫七尺之橈，而制船之左右，皆以水爲資"。今行舟者，駛帆篷，或風不正、水逆，則用短木板作櫂形，而闊如鐵斧狀，以繩繫於船側，隨左右爲轉移。舟人呼此板爲敲，亦爲鏖。敲、鏖與橈音近，蓋橈之訛也。懸此板則舟曲折行如之字，橈者曲也。以此板爲舟行之曲折，故名爲橈。楫櫂人持而用之，此橈繫於舟側，故謂之露橈。如舟東北行，而值東北風，繫橈於左，舟則向東南；繫橈於右，則舟向西北；舟不能直行，左右互持而宛轉以達，所謂制船之左右，以水爲資也。高誘云"橈刺船棹也"，棹即篙，以竹爲之，與楫已爲二物。橈爲楫類而短小，故爲小楫、短楫耳。《方言》以隱櫂者爲籊。然則今之所謂槳，乃楫之類，而所謂槳椿者，正槳之本物也。長僅尺許，用革繫於楫上，依於櫂，故云隱櫂，隱之言依也。

船

《九章·涉江》"乘舲船余上沅兮，齊吳榜以擊汰，船容與而不進兮，淹回水而疑滯"。王逸注"舲船之有牕牖者"。按叔師説舲船是也。船者，《説文·舟部》"船，舟也。從舟，鉛省聲"。大徐食川切。按舟船，古今別之者有三説。周處《風土記》"小曰舟，大曰船"。此恐是一方習用之別，非其義也。《方言》云"南楚江湘，凡船大者謂之舸，小船謂之艖"。則漢人不以船爲大舟明矣。今江浙言舸，指小舟，又與古異，此古今之變也。二者段玉裁注舟船兩字皆曰"古人言舟，漢人言船"。以《詩·邶風》方之舟之爲證，《毛傳》"舟，船也"，謂毛以今語釋古，此徇言也。《墨子·小取》已言船木也。《九章》兩用船字，皆在先秦，則段言爲不寁。揚雄《方言》云"舟自關而西謂船，自關而東或謂舟"。則船乃關中語，而舟乃三晋語。楚秦之交往最密，故屈子用舟亦用船也。此説爲得之。餘參舟字下。

舲

《九章·涉江》"乘舲船余上沅兮"。王逸注"舲船，船有牕牖者"。洪補云"舲音靈。《淮南》云'越舲蜀艇'注云'舲，小船也'"。《釋文》作枱。按《説文》無舲字。枱則木名。與船無涉，恐亦非。然古從令之字，或又從靈，則枱當爲櫺之別書，而偶與枱木字合者耳。櫺者，"楯間孔也"。（孔原作子，從朱駿聲説更正）。江淹雜體詩"曲櫺激鮮飈"，注"窗間孔也"，字又作欞，又借靈爲之。《廣雅·釋詁》"靈，空也"，是疑此本作靈（即櫺之借）。因通而誤作令，以其舟船而譌增從舟也。原本《玉篇·舟部》引此正作艫。

舲船

《九章·涉江》"乘舲船余上沅兮"。王逸注"舲船有牕牖者"。洪補曰"舲音靈。《淮南》云'越舲蜀艇'。注云'舲小船也'。《釋文》作枱"。按舲船有二釋。而以有牕牖一義合於語義。按舲字（《説文》無）以語音定之，舲即麗婁，離、麗爾、玲瓏、陸離，一語之變，不得言小船。下文云"齊吳榜以擊汰"，吳榜不得施於小舟，且擊汰亦非小舟所能任。參吳榜與汰字兩條自明。

桂舟

　　《九歌》"沛吾乘兮桂舟"。王逸注"沛，行貌。舟，舩也。吾，屈原自謂也。言己雖在湖澤之中，猶乘桂木之舩，沛然而行，常香凈也"。五臣云"我復乘桂舟以迎神，舟用桂者，取香潔之義"。洪興祖《補注》曰"桂舟迎神之舟，屈原因以自喻"。按桂舟，以桂木爲舟也。猶《詩》言松舟、栢舟、木蘭舟矣。餘詳舟字條下。

楊舟

　　《九歎》"濟楊舟於會稽兮"。王逸注"楊，木名也。《詩》云'汎汎楊舟'"。按謂以楊木爲舟也。楊舟見《詩·小雅·采菽》，《菁菁者莪》亦有此句。楊舟猶栢舟。汎彼栢舟，《毛傳》"栢木所以宜爲舟也"。

方舟

　　《七諫·沈江》"將方舟而下流兮，冀幸君之發蒙"。王逸注"大夫方舟，士特舟。言我將方舟隨江而浮。冀幸懷王開其曚惑之心，而還已也"。洪補云"舫與方同。《説文》云'方併舟也。亦作舫'"。按《爾雅·釋水》"大夫方舟"，注"并兩船"，即叔師所本。《詩正義》引李巡曰"併兩船曰方舟"。《説文》"方併船也。象兩舟省總頭形"。方或從水作汸。郝氏《義疏》曰"《方言》云'方舟謂之潢'。郭注'揚州人呼渡津舫爲潢，荆州人呼抗音橫。《説文》'舫，方舟也'。《詩》借爲杭。'一葦杭之'"，是也。又按《説文》舫字。引《禮》云"天子造舟，諸侯維舟，大夫方舟，士特舟"云云。是方舟乃古代禮家專門術語。字當作舫。而方字甲文金文多作𠂤若𠂢，兩舟總頭之形不顯。惟甲文有𠂤、𠂢二形，或作盤、作舟用（金文橫書𠃜、𠃜）。其用爲盤字者，與方雙聲。許氏以方爲舟，或從此誤。林義光《文源》以爲兩字或體"漂"也，或然與？

舫

《九懷》"榜舫兮下流"王逸注"乘舟順水，遊海濱也"。洪補曰"舫音方，併舩也"。按《説文·舟部》"舫，船師也。《明堂月令》曰'舫人習水者'。從舟，方聲"。大徐甫妄切。按船師即後世所謂榜人。依段注當作舫船也，無人字。又曰"《篇韻》皆曰'并兩船'，是認船爲方也。舫行而方之本義廢，舫之本義亦廢矣。《爾雅·釋言》'舫，舟也'。其字作舫不誤。又曰舫，泭也。不相應"。按段説至確不可易。惟其訓仍當依《篇韻》作并船也。郭注"舫舟也"，亦云並兩船。《一切經音義》二引《通俗文》"連方曰舫"，《文選·王仲宣贈蔡子篤詩》"舫舟翩翩"，李善云"舫與方同"，皆其證。《九懷》"榜舫兮下流"，以榜爲進舟，則舫亦取船義也。一本作艕者，從方與從旁同。古嘗相混用也，然以舫爲正。

航

《九歎·遠逝》"橫舟航而濟湘兮"。王逸注"言己願乘舟航，濟渡湘水"。按《説文》無航字，經傳多以杭爲之。《詩·衛風》"一葦杭之"，毛傳"杭渡也"。《九歎·離世》亦云"擢舟杭以橫濿兮"，舟杭連文。又《淮南·人間訓》亦云"舟杭一日不能濟也"，則杭作實字用也。《説文》無航字。杭在手部爲抗之異文。然《説文·方部》"斻，方舟也"，《後漢書·杜篤傳》"北斻涇流"，則斻亦作渡字解。此實字用作虛字解也。與方之舟之之舟，同其用法。《遠逝》"橫舟航以濟湘"，舟航連文，則舫又爲實用矣。漢語變化此亦一例也。《郡國志》謂"始皇臨浙江，水波惡，乃西百二十里。從狹中渡，其地因有餘杭縣"。餘詳杭字條下。

杭

《九章·惜誦》"魂中道而無杭"。王逸注"杭渡也。《詩》曰'一葦杭之'"。校云"一本作航"。補曰"杭與航同。許慎曰'方兩小船並與共濟爲航'"。又《九歎·離世》"櫂舟杭以橫濿兮"。校云"一作航"。按《説文》無航字,洪氏所引許慎説,見《淮南·主術訓》。當爲今杭字。《説文》云"方舟也。從方,亢聲"。大徐音胡朗切。《後漢書·李南傳》"向度宛陵浦里斻"。注"斻以舟濟水也"。《杜篤傳》"造舟於渭北,斻涇流"。注云"《爾雅》曰'天子造舟'。造并也,以舟相并而濟也"。斻舟度也。又或作航。《方言》"自關而東或謂之舟,或謂之航"。杭航並皆斻之借。杭本手部抗之異體。手部抗行也,或從木作杭。航則漢人新增字也。今經典多以杭爲斻字。又或作潢。《水部》"潢,一曰召船渡也",《方言注》"揚州人呼渡津舫爲杭,荆州人呼潢",《玉篇》"潢,航也",《廣雅》"潢,筏也",皆是其證。

榜

《九章·涉江》"齊吳榜以擊汰"。王注"吳榜船櫂也。言士卒齊舉大櫂而擊水波"。洪補"榜音北孟切,又音謗。進船也"。又《九懷·尊嘉》"榜舫兮下流,東注兮磕磕"。王注"乘舟順水游海濱也"。補曰"榜音謗,進船也"。按叔師兩榜字異義。《九章》訓櫂,《九懷》訓進舟,洪氏兩字皆訓進舡,叔師是也。"齊吳榜以擊汰",曰齊則非只一件物,必兩物而後能言齊;曰擊汰,則船不能以擊也。訓櫂是也。《説文》"榜所以輔弓弩,從木,旁聲"。《韓非·外儲説》右篇曰"榜檠矯直"。又曰"榜檠者所以矯不直也"。榜所以夾輔弓弩之木,夾纏弓弩使直者也。引申之則凡竹木片皆可曰榜。大徐引李舟《切韻》云"音北朗切。

木片也”，是其義。凡以木片笞曰榜笞、榜垂，亦曰榜，又木片之引申也。今俗以牓字爲之，則櫂曰榜者，櫂形亦如木片耳。此一義也。其曰進船者，當爲方之借字。《廣雅·釋水》“榜船也”。《江賦》“涉人至於樣榜”。注“併船也”。活用爲動詞，則曰進船。大徐引李舟《切韻》音北孟切，是榜有兩義，亦有兩讀。李舟皆已詳之矣。

吴榜

《九章·涉江》“齊吳榜以擊汰”。王逸注“吳榜船櫂也。言己始去，乘艒艐之船，西上沅湘之水，士卒齊舉大櫂而擊水波。自傷去朝堂之上，而入湖澤之中也。或曰齊悲歌言愁思也”。洪補曰“字書艕船也。吳疑借用。榜北孟切，又音謗。進船也。汰音泰”。朱熹《集注》“吳謂吳國，榜櫂也。蓋效吳人所爲之櫂。如云越軫蜀艇也”。按朱釋吳爲吳國是也。《楚辭》言吳戈、吳鉤與吳榜同其義，皆指吳國，或又以吳訓大。以應叔師士卒齊舉大櫂之訓，雖亦可通，然就是片面之訓，不能以融通屈宋賦也。榜者方之借字，船也用爲動詞，則爲進船。詳榜字條下。叔師訓櫂者，木片一義之引申。

枻

《九歌》“桂櫂兮蘭枻”。又《漁父》“鼓枻而去”。王逸注“叩船舷也”。“枻一作䄱”。洪補曰“枻音曳，舷舡邊也”。按《説文》無枻字。古以拽爲之。猶櫂之作擢也。《荀子·非相篇》“接人則用抴”。楊倞注“或曰抴當爲枻。楫也”。《説文》“抴，捈也。從手，世聲”。大徐余制切。朱駿聲曰“世聲與曳聲略同，俗作拽，又作枻、作栧。《楚辭·湘君》桂櫂兮枻蘭。注‘船旁板也’”。按舟抴之而後行。故所抴之具，即名爲抴，所謂轉注也。《子虛賦》“楊桂抴”。注“船舷”。《史記集解》“楫也”。《漢書注》“施也”。《淮南·道應》“飮非謂抴船者”。注

"櫂也"。《九歌》言蘭枻謂其枻香如蘭也。《漁父》言鼓枻。王注"叩舷"皆是也。然依諸家説,則枻一名有舩舷、舟檝、櫂、柂四説。然桂櫂蘭枻,不得復言,則櫂義顯非。然《九歌》與櫂對言,而叔師亦訓船旁板,與《漁父》同。《漁父》曰"叩鼓枻",王訓叩舷,正表漁父之閒適。若訓楫,則與文義境象不合。則船舷爲枻,當爲達詁。

櫂

《九歌》"桂櫂兮蘭枻"。王逸注"櫂楫也"。五臣云"桂蘭取其香也"。洪補曰"櫂直教切,枻音曳"。朱熹《集注》曰"櫂直教反,櫂楫也"。按櫂字見《説文·新附》"所以進船也,從木,翟聲。或作棹"。《史記》通作濯。大徐直教切。按《詩·竹竿》毛傳"楫所以濯舟"。《史記·司馬相如傳》"濯鷁牛首","濯直孝反。櫂船也"。《漢書·佞幸傳》同。《元后傳》"輯濯越歌",師古曰"濯與櫂同"。《漢書·百官志》"上林苑有輯濯令",師古曰"輯與楫同。濯直教反。皆所以行船"。《釋名》云"櫂濯也。濯於水中也,且使舟櫂進也"。則櫂、濯、擢三字乃轉注。義故得相通也。又鄭知同《新附考》曰"莫子偲先生校刻唐寫本《説文》木部楫訓舟擢也。知許君以擢爲古櫂,許義多本《詩毛傳》。知所見《竹竿傳》是擢舟,亦與《列女傳·趙津女娟歌》'呼來擢兮行勿疑'所用字同"。按諸家説定之,則擢爲本字,所以進舟也。以物進舟,其物名櫂。則易爲從木,櫂在水中,則借用濯。此漢字分化之一例也。

橈

《九歌》"蓀橈兮蘭旌"。王逸注"蓀香草也。橈船小楫也。屈原言己居家,則以薜荔槫飾四壁,蕙草縛屋,乘船則以蓀爲楫櫂,蘭爲旌旗,動以香潔自修飾"。"蓀一作荃,旌一作旍"。洪補曰"橈,而遥切。《方言》云楫謂之橈，或謂之櫂”。按橈訓爲楫，古書僅此一見。《淮南子・主術訓》“七尺之橈而制船之左右者，以水爲資”，注“制船棹也”，亦漢人説。《説文》訓“曲木也”。古籍多用之。引申爲曲枉橈之義。後人又臆造橈爲之。見《周易》、《考工記》、《月令》、《左傳》，諸家引之詳矣。訓楫除《淮南》外，又見《小爾雅・廣器》，皆後漢人説也。又按《九歌》、《漁父》、《九章》中諸言舟具之字，如枻、櫂、榜等，皆不見北土諸家之書，古舟船之制以南土爲盛。則枻、櫂、榜、橈諸字，其南楚方俗之語歟？《方言》卷九，舟以下諸字，十之九皆南楚江淮之語。郭注亦多以揚州、荆州、江東解之。則其爲南楚以南之方言諒矣。

氾泭

《九章・惜往日》“乘氾泭以下流兮”。王逸注“乘舟氾船而涉渡也，編竹木曰泭。楚人曰枹，秦人曰橃也”。“乘一作椉，泭一作枹”。洪補云“氾音泛，泭音敷。《説文》云‘編木以渡’。枹與泭同”。朱熹注“氾音汎，泭音敷，氾泭，編竹木以渡水者也”。按氾泭猶今言渡船，此動賓式複詞也。氾即今泛字，別詳氾氾、氾濫諸條下。泭即《説文》枹之假借。《説文》“泭編木以渡也。從水，付聲”。《方言九》“泭謂之䉬，䉬謂之筏，筏秦晋之通語也”。《廣韻》“大曰簰，曰筏，小曰泭”。古籍又以桴爲之。《論語》“乘桴浮於海”，是也。又叔師注“楚人曰枹”，枹字諸家引皆作泭。又洪云“泭一作枹”。則有作枹者，枹本訓闌足，蓋鐘鼓虡之足。然《管子・輕重甲篇》“桀者冬不爲杠、夏不束枹，以觀凍溺”。則古籍亦借枹爲泭也。

弓

《九歌・國殤》“帶長劍兮挾秦弓”。《天問》“何馮弓挾矢”。《大招》“執弓挾矢”。《七諫・謬諫》“弧弓弛而不張兮”。《楚辭》弓字以上諸見皆同一義。古兵器之一，所以射矢者，故多與矢連文。《説文·弓部》"弓以近窮遠。象形。古者揮作弓。《周禮》六弓、王弓、弧弓，以射甲革甚質；夾弓、庾弓，以射干侯鳥獸；唐弓、大弓，以授學者。凡弓之屬皆從弓"。大徐居戎切。按甲文作${}$若${}$。金文作${}$鼎虢季子白盤${}$師陽父鼎皆象形。或省弦。則與今小篆同，其形制、工作《周禮》言之詳矣。

其大類有三，射甲革者曰王弓、弧弓；爲田獵之用者曰夾弓、庾弓；習射者曰唐弓、大弓。詳《周禮·司弓矢》。許氏所引之文與今本稍異。其弓之强弱，視其成規而定。夾、庾之屬合五成規，此弱弓也，《周禮注》所謂"往體多，來體寡"也；王、弧之屬合九而成規，此强弓也，《周禮注》所謂"往體寡，來體多"也；唐、大之屬利射深，合七而成規也。孫氏《正義》云"成規之度，以割圜術言之，合九者，其弧四十度，合七者，五十一度强，合五者，七十二度，合三者，百二十度也；又依弓人上中下三等，弓以圜率計其周，上大弓六尺六寸，合九則五丈九尺四寸，合七則四丈六尺二寸，合五則三丈三尺，合三則一丈九尺八寸；中士弓長六尺三寸，合九則五丈六尺七寸，合七則四丈四尺一寸，合五則三丈一尺五寸，合三則一丈八尺九寸也；下士弓長六尺，合九則五丈四尺，合七則四丈二尺，合五則三丈，合三則丈八尺也。所謂往體來體若一"。孫氏《周禮正義·弓人》疏云，往體謂弓體外撓，來體謂弓體內向，凡弓必兼往來兩體，而後有張弛之用，但以往來之多爲强弱之差。

其器材有六，一幹，三角，三筋，四膠，五絲，六漆。而膠、絲、漆三者，所以助成其弓者，故主要器材只幹、角、筋三者。幹即弓身之木也，二角著於弓曲內之限，弓之張弛引釋，限角常隨之撓曲，以調濟

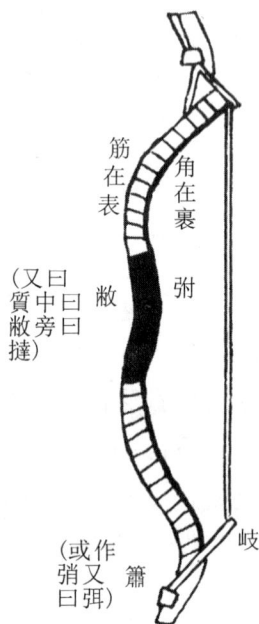

筋在表　角在裹

柎

（又曰質中曰敝旁曰敝撬）　敝

（或作弰又曰弭）　簫　岐

其力者也，筋以爲絃，然後以絲束，以膠合之，以漆固之。《周禮·冬官考工記》及《夏官·弓人》言之極詳。是否即三代遺制不敢必，而其必爲戰國以來通制，則證之《墨子》、《荀子》、《管子》諸家，大體皆合。弓矢爲古代人民生活所最重要之一兵器，戰陣、田獵、習藝之所不能少，故略爲詳之如此。至《楚辭》諸所用，又各有説，《國殤》所謂秦弓，《七諫》所謂弧弓，皆當別詳秦弓與弧字兩條下。

《長沙發掘報告》中有楚弓一事，其形制如書首所載圖版。報告書中詳説其制曰"全身可分五部，中間爲幹，幹兩旁兩段爲'畏'，與幹相互插接，畏兩端有弓弭，弓身爲竹質，中間一段，以四層竹中叠成，竹股外纏以膠質薄片，再外以絲纏繞，極密，再外則塗漆……弓作黑色。全長1.40米，最寬處4.5，厚5厘米，兩端附弭，角質，長5厘米，上有刻槽，即所謂鋊，用以掛弦彄者，絃長0.8，徑0.7厘米，黄褐色，絲質"。其制與《考工》所言若合符契（報告第59頁至60頁）。

秦弓

秦人所爲之弓也。《九歌·國殤》"帶長劍兮挾秦弓"。洪補曰"《漢書·地理志》云"秦地迫近戎狄，以射獵爲先"。又"秦有南山檀柘，可爲弓幹"。按《詩·秦風》言兵戎之事最悉，春秋以來秦爲最強，當亦秦弓之所由著名也。參《秦本紀》及《蘇秦列傳》自明。

弧

《九歌·東君》"舉長矢兮射天狼，操余弧兮反淪降"。洪補"弧音胡。《説文》曰'木弓也。一曰往體寡，來體多曰弧'。《晋志》'弧九星，在狼東南，天弓也，主備盜賊'。《天文大象賦注》云'弧矢九星，常屬矢而向很直狼多盜賊，引滿則天下兵起'。《河東賦》云'攫天狼之威弧'。《思玄賦》云'彎威弧之拔剌兮，射嶓嵝之封狼'"。又《七諫·謬諫》"弧弓弛而不張兮"，義同。按《易·繫詞》"弦木爲弧"。
《釋文》引《説文》"弧木弓也"。鄭注《考工記》"弧，木弓也"。《説
文·弓部》"弧，木弓也。從弓，瓜聲。一曰往體寡，來體多曰弧"。大
徐户吴切。按木弓者，凡弓皆以木或竹爲之。而以角爲之著於弓曲内之
隈，以節張弛者也。木弓則不用角也。《漢書·韓安國傳》"弧弓射獵"，
師古曰"以木爲弧，以角爲弓"，是也。《周禮·考工記》云弓幹所用之
木，有柘、檍、桑、橘、木瓜、荆之屬。他書又載用梧、柳、棘棗（見
賈誼書）。檀，弧弓則純木爲之者也。往體寡，來體多者，文見《周禮·
考工記·弓人》。趙宧光曰"今之筋角合成之弓，反彎如規，此往體多也，
木性堅直，往屈不多，故曰往體寡，弦以强攀，庶幾稍進，故曰來體多
也"。

又《九思·守志》"彀其弧兮射姦"，此弧指天文之弧矢，九星在天
狼一巨星之左，形似張弓發矢，故以爲名。

又《七諫·謬諫》"邪説飾而多曲兮，正法弧而不公"。王注"弧戾
也。君之正法繆戾不用，衆皆背公而曰僞私也"。此乃弧弓引申之義。
凡弓皆可屈，故弧有紆曲義。《考工記·輈人》"凡揉輈欲其孫而無弧
深"是也。《廣雅·釋詁》"弧盭也"，盭即戾字。弧字早見於《易·暌
卦》及《象下傳》及《國語·鄭語》、《周禮·弓矢》、《考工記·輈
人》、《禮記》、《儀禮》等，蓋戰國以來恒語也。

侯

《大招》"大侯張只"。王逸注"侯謂所射布也。王者當制服諸侯，
故名布爲侯而射之，古者選士必於鄉射，心端志正射則能中，所以别賢
不肖也，言楚王選士，必於鄉射，明旦既設禮，張施大侯，使衆射之，
中則舉進，不中退却，各以能陞，民無怨望也"。洪補"射侯見《周
禮·考工記》、《禮記·射儀》"。朱熹《集注》"大侯謂所射之布，如
言虎侯、豹侯之類也。古者大射、燕射、鄉射之禮，將射者皆執弓挾矢

以相揖，又相辭讓而後升射。戰國時此禮已廢久矣"。按侯謂習射宴射時所張以爲矢的之具。《説文》"侯春饗所射侯也。從人，從厂，象張布，矢在其下，天子射熊、虎、豹，服猛也；諸侯射熊、豕、虎；大夫射麋，麋惑也；士射鹿、豕爲田除害也。其祝曰：毋若不寧侯，不朝於王所，故伉而射汝也"。𥎊古文侯。大徐乎溝切。按甲文作𥎊若𥎊，金文作𥎊、𥎊變作𥎊、𥎊，即小篆古文之所從出。古蓋不從人。厂象張布矢集之。《多父盤》作𥎊，則更畫其鵠矣。其制戰國以前已無傳者，《周禮·考工記》"梓人爲侯"一節，言之最詳。而《説文》所載祝辭，亦出《考工記》，兹採戴震《考工記圖》如次，以佐觀省。

惟《説文》以春饗釋之者，亦本《周禮》"張皮侯而棲鵠，則春以功"。戴氏曰"四時之祭始於春，故舉春以該焉"，是也。《考工記》又言"張五采之矦，則遠國屬"。注云"五采之侯，謂以五采畫正之侯也，正之方外如鵠，内二尺，五采者，内朱，白次之，蒼次之，黄次之，黑次之，其侯之飾，又以五采畫雲氣焉"。戴氏亦爲之畫，如下。

《大招》言大矦似爲通稱，不與禮家大矦同也。禮家言大矦，乃畿外諸侯所射，《鄉射禮注》"大侯九十弓，糝侯七十者"，是也。云大侯者，與天子熊矦同也。《大招》乃招懷王者，用王者之禮。故大矦非畿外諸侯所射，乃通言之也。

（附）《長沙發掘報告》圖版 25 有 ⚇ 一物，依 45 頁記述之言，則原形當爲 ⚇ 形物，或疑爲干盾，或疑爲矢矦，尚未能定。依其述説全組由六器合成：

中爲大圓，直徑 16.5 厘米，圓邊有穿孔二對，圓外爲兩個半圓弧直徑，43.4 厘米，弧外上兩角出兩個長方形版，長 15.8。其下弧依另一組定之，亦有一長形版云云，編者又疑爲矦射似亦一説。姑坿此，以待證。

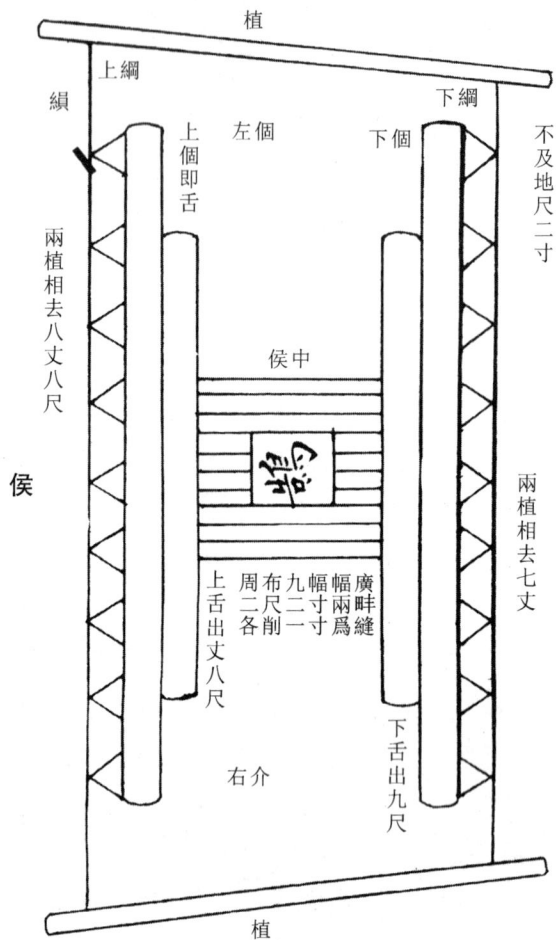

侯

植

上綱

緅

下綱

左個

上個

下個

不及地尺二寸

上個即舌

兩植相去八丈八尺

侯中

兩植相去七丈

上舌出丈八尺

廣畔縫

幅兩爲

幅寸

布削二各

周二尺

九尺一

右介

下舌出九尺

植

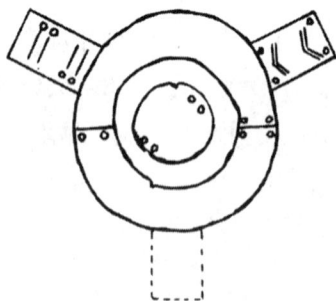

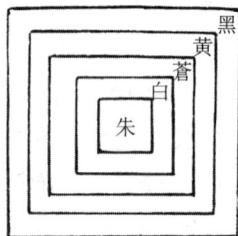

黑
黃
蒼
白
朱

大如鵠六尺

聶崇義《三禮圖》六、七
兩卷，列古制備矣（共十
五圖）。學者可參焉。惟
戰國以前實物至今未發現，
無由質正也。

矢

矢字《楚辭》五見，其義皆同。《東君》"舉長矢兮射天狼"，《國殤》"矢交墜兮士爭先"，《天問》"何馮弓挾矢"，《七諫·謬諫》與《哀時命》同有"機蓬矢以射革"，皆是也。矢者弓弩所用以射者也。《說文·矢部》云"弓矢也。從入，象鏑括羽之形"。大徐式視切。小篆作 ⍦ 已不甚似，甲文作 ⍦ 若 ⍦，金文作 ⍦ 若 ⍦、⍦、⍦，金文第四形即小篆之所本，⊗ 若 ∧，皆象鏃，即矢鏑也，爲射時入的之處，以金屬爲之。|矢笴也。⍦ 若 ∧，象矢括，亦名比。著羽於上，便飛行也。茲錄戴東原《考工記圖》如右，以佐觀省（並錄其長短之制）。

其制則《周禮·矢人》已詳之可參。其類有八，亦詳《夏官·司弓矢》與《槀人》二職。八矢之名曰枉、絜、利、鍭、矰、茀、恒、痺也。

《九歌》言長矢，對天狼之修辭也。然古矢固有大小長短也。《墨子》有短矢，《齊策》"疾如錐矢"，注"小矢也"。至《七諫》、《哀時命》之蓬矢，則以蓬蒿之幹爲矢，矢之至弱者也。故王逸注以爲"必推抑而無所能"。又古矢皆有笴，皆以強竹爲之。《家語·子路初見篇》載子路曰"南山有竹，不採自直，斬而用之，達於犀革"。則矢以貫革爲第一，故蓬矢不能貫革也。詳蓬矢下。

近世長沙東南郊左家塘十五號墓出土，有竹杆鐵鋋銅箭鏃，爲矢制最完具之一。茲錄高至喜君《長沙常德出土弩機戰國墓》一文所附兩圖如下。

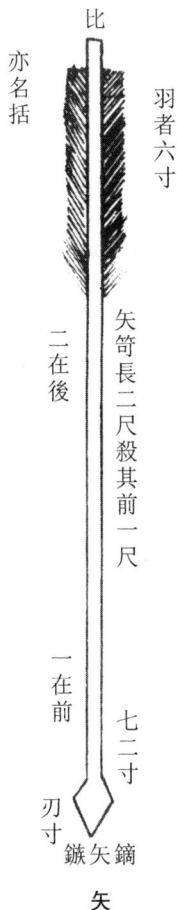

比
亦名括
羽者六寸
二在後
矢笴長二尺殺其前一尺
一在前
七二寸
刃寸
鏃矢鏑

矢

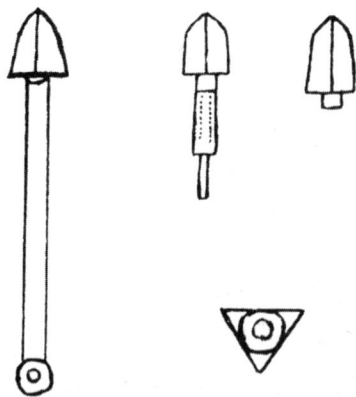

圖一

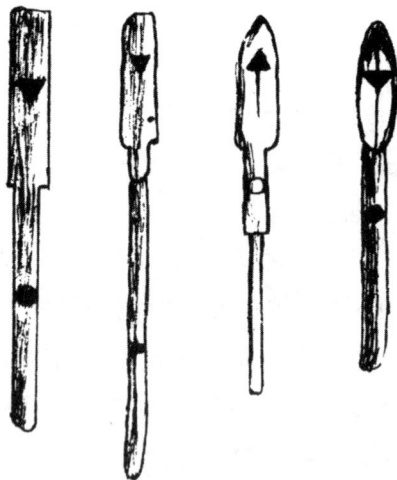

圖二

此圖無括，故不見羽。然鏃鋌笴皆具備，爲戰國楚矢之制，當爲楚人所習用者，然矢之制，本石鏃、銅鏃之發展而成，其工程分別至爲紛繁。觀長沙出土銅箭鏃可見，即楚矢亦有多種不同之結構也（其詳參中國科學院《田野考古報告集·考古學專刊丁種》二號《長沙發掘報告第四七九五種·銅鏃之説明》）。

決

《天問》"馮珧利決，封狶是射"。王逸注"決射韝也"。洪補"《儀禮》有決遂，注云'決猶闓也，以象骨爲之，著右大擘指以鈎弦，闓體也。遂射韝也。以韋爲之，所以遂弦也'。《說文》'韝射臂決也'"。

按洪引《禮》以分解叔師説，然未斷其是非，故義不吻合。王言決爲射韝，射韝以韋爲之，非決也。決以象骨爲之。《儀禮·大射儀》"袒決遂"。注"決以象骨爲之，著右手巨指，所以鈎弦而闓之"。《吳語》亦云"百夫決"。按注鈎弦也。《詩·小雅·車考》"決拾既佽，弓矢既調"。毛傳"決鈎注也"。《士喪禮》亦云"決用正"。鄭注"決猶闓也。挾弓以横執弦。《詩》云'決拾既佽'"。則古皆以決爲射時著右手大指以鈎弦之用，即今世所謂搬指。漢人有以玉石爲之者至韝，則著於臂，不著於手指，射韝即《詩》之拾，《禮經》之遂，《内則》之捍也。凡因射著左臂，則謂之射韝，非射而兩臂皆著之，以便於事，則謂之韝，如今世之所謂袖套也。《説文》訓韝爲臂衣（今本誤作射臂決，依段氏説正），是古籍皆以決爲鈎弦之具也。載於右手中指，而非韝之爲臂手也。《天問》以與大珧對言，其爲射無疑。而以利狀之，韝不能言利，決以骨石爲之，所以韜指利放弦，固可言利也。故洪引《禮經》以正叔師之誤。此處當釋爲弦鈎爲當。

然叔師説亦自有其致誤之由。《士喪禮》"設決麗於擘，自飯持之"。鄭注"麗施也，擘手後節中也，飯大擘指本也，決以韋爲之，籍有彄，彄内端爲紐，外端有横，帶設之以紐，擐大擘本也，因沓其彄，以横帶貫紐，結於擘之表也"。則決與韋爲籍。《大射儀》亦云"設決朱極三"，則決下之籍曰朱極。如今之手套。三者謂只三出如🖐先以著于右手，然後加決。則叔師誤以韋制之朱極三爲爲韝。

厚一寸

韡

厚三分半

蓋有由來也，故爲辯之如此。

《詩·芄蘭》“童子佩韘”。《毛傳》“韘決也，能射御，則佩韘”。箋云“韘之言沓，所以彄沓手指”。《說文》“韘射決也，以構弦，以象骨韋系箸右巨指，或從弓作弽”。決字《詩》“決矢既拾”，《釋文》作夬，《儀禮·士喪禮》作決，《周禮·繕人》作抉，《毛傳》作玦，皆一字也。吳大澂《古玉圖考》一百另四頁，有韘圖。玉色純白。其形制如次。

中有孔，其爲戴於手指之器無可疑。近世洛陽東周墓出土器物有韘玉，清晰可辨。見圖版。其器以骨爲之。與吳圖所載玉韘一爲玉，一爲骨。

吳戈

《九歌·國殤》“操吳戈兮被犀甲”。王逸注“戈戟也。甲鎧也。言國殤始從軍之時，手持吳戟，身被犀鎧而行也。或曰操吾科。吾科，楯之名也”。按吳戈或作吾科，非也。執戈被甲對文。若被甲又執楯，楯爲禦器而非兵器，臨陣以兵爲重，不以楯爲重也。洪補引《考工記》“吳粵之劍”，又曰“吳粵之金錫”以釋吳，是也。據文獻所傳，及近世考古所得，吳越善爲兵器，與秦人善爲弓矢，可相印證，或又引《方言》吳訓大，似亦求之過深。吳人善爲戈，故曰吳戈。與吳人善爲刀，故曰吳勾（鈎，見《夢溪筆談》及《吳越春秋》等）。善操舟，故曰吳榜。同其義蘊。《國殤》更有秦弓，又將何以釋秦？屈宋文中有列國器物者至多，安能一一以訓詁字代之！

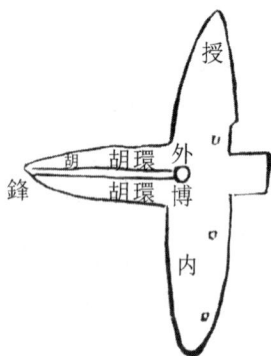

（甲）

（乙）

《説文》"戈平頭戟也"。依歷世考古所得戈戟較之，戟之形如甲圖，戈之形如乙圖。

故曰平頭戟。戴震、程瑤田、阮元皆依《考工記》爲之圖，而程氏考之最詳悉（詳見《考工創物小記》、《皇清經解本》五百三十七卷）。至近世出土遺物益多，《楚文物展覽圖錄》四及四三頁有詳説。且縛戈於柲，尤便體認。兹錄之如次。至其原圖，可參圖版之《楚王孫魚錯金鳥篆銅戈》一圖自知。

此圖原缺纏縛之形，然與程瑤田《考工創物小記》之《戈、鐜、柲、衙内纏縛之圖》全同。故據程説補。又《考工》言"柲長六尺六寸"。然古形制亦致不一。程氏有詳析。可參也。

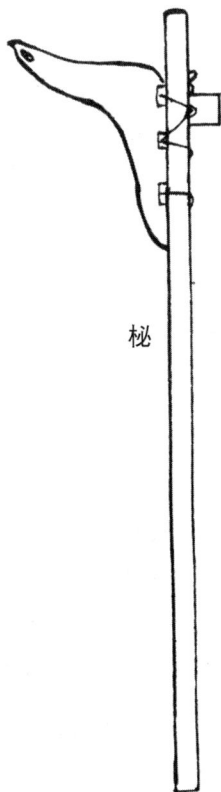

柲

劍

《九歌》"撫長劍兮玉珥"。《説文·刃部》"劍人所帶兵也。從刃，僉聲。劍籀文從刀"。大徐音居欠切。按金文《吳季子之子劍》作鐱，從金，蓋又六國異文如是，而從僉則同也。《説文》以爲人所帶兵者，謂人以爲佩之兵器。以説合於東周以後至兩漢之實際。依近世考古發現之資料論之，則劍可能始於殷周之際而大盛於春秋、戰國。其初可能爲防身之用，東周以後則以容儀之飾，而亦不廢其爲防身之故習。《尚書》、《詩經》無言劍之文。近世考古最早之劍，爲長安出土西周柳葉形劍。故春秋以前之情況不可詳知。春秋戰國以來則《樂記》言"武王克殷，虎賁之士脱劍"，及《史記》諸所傳劍故事，皆在可信與不可信之間，故不論。依秦漢人所傳佩劍，皆以士大夫階級爲主，兵卒用劍至少見（兵卒用劍，可能爲一種短劍，或即匕首之類。荆軻刺秦，圖窮而匕首見。論者惜其劍術疏，亦可證匕首得稱劍。則可證兵卒匕可能爲短劍，而士大夫所佩爲長劍也）。可能西周士卒亦用劍。《史記・秦紀》載秦簡公六年（公元前四〇九）令吏初帶劍，已在吳起卒前之三十年，蓋始遵用中原制度也。舉士大夫日間行事，除掩息家居外，似皆佩劍，出使佩劍（延陵季子掛劍故事）。臣見君之時（《公羊》晋獻公問趙盾所佩利劍），賓主相見之時，《曲禮》皆有之。《家語》載子路初見孔子，雄冠佩劍（《家語》雖僞書，亦當有史影爲據，非必全誣）。且佩劍必學舞劍，舞劍屬於宴樂性質之武事游戲。故戰國人多傳劍之舞容舞術，然亦不廢防身之義，故亦傳劍術之説（《莊子・説劍》之義，其實亦與禮家言玉佩同其用心，而以“蓬頭突鬢垂冠曼胡之纓，短後之衣，瞋目而語，難相擊於前，上斬頸領，下決肝肺，爲庶人之劍”。此説多爲後世道家劍術之所本，其實亦治制之恒言也。上與戰國以至劍士之義無關，下與道士劍術之説亦無關。特辯之如此）。

秦收天下兵器，似吏人士夫佩劍，在不收之列。如漢高扶劍行大澤中故事，項羽學劍故事，韓信爲布衣亦好佩劍，皆其證。亦以其爲君子之佩儀，不純視爲兵器也。至漢自天子至百官，無不佩刀劍，故許氏以劍爲人所帶兵，雖依仿漢制爲説，而漢制亦自有其源流授受。《九歌》言“撫長劍兮玉珥”二句，王逸注“乃使靈巫常持好劍，以辟邪，要垂衆佩，周旋而舞，動鳴五玉，鏘鏘而和，且有節度也”。長劍止西周以來之男子主要佩飾，此以指靈巫之佩，亦宜然也。其舞容當即以辟邪爲主之舞也。又《離騷》“高余冠之岌岌兮，長余佩之陸離”與《九章》“帶長鋏之陸離兮，冠切雲之崔巍”同。《騷》言佩，混言之也。《九章》言長鋏，析言之也。通之則《騷》之佩，當即《章》之長鋏，鋏亦劍也。（詳鋏字條下）劍以爲佩，故混言之曰佩矣。且楚、韓、吳諸地，本古良劍産地，《考工記》言吳越之劍……近乎其地而弗能爲良。《淮南・修務訓》云“今劍或絶側嬴文，齧缺卷銔而稱以頃襄之劍，則貴人爭帶之”。《鹽鐵論・論勇篇》“世言楚勁，鄭有犀兕之甲，棠谿之鋌也”。又云“楚鄭之劍，棠谿墨陽，非不利也”。是楚人帶劍之風，自戰

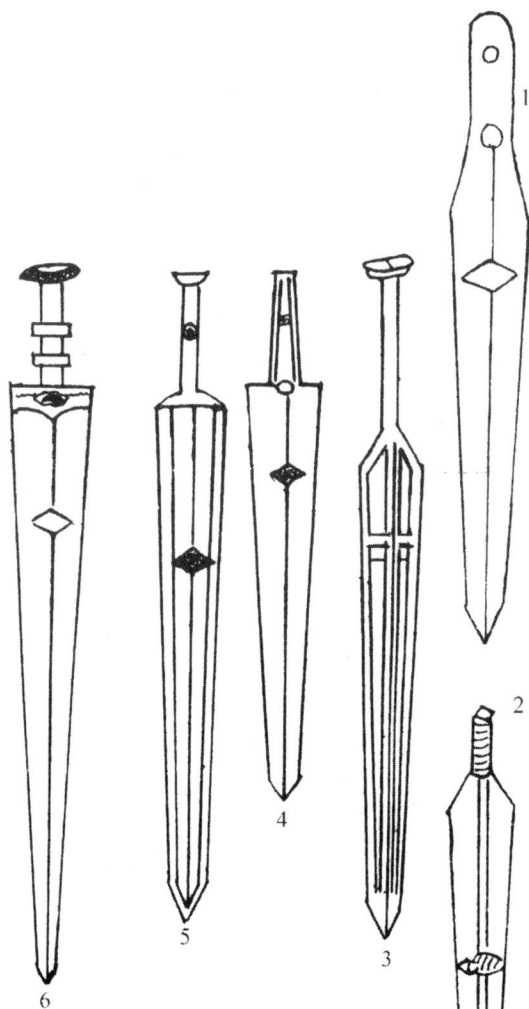

1.長安出土西周早期柳葉形劍。（3/7）
2.洛陽出土春秋早期柱脊形劍。（2/7）
3.三門峽出土西周晚期柱脊形劍。（2/9）
4—6.洛陽出土東周式劍。（2/9）

國而然矣，至漢猶未哀也。

剑爲世界多數民族共有之兵器，近世考論之者至多。然於中土之劍，則多有與鄂爾多斯式，西伯利亞式（即斯基泰式），及歐洲之哈爾斯塔特 Hallstatt 式相比附考論，以爲中土之劍傳之自外，其説至倡披。自近世長安張家坡發現公元前十一至十世紀之柳葉銅劍，與三門峽、上村嶺及洛陽中州路發現公元前九世紀末至八世紀末之柱脊形銅劍，於是討論中土銅劍之資料有所依據。林壽晉氏曾依此類銅劍形制爲兩文。一曰《論周代銅劍淵源》（載《文物》一九六三，十一期），一曰《東周式銅劍初論》（見《考古學報》一九六二年二期）。稍稍破除外來之説，其論據皆至可信。兹採其圖如上。

據 3、5、6 三圖觀之，與《考工記》所傳劍制合，兹採程瑤田《考工創物小記》與阮元《古劍鐔臘圖考》兩圖合摹如右。

程説見《考工創物小記》、《姚氏爲劍考》附《古銅劍十二種圖考》及《銅劍與考工異制》、《銅劍臘》（經解本五百三十八卷）至爲詳盡。清儒無出其右者。阮説簡單明瞭，可供初學之用。見《揅經室集》第一集卷五（参圖版吳季子之子劍）。

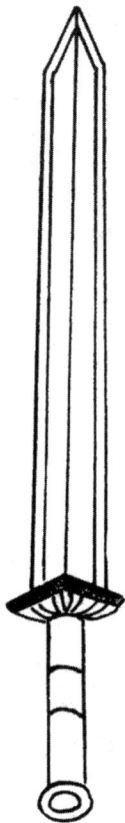

機臂

《哀時命》"外迫脅於機臂兮，上牽聯於矰䌉"。王逸注"迫脅附近也，機臂弩身也"。"臂一作辟"。洪《補注》"《莊子》云'中於機辟'。辟毗亦切。《疏》云'辟法也，機關之類'"。

按機即幾後起字，本爲紡織之器，所以主發者也。引申之，則凡以杠杆、樞軸、滑車等動力學構成之器具，皆可曰幾。紡織之機以木，故從木；璇璣玉衡之璣以玉，故從玉，皆後人分別專文。引申爲弋射之弩機。戰國以來爭城奪地之事無日不有，故各國皆求利兵堅甲以亡人國。而弩之用遂大。而機之名遂爲弩機所奪（古農工狩漁獵之具，爲軍事所奪者至多。此不具言）。於是而機之本義亡（詳機字條下）。

機辟連文。按機辟一詞，最早見於《墨子·非儒篇》"盜賊將作，若機辟將發也"。洪補引《莊子》，其實前於莊子者有年。《莊子·山木篇》亦云"且不免於罔羅機辟之患"。自來注家於機字皆無異説，皆以爲弩機是也。惟辟字異説稍多。《莊子釋文》引司馬彪訓辟爲罔，《莊子疏》則以辟訓法，機關之類。郭慶藩注《莊子》、孫仲容詁《墨子》皆以《爾雅》之繴字釋之。按《釋器》云"繴謂之罿，罿罦也；罦謂之罿，罿覆車也"。郭注"今之翻車也，有兩轅，施罥以捕鳥"。《詩·兔爰》釋文引《韓詩》云"施羅於車曰罿。《説文》罦或作罦，云'覆車也'"。引《詩》"雉離於罦"。《正義》引孫炎曰"覆車綱，可以掩兔者也"。又《九章》"設張辟以娛君兮"。王念孫以"設張連讀"張讀弧張之張。《周禮·秋官·冥氏》'掌弧張'。鄭注'弧張置罔之屬，所以扃絹禽獸'"。然《莊子》兩文，皆以"機辟"與"罔罦"、"罔羅"連文。已有罔罦，更言車綱，詞復無義。"中於機辟，死於罔罦"。則機辟與罔罦爲兩事無疑。如言小醜跳梁，先中於機辟，而後死於罔罦。此正弋捕之步驟。《墨子》言"若機辟將發"者，發之自人，亦正弋捕之常規，俟其可發而發，不能差失毫釐，以狀盜賊之勢，如矢之在弦也。如是皆不得訓辟爲羅矣。故《九章》之張辟與此之"機辟"事相類而其物則異也。故以辟爲羅車者，分讀機辟爲兩事物，實未見其允當。《疏》謂辟爲法，雖亦有未合，而又申之曰機關之類，則體會《莊了》文情爲融合，而義仍未足。

《墨子》、《莊子》之機辟，亦即《哀時命》之機臂也。古從辟之字，多借辟爲之。如《孟子》辟土即闢土；《喪大記》"三年不辟"即不擗；《坊記》"君子之道辟則坊與"即譬；《儒行》"同舉不辟"即不避；《詩》"瘖辟有摽"《釋文》作擗；賈子《治安策》"非亶倒懸而已又類辟" 即躄之借;《書》"我之弗辟"《説文》引作躃。皆是其證。

《墨子·雜守》"爲辟梯，梯兩臂長二尺"。有兩臂之梯曰辟梯。則辟與臂通用矣。大約在戰國之時，凡器械之擬人者，多以足、臂、首等言之。《墨子·備城門》云"輻長二尺，中鑿夫（即趺之借）二爲通臂，臂長至桓"。孫詒云"臂橫材也，桓直材也"。則弩機之身曰臂，亦事理之所許矣。《墨子·備高臨篇》云"矢高弩臂三尺，用弩無數"。此弩身言弩臂之證。矢高者，高長也。謂矢長於弩臂三尺也（用弩無數。此弩言矢也）。

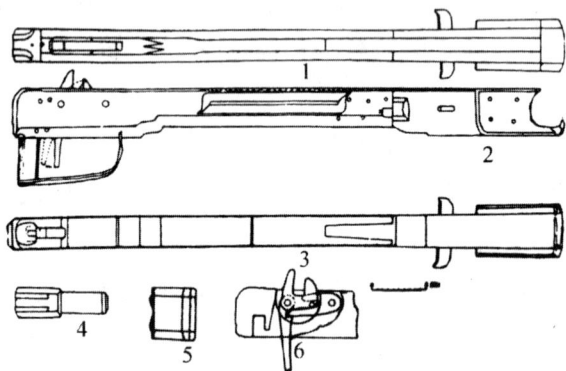

1.正面　2.右側面　3.底面　4.柄後　5.前面　6.剖面

長沙南郊掃把塘一三八號墓出土戰國弩機結構圖(約2/7)

依上所考，則王逸注以機臂爲弩身，洪補引《莊子》之機辟，亦即機臂，又皆即弩臂，斷可知矣。惟所謂機臂者，其形制如何，似有説明之必要。此爲中土動力學有關之一問題，不僅一弩之問題也。中土兵器之用動力，以增其效者莫早於此。而杠杆、樞軸及滑車、曲杠等力學之應用，亦自此具體化。惟吾人今日所能知者，自出土文物中得見戰國一代之弩制，其前則不可得而聞。依文獻所載，黃帝作弩之説，固不足信，《太甲上》"若虞機張，往省括於度，則釋"之言，出梅氏古文，亦不足據。自清人金文著録，即近世出土弩機，凡十餘見，其制差別雖大，而鉤距、望山、懸刀之原理，固無大殊。然臂則有長短之別，與漢人所製又異。茲以長沙南郊掃把塘一三八號墓出土戰國弩機爲例，一則楚産，一則可供説明也。

上圖摹用高至喜《記長沙常德出土弩機的戰國墓》一文（《文物》一九六四年六期）。據載言，木臂前後用兩段堅木斗合而成。長51.8厘米，前寬4.8，中寬2.1，後端寬2.9，厚約3.4—4.5厘米，前端兩側加薄板，木臂上有放矢凹槽，接近後端之槽較深，且寬，臂兩側中部有凹槽，便於手握，機件爲銅製，有牙（鈎括）兩個，（上一個有望山）與懸刀拴塞等件，懸刀長6.7，上寬1.5，下寬0.5厘米，兩牙置後端竪放，前有兩齒，用以鈎弦，後僅左方一齒，即"望山"，高3.6，寬3.5，厚1.4厘米，前一牙窄長，橫放，上齒長3.7，下齒長5，寬1.4，厚0.65厘米。此與《墨子·備高臨》篇所言弩制極近。其言云"……連弩之車……左右縛弩皆於植，以距鈎弦（即今所謂牙兒弦），至於大弦弩臂前後，與筐齊。筐高八尺，弩軸去下筐三尺五寸，連弩機，郭用（原作同）銅，一石三十鈞。……有儀"。（孫云儀猶表也，謂爲表以發弩。）據《墨子》所言，有"木弩、短弩、連弩及弩車、弩盧"之屬。則前於莊屈者且百年，其詳備已如此。劉國平《釋名》曰"弩怒也，有勢怒也。其柄曰臂，似人臂也。鈎弦曰牙，似齒牙也。牙外曰郭，爲牙之規郭也。下曰懸刀，其形然也。合名之曰機，言如機之巧也。亦言如門户樞機關闔有節也"。所言與上來所證大體一致。雖所指疑是漢人弩制，而大齊不過是也。惟戰國所出弩，其長臂保存如長沙者甚少見，大約木質易損之故，而機件之差別亦大。如安徽霍邱張家崗所出（《文物》一九五八年一期五四頁有圖），及長沙柳家大山出土之西漢鎏金弩機（《文物》一九六四年三期五二頁有圖）。長沙東屯渡東漢墓出土之銅弩機（《文物》一九六〇年五期八九頁有圖）。形制皆有小殊。據《漢書·申屠嘉傳》小顔注云"今之弩，以手張者曰臂張，以足蹋者曰蹶張"。小顔之所謂今，指唐代而言，則此種方法起自唐歟？抑戰國以來弩之發射即有此別今不可知矣。第就前引長臂弩機而言，則兩側有槽，以便握持，其爲手發無疑。然亦有儀表之説，儀表者所以爲準的者也。上來諸器，似尚未能明指其處，則大體已得知，而詳細尚有待於研究者矣。高至喜君文云"戰國時弩之發射，可能主要用臂張，同時也有蹶張"。斯言爲諒矣。

弩之制與楚人尤有關。近世考古言兵制者，多推言弩爲楚民族所發明。周慶基氏有《關於弩的起源》一文，載之《考古》一九六一年第十一期。其主要證據依《吳越春秋》載陳音對越王問曰"弩生於弓，弓生於彈……諸侯相伐，兵刃交錯，弓矢之威，不能制服。（楚）琴氏乃橫弓著臂，施機設樞，加之以力，然後諸侯可服"。此證出文獻，然文獻中有謂"天下之强弓勁弩，皆自韓出……皆射六百步之外者"。《戰國策》、《荀子·議兵》亦載魏武卒有十二石之弩，則傳説亦自多方。然以歷代所著録之銅弩論之，如《貞松堂》卷十二東武王氏藏器之右攻𡚁殘弩牙，同書同卷及《夢郼草堂續篇》三十四及《周金文存》六之左攻𡚁弩牙與弩機，曰攻𡚁當即工尹之繁文。考先秦官制，惟楚多稱尹字，其見於《左傳》者有鬥緡尹、閽敖尹、莠尹、王尹、左尹、工尹、寢尹、宮厩尹、中厩尹、箴尹、連尹、縣尹、囂尹、郊尹、樂尹、門尹。見於《國策》者有小令尹，見於《史記》者有令尹、右尹、芊尹、卜尹。見於《新序》者有玉尹。他如《亢倉子》有亞尹。《通志·氏族略》有藍尹、清尹、陵尹。他國從未一見，而工尹一名，《左傳》云"楚左尹郤宛，工尹壽師師於潛"。又"工尹路請曰君王命剥圭以爲鍼柲"。《檀弓》亦載工尹商陽，杜注，《禮記》鄭注皆云"工尹楚官名"。工尹上冠左右，雖不見於載籍，而楚官多加左右字樣，如大司馬有左右司馬（大司馬見《國策》，右司馬見《左傳》楚公子申爲右司馬，文子無畏爲左司馬。左司馬見《韓詩外傳》、《國策》）。尹有左右尹（右尹見《史記》，左尹見《左傳》。其他則左史見《國語》，左徒見《史記》，右領見《左傳》）。大約凡分設左右者，必有"正"、"令"，左右工尹之正其工尹歟？（《左傳》"蒍賈爲正，或改制"。）此等官，惟楚有之，則此等器之爲楚制無疑。且驗以銘文、字體，則稍習先秦金文者，皆可決其爲南楚之書法也。考之文獻既如此，證之實物又如此，則斷知弩爲南楚文物已無可疑。《莊子》楚人，故數言機辟，《墨子》晚亦游楚，則其書中言攻守之具，而採擇先進之器，以應弟子之答者，固事理之常。至三晉、韓、魏及蜀中，亦以強弩稱者。兵器爲戰爭所最重視，其傳播最速且廣，推其原始，則亦楚人之機智有以先於人者矣。至漢人廣用機臂，固亦文化承襲發展之必然現象也（日本籐田豐八爲《中國石刻之由來》一文言弩之蹶張與印度射箭用脚之制相合，而弩即印度呼之爲 Dhanu 之對音，並釋《史記·蘇秦傳》"韓命超足而射"之超足，即蹶張之制，久起戰國。其說亦有可採，惟以弩始印度，則與中土動力學科學之發達有乖刺，不足信也）。《墨子·備城門》諸篇論用弩弓矢弋最詳，可參。

機

《九章·惜誦》"矰弋機而在上兮"。王逸注"矰繳射矢也，弋亦射也。《論語》曰'弋不射宿'"。洪興祖《補注》"《淮南》云'矰繳機而在上，罻罟張而在下，雖欲翱翔，其勢焉得'。注云'矰弋射鳥短矢也，機發也'"。朱熹《集注》云"機張機以待發也"。又《七諫》"機蓬矢以射革'。（《哀時命》亦有此語）王逸注"言張強弩之機，以蓬蒿之箭，以射犀革之盾，必摧折而無所能入也。言使愚巧任政，必致荒亂無所能成也"。

按機之一名，春秋以來，大約指杠杆、樞軸及其分枝之滑車一類動力學機械而言。《墨子·備城門篇》言"備城門，爲縣門，浣（原作沈，依孫氏校改）機，長二丈"。浣機，孫氏云"即《左傳疏》如謂關係也"。《六韜·軍門篇》有轉關轆轤，此言縣門設樞機以下門也。此當爲一種滑車作用之機械。又同篇云"上爲發梁而機引之"，又《備梯篇》云"守爲行堞，堞高六尺，而一等，施劘其面，以機發之"，又《備蛾篇》"守爲行臨，射之，校機籍之"，則"行堞"、"發梁"亦有機，當亦轉樞之類也。《易·繫詞上傳》言"君子之樞機，樞機之發，榮辱之主也"，則門戶亦曰機。《宋策》"公輸般爲楚設機"。注"雲梯之屬也"。按《説文·木部》"機主發謂之機，從木，幾聲"。段玉裁曰"下文云機持經者，機持緯者，則機謂織具也。機之用，主於發，故凡主發者皆謂之機"。段説至允。朱駿聲云"説文叙次，櫑機滕杼楀五篆連屬，是許意謂織具也"。按機即幾後起分別文。幾字《佱作敢》作幾，《歸羍敢》作幾。88象經線，㐱象人在織具上之形，小篆誤作戉，非也。成都土橋漢畫石有織機如下。

此雖漢制，度春秋戰國以來，亦不甚相遠。與金文幾字尤似，則幾乃織機本字。古幾皆用木爲之，故加木，則爲專別字。此如瓊璣玉衡，璣亦旋轉主發之儀也。故變從璣。璣亦幾義之引申也（今從幾字，多轉注，如譏、趡、譏、機、幾、鑾。後世訓幾爲微者，織組始於纖縷。而織事動於微。《易·繫詞傳》曰"幾者動之微也"。）。凡隱於微而動以成其鉅者，皆可

曰幾（即《易·繫詞》所謂幾者動之微而未之先見者也）。故天下之事曰萬幾。後世幾微之義行，而本義廢，遂又別造機字以代之。此如然之有燃，梁之有樑也。幾與機同音。大徐同音居衣切。即狀機聲唧唧之音也。因事差別，語有出入，則凡可以發縱指使者曰機關，曰技巧。《漢書·藝文志》"技巧者習手足，便器械，積機關，以立攻守之勝者也"，《易林·咸之兑》"甘露醴泉太平機關"，是也。曰"機緘"，《莊子·天運》"意者其有機緘而不得已邪?"《釋文》"緘音古咸。機緘不得已，猶言箭在弦不得不發也"。因之凡有變幻反覆之器則曰機械。《莊子·天地》"有機械者必有機事"。凡機關、機械皆謂之機巧。《詩·魏風·葛屨》序"刺褊也，魏地陿隘，其民機巧趨利"。頡皋者以機械引物以汲水，以擊遠者也。《莊子·天地》"鑿木爲機，後重前輕，挈水若抽，數如泆湯，其名爲橰"。《墨子·備城門》"城上之備，渠譫籍車，行棧行樓，斲頡皋"。又《備穴》"穴且遇以頡皋衝機"。字當或作桔橰。其在

弓矢，則演爲機栝。《莊子·齊物》"其發若機栝，其司是非之謂也"。
《釋文》"機弩牙，栝箭栝"。按分機栝爲兩事，恐非。應劭《風俗通·
過譽篇》言"稜統機栝，知其虛實"。則六朝人猶知其義。

人類狩獵之期，雖較早於紡織，而以器械發動，以弋鳥獸、克敵人，
則所起至遲。故弩之興，自文獻所截，考古發掘所得，大不逾戰國。而
《孟子》言之爲最悉。故機字移以指弩機，亦莫信於墨翟之書，其言曰
"皆爲兵弩簡（即《説文》簡字，所以盛弩也。）格，轉射機機長六尺"。
（《備城門篇》）又曰"强弩射之，校機籍之"。（《備高臨篇》）曰轉射機，
曰校機，皆指弩之機言，與諸言縣門之機、發梁之機、行堞之機、行臨
之機（見篇首所引），皆同其作用。事、狀雖異，而立名則同。蓋其義
爲杠杆、樞軸爲滑車之機械原理，皆同故也。

《楚辭》機字凡四見，皆與矰矢相連成文。而《九章》"矰弋機而在
上"之機，則活用爲動詞。《書》曰"若虞機張"，《孔傳》"機弩牙
也"。古弋射之器，惟弩有機，故《謬諫》"機蓬矢以射革"。王叔師言
"張强弩機以蓬蒿之箭以射犀革之盾"云云。即此義也。弩牙謂之機，
弩身則謂之機臂。《哀時命》所謂"外迫脅于機臂兮，上牽聯于矰隹"
者，謂以弩發矢之事。餘參機臂一條。

介

《九辯》"諒城郭之不足恃兮，雖重介之何益"。王逸注"身被甲鎧，
猶爲虜也"。補曰"介甲也"。按叔師以介爲身被甲鎧，別指人之介言，
非是。城郭不足恃，雖介之無益也。不得忽又涉及於人，使兩語不相調
矣。介讀如《左傳》昭二十五年"季氏介其雞"之介。謂爲雞裝甲也。
《詩·臣工》"嗟嗟保介"，亦此義。此作動字用也。城而曰介者，謂以
甲兵固守之也。《廣雅·釋器》"介鎧也"。甲文作介，若介。即象人着介
之形，是爲本義。

鈆刀

《七諫》亂辭"鈆刀進御兮,遥棄太阿"。洪補云"賈誼云'莫邪爲鈍兮,鈆刀爲鋸'。鈆音沿。青金也"。又《九懷‧株昭》"鈆刀厲御兮,頓棄太阿"。按鈆爲頓金屬,不能取刃,故不能割刺也。與利劍太阿對比成文,用相反義以明是非之倒置也。

長鋏

《九章‧涉江》"帶長鋏之陸離兮"。王逸注"長鋏劍名也。其所握長劍,楚人名曰長鋏也"。洪補云"鋏,古挾切。《莊子》曰'韓魏爲鋏'。注云'鋏把也'。《史記》曰'彈劍而歌曰長鋏歸來乎'。《文選注》'鋏刀身劍鋒也。有長鋏短鋏'"。朱熹注云"鋏,劍把,或曰刀身劍鋒也。長鋏見《史記》"。按叔師以長鋏爲楚人名劍是也,其餘皆非。"帶長鋏之陸離,冠切雲之崔嵬",即《離騷》之"高余冠之岌岌兮,長余佩之陸離",二語義同。長鋏即佩也。古以劍爲佩,故《騷》混言之曰佩。《九章》則析曰鋏也。此證之《管子‧問篇》"衣夾鋏",注"兩刃鈹也",鈹者劍之刃裝者也。兩刃之鈹,其爲劍而不爲刀至明。此其證二。《齊策》"馮驩客孟嘗君,倚劍而歌曰'長鋏歸來乎食無魚'"。《史記》作彈劍而歌。則史公亦以鋏爲劍也。馮驩蓋自彈其佩劍也。此其證三。若依《説文》訓"可以持冶器鑄鎔者也",固不可通,以爲即《莊子‧説劍篇》之"韓魏爲夾"之夾。《釋文》以爲"從棱間刃",《文選注》以爲"刀身劍鋒",未見古有此種兵器。若以爲劍把,則帶長鋏二句,直不可通。按鋏劍古雙聲,銜監合韻,故通用。餘詳劍字條下。叔師楚人,用楚之故。故能明其真義也,此釋既定,則《九章》、《齊策》皆可通讀矣。

一九五六年《文物》第十期七十五頁,載黑龍江省尚志縣砂石工人，捐獻銅鋏一圖，爲一種奇異之兵器，其定名爲鋏，與此異（參圖版）。

玉珥

《九歌》“撫長劍兮玉珥”。王逸注“玉珥謂劍鐔也。劍者所以威不軌，衛有德，故撫持之也”。洪補曰“撫循也。以手循其珥也。《博雅》曰‘劍珥謂之鐔’。鐔劍鼻，一曰劍口，一曰劍環。珥耳飾也。鐔所以飾劍，故取以名焉。珥音餌”。朱熹注“珥音餌。撫循也。珥劍鐔也”。按撫長劍兮玉珥，謂撫長劍之玉珥也，兮作之字解。詳之字下。玉珥即劍鐔。《説文・金部》“鐔劍鼻也。從金，覃聲”。大徐音徐林，《玉篇》“徒含切”，又“夕林、時占二切”，《廣韻》兩收之。徐鍇曰“劍鼻人握處之下也”。《莊子・説劍》“以周宋爲鐔”，司馬彪注“劍珥也”，《三倉》“劍口也”，《考工記》、《曲禮》、《少儀》所謂“劍首也”，程瑤田曰“正劍鼻謂之鐔，鐔謂之珥，又謂之環，一謂之劍口，有孔曰口，視其旁如耳然曰珥，面之曰鼻，對末言之曰首”，參劍字條下所附圖自明。然自來説者多異辭，徐顥以爲即《考工記》之臘，誤也。程氏説爲允。惟珥之本義，乃耳瑱，首直而末鋭，以塞耳者。《蒼頡篇》所謂“珥珠在耳也”，“耳璫垂珠者也”，則劍鐔曰珥者借字，亦轉注義，以其似耳也。

太阿

《七諫》亂辭“鈆刀進御兮，遥棄太阿”。《九懷・株昭》“鈆刀厲御兮，頓棄太阿”。按《戰國策・韓策》“蘇秦説韓王曰‘韓卒之劍戟，皆出於冥山、棠谿、墨陽、合膊……太阿。皆陸斷馬牛，水擊鵠雁。當敵即斬堅，甲盾”。《晋太康地記》亦云“天下之寶劍，韓爲衆，一曰棠谿，七曰太阿”。

干將

《九懷·通路》"竦余劍兮干將"。洪補曰"張揖云'干將韓王劍師也'。《博物志》'干將陽龜文，莫邪陰漫理。此二劍吳王使干將作之，莫耶，干將妻也。夫妻善作劍'"。又《九歎·怨思》"秉干將以割肉"。王逸注"干將亦利劍也"。按《吳越春秋》載"干將吳人。莫耶干將之妻，干將作劍，莫耶斷髮剪爪，投於鑪中，金鐵乃濡，遂以成劍。陽曰干將，陰曰莫邪"。可補洪氏之不足。《考工記》云"吳越之劍……遷乎其地，而弗能爲良"。吳越蓋以良金善冶而得名。又《戰國策》蘇秦説韓王曰"韓卒之劍戟，皆出於冥山、棠溪、墨陽……太阿，皆陸斷馬牛，水截鵠雁"。此又張揖以干將爲韓王劍師一説之所由（亦見《晋太康地記》。詳棠谿條下）。古傳説有交互爲變之例，此亦一也。然《吳地記》又云"吳王闔廬使干將鑄劍，鐵汁不下，莫耶曰鐵汁不下有何計。干將曰先師歐冶，鑄劍不銷，以女人聘鑪神，當得之。莫耶聞語，竄入鑪中，鐵汁出，遂成二劍。雄號干將，雌號莫耶"。《史記·賈誼傳》崔駰集解、《漢書·賈誼傳》應劭注均謂莫邪吳大夫作寶劍。今蘇州有干將坊，兩浙有莫干山，山中有鑄劍池，又有莫邪溪。則吳越間皆傳其事，傳世有吳王、越王劍。蓋吳越固金錫之所生，其金能鑄利器，亦在事理之中也。

棠谿

《九歎·怨思》"執棠谿目制蓬兮"。王逸注"棠溪，利劍也"。按《戰國策·韓策》"蘇秦説韓王曰，韓卒之劍戟，皆出於冥山、棠谿、墨陽、合膊、鄧師、宛逢、龍淵、太阿。皆陸斷牛馬，水截鵠雁。當敵即斬堅甲盾"。《鹽鐵論·勇論》亦云"世言強楚勁鄭，有犀兕之甲，棠谿之鋌也"。又云"楚之棠谿、墨陽，非不利也"。晋《太康地記》亦云

"天下之寶劍，韓爲衆。一曰棠谿，二曰墨陽，三曰合膊，四曰鄧師，五曰宛馮，六曰龍泉，七曰太阿，八曰莫邪，九曰干將也"。或言楚，或言韓，或言鄭，雖所傳聞異詞，而其爲古利劍之名則同。

墨陽

《九思·哀歲》"操我兮墨陽"。舊注"墨陽劍名"。參棠谿及劍字兩條。"操我兮墨陽"言"操我之墨陽"也。

射

有二義。一射弓弩發於身而中于遠也。二夜之借字。

《招魂》"射遞代些"。王逸注"射猒也。《詩》云'服之無射遞更也。言使好女十六人，侍君晏宿，意有厭倦，則使更相代也，或曰夕遞代，夕暮也'"。按射讀爲夜，或曰夕遞代。夕即夜別丈。如射干之射。《荀子》楊倞注即讀夜，是其證。又射夕古通用。《左傳》桓九年"曹世子射姑"。《史記·曹世家》作夕姑，是其證。古射亦讀亦，與夕叠韻。夕遞代，每夕更相代也。甲文金文夕月夜三字通用，形音皆相同也。《晏子春秋·雜下》"公曰夕者夢與二日鬥"。下文又曰"夜者公嘗二日與公鬬"，則夕者即夜者也。

射弓弩發於身而中于遠也。

《楚辭》用射以本爲多。《天問》數見，皆然。《說文·矢部》"躲射弓弩，發於身而中於遠也。從矢、身，射，篆文躲，從寸。寸法度也，亦手也"。按甲文作𤔔若入𤔔、屮，金文作ꏍ、𤔔、𤔔。即從弓與矢，則小篆之從身，乃從弓形偽也。按射本漁獵時代之獵射，戰爭則以射敵。人事則以射其所欲克伐。至於禮家別禮射有四，大射、賓射、燕射及鄉射，皆其義。蓋寓習藝於宴樂之中。而射事必心力兩正而後能中。故禮家於平日習之，以應戰時獵時之用。此禮之大義也。《楚辭》言射，如《離騷》"又好射乎封狐",《東君》之"舉長矢兮射天狼",與《天問》"羿之諸射",皆遊獵之遺義也。矢交墜、挾秦弓（《國殤》），則戰陣之射也。其習禮之射則未之見也。參射革條。

躲

躲字《楚辭》八見。除躲籥別詳外，皆躲箭之躲也。《天問》"胡躲夫河伯，而妻彼雒嬪"，又"封豨是躲"，義皆顯明，無煩詳説。又《天問》"何羿之躲革"，王逸義晦。洪補云"貫革之躲。《左傳》之'蹲甲而躲之，徹七扎焉'"。其説爲有證驗可從之。又《哀時命》亦云"機蓬矢以躲革"，義亦同。惟革本有極義，則躲革，猶言躲之極爾。蓋貫革者，穿的而已，有力者皆可爲，非必即墜十日之羿躲也。故以訓極爲允。別詳革字條下。《説文》"躲弓弩發於身而中於遠也。從矢，從身（會意）"。篆文或從寸。説者謂寸以指法度似可通。其實則甲文金文中從𡗜之字，或又變作𧘇，𡗜者正形，𧘇則側視之形也。

射革

此詞見《天問》、《七諫》、《哀時命》。射以皮革爲鵠。中鵠則革貫。故射中則曰射革。《天問》"何羿之射革，而交吞揆之"。王逸以射革爲"好射獵不恤政事法度"。洪補曰"《禮》云'貫革之射'《左傳》云'鏤甲而射之，徹七扎焉'。言有力也"。《七諫》"蓬矢以射革"。王注"言張强弩之機，以蓬蒿之箭，以射犀革之盾，必摧折而不能入也"。三解不同。羿射革爲獵獸，革指獸言，而洪引《左傳》説，則以爲貫敵之鎧甲，《七諫》之射革，王以爲射盾，盾以犀爲之，革指犀言。又引《禮説》則以革爲鵠之革，鵠以革爲之（見大侯條下）。蓋皆可隨文義爲説也。然貫獸革乃其本義，古射起於獵。甲鎧則爲戰争之用，而鵠革則禮家文飾之義也。參射字條。又羿射革，革字恐不得以貫爲説。凡射必貫革而後爲中，革之爲獸爲鵠皆一也。此贊羿射之力，而僅以常態表之，恐非。此革當讀如極，言射之强有力也。

蓬矢

《七諫》"機蓬矢以射革"。王逸注"矢箭也。言張强弩之機，以蓬蒿之箭，以射犀革之盾，必摧折而無所能入也。言使愚巧任政，必致荒亂無所能成也"。按蓬矢一詞，《七諫》、《哀時命》各一見。王逸以爲蓬蒿之矢，按蓬矢古蓋以祭時禮器之一，非以爲利兵者。《墨子·迎敵祠》云"公素服誓於太廟……既誓，公乃退食，舍於中太廟之右……百官具御乃升（原誤斗）鼓於門，右置旃，左置旌於隅……射參發，告勝，五兵咸備，乃下，出，俟升，望我郊（升門臺也），乃命鼓……役司馬射，自門右蓬矢射之，矛參發，弓弩繼之，校自門左，先以揮，木石繼之，祝史宗人告社，覆之以甀"。此自是求勝敵之祭，蓬矢射之以爲禮器，非真以射的也。漢人借以爲弱矢耳。餘參矢字條下。

矰

矰字《楚辭》三見，皆矰弋、矰隿、矰繳連文，其義一也。叔師訓矰爲繳射矢，與自來訓詁諸家之説皆合。《周禮·司弓矢》"矰矢茀矢用諸弋射"，注云"結繳於矢謂之矰，矰高也。茀之言刜也。二者皆可以弋飛鳥"；《吕氏春秋·直諫篇》"宛路之矰"，注云"矰弋射短矢"；《西京賦》"登豫章，簡矰紅，蒲且發，弋高鴻，挂白鶴，聯飛龍"，薛綜注"繳射矢，長八寸，名矰。其餘名繳，挂矢絲挂鳥上也"；字又作矰，《三輔黃圖》"欱飛具矰繳以射鳧鴈"；又作矕，《易林》"大鴈列陣，雌獨不群，爲矕所牽，死於庖人"，是也。《九章·惜誦》"矰弋機而在上兮"。王注"矰繳射矢也，弋亦射也"。補曰"《淮南》云'矰繳機而在上，罻罟張而在下。雖欲翱翔，其勢焉得'"。朱熹云"機張機以待發也。言矰矢弋射，張機而發，在於天上也”。又《哀時命》“外迫脅於機臂兮，上牽聯於矰雉”。王逸注“言己居常怖懼，若附强弩機臂，畏其妄發，上恐牽聯於雉射，身被矰繳也。雉一作弋”。按言上則爲矰繳之弋所牽也，矰弋二字自先秦以來，多連文。其實此爲一短語，謂以矰弋射也。《九章》則當讀矰“弋機”而在上，弋機謂其射張於上也。《莊子·應帝王》亦云“且鳥高飛以避矰弋之害”，亦謂以矰弋之之害也。則先秦尚不合爲一語也。別詳弋字條下。

矰繳

矰與繳也。惟矰必有繳，故漢人多合言之。矰者弋矢之繫繳者，繳者絲縷，結繳於矢，謂之矰也。惟矰必有繳，無繳則不成矰。矰者弋矢之繫繳者，詳矰字條下。繳者《一切經音義》十一“繳生絲縷也，結繳於矢謂之矰也”。《鵩鵩賦》“負矰纓繳”。李善注“繳繫箭線也”。《史記·留侯世家》“雖有矰繳”。《索隱》引馬融注《周禮》云“矰者繳繫短矢謂之矰”。《漢書·張良傳》“雖有矰繳，尚安所施”。師古曰“繳弋射也。其矢爲矰，矰音增。繳之若切”。《西都賦》“颺颺紛紛，矰繳相纏”。李善注引《周禮》鄭玄注曰“結繳於矢謂之矰”。《説文·系部》“繳生絲縷也。之若切”。銑注“矰繳箭上加縷而射”。亦言弓繳。《孟子·告子》“思援弓繳而射之”是也。矰繳之義，至此而益明。蓋短矢之上加絲縷以射鳥，若中之，則罣於樹木，相糾纏不得遠飛也。《哀時命》“故矰繳而不能加”。王逸注“繳音酌。言鸞鳳飛於千仞，蛟龍藏於旋淵，故矰繳不能逮，羅罔不能加也。以言賢者亦宜高舉隱藏，法令不能拘也”。叔師申明喻義而不釋矰繳。參上引諸文可知。故宫博物院原藏戰國銅壺，其第二層中間有矰弋飛鳥圖，中矢之鳥，帶有長繳。即此也。詳卷尾圖版。

馮珧

弓以蜃飾兩頭爲珧，馮珧，大珧也。

《天問》"馮珧利決，封豨是射"。王逸注"馮挾也。珧弓名也。言羿不修道德，而挾弓躬轉獵捕神獸，以快其情也"。洪補"馮音憑，珧音遥。《爾雅》'弓以蜃者謂之珧'。注云'用蜃飾弓兩頭，因取其類以名'。又曰'蜃小者珧'，注云'王珧即小蚌也'。《説文》云'珧蜃甲也，所以飾物'"。按洪音馮爲憑，以引申叔師馮挾之義也，其實未允。馮大也。《莊子·知北游》"彷徨馮閎"，《釋文》引李注"馮大也"。《方言二》"馮怒也。楚曰馮"，郭注"馮恚盛貌"。怒盛亦曰馮。故盛氣亦曰馮氣。《莊子·盜跖》"佽溺于馮氣"是也。皆馬行疾（《説文》）一義之引申。馮珧與利決對文，不得訓挾也。《孫子》曰"羿得寶弓，犀質玉文，曰珧弧"。犀質即以蜃飾弓之類。珧《爾雅·釋器》"弓以金者謂之銑，以蜃者謂之珧，以玉者謂珪"。郭注"用金蚌玉飾弓兩頭，因取其類，以爲名"。《説文》"珧蜃甲，所以飾物也"。以蜃甲飾物，戰國出土器物中多見之，特未見弓飾耳，古蓋有之矣。

彀

《九思·守志》"彀天弧兮躬姦"。舊注"弧亦星名也。弧矢弓弩，故欲以躬姦人也"。按《説文·弓部》"彀張弩也。從弓，殼聲"。大徐古侯切。《詩·行葦》釋文引作"張弓曰彀"，《正義》引作"張弓也"，《一切經音義》十六、《文選·射雉賦》及《七命》注皆引作張弓弩也。《孟子》"羿之教人射，必志於彀，學者亦必志於彀"。趙云"彀張也，張弩向的者，用思專時也"。又曰"羿不爲拙射變其彀率"。趙云"彀弩張而表率之正體望之極，思用巧之時，不可變也"。按趙釋兼心力二事言，至允當。"彀天弧兮躬姦"，躬姦亦必心力交融。

弛

《九章·悲回風》"伴張弛之信期"，王逸訓弛爲"毀也。謂己思君念國，而眾人俱共毀己"。洪補訓"伴讀若背畔之畔，言己嘗以弛張之道期於君，而君背之也"。朱熹云"伴與叛同。言其憂心，雖若不能自定，而其張弛進退，又自不失其時也"。洪朱兩家説，於義爲得。《説文》"弛弓解也"。俗作弛。《禮記·曲禮》"弛弓尚角"。《雜記》"一張一弛"。《疏》"謂落絃"。《七諫·謬諫》云"弧弓弛而不張"。按此言弓上絃爲張，縱絃爲弛。即洪、朱所謂進退也。

彈

《七諫》"彈角而角動"。王逸注"彈楔也。角五音也。言叩擊五音，各以其聲感而相應也"。洪補云"《莊子》云'皷宮宮動，皷角角動，音律同矣'。《淮南》云'調絃者叩宮宮應，彈角角動，此同聲相和者也'。注'叩大宮則少宮應，彈大角則少角動'"。按彈本行丸。引申爲掉彈。《考工記·廬人》"句兵欲無彈"。司農注"謂掉也"。

筥簬

《哀時命》"筥簬雜於廳蒸兮"。王逸注"已解於《七諫》也。筥竹也"。"一作菎，簬廳，一作菣，一作叢，一作廳"。朱注"筥音昆。簬音路。廳音鄒。筥簬竹箭也。廳麻黂也。《七諫·謬諫》'菎蔣雜於廳蒸兮，機蓬矢以射革'。王注'言持菎蔣香直之草，雜於廳蒸燒而燃之，則不識於物也'。一作菎蔣"。補曰"菎音昆，蔣音路。筥與箇同，箇簬也，音窋，亦音昆"。按《説文·竹部》"箇，箇簬也"，又"簬，箇簬也"，筥簬即箇簬。箇筥一聲之轉。作菎蔣者形之訛也。《禹貢》作箘簬者，古文也。《趙策》一“其堅則菌簬之勁，不能過也”。《書·禹貢》“惟箘簬楛”。《孔傳》“箘簬、美竹、楛、中矢榦三物皆出雲夢之澤”。《釋文》引韋昭云“一名聆風”。《考工記》鄭注云“荆州貢箘簬枯”。《廣雅》“箘簬箭也”。《説苑·正諫篇》“荆文王得如黄之狗，箘簬之繒，以畋雲夢”。蓋箘簬本一種竹名，（用段氏説）以竹爲箭之美材，因而箭亦曰箘簬也，亦單曰箘。《吕氏春秋·本味篇》“和之美者，陽樸之薑，越駱之菌”。高誘注“菌筍也”是也。《廣雅·釋草》“簬箭也”。然菌蔯本雙音詞，古讀爲 H-L。故《吴語》“而大荒薦饑，市無赤米，而囷鹿空虚”云云。此指筐簏一類之物，蓋以竹爲之，竹名箘簬，故其器亦曰筐簏。囷鹿者寫其音，而筐簏則後起專字矣。參筐簏條下。

菎蕗

《七諫·謬諫》“菎蕗雜於廡蒸兮，機蓬矢以射革”。王逸注“言持菎蕗香直之草，雜於廡蒸，燒而燃之”。“一作筼簬。“按菎蕗即箘簬。詳筼簬條下。此作菎蕗者，從竹誤爲從艸也。蒸字王訓煏竹曰蒸，則蒸乃簜之誤。是三字皆從竹，而皆誤爲從艹也。餘詳筼簬條下。

張辟

《九章·惜誦》“繒弋機而在上兮，罻羅張而在下；設張辟以娛君兮，願側身而無所”。王逸注“辟法也。言讒人設張峻法，以娛樂君”。王念孫《讀書雜志》曰“案此以張辟連讀，非以設張連讀。張讀弧張之張。《周禮·冥氏》掌設弧張。鄭注曰‘弧張罿罦之屬，所以扃絹禽獸’。辟讀機辟之辟。《墨子·非儒篇》曰‘大寇亂，盜賊將作，若機辟將發也’。《莊子·逍遥遊篇》曰‘中於機辟，死於罔罟’。司馬彪曰‘辟罔也’。辟疑與繴同。《爾雅》‘繴謂之罿，罿罬也。罬謂之罦，罦覆車也’。郭璞曰‘今之翻車也，有兩轅，中拖胃以捕鳥’。《山木篇》曰‘然且不免於罔羅機辟之患'。《鹽鐵論·刑德篇》曰'罻羅張而縣其谷，辟陷設而當其蹊'。《楚辭·哀時命》曰'外迫脅於機臂兮，上牽聯於矰隹'。機臂與機辟同。王注以機臂爲弩身，失之。此承上文矰弋罻羅而言，則辟非法也"。按王讀張辟連文是也（參機與機辟兩條）。然謂張爲弧張，仍隔一間。朱熹云"辟毗亦反，又音臂。辟開也，與闢同。或云謂弩臂也"。按朱或説弩臂爲得。然其言短絀不明。考《漢書·申屠嘉傳》注"今之弩，以手張者曰擘張，以足張者曰蹶張"。此文上言"矰弋機而在上，罻羅張而在下"，下即承以"設張辟以娛君兮"，則其確指小人設爲游獵之事，使君王娛樂，而忘其政教無疑。則此張辟即擘張之誤倒，而擘字又省作辟爾。朱熹以爲弩臂，義猶未盡。此秦漢弓弩使用之專名。近世考古發現之弩機，固有以手以足發射者。後世此物漸廢，其語亦漸黯而不彰。而《九章》之文又誤倒，遂至言之不能申其義。則此文之誤，自王叔師時已然矣。

矯

矯字《楚辭》五見。其用本義而引申者四，其借爲蹻舉者一。《離騷》"矯菌桂以紉蕙兮"。王逸注"矯直也"。五臣云"矯舉也。舉此香木以自比"。按五臣説誤。此與《惜誦》"矯蕙"同非舉之，而乃糅之。故與紉蕙對舉。然《章句》訓直，乃糅義之引申，亦不甚協文義。按《説文》"矯揉箭箝也"，蓋正曲使直之器。然《楚辭》用此字取其揉義，而不取其直義也。故《九章·惜誦》云"擣木蘭以矯蕙兮"，王逸訓矯猶糅也。"一作撟，糅一作揉"，此訓糅。即《離騷》之"矯菌桂矣"。《惜誦》又云"矯茲媚以私處兮"，此言以糅其媚態而私處，若用直字則與媚不協調矣。然《楚辭》固亦有訓直者，《惜誓》云"衆枉聚而矯直"，王逸注"矯正也"。此文中明言矯直。此言群衆聚合，反以矯直以爲枉也。叔師以"欲正忠直之士使隨之"，義尚未得一間。又《抽思》"矯以遺夫美人"。逸注"舉與懷王，使覽照也"。此訓舉至確。矯無舉義。此借矯爲蹻也。《説文》"蹻舉足行高也"，又《説文》有撟字，訓舉手。則從手曰舉手，從足曰舉足，斯爲轉注分別文矣。《楚辭》各矯字多一作撟，而訓爲舉，則從矢旁，與從手旁之形近而誤也，惟同一語根，故義得相因相成云。

汰

《九章》"齊吳榜以擊汰"。王逸注"吳榜，船櫂也。汰，水波也"。按王訓汰爲水波，雖亦可通，然朱駿聲以爲枻之借字，"船尾也"，義最切。

五穀

《招魂》"五穀不生，藂菅是食些"。又《大招》"五穀六仞，設菰粱只"王逸注"五穀，稻、稷、麥、豆、麻也"，此當爲漢人説。歷代言五穀所指不同，而今世以稻、粱、麥、稷、黍爲五穀則始於宋，所起甚晚。考五穀之名不僅後世論者不一，即在先秦兩漢亦多各自爲説。程瑤田《九穀考》已多所論列。有以麻、麥、稷、黍、豆爲五穀者，《吕氏春秋》、《月令》、《王制》注、《周禮·疾醫》鄭康成注、《大戴禮·天圓篇》注、《荀子·儒效篇》楊倞注、《史記·天官書》、《漢書·食貨志》顏師古注皆是。有以稻、黍、稷、麥、菽爲五穀者，如《周官·職方》鄭玄注、《孟子·滕文公》趙岐注、《淮南·修務訓》高誘注、《漢書·地理志》師古注。而《管子·地員篇》載五土所有有秫無稷，蓋以秫當稷也。有以麥、黍、稻、粟、菽爲五穀者，見《逸周書》。有以麥、稻、菽、麻、禾爲五穀者，《初學記》載范計然説也。更有六穀、八穀、九穀之説。至《易·離·象傳》、《尚書·洪范》、《周頌·噫嘻》則侈言百穀，以見穀類之多（楊泉《物理論》謂粱、稻、菽三類各二十種，爲六十，蔬果之實助穀各二十，凡百穀云云）。諸家皆以爲非是。劉楚楨云"北人食以禾、米爲主，南人食以稻米爲主。五穀當數禾、黍、稷、稻、麥"云云。此爲考定五穀説最爲有據之一人。惟以禾入五穀，據今人説推之，與秦漢故籍不甚脗調，故諸家或有不取。至金鶚《求古録·禮説》三，乃定黍、稷、稻、粱、麥，似可通於古今。其説曰"五穀者以其爲飯者而言也。飯爲食之主，軀命攸關。故《孟子》謂'五穀熟而民人育'也。然則五穀可得而定矣，曰黍、稷、稻、粱、麥。何以知之，《周官·膳夫》'王食用六穀'。《食醫》'會膳食之宜，牛宜稌、羊宜黍、豕宜稷、犬宜粱、雁宜麥、魚宜苽'。可知六穀爲稌、黍、稷、粱、麥、苽也。《内則》言'飯黍、稷、稻、粱'，下又言'麥食苽食'。可知六者皆可爲飯矣。六穀以稻、粱爲美。古人貴者、老者食稻粱，賤者、少者食黍、稷。黍稷稻粱爲常食，麥、苽則暫食之。《秦風》'每食四簋'。《毛傳》云'四簋，黍、稷、稻、粱'。《玉藻注》謂'諸侯日食粱、稻各一簋'。《内則疏》'諸侯朔食四簋，黍、稷、稻、粱；天子則加以麥苽'。可知常食者黍、稷、稻、粱也。觀《内則》言飯，只列黍、稷、稻、粱，而於麥苽則別舉於後，可見矣。苽爲雕胡，其米所出頗少，惟天子諸侯得暫食（《内則注》以蝸醢苽食以下十六物爲人君燕食。孔疏以爲諸侯之禮，則諸侯亦得食苽，不獨天子也）。而麥則貴賤皆食之。《職方氏》'青州宜麥'。董子謂'春秋麥禾不成則書之'。可見聖人於五穀最重麥禾。然則六穀去一而爲五穀，當存麥而去苽矣。故知五穀爲黍、稷、稻、粱、麥也。若菽與麻，古人用爲籩實，以佐飯，不以爲飯也。惟極貧之家，大饑之歲，或以菽爲飯。《檀弓》所謂'啜菽'，《漢書》所謂'民米菽'者也（麻飯不見經傳，惟仙家有胡麻飯，非常人所食）。是則五穀不當數麻菽矣。稻、粱爲最美之穀，日食所需。而諸家數五穀反或逸之，不亦謬乎？《月令》、《素問》、《逸周書》、《管子》或別有取義，皆不足以定五穀之名也"。

按金説所據以禮爲主，大體北方之習。以言屈宋賦，則《招魂》言稻粱（即黍）麥與黄粱，其小食更有粔籹，當爲黍類，則大體與金説近。而《大招》言"五穀六仞，設菰粱只"，則不僅菰苽爲助食，即粱亦爲助食矣。南北風習不盡同，而求其大較可也。吾人謂二招食事，皆諸侯以上之制，非大夫以下所得當。參以樂舞、居室、侍從、玩好諸端，則屈子自招爲僭妄，宋玉招屈亦非倫，般般可據矣。

趙彦衡《雲麓漫鈔》專以《詩》、《書》爲據，駁《本草》所説，辨黍稷之相似，論黍秬稷之別論，秬芑粱爲粟芑總名；粟有十餘種，稷又爲諸粟總名；秔爲諸穀總名；稻之屬十餘種，禾又爲諸粟之總名。言簡而義足，可與金説相輔。

“五穀不生” 二句

《招魂》“五穀不生，叢菅是食些”。王逸注“言西極之地不生五穀。其人但食柴草，若群牛也”。按徐文靖《管城碩記》十七卷，徵引故實至詳。其言曰“按《魏書·吐谷渾傳》‘北有乙佛勿敵國，不識五穀，唯食魚及蘇子。蘇子狀若中國枸杞子’。《唐書·拂菻傳》‘自拂菻西南行，二千里，有國曰磨隣，曰老勃薩，無草木五穀，飼馬以槁魚，人食鶻莽。鶻莽，波斯棗也’。《南史·扶桑國傳》‘扶桑東千里，有女國。食鹹艸。鹹艸葉似邪蒿，而氣香味鹹’。《一統志》‘瀚海在火州柳陳城東，地皆沙磧。宋史云沙深三尺，不育五穀，沙中生艸，名登相。收之以食’。皆此類也”。

稻

《招魂》“稻、粢、穱麥”。王逸注“稻秬”。洪補“顏師古云‘本草所謂稻米者，今之秫米也’。《説文》云‘稻秬也’。又《急就篇》云‘稻黍秫稷’。左太冲《蜀都賦》云‘秔稻漠漠，益知稻即秔，共秔並出矣’”。朱注“稻今秔稬二米也”。按顏師古注《漢書》曰“稻有芒之穀，總稱也。《周官》‘稻人掌稼下地，擇艸所生，種之，芒種’”。鄭司農注云“選種稻麥也”。又名曰秬。《爾雅》“秬稻”。郭注“今沛國呼稌"。《説文》"稻稌也，稌稻也"。《周頌》曰"豐年多黍多稌"。《毛傳》"稌稻也"。然二者有黏不黏之别，故對文則分，散文則通稱也。

穋麥

《招魂》"稻、粢、穋麥，挐黄粱些"。王逸注"穋，擇也。擇麥中先熟者也"。穋音捉。穋擇也，穋麥，稻處種麥而擇取其先熟者也。又曰"言飯則以秔稻粺粢，擇新麥，糅以黄粱，和而柔嫣且香滑也"。洪補"穋音捉，稻處種麥也"。按劉寶楠釋穀云"枚乘《七發》'穋麥服處，躁中煩外'。李善注'以穋麥分劑而食馬，馬肥，故中躁而外煩也'。張衡《南都賦》'冬稌夏穋，隨時代熟'。左思《吳都賦》'穋麥菰穗於是乎在'。段氏《説文注》云'穋即樵字之異者。古爵焦同聲。在第二部，許云穋早取穀也，義正同'。又《廣韻》'穋稻處種麥'。《集韻》、《類篇》'稻下種麥'。吾鄉農人云，稻下種麥，謂之點麥。蓋田地仰，稻刈之後，麥長茂盛，其收穫比他麥略早。故王逸訓爲麥先熟者"。又案，此作穋麥非爵麥也。《九穀序》以穋麥證爵麥非。

糧

《九章》"繫申椒以爲糧"。王逸注云"重繫蘭蕙，和糅衆芳，以爲糧食"。按吕張切。《説文》"穀食"。《周禮·地官·廩人》"凡邦有會，同師役之事，則治其糧，與食"。注"行道曰糧，謂糒也。止居曰食，謂米也"。字或作粮。

糗

《九章》"願春日以爲糗芳"。王逸注"糗糒也。言己乃種江離，蒔香菊，采之爲糧，以供春日之食也"。洪補云"糗去久切。乾飯屑也。

《孟子》曰'飯糗茹艸'"。朱熹注"糗糒也，乾飯屑也"。按《廣韻》"去久切"。《說文》"熬米麥也"。又"乾飯屑也"。又"糧也"。《書·費誓》"峙乃糗糧"。《疏》"糗擣熬穀也。謂熬半麥，使熟，又擣之以爲粉"。《左傳》哀十一年"陳轅頗出奔鄭，其族轅咺進稻醴粱糗腵脯焉"。糗，乾飯。按今人言飯糗，音變如出，即糗也。然糗異於鐺底飯。糗不焦而鐺底飯則焦。滇蜀人稱鍋巴是也。

糳

《九章·惜誦》"糳申椒以爲糧"。王逸注"言己重糳蘭蕙，和糅衆芳，以爲糧食"。"糳一作鑿"。洪補云"《左傳》曰'粢食不鑿'。鑿精細米"。按糳字洪引一本作鑿。洪音作，朱音即各反。《說文》"糲米一斛，舂爲九斗曰糳"。又"鑿穿大木也"。此處當以糳爲本字，鑿爲聲借字。洪引《左氏傳》"粢食不鑿"，則作鑿者久矣。

粢

《招魂》"稻、粢、穱麥，挐黄粱些"。王逸注"粢，稷"。洪補曰"粢，子夷切。《本草》云'稷即穄也。今楚人謂之稷'"。按《爾雅》"粢稷衆秫"。郭注"今江東人呼粟爲粢"。《說文》"稷齋也"，"齋稷也。或從次，作次粢"。今經典齋字，皆從或體作粢，而轉譌又從米，作粢。非也。黏者曰秫，不黏則曰齋。《廣雅疏證》云"高粱不黏者粢稷也，其黏者衆秫也"。《左傳》桓二年"粢食不鑿"。飯用稷，稷不黏者故謂之粢食。別參秫字條。

糈

《離騷》"巫咸將夕降兮，懷椒糈而要之"。王逸注"糈精米，所以享神"。洪補曰"糈音所，祭神米也。孟康曰'椒糈以椒香米餼也'"。
按《三餘偶筆》握粟出卜條曰"糈祀神之米名。古者卜筮用精鑿之米以
享神，謂之糈。《楚辭》'巫咸將夕降兮，懷椒糈而要之'。揚雄《反騷》
'費椒精以要神兮'又'勤彼瓊芳'。而祀神用米，見於《山海經》者尤
多。《南山經》曰'糈用稌米'，又曰'糈用稌'。《西山經》曰'鈐而
不糈'，又曰'糈用稷米'，又曰'糈以稻米'。《北山經》曰'療而不
稷'，又曰'投而不糈'，又曰'皆用稌糈米祠之'。《東山經》曰'其
祠米用黍'。《中山經》曰'痊而不糈'，又曰'投而不糈'，又曰'糈
用稌'，又曰'祈而不糈'，又曰'其祠用稌'，又曰'糈用五種之精'。
郭璞注'糈祀神之米名，不糈祀不以米也'。而《史記》云'卜而有不
審，不見奪糈'，豈糈米用以祀神，即持以與卜，故云然與，《莊子·人
間世》亦云'鼓筴播精，《困學紀聞》播精，《文選注》作播精，崔譔曰鼓筴播精，
言賣卜。足以食十人'，猶可證也。《詩》'握粟出卜，自何能穀'，亦貪
困自傷之辭耳。《國策》'公孫閈使人操十金而往卜於市'，此又古人問
卜用金之證"。

按祀神用米，此證引之極詳。而惠氏《禮說》論"握粟出卜"，結
合禮制論之尤精。其言曰"《淮南子》'巫用糈籍'，《中山經》曰'糈
用五種之精'，《離騷注》'糈精米也'，是也。云以享神，似非。古者卜
以茅，或用糈，故靈氛占以茅，巫咸要以糈。《詩》曰'握粟出卜'，
《管子》'守龜不兆，握粟而筮者屢中'"。然則糈米古用以卜矣。《莊
子》所謂'鼓筴播精'也（一作播糈）。鼓筴探著，播糈卜卦，鼓之播
之，皆卜之之法。其法用六六觚爲握，故曰握粟。《日者傳》云'卜有
不審，不見奪糈'。此卜以糈之明文……《楚辭》'啟匱探筴'。注云
'發匣引籌'。今之匣，古之簂也。《周禮·春官·司巫》祭祀菹簂司巫
共之。康成引《士虞禮》'苴即菹字。實於筐，判之而饌於坫上，洗之而
設于几東'。說者以爲藉祭之物，而祭之用菹，非徒藉祭而已。志六穀
之名謂之職。即《肆師》之表盇盛也。護群神之位謂之旌。即《左傳》
之群屛攝也。皆以菹爲之。一共之鄉師，一共之旬師。而師巫共簂，所

謂‘包匭菁茅’，故餡一作包。一説糈與賑通，《説文》‘齎財卜問爲
賑’。古以米爲財，故其爻或從貝，或從米，皆以疋得聲。讀若所，握粟
猶齎財也”。説至暢遂而精審。

粱

《大招》“設菰粱只”。王逸注“苽粱蔣實，謂雕葫也。言有苽粱之
飯，芬香且柔滑也”。朱注“菰”粱蔣實，一名雕葫”。

《大招》“五穀六仞，設菰粱只”。王逸注“苽粱蔣實，謂雕葫也”。
按王注非是。粱乃禾之粟米，舉禾實則曰粟，舉粟米則曰粱。即今俗所
謂小米也。後世以稷稱高粱，遂誤以粱稷爲一。《三蒼》“粱好粟”，韋
昭《晋語注》“粱食之精者”，顏師古《食貨志注》“粱好粟也，即今之
米”，《呂氏春秋》“元山之禾”，崔駰《七發》云“元山之果”，是粱爲
禾米之名也。《内則》言“飯有粱”，又有黃粱，則粱者白粱也。《大招》
此句當是兩事，不得以爲菰之粟，苽不稱粟也。參黃粱條。

黃粱

《招魂》“稻粢穱麥，挐黃粱些”。王注“挐糅也。言飯則糅以黃粱，
和而柔嫣且香滑也’。補曰“《本草》黃粱出蜀漢，商浙間亦種之。香美
逾於諸粱，號爲竹根黃”。按《曲禮》“粱曰薌萁”。《孔疏》“粱，白
粱、黃粱也”。粱即禾之粟米。詳粱字條下。《招魂》上言“稻粢穱麥”，
此言黃粱，則粱不得爲粢至明。劉寶楠《釋穀》言之悉矣。此言以黃小
米釋之。稻粢穱麥之中，今西南人尚喜食之，所謂兩糝飯也。包慎伯
《齊民四術》曰“小米有青、白、赤、黃諸種。以黃爲上，早熟者名趕
麥黃，晚熟者名雁頭青。早者皮薄而米實較勝”云云。參粱字條。

澆饡

《九思》"時混混兮澆饡"。舊注"饡，餐也。混混，濁也。言如澆饡之亂也"。洪補云"饡音贊。《說文》云'以羹澆飯'"。按《說文·水部》"澆沃也。從水，堯聲"。大徐古堯切。《一切經音義》卷三引作"灌漬也"。《廣雅·釋詁》二"澆漬也"。段氏曰"沃爲澆之大，澆爲沃之細"。又食部"饡以羹澆飯也。從食，贊聲"。大徐則幹切。徐鍇《繫傳》云"今人之饡飯也"。《集韻》二十九換云"饡《說文》以羹澆飯，以膏煎稻爲酏也"。《釋名》有膏饡云"消膏而加菹其中"。則澆饡似今人所謂蓋澆飯。特澆而未更煎若菹汁，澆而煎之則如膏矣。故《九思》以比時混也。詳孫詒讓《周禮正義·玉人》"瓚"字注。

餔

《漁父》"何不餔其糟"。五臣云"餔音脯"。洪補云"餔布乎切"。朱熹注"餔布乎反。餔食也"。按《一切經音義》二十四引作哺，餔本字，哺則同聲借字也。《廣韻》"博孤切"。《呂氏春秋》"旦至食食至日昳，曰昳；至餔，餔至下晡，下晡至日夕。蓋日至申時食也"，與今時晚餐時相似，則餔乃就一日食時而言也。引申爲食，更引之則以食之亦曰餔。《史記·高祖紀》"老父請飲，因餔之"，師古曰"以食食之謂之餔"，是也。

苴蓴

即芭蕉也。

《大招》"膾苴蓴只"。王逸注"苴蓴襄荷也。言乃以肉醬啗炙豚，以膽和醬啗狗肉，雜用膾炙，切襄荷以爲香，備衆味也"。"蓴一作蒪"。

洪補"苴即魚切，蓴普各匹沃二切。《本草》'蘘荷，葉似初生甘蔗，根似薑牙'。《博雅》云'蓴苴蘘荷也'。《九歎》蘘荷注云'蓴菹也'，或作蓴，非是"。按《本草》云"葉似初生甘蔗，根似薑才，蓋切以爲香也"。按《史記》相如《遊獵賦》"諸蔗傅且"，闞駰曰"傅且蘘荷"，與逸注同。傅且，《漢書》作巴且。文穎曰"巴蕉芭蓴音近"，則以爲巴蕉是也。陸佃《埤雅》曰"蕉不落葉，一葉舒則一葉焦，故謂之蕉"。崔豹《古今注》曰"蘘荷似巴蕉，而白色，其子花生根中，花未落時可食"，此直蓴與蘘荷別者也。又按相如賦既有"諸蔗傅且"，又有"茈薑蘘荷"，若使傅且即蘘荷，當以此賦上獻天子，豈應兩用之乎。

甘鷄

《大招》"鮮蠵甘鷄"。王逸注"用肥雞之肉和以酢酪，其味清烈也"。按此與《招魂》之露雞當爲一類。凡肉類風之使乾，則味必甘美。又漢以前人飲食多用糟，則甘雞或即今糟雞亦不可知。姑發於此，以待知者。

露雞

《招魂》"露雞臛蠵，厲而不爽些"。王逸注"露雞露棲之雞也"。洪補云"《鹽鐵論》曰'煎魚切肝羊淹雞寒'"。朱熹注"露雞露棲之雞也"。按王逸以爲露棲之雞。當是漢人養雞之一法。入夜不趨之入塒，而使之露棲中。六朝唐人尚有此法，但味未必即更甘美。按《呂覽·本味》"大夏之鹽，宰揭之露"，則古固有以露調味者。今世蜀中，尚有掃花草上朝露以作醬酢者，謂其味甚鮮。余於青城山朝陽觀食其豆油，道士見告，當爲舊習之遺。《大招》有"鮮蠵、甘雞，和楚酪只"之言，與此言露雞、臛蠵正同，則露雞猶言甘雞耳。今人秋後殺雞凈之，以鹽敷內外，而露於風凉之處，曰風雞。稍間時日，然後燉或清蒸，其味特鮮而甘。則露鷄當即今風鷄。湘湖之間稱霜雞，其義蓋同。然細審文理，露雞與臇蠵對文罹爲肉羹作動字用，則露字疑即今世所用之鹵字雙聲之變也。

鵠酸臇鳧

《招魂》"鵠酸臇鳧，煎鴻鶬些"。王逸注"臇小臛也"。補曰"鵠鴻鵠也。臇子袞切。臛少汁也。鳧野鴨也"。按鵠酸與臇鳧當爲對詞，上下文詞組皆然。疑鵠酸當作酸鵠，則與臇鳧對文。如下文言"露雞臇蠵"也。王逸注此云"言復以酸酢烹鵠爲羹"。則王本當作酸鵠，尚不誤也。其餘各詳本字。

鴿

《大招》"內鶬鴿鵠"。王逸注"鴿似鳩而小，青白"。朱熹注同。《廣韻》"古盍切"。《說文》"鳩屬"。《周禮·天官·庖人》注引陸佃曰"鴿性喜合，凡鳥雄乘雌，惟鴿雌乘雄。逐月有子。又名鵓鴿"。按今俗名鴿子，匹鳥也，雌雄不分離。人家多畜之，集屋瓦。善記憶，日使習之，能遠在數百里返其故居。其肉味至美，人多畜以爲食。

鵠

《大招》"炙鴰烝鳧"。王逸《章句》"鴰一作鵠，鳧一作梟。言復炙鶬鵠，烝鳧雁"。洪補"鴰麋鴰也。古活切"。朱熹注"鴰麋鴰也"。《廣韻》"古活切"。《爾雅·釋鳥》"鶬麋鴰"。郭注"今呼鶬鴰"。按今民間亦有食之者。肉味美，近鴿。參鶬字條下。

鵠

《招魂》"鵠酸臇鳧"。王逸注"言復以酸酢烹鵠爲羹，小臇臛鳧，煎熬鴻鶬，令之肥美也"。朱注"鵠鴻鵠也"。又《大招》"内鶬鴿鵠"。"鴻鵠代遊，曼鷫鸘只"。王逸注"言復有鴻鵠往來游戲，與鷫鸘俱飛，翩翻曼衍，無絶已也"。《七諫》"斥逐鴻鵠兮近習鴟梟"。《章句》"鴻鵠大鳥，鴟梟惡鳥"。一無習，梟一作鴞。按《廣韻》"鵠，胡沃切"。《説文》"鴻鵠也"。《本草》云"鵠大於鴈，羽毛白澤，其翔極高而善步，一名天鵝。今常見鳥"。參黃鵠條。

黃鵠

《卜居》"寧與黃鵠比翼乎"。洪補曰"漢始元中，黃鵠下建章宮太液池中。師古云'黃鵠大鳥，一舉千里'"。《惜誓》"黃鵠之一舉兮，知山川之紆曲，再舉知天地之圜方"。王逸注"言黃鵠養其羽翼，一飛則見山川之屈曲，以言賢者亦宜高望遠慮，以知君之賢愚也"。"黃一作鴻，一或作壹"。《惜誓》"黃鵠後時而寄處兮"。王逸注"言黃鵠一飛千里，常集高山茂林之上，設後時而欲寄處"。"一作鴻鵠"。又《惜誓》"夫黃鵠神龍猶如此兮"。按黃鵠亦古傳説中有神秘性之大鳥。《惜誓》言之最悉。《玉篇》遂以爲仙人所乘，其實黃鵠、鴻鵠皆一也。故黃亦作鴻。餘參鵠字條。

菹醢

菹醢肉醬也。上音臻魚切，下音海。《離騷》兩用，"后辛之菹醢兮，殷宗用而不長"。又"不量鑿而正枘兮，固前脩以菹醢"。王逸注"藏菜曰菹，肉醬曰醢"。五臣云"菹醢，肉醬也"。洪興祖注曰"菹，臻魚切。《説文》'酢菜也'。一曰麋鹿爲菹，齏菹之稱，菜肉通。醢音海。《爾雅》曰'肉謂之醢'。《禮記》云'昔殷紂亂天下，脯鬼侯，以饗諸侯'。《史記》曰'醢九侯，脯鄂侯'。《淮南子》'醢鬼侯之女，菹梅伯之骸'"。朱熹《集注》曰"菹側魚反，醢音海。藏菜曰菹，肉醬曰醢。紂無道，殺比干，醢梅伯，武王誅之"。按屈子兩用菹醢，指醢鬼侯，菹梅伯事。則菹不得言酢菜藏菜。菹應讀爲《禮記·內則》、《少儀》"麋鹿爲菹醢"。《漢書·刑法志》"菹其骨肉於市"。注"謂醢也"。即《説文》蘁之借字，不得言醬菜也。醢《説文》"肉醬也"。段注引《周禮·醢人》"掌醢醢、糜臡、鹿臡、蠃醢、蠯醢、蚳醢、魚醢、兔醢、鴈醢"。凡醢皆肉也。參孫氏《周禮正義》。

脂

《卜居》"如脂如韋"。王逸注"柔弱曲也"。朱熹注"脂肥澤，韋柔頓也"。按《廣韻》"旨夷切"。《説文》"戴角者脂，無角者膏"。《詩·衛風》"膚如凝脂"。《傳》"如脂之凝"。按禽獸之腴，其凝者爲脂，釋者爲膏。凡物著脂則滑澤。

胹

《招魂》"胹鼈炮羔"。王逸注"胹一作臑"。《釋文》作濡。而朱切。五臣云"濡煮也"又"或曰，血鼈炮羔。和牛五藏爲羔，臛鶩爲羹者也"。洪補云"濡，《集韻》音而。亨肉和滒也"。朱熹注"胹音而。一作臑，一作濡。胹煮也"。按《文選》作濡。許巽《文選筆記》六曰"濡一作沘，汝也。一曰煮熟也，如之切"。（濡水出涿郡故安東，入漆）又人朱切。《內則》"濡豚、濡雞、濡魚、濡鼈，皆讀爲胹。烹煮之也。音而"。《説文》"胹爛也。從肉，而聲"。大徐如之切。"臑臂羊矢也。從肉，需聲"。讀若襦，那到切。《左傳》"臑熊蹯不熟"。《方言》曰

"臑，熟也，音而"。然徐音那到切者，非也。臑、胹、胹、臑四字可通用也。又按"胹莊本作臑鼈炮羔"。注"羔羊子也"。或曰"血鼈炮羔，和牛五藏爲羔，臛鶩爲羹者也"。二字莊本無。洪校云"胹鼈炮羔，和牛藏臛爲羹者也"。孫詒讓《札迻》卷十二云"案注或曰以下有譌，審校文義，或本正文羔蓋作羹。注當云或曰胹鼈炮羹和牛五藏爲羹臛者也。今本義誤涉正文作羔。又衍'鶩爲羹'三字，遂不可通"。按孫校於文理爲順，可從。宁又作臑，變作胹。參臑字下。

臛

《招魂》"露雞臛蠵"。王逸注"有菜曰羹，無菜曰臛"。洪補云"臛字書作膗。呼各切，又音霍。肉羹也"。朱熹注"臛呼各反。一作膗，又音霍，又字作膗"。詳膗字下。《説文》"臛肉羹"。《釋名》"臛者蒿也，香氣蒿高也"。臛自是肉羹，以肉羹煮蠵。蠵即今之所謂甲魚。蠵甲正雙聲之變，龜屬，味極美，雞加鹵汁蠵增肉羹，其味至濃，故曰臛也。

臑

《招魂》"臑若芳些"。王逸注"臑若熟爛也。言取肥牛之腱爛熟之，則肥濡腝美也"。"臑一作臑，一作胹。臑仁珠切，臑音奭。《釋文》作炳，而兌切"。洪補云"《集韻》'腝炳胹臑皆有而音。《説文》云'爛也。一曰臑嫩，奭貌'"。朱注"臑，仁珠反，一作臑，音奭；一作胹，音而，又作炳，而充反。臑若熟爛也"。《大招》"鼎臑盈望，和致芳只"。王逸注"臑熟也。致致醎酸也。言乃以鼎鑊臑熟羹臛，調和醎酸，致其芬芳"。"臑一作胹"。《釋文》作腩，徒南切。洪補"腩腝也"。《招魂》"肥牛之腱，臑若芳些"。注云"臑若爛熟也"。按若而也，已別見。臑者，朱琦《文選集釋》十九云"《説文》臑字云'臂羊矢也'。

《禮記釋文》引作羊犬。此云熟爛，則當作腝。《説文》'腝爛也'。《方言》'腝熟也'。自關而西秦晉之郊曰腝"。蓋從需與從而通也。見《吳都賦》段氏謂臑之言濡也。濡柔也，亦熟爛之義。故《内則》"濡豚、濡雞"等濡字，《釋文》音而，固讀若腝矣。此下云"濡鼈"與《内則》一例。《七發》"熊蹯之臑"本《左傳》。今傳作腝。別詳腝字下。聲又讀若儒。《荀子‧臣道篇》"臑而動"注，又同篇注云"與頓同"。

臇

《招魂》"鵠酸臇鳧"。王注"臇，小臛也"。補曰"臛，子袞切。臛小汁也"。按《説文》"朘也"。《文選‧曹植名都篇》"膾鯉臇胎鰕"。注臇者少汁臛也。《廣韻》子沇切（按臇與蠵形近或相譌，《名都》膾臇自當爲蠵之譌，故曰膾蠵動賓短語也）。

臃

《大招》"煎鰿臃雀"。王逸注"臃一作臛"。朱注"臃一作臛，字又作脧"。詳臛字下。

桂酒

《九歌》"奠桂酒兮椒漿"。王逸注"桂酒切桂置酒中也。言己拱待彌敬，乃以蕙草蒸肴，芳蘭爲藉，進桂酒椒漿，以備五味也"。五臣云"蕙蘭椒桂，皆取芬芳"。洪補"漢樂歌曰'奠桂酒，勺椒漿'。《周禮》'四飲之物，三曰漿'"。朱熹注"桂酒切桂投酒中也。漿者《周禮》四飲之一，此又以椒漬其中也。四者皆取其芬芳以饗神也"。按漢樂歌顯襲《九歌》，然不必皆爲虛構之詞。古飲具至多，以香料置酒中泡製多日以爲飲料。《周禮》有四飲之物可參。葉少蕴《避暑錄話》上云

"……劉禹錫傳信方，有桂漿法，善造者暑月極快美。凡酒用藥未有不奪其味，況桂之烈。楚人所謂桂酒椒漿者，安知其爲美酒。但土俗所尚，今欲因其名以求美，亦過矣"。

醴

《九懷》"抽庫婁兮酌醴"。王逸注"引持二星，以斟酒也"。《遠逝》"欲酌醴以娛憂兮"。王逸注"醴，醴酒也。《詩》云'爲酒爲醴'"。按《廣韻》"盧啟切"。《説文》"酒一宿熟也"。《玉篇》"甜酒也"。《詩·小雅》"且以酌之"。《毛傳》"饗之天子之飲酒也"。《周禮·天官·酒正》"辨五齊之名，二曰醴齊"。注云"猶體也。成而滓汁相將，如今恬酒"。師古注《漢書·楚元王傳》"甘酒也。少鞠多米，一宿而熟"。醴字從酉，從豐。蓋取酒以成禮之義。凡禮制必本於原始民習，以生産能力，古製酒極簡鄙。則以一宿而成之酒以成禮，存其義而已。後世製酒之術日精，則醴酒專爲祭祀而設矣。借爲澧字，水名。別詳地部。

釃

《漁父》"而歠其醨"。王逸注"食其禄也"。《文選》醨作醯。五臣云"餔糟歠醨，徵同其事也。餔食也，歠飲也。糟醨皆酒滓"。洪補"醨力支切。以水霽糟也，醯薄酒也"。朱注"歠昌悦反，醨力支反。一作醯。歠飲也，糟醨皆酒滓也。以水霽糟曰醨，醯薄酒也"。按《廣韻》"所綺切"。《説文》"下酒也"。《詩·小雅》"釃酒有藇"。《傳》"以筐曰釃藪曰湑"。《釋文》謂"以筐漉酒"，則釃本義爲使酒漉下，引申之則酒中有糟曰釃。洪氏所謂以水霽糟曰釃是也。然又非即糟也。蓋上已言餔糟。糟者即今酒釀，西南人所謂醪糟。所謂糟，故曰餔。而釃則言飲之者，飲則水中稍雜以米粒，故可曰釃。即今西南俗間所謂白酒也。

酌

《九懷·思忠》“抽庫婁兮酌醴。“王逸注“引持二星，以斟酒也”。按《廣韻》“之若切”。《説文》“盛酒行觴也”。《詩·周南》“我姑酌彼金罍”。《禮·郊特牲》“縮酌用茅”。注“酌猶斟也。酒已沛則斟之以簠尊彝”。按古無長頸壺，注酒以勺。故酌字從酉，從勺。勺亦聲。本爲會意字，亦轉注字也。以酌酒則曰酌，以木爲勺則曰杓。參卷首所載戰國出土勺形圖。參酌字條。

椒漿

《九歌》“奠桂酒兮椒漿”。王逸注“桂酒切桂置酒中也，椒漿以椒置漿中也”。五臣云“按漢樂歌曰‘奠桂酒，勺椒漿’。即本於此。《周禮》四飲之物，三曰漿。“朱熹《集注》云“漿者《周禮》四飲之一。此又以椒漬其中也。四者皆取芬芳，以饗神也”。參椒字條。《荊楚歲時記》云“正月一日，長幼以次拜賀，進椒酒”。則椒漿椒酒，蓋亦三楚固有之俗，非泛言也。則此漿疑亦酒屬，特變言以避桂酒之複爾。

瑶漿

《招魂》“瑶漿蜜勺”。王逸注“瑶，玉也。言食已復有玉漿以蜜治之”。按瑶漿言酒之色如瑶玉也，與瓊漿言酒色如朱玉之色者。造詞全同，瑶字虚用。

瓊漿

《招魂》“華酌既陳，有瓊漿些”。王逸注“言酒罇在前，華酌陳列，復有玉漿，恣意所用也"。按瓊漿猶上文言瑶漿皆虚擬之詞也。瓊色淺赤，則瓊漿指赤色之酒言也。

柘漿

《招魂》"腼鼈炮羔，有柘漿些"。王逸注"柘，藷蔗也。言復以飴蜜，腼鼈炮羔，令之爛熟，取藷蔗之汁，爲漿飲也"。"柘一作蔗。一注云'腼鼈炮羔，和牛五藏臇爲羹者也'"。洪補"相如賦云'諸柘巴苴'。注云'柘甘柘也'"。朱熹注"柘一作蔗。柘藷蔗也。言取藷蔗之汁爲漿飲也"。按王注"以飴蜜腼鼈"云云，或曰"和牛五藏"云云，不知所本，或東漢人有此食法。逸以當時風習解之，然與文義皆不能合。"腼鼈炮羔"，自是兩色肴食。"有柘漿些"者，句法與"粔籹蜜餌，有餦餭些"同。此有字，亦訓作助，古食肥鮮，則佐以飲料。此柘漿自是食時佐飲，與酒略等耳。周拱辰云"《周禮》四飲之物，三曰漿……《内則》所云，酒與漿自是兩物。漿有以米爲之者，'粟米斯熟'，煎味甘酸，微温無毒，主調中引氣者也；有以菓作者，庚婁土有三漿：訶梨勒、菴摩勒、烏攬勒是也；有以柘作者，漢泰樽柘漿，唐大庖還有柘漿寒是也"。按周説雜引漢以後及國外禮制爲説，雖博物而泛濫，然四飲之制則古今蓋無大殊。柘漿即甘蔗汁。漢以前飲柘汁，自孫亮時交州獻甘蔗餳。《交中八郡志》"笮甘蔗汁曝成飴，謂之石蜜，唐太宗遣使至摩揭陀國取熬糖法，即詔揚州上諸蔗榨瀋，如其劑色，味美於西域"。（詳洪邁《容齋隨筆》糖霜條）則中土以蔗爲餳始於唐時。大抵戰國以前甜食，不出三品，一則糟，即今酒釀；二則餦餭，即今餳，餳以麥爲之；三則蜜糖。而甘蔗則但榨汁瀋以佐食耳。如今筵席中飲，亦有多品，大體酒與甜漿（如所謂汽水）。歐洲人則必有酒一色，甜漿一色。《招魂》此言，蓋在食鼈羔濃厚之時飲之。

羹

《招魂》“和酸若苦，陳吳羹些”。王逸注“言吳人工作羹，和調甘酸，其味若苦，而復甘也”。五臣云“酸苦皆得中。”洪補云“羹音郎。臛也。《集韻》云‘《魯頌》、《楚辭》、《急就篇》羹與房漿爲韻’。《淮南》曰‘荆吳芬馨，以嚙其口’。又云‘煎熬焚炙，調齊和之，適以窮荆吳甘酸之變’。注云‘二國善醎酸之和’”。按《廣韻》“古衡切”。《説文》作鬻，“五味和羹也”。小篆從羔，從美。《爾雅·釋器》“肉謂之羹”。注“肉臛也”。《疏》“肉之所作臛名羹”。《書·説命》“若作和羹爾塩梅”。《傳》“塩醎梅醋，羹須醎醋以和之”。或又曰有菜曰羹，無菜曰臛。詳臛字下。吳羹者，吳人所作之羹。

蘗

《大招》“吳醴白蘗，和楚瀝只”。王逸注“蘗米麴也。言使吳人釀醴，和以白米之麴以作楚瀝”。按《説文》“牙米也”。引申爲一切穀物之牙，故麥牙亦謂之蘗。字當作糱。《釋名·釋飲食》“糱，缺也。漬麥覆之，使生芽。開缺也”。《齊民要術·作糱法》“八月中作，盆中浸小麥，即傾去水，日暴之，一日一度，以水澆之，芽生便止”。或謂之麰。《荀子·富國篇》“午其軍，取其將，若撥麰”。楊倞注“麰，麥之牙蘗也”。《儀禮·有司徹》“麰賣”。鄭注“麰，熬麥也”。按麥芽謂之蘗，而熬麥亦令麥生芽蘗，故亦曰麰也。或借爲酒籋之義，酒母也。王訓字義作米牙，而申釋用酒母義矣。則所謂白蘗者，其即今世所謂酒釀歟？故得與吳醴楚瀝相和爲飲也。

歠

《漁父》"而歠其醨"。王逸注"食其禄也"。朱熹注"歠昌悦反，歠飲也"。《大招》"不歠役只"。王逸注"歠飲也"。按《説文》"飲也。從飲省，叕聲"。《孟子》"放飯流歠"。

粔

《招魂》"粔籹蜜餌，有餦餭些"。王逸注"言以蜜和米麰熬煎作粔籹。擣黍作餌，又有美餳，衆味甘美也"。"擣黍一作擣麥，一作揉米"。洪補云"粔音巨，籹音女，又音汝。粔籹蜜餌也。吳謂之膏環。餌粉餅也。《方言》曰'餌謂之餻，餳謂之餦餭'。注云'即乾飴也。音張皇，一曰餅也，一曰餌也'"。按粔即秬之別構。《説文》正作鉅。蓋秬以釀酒之黑黍。一稃二米以釀也。故字從鬯。《詩·生民》"誕秬誕秠"，《閟宮》"有稻有秬"。

粔籹

《招魂》"粔籹蜜餌，有餦餭些"。王逸注"環餅也。吳謂之膏環。言以蜜和米麰，熬煎作粔籹。擣黍作餌，又有美餳，衆味甘美也"。"擣黍一作揉米"。補曰"粔音巨，籹音女，又音汝。粔籹蜜餌也。吳謂之膏環"。按粔籹蜜餌，古今有數説。王、洪兩家不一致。朱子云"以米麪煎熬作之，寒具也"。所混更多。楊慎《升菴全集》卷六十九引林可山説"謂此自是三品"云云。是也。然又云"粔籹乃蜜麪之乾者，十月間爐餅也。蜜餌乃蜜麰之少潤者，七夕蜜食也。餦餭乃寒食寒具也"。則與文理詞氣皆不相調，亦非也。按《説文·米部》"粔籹膏糫也"。《廣韻》八語"粔字注引《新家解訓》糫作環。《太平御覽》八百六十

《飲食部》十八引《通俗文》曰'干緔者謂之粔籹'。《齊民要術》'粔籹名環餅，象環釧形'。《廣雅》謂之粻粻，今通名饊子"。字又作粔粢。《一切經音義》五引《蒼頡篇》曰"粔粢餅餌也，江南呼爲膏糧"。又引《字苑》曰"粔籹膏糧，果也"。或又爲角黍。謂粔籹二字，即黍字之切（見朱亦棟《群書札記》五）。按朱琇《文選集釋》曰"案粔籹字，《説文》在新附中云'膏環也'。紐氏樹玉謂《御覽》引《通俗文》寒具謂之餲，具與巨通。《水經注》巨洋水，《國語》所謂具水是也。疑粔字古作巨，後人加米旁耳。籹疑即黍。《説文》'黍禾屬而黏'。《方言·博雅》竝作黅，黏也。《釋名·釋飲食》云'糝黅也。猶黏黅也'。是黅當即黍，俗又作籹。余謂具巨同音，籹黍同韻。義固通。惟黍爲穀名，其性黏，非黍即黏也。籹既爲黅，《廣雅》黅與䵃俱訓黏。《説文》'䵃，黏也'。引《左傳》'不義不䵃'。䵃今傳作昵，黅、䵃、黏皆一聲之轉。而黅與䵃音尤近。黅亦俗字，然則籹或可作䵃與？膏環者，《廣韻》粔下引《新字解訓》曰'粔籹膏環'。《齊民要術》'粔籹名環餅，象環釧形也'。《廣雅》又謂之粻粻。王氏《疏證》謂《北户録》注引《證俗音》云，今江南呼饊飯已煎米以糖餅之者爲粻粻是矣"。

按朱引紐氏證籹與䵃同音是也。説粔籹爲糧餅，大約得之。然不能實指爲何物，至又引饊飯粻粻，則所混益甚。古今事物不能全相比附，然就文義定之，似可得其仿彿。"粔籹蜜餌，有餦餭些"，言粔籹與蜜餌，食時又助（有訓助或佐）以麥糖。麥糖爲中土最古製糖之一。戰國時尚無蔗糖，民間多以蜜及餳糖調味。今俗食米糕餌飻，皆加糖調味，猶古遺俗也。粔籹疑即今蘇常兩地之年糕，年字即籹之音變，非春節時獨有者也。以糯米或黃小米（黏米）合糖蒸熟，搗之，揉之成圓形。西南則名曰餈粑（餈字或作粢。）《説文》曰"稻餅也"。顏師古《刊謬正俗》曰"《本草》所謂稻米者，今之糯米也"，極允。今昭人言柔食曰糯，柔且粘合不易斷者曰餈。自語言角度論之，則二字一義也。字作餈。徐鍇曰"謂炊米爛，力擣之，不爲粉也"。惟環釧之形，則吾昭至今尚存之。環有大小，故餈粑亦有形小如臂釧（鐲），形大如祭天之環者，煎成小塊，每食以糖漿醮之。歲除與新春家户有之。當即此物，或名鏡餅，以其狀圓似鏡也。又薄切成片，名曰炙糕。

至餌則以粳米搗成，如今所謂甯波年糕者，亦或以糖同蒸後，糅爲餅形，則所謂蜜餌也。一以糯米爲之，一以粳米爲之。蓋今點心之屬，非正餐也。正餐自以上文之稻、粱、稌麥爲主，故下文承以飲料，而食具只於此。

《説文》"粔籹膏環也"。《齊民要術》曰"膏環一名粔籹。用秫稻米屑水蜜溲之，强澤如湯餅，麵手搦團，可長八寸許，屈會兩頭相就，膏油煎之。膏油煎之乃將食時事，非事先爲之也。劉寶楠謂"凡米美好曰膏。《孟子》'所以不願人之膏粱之味也'。趙注'細粱如膏者也'。《海内經》'黑水之國，有都廣之野，夏有膏菽膏稻膏黍膏稷'。郭注'言好米皆滑如膏'"。劉説是也。引申之則雨曰膏雨，澤曰膏澤（見《國語》、《晋語》子餘之言）。則膏環膏字，作美滑舌，最爲切。又有細環餅、截餅。環餅一名寒具，截餅一名蝎子。皆須以蜜調水溲麵，若蜜煮棗取汁，牛羊脂膏（亦得用牛羊乳，亦好），截餅純用乳溲者。據此環餅油煎者爲膏環，或名粦飀。《韻會小補》'環餅也'。干寶司徒僅吏死，祭用粦飀"。《通雅》曰"晋時客食寒具，污掟玄衣（按當爲畫）。玄自是不設鏈鏤"。（鏈當爲鏈字之誤）粦飀即縺縷。《廣韻》曰"縺縷寒具"是也。今昭人言餈粑曰縷音如羅上聲。縺粑粑。即其遺也。六朝以後或以䬫子爲粔籹，亦誤。䬫子即今米花也。爆米爲之，加糖成團子，則曰米果，或又以角黍當之。角黍雖亦以糯米爲之，而不加搗製也。粔字或從麥，作𪍿，亦如籹之變数。音義近而譌俗字也。粔籹不以麥爲之。

粔籹音衍變則爲巨勝奴。韋巨源《食譜》曰"巨勝奴酥蜜寒具，見風消油烙餅，八方寒食餅用木范，添酥冷曰寒具"。

近世馬王堆出土文物遺册，有"居女"一物，即粔籹之最原始簡書，可參（《文物》一九七二年第九期）。

餦餭

《招魂》"粔籹蜜餌，有餦餭些"。王逸注"餦餭餳也。言以蜜和米麵，熬煎作粔籹，搗黍作餌，又有美餳，衆味甘美也"。"搗黍一作搗麥，一作揉米"。洪補曰"粔音巨，籹音女，又音汝。粔籹蜜餌，吳謂之膏環，餌粉餅也。《方言》曰'餌謂之餻，餳謂之餦餭'。注云'即乾飴也。音張皇。一曰餅也，一曰餌也'"。朱熹注"粔音巨，籹音女，一音汝；餦音張，餭音皇。粔籹環餅也。吳謂之膏環，亦謂之寒具。以蜜和米麵煎熬作之。餦餭餳也，以蘖熬米爲之，亦謂之飴。此則其乾者也"。按朱琦《文選集釋》十九曰"按《說文》'餳飴和饊也'，'饊熬稻粻餭也'。《方言》曰'餳謂之餦餭'。郭注'即乾飴也'。《廣雅》亦云'餦餭餳也'。《廣韻》同。《說文》無餭篆。蓋古字當作張皇，故《周頌·有瞽篇》、《正義》、《釋文》引《方言》並作張皇。段氏謂張皇者，肥美之意"。按段氏以字當作張皇，純從語音立說。張皇即饊若餳之緩言，如終葵之椎，蒺藜之爲茨。古音舌上歸舌頭，故合音曰饊也。饊者當即今世之麥芽糖，既熬成膏曰飴，或作飴，與戶切。後使飴乾則曰饊，一名張皇。吳人所謂粽子糖，以其形角麥也。飴餳皆呈紫黃色，又加麥麵加力牽之，使氧化，色轉白，則爲麥芽餅，更加力牽之成絲，昭人曰絲窩糖，吳人曰酥糖。故或又以爲餅耳。《招魂》此言，以飴餳爲醮汁，以食粔籹蜜餌也。有字作助佐解，於文理詞氣最爲順適。《周禮·小師》掌教簫注云"簫編小竹管。如今賣飴餳所吹者"。《詩·有瞽》"簫管備舉"。箋同。蓋戰國以餳爲餦餭。後漢時謂之餳耳。字又作餦餭，見《方言》十三，又作粻粓，又聲轉爲餦餛。《方言》十三"餅謂之飩，或謂之餦餛"。注"長渾兩音"。別參柘漿條。餦餭者，段氏以爲肥美之意，恐未全備。凡熬麥糖，至泪鬻時，突然廓張，使人不及防，遂至張皇失措。餦餭蓋形容其事象也。後世急言之則曰饊。惟諸字書多混餳餳爲一，遂有解張餭爲飴者，誤也。餳古音先擊切，後世讀爲平聲，音徐盈切。今西南方言猶如此讀。餳則入唐韻，即今俗之糖字。

蜜餌

《招魂》"粔籹蜜餌，有餦餭些"。王逸注"言以蜜和米麵，熬煎作粔籹，擣黍作餌"。"擣黍一作擣麥，一作揉米'。洪補"餌粉餅也。《方言》'餌謂之糕'"。按朱珔《文選集釋》卷十九云"注又云'擣黍作餌'。案《廣雅》'饃、饑、餄、餕、飥、餌也'。王氏《疏證》云《說文》餌粉餅也，或作餌'。《方言》'餌謂之餻，或謂之餈，或謂之餄，或謂之餕，或謂之飥'。《太平御覽》引《方言》餻作餥。又引郭注音羔。未知孰是。《周禮·天官·籩人》'糗餌粉餈'。鄭注'此二物皆粉，稻米黍米聽爲也，合蒸曰餌，餅之曰餈'。《疏》云'今之餈糕，名出於此'。余謂《說文》餥字在新附，無餻字。《玉篇》、《廣韻》則兩字並存。餥云'餌也。餻云餻糜'。《集韻》餥或作餱。然至今相傳稱餥，未聞以爲餻者。戴氏《方言疏證》不及餥餻之異。疑餥餻形相近，餥又爲餕之聲轉，因有餥字，亦猶饑爲餈之別體，而音遂隨之而變與"按朱氏釋餅餌之名甚詳。然此兩物，惟今西南分之最嚴。吾鄉言餌飥，必以粳米爲之，而不以黍麥，黍麥者則曰餅。雖幼童亦能辨。依《招魂》文理定之，則粔籹乃稬米所作餅屬（詳粔籹條下）。蜜餌則以粳米爲之，故注文一作糅米者是也。吾昭食餌飥有甘鹹兩法；而揉時亦有和糖與不和糖兩法。大抵和糖者不可久留，故俗間以不和糖者爲多。甘食則切爲薄片或細絲，加蔗糖或酒釀爲最通俗。此當爲古俗之猶存者耳。然餌之名至多。《說文》作餌曰"粉餅也"。徐鍇曰"餌則先屑米爲粉，然後溲之"。《周禮·天官·籩人》"糗餌粉餈"，鄭司農注"糗熬大豆與米也"。《疏》曰"粉、稻米、黍米合以爲餌"。《釋名》"蒸燥屑餅之"。則餌者乃稻黍、豆米爲粉，或不爲粉。並糖蜜之類合蒸而擣之爲餅之名。故《禮記·內則》曰"稻米二，肉一，以爲餌蒸之"，是也。其食法及糁合之物亦至多，故名亦至繁。凡餌曰糕，曰飥，曰餄，曰餕。并見《方言》《酉陽雜俎》有釋淬鐐三品。《玉篇》有餡餞，《廣韻》有餚，《集韻》有餉、餕、餾、糚、糊、餐。大抵皆各時代或各方域新製，未必皆《招魂》之所謂蜜餌也。

醎

《招魂》"大苦醎酸"。王逸注"醎一作鹹"。五臣云"鹹鹽也，酸酢也。大苦、醎、酸、辛、甘，皆和之使其味行"。朱注"醎一作鹹，醎鹽也"。按以味言曰醎味，指實物言則曰鹽。

酸

《招魂》"和酸若苦，陳吳羹些"。王逸注"言吳人工作羹，和調甘酸"。朱熹注"酸以酢漿烹之爲羹也"。《招魂》又云"鵠酸臇鳧"，王注"以酸酢烹鵠"。又"大苦醎酸"，五臣云"酸酢也"。《大招》"吳酸蒿蔞"，無注。按酸本酢名，酢之酸味者曰酸。引申之，則凡味之酸如酢者，皆可曰酸。審上下文義自知之。參吳羹條。又酸字屈宋賦五六見，其義皆同。如《招魂》又云"大苦醎酸"與"和酸若苦"，其義皆同。不詳列。

羽觴

酒器名。蓋由水中蚌蜃類進化而來。初以木製，爲栖狀，有兩耳。後人因飾爲鳥翼，遂有羽觴之名。近世出土至多，參圖片。

《招魂》"實羽觴些"。王逸注"實，滿也。羽，翠羽也。觴，觚也。言食已復有玉漿，以蜜沾之，滿於羽觴以漱口也"。五臣云"觴酒器也。插羽於上"。洪補"杯上綴羽，以速飲也。一云作生爵形。實曰觴，虛曰觶"。朱熹注"實滿也。羽觴飲酒之器，爲生爵形，似有頭尾，羽翼也"。舉諸家釋羽觴皆未允。《文選・西京賦》"促中堂之陬坐，羽觴行而無算"。李善引《漢書音義》作"生爵（雀）形者"。孟康曰"羽觴作生爵形，有頭尾羽翼"。其形制似可仿彿。古酒器多作鳥獸形。如觥作兕形，象形。瀋陽端氏有飛燕角，蓋作張翅狀。古酒器多狀犧象，不獨尊罍然也。《文瀾學報》三卷二期載張懷亢氏紹興出土古物調查記云"羽觴之形狀如船。卷邊有緣可浮於水。或謂蘭亭修禊時之流觴，即屬是物。有蓋內貼附二小觴者，大約此類器物，專事殉葬用也。另有鳥形之栖，頭尾兩翼俱全，製作奇古。故或以羽觴名之也"。此可爲李孟二家作一解。朝鮮樂浪漢墓中曾出土不少漆羽觴及銅羽觴。一九二九年洛陽金村附近邙山麓，戰國時韓君墓，出土屬羌鐘及甘斿銀杯。日人細川護立得其二，一作桃形，一作兩翼形。上海博物館亦得桃形者一事，其底皆有甘斿二字。比利時人懷履光（William Charls White）藏有獸渦紋玉製羽觴，觴底有細線鳥紋。近世長沙戰國墓亦出土漆製木羽觴若干事，番禺商承祚《長沙古物聞見記》曾詳載。一九五四年六月十日長沙左家公山戰國木槨墓出土漆羽觴四事，湖南文管會報告言"其槨內置有物器，其漆器中有漆耳杯四件，用絲帛包裹著，保存很完整。杯縱徑 16 公分，橫徑 9.5 公分，耳寬 2 公分，長 10 公分，裏面繪有龍鳳鳥形彩色花紋，繪工精巧，顏色鮮艷"。耳杯云者，其杯有兩耳。其實則鳥羽兩翼形之進化，即羽觴之所以名也。其中又繪爲鳳鳥形，蓋民俗遺傳演化之一種方式，非等閒繪飾也。茲采其圖載之卷首。同年七月長沙楊家灣 M006 號墓，據《湖南文管會報告》云"漆羽觴共二十個……分方耳、圓耳兩種。縱長爲 17.3 公分至 18 公分，橫寬 5.8 公分至 6 公分，在邊緣的裏面外邊，都有細緻的幾何形圖案。其中有一個大漆羽觴，口徑長達 24 公分"。又云"木杓七個，有圓形的及鏟狀的兩種"。其羽觴形制與左家公山完全一致。數千年未明之秘，因近世考古之功而得彰，亦治古學者之重要發展方面也。

然羽觴之名所起甚晚，而其形制，以古籍論之，當即杯桊一類。其形圓或橢圓大口直壁扁平，皆儼然杯制。杯古以爲飲器。不在爵、斝、觶、觚之列，蓋以木製。此古湖居時代之遺也。其制蓋原於湖中蚌蜃之類。《周禮·地官》"掌蜃祭祀其蜃器"。《邕人》"凡山川四方用蜃"。祭用蜃亦南土之制，北土無蜃可用。故鄭以"漆尊也，畫爲蜃形"釋之，其説至精。蓋古代黄河以北之地，亦多沼澤，其民亦曾湖居，其飲器亦用蜃取水，至周而其俗遺風未沫，而蜃之爲物已不多見。遂漆尊而爲蜃形，鄭君曾見（或聞之）楚漆耳杯，而未得其實，故以畫蜃爲説也。戰國南土又有瓠以取水之説。《莊子》大瓠且以爲舟，於是而蜃瓠相合其形蓋顯，製爲兩耳，更便浮於江湖。北土以爵形爲主要酒器，南土倣效而由之，遂以其兩耳凝鳥翼，以羽觴名之，倣北土之言爵也。大約杯棬之屬行於民間，爲平民飲器；而爵觚之屬，則來之北土，爲南土貴族所習用。此一事而南與北、貴族與平民之别，胥由是而明。故羽觴之器，河以北不見戰國以前出土之迹，樂浪漢墓則傳之自南者也（日人濱田耕作君有《爵與杯》一文，言爵北而杯南。可參考）。則謂羽觴爲南楚所習用。且原自湖居時代之平民，與北土之爵斚之原於牛羊角觚者，實成對比。蓋北土牧野千里，與南土之沼澤滿區者，其風習自異，而其文物之原，亦各有其因地制宜之一定規範焉。長沙墓所出多漆器者，又由野變而爲文，爲貴族階級文飾之所變。

後世以酒器名酒杯，因名羽觴爲耳杯，亦有説。杯即桮之省形，桮乃一般盛羹之器，與盞盌等同類。初不以盛酒，又偶借棓爲之。棓乃大梲，與食事毫無關涉，徒以音近而相借也。酒器之桮，應是椑字，椑又卑之繁文，卑者象手持扁壺，即由也，由即福之畐，其原形應作𢀖，盛酒扁器，平民即就其口而飲之，祭祀亦就其器傾少量於奠以求福，遂衍爲福字，爲尊字對文。尊者就爵斚觶觚以飲者也，卑者就盛酒之器而飲者也。（詳尊卑二字下）其形體與羽觴不同，與爵觚亦異。蓋亦甸器使用時期之平民用具，不得與尊觚混，亦不得與羽觴混。世人多不解此，故辯之如此。故羽觴名爲耳杯，足以喻俗，不以定名也。

湖南仰天湖楚簡第三十，有"羽𦤶一𤔔"，史樹青、楊宗榮釋爲"羽觴一對"（見一九五四年十二期《文物參考資料》）。亦楚人通言羽觴之一證。

《毛詩·召南·采蘋》"於以湘之，維錡及釜"。《漢書·郊祀志》注師古引《韓詩·采蘋》曰"於以䰞之，維錡及釜"。䰞字《説文》所無。《玉篇》䰞式羊切，亦作䰞、鬺，《集韻》又録鬻字，疑觴亦鬺之別，惟湘字訓煮。《玉篇》䰞鬺亦訓煮，恐觴古亦作煮器，如羽觴漢以後圖畫亦在鼆間也。

酒

《説文》"酒，就也。所以就人性之善惡，從酉，從水。酉亦聲"。按此後起字也。其本字當即酉，小篆作酉，正象釀器。形中八者，古無清酒，凡酒皆有醩，即今世所謂醩糟；酉爲器物全貌，此以器表物。《説文·酉部》六十七字皆酒事酒物，而以酉爲形本可徵矣。《楚辭》酒字僅《招魂》"娛酒不廢，沈日夜些"，言娛酒不廢，則日夜沈酒。古人皆以酒爲樂。此一切皆原始時代之通習，故沈日夜不以爲罪。周人鑒於殷之酗酒而亡，乃大聲極呼。不論其會義如何，而嗜酒爲古人通習，非僅於成禮而已。尊卑之字以酒器論，與貴賤之字以幣貝論者，同爲故習。故從酉之字在古社會爲一種制度，意識形態亦得以此表之。如福之從畐，即酒罈子也。大酋者，製酒藏酒者也，酒徒之首也，掌酒之官也，尊者持酒尊於衆人也。劇數之不能終其物云。別參《文字樸識·釋酒》一條。

酎

《招魂》"酎清凉些"。王逸注"酎醇酒也。言盛夏但取清醇，居之水上，然後飲之，酒寒凉，又長味好飲也"。洪補云"酎，直又切。三重釀酒。《月令》'孟夏天子飲酎'。注云'春酒至此始成'"。按《説文·酉部》"酎三重醇酒也。從酉，從時省。《明堂月令》曰'孟秋天子飲酎'"。大徐除柳切。《漢書·景紀》"高廟酎"。張晏曰"正月旦作酒，八月成，名曰酎。酎之言純也”。鄭注《月令》曰“酎之言醇也”。
謂重釀之酒也。

酌

《楚辭》凡數見，皆同義之異用。《招魂》“華酌既陳”。王逸注
“酌酒斗也”。洪補曰“華，采也。《説文》云，酌，盛酒行觴也”。洪説
本之。《説文》“從酉，勺聲”。按勺訓挹，取其物象，則加酉爲酌酒。
此言華酌，猶他書言美酌。五臣以華置酒，則桂酒之屬矣。於義亦得通。
如用本字則當爲勺矣。又《九歌·東君》“援北斗兮酌桂漿”，此酌字用
作動詞，言以勺器取桂漿也，此用酌之本義矣。然揖取之器曰勺，故行
酒得曰酌。此如本斗柄，得挐乳爲杓。夏祭以酒漿爲主，得挐乳爲礿。
則酌、杓、礿等，皆勺之轉注字矣。故酒器亦得曰酌也。餘參勺字。參
酌字條。

肴

肴二義。一爲肴羞。《招魂》“肴羞未通”。王逸注“魚肉爲肴，羞
進也。言肴膳已具，進舉在前，賓主之禮，殷勤未通，則女樂倡蕩，羅
列在堂下也”。洪補云“肴骨體又菹也。致滋味爲羞”。按洪與王説似各
異。《説文》“肴，啖也”。朱駿聲曰“凡熟饋可啖之肉，折俎豆實，皆
是”。其言至確。經傳或以殽爲之。《詩·賓之初筵》“殽核維旅”，
《傳》“豆實也”。《既醉》“爾殽既將”，《箋》“牲體也”。《曲禮》“左
殽右胾”，《注》“骨體也”。《疏》“熟肉帶骨而臠爲殽”。又《九歌·東
皇太一》有“蕙肴蒸兮蘭籍”之句，洪補以肴蒸連文，釋爲禮之折俎。
蓋禮有差等，全烝最貴，房烝次之，肴烝最質。其實至誤。此肴亦通言
耳，其句當作薦蕙肴兮蘭籍。詳肴蒸句一條。

酪

《大招》"和楚酪只"。王逸注"酪，酢截也。言取鮮潔大龜烹之作羹，調以飴蜜，復用肥雞之肉和以酢酪，其味清烈也"。洪補云"酪，乳漿也"。按《禮記·禮運》"以爲醴酪"。《雜記》"食鹽酪可也"。《注》"酪，酢截"。《説文·新附》"酪，乳漿也"。楚酪當爲楚國所爲之酪，當以酢截爲允。以楚不以乳酪名，而今楚人善爲羹，即此義也。

炙

《大招》"炙鴰烝鳧"。洪補云"炙音柘，燔肉也"。《説文》作炮肉也。《顏氏家訓》"火傍作庶爲炙"，則其字又作燺矣。凡傳於火曰燔，毌之而加於火曰炙，裹而燒者曰炮。柔者炙之，乾者燔之。

酡

《招魂》"朱顏酡些"。王逸注"朱，赤也。酡，著也。言美女飲啗醉飽，則面著赤色，而鮮好也"。洪補云"酡音馱。飲而赭色著面"。按酡字不見於《説文》，洪以赭色著面釋之。朱熹云"徒何反，一音馱，一作酡，一作佗"云云。考漢以後此字遂盛行，於古無徵也。今西南方俗言醉後面發紅曰"牫紅"。俗師以牫字爲之，或又作偷紅，謂其紅非真也。當即古語之遺存。字即酡也。偷與酡雙聲借字（讀他豆切）。讀爲《論語》"則民不偷"，薄也。凡薄則不實，故有假義，則偷紅亦言色非真紅，故義與酡甚洽。

羞

《離騷》"折瓊枝以爲羞兮"。王逸注"羞脯"。洪補曰"羞脩二物也。見《周禮》羞致滋味，脩則脯。王逸、五臣以羞爲脩誤矣"。按羞，進獻也。《周禮·庖人》"與其薦羞之物"。注"備品物曰薦，致滋味乃爲羞"。又《籩人》"共其籩薦羞之實"。注"薦羞皆進也。未食未飲曰薦，既食既飲曰羞"。則羞必以滋味。朱熹所謂"以牲及禽獸之肉致滋味而進之也"。瓊枝以爲羞者，謂以祀神之貴品爲羞也，此喻語。《招魂》云"肴羞未通，女樂羅些"。王注"羞，進也"。洪補"致滋味爲羞"。

糟

《漁父》"何不餔其糟"。五臣云"餔，食也。糟醨皆酒滓"。又《招魂》"挫糟凍飲"。按《説文》"糟酒滓也，字或作醩"。今西南民間曰撈糟，或曰酒釀音如娘。蓋米酒之素也。挫糟句，朱云"挫，捉也。凍，冰也。言盛夏，則爲覆蹙乾釀，捉去其糟，但取清醇，居之水上，然後飲之，酒寒涼又長味好飲也"。此釋至允。糟之制，自古已有之。挫字或以爲捉去其糟，字義可通。然今西南有是習，暑日以揉糟水中飲之，非去其糟也。古今異制也。

爨

《九歎》"爨土鬵於中宇"。王逸"爨，炊竈也。《詩》云'執爨踏踏'。鬵，釜也。《詩》云'溉之釜鬵'"。補曰"鬵，大釜也。一曰鼎，大上小下若甑"。按小篆作爨。《説文》云"臼象持甑，冂爲竈口，推林內火"。(臼象形)《三蒼》云"從𦥑，持缶之象，甑也"。則即缶爾。缶字成形，而戽字形不具，故以缶釋戽爾。此以五形表一意，頗似繪畫文字。甲文金文中之召、輦、獵、耡、器等字，頗存圖繪之義，此則寫炊爨之全貌也。或以爲釜鼎者，則借形以命物，乃假借之例耳。

食玉

言以玉爲膏，或爲屑而服食之。其實古人凡祭祀禮神皆用玉，所謂服者，謂服用之，非必食之也。

《九章·涉江》"吾與重華遊兮瑤之圃，登崑崙兮食玉英；與天地兮同壽，與日月兮同光"。王逸注"食玉英云猶言坐明堂，受爵位"。五臣云"瑤圃玉英，皆美言之"。洪補"《爾雅》'西北之美者，有崑崙虛之璆、琳、琅、玕焉'。《援神契》曰'玉英，玉有英華之色'"。按《離騷》別有"精瓊靡以爲糧"之言，說者以爲服食玉屑，與此食玉英同義。別詳。古今說此者，多知其爲寓言，然人世事件，文人楮筆，必有因素。或因於事實之成份，或因於民間之傳說，非必全出虛構。食玉之說，自古有之。《山海經》"峚山多百玉，是爲玉膏，其源沸沸湯湯，黃帝是食是饗，乃采玉榮，以爲玉種"。《河圖玉版》亦曰"少室之山有白玉膏，一服即仙矣"。屈子文中食玉、瓊麋，大體即以此爲據。戰國時神僊道家之法本有此說。《遠遊》亦云"懷琬琰之華英"。王注"咀嚼玉英，以養神也"（《遠遊》篇本神仙道家思想也）。不僅此也，北土儒家亦有此說，食玉之事載於《周禮·天官·玉府》，惠士奇《禮記》以爲"蓋玉以禮天地，饗鬼神，巫者尊之爲寶；除不祥，辟惡氣，君子不去於身；而裸用圭璋，其名曰瑒。清明之玉氣與神通，故齊則共之，是爲食玉，食猶服也。謂清潔其氣，祓除其心神明其德而已，非口食之也。且君子之食，莫備於《食醫》，而不聞食玉。食玉掌於《玉府》，而不掌於《膳夫》，則玉非可食之物矣"云云，此說古習最爲明白。食玉之說，當從之矣。或者古人死者有含玉，即《說文》之琀字。各有等差。此蓋古習送死之禮，因而生人亦設想及之已耳。至魏晉而後，服食石脂可以長生之說至盛。葛洪遂有"玉芝生於有玉之山，玉膏流出，萬年以上，凝而成芝，形如鳥獸，色若山元水蒼，屑以爲末，與無心草汁和之，須臾成水"云云，此漢以後人所傳食玉之法。《玉經》亦載服玉之法。以爲"以鳥米酒，以地榆酒化之爲水，或以葱漿消之爲粕，亦可，餌爲丸，燒爲粉，赤松子以久蟲血漬玉爲水而服之，故能乘煙上下焉……"云云。與屈子時代殊科，不得據以說《騷》、《章》諸文也。

雖然，古來傳說豪酋大長，有玉衣玉食之説，歷世皆以爲稱美之辭，並非事實。然自近年發現漢中山靖王墓中男女著玉衣之屍體後，玉衣之說已徵實，古書所傳玉衣事非虛妄。則紂衣天智、玉琰、琿身之説（見《逸周書·世俘解》）爲可信。武王俘商舊玉億有百萬，湯亦俘玉於夏（見《尚書·寶典》序）。玉何以如此之多，則食玉之事，何有爲吾人所不能瞭解者，古習至今而亡者多矣，安能事事徵實？玉衣於千餘年後得親吾目，則安知玉食不能在考古發掘中得其驗乎？因之玉食之在《周禮》未必盡妄。目下玉食吾不能徵，則服珠固世所常見。唐人小説傳楊妃服珠且不論，慈禧太后服珠粉而白皙，固近世所習聞者。余親聞蘇州故老言：費樹蔚夫人服珠，年七十猶處子。余表親外王母亦服珠粉，至老不衰，此爲真事。珠可服，則玉屑亦非無術以服之者。古事多亡佚，取證當時，亦自可解耳。

箕子爲武王陳洪範曰"惟辟玉食，臣無有作福作威玉食"云云。爲玉食最早之記録，其説與武王得紂舊玉億有百萬相應，而馬、鄭注皆但言美食（馬云，玉食美食，不言玉者，關諸侯也。鄭云，玉食備珍美）。餘杭章先生則謂此正天官玉府所謂"玉齊則共食玉"耳。若云美食，諸侯之臣亦得備五鼎，何獨辟也。或據《吕覽》所稱伊尹説湯以玉味云"爲天子然後可具，此則縱橫之談，取物及於流沙三危昆侖，然後盡味，本群下所不能致者，何慮臣之玉食哉"。《離騷》言"精瓊靡以爲粮"，王逸訓玉屑，洪補引鄭司農注《周禮》玉食云"王齊當食玉屑"。則屈賦言食玉者不止一端矣。

瓊靡

《離騷》"折瓊枝以爲羞兮，精瓊靡以爲粻"。王逸注"靡屑也。……言我將行，乃精鑿玉屑以爲儲糧，飲食芳潔，冀以延年也"。補曰"靡音糜。《文選》音靡。《反離騷》之'精瓊靡與秋菊，芳將以延夫天年'。應劭云'精細也，瓊玉之華也'。《周禮》有食玉注云'玉陽精之純者，食之以禦水氣'。鄭司農注云'王齊當食玉屑'"。按《周禮》食玉事，見《玉府》司農注。然清儒之解《周禮》玉食者，惟俞正燮舉《御覽》、吳普《本艸》"玉泉一名玉屑"及漢武服食求僊之事，此道家言也。惠士奇以爲玉非可食之物；曾釗以玉食爲以玉器供食物，若玉敦、玉豆之類。孫氏《正義》引之詳矣。《離騷》自就重華陳詞以下皆寓言，非真事實。然神仙方士之説，起於齊楚者，自戰國之初《遠遊篇》亦盛服食之方，《涉江》亦云"登崑崙兮食玉英，與天地兮同壽，與日月兮同光"，與《離騷》相似。在屈子爲虛構設想，好自芳潔之詞，不得用以擬道士求仙旨也。

蕙肴

《九歌·東皇太一》"蕙肴蒸兮蘭籍，奠桂酒兮椒漿"。王逸注"蕙肴以蕙草蒸肉也"。補曰"肴骨體也。《國語》曰親戚宴饗，則有殽蒸'。注云'升體解節折之俎'"。《國語》"燕有殽蒸"，此言以蕙裹肴而進之，又以蘭爲籍也。朱琦《文選集釋》曰"蓋殽與肴通。《曲禮》'左殽右胾'，鄭注'殽骨體也'，乃《集注》之本，《左傳》宣十六年'王享士會以殽蒸'，《疏》言'禮升殽於俎，皆謂之蒸'。下引《周語》'禘郊之事，則有全蒸；王公立飫，則有房蒸；親戚宴享，則有殽蒸'，彼注云'全其牲體而升於俎，謂之全蒸；半解其體而升於俎，謂之房蒸；體解節折乃升於俎，謂之殽蒸。房蒸者即傳之言體薦；殽蒸者，即傳之言折俎'。此處正言薦神,則以肴蒸爲内外傳之殽蒸。甚確。固宜當升俎之時非在庖之時矣"。古今解者以朱氏之説爲詳,可以調和蕙肴與肴蒸二詞爲一。初似有據,其實非也。宣十六年《左傳》云"晋侯使士會平王室,定王享之原襄公相禮,殽烝,武子私問其故。王聞之,召武子曰季氏而弗聞乎,王享有體薦,宴有折俎,公當享,卿當宴,王室之禮也"云云。《周語》言之益詳。曰"禘郊之事,則有全烝;王公立飫,則有房烝;親戚宴饗,則有殽蒸"。蓋禮有差等,全烝最貴,故以祀天地;房烝次之,以祭宗廟而享王公;而殽烝最質,故以宴親戚。是祭不用殽烝也。又"蕙殽蒸兮蘭籍",蕙與蘭對舉,與下句桂椒爲兩句對文。又皆以芳香,備五味。此本虛言,不爲實指。酒曰桂,漿曰椒,與蕙蘭意正同。則蕙肴必爲連文無疑。又若以殽蒸連文,則當句無動詞,不可通,且與下奠桂句爲平列句,句法全同,下句以奠字爲動詞,則蕙肴句亦宜有動字以章之。言酒曰奠,則言殽以禮經例之當曰薦,薦熟、薦腥。余疑今本蒸字,當爲薦字之訛,而又誤例者也。本文當作"薦蕙肴兮蘭籍"。則當句文義無蔽與古言薦肴例合,且與下"奠桂酒"相對成文矣。洪補朱注,皆未見及此,皆以蒸訓進。説雖可通,尚不能條達四遂也。余自信無可疑。

醢

醢字《楚辭》凡十餘見,皆作一義解。《説文》"醢肉醬也。從酉,盍聲。籀文從艸,從鹵,盍聲"。《爾雅·釋器》"肉謂之醢"。李注"以肉作醬曰醢"。《周禮·醢人》注"豆實也"。《七醢注》"醢、臝、蠃、蚳、魚、兔、鴈也"。"朝事醢豆"。注"作醢,及臡者,必先膊乾其肉,乃後莝之,雜以粱麴及鹽,漬以美酒,塗置瓶中,百日則成矣"。按諸家注説,大抵皆漢晉間民習,非必戰國以前舊制,取足以説明而止。《楚辭》醢字,除《招魂》"以其骨爲醢"、《大招》"醢豚苦狗"兩句外,皆以指比干、梅伯被殺事言。則以醢爲殺人,而切其肉爲靡者言,用其引申義也。《離騷》"后辛菹醢"，王注"指紂醢比干、梅伯"。又"固前修以菹醢"，注"指龍逢、梅伯"。《天問》"梅伯受醢"，《惜誓》同。《九章》"比干菹醢"指比干，《九歎·怨思》同。又《天問》言"受賜玆醢"，乃文王事。言紂醢文王之子而賜文王。玆乃子之借字，詳《天問》。殷紂多爲惡刑，爲千古奇慘之刑，亦千古奇悲之事！故爲文學家所至憤之事，無人不言之也。

歆

《大招》"清馨凍歆"。"歆一作飲"。洪補云"《集韻》作歠"。按歆當爲歠之形誤。洪補引《集韻》是也。《説文》"歠，歙也。從欠，酓聲。古文作㱃、龡"。從酉者，酒也。今隸又作飲，則合歠龡而混一之也。《易·需》"君子以飲食宴樂"。虞注"水流入口爲飲"。

腥

《九章》"腥臊並御，芳不得薄兮"。王注"腥臊，臭惡也"。按腥本肉内小息肉，其形似星者。此訓臭，則借爲胜，若鮏。胜，《説文》"犬膏臭也"。又"鮏，魚臭也"。字又作鯹。《周語》"其政腥臊"。注"臭惡也"。經傳皆以腥爲之。按胜，犬膏臭。鮏，魚臭。謂犬魚之氣，非關香臭。然古從生之字如眚、腥、鮏有病敗之義，故得變爲惡臭。此中性字之兩極分化也。蓋物有生則有變，變則不盡爲美善也。

臊

《涉江》"腥臊立御，芳不得薄兮"。王逸注"腥臊，臭惡也"。洪補曰"臊，音騷"。《周禮》曰"豕盲視而交睫，腥。犬赤股而躁，臊"。臊者，按《説文》"臊，豕膏臭也"。杜子春曰"犬膏臭"。蓋臊指肉之不同味者，今方言尚有“肉臊臭”之言，俗以騷爲之，同音之借也。

膾

《大招》“膾苴蒪只”。王逸注“苴蒪，襄荷也。言乃以肉醬啗烝豚，以膽和醬，啗狗肉，雜用膾炙，切襄荷以爲香，備衆味也”。“蒪一作蓴”。《説文》“膾，細切肉也”。《論語》“膾不厭細”。《釋文》“又作鱠”。《漢書·東方朔傳》“生肉爲膾”。依《論語》斷之，則切細肉謂之膾。《詩·小雅》“魚鼈膾鯉”則膾乃烹調之法。《大招》“膾苴蒪”則以細切肉烹苴蒪矣。今俗尚有此法，以細肉和羹，烹蔬菹之類。

吮

《九思》“吮玉液兮止渴”。洪補云“吮，常兖切。呧也。又子兖切，漱也”。按《説文》“吮，欶也，從口，允聲”。《釋名》云“吮，循也，不絶口，稍引溢，汋，循咽而下也”。

宴

《九思·悼亂》“督萬兮侍宴”。舊注“華督、宋萬二人，宋大夫。皆弑其君者也”。按侍宴，謂侍從宴遊也。《易·需》“君子以飲食宴樂”，鄭注“宴，享宴也”，古書或以燕爲之。《説文》訓宴爲安。其實安者，但言其義藴，而不言其質。其質當爲宴饗本字，引申爲宴，則有沈荒淫瀆之義。而沈樂字則又當作妟。《説文》“安也”。宴即妟之後起字。

黏

《大招》“黏鶉敶只”。王逸注“黏爐也。言復炙鶬鴰，烝鳧鴈，黏爥鶉鷃。皫列衆味，無所不具也"。洪補云"黏音潛，沈肉於湯也"。按《説文》"黏火行也"。與爥義相合。洪以沈肉於湯説之，猶今言燉也。黏鶉，即《內則》所謂鶉羹也。

沾

《大招》"吳酸蒿蔞，不沾薄只"。王注曰"沾多汁也，薄無味也。言其味不濃不薄，適甘美也"。王念孫《讀書雜志》曰"案王以沾爲多汁，非也。沾亦薄也。言其味不薄也。《廣雅》曰'沾褍也'。曹憲音他縑反褍與薄同。《漢書·魏其傳》注云'今俗言薄沾沾'"。按王説是也。沾本水名，或借爲霑。此則借爲㜡。《説文》"㜡薄水也"，今西南尚有是音。凡言飲食則曰淡薄，言衣著、物用、人情則曰單薄。其實皆當作沾。

醏酳

王逸引一本"酸蒿蔞一作酥醏酳，一作吳酢醏酳"。洪補"醏音模，酳音途"。按《白虎通》"榆莢醬曰醷"。醷音末，蓋即酥也。《説文》"醏酳，榆醬也"。醏音茂，酳音豆。崔寔《四民月令》音牟偷。《釋名》酳，投也。味相投也。醬之類至多，榆醬曰醏，字或作酥。

（附）醬者，《説文》"鹽也。從肉、從酉，酒以和醬也。爿聲。𤖅古文，𤖓籀文"。孫仲容曰"金文有醬字甚多。依字當從鼎、從醬省聲。《史頌鼎》又作𤖈，《婦姑鼎》作𤖉，則又從𤖊，右似從刀，曰辛角。《師湯父鼎》作𤖋，又省𡖇從爿，皆一字也。以諸字偏傍推之，古文醬字疑當從肉，從刀。蓋以刀剄肉作醢醬。《周禮·醢人》鄭注説'作醢'。注'先膊乾肉莝之'，是其證也。故從刀。小篆省刀，金文㓞字，遂不可通矣"。按孫説是也。屈賦不言醬，故附之。

楚瀝

《楚辭》楚字凡十二見，多言楚國，別詳。又爲專名，如激楚。此外，惟《大招》兩言楚字。王逸似皆以清烈訓之。《大招》"和楚瀝只"。王逸注"瀝清酒也。言使吳人釀醴，和以白米之麴，以作楚瀝，其清酒尤釀美也"。按依王釋，此楚借爲㳅。《詩·賓之初筵》"籩豆有楚"，《傳》"列貌"。楚瀝者，㳅瀝也。㳅瀝不用力而任其自瀝，故得清酒也。又同篇"和楚酪只"，王注"和以酢酪，其味清烈"云云，與楚瀝之楚同義。然楚瀝可訓爲㳅，謂其瀝楚也不密，而酪不得言㳅，蓋楚有鮮明清澈之義。《詩·蜉蝣》"衣裳楚楚"，《傳》"鮮明皃"。是其徵，則楚酪謂酪色鮮明。故以清烈形之也。或説楚國之瀝，楚國之酪，與王異，亦可通。

筵

《招魂》"朱塵筵些"。王逸注"朱丹也，塵承塵也，筵席也。《詩》云'肆筵設機'。言升殿過堂，入房至室，奧處，上則有朱畫承塵，下則有箪筵好席，可以休息也；或曰朱塵筵，謂承塵搏壁，曼延相連接也"。"搏一作薄"。洪補云"鋪陳曰筵，籍之曰席。《説文》'筵竹席也'"。按《周禮·考工記·匠人》"周人明堂，度九尺之筵"。又"堂上度以筵'。又《周禮·司几筵》疏"初在地者，一重謂之筵，重在上者，謂之席"。

熬

《九思·怨上》"我心兮煎熬"。舊注"熬亦煎也"。按《方言》七"熬煎火乾也。凡以火乾五穀之類，自山而東，齊楚以往，謂之熬"。

《廣雅·釋詁》"鏖、燕，乾也"，以鏖爲之，後起增益字也。熬則楚言也。

涫灣

同義字複合詞。湯沸騰也。涫即今俗滾字，灣即今沸字。《哀時命》"愁修夜而宛轉兮，氣涫灣其若波"。王逸注'言己心憂，宛轉而不能卧，愁夜之長，氣爲涫灣，若水之波也"。洪興祖《補注》云"涫沸也。《釋文》音館，灣與沸同"。按涫灣二字同義，複合爲一詞。《説文》"涫灣也"。《荀子·解蔽》"涫涫紛紛，孰知其形"，注云"涫涫沸皃"。《春秋繁露》"繭待繰以涫湯，而後能爲絲"，即今俗滾字，大徐讀古丸切。灣者，《説文》"涫也"。大徐音芳未切，即今俗寫之沸字。《大雅》"如沸如羹"，先秦已用沸矣。(沸在水部。注云"畢沸濫泉，澤沸泉聲也"。)

辛

《招魂》"辛甘行些"。王逸注"辛謂椒薑也，甘謂飴蜜也。言取豉汁，和以椒薑鹹酢，和以飴蜜，則甘辛之味皆發而行也"。辛本大辠，借爲辛辣字。《聲類》"江南曰辛，中國曰辣"。按辛辣味實不同，今人皆能辯之，無庸贅説。蓋五味之一也。

挫糟

《招魂》"挫糟凍飲"。王逸注"挫，捉也。凍，冰也。言盛夏則爲覆蠻乾釀，提取其糟，但取清醇，居之冰上，然後飲之。酒寒涼，又長味好飲也"。五臣云"糟酒滓也。李善云凍泠也"。洪興祖《補注》"挫，宗卧切"。朱熹《集注》"挫宗卧反，挫捉也。言盛夏則爲覆蠻乾釀，捉取其糟，但取清醇，居之冰上，然後飲之。酒寒凉，又長味好飲也"。

按《文選集注》殘卷第六十六，引王注"提取"亦作捉（原作捉）去。又"酒寒凉"作"酒寒清凉"，又無好飲二字。朱熹《集注》多節叔師語文，今同，則今本之改易增益，自宋已然矣。《説文·手部》"挫摧也。從手，坐聲"。大徐則卧切。《莊子·人間世》"挫鍼治繲"，李注"按也"。則挫糟猶言壓糟以出酒也。王夫之訓挫爲壓，與《莊子》李注案也同義。今世言榨酒、榨油，即挫字一聲之轉。"挫糟凍飲"四字連文，言去糟之凍飲也，凍飲即冰酒、冰水之屬。詳凍飲下。今世湘、鄂、蜀、黔、滇南之間，盛暑以糟和冰水以解暑者，其法雖與《招魂》所言異撰，而其事則一也。

案《酉陽雜俎》言"伊尹干湯，天子可具三群之蟲，又列五味、三材、九沸、三臛、七菹、具酸、楚酪、芍藥之醬、秋黄之蘇，楚苗、挫糟、山膚、大苦"。所云挫糟蓋即此矣。彼書多本之《吕覽》，而亦有《吕覽》未載者，不知更何本有。又今滇蜀間有留糟之凍飲與此異，今古之異也。參糟字下。

凍飲

《招魂》"挫糟凍飲，酎清凉些"。王逸注"凍，冰也。言盛夏則爲覆蹙乾釀，提去其糟，但取清醇，居之冰上，然後飲之"。五臣云"糟，酒滓也。可以凍飲。李善云'凍，冷也'"。依諸家説，則凍飲取冰酒而飲也。古蓋有是制。《周禮·天官·凌人》云"春始治鑑，凡外内饔之膳羞鑑焉。凡酒漿之酒醴亦如之"。鄭注"鑑如甀，大口，以盛冰，置食物於中以禦温氣"。《説文·金部》"鑑，大盆也。"《方言》"甀，罌也"。《説文》訓甀爲小口罌，則鑑乃大口罌。《急就

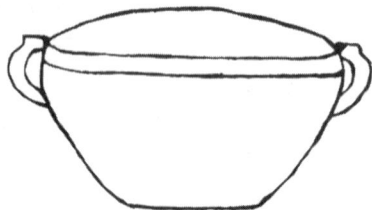

冰鑑

篇》顏注“盆斂底而寬上”，寬上即大口。許說與鄭說蓋同。《呂氏春秋·慎勢篇》“銘篆著斗壺鑑”，其形制大略如下。以其可以盛冰，故又曰冰鑑（《莊子·則陽篇》云“靈公有妻三人，同鑑而浴”。則鑑又作浴器。今上海博物館藏大鑑，確可爲浴缸也）。無錫劉操南言“一九五五年五月安徽壽縣白門內戰國墓中曾出土銅鑑，與匜銅鑑。凡兩件。均高3.6公寸，口徑6公寸，壁厚3分……出土時中盛有匜，匜圓形，有流似勺，而無柄……從鑑匜安排上來看，很易體會到此即冰鑑也……從而可使吾人悠然想見古時冷飲之生活情況。捉糟之清酒，置於鑑匜中，凍後再飲”。按劉說以近世出土器物印證古籍，說至可信。吳人或用金瓶。參蜜勺條下。《招魂》言“挫糟凍飲，酎清涼些”者，言去糟之酒，凍而飲之，其味醇美而清涼也。

朱琦《文選集釋》以爲凍飲爲酒之製爲凍者，說亦可參。兹附之。“案葉氏引《梁四公記》高昌國獻凍酒，杰公辨其非八風凍成，又以高寧酒和之者，因謂此凍飲及酒之製爲凍者，舊注疑誤。然注言乾釀，釀即酒也。去糟取醹亦是製。則與所說本無甚差別”。（附案《説文·西部》小徐引張説《梁四公子記》，《廣韻》罜字亦引之。此引脱子字）。

蜜勺

《招魂》“瑶漿蜜勺，實羽觴些”。王逸注“勺，沾也。言食已復有玉漿，以蜜沾之，滿於羽觴，以漱口也”。古本蜜作䛩。五臣云“勺和也”。洪興祖《補注》“勺音酌，一云丁狄、時斫二切。沾音添”。朱熹《集注》“䛩古本如此，今作蜜，非是。勺音酌，又時斫反。瑶漿色如玉者。䛩，見《禮經》通作羃，以疏布蓋尊也。勺挹酒器也。言舉羃用勺酌酒實爵也”。

按蜜勺一語，叔師說與朱熹說大異，古今解《騷》者，亦各以其體會，從王從朱，無一致之意。以今驗之，朱說於文獻禮制似較有據。《儀禮·大射儀》“羃用綌若絺，綴諸箭，蓋羃加勺又反之”。鄭注“羃

覆尊巾也，緆細布也，絺細葛也，箭篠也。爲幎蓋卷"。《禮記‧禮器》
"犧尊疏布鼏樿杓，此以素爲貴也"。則杓有鼏。而禮器中凡鼎、彝、
尊、簠、簋、棺槨之上，皆以絺緆覆之，所以蔽塵（《士舉鼎》去鼏與
簠有蓋幎。《禮運》"疏布幎"鄭玄注"幎覆尊也"。《檀弓》"布幕衛
也，綉幕魯也"。鄭玄云"幕所以覆棺也"）。字或作幦（《檀弓》"布
幕"。《釋文》又《玉藻》"君羔幦虎植"。鄭注"幦覆苓也"）。作幭
（《詩‧韓奕》"鞹鞃淺幭"）。《毛傳》作幎（《士喪禮》"幎目用緇布
一尺二寸"。鄭玄注"幎目覆面者也"）。近世長沙左家公山戰國木槨墓
出土器物中，極多器物，皆以薄絲帛覆其口。湖南文管會《簡報》有云
"陶鼎大小三件……鼎身用絲帶交叉成十字形縛之，絲帶打結處有方塊
封泥，鼎口蒙有薄層絲帛，內有肉類殘骨……"（見一九五四年十二期
《文物參考資料‧長沙左家公山的戰國木槨墓》一文）。無錫劉操南
《〈招魂〉"瑤漿蜜勺，實羽觴些"四句箋證》一文，證之極詳。蜜義至
此無餘蘊矣。又得實物爲證，似可得一總結。較陳本禮諸家爲深適。

然徧考古籍，通冪者乃鼏字而非蘯字。鼏者以覆其鼎，而以轉注義
新增者耳。蓋古冪字只作冖，凡冒覆於物上，皆可曰冖。其在頭則作
冒，演繁爲帽；在器以巾者則作幎，而又以莫注其音，又變爲幎，幎即
幎之左其巾而變者（依音而變爲冥。冥莫雙聲也）。故覆於鼎彝之幎作
鼏，冖音尚可知，而其所用之地益顯。至蘯字則乃蜜本字。《說文》"蘯
蠭甘飴也"，《楚辭》古本作蘯，正蜜字，古今正體也。朱熹誤以蘯爲鼏，
又牽合禮文釋爲疏布。蓋於字形已誤，又以"舉幎用勺"釋爲"蜜勺"，
即活用鼏字。古活用字，皆就其字之正面意義用之。如衣食風雨皆言衣
之、食之、風吹、雨落。決無言寬衣、停食，去風、去雨者。則幎勺一
詞，依常規應作覆勺解，而以爲舉幎非漢語習慣用法。又曰"舉幎用勺
酌酒而實觴"，雖似有據，其實皆設想之詞。"酌"字既犯增字說經之
蔽，酒字雖可指瑤漿，而何以與幎勺相連，皆不可解。反覆思之，皆無
當於文理。孫志祖、朱琦皆主朱說者也。

古本蜜字作蘯，此蜜蘯一字之證。《說文》"蘯蠭甘飴也，一曰蜈子，

從蚰，鼏聲。字或從宓，作蜜"。此如罍没之又作蜜勿，蠭今作蜂。《方言》"蠭大而蜜者謂之壺蠭"。蓋蠭飴名罍，非如今人謂蜂爲蜜蜂也。其字蓋以蚰爲義，而以鼏爲聲。故罍與鼏二字也，不得相混。叔師訓"以蜜沾之"是也。勺字叔師訓沾，五臣訓和。《説文・勺部》"勺挹取也，象形。勺有實，與包同意"。《木部》"杓枓也"。則勺與杓一爲動字一爲名字，與酌、汋等皆轉注字。勺象挹取酒漿之形，小篆作勺，已不可象。徐灝謂"橫體象形作勺，象中有所盛，與丞同意"。其體會至允。注木爲杓成名詞，注酉爲酌成酒之專用字。王訓爲沾者，謂爲霑之借，霑益也，謂以蜜益之也。五臣訓和者，讀勺爲勺藥之短言。《漢書・司馬相如傳》"勺藥之和具而後御之"。文穎曰"勺藥五味之和也"。枚乘《七發》"勺藥之漿"。張衡《南都賦》"黃梁鱻魚以爲勺藥"。

李善注"勺藥五味之和"。故五臣注與叔師説基本一致，皆爲合，和之以蜜也，則瓊漿蜜勺，謂其色如瑤，其味則蜜，言瑤漿而以蜜和之也。朱學浩《楚辭解故》云"《玉燭寶典・六月季夏第六》云'《荆楚記》或沈飲食於井，亦謂之鑑'。……《古樂府》云'後園鑿井銀作床，金瓶素綆汲寒漿'。《吳歌》云'六月節，三伏熱如火，銅瓶盛蜜漿'……是季夏之飲，實有蜜漿，盛以銅瓶者，當沈於井，取清凉耳。荆吳俱在江南，地本接壤，飲食之方，有足相證。今謂瑤漿蜜勺，即此是也。下云'挫糟凍飲，酎清凉些'。同爲消夏之資，故於又相次，是知吳歌所詠，與楚同風矣。叔師於下句知爲盛夏之飲，而於此專主漱口，豈於文理尚有所滯，於楚俗故猶有所遺歟？"按朱證至允，而糾瀨口之説，尤確不可易。

罾

《九歌・湘夫人》"罾何爲兮木上"。王逸注"罾魚網也。夫鳥當集木巔，而言草中；罾當在水中，而言木上。以喻所願不得，失其所也"。洪興祖《補注》"罾音增"。按《説文・网部》"罾魚网也。從网，曾聲”。大徐作騰切。《初學記》‘罶者樹四木而張網於水中，車輞之上下”。《漢書·陳勝傳》師古注“形如仰繳蓋四維而舉之”。《風土記》“罶樹四柱而張綱於水，車形如蜘蛛之網，方而不圓”。諸家説皆小異。今江南魚網爲方制，以曲竹交四角，而中繫長繩，沈於水以取魚。古今制雖有不同，要不外是，按罶或爲南土用具。故秦以前書，惟見《莊》、《騷》（《莊子·胠篋篇》云鈎餌網罟罾笱之知多，則魚亂放水矣）。南方固水鄉也。

甑窐

《哀時命》“璋珪雜於甑窐兮”。王逸注“璋珪玉名也。窐甑土孔”。洪補“甑子孕切，窐音携，又音電。《淮南》云‘弊箄甑甁，在袖茵之上’。注云‘甁甑帶，音電’”。朱熹《集注》“甑瓦器，所以炊者也，窐，甑帶也”。按《説文》“甑䰝也，從瓦，曾聲。鬵籀文甑，從䰜”。大徐子孕切。《考工記》“陶人爲甑，實二鬴，厚半寸，脣寸七穿”。顏師古注《急就篇》“甑一名䰝，亦謂之鬵，又呼爲鉹”。《方言》“甑自關而東謂之䰝”。按今民間多用木，古蓋以陶爲之，故字從瓦。又《説文·鬲部》又出鬴字，訓鬵屬，鬵又訓大釜。其實鬴即甑後增字，而鬵亦爲甑屬也。《方言》“甑自關而東謂之䰝，或謂之鬵”，是其證。餘詳鬵字條下。

按甑與䰝同，雙層重叠之器，下盛水，上盛稻粱，以爲蒸餾之用，故《説文》以甑䰝互訓。《方言》云“甑自關而東謂之䰝”。古人往往誤認爲一，其實非也。

《周禮》云“甑七穿”。《説文》云“䰝一穿”。鄭衆曰“䰝無底甑”。賈疏曰“甑七穿”，是有底者。由是而推，甑䰝分別全在上器。甑七穿有底，䰝一穿無底，是其異耳。但䰝雖無底，而有蔽以隔之，此則古人所未明言者。自宋人發見原器後，䰝之形制始明。

歐陽公《集古録》載“宋太宗時，長安民耕地得器，初無識者。其狀下爲鼎，三足；上爲方甗，中設銅箅，可以閉合。制作甚精，有銘在側。學士句中正工於篆籀，能識其文。曰甗也。遂藏之秘府”。按此器圖象載在《考古圖》卷二，所謂“仲信父方旅甗”者是也。惟《集古錄》云三足，圖爲四足，是其小異。然既謂中設銅箅，又銘文中有“旅甗”等字，知其爲真甗也。《考古圖》卷四所載箅罤從彝五，謂甗隔中有疏底蔽，此亦甗也。《博古圖》卷十八所載諸甗每云“自口至隔若干”、“自底至隔若干”可云其上則甑而光底，其下則隔以鬲。所謂隔者，即《考古》之疏底蔽，《集古》之銅箅。如此諸器亦均屬甗審矣。

　　獨所謂甑者，經疏言之雖詳，而原器尚未足徵。一九二三年八月，新鄭南門內李銳園中，出土古器物若干種，其中有“周方甑”一事。器爲長方形，分上下兩層；上層又以中隔，分爲左右兩房；上下層各有兩耳，而下層有四足；上層之底，有每列十二之長方穿孔六列；下層之底，周圍有緣，中有對角十字；僅上下兩層相鬮處，有牡牝狀之槽。通高二尺五寸。上層深一尺一寸五分；耳高三寸，闊三寸二分；口徑縱二尺零三分，橫一尺五寸二分；腹圍五尺九寸五分，重九百零九兩。茲以二圖表之，第一圖爲全形側視圖，第二圖爲上下層開視圖（詳書後圖版）。今此物之上器有底有穿，與無底有蔽之甗不同，而與《周禮》及賈疏相合，其爲甑也，復何疑焉。或曰甑七穿有底，此有穿七十二，何也？曰七穿之甑，帶制也。此器形體特大，中分兩房，亦異制也，故穿亦加多焉。古器中異制之物甚多，自取其大體相合，不必過拘可也。

　　《考古》、《博古》書中所載之甗，多圓形。惟“仲信父方旅甗”爲方形四足。此甑則長方形四足。然則甑甗之器，各有方圓之別，方四足，圓三足，與鼎同例乎？甑甗字本從瓦，而傳世之器，皆以金或因陶旋之事，髻墾薛暴者多，故改其制乎？甑同䰝籀文作鬵，《爾雅》“䰝謂之鬵”，《説文·瓦部》有甑，《鬲部》又有䰝，複矣（以上自“器爲長方形”以下至此，採關葆謙《鄭冢古器圖考説》）。參鬵字條下。

冠

《離騷》"高余冠之岌岌兮，長余佩之陸離"。《九章·涉江》"帶長鋏之陸離兮，冠切雲之崔嵬"。王逸注"戴崔嵬之冠，其高切青云也"。《漁父》"新沐者必彈冠"。《哀時命》"冠崔嵬而切雲兮，劍淋離而縱橫"。《楚辭》冠字只此四見。除《漁父》外，皆言切雲冠。切雲冠一義，叔師以爲其高切雲，或然也。因《九章》"帶長劍"、"切雲冠"，即《離騷》之"高余冠"、"長余佩"也（《哀時命》爲擬作，故不論）。皆指屈子所戴之冠而言，其形制如何，今不可知。後世爲屈子圖像者，亦各以所好而爲之，非有依據也。惟考漢以前其冠制，皆甚高峻。如漢進賢冠，即委貌之遺制。高山冠，本之齊國。與及通天、遠游、方山、巧士諸色，其前高皆在七寸以上。則古貴族階級無不高冠巍巍。參圖版之屈子像即知之。

又《左傳》成公九年"載南冠楚囚"，則南冠必有異於北冠可知。按楚有獬豸冠。《唐志》謂"楚王獲獬豸，以爲冠。秦人滅楚，以其君服賜執法者、侍御史、臣尉、正監平皆服之"。即漢之法冠。《後漢志》曰"柱後高五寸，以纚爲之展筩，以鐵爲卷"。《三禮圖》圖其形爲𩮀。《後漢志》又載"長冠，一曰齊冠。前高七寸，廣三寸，而後促，漆纚爲之。制如版，以竹爲裏。初高祖微時，以竹皮爲之，謂之劉氏冠，楚冠制也"。（文本《三禮圖》）《三禮圖》爲之圖，如之。

楚冠制似略可仿彿矣。屈子所服，度必與此相似。

切雲

《九章·涉江》"冠切雲之崔嵬"。王逸注"崔嵬高貌也。言己內修忠信之志，外帶長利之劍。戴崔嵬之冠，其高切青雲也"。五臣云"切雲，冠名"。朱熹云"切雲當時高冠之名"。又《哀時命》"冠崔嵬而切雲兮"。王逸注"言己雖不見容，猶整飾衣服，冠則崔嵬，上摩於雲；劍則長好，文武並盛。與衆異也"。按切雲，五臣、朱熹以爲冠名。此在《九章》尚可通。而《哀時命》云"冠崔嵬而切雲"，以切字爲動詞。則此不得合兩字以成一詞至明，因亦不得爲冠名。又《九歎·惜賢》云"冠浮雲之峨峨"。峨峨亦高峻之貌，以浮雲形之，亦出自切雲崔嵬。蓋漢人舊說如是，故嚴忌、王逸皆以切雲爲疏狀語也。以漢師說爲是。"冠切雲之崔嵬"與《離騷》"高余冠之岌岌"義同。動爲異服立異名，尤其是冠弁，乃漢人習俗。戰國以前至少見也。屈文雖侈陳冠服之異，不過爲設想之辭，而謂憂國憂民之屈原乃爲隱遁逃世之間人所爲，故異其衣冠與高世乎，惟安陽侯家莊西北岡—15.50：49 出土之戴冠人形佩玉，顯示形式極複雜之高冠輪廓。則高冠之制，殷商以來已存在，且2099 出土之雕石冠飾，其綴於冠前之裝飾，皆顯示殷商以來冠制複雜之情況。則戰國貴胄如屈子者，其冠制亦當高峻無疑也（參冠字條下）。

襲

襲字《楚辭》凡八見而分三義。（一）衣一偶也。《九懷·昭世》"襲英衣兮緹縞"。王逸注"重我絳袍，采色鮮也"。按《說文·衣部》"襲左衽袍。從衣，龍省聲"。大徐似入切。按許說可商。王筠以重衣也爲本義，左衽之說尤爲乖剌。徐灝《說文箋》云"《一切經音義》十八引《史記音義》'衣單複具爲一襲'。《喪大記》曰'袍必有表，襌衣必有裳。謂之一偶'。'一偶猶一襲也'"。又曰"主人襲帶絰，弔者襲裘，加武帶經"。則襲非左衽袍之專名，且非獨死者之衣俗襲也。袍無左衽之制，辨見通解堂經説。襲之本義爲衣。一俗因之加於外者謂之襲衣，故又爲相因爲重疊之義，又爲掩襲之稱。（二）按徐説至確。《少司命》"襲予"，叔師釋及，亦相因也，亦有掩襲之義。《懷沙》訓及此，及與上重字對文，襲亦重也，與襲謂之重衣（《禮記·內則》"寒不敢襲"。鄭注義同）。至《九懷》"襲英衣"，叔師訓重，則直謂加耳，與《士喪禮》"主人襲反位"之襲，同鄭注"復衣也"。（三）仍也。因也。《九章·懷沙》"重仁襲義"，言重仁因義重與襲對舉，則襲當爲重義。《廣雅·釋詁》"襲重也"。《左傳》哀七年"卜不襲吉"。注"重也"。因也，仍也，皆即重之引申義。又《九辯》"去白日之昭昭兮，襲長夜之悠悠"。王逸注"永處冥冥，而覆蔽也"。五臣申之曰"襲長夜，謂因受覆蔽也"。補曰"襲因也，入也"。又《九懷·陶壅》"思堯舜兮襲興"。王逸注"喜慕二聖，相繼代也"。按此亦言堯舜之因仍承襲而興也。又《哀時命》"邪氣襲余之形體兮"。注"亦言因也，入也"。按諸此例中，不論其訓及、訓仍、訓因、訓入，除《九懷·陶壅》、《九章·懷沙》而外，皆不甚貼切。細審上下文義，似皆有忽然而來，無心而應之意象。當讀爲《孟子》"非義襲而取之"之襲，趙注"密聲取敵曰襲"，即春秋以來侵襲人疆土之襲。《左傳》莊二十九年"凡師有鐘鼓曰伐，無曰侵，輕曰襲"。所謂輕曰襲者，謂與侵異，行之甚密，即《周禮·胥師》之"襲其不正"，注謂"掩捕"之義。芳菲菲襲予，予不知而被其芳也。餘準此。（四）衣一襲也。即褻之借字。《九懷·株昭》"襲英衣兮緹緼"，王注以重我澤袍解之。以襲爲重義自可通，然既曰英衣則不能更言重衣也。此襲讀爲《內則》"寒不敢襲"之襲，或《玉藻》"服之襲之"之襲，充美也。朱駿聲云"凡澤衣之上，如冬則加裘，裘上有褐衣、裼衣，又有正服，皆同色，非盛禮，則以見美爲敬，開正服之前衿，袒出左袖，而見裼衣，謂之裼。盛禮則以充美爲敬，不露裼衣，謂之襲"。論襲衣之制簡要明白。此襲衣即充美之服也，故曰襲作動詞用爾。

《癸巳類稿》有《製解》一文，與衣裳制度有關，茲附之。

《説文》云"製，裁也"。蓋未成衣，如今斗篷，與祓連文，祓正斗篷。范復恩云"衛寧文子具絟絺三百製致吴赤市"，亦裁料也。《説文》又云'滢夷衣'。《續漢書·禮志》云"大儺侲子赤幘皁製，如今番子袈裟，亦無襃也"。《詩·七月》正義引定九年《左傳》服虔注以爲"貍裘"，杜注《左傳》則一爲裘，一爲雨衣。定公九年傳云"齊東郭書皙轀而衣貍製"，注云'製裘也'。乃望貍文生義。按其時爲周之秋，當斗指午未申三月，不當衣裘。貍製是貍色斑然斗篷耳。《左傳》哀二十七年云'陳成子救鄭及濮，而不涉，鄭告急，成子衣製"。雨衣也。按其時亦在四月後八月前，當周正五六七月，自不衣裘。然齊師遇雨時在濮不濟。子思古説，是國參在鄭子與駟宏同行，及鄭知之，又使人至軍，爲日已久，無緣定知出馬日亦雨，亦不定知不雨。則製亦是斗篷，通言雨衣可也。以爲裘，定非也。

衣裳

《楚辭》全部言衣者十見。其單言衣者有，《九歌·雲中君》之"華采衣兮若英"，《大司命》"靈衣兮被被"，《少司命》"荷衣兮蕙帶"，《漁父》"新浴者必整衣"，《九辯》"衣不苟而爲温"及"無衣裘以禦冬"（以上屈原賦）。《哀時命》"衣攝葉以儲與兮，左袪挂於榑桑，右衽拂於不周"、"下被衣於水渚"，《九懷·蓄英》之"修余兮袿衣"，《九歎·遠逝》之"服雲衣之披披"；其單言裳者有，《天問》之"女岐縫裳"，《九章·思美人》之"憚騫裳而濡足"凡二見；其言衣裳者有。《離騷》"製芰荷以爲衣兮，集芙蓉以爲裳"，《九歌·東君》之"青雲衣兮白霓裳"（以上屈宋賦）。《九懷·通路》"紅采兮驊衣，翠縹兮爲裳"。又《昭世》之"襲英衣兮緹緼，披華裳兮芳芬"。《九歎·逢紛》

之“裳襜襜而含風兮，衣納納而掩露”，又“魚鱗衣而白蜺裳”，又《愍命》之“令反表以爲裏兮，顚裳以爲衣”，凡七見。其中十則見於屈宋賦，九則見於漢賦。大體漢賦爲悉詳，其形制略可仿佛；而屈宋賦則至含糊，且多設想之詞，如芰荷爲衣，芙蓉爲裳，青雲衣，白霓裳。其中惟《九辯》言“無衣裘以禦冬”一語有參考價值。至漢賦則《哀時命》有“左袪右袛”，《九懷》有“紅采衣”、“翠縹裳”及“袿衣”等。大體與戰國以來所傳服制用詞相當，其他則與衣裳相關涉之名物，如襟、袪、帶、褋、袂、纕、緌、裯、組“紐帛”等詞，皆已分別立目，分爲之說；且於“服”字條下相爲聯繫，故欲略知衣裳之制者，亦當參“服”字條下諸說。

《楚辭》言衣裳制度雖甚含渾，而衣裳分言則至明確。上衣下裳爲習用恒語，至今未變，請得於此而詳之。按《說文·衣部》“衣依也，上曰衣，下曰裳。象覆二人之形”。大徐於稀切。按象覆二人之說，各家釋之皆未允當。甲文作 ⌂，若 ⌂、⌂，金文作 ⌂，《盂鼎》⌂，《頌敦》⌂，《袁盤》。以甲文第四形推之，則中藏人，外有所被服，則 ⌂ 直象衣形無疑。《舒藝室隨筆》云“此字本象形，⌒ 象領，ﾍ 象兩袖，左右襟相掩，及裾下垂之形”。於形爲最可解，當從之。上曰衣，下曰裳者，《詩》“東方未明，顚倒衣裳”。《傳》云“上曰衣，下曰裳”。《易》曰“黃帝堯舜垂衣裳而天下治”。詳裳字下注。《葛覃》“薄澣我衣”。《箋》“謂褌以下至褻衣”。衣裳分言，則在上曰衣，在下曰裳。混言之，則衣裳可通言衣。《禮·曲禮》“兩手摳衣”。《疏》“謂裳也”。《詩·素冠》“庶見素衣兮”。《箋》“衣謂素裳也”。《爾雅·釋水》“以衣涉水爲厲”。注謂“褌也”，皆是。又《說文·巾部》“常下帬也。從巾，尚聲。裳或從衣”。徐鍇曰“常下直而垂，象巾故從巾”。按朱駿聲以爲“常裳二字，經傳截然分開，併不通借，疑常訓旗，裳訓下帬，宜各出”。按朱說至允，許氏誤說也。《左傳》昭十二年“裳下之飾也”，《易·坤》“黃裳元吉”，《詩·斯干》“載衣之裳”，《葛屨》“可以縫裳”，《箋》“男子之下服”，《釋名》“上曰衣，下曰裳。裳障也，以自障蔽也”。

《士冠禮》“爵弁服纁裳，皮弁服素積，玄端玄裳，黄裳雜裳可也”。

衣裳之形制如何，宋以來儒者多據儒家經典加以推測。然至今亦苦無實證之例，且所言皆士以上衣裳之制，而所據儒家經典，又多爲秦漢間之書，或秦漢間人傳箋之書，如《詩經》、《書經》等，是否足據，固亦一大問題。然秦漢去古未遠，且就其擬測綜合觀之，往往上合於《詩》、《書》、《三傳》之所傳説相近，下則與近世學人以兩周金文爲之證實之説亦大致相合。楚人制度，本多與中原異。然戰國以來，已習染化合於齊魯三晋，故采儒家成説，以爲讀《騷》協助，當亦事勢之所許。

宋以來爲冠服圖者至多，然聶崇義《三禮圖》不爲衣裳分別作圖，朱子私淑弟子之《家山圖書》亦不載裳制，清儒江永《鄉黨圖考》考定精審，分析尤爲明白。可參。故據之以爲説明《楚辭》衣裳制度資料。

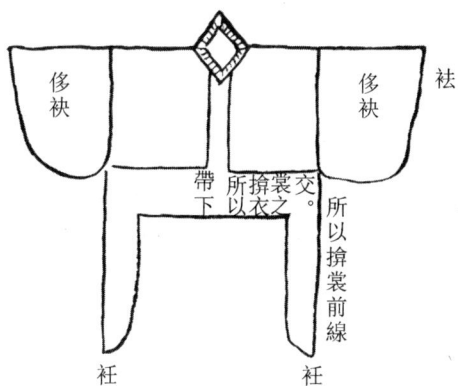

衣裳圖

江氏云“朝服、祭服、喪服，皆衣與裳殊。大夫以上侈袂而狹具袪”。

帷裳

按此圖用帷裳，乃朝祭之服，正幅如帷，故名帷裳。則無殺縫，上下齊濶，猶後世之裙。此形與洛陽金村出土周銅人同帷，銅人有襞積，下邊有緣而前後不分割，圍之如幢容，與江氏異，然大體則同也（參圖版）。又朝服、祭服、喪服之衽，屬於衣，垂而放之，異於深衣之衽，在裳縫而合之也（參“服”字條下《深衣圖》）。惟江氏所圖，乃大夫以上所服用之衣裳，其衣不爲右衽，照以近世戰國所出人形石刻、木俑觀之，大體勞動人民與戰勇之士，其上衣未見直衽如江圖者，大體皆自袷斜下，右衽，與深衣之上衣同（參服字條下《深衣圖》）。則右衽爲三古一般之衣制，似無可疑。又以戰國銅鑑《晏樂圖》觀之，江氏之裳應加長（參圖版）。而勞動人民與戰士則無裳而稍長，其上衣掩下體，大致爲便於勞作行動之故，此亦實際操作，理當如是也。餘事參服字及諸服名物字條下。梁思永《南陽殷虛發掘出土品説》有云“侯家莊西北岡墓 1004 1217 出土之跪坐人形石刻，實爲研究殷人服制之惟一資料。觀此象所著之交領、右衽、短衣、短裙、裹腿、翹尖鞋，可見殷代一部份人之裝式，衣緣、裙褶、腰帶之紋飾，皆常見於銅器、陶器、室壁、儀仗之純粹殷代花紋”云云。可爲吾張一軍。

組纓

《招魂》“放敶組纓，班其相紛些”。又“纂組綺縞，結琦璜些”。《漁父》“滄浪之水清兮，可以濯我纓”。王逸注“組，綬。言男女共坐，除去威嚴，放其冠纓，舒陳印綬，班然相亂，不可整理也”。洪補“纓，冠系也”。按《説文·系部》“組綬屬，其小者以爲冕纓，從糸，且聲”。大徐則古切。《禹貢》“厥篚玄纁璣組“，《傳》云“組綬類’。《玉藻》“天子佩白玉而玄組綬，公侯佩山玄玉而朱組綬，大夫佩水蒼玉而純組綬，世子佩瑜玉而綦組綬，士佩瓀玟而縕組綬”，此組綬蓋指繫於帶之組綬言。《長門賦》“張羅綺之幔帷兮，垂楚組之連綱”，五臣云“組，綬類。楚人善爲之，故用以連繫帷幔也”，則一般使用組綬，亦可言組綬。然叔師言舒陳印綬，則又專指繫印之組綬言。《急就篇》“綸、組、縺、綬以高遷”，顏注“綬者受也。所以承受環印也”。又組亦綬類也，其小者以爲冠纓。則組有大小，大者繫於帶以繫佩，小者或爲印綬，或爲冠纓。則此組纓，似亦可單指冠之組纓言。而叔師必分言“冠纓”、“印綬”者，體會上下文義而定之者也。上文言樂舞之盛，宮庭震驚，下言士女雜坐，放陳組纓，則非燕樂，而爲宮庭之樂。士即指在官之大

夫卿士。則以組爲印綬，體會至確，當不易。緌者，《説文·系部》"冠
系也。從系，嬰聲"。於盈切。段注云"冠系者，可以系冠者也。系者
係也，以二組系於冠，卷結頤下是謂緌，與紘之自下而上，系於笄者不
同。冠用緌，冕弁用紘，緌以固武，即以固冠，故曰冠系"。《玉藻》之
記曰"元冠未組緌，天子之冠也；緇布冠繢緌，諸侯之冠也；元冠丹組
緌，諸侯之齊冠也；元冠綦組緌，士之齊冠也"。徐灝云"《士冠禮》
'緇布冠缺項青組緌屬於缺'。蓋冠後缺處如三角形，於其兩端爲二編，
繫組以結，此與冠緌繫於頸者有別"。《通介堂集》有詳説，兹不贅。冠
制一事，聶崇義《三禮圖》繪之極詳，可參考其頍（即上文所謂缺）與
青組緌兩圖足爲冠緌説明。

屨

《九思·悼亂》"冠屨兮共絇"。王逸注"上下
無別"。"屨一作屣"。按《説文·尸部》"屨履也。
從履，省婁聲。一曰鞮也"。大徐九遇切。《玉篇》
"皮曰履，麻作謂之屨"。《方言》"自關而西謂之
屨，中有木者謂之複舄"。按《玉篇》自質地言之，
《方言》自方俗言之，皆得一偏。《説文》段注曰
"晋蔡謨曰'今時所謂履者，自漢以前皆名屨'。
《左傳》'踊貴屨賤'。不言履賤。《禮記》'户外有

屨

二屨'，不言二履。賈誼曰'冠雖敝，不以苴屨'。《詩》曰'糾糾葛屨，
可以履霜'。'屨舄者，一物之别名。履者足踐之通稱'。按蔡説極精。
《易》、《詩》、《三禮》、《春秋傳》、《孟子》皆言屨，不言履。周末諸
子，漢人書乃言履。《詩》、《易》凡三履，皆謂踐也。然則履本訓踐，
後以爲屨名，古今語異耳。許以今釋古，故云古之屨，即今之履也"。
按段説屨字變遷，考鏡源流，至爲可貴。則屨舄字漢以前作屨，戰國末
乃以履爲之，而後有皮麻關東西之别也。履字大徐良止切。則與屨蓋叠

韻之變。

《周禮·屨人》"掌王及后之服，屨爲赤舄、黑舄、赤繶、黃繶青句"。注云"複下曰舄，單下曰屨，舄屨有約，有繶，有純者錦也'。賈疏云'下謂底也，複下重底也。重底者名舄，單底者名屨；繶者是牙底相接之縫，綴條於中，後用

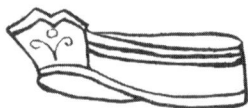

黃圖

黃繶。句讀曰絇。絇之言拘狀如刀，衣鼻拘著舄屨之頭，取自拘持爲行戒，使常低目，不妄顧視也；純謂以條爲口緣，屨舄各象裳色……"參後附錄（以上節《三禮圖》卷八舄圖條）。《方言》"中有木者謂之複舄，其庳者自關以東謂之靴，下單者謂之鞮"。郭注云"今韋鞮也"。然鞮以皮而復加木。《隋志》云"近代或以重皮而不加木，隋制復古，以木重底舄"。清晋安黃世發《群經冠服圖考》"冕服著之屨則通用。惟褶服以靴，靴胡屨也，施於戎服。《毛傳》云'舄，達屨也'。屨之尊者爲達，則舄屨通名。《莊子》'跂蹻爲服'《釋文》云'屐與跂同，屬與蹻同'。麻曰屬，木曰屐。鞋類也。以籍鞋下若古之複舄矣。"考屨舄極詳盡，其所爲舄屨圖校《三禮圖》亦易曉。茲摹繪如下，以佐觀省。

照以近世出土文物繪畫木陶俑之屬，戰國時代屨舄形制，與此不甚相遠。男女亦相同也。殷虛侯家莊西北岡墓 1004 1217 出土之跪坐人形石刻，其鞋形爲翹尖形。及洛陽金村出土周代銅人所著履亦翹尖（兩象見圖版）。與《三禮圖》及黃圖皆相近。戰國楚墓執劍木俑，其履形與黃圖全同。此大概爲三代以來民間通用形式，惟長沙戰國出土別見皮鞋，其形如下。不翹尖，大約爲大衆化之常服。

商承祚《長沙古物聞見記》云"側高畧四公分五公厘，後高一公分五公厘，厚一公厘；首作扁方形，寬七公分八公厘，深十公分，口長十四公分，外底長二十六公分；前寬七公分，後寬七公分；履面前及右下旁合紉，兩側近首處，各有大針孔十餘，殆附帛面，後綴朱玉以爲飾；革褐黃色，裏有毛辮，爲牛皮底，一面相連，下折而紉於左，復有底一沿向內卷，笋團圈一緆，作兩層，底口沿及圈皆有紉孔，合於上底。此

履於一九三八年三月出土於長沙北門外俞家沖戰國楚墓。全履制度與《禮經》所載同，惟前不翹尖耳。此爲楚習抑亦戰國前某等人所著，則不可知矣"。然自漢而後，此等平頭履似行齊民之男子，而翹尖履則貴族男女皆用之，直至明代而未變。

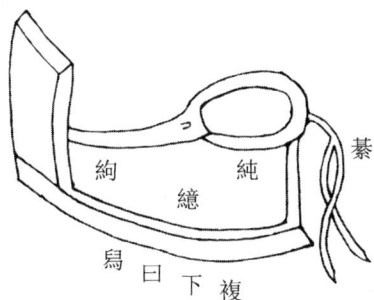

舄圖

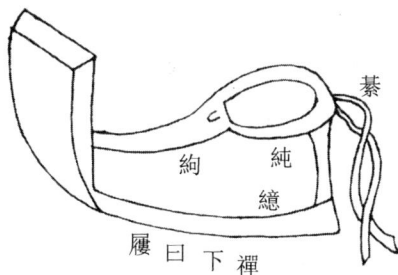

履圖

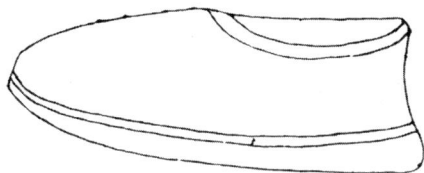

皮鞋

《周禮・屨人》"舄、履"鄭注"複下曰舄，禪下曰屨"。《賈疏》云"下爲底，重底爲舄，禪底爲屨"。愚案《方言》"中有木者謂之複舄，其庫者，自關以東謂之靴，下禪者謂之鞮"。郭注云"今韋鞮也。然禪以皮而複加木矣"。惠士奇説云，《隋志》云"近代或以重皮而加木"。隋制復古，以木重底舄，冕服著之屨，則通用，惟褶服以靴。靴，胡履也，施於戎服。《毛傳》云"舄，達履也"。履之尊者爲達，則舄履通名字苑云：鞡苴，履底。鞡即靸。《莊子》"跂蹻爲服"。《釋文》云"屐與跂同，屬與蹻同。麻曰屬，木曰屐。鞋類也。以藉鞋下若古之複舄矣"。

服

《楚辭》用服字二十三見，凡得六義，一作使用服事解。二爲順從、服膺、佩服之義。三作被服解。四作夾輈轅之兩馬解。五則民字之誤。六作衣服解。除民字之誤一條，見黎服一條外，茲分述如下。

按《説文·舟部》“般用也。一曰車右騑，所以舟旋，從舟，反聲。舩古文服，從人”。大徐房六切。從舟、從𠬝。𠬝者，人手執杖策之屬。此言舟人行舟謂之服。(𠬝，《説文》亦訓用謂使用杖策也）服則以篙使舟之義。其使用至寬，御、服用、器用皆可謂之服。依《楚辭》用義，有服事、服從、任使、衣服諸義，皆服用之引申也。金文《盂鼎》作，《周公敢》作，古從舟之字，與盤同形同義。(如朕之舟朕。詳舟朕字條下）象役人從事於宴饗祭祝，以盤盛物以從事也。音亦與盤同一語根。金文從，象役人之形。《論語》所謂“三分天下有其二，以服事殷”之服是也。故使用、服事爲第一義，引申則爲被服、服膺、順從、馬兩服，亦謂馬當輈爲之役事也。引申之則凡服用皆謂之服。宫室、車馬、飲食、衣服，皆人所役使以分别從事者也。更引申爲服從，爲疆理之甸服、侯服、要服、荒服之稱。故《楚辭》所用五義，蓋一義之引申也。

(一）役使從事之義，服作事義或用義解。《離騷》“孰非善而可服”。王逸注“服服事也。言世之人臣，誰有不行仁義而可任用，誰有不行信善而可服事乎?”五臣注“服用也”。與此同訓者，《天問》“舜服厥弟，終善爲害”，及“何惡輔弼，讒諂是服”，二處服字，王逸皆訓事，洪或訓用，訓行義，皆同。他如《離騷》“非世俗之所服”，乃申辨不驟進而求服，皆此義也。

(二）爲順從服膺之義。《招魂》“身服義而未沬”，言身服膺於義，未曾有懈已之時也。《九歎·遠逝》云“云服陰陽之正道兮”，謂從順陰陽之正道也。《九章·思美人》“固朕形之不服兮，然容與而狐疑”。王逸注"我性婞直不曲撓也"。即不順從之義。又《橘頌》"后皇嘉樹，橘徠服兮"。王逸注"服習也"。習者順適，引申之則委屈從事亦曰服。《橘頌》"后皇嘉樹，橘徠服兮"。王逸注"謂來服習南土，使其風氣至見允當"。此用服習一義也。服習今世恒語。《禮記·孔子閒居》"君子之服也"，注"猶習也"。《管子·守法》云"存乎服習"，則以服習連文，非始近世，於古有徵矣。又《九歎·遠遊》云"服覺皓以殊俗兮"。王逸注"言己被服衆芳，履行忠正，較然盛明，志願高大，與俗人異也"。王以被服衆芳釋服之義，實未顯明。其實此謂覺皓即服膺之義，服即服膺也。內服膺則異俗，此含動作之義，有進修之效爾。進於較然盛明之境矣（用爲被服之義，《離騷》"澆身被服强圉兮"是也。詳"被服"詞下）。又《九歎》此語"服覺皓以殊俗兮，貌揭揭以巍巍"。兩句相將，細體文義則所謂"履行忠正，較然盛明，志願高大，與俗人異也"也者。以被服衆芳釋服，子政體會於屈子一生以芳潔自飾爲其質素，素服所在，文中雖未明言，體會精神固當如是。又文中以服貌二詞對舉，實即內與貌對言，外貌自指內含矣。故叔師變服飾爲被服，以探作者之義，既得子政作意，亦得屈子本質之義，至爲允當。

（三）二馬夾轅（殆單轅）謂之服。《遠遊》"服偃蹇以低昂兮，驂連蜷以驕驚"。服與驂對舉。洪補曰"初駕馬者，以二馬夾轅謂之服，又駕一馬，與兩服爲參，故謂之驂"。按《呂覽·愛士篇》"右服失而楚人取之"注"兩馬在中爲服"是也。又《七諫·謬諫》"服罷牛而驂驥"。言以罷牛當兩服，而驥爲驂駕也。按《說文·牛部》"犕《易》曰'犕牛乘馬'。從牛，葡聲"。《說文》引《易》而不釋犕義。《玉篇》"犕服也。以裝馬也"。《集韻》"犕用牛也"。則犕爲後起專字。或又以朴字，爲之朴牛。見《天問》。昭人言備馬音如背。

（四）衣服之義。《楚辭》全部之服字，作衣服一義用者，凡九見。而其七見於屈宋之作。《離騷》"退將修吾初服"、"户服艾以盈要兮"，《九歌》"霾偃蹇兮校服"、"龍駕兮帝服"，《九章·涉江》"余幼好此奇服"，《九辯》"以爲君獨服此蕙兮"，《招魂》"被文服纖"（後兩句或解作“用”亦可），漢人惟《七諫》、《九歎》各一見，《七諫·怨世》“服清白以逍遥兮，偏與乎玄英異色”。（“服清白”雖用《騷》詞，而與下句“玄英異色”合參，則仍以指衣服爲允。叔師釋爲被服芳香，通言之也）。《九歎·愍命》“戎婦入而綵繡服”。其意皆至顯明，無庸詳説。細爲分析，多形容衣飾之詞。如曰“初服”、“姣服”、“奇服”、“服纖”等。其次則曰“服艾”、“服蕙”，則又指“飾服”言。而“帝服”一詞，似關制度，恐亦非空言神異而已，要之皆不能明其形制如何。“綵繡服”，雖可説明服有綵繡，亦通言不別實具也。然就綜合全部《楚辭》而論，則與服有關者，有襟、衽、袂、袪及帶、纕、纓、組、稠，若計入漢賦，則當有祛帛（見《九歎》），朱紫（見《九思》），又衣與裳亦往往分言之，則是上衣下裳之制亦存在。屈宋皆一時顯貴，其所代表之階級禮制，似可由此等用詞中略得仿彿。除於各文獨立申述外，兹合求之。則江永《鄉黨圖考》所列深衣之制，粗可説明屈宋賦中服制各名詞之大略，且可爲各物進一解。兹揭之如左。至衣與裳之別號，詳衣裳條下。

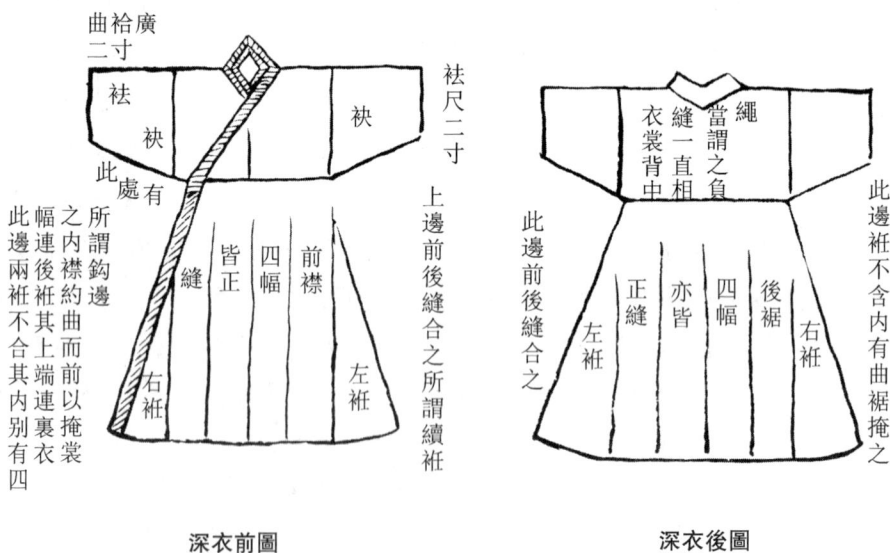

深衣前圖

深衣後圖

（圖説）此爲江氏根據儒家經典所作之深衣圖，是否即真儒服，或當時行於周魯齊晋之形制，苦無實物爲證，更非欲以明示屈宋賦中之服制，特欲借此以安排屈宋漢人賦中所涉及之服制名稱，大約皆可能解説《楚辭》全部服飾，而無所扞格。然所謂屈宋賦中之服制，乃代表當時士大夫以上之貴族服用者言。考戰國以來服制，其主要形制，爲"上衣下裳"，（參衣裳條下）"交領右衽"、"下垂過膝"與《説文》金文所載衣裳形制極近，梁思永《考古論文集》153 頁載侯家莊 1009 墓 1217 墓出土之人形石刻，皆合於上言"上衣下裳"、"交領右衽"，與江氏所擬圖合。可見此爲中土自古服制之民族定型。"交領"之制，可能源於以布帛圍體之遺習。今印度、非洲尚有之，雲南西部、西康西部兄弟民族中，亦尚有餘存。所謂"右衽"者，蓋布帛先以右幅被身，左幅自右肩經身前下繞至右脅而下垂，以帶圍之，使不披散，後世縫裁，遂以右衽保其舊式。至戰國雖多禮家文飾之言，而大較不外是也。至下垂過膝，則可能因社會階級與職業有關（詳下）。大體當時平民大衆之服裝，近世出土之戰國楚俑，尚有可資參考者。上海博物舘藏長沙戰國楚墓出土雙手持劍男俑，其服制似爲介胄之象，而非一般服制。又河南信陽長台一號墓出土木俑，車從圖片，亦不能確知其形狀，姑不具論（上兩圖參圖版）。

又《九歌》言女巫之服曰"姣服"，曰"華采衣"，《招魂》云"激楚之結獨秀先些"，《大招》言女婦"小腰秀頸"，合此等詩句觀之，則長沙陳家大山戰國墓所發現之帛上繪畫女像服飾，極其相似。此畫疑亦女巫之像。兹摹繪如下，以佐觀省。（又《長沙發掘報告》所載四。九號墓出土木俑，大致與此同，可參）。

又《九歌·國殤》所言戰士形象，亦不甚具體，其服制更不可知。河南汲縣山彪鎮出土戰國銅鑑所列《水陸攻戰圖》，戰

士皆幘首束腰佩劍，無寬袍大袖之象，但上衣下裳，則居然明白。惟下裳甚短，露兩脛。與輝縣趙固鎮戰國墓出土銅鑑上所刻《宴樂射獵圖》頭有冠纓，裳長齊踵者，適成對比。亦可知士大夫服飾以寬敞委長爲貴。

（五）爲羅之借，亦或爲民之形譌。《天問》"何條放致罰，而黎服大説"。王逸注云"黎，衆也，説，喜也。言湯行天之罰，以誅於桀，放之鳴條之野，天下衆民大喜悦也"。"服一作伏"。按王注以"衆民大喜悦"釋"黎服大悦"，又以衆釋黎，似未爲服字作解。後人不知，故以伏易服。其實王言衆民，即釋"黎服"二字，服即《方言》卷三之"羅。南楚凡罵傭賤，或謂之羅"。詳"黎服"條下。又民、羅古雙聲，羅讀皺，《廣韻》在德部，民讀真韻之平，異平同入，故二字有其音理上相轉變之規律可尋，則黎服即黎民無誤，或説，今本服字；王本當作民耳。服從𠬝聲，𠬝形與民近，因誤民爲服也。黎民古恒語，指服農之夫言。《尚書》"黎民於變時雍"。別詳黎字條下。"黎民大悦"即《吕覽》所謂"湯爲天子，夏人大悦，如得慈親者"是也。王逸以"天下衆民大喜悦"釋黎服大説，甚確。兩説皆可通，故備載之。

冕

《九思·哀歲》"投劍兮脱冕"。按冕者冠之有延有旒。《大戴禮》"冕而前旒，所以蔽明，黈纊塞耳"。（黈，黄色纊緜也，塞耳懸於兩旁，所以掩聰。）《左傳》"袞冕黻珽"。《疏》云"《論語》麻冕禮也"。蓋以木爲幹，而以布衣之，上元下朱……《漢禮器制度》云"冕制皆長尺六寸，廣八寸，謂之冕者，冕俛也，以其後高前下，有俛俯之形，故因名焉"。其制凡章采章數旒數及所配衣裳，皆有等威，自天子至於王之公卿大夫皆有之，惟士不得冕，最爲繁雜。兹取江永《鄉黨圖考冕圖》，以佐觀省。

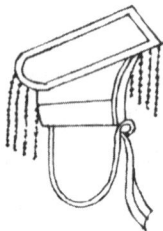

冕

帶

《九歌·少司命》"荷衣兮蕙帶"。又《山鬼》"被薜荔兮帶女羅"。王逸注"言山鬼被薜荔之衣，以兔絲爲帶也也"。又"被石蘭兮帶杜衡"。又《國殤》"帶長劍兮挾秦弓"。王逸注"吾身雖死，猶帶劍持弓，示不舍武也"。《九章》"帶長鋏之陸離"。《九辯》"然潢詳而不可帶"。《九歎·遠逝》"佩蒼龍之蚴虬兮，帶隱虹之逶蛇"。按《楚辭》用帶字，只此七見，而分兩義。一爲衣裳之帶，一則引申爲佩帶。《九歌》"帶杜衡"，《國殤》"帶長劍兮"，《九章》"帶長鋏"三語，用引申義，其他皆衣帶也。按《説文·巾部》"帶紳也。男子鞶帶，婦人帶絲，象繫佩之形，佩必有巾，從巾"。大徐當蓋切。按《禮·內則》"男鞶革，女鞶絲"，與許君小異。《禮》以鞶爲名目，而以革絲別其質與用，許則以帶爲名目，而以鞶絲爲其質與用，似異而實同也。系部"紳大帶也"。段玉裁曰"按古有大帶，有革帶。革帶以繫佩韍，而後加之大帶則革帶繞於大帶"。桓二年《左傳》"帶裳幅舄"。杜注云"帶革帶也"。正義云"《玉藻》'革帶博二寸'"。《詩·鳲鳩》"其帶伊絲"。箋"謂大帶也"。帶之形制如何，大帶用以束衣，其下垂部分曰紳。此《論語》所謂書諸紳者是也。革帶以繫韍佩之類，無下垂部份，其形制大致如下。

大帶

然以所使用之者，階級不同，如天子、諸侯、大夫、士、弟子等差別，其縫紉方法、帶面、帶裏、顏色、寬、廣、長、短，皆有不同。惟天子大帶用朱裏，故大帶之制用爲最繁。至革帶，禮家皆言博二寸，其餘無説，大約上下同之。至兩帶之用，則革帶用以垂雜佩，以繫韍韠，

大約先以革帶繫腰間、垂佩、繫韍，然後以大帶加於
其上，此其大約也。江永《鄉黨圖考·紳帶考》一
文，言之詳矣。楚制是否亦全與儒說相合，固不能論，
然長沙戰國墓出土銅帶鈎及皮帶（見《長沙發掘報
告》圖版十九）觀之，則楚人用革帶無疑。然革帶主
於繫物，而不主於飾裝，則大帶亦必存在無疑。又依
"荷衣蕙帶"、"帶女蘿" 兩言觀之，此帶指裝飾之帶
言，不指革帶言，其事至明，則楚人必用大帶無疑也。
汪士鐸《梅村先生集》有《釋帶》一文可參。

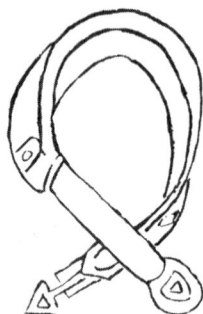

革帶

佩

佩爲中土古代民間風習之一，今可考見者，自山頂洞人、仰韶期，
皆已有極多之裝飾品，或爲骨製，爲石製，爲石英製，爲玉製。不僅形
製多端，方圓楮長，如目、如眉、如口、如斧、如斤、如鑿、如椎、如
刀、如磬，既已更僕難數，而其上且多刻花紋，有蟲、蛇、鳥、獸及一
切恢詭譎怪不可方物之形。葬墓更有布爲人面形者，大體皆古人之佩
飾也。

近世紀來，關於原始民族之調查所得，其人大都喜以花草、鳥羽、
獸毛等艷質之物，以爲頭、身、臂、腰之飾者，花冠項圈，腰惟膝蔽等，
五色繽紛，琳琅滿目。吾先民是否亦以此等艷質之物爲佩飾，考古中不
可得見——以其不易保存故——然即後世之民俗及若干禮制中，皆可以
一一考見之，故禮俗者，民風之遺，社會發展，每進一階段，則前數期
與生活生產攸關之事物，蛻化爲一種遺習遺俗，而保留之，寖假而爲一
種禮制。故深推此種禮制之來源，皆有其原始之現實意義。由今觀之，
則古之所謂佩之制度，蓋不外 "生產工器" 及人民於 "藝術愛好之裝
飾" 兩端。

考中土古佩制，大爲別之，一則所謂事佩，一則所謂德佩。事佩者，

工具之尚存其用者也；德佩者，其使用價值已不復存在，僅作爲一種禮制，或變而附以一種新的使用意義，古之所謂玉佩一制，大體即此一事也。其中如圭、璋、玠、琚、璜、璧等，大約多自工獵漁耕之器變來，與石斧、石刀、石鑿、石針之屬皆有關，更加文飾組織而成爲玉佩（見後）。至美術之飾，雖遺物至少，而遺説亦有可采，“皇冠而舞”，纓組爲飾，雜花滿頭，芳澤被體，在今日農村及兄弟民族中者，亦數數見之。歷代筆記中，亦常見此等習俗之記載，爲不可否認之事實。屈子文中，多以秋蘭、辟芷、申椒、菌桂爲言。更益以佩瓊、佩琦、明月、寶璐諸多芳澤，以自修飾者。雖多爲喻詞，亦古人允已恒有之遺習，故飾芳爲現實之事象，而繁盛如是，酷嗜如是，多種如是，則正所以充分發揮其浪漫之作用而然也。吾人苟不能深解此義，則於屈子文章含義之深，不能深悉；文章之組織之美，亦不能深知，則以一雜花滿衣、奇玉滿身之大作家，不幾爲一狂徒，爲一巫人已矣乎？

中土佩服之類，自冠帶至衣履，皆有之，如幼年之有總髦緌、纓、捍管、遰、紛悦、韠、璲、觿、鞣、玦、笄、瑱、象揥、繘等，成人之飾，則有玉，有珠器，有容刀、帨巾，有觿之屬，有芳之屬，有幛，有劍，有紳，其類至繁，《離騷》所謂“佩繽紛其繁飾”者是也。

《左傳》閔二年“晉狐突曰佩衷之旗也”。自春秋以來，傳古人佩飾至多，近世考古出土文物，自殷以來各種彫玉，大體皆爲服佩之用，故古人甚重視此一事。屈賦言佩事，爲全部《楚辭》三分之二，而大體皆以表其容儀、德行，即古所謂德佩者也。《詩·大東》“鞙鞙佩璲”，即瑞玉。又《公劉》“何以舟之，惟玉及瑶，鞞琫容刀”。璲瑶皆德佩也，鞞琫則事佩也。屈賦有德佩，無事佩也。《離騷》“扈江離與辟芷兮，紉秋蘭以爲佩”。王逸注“佩飾也。所以象德，故行清潔者佩芳，德仁明者佩玉”。通觀《楚辭》二十四佩句，不出佩芳與佩玉二事。佩芳事，洪補曰“古者男女皆佩容臭，臭香物也”。又曰“佩悦茝蘭”。則蘭芷之類，皆古人以爲佩也。兹總括全書論之。

（一）通言佩之甚盛者。

《離騷》"長余佩之陸離"。

（王逸注下句"芳澤雜揉"云"芳德之臭也。《易》曰'其臭如蘭，澤質之潤也，玉堅而有潤，澤質之潤也'"。云云，則此佩雜指佩芳與佩玉也。）

"佩繽紛其繁飾兮"。

《九章·思美人》"佩繽紛以繚轉兮"。

《九懷·昭世》"撫余佩兮繽紛"。

又《九懷·通路》"舒佩兮綝纚"。

又《九懷·株昭》"卷佩將逝兮"。

以上六則，皆言佩飾之盛者，《九懷》擬屈之作，故其用意亦當同。

（二）言佩芳者。

《離騷》"扈江離與薜芷兮，紉秋蘭以爲佩"。

又"解佩纕以結言兮"。王注"纕，佩帶也"。按即後世所謂香囊也。

又"謂幽蘭其不可佩"。

又"掇又欲充夫佩幃"。王注"幃，盛香之囊"。

又"惟茲佩之可貴兮"。按王注言"己內行忠直，外佩衆芳，此誠可貴"。

《九章·思美人》"解篇薄與雜菜兮，備以爲交佩"。

"佩繽紛以繚轉兮，遂萎絕而離異"。

《惜往日》曰"謂蕙若其不可佩"。

《七諫·沈江》"聯蕙芷以爲佩"。

《九歎·惜賢》"懷芬香而挾蕙兮，佩江離之斐斐"。

以上九條皆言佩芳，以江離、蘭、芷、蕙若爲主，其中兩則爲漢人擬作，其用意亦當相同。

（三）言佩玉者。

《離騷》"折瓊枝以繼佩"。

　　王逸注“復折瓊枝以續佩，守仁行義，志彌固也”。洪補“瓊玉之美者”又引《後漢注》云“瓊枝玉樹，以喻堅貞”。

　　又“何瓊佩之偃蹇兮，衆薆然而蔽之”。

　　“覽察草木其猶未得兮，豈珵美之能當”。按此兩句承上文“戶服艾以盈要兮，謂幽蘭其不可佩”兩語言。則覽察草木即指服艾與謂幽蘭不可佩兩事，豈珵美能當者，謂草木且不能知，何能知珵玉之美（珵珮珩也。詳珵字條）。則此珵玉亦指佩玉言也。王逸以爲“通言時人不知臧否”，特申其義耳，非其朔也。

　　《九歌·大司命》“玉佩兮陸離”。

　　又《湘君》“捐余玦兮江中，遺余佩兮澧浦”。王逸注“佩瓊琚之屬也”。按此佩字，與上句玦字對文，玦亦玉佩也（詳玦字條下）。

　　《九章·涉江》“被明月兮佩寶璐”。

　　《哀時命》“懷瑶象而佩瓊兮”。

　　《九歎·遠遊》“佩蒼龍之蚴虯兮”。

　　又《遠遊》“結瓊枝以雜佩兮”。

　　《九思·逢尤》“握佩玖兮中路踟”。

　　以上十一則，皆言佩玉。《哀時命》、《九歎》、《九思》擬屈之作，其用亦當相同。以上所陳，皆就句中明言佩者立説。若字面不出佩字而確爲佩者如《九歌》之“璆鏘鳴兮琳琅”之琳琅，《離騷》之“雜申椒以菌桂兮，豈惟紉夫蕙茝”等，無慮十數字，而其用義皆同。此不備舉。參幃字條。

　　佩玉乃古之定制，而佩芳則民間之風習。宋人猶有簪花之習，明清人甚行香囊之制。江離、蘭、芷、蕙若之佩，是否楚俗，抑屈子喻言，不甚可知。而吾先民喜以芬芳自飾，固不可否定，然未必有定制也。故佩芳一事，在可釋與不可釋之間。佩玉則先秦通習，有不能不詳爲一言者，按《説文》“佩大帶佩也。從人，從凡、巾，佩必有巾，巾謂之飾”。段注“大帶佩者，謂佩必繫於大帶。古者大帶有革帶，佩繫於革帶，不在大帶。何以言大帶佩也，革帶統於大帶也”。按《詩》“雜佩以

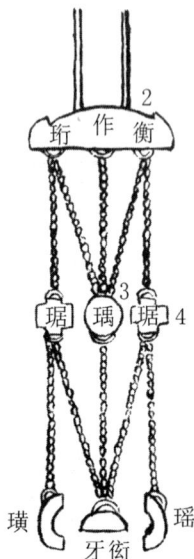

注1原注云，此繫佩之帶名禔，上屬於革帶。《爾雅》云"佩衿謂之禔見也。"注云"二屬，圖作一條組綬，非組綬自是下懸玉之組也。江氏慎修亦誤。"

注2原圖作長方形，非也。以古玉實物證之，當從《古玉圖譜》。

注3黃氏原圖凡七玉相連屬，皆作組綬形，圖譜皆作珠形。雖皆各有依據，然《大戴記》明言玭珠以內其間，則作貫珠爲是。

注4黃氏琚作正方形，圖譜四角微缺，作✚。

贈之"，《毛傳》云"珩璜琚瑀衝牙之類"，此分別佩玉言之也。《釋名》有珠，有玉，有容刀等，則就一切佩物言之也。佩分左右，則曰交佩。詳交佩條下。字又作珮，"瓊佩"。朱本引一本作珮。《九章·涉江》"被明月兮珮寶璐"，又《悲回風》"撫珮袵以案志"，兩處用珮字，蓋漢人所爲專別字也。今《説文》失收（按慧琳《一切經音義》三十二卷珮注引《説文》珮所以象德也，從玉，凬聲。又九十四卷珩珮二字連用，引從玉，行凬亦聲。《文選·東京賦》"珮有行容句"。薛注云"珮以制容"。與慧琳引《説文》義類則《説文》當有從玉之珮矣）。佩之制，《大戴禮·保傅》篇言之最詳。曰"佩玉上有蔥衡，下有雙璜，衝牙玭珠，以納其間，琚瑀以雜之"。注"衡，平也。朱璧曰璜，衝在中，牙在傍，玭珠納於衡璜衝牙之間。玭亦作蠙，總曰玭珠。而赤者曰琚，白者曰瑀，或曰瑀美玉，琚石次玉"。參以《玉藻》所言，則佩玉之制度作用，佩法等，皆可得大全。晉安黃世發《群經冠服圖考》，集諸家之説，定爲《佩玉圖》，其説與近世所見戰國佩玉合。茲據之並參《古玉圖譜》用福開森（John Calvin Ferguson）《中國藝術綜覽》（Survey of Chinese Art）一書所摹《白玉瑀文全佩圖》，補其關鍵性數端，并説明之如次。

其他具體解釋，皆各依上下文説之。叔師注，大體明白，無他可申言。

惟屈宋文中有一種修辭法，爲歷來注釋諸家所未注意，即雙關語是也。《離騷》、《九章》中佩芳佩玉之佩，往往含有輔佐之義，此配字之雙關語也。如"昔三后之純粹兮，固衆芳之所在；雜申椒以菌桂兮，豈惟紉夫蕙茝"。紉即紉秋蘭以爲佩之紉，言三后之所配，不僅於蕙茝之小草，且有椒桂之大材也。又如"何瓊佩之偃蹇兮，衆薆然而蔽之"，此屈子自比於瓊佩，爲衆人所蔽；亦言己爲君之好佐，而爲人所厄也。"椒專佞以慢慆兮，樧又欲充夫佩幃"，亦言椒既專佞在於君側，而樧亦欲競進於位也。"惟兹佩之可貴兮，委厥美而歷兹"，與瓊佩偃蹇義同。《惜往日》言"自前世之嫉賢兮，謂蕙若其不可佩"之義更爲明白。而漢人賦中，則多承襲爲比喻辭之義，雙關作用遂少，此亦易世之異，爲吾人所當知者也（俞樾有《玉佩考》徵引古説最詳悉，論戰國以後歷代佩制，亦有可取。惟圖不可用。見《春在堂全集》及《續清經解》千三百五十卷）。

帷

《九歌・湘夫人》"罔薜荔兮爲帷"。王逸注"言結薜荔爲帷帳。在旁曰帷"。按帷字又見《招魂》云"翡帷翠帳，飾高堂些"，又《九歎・愍命》"蔡女黜而出帷兮"。又《遠遊》"張絳帷以襜兮，風邑邑而蔽之"，《九思・憫上》"鶇集兮帷幄"，義皆相同。按《説文・巾部》"帷在旁曰帷"，即洪氏所引文也。"從巾，隹聲。𢁬，古文帷"。大徐洧悲切。《廣雅》"帷帳也"。《釋名》"帷圍也，所以自障圍"。《急就篇》"蒲、蒻、藺、席、帳、帷、幢"。顔注"在旁蔽繞謂之帷"。《詩》"漸車帷裳"。《正義》云"以帷障車之旁，如裳以爲容飾"。《周禮・幕人》"掌帷幕幄帟綬之事"。注云"在旁曰帷，在上曰幕"。依諸故説，帷乃圍於四方之幔，其上無頂者，如今之帳去其頂也（《三禮圖》以四旁及

上曰帷，恐未允）。今世以一切旁繞之物皆曰帷。如帷裳、帷裙、帷腰、
棹帷皆是。帷有上頂曰帳，上下四旁悉用則曰幄。幄，大帷也。古文囸，
正象其形也。主要使用於床笫。"罔薜荔以爲帷"，"蔡女黜而出帷兮"
皆是。亦施之於堂室爲飾，《招魂》"翡帷翠帳，飾高堂些"，是也。

帳

《招魂》"翡帷翠帳，飾高堂些"。王逸注"言復以翡翠之羽，雕飾
幬帳，張之高堂，以樂君也"。按《説文·巾部》"帳張也。從巾，長
聲"。大徐知諒切。《釋名》云"帳張也。張施於床上也"。顏注《急就
篇》"自上而下覆之曰帳"。然古人不定以指在床者，《招魂》即其一例。
《淮南·道應訓》"齊伐楚市偷請爲君行薄技，乃夜齊將軍之幬帳而獻
之"。漢舊儀祭天有紺幄帳。《東都賦》"供帳置乎雲龍之庭"。

禮

《離騷》"雖信美而無禮兮"。王逸注云"宓妃雖信有美德，驕傲無
禮，不可與共事君"。補曰"此孔子所謂隱者，子路所謂潔身亂倫"。朱
熹《集注》"言宓妃驕傲淫游，雖美而不循禮法"。戴震云"求之不得而
夕歸，因言所遇者，大致驕傲淫游，不崇禮數，是以棄之，而來更求他
處也"。按上文言宓妃"夕歸次於窮石，朝濯髮於洧盤"。窮石乃后羿遷
地（見《左傳》襄四年）。《天問》言"帝降夷羿，革孽夏民，胡射乎
河伯，而妻彼洛濱"。洛濱即伏妃，則南楚説宓妃曾與有窮后羿通淫，
故曰無禮。

《説文》"禮，履也。所以事神致福也"。又豐部豊，行禮之器也，
以豆象形，則豐禮爲一字，特豐祁文，禮則後起分別文，且兼會意矣。
海寧王國維曰"案殷虛卜辭有豐字，其文曰'癸未卜貞醴豐'《殷虛書契
後篇》卷下第八葉。古玨珏同字，卜辭有珏字，作丰半羊三體，則豐即豐

矣。又有凷《前篇》卷六第三十九葉。及㘫字，《後篇》卷下第二十九葉。此二字即小篆豐字所從出之凷，古凵凵一字，知凷可作㖀㗊矣，豐又其繁文，此諸字皆象二玉在器之形，古者行禮以玉，故《説文》曰'豐行禮之器'。其説古矣。惟許君不知㸽字即珏字，故但以從豆形象解之。實則豐從珏，在凵中。從豆乃會意字，而非象形字也。盛玉以奉神人，禮器謂之㸽，若豐。推之而奉神人之酒醴，亦謂之醴；又推之而奉神人之事，通謂之禮，其禮當皆用凷若豐二字，亦分化爲醴禮二字，蓋稍後矣"。按王説極確。然經傳無用豐字者，又古有借禮爲醴者，《論語》"享禮有容色"是也。奉玉以祭神，謂之禮，與以柴祭天謂之禜，以事類祭天謂之襘，其用意蓋同。"王者所以禮天地四方"。見《周禮》。"凡大祭祀，大旅及賓客之事，共其玉器而奉之"。見《周禮》。玉必有孔，故或貫二三塊爲之。蓋爲一切奉神人必不可缺之品，爲一切儀則之寓寄。

蓋太古之民，資生之術，皆以石爲工具，狩獵以爲食，耕種以爲穀，禦寒除害，莫不利賴，時以佩諸身，自童子而習之，蔚爲崇奉之盛。及人事益繁，工具日新，銅鐵之利既興，奉石之念未衰，遂移其事於風習禮儀之中，典型猶存，意義漸失，古以爲純樸之用者，今遺而爲繁縟之飾，寖假而象徵全失。禮家定儀，亦莫能詳其始矣。

豐者蓋太初人民，以其獵耕之具，置簠簋盂豆之中，以上奉天人祭用之，會用之，享賓用之，而酒以成禮，遂於豐中加既實之爵禫，一以表其儀則（酒），一以達其悃欵（玉）。後此遂爲禮儀。禮儀之發展，大體皆可作如是觀也（餘詳余《釋禮》一文）。

禮儀之繁，春秋以來以北土爲盛，此時之禮，已漸擴大其作用，爲一切儀型之準則，祭祀、朝會、聘享、冠、昏、喪服之爲禮固矣。寖假則人倫交往之儀則，言語笑貌行止之規范，及一切社會風習之典型，皆可曰禮。至戰國而禮與理之義更相交融，遂成爲民族維繫一切人與人、人與神，天人相與之關係，乃至衡人之標準，亦在乎是。故屈子以宓妃夕歸次於窮石爲違禮，而《九歌》之祀鬼亦曰禮魂。其原始意義，蓋不過如此。故略爲説之如次。參前附圖版古玉器自能知之。

被服

古成語。本指衣被服用之義，引申之則爲包被，服之也。《國語·周語》"夫服被之矣"。韋昭注"被被服也"。短言則曰被，曰户，曰扈，長言之則曰被服。《離騷》"澆身被服强圉兮"言澆强圉多力，如被服之於身也。《説文》"被寢衣也。長一身有半"，則被服猶被衣矣。此作動詞用，則被猶光被四表，被周其身，周其事物，皆可曰被也。服本服事字，借爲衣服。此服與被連用，則亦借作動字用，有衣著之義。則被服者，猶今俗言褓襖，被服一聲之轉，則曰户服。《離騷》"户服艾以盈要兮"，言被服白蒿滿要皆是也。詳户字下。

户服

《離騷》"户服艾以盈要兮，謂幽蘭其不可佩"。王逸注"言楚國户服白蒿滿其要帶"。説未當。户服即被服一聲之轉，户被也。詳户字下。

奇服

《九章·涉江》"余幼好此奇服兮"。王逸注"奇，異也，或曰奇服好服也"。朱云"奇服奇偉之服，以喻高潔之行"。按《周禮·閽人》"奇服怪民不入宫"，注"衣非常"，與此異撰。此奇服即高冠長佩之屬。故朱熹以奇偉説之是也。《招魂》云"被文服纖，麗而不奇"。王注"不奇奇也"。又以不爲語詞，即本涉江義是也。又《大招》"靨輔奇牙"，謂其牙之可驚異。古言牙以大而平列整齊爲貴，則奇牙正謂大而齊如編貝也。《遠遊》"奇傅説之託辰星兮"，言傅説死而爲神，在天爲辰星，可奇異也。《九辯》"閔奇思之不通兮"，王注"忠策"，五臣申之"言奇思謂忠信"。按此説文義，非詁字義也。此篇首言"蕙華曾敷"，殊不知無異於衆芳；繼言"閔奇思之不通兮，將去君而高翔"奇思不通者，當指侍從懷王，入爲憲令，出對諸侯，與兩使於齊諸事，皆以理論言詞，效其忠信之事。理論言詞者，固思想之表現也。故曰"奇思"。王以爲忠策，體會文心至爲細密，不可易也。

羔裘

《九思·遭厄》"士莫志兮羔裘"。《舊註》"言政穢則士貪鄙，無有素絲之志，皎潔之行也"。按《召南·羔羊》"羔羊之皮，素絲五紽；退食自公，委蛇委蛇"。傳"小曰羔，大曰羊，素白也。古者素絲以英裘，不失其制，大夫羔裘以居"。疏"大夫羔裘以居。謂居於朝，非居於家也"。《論語》"狐貉之厚以居"。注云"在家所以接賓客"，則在家又服羔裘矣。《論語》注又云"緇衣羔裘諸侯視朝之服，卿大夫朝服志羔裘，唯豹袪與君異耳。明此爲朝服之裘，非居家也"。《九思·遭厄》舊注，無素絲之志，蓋用《召南·羔羊》毛傳說也。按羔裘卿大夫以上之朝服，《詩·鄭風》"羔裘如濡"。箋云"緇衣羔裘，諸侯之朝服也"。《唐風》"羔裘豹袪"。箋云"在位卿大夫之服也"。《檜風》"羔裘逍遥"。箋云"諸侯之朝服"。"緇衣、羔裘"是羔裘，乃君臣視朝之通服也。又《玉藻》"羔裘豹飾，緇衣以裼之"。注云"卿大夫助祭於君之服"。

豹飾

《招魂》"文異豹飾，侍陂陁些"。王逸注"豹猶虎豹，陂陁長陞也。言侍從之人，皆衣虎豹之文，異采之飾，侍君堂隅，衛階陛也。或曰侍陂池。謂侍從於君遊陂池之中，赫然光華也"。"陁一作陀"。洪興祖補曰"《詩》'羔裘豹飾'"。按原本《玉篇·自部》引此文，與今同。《詩·鄭風·羔裘》"羔裘豹飾"。《毛傳》"緣以豹皮也"。《詩》言豹飾、豹袪、豹襃，皆飾於羔裘者，見於《鄭風》、《唐風》、《檜風》。羔裘，卿大夫以上之服，允如叔師之説。則服之者，乃侍從之人，而非卿大夫，不知世變益奢歟？抑楚習與三晉齊魯異歟？“文異豹飾，侍陂陁些”，作一句讀。言文采異者，乃豹飾也。豹飾之侍者，侍之於陂陁之間也。文異豹飾一事而遞進言之，猶蘭薄戶樹，乃戶樹蘭叢也。別參文異豹飾句條。

文異豹飾

《招魂》“文異豹飾，侍陂陁些”。王注“豹猶虎豹”。又曰“言侍從之人，皆衣虎豹之文，異采之飾，侍君堂隅”。洪補“《詩》云‘羔裘豹飾’”。按依王注洪補則此句當作文豹異飾。聞一多舉《莊子·山木篇》“夫豐狐文豹，棲於山林……”爲證；又引原本《玉篇·㿝部》，引與今本同，則誤自六朝已然。大足徐仁甫曰“文異豹飾，蘭薄戶樹，吳汝綸、聞一多皆謂當作文豹異飾。按《楚辭》文法，變化雖大，然自有規律可尋。如此二句皆結構倒裝，與《詩·崧高》‘謝於誠歸’。箋云‘誠歸於謝同’。文異豹飾，謂豹飾異文也；蘭薄戶樹，謂戶樹叢（薄）蘭也。此誤，詳蘭薄條。吳聞拘於古者多言文豹，不知此處非言文豹，乃謂侍從之人之衣爲豹飾（《廣雅·釋詁》‘斐飾也’）。異文耳”。按徐説較允當。

袿

《九懷·蓄英》“修余兮袿衣”。王逸注“整我衿裳，自結束也。修一作脩”。洪興祖《補注》“袿音圭。《廣雅》‘袿長襦也’。《釋名》‘婦人上服曰袿，其下垂者，上廣下狹，如刀圭’”。按《説文》無袿字，故洪引《廣雅》釋之也。《禮·雜記》鄭注“六服皆袍制不襌，以表紗裏之，如今袿袍，襈重繒矣”。《正義》曰“漢時有袿袍，其袍下之襈，以重繒爲之”。其字《周禮·內司服》注作圭，《漢書·江充傳》注亦作

圭，則袿乃漢時衣也。《九懷》袿衣，即周時制，不得援《釋名》婦人
六服解之也。叔師以袗裳釋之，袗者玄衣也。《孟子》趙岐注“袗畫也。
被畫衣黼黻緒繡也”，孫星衍《尚書疏證引》云《說文》“袗玄服”，以
玄衣加繪繡也，則與《廣雅》之長襦合，漢人袍袥即襦之長者。

褋

《九歌·湘夫人》“遺余褋兮醴浦”。王逸注“褋襜襦也。屈原託與
湘夫人共鄰而處，舜復迎之而去，窮困無所依，故欲捐棄衣物，裸身而
行，將適九夷也”。五臣云“褋禮襜袖襦也。袂褋皆事神所用”。洪興祖
《補注》“褋音牒。《方言》曰‘襌衣。江淮南楚之間謂之褋。捐袂遺褋，
與捐玦遺佩同意’”。按《說文·衣部》“褋，南楚謂襌衣曰褋，從衣，
枼聲”。（篆原作褋誤）《方言》“襌衣江淮南楚之間謂之褋，關之東西謂
之襌衣”。《釋名》“襌衣言無裏也，荊州謂襌為布襦”。則褋義當以襌衣
為是。屈子正南楚人也。叔師以襜襦失之大體，叔師釋《九歌》大義多
牽入屈子本身，因欲調和文義，故多強附之說，五臣亦用此義，皆失之
遠矣。此篇乃湘夫人對湘君之詞，後段乃歌之和唱，《湘君》篇“捐余
玦兮江中，遺余佩兮醴浦”，與此“捐余袂兮江中，遺余褋兮醴浦”，正
成相對。君子有雜佩，故以玦佩捐之；婦人無雜佩，故捐袂褋以對之。
此正男女對歌之常習也。洪補引《方言》，朱子從之，皆至當。而仍以
捐褋歸之屈子，則仍與叔師說無根本差異，皆不可從。又按戴震以為
“惟王逸以為襜襦，殆非也”，顏師古《急就篇注》“襜襦直裾襌衣”。
《釋名》云“荊州謂襌衣曰布襦，亦曰襜襦”，則其義蓋漢唐人之變也。

荷襉

《九辯》“被荷襉之晏晏兮，然潢洋而不可帶”。《注》云“襉祗襉
也，若襜褕矣”。洪補“襉音刀。《說文》‘祗襉短衣’。《方言》‘汗襦。

自關而西謂之祇裯’”。注云“裯帷帳也”。徐鼐《讀書雜釋》卷十二云“按《詩·小星》‘抱衾與裯’”。箋云“牀帳也”。《疏》引《鄭志》曰“今人名帳爲裯”。《方言》“襜褕，江淮南楚謂之襌襦”。襌襦即童容之異體。《詩·氓》“漸車帷裳”。箋云“帷裳童容也”。然則帷帳之若襜褕，以其有類於直裾之衣也，説亦非無可據，但下文“然潢洋而不帶”，注云“言以荷葉爲衣貌雖香好，然浩浩蕩蕩而不可帶，又易敗也。以喻懷王自以爲有賢明之德，猶以荷葉爲衣必壞敗也”，則是注意本不作帷帳也。後檢舊刻《楚辭》注本作裯，祇裯也，若襜褕矣。乃知俗刻之謬。《廣雅·釋器》云“襌襦祇裯襜褕也”，與此注正合。若如《説文》“祇裯短衣”之訓，則注文若襜褕矣，當作若襜襦矣。《方言》第四“汗襦。按郭注云《廣雅》作褕，則襜襦似亦可作襜褕。江淮南楚之間謂之襜；自關而西，或謂之祇裯；自關而東，謂之甲襦。陳魏宋楚之間謂之襜襦，或謂之襌襦”。亦其證也。按裯自是汗襦，洪補已明，而短衣祇裯，與汗襦皆可謂之襜褕，自是漢以後人通言也。

衽

《離騷》“跪敷衽以陳詞兮”。王逸注“衽，衣前也”。洪補曰“《爾雅疏》云‘衽，裳際也’”。又《哀時命》“左袪挂於榑桑，右衽拂於不周”。按《説文·衣部》“衽衣衿也。從衣，壬聲”。大徐如甚切。《玉篇》“衽裳際也。衣衿也”。《蒼頡解詁》“衽謂裳際所及交列者也”。《釋文》“衽襜也。在旁襜襜然也”。桂馥曰“昭二十五年《公羊傳》‘以衽受’。何云‘衽衣下裳’”。戴君震曰“《禮》、《玉藻篇》‘衽當旁’。鄭注云‘衽謂裳幅所交裂也……衽屬衣，則垂而放之，屬裳則縫之，以合前後，上下相變’”云云。按深衣則衽屬於裳。參服字條下，所繪《深衣圖》。朝服、祭服、喪服，則衣與裳不縫合者，裳爲帷裳，則衽在屬於衣。參衣裳條所附圖自明，無庸多説。《離騷》“跪敷衽以陳詞”句，古人席地而坐，所謂跪者，雙膝平列著地，而股不在脛，腰直立，則著深衣者，敷衽指展裳邊際之衽，使衣裳上下不相牽連，若所著爲朝服、祭服，則展屬上衣之衽，以端其容儀。就上下文定之，則所著以朝服爲允。至《哀時命》則設想之詞也。

襟

《離騷》"攬茹蕙以掩涕兮，霑余襟之浪浪"。王逸注"衣眥謂之襟"。洪補"《爾雅》衣眥謂之襟。襟交領也"。按《説文》無襟字。《爾雅·釋器》"衣眥謂之襟"，郭注"交領"。《玉篇》"襟同衿"。按徐顥《説文箋》云"許云衿衣袊也，袊交衿也"，其義自明。衣前袊內外相交，故謂之交衿，何得以掩裳際之衽當之，此駁段玉裁説也。《毛傳》、《方言》作衿，乃假借字。故漢石經作袊。《爾雅》作襟，則袊之別體也。其訓爲交領者，《顏氏家訓》謂"古者斜領下連於衿，故謂領爲衿"是也。《爾雅》之衣眥，洪氏頤煊疑爲衣前之譌，似是也（參服字條下深衣圖自知）。《騷》言"霑余襟之浪浪"，言淚下霑於交衿之處也。若依《爾雅》衣眥釋之，則當依徐氏引《家訓·書證篇》言，自領袊斜下至衽，皆謂之領以解之，則《爾雅》、《毛詩》、《鄭風》、《子衿》、《毛傳》交領之説，亦可通。

袪

《哀時命》"左袪挂於榑桑，右衽拂於不周"。按《説文·衣部》"袪衣袂也。從衣，去聲"。《詩·鄭風·遵大路》、《唐風·羔裘》傳皆曰"袪袂也"。段曰"袪有與袂析言之者，深衣注'袪袂口也'。《檀弓》注'袪袖緣口也'"。《楚辭》只此一用，未能明如何。參服、衣裳二條下自明。

長袂

《大招》"長袂拂面，善留客只"。王逸注"袂，袖也。拂，拭也。言美女工舞揄其長袖，周旋曲折，拂拭人面，芬香流衍，衆客喜樂，留不能去也"。按袂袖也。詳袂字條下。楚女婦衣著，今可考見者，以長沙繒帛畫爲顯。參看服字條下自知。

袂

《九歌·湘夫人》"捐余袂兮江中，遺余襟兮醴浦"。王逸注"袂，衣袖也"。補曰"袂，彌蔽切"。按《説文·衣部》"袂，袖也。從衣，夬聲"。大徐彌弊切。《釋名》"袂掣也，掣開也。開張之以受臂屈伸也"。《易·歸妹》六三"其君之袂，不如其娣之袂良"。王云"袂衣袖，所以爲禮容者也"。宣十四年《左傳》"投袂而起"。杜注"袂袖也"。

絇

《九思·悼亂》"冠屨兮共絇"。《舊註》"上下無別"。"屨一作屧"。洪興祖《補注》"絇具于切。鄭康成云‘絇謂之拘，著爲屨頭，以爲行戒’"。按《説文·糸部》"絇纑絇也。從糸，句聲，讀若鳩"。大徐其俱切。《周禮·屨人》疏"絇謂屨頭以條爲鼻"。《曲禮》上疏"用物穿屨頭爲絇"。《曲禮》下疏"絇爲拘，著屨頭以容受繫，穿貫也，其屈之形似漢時刀衣鼻也"。《儀禮·士喪禮》"綦結跗連絇"。注"絇屨驪飾。如刀衣鼻，在屨頭上，以餘組連之，止足坼也"。古冠禮有青絇、緇絇、黑絇。《玉藻》曰"童子不屨絇"，則絇爲屨飾至明。《説文》以爲纑繩者，段氏曰"纑者布縷也，繩者索絇糾合之若纑若繩之合少爲多"。皆是也。《九思·悼亂》言"冠屨共絇"謂冠與屨所用之組帶之屬相同，上下不別也。古人重上下之別，故叔師以茅絲同綜，冠屨共絇爲歎也。

屜

《九思·悼亂》"垂屜兮將起，跱竢兮碩明"。《章句》無注。垂，《釋文》作弤，測夾切。洪興祖《補注》"屜所爾切"。按《說文》無屜字。《玉篇》"履也。亦作躧，鞭，所倚所解二切"。《說文·足部》"躧舞屨也。從足麗聲"。字或從革，作䩈。《燕策》"燕趙之棄齊，猶釋弊躧"。《史記·封禪書》"吾視去妻子，如脫躧耳"。又革部鞭，鞮屬，從革，徙聲，并所綺切，與屜并通。

佩幃

《離騷》"椒專佞以慢慆兮，樧又欲充夫佩幃"。王逸注"幃盛香之囊，以喻親近。言子椒爲楚大夫，處蘭芷之位，而行淫慢佞諛之志，又欲援引面從不賢之類，使居親近無有憂國之心，責之也"。五臣云"子椒列大夫，位在君左右，如茱萸之在香囊，妄充佩帶而無芬芳"。按《離騷》又云"蘇糞壤以充幃兮，謂申椒其不芳"。王注"幃謂之縢，縢香囊也。"按《說文》"幃囊也"。大徐許歸反。段注云"凡囊皆曰幃曰帴"。按《思玄賦》"纕幽蘭之秋華兮"。李善注云"《說文》曰'繫幃曰纕幃一名緣'。《爾雅》曰'婦人之幃謂之縭'。今人香囊，在男曰幃，在女曰縭。然則縭者，即繫囊之繩也"。按李注與郭注同。今本《爾雅》作褘。孫炎注《爾雅》，則以褘爲帨巾，則段氏幃字注以爲與《爾雅》褘字無涉。舉《士昏禮》、《詩》"親結其縭"，《毛傳》爲證，以爲景純注非，而謂"許以囊釋幃，斷非《釋器》及《毛詩》之幃，然後人多援以說此幃，至誤"。徐氏《通介堂經說》論之尤詳。可參。

幃香囊，自漢而後，似最爲盛行。繁欽《定情詩》"何以致叩叩，香囊繫肘後"，則佩戴之處所，固不與古同。晋謝玄少好佩紫羅香囊，

《北堂書鈔》引劉義《七啟》承賜金縷琥珀茱萸囊。《通鑑》"蕭寅遣人殺王山沙於路。吏人於麝膡中得其事"。注云"囊可帶者曰膡，以盛麝香"。猶今之香袋。史不絕書，其習蓋自古而然，而後世轉盛也。餘詳佩字條下。

縷

《招魂》"秦篝齊縷，鄭綿絡些"。王逸注"縷綫也"。《説文·糸部》"縷綫也。從糸，婁聲"。大徐力主切。《急就篇》"鍼、縷、補、縫、紩緣"。師古曰"縷緣也"。《孟子》有布縷之征，趙注"紩鎧甲之縷也"。《管子·侈靡》"故爲禱，朝縷綿"，注"帛也"。單言縷，則曰綫，言縷綿，則指帛言。其義至明。然《招魂》之縷，則借作褸。《吕氏春秋·明理篇》注云"繩褸格繩也"。後《直諫篇》注作縷格，畢氏校本云"褸格即縷絡"。《方言》"絡謂之格"。義得通也。按《説文》"褸衽也"。《爾雅》"衣梳謂之祝"。郭注"衣縷也。齊人謂之攣"。《釋文》"縷又作褸"，是縷即褸也。《方言》"褸謂之祜，稍謂之祜"。《唐風·揚之水》鄭箋"繡當爲綃"，綃黼丹朱中衣，中衣以綃黼爲領，綃與綃同。《廣雅》"祜衽謂之褸"，祜即《説文》之幗，領耑也。古者斜領，下連於衽，故謂領爲衽，是綃祜、衽、衽、縷，其物相連，故稱名相通也。考長沙所出木俑絹畫等，其衽皆特製，與服色不同，如今人言大鑲袞者然。則齊縷者，蓋齊人善爲領衽，故言秦土人之上衣，而以齊人之領綴之也。參圖片自知。

纕

《離騷》"既替余以蕙纕兮，又申之以蘭（原誤攬）茝"。王逸注"纕佩帶也"。洪興祖補曰"纕息羊切"。又"解佩纕以結言兮，吾令蹇修以爲理"。王逸注"纕佩帶也"。洪興祖《補注》曰"《洛神賦》云

'願誠素之先達兮，解玉佩而要之'．亦此意"．朱熹《集注》同．又
《九章·悲回風》"糺思心以爲纕兮，編愁苦以爲膺"．王逸注"纕佩帶
也"．一作瓖．洪氏補曰"瓖，玉名．一曰馬帶玦"．按《楚辭》纕字多
見，皆與佩字組合成一詞．故王逸皆訓佩帶是也．其作瓖者，《晋語》
"亡人之所懷挾嬰瓖"．注"馬帶瓖"．《悲回風》以纕膺兩事，分上下兩
句言，即《東京賦》之"鉤膺玉瓖也"則人佩之帶，與在馬之帶，同名
曰纕也．戰國以前古書惟此四見，其二見於屈賦，其一見於漢賦，則謂
纕之訓佩帶，爲楚人故言，故獨楚人用之，漢人則擬古者也．《説文》
訓纕爲"援臂"，與此渺不相涉．不足以供援據也．

帛

《九歎·怨思》"情素潔於紐帛"．王逸注"言己放棄，雖無有思之
者，然猶重行誠信，無有違離，情志潔淨，有如束帛之"．按《説文·
帛部》"帛繒也．從巾，白聲．凡帛之屬皆從帛"．今俗或讀如平聲，
《説文》大徐旁陌切．"糸部曰'繒，帛也'"．顏師古《急就篇》注
"帛總言諸繒也"．按帛乃繒縑之通名，生帛曰素，素謂之縞．湅其素而
暴之則爲熟帛．熟帛曰練，繒之有文者爲錦．錦之文纖縟者爲玉錦，其
素者謂之素錦，綃繒名．魯詩以爲綺屬，綺亦錦之類也．《楚辭》帛類
字之重要而可徵者，大抵如是，故著之於此．帛以絲爲之．近世考古，
殷虛已有絲屬，戰國出土益多．長沙有帛畫繒書，飲食器上多有絲製品
之冪．《長沙考古發掘報告》所載至詳悉，可參考．

縹

《九懷》"翠縹兮爲裳"．王逸注"衣色瓖瑋，耀青蔥也"．洪興祖
《補注》"縹，疋沼切．帛青白色"．按洪補據《説文》也，見糸部，
"從糸，覞聲"．大徐敷沼切．顏注《急就篇》曰"《釋名》縹猶漂之淺

青色也，有碧縹，有天縹，有骨縹。各以其色所象言之也”。《九懷》翠縹，即《釋名》之碧縹也。又《文選序》“名溢於縹囊”，五臣注“縹青白色”。李善曰“縹綠色而微白也”，則亦言綠色矣。《七啟》乃有“春清縹酒”，注“綠色而微也”，則指酒色言。

珮袵

《九章·悲回風》“撫珮袵以案志兮，超惘惘而遂行”。王逸注“整飭衣裳，自寬慰也”。洪興祖《補注》“袵衣裣也。音稔。案抑也，與按同”。朱熹《集注》云“袵，裳際也”。按珮袵者，袵上所垂之珮玉也。珮皆在帶，帶維於裳，故曰珮袵。

綢

《九歌·湘君》“薜荔柏兮蕙綢”。王逸注曰“薜荔香草，柏榑壁也，綢縛束也。《詩》曰‘綢繆束楚’是也”。“柏一作拍，榑一作搏”。洪興祖補曰“綢儔叼二音”。按《說文·糸部》“綢繆也。從糸，周聲。“又“繆枲之十絜也，一曰綢繆。從糸，翏聲”。按依許說綢繆二字，一訓枲十絜，十絜枲爲繆，亦爲綢繆，一曰綢繆也。其實當依綢繆爲語根。蓋古疊韻聯綿也。聯綿字亦可分用，因二字分用，遂以義根說一字，其實未當。應云“綢繆也，枲之十絜也”。則語根與字義相協矣。《九歌》蕙綢，王注訓縛束者，引申義也。《爾雅·釋天》“素錦綢杜”，郭注“以白地錦韜旗之竿”云云。亦謂纏繞之也。《廣雅·釋詁》四“綢纏也”。古舌上歸舌頭，則綢音轉如韜，韜亦纏繞之也。《禮記·檀弓》“綢練設旐”。《史記·司馬相如傳》“靡屈虹以爲綢”，是也。重言之則曰綢繆。詳《詩騷聯綿字考》。

又按王讀蕙綢如綢繆字，故云縛束，戴震以爲韜，皆非也。與上下文詞氣不調，此文與蓀橈相屬，明爲舟上所施，則不得有束縛之義。按此綢讀當爲幬。《釋訓》"幬謂之帳",《釋文》"幬本又作幬",《詩》又作裯,《小星》"抱衾與裯",《箋》"裯牀帳也",《正義》引鄭志答張逸問,曰今人名帳爲裯,雖古無,名被爲裯。《説文》云'幬禪帳也',凡此諸文,實一物也。楚亦謂帳爲幬,與漢人語同耳。劉成國釋搏壁在釋牀帳中,帳與搏壁以類而舉也。《招魂》曰"蒻阿拂壁,羅幬張些",與此相同,則蕙綢猶言蕙幬矣。

縞

《招魂》"纂組綺縞,結琦璜些"。王逸注"言幬帳之細,皆用綺縞"。五臣云"縞練也"。按《説文》"練涑繒也"。段曰"涑繒汰諸水中,如大采然。《考工記》所謂涑帛也。已涑之帛曰練。《禹貢》'厥篚元纖縞'。傳'縞白繒也'。又《説文·糸部》'縞素白緻繒也(今本誤作鮮色也)。從糸,高聲'。《廣雅》'繁總鮮支縠絹也'。李善注《子虛賦》'縞鮮支今所謂素'"。《九章·惜往日》"思久故之親身兮,因縞素而哭之"。王逸注"因爲變服,悲而哭之也"。補曰"縞音杲。《説文》云'縞素白緻繒'"。洪引《説文》素字之訓。

素白緻繒,則縞字誤增,則縞素二字一義。別詳素字下。古非喪不全素,故文公變服全素以哭介子也。縞素古籍多連文。《詩·出其東門》"縞衣綦巾",傳"白色男服也"。

綺縞

《招魂》"纂組綺縞,結琦璜些"。五臣云"縞,練也"。洪補"綺文繒也。縞音杲,素也。一曰細繒"。按《説文·糸部》"綺文繒也。從糸,奇聲"。大徐袪彼切。文繒者,謂繒之有文也。段氏曰"文者錯畫,謂这遣其介畫,繒爲这遣方文,謂之文綺"。《釋名》"綺敧也。其文敧邪,不順經緯之縱橫也。有杯文,形似杯也;有長命,其彩色相間,皆横終幅,此之謂也。言長命者,服之使人命長。本造意之意也。有棋文者,方文如棋也"。按劉國平就漢以來繒制言之也,戰國是織繒,長沙出土曾有之,但未得寓目,不敢必其如劉氏所言也。桂氏《義證》考之甚悉,汪大鐸《梅村先生集》有《釋帛》一篇,可參。

纂

《招魂》"纂組綺縞,結琦璜些"。王逸注"纂組綬類也"。洪補曰"纂,昨管切,似組而赤。《禮記》有纂組綬"。按《説文·糸部》"纂似組而赤。從糸,算聲"。大徐作管切。組之色各端,似組而赤者曰纂。《齊語》"縷纂以爲奉"。韋注"纂織文也"。《淮南子·修務訓》"梱纂組,雜奇綵,抑黑質,揚赤文"。

紉

《離騷》"紉秋蘭以爲佩"。王逸注"紉,索也"。洪興祖《補注》"紉,女鄰切。《方言》曰'續楚謂之紉'。《説文》云'繟,繩也'"。朱熹《集注》"紉女陳反,續也"。又"豈惟紉夫蕙茝"。王逸注"紉索也"。又《惜誓》"并紉茅絲以爲索"。王逸注"單爲紉,合爲索"。又《九懷·通路》"紉蕙兮永辭"。王逸注"結草爲誓長訣行也"。又《九歎·惜賢》"紉荃蕙與辛夷"。王逸注"結桂枝索蘭蕙,脩善益固,德行彌盛也"。紉字《楚辭》此五見,其義一也,皆訓索,訓續。《説文·糸部》"紉繟繩也(從段説)。從糸,刃聲"。《太平御覽》引《通俗文》曰"合繩曰糾,單展曰紉,織繩曰辮,大繩旦縆"。釋玄應引《字林》單繩曰紉,單對合言之。凡言綸、言糾皆合,三股二股爲之,紉則單股爲之。《玉篇》曰"紉繩縷也,展而續之"。《方言》"繼剿續也。楚謂之紉"。(詳下)則紉乃南楚方言。故《離騷》曰"紉秋蘭以爲佩"也。《惜誓》、《九懷》、《九歎》皆倣《騷》爲之。賈誼有弔屈之作。劉向本楚人，王襃亦一時楚辭大家，故其詞多依傚屈子云。

又考《方言》亦“擘楚謂之紉”。郭補“今亦以綫貫針爲紉”。原本《玉篇》紉下云“《方言》‘劑續也，楚謂之紉’”。戴震因謂《方言》續字當是誤蒙上條。王國維以爲與上文當是一條，而擘字爲衍文。《説文段注》引《方言》亦作“繝續也，楚謂之紉”。然擘字之用，至今西南諸地尚以績麻爲擘之説。考《説文》“紉單繩也”。《太平御覽》引《通俗文》“合繩曰糾，單展曰紉”。釋玄應引《字林》“單繩曰紉。凡言綸、言糾，皆二三股爲之，紉則單股爲紉”。《玉篇》云“胡繩縷也，展而續紉也”。紉以緝續而成繩。故《方言》以爲續也。此本楚方言，而《離騷》、《招魂》用之爲動字，則謂縫綴之也。又“紉秋蘭以爲佩”，《文選》尤本紉作紐。六臣本校云“逸作紐”，五臣作紉。下“豈維紉夫蕙茝”，校語同。按北魏孝文帝弔比干文云“紐蕙芷以爲裳”，則襲此文。則紉誤爲紐，久始於六朝矣。朱注女陳反，洪補女鄰切。則《楚辭》自作紉。又下文“矯桂蘭以紉蕙兮”，《文選》各本盡作紉，蓋紐但以形近而訛耳。

縺

《離騷》“朝吾將濟於白水兮，登閬風而縺馬”。王逸注“縺，繫也，登神山，屯車繫馬而留止也”。“一作緤”。洪興祖補曰“縺音薛。《左傳》曰‘目負羈緤’緤馬韁也”。按洪采《説文》，引《左傳》羈緤，以説縺，緤正字，縺或亦字也。《説文》“緤，系也。從糸，世聲。《春秋傳》曰‘臣負羈緤。縺、緤或從枼’”。《詩·小戎》“竹閉緄縢”，《正義》引《説文》“系作緤”。《廣雅·釋器》“緤索也”。字又作緤。《論語》“雖在縲緤之中”，孔注“攣也’。《漢書·司馬遷傳》“幽於縲緤”，即《論語》之縲緤。師古注“緤長繩也”。縺之作緤，蓋始於唐諱，《五經文字》曰“緤本從世，緣廟諱偏傍，今經典并準式例變”。按避太宗諱改也。蓋自其形言之，則長繩曰緤；自其用言之，則繫之曰縺。其實一也。

緹緝

《九懷・昭世》"襲英衣兮緹緝"。王逸注"重我絳袍，采色鮮也"。"襲一作龍"。洪補云"緹音提，緝音習。《集韻》'緹赤色，緝緶衣也。七入切，又音妾'"。按緹緝一詞，漢以前惟見此一用，及《後漢書・應劭傳》"周宋愚夫，亦寶燕石，緹緝十重"。李注云"緝音襲，緹赤色繒也"。引《楚辭》此句注云"謂鮮明之衣"，義亦未審。《説文・糸部》'緹帛丹黄色，從糸，是聲"。大徐他禮切。紙或從氏。緝字，《説文正文》作緁，糸部"緁緶衣也，從糸，疌聲"。緝緁或從習。大徐七接切。《玉篇》"縫也"。《漢書・賈誼傳》曰"繫之表薄紈之裏，緁以偏諸"。師古曰"緁謂以偏諸緶著之也，若今以錦帶縫於衣緣也"，則赤帛之衣，而以錦帶爲緣，其鮮艷可知。桂馥《札樸》卷三云"洪氏補注'緝緶衣也'。馥謂此據《説文》爲説，《後漢書・應劭傳》'緹緝十重'，注云'緹緝謂鮮明之衣，與洪異'"云云，蓋未詳考耳。緶衣爲緝之本義。有緶縫之飾，與赤繒相配，而色澤鮮明，正其組合後新義。此漢詞發展之一例也。偏諸一詞，見《漢書・賈誼傳》、《晋書・摯虞傳》。《思遊賦》云"燕石緹襲以華國兮"。襲音雖與緝同，而緹襲則單指赤帛衣言，與緝字異義。

攝葉

《哀時命》"衣攝葉以儲與兮，左袪挂於榑桑"。王逸注"攝葉、儲與，不舒展貌。言己衣服長大，攝葉儲與，不得舒展"。洪補"攝之葉切，曲折也"。朱注"攝之葉反，一作僷，與攝反"。《玉篇》人部僷字下，引作"衣攝僷以儲與兮"訓之。則下文言衣之左袪挂於榑桑，右衽拂於不周，六合不足以肆行，則衣之廣大無邊無際，爲下三言所決定，則攝葉、儲與，不得言不舒展。又叔師注言衣服長大與不得舒展，亦不相調。六合句注“言己西行，則右衽拂於不周之山，以六合爲小，不足肆行，言道德盛大，無所不包也”。則不舒展非詁攝葉儲與詞義，乃謂六合過小，衣過大，則有所礙，不得舒展，正合下三句釋之也。言衣長大不得舒展，猶道德盛不足肆行之義，儲與之爲寬大行餘。别詳儲與下。攝葉之訓，尚當更定，不得以不舒展詁之也。按聯綿詞與某然、某如多通。攝葉葉字，爲喉音，應爲此一詞之音尾，其詞與攝然、攝如當相同。攝如見《韓詩外傳》“子路趨而出，改服而入，蓋攝如也”。《漢書・嚴助傳》“天下攝然，人安其身，自㠯身不見兵革”。孟康曰“攝安也”。則子路之攝如，謂改服而入舒和也。則漢初諸儒，固以攝爲安舒之象（攝之有振動不安者，則懾之借字）。《玉篇》録偞字以當葉，此六朝以來俗學，因誤解叔師不舒之義而增入，乃俗學俗字也。又張衡《羅韈賦》“禨躡蹀而容與”，傅咸《鬬雞賦》“或囁喋容與”，躡蹀、囁喋，亦即攝葉異文也，而與容與相連成文。容與决無不寬舒之義，則攝葉亦不得訓不舒也。合儲與一詞與此詞定叔師注文，當作攝葉儲與長大皃。至不舒展，則本在左袪挂於榑桑下，後人不知叔師本義，因以下文不得舒展易長大皃而不删得字，遂使詞義錯亂章句不明矣。

緣

《楚辭》緣字六見，可得三義。

（一）爲循也。《九章・思美人》“憚舉趾而緣木”。緣木一詞，見《孟子》“緣木求魚”，趙岐注“緣循也。言循緣樹木以求魚”。《九章》言“憚舉趾而緣木”，謂行非由道，而循木也。《九思・傷時》“緣天梯兮北上，登太一兮玉臺”。又《九思・怨上》“截緣兮我裳”。兩緣字義亦同。

（二）緣飾也。《天問》“緣鵠飾玉，后帝是饗”。王逸注“后帝謂殷湯也。言伊尹始仕，因緣烹鵠鳥之羹，修玉鼎以事於湯，湯賢之，遂以爲相也"。按王説與古籍負鼎俎之傳説合。然以文理言之,則鼎以飾玉一詞,虛擬之;而烹鵠又實指其事,一虛一實,似非修辭立誠之義。今謂緣鵠飾玉對文,緣亦飾也。緣鵠飾玉,皆指鼎俎之事。飾亦如後世所謂鸞觴酌醴,神鼎烹魚之類。然飲食飲器以飾玉者,世多見之,而飾鵠則漢人已少見。按新鄭出土器物有方壺,其蓋爲蓮形,蓋上立一鶴或以爲鳧,即方壺之蓋飾也。則古器確有以鵠鶴之屬爲飾者矣。此言緣鵠飾玉。猶言緣飾鵠玉耳。

(三) 則爲因緣。按《招魂》"紫莖屏風,文緣波些"。王逸注言復有水葵,生於池中,其莖紫色,風起水動,波緣其葉,上而生文也"。朱熹云"緣一作綠,生水中,莖紫色;文緣波,言葵之文采,風起水動,即緣波而生也"。按緣,《文選》作綠。五臣云"風起吹之,生文於綠波之中也"。按若作綠,則應以波字爲動詞,不然則中無謂語。然綠波乃漢以後人習用語,皆作一名詞用,不作主謂短語也。依屈宋文法定之,則作緣爲是。王逸訓緣其葉上而生文,情致最佳。恐是六朝人以形近而誤耳;然依文理定之,則此句當以文字爲動詞,應作"緣波文些"。言因循緣波而生文也。細讀王注自知。然非錯簡,乃以倒文以就韻耳。考此段以蛇、池、荷、波、陁、羅、籬、爲八字爲韻,古支歌合韻也。文緣波,猶《莊子》"緣督以爲經"。謂緣波以爲文也。

又按《説文》訓緣爲"衣純也"。《禮・深衣》"純袂緣純邊,廣各寸半"。注"緣緆也"。緆者裳下緣也。吾鄉以衣下邊飾以寬三五分者,曰緣。其所用帛布之屬,曰緣縧;又更重以細小之邊緣飾之,則曰韭菜邊;或曰緄條。此其本義。緣木、緣波之訓循者,其引申之義也。其言因緣,尤附著耳。凡純緣皆附著於衣裳者,又其引申之義。純緆之爲用,所以爲飾也,則緣飾亦其引申,故此全部《楚辭》所用緣字,皆可謂木義之引申,特今則本義全廢,無人知之矣。

褰

《九歎·遠遊》"褰虹旗於玉門"。王逸注"褰,袪也。玉門,山名也。言乃旋我之車而西行,褰舉虹旗,驅上玉門之山,以趣疾也"。按叔師上訓袪也,串釋時則云褰舉虹旗驅上玉門之山云云,似不協調。褰本訓綌,與袪義近。此處以句法定之,當爲一動字,則訓舉,借褰爲攐也。攐本訓摳衣,摳衣猶言舉衣。則叔師先明本義,而後以借義經旨也。褰借爲攐,見《詩》"褰裳涉溱",《禮記·曲禮》"暑無褰裳",皆是(袪可訓開、訓去。見《廣雅》。《廣雅》後出,不得用以釋叔師舊也)。

蕙纕

《離騷》"既替余以蕙纕兮"。王逸注"纕,佩帶也。言君所以廢棄己者,以余帶佩衆香,行以忠正之故也"。洪補云"纕,息羊切。下云'解佩纕以結言'"。按《九歌》言"荷衣兮蕙帶"。蕙纕猶蕙帶也。纕即今之香囊。參纕字條下。

蕙帶

《九歌》"荷衣兮蕙帶"。王逸注"言司命被服香净"。蕙帶猶《離騷》之"蕙纕"也。帶之制極繁,別參帶字條下。此則束衣之帶也。

浮雲

《九歎·惜賢》"冠浮雲之峨峨"。王逸注"峨峨,高貌也。言己獨懷持香草,執忠貞之行,志意高厲,冠切浮雲,不得而施用也"。

寅按叔師以爲"冠切浮雲",似可商。既已切浮雲,何必更言峨峨?

子政此文當襲用《離騷》"冠切雲之崔巍"，則浮雲當即切雲。冠名也。別詳切雲條。

襜襜

《楚辭》兩見。凡分兩義，一爲動搖貌，二爲鮮明貌。

（一）《九歎·逢紛》"裳襜襜而含風兮，衣納納而掩露"。王逸注"襜襜，搖貌。言己放行山野，下裳襜襜，而含疾風"。洪補曰"襜，蚩占切。衣動貌"。按《長門賦》"飄風迴而赴闈兮，舉帷幄之襜襜"。銚注"襜襜，動貌"。《玉篇》衣部"襜襜，搖動貌"。按《釋名·釋衣服》"衽襜也，在旁襜襜然"。又云"跪襜，跪時襜襜然張也"。則此詞乃自名詞轉成。襜本衣蔽前。見《説文》與《爾雅》。蔽前則在卻間，人行則動，故以襜表動搖。《論語·鄉黨》"衣前後襜如也"。劉寶楠《論語正義》曰"襜襜動搖之貌"。故皇疏引江熙曰"揖兩手衣裳，襜襜如動也"。襜如，即襜襜之義。古疊字狀態詞，與下字易爲如然者多同意，此其例也。子政通儒，此用鄉黨義至明。賦中多用疊字，亦可易以如、然字，此其大較。

（二）爲鮮明貌。《九歎·遠遊》"張絳帷以襜襜兮，風邑邑而蔽之"。王逸注"言君張朱帷襜襜鮮明，宜與賢者共處其中"。按訓鮮明者，探絳帷爲説。朱色鮮明。又上二句言"懷蘭芷之芬芳兮，妒被離而折之"，與二句對，上言芬芳，故此亦以鮮明對之，非即詁解字義也。

鮮卑

《大招》"小腰秀頸，若鮮卑只"。王逸注"鮮卑，袞帶頭也。言好女之狀，腰支細小，頸鋭秀長，靖然而特異。若以鮮卑之帶約而束之也"。洪興祖《補注》"《前漢·匈奴傳》'黃金犀毗'。孟康曰'要中大帶也'。張晏曰'鮮卑，郭洛帶瑞獸名也，東胡好服之'。師古曰'犀毘，胡帶之鉤，亦曰鮮卑’。《魏書》曰‘鮮卑東胡之餘也，別保鮮卑山，因號焉’”。《漢書·匈奴傳》“黃金具帶，黃金犀毘決。犀毘，胡帶之鉤也。亦曰鮮卑，亦謂師比，總一物也”。按《史記》作胥紕，《索隱》曰胥犀。聲相近或誤。張晏云“鮮卑郭洛帶瑞獸名也。東胡好服之”。《戰國策》云“趙武靈王賜周紹具帶黃金師比”。延篤云“胡帶鉤也”。又班固《與竇憲牋》“賜犀比金頭帶”是也。考此當爲戰國胡服之一事，以其鮮卑族之帶，故曰鮮卑。音變爲犀比（參犀比下）。字又作胥紕，皆音近字也。《大招》之作，畧當楚頃襄王放原江南以後，其去趙武靈王之初胡服，至少且十餘年矣。故有鮮卑之語也。

阿

《楚辭》六見。除複合詞，如揚阿、太阿、纖阿等外，其單用者凡分三義，山阿爲其本義；阿私爲引申義，阿絲織只爲借字。按《說文》“阿，大陵，一曰曲阜也。從阜，可聲”。《詩·小雅》“菁菁者莪，在彼中阿”。《毛傳》“中阿，阿中也”，則阿曲、山阿乃其本義，而阿私則爲引申義，弱阿爲假借字也。

（一）山阿也。《九歌·山鬼》“若有人兮山之阿，被薜荔兮帶女羅”。王逸注“阿曲隅也，曲隅謂山之曲隅也”。又《九思》“繞曲阿兮北次”。言繞過山之阿曲而北舍也。

（二）謂私阿也。《離騷》“皇天無私阿兮，覽民德焉錯輔”。王逸注“竊愛爲私，所私爲阿。一云所祐爲阿。言皇天神明無所私阿”。又《九歎》“群阿容以晦光兮”。《孟子》“污不至阿其所好，謂不私所好也”。

（三）以絲織品爲壁衣。參見《招魂》“蒻阿拂壁，羅幬張些”。王逸注“阿，曲隅也”。按此句以拂字爲動詞，蒻阿爲名詞，主語。王以蒻爲蒲席，阿爲曲隅，則於文理不通矣。按王念孫《讀書雜志》以蒻爲弱，阿爲細繒，則弱阿乃一名詞詞組，於文理可通矣。其言曰（參蒻字條下）“阿字或作綱。《廣雅》曰‘綱練也’。《史記·李斯傳》曰‘阿縞之衣，錦繡之飾'。徐廣以阿爲東阿縣非是。辯見《史記》。《淮南·脩務訓》'衣阿錫，曳齊纨'。高注曰'阿細穀，錫細布'。《漢書·禮樂志》'曳阿錫，佩珠玉'。如淳曰'阿細繒，錫細布'。《司馬相如傳》'被阿錫，揄紵縞'。張揖注與淳同"。按王説極確。"弱阿拂壁"，言以細繒蔽壁，即後世之壁衣也。

韋

《卜居》"如脂如韋"。王逸注"柔弱曲也"。洪補云"韋，柔皮也"。按韋爲柔皮，古以喻柔曲。西門豹性急。故佩韋以自緩，則古習舊治已如是。脂本滑澤之物，人面用脂，以其澤也。膚如膩脂是也。車以脂滑輪，車舝所咏是也。桔槔也使滑澤，乃能用，故曰"突梯滑稽，如脂如韋"也。參潔楹條下。韋之字，《説文》訓"相背"，經傳皆以違爲之，其形在方國四方，作足止相追尋，即保衛之義，蓋即古保衛字也。借爲韋革。生曰革，熟曰韋。韋者皮之治而柔者也，故有柔義。

衛

《遠遊》"左雨師使徑侍兮，右雷公以爲衛"。《説文》"衛，宿衛也"。《易·大畜》曰"曰閑輿衛"。注"獲也"。《左傳》文七年"文公之也，無衛"，韋服注"從兵也"，此以雷公爲衛，亦指兵衛言也。其字當即韋。甲文韋作，若，象方國有所守衛者。借爲韋革字，衛則其後起增益字。以韋借作革，其本義廢而後有衛字也。詳韋下。

緯

緯字三見，除緯繣一詞，爲聯綿詞外，其一爲緯之轉成名詞。《九歎·愍命》"挾人箏而彈緯"。王逸注"緯，張絃也，言乃破伯牙號鍾所鼓之鳴琴，反持凡人小箏急張其絃而彈之也”。按《説文》“緯織橫絲也”。按織物縱曰經，橫曰緯，得引申爲橫。《考工記》“圖中九經九緯”。以經緯爲縱橫爲經緯也。琴上之絃，橫於琴，亦橫於人。且爲絲織之物，故得以緯言之也。

騂

《九懷·通路》“紅采兮騂衣”。王逸注“婆娑五采，芬華英也”。洪補云“騂思營切。赤色”。《詩·魯頌》“有騂有騏”。《書·洛誥》“文王騂牛一，武王騂牛一”。《禮記·明堂位》“夏后氏牲尚黑，殷白牡，周騂剛”。疏“騂赤色”。《詩·小雅》“騂騂角弓”。按字雖從馬而徧及馬牛，寖假而偏施一切赤色爾。

昭華

《九思·疾世》“抱昭華兮寶璋”。舊注“昭華玉名，璋一作章”。洪補云《淮南》“贈舜以昭華之玉”。《淮南·泰族訓》“堯治天下四岳舉舜而薦之，堯乃屬以九子，贈以昭華之玉，而傳天下焉”。《藝文類聚·寶玉部》引《尚書大傳》云“堯致舜天下贈以苕華之玉”，苕、昭形相近。

玦

《九歌·湘君》“捐余玦兮江中，遺余佩兮醴浦”。王逸注“玦，玉佩也。先王所以命臣之瑞，故與環即還，與玦即去也”。補曰“玦，古穴切。如環而有缺。《左傳》曰‘佩以金玦，棄其衷也’。《荀子》曰‘絕人以玦，皆取棄絕之義’。《莊子》曰‘緩佩玦者事至而斷’。《史記》曰‘舉佩玦以示之，皆取決斷之義’”。按《説文·玉部》“玦玉佩也”。《白虎通》曰“君子能決斷則佩玦”。韋昭曰“玦如環而缺”。

玦

玦與決皆即夬之專字，亦即轉注字也。先秦以前傳世玉玦尚多，參圖版。
茲縮寫吳大澂《古玉圖考》九十四頁一圖，以佐觀省。

青玉帶黑色，一面刻雙龍，一面刻朱雀。原爲邵蓮所藏器。然玦尚
有別一義，指鉤絃之玦言，然非《九歌》義也。

璜

《招魂》"結琦璜些"。王逸注"璜玉名也。言幬帳之細，皆用綺縞；
又以纂組結束玉璜，爲帷帳之飾也"。洪補"璜半璧也"。朱熹《集注》
"璜音黃"。按《說文·玉部》"璜半璧也。從玉，黃聲"大徐戶光切。
《周禮·小行人》"六幣，璜以黼"。《大宗伯》"以玄璜禮北方"。注
"半璧曰璜"。《大戴禮·保傅篇》"下有雙璜衝年"。盧注"半璧曰璜"。
《山海經·海外西經》"夏后啟珮玉璜"。注"半璧曰璜"。是漢儒注經，
皆以"半璧"爲璜。此璜之形制也。

其用以佩爲主，《周禮·玉府》"共王之服玉，佩玉，珠
玉"。注"佩玉者，玉之所帶者"。《玉藻》曰"君子於玉比
德焉，天子佩白玉而玄組綬"。《詩傳》曰"佩玉上有蔥衡，
下有雙璜，衝牙、蠙珠，以納其間"。鄭注"玉藻綬者所以
組佩玉，相承受者也"。賈疏云"所佩白玉，謂衡、璜、琚、

瑪”。按衡即《説文》珩之借字；葱衡者，葱青色之衡，即《玉藻》所謂“大夫佩水蒼玉也”。餘詳珮字條下。其禮神之大璜，則見於《大宗伯》“以玄璜禮北方，牲幣皆如璜色”。後鄭注云“以立冬祭黑精之帝，而顓頊玄冥食焉”。“半璧曰璜，象冬閉藏也”。聶崇義圖如次。

近世考古發掘所得戰國以前玉器，璜亦時見。安陽小屯保管所之藏殷代玉器，有如下兩圖形。

（小屯保管所藏璜）

圖一　　　　　　　　圖二　　　　　　　　圖三

即璜也。與《鄴中片羽》所錄之圖一，與《古玉圖》所錄之圖二皆是。與聶氏圖略近，而皆爲半璧形。河南輝縣固圍村所出戰國玉璜（圖三，并參看圖版），其形制基本與漢儒舊注，聶氏《三禮圖》説皆合。而紋飾亦繁繢，圖一、二皆有孔，此佩璜也。佩璜爲佩中之一種，其所在地位，則參看珮字條下，及書首圖版所示，自能明晰也。餘參佩字條下。

圖三不見系組小孔，疑爲奉神之璜。吳大澂《古玉圖考》載白玉璜一事，上邊有黑斑二寸許，又玉色純白。有璊斑璜一事，白玉，黃暈。魚形璜一事，白玉水銀浸璜一事。尺寸皆極大，疑皆奉神之璜也。又載（一）青玉。（二）青色黑文。（三）白玉。（四）青玉有黑斑。（五）青玉有黃暈之璜皆題曰佩玉，甚允當。可參。

三圭

《大招》"三圭重侯"。王逸注"三圭謂公、侯、伯也。公執桓圭，侯執信圭，伯執躬圭，故言三圭也。重侯謂子男也。子男共一爵，故言重侯也"。洪補"公侯伯子男同謂之諸侯，三圭比子男爲重"。朱熹《集注》"重侯猶曰陪臣，謂子男也。蓋楚僭王號，其縣宰皆號曰公。如申公、葉公之類是也。其小者應亦比子男也"。按《莊子》"楚昭王涎屠羊説以三旌之位"。注"三旌三公位也"。司馬本作三珪，謂諸侯之三卿，皆執珪者。《韓詩外傳》作"昭王請屠羊説爲三公"。三圭即三公，亦即三旌矣。叔師以爲"公執桓圭，侯執信圭，伯執躬圭"，本《周禮·大宗伯》云"公執桓圭"。《玉人》云"命圭九寸，謂之桓圭，公守之"。後鄭云"雙植謂之桓"。《賈疏》云"象宮室之有桓楹也"。《三禮圖》作圖一形。《大宗伯》又云"侯執信圭"。注云"信圭、躬圭，皆長七寸。蓋皆像以人形爲琢，飾文有粗縟耳"。《三禮圖》擬圖如次。

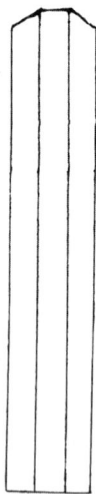

圖一

信圭

今無實物可證，是否可信，不可知。故借此以佐觀省。

璋

《九思·疾世》"抱昭華兮寶璋"。舊注"昭華，玉名。璋一作章。璋，玉名也"。洪補"《淮南》云'堯贈舜以昭華之玉'"。按《説文·玉部》"璋剡上爲圭，半圭爲璋。從玉，章聲。禮六幣，圭以馬，璋以皮，璧以帛，琮以錦，琥以繡，璜以黼"。大徐諸良切。按禮六幣以下，見《周禮·小行人》注"六幣所以享也"。《書·顧命》"秉璋以酢"。《傳》"半圭曰璋"。《聘禮》"受夫人之聘璋"。《詩·斯干》"載弄之璋"。《詩·棫樸》"左右奉璋"。《白虎通》"璋以發兵"。則璋不僅於享也矣。《公羊傳》"寶者何，璋判勾"。注云"判半也，半珪曰璋。白藏天子，青藏諸侯"。此言璋之色也。《考工記》"大璋中璋九寸，邊璋七寸，射四寸，厚寸"。此言璋之形制也。《玉人》並載其使用處所。孫氏《正義》考之詳矣。聶崇義《三禮圖》大璋圖如次，可佐觀省。

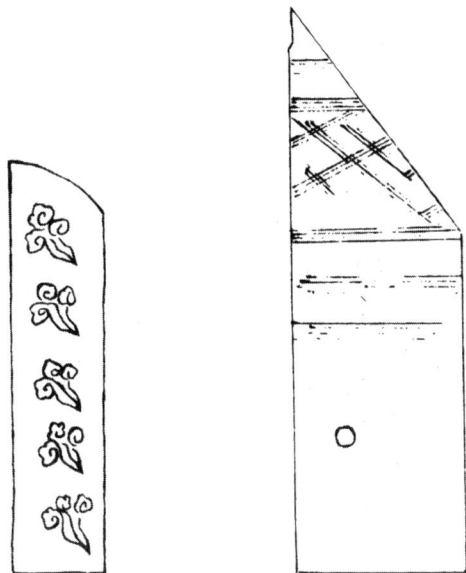

璋

又《哀時命》"璋珪雜於甑窐兮'。王注"璋珪，玉名也"。璋珪連文，尤足證璋圭爲同類之玉器。吳大澂《古玉圖考》載印蓮所藏一璋，青玉，有璊斑，長一尺十分寸之六。其圖如次。

其說云"右璋，即《玉人》所云'邊璋七寸，射四寸'，是也。今以周鎮圭尺度之，長一尺一寸稍弱。剡出之射，長三寸十分寸之六，射下七寸。正合邊璋之制"。

琬琰

《遠遊》"懷琬琰之華英"。王逸注"咀嚼玉英，以養神也"。洪《補注》"琬音宛，琰音剡。皆玉名。《黃庭經》曰'含漱金醴吞玉英'"。又《七諫·自悲》"懷琬琰以爲心"。王逸注"言己施行清白，心面若玉，內外相副"。按琬琰爲兩種玉名。而古今論之者又各有兩說。按《說文·玉部》"琬圭有琬者，從玉，宛聲"。大徐於阮切。按《考工記·玉人》有琬圭。則玉如圭形之玉。段玉裁引先鄭"琬圭無鋒芒，故以治德結好"。（按見《典瑞》），後鄭云"琬猶圜也，王使之瑞節也"。（按見《玉人》），戴先生曰"凡圭剡七寸半，直剡之倨，句中矩，琬圭穹隆而起，宛然上見"。（按見《考工圖說》），是琬爲圭之一種。然《書·顧命》云"琬琰在兩序"。《淮南·說山》"琬琰之玉"。注"美玉也"。《呂氏春秋·慎大覽》"好彼琬玉"。朱駿聲以爲"皆大璧之名，度尺二寸，琬圭度九寸，其實借爲宛字也"。按大璧圜宛故曰琬。朱說至確不可易。後人多主《玉人》琬圭，此其一。琰者《說文·玉部》"璧上起美色也。從玉，炎聲"。大徐以冉切。《書·顧命》"宏璧琬琰在西序"。鄭注"大璧琬琰，皆度尺二寸"。朱駿聲曰"按琬琰二大璧之名，璧與琮相配。據《考工·玉人》'大琮尺有二寸，宗后守之'。是玉之大璧，度當同也。與琬圭九寸者迥別"。《淮南·說山訓》"琬琰之玉"。注"美玉也"。按顏注司馬相如傳同。《尚書》"美玉重琬琰"，亦是一物。段玉裁注解琰字，以璧上起美色之璧當作圭。引《周禮注》云"凡圭剡上寸半，琰圭剡半以上，又半爲瑑飾，許云起美色。蓋以鄭意同，或當作圭剡上起美飾者"。段以《玉人》琰圭鄭注解琰字，自亦一說，此琰字有二說也。按琬琰古多連用，極少分用二字；且韻或聲，本自宛圜而得，本爲璧之一種，《周禮》借爲琬圭琰，於是而琬琰爲圭形矣。考古上尚未見戰國以前此二器之形制，無由定其是，姑兩存之。吴大澂《古玉圖考》有琬圭圖三，其一以周尺度之，長尺又二寸，與鄭注大璧、大琬、大琰合。其形如圖。

注云"青玉"。又有琰圭圖一未注尺寸。然注云：圖小於器十分之八，與前琰同大小。其形制如圖。

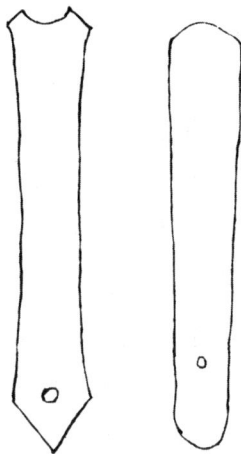

琬主圖

注云"色純黑"。又云"文圭象終葵首"，此獨象斫首，即《考工記》判規之制，左右兩肩棱棱有鋒。《儒行》"毀方瓦合"。《疏》"圭角謂圭之鋒鋩有棱角，即指琰圭而言……琰圭與剡止異解，乃《玉人》'琰圭九寸判規'。注云'凡圭剡上寸半，琰圭剡半以上，又半爲瑑飾'。此鄭君未覩判規之制，而以意解之耳"。吴氏圖說可爲一證。至琬琰爲璧之說，尚未得實物爲證也。

玉瑱

《九歌·東皇太一》"瑤席兮玉瑱，盍將把兮瓊芳"。"瑱一作鎮"。洪《補注》"瑱壓也。音鎮。下文云'白玉兮爲鎮'，是也。《周禮》'玉鎮，大寶器'。故書作瑱。鄭司農云'瑱讀爲鎮'"。朱熹《集注》"瑤音遥，瑱音鎮；一作鎮，一他甸反，非是。瑤美玉也，瑱與鎮同"。六臣本《文選》洪朱兩家皆音鎮，引一本作鎮。《書抄》一二三《類聚》六十九並引作鎮。《周禮·天府》"凡國之玉鎮大寶器藏焉"。注"故書鎮爲瑱"。鄭司農讀瑱爲鎮，則瑱、鎮二字古通用也。以玉瑱言，則瑱爲專字，而鎮爲聲借字。按玉鎮，叔師無説，考《周禮·天府》"凡國之玉鎮大寶器藏焉。若有

玉人圭璧五寸，以祀日月星辰。與《九歌》祠禮可合。

大祭、大喪則出而陳之，既事藏之"。注"玉鎮大寶器，玉瑞玉器之美者，禘祫及大喪陳之，以舉國也"。《賈疏》"此云玉鎮，即《大宗伯》云'以玉作六瑞，鎮圭之屬'"。即此寶鎮也。《大行人》云"上公之禮，執桓圭，九寸，繅藉九寸……諸侯之禮，執信圭，七寸，繅藉七寸……諸伯執躬圭，其他皆如諸侯之禮"。此《詩》之"瑤席"、"玉鎮"即《周禮》之"繅藉"、"圭璧"之屬也。《史記·封禪書》云"公卿言皇帝始郊，見太一雲陽，有司奉瑄玉嘉牲薦饗"，瑄玉即此玉鎮（合參瑤席條）。瑄玉，即《詛楚文》"祠巫咸、亞駝、久湫亦用宣璧"之宣璧。言圭者，就冒首言；言璧者，即邸言也。其即《三禮圖》之圭璧歟？其圖如上。

另爲坐席之鎮。《九歌·湘夫人》"白玉兮爲鎮，疏石蘭兮爲芳"。王逸注"以白玉鎮坐席也"。朱熹義同，諸家多用此義。按上文言居室之修葺與裝飾，至"罔薜荔兮爲帷，擗蕙櫋兮既張"，下文言"疏石蘭

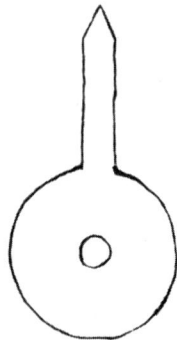

爲芳",（牀）則此指坐席之鎮言，於文義上下得其鰓理。雖無席字，而玉鎮古以鎮席本舊説也，無可更易矣。又玉鎮別有塞耳之玉一義。即《詩·淇奥》之"充耳琇瑩"，與《君子偕老》之"玉之瑱也"，然《楚辭》無此義，當爲瑱之本義。鎮則同聲通用耳。

瓊

按《説文·玉部》"瓊，美玉也（美字今本作赤，段校爲亦皆非。王筠依《毛傳》作美玉。謂赤字古作夫，美字爛挩上半即似之，是也，故從之）。從玉，夐聲。璚瓊或從矞（王筠曰'本書䰞或作鬺趬，讀若繘'）。瓗瓊或從巂"。（王筠曰"本書蠵又作蝯"。）大徐渠營切。然古籍多以瓊爲形容詞，如《詩經》曰"瓊琚、瓊瑤、瓊華、瓊瑩、瓊英、瓊瑰"。《毛傳》皆云"瓊玉之美者"。琚、瑤、瑰等亦玉器之名，則瓊字不得更言美玉，而華、英、瑩等非玉，而以瓊形之，謂其形色如玉也。則瓊字古實有兩用。本義爲美玉之一種，而引申則以指物之晶瑩光彩之形色而言。在詩然，在屈宋賦亦然。如《離騷》之"瓊枝"、"瓊靡"，指美玉之枝（別參瓊枝條），美玉之屑也；《招魂》之曲瓊，謂屈玉鉤也；《九歌》之瓊芳，《九思》之瓊若，則以瓊狀芳草（王叔師以瓊芳爲瓊玉枝。瓊不得以芳形之。朱熹訓瓊芳爲"草枝，其色如玉，巫持以舞者"，於文義體會最佳。義至允）。又《九思·章句》以瓊若爲食，亦非。"懷蘭英兮把瓊若"，曰懷曰把，則不得言食矣。若花也。

玄英

《七諫·怨世》"偏與乎玄英異色"。王逸注"玄英，純黑也，以喻貪濁。言己被服芬香，履修清白，偏與貪濁者異行，不可同趣也"。洪興祖《補注》"《爾雅》'冬爲玄英'"。按《爾雅》郭注"氣黑而清英"。《釋文》"英於京反"。《疏》釋曰"言冬之氣和，則黑而清英也"。

上句言"服清白以逍遥兮",下言"偏與乎玄英異色"者,言已服清白以逍遥高遠,偏與玄英純黑者異其色澤也。玄英者,謂玄色之精英,即叔師純黑之義,洪引《爾雅》,雖義異而可以説明玄之爲精英,故爲申之。

魚眼

《七諫·謬諫》"貫魚眼與珠璣"。王逸注曰"圜澤爲珠,廉隅爲璣。以言君不知賢愚忠佞之士,猶同玉石,雜魚眼與珠璣同貫而不别也"。又《九歎·憂苦》"傷明珠之赴泥兮,魚眼璣之堅藏"。王注言"忠良棄捐,讒佞珍用也"。按《韓詩外傳》云"魚目似珠",言似珠而非珠也,故以魚目與珠璣相貫,則真膺相混矣。《九歎》"魚眼璣"亦猶言"魚眼珠璣"也。特珠字已用於上句,故省言之耳。然魚眼璣三字連言,疑有脱誤,或璣字作動詞用,亦勉强可通言魚眼如璣之堅藏也。

玉華

《九歎·遠逝》"杖玉華與朱旗兮,垂明月之玄珠"。王無注。"華一作策"。按玉華一詞不可考。與《詩》之瓊華詞面含義似相同,而與本文杖玉華不協。下言朱旗,爲杖中所有事,則作策者爲是。玉策,策之飾以玉者。《禮》"君將駕,則僕執策,立馬前",策馬箠也,朱旗亦車上所建。自杖玉策句至"建黄繡之總旄"四句,皆言車駕之飾,則玉策固亦車事也,於文義爲暢。當從一本作玉策,華策字形之誤。

瑉石

《九歎·愍命》"藏瑉石於金匱兮,捐赤瑾於中庭"。王逸注"瑉,石次玉者。匱,匣也。瑉作珉。言乃藏珉石於金匱,反棄美玉於中庭也”。洪興祖《補注》“竝音旻”。按《周禮·弁師》“璑玉三采”。《釋文》“璑本文作珉”。《説文·玉部》無璑字。珉石之美者，與《九歎》文義不協。按“璑玉三采”，鄭司農注“故書璑作璑。璑，惡玉名也，惡者亞也，即次也”。古惡亞字通。《易·繫辭》“而不可惡也”。《釋文》“惡荀作亞，次也”。《書大傳》“鍾鼓惡”。注“惡當爲亞。亞次也”。璑與璑古一聲之變，則璑常爲璑。《説文·玉部》“璑三采玉也。從玉，無聲”。段玉裁注云“按天子純玉，公四玉一石，侯三玉二石……諸公之冕，璑玉三采，謂以璑雜玉，備三采，下於天子純玉備五采也。許云三采玉謂之璑，誤矣”。承培元《引經證例》云“此注非許舊也。《周禮·弁師》‘璑玉三采’。鄭司農注‘故書璑爲璑，惡玉也’。案璑玉三采者，謂璑玉雜朱蒼白三采，下於天子用純玉備五采也。許當同鄭説，故以璑次於瓚爲三玉二石之下，珛爲朽玉之上。後人不解惡玉爲亞玉之義，因以許所引《周禮》而倒其文，許君斷無也。今擬許君之舊，當作‘璑惡玉也。從玉，無聲。《周禮》曰璑玉三采’。用不背於經義矣”。按段承二家説是也。《禮儀》“君子貴玉而賤璑”，注“璑石似玉，即次玉之義”。璑與璑蓋今古之異也。

赤瑾

《九歎·愍命》“藏璑石於金匱兮，捐赤瑾於中庭”。王逸注“赤瑾美玉也”。補曰“瑾音近”。按《説文·玉部》瑾字注云“瑾瑜美玉也”。叔師訓與叔重同。瑾瑜本雙音辭，亦可單用。《九章》“懷瑾握瑜”是也。詳瑾瑜條下。

瑾瑜

《九章·懷沙》“懷瑾握瑜兮”。王逸注“在衣爲懷，在手爲握。瑾瑜美玉也”。洪興祖《補注》“傳云鍾山之玉，瑾瑜爲良。瑾音僅，瑜音逾"。按《説文·玉部》瑾字注云"瑾瑜美玉也。從玉，堇聲"。大徐居隱反。又瑜字注同，"從玉，俞聲"。大徐羊末切。徐鍇曰"瑾瑜匿瑕"。謂美玉瑕不足以害之也。又按《山海經》曰"鍾山之陽，瑾瑜之玉爲良，堅栗積密，潤澤而有光；五色發作，以和柔，天德鬼神，是食是饗；君子食之，以禦不祥"。按徐引《左傳》見宣十五年，引《山海經》，見《西山經》，桂馥以爲玉色佩玉是也。此合二字爲一名詞，如玫瑰之類。然古書亦有分用者，《楚辭》"捐赤瑾於中庭"，《山海經》"瘞用百瑜"，《玉藻》"世子佩瑜玉"，《禮記·聘義》"瑕不掩瑜"，與《懷沙》此文同例。

琳琅

《九歌·東皇太一》"璆鏘鳴兮琳琅"。王逸注"璆、琳琅，皆美玉名也。《爾雅》曰'有璆琳琅玕焉'。言己供神有道，乃使靈巫常侍，好劍以辟邪，要垂衆佩，周旋而舞，動鳴五玉，鏘鏘而和，且有節度也。或曰糾鏘鳴兮琳琅。糾，錯也。琳琅，聲也。謂帶劍佩衆多糾錯而鳴，其聲琳琅也"。洪興祖《補注》"《禮記》曰'古之君子必佩玉，進則揖之，退則揚之。然後玉鏘鳴也'。琳音林，琅音郎，俗作瑯。《爾雅》曰'西北之美者，有崑崙虛之璆琳琅玕焉'。璆琳美玉名琅玕狀似珠也。《本草》云'琅玕是石之美者，明瑩若珠之色'。此言帶劍佩玉，以禮事神也"。朱熹《集注》"琳琅美玉名，謂佩玉也。此言主祭者上日齋戒，帶劍佩玉，以禮神也"。按《説文·玉部》"琳美玉也。從玉林聲"。大徐力尋切。《上林賦》"玫瑰碧琳"，《西都賦》"琳珉青熒"，則琳謂玉色之青碧者。桂馥説《禹貢》"厥貢惟球琳琅玕"，《鄭注》"琳美玉也"。《詩·韓奕》鄭箋引書此語。《釋文》琳字作玪。《孔疏》引《書鄭注》作美石。琅者，《説文·玉部》琅字注"琅玕似珠者。從玉，良聲"。大徐魯當切。《尚書·禹貢》鄭注"琅玕珠也"。《繫傳》引《山海經》"崑崙有文玉琅玕樹"。《本草》曰"流離之類也，有五色，火齊璿也，以青者入藥"。《急就篇》"係臂琅玕虎魄龍"。顏注"琅玕，火齊珠也。《本草》'青琅玕，一名石珠，一名青珠'"。唐本注云"琅玕乃有數種，是琉璃之類，火齊寶也"。依上所定，琳與琅乃兩物。然二字同屬來紐雙聲，與"陸離、玲瓏"等相似，故或誤以爲玉聲，其實非也。此言璆鏘而鳴之美玉美珠，爲琳爲琅也（參璆鏘條下）。古人佩物極多，此言靈巫之佩也。洪興祖、朱熹兩說最允。

璆鏘

《九歌·東皇太一》"撫長劍兮玉珥，璆鏘鳴兮琳琅"。王逸注"璆琳琅皆美玉名也。《爾雅》曰'有璆琳琅玕焉。鏘佩聲也'。《詩》曰'佩玉鏘鏘'。言己供神有道，乃使靈巫常持好劍以辟邪，要垂衆佩，周旋而舞，動鳴五玉，鏘鏘而和，且有節度也"。洪興祖《補注》'璆渠幽切。鏘七羊切。《禮記》曰'古之君子必佩玉；進則揖之，退則揚之，然後玉鏘鳴也'。此言帶劍佩玉以禮事神也"。朱熹《集注》"璆渠幽反，鏘七羊反。一作鎗。璆鏘皆玉聲。《孔子世家》云'環佩玉聲璆然'。《玉藻》云'古之君子，必佩玉，進則揖之，退則揚之，然後玉鏘鳴也'。此言主祭者上日齋戒，帶劍佩玉以禮神也"。按三家說以朱說爲允。王以璆爲玉名，琳琅亦玉名，則不成句法。戴震亦用朱說是也。大足徐永孝曰"璆鏘鳴兮琳琅句法結構與'廣開兮天門'同，'廣開兮天門'，謂天門廣開也。璆鏘鳴兮琳琅，謂琳琅繆鏘鳴也。廣形容開，璆鏘形容鳴是也。吳汝綸謂'糾一作璆，爲語詞'，固非，劉永濟謂'璆爲助動詞，置之句首'，亦未確。謂糾爲副詞，置之句首可也"。按徐說是也。璆鏘乃玉聲，可分言。洪引"佩玉鏘鏘"，朱引"玉聲璆然"是也。璆本天球字別寫，見《說文》。大徐音巨鳩切。未成器謂之天球，已成器則謂之鳴球。即古玉磬也。磬善鳴，故引申爲鳴，雙聲之變則爲鏗。《論語》"鏗爾舍瑟而作"，《集解》"孔曰鏗者投瑟之聲"，《釋文》"鏗爾苦耕反。投琴聲，車軏鈙則作軯，音亦同。《說文·車部》'軯車軯鉹也。從車，真聲。讀若《論語》鏗爾舍瑟而作’。又或曰鏗然。《抱朴子·內篇·勤求》‘此亦如竊鍾桹，物鏗然有聲，惡他人聞之’”。是也。鏗然亦即璆然也。璆鏘亦轉爲鏗鏘。《漢書·藝文志》“制氏頗能記其鏗鏘鼓舞，而不能言其義”。《漢書·張禹傳》“優人筦弦鏗鏘，極樂，昏夜乃罷”。字又作鏗鎗。《禮·樂記》“君子聽音，非聽其鏗鎗而已”。《史記·樂書》同字又作硍。《周禮·春官·典同》“凡聲高聲硍”。注“故書硍作硍，杜子春讀爲鏗鎗之鏗”，是也。

明月

《九章·涉江》“被明月兮佩寶璐”。王逸注“言己背被明月之珠，要佩美玉，德寶兼備，行度清白也”。洪補曰“《淮南》曰‘明月之珠，不能無纇’。 （見《氾論訓》）注云‘夜光之珠，有似月光，故曰明月’”。按李斯文有“垂明月之珠”。東方朔《神異經》亦云“西方金闕，上有明月珠，徑三寸，光照千里”。司馬相如《子虛賦》“曳明月之珠旗”。《集解》引《漢書音義》曰“以明月珠綴飾旗”。又《上林賦》“明月珠子，玓瓅江靡”。《文選·西都賦》“隋侯明月，錯落其間”。李善注“許慎《淮南子注》曰‘夜光之珠，有似明月，故曰明月也’”。高誘以隋侯爲明月，許慎以明月爲夜光，班固上云“隋侯明月”，下云“懸黎、垂棘、夜光在焉”，然則班以夜光非隋珠明月矣。郭璞《游仙詩》李善注引《鄒陽上書》曰“明月之珠，夜光之璧”，則明月夜光又別爲二。大抵漢人侈言無實之説，皆出於《楚辭》，而任意附會者矣。《九歎》亦有“垂明月之玄珠”，則王注黑光曰玄也。説又稍異。

璐

《九章·涉江》“被明月兮珮寶璐”。王逸注“寶璐，美玉也。言己背被明月之珠，要佩美玉，德寶兼備，行度清白也”。洪興祖《補注》

"璐音路,《説文》云'玉名'"。按《説文·玉部》"璐玉也。從玉,路聲"。大徐洛故切。又《文選·雪賦》"遰似連璐"。李善注引許君《淮南注》"璐,美玉也"。古籍用璐字惟此一見,古人亦無言佩璐者。近世出土玉器繁多,亦未見璐。疑本南楚荆璞之類,本出方土,故不見北土典籍也。

琦

《招魂》"結琦璜些"。王逸注"璜玉名也。言幬帳之細,皆用綺縞,又以纂組結束玉璜爲帷帳之飾也"。"琦一作奇"。洪興祖《補注》曰"琦玉名,璜半璧也"。按琦字不見字書,然《荀子·非十二子篇》"好治怪説玩琦辨甚察而不惠"。玩琦猶玩奇也。宋玉《對楚王問》亦云"夫聖人瑰意琦行"。琦與瑰對,亦有奇義。則琦乃琦瑋。至《前漢書·西域傳》乃云"琦繡雜繒琦珍凡數千萬"。《後漢書·仲長統傳》"琦賂寶貨巨室不能容"。而琦字乃爲珠琦,故《廣韻》云"琦玉名",《招魂》言"琦璜"。而用結字,璜有孔,以組結之,則琦亦當有孔可結,則琦或即琚之別構。琚本瓊琚美玉之名,亦爲佩玉之一種。琦琚雙聲,又支魚合韻最近,蓋楚人語也。

珪

《哀時命》"璋珪雜於甑窐兮"。王逸注"璋珪玉名也"。"一作珪璋"。按珪即圭字繁文。《説文》以爲古文者也。《説文》"珪玉瑞也"。《土部》"圭瑞玉也。上圜下方。公執桓圭,九寸;侯執信圭,伯執射圭,皆七寸;子執穀璧,男執蒲璧,皆五寸。以封諸侯。從重土。楚爵有執圭。珪古文圭,從玉"。大徐古畦切。按瑞玉者,《玉部》"瑞以玉爲信也"。《大宗伯》"以玉作六瑞以等邦國",即所謂瑞也(六瑞即玉人之鎮圭,桓

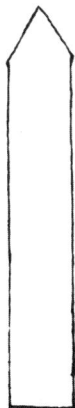

珪

圭，侯圭，射圭，四圭及穀璧與蒲璧。四圭形制，《周禮注》言之極詳，《繫傳》亦略採之。可參）。周以前之制不可考，大體以其形制之大小、色澤、花紋等，以爲封國等第之差別。蓋封建社會中，差別等級制度之一種，其原始形態如何，已不可詳知。然封字從圭，則與封國有關無疑。章太炎先生以爲"起於土圭，以土圭土其地，然後封疆可定"。（詳《文始》）至今尚無人能超其上者。則圭字之形，不必即與實物有聯繫（《兒笘錄》以爲卦之吉文，於形亦不可據）。昔之爲圖，多本剡上之説，作圖如上。

《三禮圖》於玉人四圭，各爲一圖，亦可參。近世考古戰國以前玉器發現至多。而《三禮圖》所注之形，尚未見今博物館所庋，多漢人器物云。

佩玖

《九思·逢尤》"握佩玖兮中路躇，羨呫諞兮建典謨"。舊注"懷寶不舒，悵彷徨也"。按玖玉名，此亦佩玉之一也。猶《哀時命》言"佩瓊"，詳佩字條下。

佩瓊

《哀時命》"懷瑤象而佩瓊兮，願陳列而無正"。王逸注"言己懷玉象，履忠信，願陳列己志，無有明正之君，聽而受之也"。此佩瓊謂以瓊爲佩也，即佩玉也。詳佩字與瓊佩兩條下。

交佩

《九章·思美人》"解萹薄與雜菜兮，備以爲交佩"。王逸注"交合也。言己解折萹蓄，雜以香菜，合而備之，言修飾彌盛也"。案王説義未明析。朱熹《集注》云"交佩左右佩也"。古佩玉琚、瑀、珩、衝皆兩兩相交也。餘詳佩字條及佩玉圖。

瓊佩

《離騷》"何瓊佩之偃蹇兮，衆薆然而蔽之"。王逸注"言我佩瓊玉懷美德偃蹇而盛"。朱熹云"蓋以自況"。按古服飾之一，玉亦佩之一種，佩作珮者，《説文》今本無珮字。但《一切經音義》三十二卷珮注"《説文》珮所以象德也"，則《説文》原亦有珮字也。詳佩字條下。

璞

《七諫·謬諫》"和抱璞而泣血兮"。王逸注"一云和氏。和，卞和也"。按璞字，字書所不載。《玉篇》"磺、銅、鐵、璞也"。《説文》磺下作樸。《金部》"鋌鉬鐵樸也"，亦作樸。《文選》王子淵《聖主得賢臣頌》"鑄干將之璞"。《漢書·王褒傳》作樸。按《木部》樸字訓"木素也"。素者，段玉裁注云"猶質也，以木爲質未彫飾，如瓦器之坯。然《士喪禮》、《周禮·槀人》皆云'獻素獻成'，注云'形法定爲素，飾治畢爲成'，是也"。《書·梓材》"作梓材，既勤、樸斵"。馬融注"樸未成器"。《老子》云"樸散則爲器"。則璞即樸字。樸就木言，璞則就玉言也。二字爲轉注，《説文》或失收。

珍怪

《招魂》"室中之觀，多珍怪些"。王逸注"金玉爲珍，詭異爲怪，言縱觀房室之中，四方珍奇，玩好怪物，無不畢具也"。按王以金玉詭異釋珍怪是也。然古言珍怪，多就食事爲言。如《公羊傳》"昭三十一年，食必坐二子於其側而食之，有珍怪之食"，《注》"珍怪尤奇異也"。

《禮·王制》"八十常珍"，《注》常食皆珍味也。然此不得指美味言，則此指室中之觀言，室中之觀，即上文"經堂入奧"，以下之所陳，曲瓊、珠被、羅幬、蒻阿、綺縞、琦璜之屬，或在床、或在壁、皆爲室中觀，叔師不結合上文之說以解之，而僅以訓詁之義立說，不切文理，但爲虛設，未爲允當。若就文理論之，則入奧以下九句皆即室中之觀也。就此九句而論，有玉器無金器，而珠被、蒻阿及璜琦、篡組，固儼然爲珍怪矣。實指有自，叔師不從此立義，不得爲通詁明矣。然不設食事，斷然以玩好立說，亦有截斷衆流之功，故僅得謂之未允，不得言誤也。

珠璣

《七諫·謬諫》"貫魚眼與珠璣"。王逸注"圜澤爲珠，廉隅爲璣。以言君不知賢愚忠佞之士，猶同玉石雜，魚眼與珠璣同貫而不別也。一云麤峿爲璣"。洪補曰"璣字音機，珠不圓也"。按《莊子·列禦寇》以"日月爲連璧，星辰爲珠璣"。《釋文》"珠璣音祈，又音機，一音其既反"。《周禮·天官·大宰》"八曰斿貢"。注"斿貢燕好珠璣琅玕也"。《釋文》"璣徐音幾"。劉音其既反，一音機。《漢書·東方朔傳》"宮人簪瑇瑁，垂珠璣"。師古曰"璣珠之不圓。璣音居依反，又音鉅依反"。按《說文》"珠蚌之陰精。從玉，朱聲"。大徐章俱切。又"璣珠不圜也"，大徐音居衣切。按珠璣義近複合詞。《周書·王會解》"請會以珠璣爲獻"。《淮南·人間訓》"翡翠珠璣"。《漢書·景十三王傳》"繇王閩侯亦遺建茶葛珠璣"。《鹽鐵論》"珠璣犀象出於桂林"。皆其證。

樂

《楚辭》二十四見，約得兩義。

（一）爲音樂，樂器，後世讀如藥。《遠遊》"音樂博衍無終極兮"。又《招魂》"女樂羅些"。按《說文》"樂五聲八音總名，象鼓鞞木虡也"。按所謂象鼓鞞者，指"𪔛"而言，中ㅂ象鼓，而兩旁88象鞞，下從木者，鼓架之屬也。或以用鼓鞞製字，則原始民族，音樂極簡，瓦缶飪器，乃至工作之具，如石斧（磬之本字），無不可用爲樂。蓋其始不過爲節奏而已，故初爲扣擊之器，益進而有竹絲金石之音。雜合衆器，而求其調，則有五色、八律之制，而樂音全矣。後世群樂雖繁多，而鼓鞞始終爲樂中之領袖。一則因於故習，一則因於節奏之不可無專樂，故樂字乃得象以鼓鞞也。

（二）樂所以樂（音如羅）人，故引申爲懽樂、喜樂矣。《楚辭》用此義者最多。《離騷》"民生各有所樂"。下此則《九歌·少司命》之"樂莫樂兮新相知"（兩用此語），《九歌·東皇太一》"君欣欣兮樂康"。外此則《九章·涉江》之"無樂"，《思美人》之"愉樂"，《遠遊》之"自樂"，《九辯》之"所樂"，《招魂》之"樂處"、"樂也"，《大招》之"樂不可言"、"永樂"，《惜誓》之"自樂"、"樂極"，《七諫·自悲》之"無樂"、"南藩樂"、"居不樂"，《愍命》之"自樂"，《九思·疾世》之"欣樂"，《憫上》之"不樂"，《傷逝》之"酣樂"等皆是也。

律

《楚辭》律字兩見。其一以律魁連爲一詞。別詳。其一見《九歌·東君》"展詩兮會舞，應律兮合節"。王逸注"言乃復舒展詩曲，爲雅頌之樂，合會六律，以應舞節"。洪興祖《補注》"應於證切。《漢樂歌》曰'展詩應律，銷玉鳴'"。按古詩皆可歌，而歌必有詩，故言詩則歌在其中。此言展詩會舞者，猶言高歌會舞，則詩即歌也。律字與應字相承，即宮動宮應，角動角應之應。則律即指音律無疑。《卜居》有"黃鐘"，《招魂》有"大呂"，則十二律呂之説，已見於屈子作品之中。其有律者，事之所當然也。然朱熹注曰"律謂十二律，黃鐘、大呂、太蔟、夾鍾、姑洗、中呂、蕤賓、林鍾、夷則、南呂、無射、應鍾也。作樂者以律和五聲之高下，節謂其始終先後數疾徐之節也"。按《説文》

"律，均布也"。《爾雅·釋詁》"法也"。借爲音律之律，蔡邕《月令章句》"截竹爲管，謂之律"。《虞書》"同律度量衡"。《周語》"律所以立均，出度也"。古傳説定度量衡皆以竹管爲法，故律訓爲法也。音律之説至繁，朱熹説綜合言之爾。非其極則也。然非始於朱氏，《虞書》"律和聲"，《孔傳》"律謂六律六吕也"，故别言之，則黄、太、姑、蕤、夷、無爲六律；混言之，則六吕亦得曰律矣。然律字在音樂上使用，當分爲制樂之律，與使用之律兩事。《東君》應律之説，似指用律言，用律則先以一樂領之，如奏黄鐘之宫，則調起黄鐘，先擊黄鐘之特鐘，繼之乃鼓棟，於是笙、簫、篪、管、塤、篴等皆翕然應此而起（下管以管爲主，笙奏以笙爲主）。此所謂應律也。律既應，則合奏始矣。故叔師以會合六律釋之。凡舞以樂爲節，故曰會舞合節也。故用律，亦依制律既成而用之，非用律别有所作也。

律名起於春秋以前，惟一名而有大小之殊。大名指十二律，小名指十二律中之六陽，而六陰别名爲吕。六陽律者，黄鍾、太簇、姑洗、蕤賓、夷則、無射也。六吕者，大吕、應鍾、南吕、林鐘、仲吕、夾鐘，六陰聲也。此十二律之音，與今西樂之十二黑白鍵相同。然十二律之名義，多不可解（漢人附會之説不足據）。應爲當時民間所使用，而爲作律者所采。其名皆方言，不可詳知。古籍釋此者，莫早於《國語》伶州鳩對周景王鑄無射鐘之問。其中頗雜五行、六氣、九德及政教、天文等不甚可解之解説，大約在景王時已不甚了了也。

然十二律之用，則存於今可考者，尚有編鐘之成套樂器，可作的證。編者十六器，懸於一虡簴，即《漢志》所謂八八爲伍，伍耦也。律吕以八音爲一組，皆隔八位爲耦也。兩組同懸，故十六枚也（詳附圖）。今世存者，尚有"余義編鐘"、"敢狄編鐘"、"黿君求編鐘'、"楚王頵編鐘"、"者減編鐘"、"虢叔編鐘"、"驫氏編鐘"等，其有殘缺，僅有一器者，如"虢叔大林鐘"、"穌父大林鐘"、"大林韻鐘"、"井伯蕤賓鐘"、"鄭邢奴綏賓鐘"、"太簇清鐘"、"夾鐘清鐘"，更益以載籍所載，如景王之鑄無射（周無射鐘，至隋乃毁。見《春秋正義》及《困學紀聞》)。而爲之大林等，則十二律之用，已早見於春秋以前，約定俗成，而名隨之，則所起必至古，或當周之初，殷之末世與？不可得而知矣。

以上所言，皆就用律之事實，以求證。屈宋以前之史蹟，至於治律之説，雖不爲屈宋所稱道，戰國以前亦惟見《管子》一書，《周語》所載伶州鳩説至恍惚，不可知。然自來推樂律諸家，多據三分損益，隔八相生之説以定之。其説至今習樂律者，以爲合於樂理，兹略表如下。

十二律呂相生圖

黃鐘長九寸，圍九分，積實八分一十分，三分損一，下生林鐘。

大呂長八寸，二百四十三分寸之一百四，圍九分，積實七百五十八分四釐强，三分損一。下生夷則。

太簇長八寸，積實七百二十分，三分損一，下生南呂。

夾鐘長七寸，二千一百八十七分尺之千七十五，圍九分，積實六百七十四分二釐，三分損一，下生無射。

姑洗長七寸九分寸之一，圍九分，積實六百四十分，三分損一，下生應鐘。

仲呂長六寸，萬九千六百八十三分寸之萬二千九百七十四，積實五百九十分二釐，三分益一，上生黃鐘。

蕤賓長六寸，八十一分寸之二十六，圍九分，積實五百六十八分八釐强，三分益一，上生大呂。

林鐘長六寸，圍九分，積實五百四十分，三分益一，上生太簇。

夷則長五寸，七百二十九分寸之四百五十一，圍九分，積實五百五分七釐，三分益一，上生夾鐘。

南呂長五寸三分寸之一，圍九分，積實四百八十分，三分益一，上生姑洗。

無射長四寸六千五百六十一分寸之六千五百二十四，圍九分，積實四百四十九分四釐，三分益一，上生仲呂。

應鐘長四寸二十七分寸之二，圍九分，積實四百二十六分三分寸之二，三分益一，上生蕤賓。

六呂亦曰六間，呂言其體，間言其位。以其爲律之偶，而同於陽，故亦曰六同同言其情也。

（附參）古樂器之實際音調如何，古今争執者極多，似仍無定見。

日人濱田耕氏曾於其所著《泉屋清賞别集》中就大畈佳友氏所藏，得自陳氏舊藏周鐘十枚，定其振動數與音高等，此爲一種真實科學之研究，有實際效用。兹附如下，以作參考。

鐘名	鐘高（尺）	甬高（尺）	振動數	音高
井巳妏鐘	1.415	0.710	197.4	雙調（倍）殆爲一致
叡鐘	0.955	0.510	415.5	較鳧鐘略高
兮仲鐘	0.815	0.445	823.6	較鳧鐘（清）略高
已侯鐘	0.550	0.335	1280.0	較平調（清）略低
費公鐘大	1.160	0.580	274.9	與上無（倍）一致
費公鐘次	1.000	0.440	469.8	較鸞鐘稍高
費公鐘小	0.765	0.405	579.9	較壹越（清）略低
奇字編鐘	0.490	0.175	618.9	較斷金（清）略高
虢叔編鐘	0.765	0.390	765.6	較雙調（清）略低
叡編鐘	0.510	0.290	646.0	較平調（清）略低

餘詳濱田氏原書。

黄鐘

《卜居》“黄鐘毀棄”。王逸注“賢者匿也”。五臣云“黄鐘樂器，喻禮樂之士”。洪興祖《補注》“《國語》云‘黄鐘所以宣養六氣、九德也’”。朱熹《集注》“黄鐘謂鐘之律中黄鐘者，器極大而聲最閎也”。按此詞《楚辭》只一見，依文義言，指鐘中最主要之一，然古籍用此，有本義，有引申義。本義者，如朱熹説所謂鐘律之中黄鐘者；引申義，則由鐘中之最宏大者，借爲樂器中重要之樂器，得説明之如次。

古傳説定律以長九寸圍九分之竹爲樂音之基音，此基音律管最大，名曰黃鐘，是爲陽律六音之首。一切宮調，皆由此起。下此則三分損一而生陰呂之林鐘，林鐘三分益一又上生太簇，反覆相錯，而得十二律，而皆生於黃鐘，故黃鐘爲音律之始。管色最長，音最高（參律字一條），此黃鐘乃音名也，是爲本義。

黃鐘既爲制律之標準音基，則用律（或説用樂更切）時調協衆樂，亦即以此黃鐘之管所得之音爲準，餘樂皆調之以相應。故黃鐘遂爲衆樂之主。此黃鐘指律中黃鐘一宮調之鐘言，此實指樂器之名，乃借音名以命器名者也。有如無射、大呂、林鐘、蕤賓等之以音名命鐘者（參律字條），同其作用。然《卜居》此文，上言黃鐘毀棄，瓦釜雷鳴者，瓦釜乃烹飪器，非樂器不中音程，今乃毀棄中律之黃鐘，而以非樂器之瓦釜使在樂位而雷鳴，即所謂"讒人高張，賢士無名"也。

又依古説，黃鍾屬特鐘，即十二辰之鐘以應十二月之律，十二辰之鐘，大鐘也。特縣《詩》、《書》、《爾雅》所謂鏞，亦即此也。古奏樂以爲終始之節，僅於起樂與止樂時用之。凡正奏時，則不擊特鐘（或輕擊，使其聲不過笙管），起樂又以定律，奏終仍歸黃鐘律《尚書大傳》云"天子將出，撞黃鐘，右五鐘皆應"，是也。故十二律呂名爲一鐘，而黃鐘又爲十二律之首，天子宮縣（縣者使鐘懸掛於架上之謂，架梢謂之簨，橫謂之簴，詳簨字條下。宮縣者四面縣之如室之有牆，故謂之宮）黃鐘、蕤賓在南北，其餘則在東西也。

然古説大呂，尚有別義。《史記·平原君列傳》"毛先生一至楚，使趙重於九鼎大呂"。《正義》曰"大呂，周廟大鍾"。《樂毅傳》"大呂陳於無音"。《索隱》曰"大呂，齊鍾名"。兩説皆與此文不類。古鑄鍾者，必十二律皆有之，如襄十九年之季武子作林鍾，昭二十一年言"大王將鑄無射鐘"，皆其證也。清儒如程瑤田、阮元皆有特考可參。

大吕

《招魂》"吴歈蔡謳，奏大吕些"。王逸注"大吕六律名也。《周官》曰'舞雲門，奏大吕'。言乃復吴人歌謡，蔡人謳吟，進雅樂，奏大吕，五音六律聲和調也"。《文選》奏作秦。五臣云"吴、蔡、秦皆國名"。洪興祖《補注》云"大吕非秦聲，五臣説非是"。按吴歈蔡謳者，言吴之歈，蔡之謳，皆歌也（詳吴歈蔡謳下）。奏大吕些者，言以大吕調伴奏吴蔡之歌，非吴蔡之歌外，又別作大吕之樂也。凡樂皆有歌，而歌必有宫調。此言以大吕之調伴奏，以大吕爲宫聲，次夾鐘，以商聲應，次仲吕，以角聲應，次林鐘，以變徵聲應，次南吕，以徵應，次應鐘，以羽聲應，次半大吕，以變宫聲應。吴蔡歌者在堂上（依周制言當在門外），奏者在堂下（若指琴瑟伴奏，言則在堂上）。則堂上歌吴、蔡之歌，堂下奏大吕之調也。奏大吕者，歌詩等以大吕宫起調，畢曲。《玉海音樂》引《三禮義宗》云"堂下之樂以鐘爲重，故舉鐘而言，堂上之樂以人聲爲重，故以歌爲稱"。《招魂》者，招懷王之魂，故禮制不得大異（楚人禮制是否悉合儒家北土儀則，今尚不敢全知，而歌樂分在堂上下，則爲物質條件自然之歸趣，故從之）。叔師以"進雅樂，奏大吕五音"云云，亦失於望文生義，皆不合禮制暗於文理，不可從。又《宋史樂志》引姜夔議，謂周六樂，奏六律，歌六吕云云，則獨奏用六陽律，合詩用六陰吕，與《招魂》説合。白石精音理，所言與在屈宋會最爲允當。

大吕者，音名十二律之六陰吕首一律也。詳律字下，於律爲次高音，僅次於黄鐘，爲黄鐘之偶。餘參律、黄鍾諸條。

附參按徐文靖《管城碩記》卷十七云。

按《史記·平原君傳》"毛先生一至楚，使趙重於九鼎、大吕"。《正義》"大吕周廟大鐘。《樂毅傳》'大吕陳於元英'"。《索隱》曰"大呂齊鐘名"。以兩説證之。此所云大呂者，蓋所鑄之鐘聲，應大呂之律，因以爲名。襄十九年《傳》"季武子以所得於齊之兵作林鐘"。昭二十一年"大王將鑄無射"。皆鐘名也。又《周禮·大司樂》曰"奏黃鐘，歌大呂"。若大呂律名，不得以爲奏矣。況律有十二，何當獨奏大呂耶？

按徐氏以大呂鐘聲説大呂，較叔師爲進，然未審文氣。奏大呂句，與吳歈蔡謳相連成文之例，分爲兩事，且於禮制亦未融洽，由知古有無射、林鐘之鐘，而不知十二律，可各爲調，大呂即大呂調也。齊桓爲大呂鐘，事見《呂氏春秋·侈樂篇》及《晏子春秋·諫下篇》。

角

按角字《楚辭》凡四見，其用凡三。一爲獸角，此本義也；二爲古代音樂術語；三則天文上之星名。星名詳角宿一條下。

（一）獸角。《招魂》"土伯九約，其角觺觺些"。王逸注"地有土伯，執衛門户……其角觺觺，主觸害人也"。《説文·首部》角字"獸角也。象形，角與刀魚相似，凡角之屬皆從角"。大徐古岳切。《玉篇》"角獸頭上骨出也"。引申爲人體之角，如日月角、角犀豐盈之類。按甲骨文作〇或〇，金文作〇，並象角形。

（二）中國古代音樂術語。《七諫·謬諫》"叩宮而宮應，彈角而角動"。王逸注云"宮角五音也。叩擊五音，各以其聲感而相應也"。洪興祖《補注》"《莊子》云'鼓宮宮動，鼓角角動，音律同矣'"。《淮南》云"調絃者叩宮宮應，彈角角動，此同聲相和者也"。注"叩大宮則少宮應，彈大角則少角動"。曼倩所言，即本之《莊子》。按所謂角者，爲五音或七音宮商角變徵，徵羽變宮之第三位稱名。以音階言，約與燕樂工尺譜之工音，西樂之 la 音相當（五音次第，有以宮、徵、商、羽、角爲次者，此五音相生説之所列；有以徵、羽、宮、商、角爲次者，則以音階排列，與燕樂合、四、一、上、尺、工、凡、六、五之次而得者，此中至繁賾，不易說。故以一般能與燕樂西樂相配合之次序爲次）。以調言，約與西洋樂之 a 調相當。餘參五音宮、律、大吕等條。

四上

《大招》"四上競氣，極聲變只"。王逸注"四上謂上四國代、秦、鄭衛也"。洪興祖《補注》曰"四上謂聲之上者有四，謂代、秦、鄭、衛之鳴竽也。伏羲之駕辯也，楚之勞商，又趙之簫也"。朱熹注"四上未詳"。按四上一詞，古今釋者異說至多，至今仍未能歸於一是。叔師以爲代、秦、鄭、衛爲上四國，於詞例既乖，古義亦非；洪補謂鳴竽、駕辯、勞商、簫則樂器與詩詞兩混，且舉駕辯、勞商而不舉揚阿，亦偏而不全，故朱熹直以未詳說之。歷世諸家，代各有釋。兹擇其最流行而較有理致者，類之如次。

一、王夫之以四上爲"上聲四韻相叶（上讀時掌切）。古樂府有上聲歌，蓋平濁上清聲之清者也。競氣引氣競入於高渺，聲之變也"。見《通釋》卷十。

二、林雲銘《楚辭燈》以爲"以歌之四面合奏，上達至高，猶秦音遏雲之響，故曰四上。競上爭用力以致其氣也，此乃至極之聲，又成變調，故極聲變"。

按上二說，王說雖有依據，而至薄弱。平濁上清之言不合音理，與文義亦不調遂；林說毫無依據，不過望文生義而已。與王、洪之說同其陋。

三、周拱辰《離騷草木史》云"四上競氣，引焦弱侯《類林》古者樂三上乃止。此云四上，四奏樂以宣四時之氣也"云云。所得亦略仿佛王夫之，不足以論是非。

四、別以四上爲燕樂工尺譜之四上二音，其說始於唐順之《稗編》，毛西河申之。而陳本禮《屈辭精義》，蔣驥《山帶閣注楚辭》承用之。

兹節唐毛兩説如下。

唐氏《稗編》云"管色字譜，五、凡、工、尺、上、四、六、一、勾合，合字爲黄鐘正聲，下四大吕，高四太簇，下一夾鐘，高一姑洗，上字仲吕，勾字蕤賓，尺字林鐘，下工夷則，高工南吕，下凡無射，高凡應鐘，六字黄鐘清，下五大吕清，高五太簇清，緊五夾鐘清。此十字，載籍無可考。惟《楚辭·大招》曰'四上競氣，極聲變只'。舊注未詳，今按《招魂》'吴歈蔡謳，奏大吕只'。大吕爲宫，其譜四上，仲吕爲角，鐘吕爲角，其譜上字，四上競氣，謂宫角相應也"。

毛大可《竟山樂録》云"二八四上，古樂經也。二八者人聲也。人聲十六，故曰二八；四上者，笛聲也。笛聲譜曰四、上、尺、工、六爲宫商角徵羽，四上宫與商也。《大招》曰'謳和揚阿，趙簫倡只'。言《陽和》之歌，當以簫爲倡，凡絃、匏、鐘、磬皆從簫倡之，故又曰'定空桑只'。言自此可定絃也。猶今鼓、筝、瑟者，必先吹笛，以奠其聲是也。其曰'二八接舞'者，言人聲十六，可繼舞而歌也。'四上競氣，極聲變只'者，言宫聲由商而爭上，至極而變，則曰清聲生焉。蓋五聲之上，又加四聲爲元聲，即變聲也。《舊樂書》曰笛色譜共十字，載籍無可考，然必有所自來。惟《楚辭·大招》有二八四上字，註四上未詳，實則四上即笛色譜中四與上也。但其注四上指宫與角，與此不同。恍然悟樂以聲爲主，樂之聲以人聲爲主，聲以調爲準，聲之調以宫調爲準，而皆於笛乎推之。蓋八音革木皆主節樂，無與五聲，金石司五聲，而編鐘編磬專一，難轉絃，以一絲，典一聲，猶之金與石也。惟竹兼瓠土，以篪、簫、笛、管而兼塤、簧於其間，其於五音之留轉遞代環，至不竭，了無扞格，而神明變化，足爲樂律。故黄帝制樂，斷自伐竹，而舞樂之妙，稱爲簫韶也"。

按毛氏之説極辯。然其最終目的在於以説明燕樂笛色在音理上之妙用，實與《大招》本文無關。而以"趙簫倡只"爲其説關鍵轉旋之樞，則不悟趙簫一語乃空桑以前一章細别之言，與二八接舞以下所陳大殊。蓋用順之之説，而又加以附會者也。説較順之爲細，而附會亦加密矣。

燕樂譜所起至晚，必非屈宋時代所有無疑。故雖極辯博，而仍不能服人之心。

五、王萌《評注》云“按古樂四節，初升歌，二笙入，三間歌，四合歌，凡四次。四也競氣極聲變，言爭用力，以致其氣盡態極妍，窮諸音聲之變也”。胡濬益《新注求碻》從之。案此説最得禮義。又《大招》原文云‘二八接舞，投詩賦只；叩鐘調磬，娛人亂只；四上競氣，極聲變只’。六句三韻，獨爲一小節。與上文代、秦、鄭、衛等八句，雖亦言樂，而細別樂舞種色，舉其細目者不同，叔師與慶善混爲一節，王、胡則分別文義而二之，實爲有得，不可忽視。故所推論，最爲融洽（參《觀堂集林》卷一釋樂次，及阮元《揅經室集·天子諸侯大夫士金奏升歌笙歌間歌合樂表説》，金鍔《古樂節次第等差考》諸文）。附四節大義。凡樂有四節，一節堂上升歌，三終。升歌用琴瑟，天子加玉磬（又凡樂重升歌，鄉飲射皆有之。則小祭祀、賓客亦宜有）。二節堂下笙入，三終（笙、管在堂下階間，下管笙入，皆有調，無詞。參竽條後段）。三節堂上下間歌，三終。謂堂上歌，堂下吹，一歌一吹相間也。堂上歌，則堂下笙管又作；堂下吹，則堂上絃歌不作。四節堂上下合樂之，終。三節時堂上下相間而作者，至此則堂上歌，堂下吹，一時並作，而八音備焉。四上競氣，正謂四節之末，堂上下皆競氣而歌吹也，則四上競氣一節，與《論語》所謂‘關雎之亂，洋洋乎盈耳’者同其義也。則《大招》此節，蓋指四樂之四節言也（參‘亂曰’字條）。此即顏延年《曲水詩序》所謂三奏四上之調。則中古時尚有人能知此也”。

五音

《九歌·東皇太一》“五音紛兮繁會”。王逸注“五音，宮、商、角、徵、羽也。紛，盛貌。繁，衆也”。五臣云“繁會，錯雜也”。按五音，朱熹《集注》亦用叔師説，指宮、商等聲，五音古籍多言五聲。《左傳》昭二十年“聲亦如味，一氣，二體，三類，四物，五聲，六律，七音，八風，九歌以相成也"。杜注"五聲宮商角徵羽"。《釋文》"五聲宮爲君，商爲臣，角爲民，徵爲事，羽爲物"。又二十五年"章爲五聲……爲九歌，八風，七音，六律，以奉五聲"。杜注同。其他見於《周禮》者有《天官·疾醫》、《春官·大司樂》，又《大師》、《禮記·禮運》、《學記》。然《孟子·離婁》上"不能正五音，又繼之以六律，正五音不可勝用也"。趙岐注"志云'五音宮商角徵羽也'"。自來注家皆以宮、商、角、徵、羽釋五音，此說不見於春秋以前書，然《國語》已有"琴瑟尚宮，鐘尚羽，石尚角，匏竹利，制，大不踰宮，細不過羽"。《管子》亦言"凡將起五音，先主一而三之，四開以九九，是以生黃鐘，小素之音以成宮，三分而益之一，爲百有八，爲徵，有三分而去其乘，適足以成商，有三分而復於斯，以足生羽，有三分去其乘，適足以成角"之言。則至遲當在戰國初期，已有此說（《國語·周語》伶州鳩言律，尚不用宮商等名）。《管子》以音階說五音與《國語》比擬樂器音色言五音者不同，而一切樂律，不能不有音調，於是五音一詞，有音階 Musical scale 言者，等於俗樂之上、尺、工、凡、合、四、一、六、五，或西洋樂器之 Do Re Mi Fa Sol La Si。漢以旋宮說宮商角徵羽，則五音又指音調之變言（pitch of sound）（如俗樂之小工調、大石調、般涉調等，西洋樂器之 C, D, E, F, G, A, B），《國語》琴瑟尚宮，鐘尚羽等，則以音色配五音（音色 Timbre）。故其用至紛亂，不甚明確。《東皇太一》之"五音紛兮繁會"一語，叔師雖指爲宮商五音，而就文義斷之，則音調音階必依律而定。曰紛曰繁，似於修辭上爲玼累不切，且上文已言拊鼓、陳竽、陳瑟，又曰浩倡、正五音繁會之所由，則五音當以音色言之，不當以宮商等音階音調言也。則叔師此注顯未允當。餘參宮角律諸條。

《九歌》五音應指樂器言。然亦不害其爲宮商等五音，換言之，屈宋之時已確有宮商五音之說。宋玉賦言"客有歌於郢中者……引商、刻羽，雜以流徵"。《國策》亦言"郢人作《陽春》、《白雪》，其詞引商刻羽，雜以清角流徵"。《九歌·東君》亦言"展詩應律"。音階亦律中一事（雖不必即爲宮商五音）。不僅此也，戰國初年《楚王酓章鐘》已刻宮商等字以表音高。則楚之有五音，久在屈宋之前矣。則謂南楚當屈宋之時，已盛行五音階或七音階制，蓋非瞽説。《招魂》言"四上"，清人指爲燕樂之四上（別詳四上下），再合以《卜居》之黄鐘，《招魂》之大吕及稍後之賈生清商，則謂南楚樂制，凡五音、七音，六律、六吕，旋宮、宮懸諸端，無不具備，似亦非侈放不合史實之言。

又五音之説，至漢而比附多端。以五方、五色、五行、四時、五聲陰陽平上去入及聲母之喉牙舌齒脣、十二時、十二月、十二律，説至繁頤，要皆附會之説。雖爲考古者所當知，而非讀《楚辭》所必需，亦非今日之所必詳。故一切從略。

簧

《九歎·憂苦》"願假簧以舒憂兮"。王逸注"笙中有舌曰簧。《詩》云'吹笙鼓簧'"。又《九思·傷時》"使素女兮鼓簧"。《楚辭》簧字僅此二見，皆借以指竽笙言也。《説文》"簧，笙中簧也。從竹，黄聲"。《小雅》"吹笙鼓簧"。《毛傳》"簧笙中簧也"。吹笙則簧鼓矣。《莊子·駢拇》"使天下簧鼓"。古籍有單言簧者，《王風》"右執簧"。《傳》曰"簧笙也"。《車鄰》"並坐鼓簧"。《傳》同叔師笙中有舌曰簧，即此義也。《詩·君子陽陽》正義云"簧者笙管之中金薄鑮也"。今人尚有此語，徧及於一切樂器之有舌者，或以銅片，或以薄竹爲之。俞正爕《癸巳類稿》有《簧考》一篇，獨主簧爲一種樂器，《月令》、《明堂位》等多笙簧並舉。並謂簧，即今歗子，《通俗文》爲哨子、喇叭、嗩吶、口琴皆有之。單用則曰哨子，亦曰叫子。唐時樂有吹葉，因謂"據世本推之，知女媧破小管納舌鼓之名簧，自爲一樂器，其後配笙，又自爲一樂器。於經史時制，皆可通。章如愚《群書考索》謂簧當自爲一樂器，其識甚卓"云云。可備參攷。

瑤簾

《九歌·東君》"簫鐘兮瑤簾"。王逸無注。簫一作蕭。洪興祖《補注》"瑤簾以美玉爲飾也"。朱熹説同。按瑤簾以玉爲飾，古説只謂璧翣。璧翣縣於業端，與植虡無涉，不得言瑤簾，更無他説可證。洪、朱直望文生訓耳。陳暘《樂書》引此，以爲瑤玉爲鐘簾，希代之器，附會可笑。瑤當爲搖字之誤。《招魂》有"鏗鍾搖簾"，即此"簫鍾瑤簾"也，可證。搖簾謂擊鐘磬時，飾於虡上之獸（在楚可能爲九龍），飛動而搖，即《考工·梓人》所謂擊其所縣而由其虡鳴也。詳搖簾條下。

搖簾

《招魂》"鏗鍾搖簾，揳梓瑟些"。王逸注"鏗撞也，搖動也"。五臣云"虡縣鐘格，言擊鐘則搖動其格"。按五臣説近似而未允。《考工記·梓人》云"厚脣弇口，出目短耳，大胸燿後，大體短脰若是者謂之臝屬……其聲大而宏……則於鐘宜若是者，以爲鍾虡，是故擊其所縣，而由其虡鳴"。又云"銳喙決吻，數目顧脰，小體騫腹，若是者謂之羽屬……其聲清揚而遠聞……於磬宜若是者小爲磬虡故擊其所縣，而由其虡鳴"。此言臝屬以飾鐘簾，蓋刻木或鏤金以裝飾於鐘磬之縣，植柱之上。此等飾簾之猛龍飛禽必即生動，耳、目、口、腹、吻、脱皆能搖動。《莊子·達生》篇載"梓慶削木爲鐻，見者驚猶鬼神"，即此事之擴大言之（梓慶即梓人名慶者也）。故擊其縣之鐘磬，"如（而）猶（由）其虡鳴"，所以狀虡上所飾猛獸鳥羽之飛動。則屈宋所言與《周禮》合。屈宋曰搖，自其實象言，《周禮》曰鳴，自其虛象言。其實一也。賈誼《簾賦》言"負大鐘而欲飛"。張衡《西京賦》"洪鐘萬鈞，猛簾趪趪"。曰飛、曰趪趪，即《招魂》之搖也。搖其實，飛趪其誇言，自鳴其虛詞矣。

簫鐘

《九歌·東君》“簫鐘兮瑤簴”。王逸無注。簫一作蕭。洪興祖補曰“《儀禮》有笙磬、笙鐘。《周禮·笙師》‘共其鐘笙之樂’。注云‘鐘笙與鐘聲相應之笙’。然則簫鐘與簫聲相應之鐘歟。簴其呂切。《爾雅》木謂之虡，縣鐘磬之木也。瑤簴以美玉爲飾也”。朱熹《集注》說與洪同，望文生訓極不可通。按簫鐘一詞，諸家說不安處，簫當爲誤字，以鐘鼓瑟竽等文相連而誤也。簫鐘句，與上緪瑟交鼓句對文。緪字動詞，則簫不得爲名詞，此其一。又《招魂》有“鏗鐘搖簴”句，句法與此全同。鏗字王逸訓撞，而搖亦動字，則此句簫瑤兩字皆誤，或同聲之借（搖字誤別詳）。按洪邁《容齋續筆》引蜀客所見本作“攎”，《廣韻》訓爲擊也。蓋是擊鐘與緪瑟正對耳。簫與攎蓋形近而誤。《招魂》作鏗，亦擊義也。李詳《媿生錄》證今本洪注有誤云，洪景廬《容齋續筆》言洪慶善注《九歌·東君》“緪瑟交鼓，簫鐘瑤簴”。引《儀禮》鄉飲酒章，間歌魚麗笙由庚歌南有嘉魚，笙崇邱，爲此云簫鐘從二樂聲之相應者，互奏之。既鏤版，置於墳庵，一蜀客過而見之曰一本簫作攎。《廣韻》訓爲擊也。蓋是擊鐘正與鼓瑟爲對耳。慶善謝而亟改之。詳按：今本補注所引與景廬之說小異。一本簫作攎亦未載入。容齋此言，慶善爲彼自言，則當時必改補可知。近所流傳者蓋慶善初行之本也。

梓瑟

《招魂》“揳梓瑟些”。五臣云“揳，撫也。以梓木爲瑟”。按五臣謂梓木爲瑟。《說文》“梓，楸也，從木，宰省聲，杍或不省”。桂馥《義證》引蕭炳《四聲本草》“梓樹似桐而葉小花紫”。古作琴多以岡桐，故瑟曰鳳桐。然漢人有言冬槐夏桑者，《易緯通卦驗》“人君冬至日使八能之士，鼓黃鐘之瑟。瑟用槐木，長八尺一寸；夏至日瑟用桑木，長五尺七寸”。則鑿瑟不定用桐也。曹植《與吳質書》“斬泗濱之梓以爲箏”，則梓可作樂器，箏亦瑟之類也。沈約《題趙瑟曲》“邯鄲奇弄出文梓，縈絃急調切流徵"。餘詳瑟字條下。

篪

篪字《楚辭》僅《九歌·東君》一見，"鳴篪兮吹竽"。王逸注
"篪、竽，樂器名也。言己願供修香美，張施琴瑟，吹鳴篪竽，列備衆
樂，以樂大神"。"篪一作篪"。洪興祖《補注》"篪與篪同，並音池"。
《爾雅注》云'篪以竹爲之，長一尺四寸，圍三寸，一孔上出，一寸三
分，名翹。橫吹之。小者尺二寸。《廣雅》云'八孔'"。朱熹《集注》
同。按《説文》"篪，管樂也。從龠，虒聲。篪篪或從竹"。大徐直離
切。《小雅·何人斯》"伯氏吹壎，仲氏吹篪"。《傳》"竹曰篪"。《爾
雅·釋樂》"大篪謂之沂"。注"篪以竹爲之。長尺四寸，圍三寸，一孔
上出，三分，名翹。橫吹之，小者尺二寸"。按篪如今橫吹笛而大，其
孔數亦不同。先儒言之各別，《五經要義》言六孔，《周禮·小師》鄭司
農注、《漢書·禮樂志》師古注言大孔，《廣雅》八孔，《三禮圖》引
《舊圖》言九孔，《世本》言十孔，而《廣雅》言之最備云"以竹爲之，
長尺四寸，有八孔。前有一孔，上有三孔，後有四孔，頭有一孔"。桂
馥《説文義證》言"案《禮圖》篪七孔，不數前有一孔，與《廣雅》
八孔合。以爲六孔者，不數上伏一孔，與諸言七孔音合"。按桂氏僅以
數字組合言之，而不甚顧音理，雖可勉通各説，未必合於音律。陳氏
《樂書》則謂以中聲論之，六孔六律之正聲也。八孔八音之正聲也，十
孔五聲正倍之聲也。蓋其大小異制。而以鄭司農七孔之説爲未免泥乎七
音，亦徒空言。不按情實，如十孔爲五聲之倍，豈十指皆各按一孔乎，
於事理亦無當，蓋古説之不可知者。宋篪六孔與今笛同，諸書言孔數者
疑與今笛底穿二孔穿繩爲飾之類，未必每孔必當一律也。

古篪示意圖

又《太平御覽》引《世本》曰"簏吹孔有觜如酸棗"。又引《樂纂》曰"橫笛小簏也"。則簏之制，蓋如今之笛，而有義觜。今姑作示意圖如上。

簏之用，見於《詩經》二次。一見上引《小雅·何人斯》，其二則《大雅·板》云"如壎如簏"。《周禮·笙師》亦言"掌教龡竽……簏"。《荀子·樂論》亦言"聲樂之象，壎簏翁博"。《吕覽》亦言"仲夏調竽、笙、壎、簏"。《古史考》亦云"壎簏尚矣"。古籍與壎（即塤）合言之。《中説·天地篇》以爲"剛柔清濁，各有端序。言若壎簏"。注云"壎土音，剛而濁，簏竹音，柔而清"。漢以來有壎簏同律之説。《七修類纂》以爲他音各爲一節，惟壎簏二音共爲一節，較唐許堯佐《壎簏相須賦》所言爲切直。王筠《句讀》亦言他樂器自爲一節，壎簏二器相應共爲一節云云，即本《類纂》也。《詩》兩言壎簏，而又與他樂合。《九歌》"鳴鼈吹竽"而外，有簫、瑟、鼓諸樂，則鼈亦可與他樂合奏。北土未見此習，其南人所獨有者，是又楚俗之别矣。

駕辯

《大招》"伏羲駕辯，楚勞商只"。王逸注"伏戲，古王者也。始作瑟。《駕辯》、《勞商》皆曲名也。言伏羲氏作瑟，造《駕辯》之曲……或曰《伏羲》、《駕辯》，皆要妙歌曲也"。按王説伏羲有二義，一爲王者，一爲歌曲名。依下句"楚勞商只"論之，則以王者一説爲允。《駕辯》曲名，按《玉海》一百十引《路史·後紀》"伏戲斲桐爲七尺二寸之琴，繩絼以爲絃。絃二十有七，命之曰離，徽天音，操駕辯，以通神明之況，以合天人之龢'。左思《吳都賦》"或超露而駕辯"。劉淵林注云"伏羲作琴，始造此曲"。《世本》"伏羲作瑟，神農作琴"。劉注誤瑟爲琴，皆漢以後傳説。戰國以前書闕有間，無可爲徵，《大招》獨存此説，爲後人汲古者之一助，然其義不甚可解。以辯名者，戰國以來固有九辯，九歌，見《山海經》、《楚辭》。王叔師注《楚辭》，以變釋辯，亦與古樂歌不協，仍本蓋闕之義可也。周中孚《鄭堂札記》引明梅鷟《古易考原》以駕辯爲伏羲書名，特以畫卦一傳説而附會者矣。餘詳伏羲條下。余謂伏羲本古傳説之日神或日御，有車駕，日行常變，晝、夜、十二時、十二月、四時等皆時時在變中。以其乘車駕而變，故曰駕辯云爾。參伏羲條下。

韶

《離騷》"奏九歌而舞韶兮，聊假日以媮樂"。王注"韶九韶舜樂也。《尚書》'簫韶九成'是也"。洪補云"《竹書》云'夏后啟舞九韶'"。《遠遊》"二女御，《九韶》歌"。王注"韶舜樂名也，九成九奏也。屈原美舜遭值於堯，妻以二女，以治大下……遂禪以位，升爲天子，乃作韶樂，鐘鼓鏗鏘，九奏乃成"。《九歎・憂苦》亦云"惡虞氏之簫韶"。《楚辭》言韶僅此三見。王注、洪補、朱注，皆以爲舜樂。《白虎通》、《儀禮樂》篇云"《禮記》云'舜樂曰簫韶'"。（詳胡承珙《求是堂集・簫韶解》）按《説文》"韶虞舜樂也。《書》曰'簫韶九成，鳳皇來儀'"。《左傳》襄二十九年"見舞韶箾者"。杜注"舜樂"。《莊子・至樂》"九韶以爲樂"。《釋文》"九韶舜樂名"。字又作磬。《周禮・大司樂》"以樂舞教國子，舞《雲門》、《大卷》、《大咸》、《大磬》"。注"大磬舜樂也"。又"九德之歌，九磬之舞於宗廟之中奏之"。鄭注"九磬當讀大韶，字之誤也"。《淮南・齊俗訓》許注、《氾論訓》高注説並同。字又作招。《吕氏春秋・大樂篇》"帝舜乃令質修九招"。《墨子・三辯》亦云"湯乃自作樂，命曰護，又修九招"。修九招，修治古樂九招，亦如《史記・五帝紀》"禹乃興九招之樂"之義也。其名又見《山海經・大荒西經》、《漢書・禮樂志》。字又作昭，《史記・李斯傳》"昭虞武象"。《鹽鐵論》"武昭不擊"皆是也。經典舜樂字皆作韶，惟《周禮》作磬。考《説文・革部》"鞀或作鞉或作鼗，籀文作磬，從殸，召聲"，是則《周禮》用籀文。鞉、鼗、韶皆後起字，招、昭皆借字也。

疑韶本爲一種樂器，或即鼗之類，鼓之小者，則韶樂其以小鼓爲節奏之樂（大鼓爲始終再起之樂，與此別）。古樂重節拍，故《詩經》狀鼓聲之言極多，曰“繫鼓其鏜”，曰“坎其擊鼓”，曰“坎坎擊鼓”，曰“奏鼓簡簡”，曰“鼉鼓逢逢”。而於鼗則曰“鼗鼓淵淵”（《商頌·那》）。則《采芑》之“鉦人伐鼓，伐鼓淵淵”，《有瞽》之“鼓咽咽”，以淵、咽狀鼗，則鼗之聲蓋所謂雍容揖讓之義與？此雖勉强推斷之詞，而並非無據。細讀《詩經》各篇，結合禮制，與周樂區分諸端，自能知此。桂小谷以爲“古者和樂之音，皆謂之韶。如《左傳》‘見舞韶濩者，不特舜樂也’”。此説亦可與余説相成而不背也。其曲至春秋時尚在，故孔子在齊聞之，三月不知肉味，又贊曰“韶盡美矣，又盡善也”。孔子教育中心禮樂，自是一大事，見文舞之韶曲曰盡善盡美，而謂武舞之盡美未盡善。武乃當時朝廷祖傳之樂，而曰未善，此則所謂“俎豆之事則嘗聞之，軍旅之事，未之學也”（衛靈公問陳，孔子對語。）者歟？故其贊舜，亦曰“無爲而治者，其舜也與”、“夫何爲哉？恭己正南面而已矣”。（此從《史記》、《漢書》解義，後人有以爲聞韶之言，傷其非，歟其美者，特曲解耳，不可從。《左傳》襄公二十九年“吳公子季札來聘……請觀於周樂……見舞韶箾者曰德至矣哉，大矣，如天之無不幬也，如地之無不載也。雖甚盛德，其蔑以加於此矣”。與孔子所贊，相去不遠，何言乎傷之！）

《楚辭》兩用九韶，皆在情緒蕭索，文將結束時，引古以自慰。叔師注《離騷》“奏九歌而舞韶”二句曰“言己德高智明，宜輔舜禹，以致太平，奏九德之歌，九韶之舞，而不遇其時，故假日遊戲而已”。注《遠遊》“二女御九韶歌”句亦曰“屈原自傷不值於堯，而遭濁世見斥逐也”，體會詩人之旨或相去不遠矣。

承雲

《遠遊》“張咸池奏承雲兮，二女御九韶歌”。王逸注“承雲即雲門，黄帝樂也"。《補注》曰"《吕氏春秋》'帝顓頊令飛龍作樂，效八風之音，命之曰承雲'。《淮南》云'有虞氏其樂咸池、承雲、九韶'。注云'舜兼用黄帝樂'"。按《周禮·春官·大司樂》"以樂舞教國子，舞雲門、大卷、大咸、大磬、大夏、大濩、大武"。鄭康成注"此周所存六代之樂。黄帝曰雲門、大卷，黄帝能成名萬物，以明民共財。言其德如雲之所出，民得以有族類"。按蔡邕《獨斷》云"樂，黄帝曰雲門"。《國語·周語》韋注、《玉燭寶典》引《樂緯稽耀嘉》宋均注説並同，《吕氏春秋·古樂篇》以雲門爲顓頊作，《淮南·齊俗訓》云"有虞氏，其樂咸池、承雲、九韶"，許注云"舜兼用黄帝樂"云云。蓋調停之説也。古初民族本應各有其所愛好之樂舞，後世遵而用之，自亦民情風習之常；亦有國者所以懷柔"勝朝"之義。後人乃爲調停之説者，皆依漢時國家所定禮樂制度之法論之而已，實無甚爭論之價值也。詳"咸池"條第二欵（别詳孫氏《周禮正義》四十二卷《大司樂》章）。又按吕氏以爲顓頊樂其説又見於《竹書紀年》"帝顓頊高陽氏二十一年，作承雲之樂"，皆在《淮南》、王逸之前，當從之。且高陽爲楚祖，則指顓頊爲更切近也。

清商

《惜誓》"二子擁瑟而調均兮，余因稱乎清商"。王逸注"清商歌曲也，言赤松王喬見己歡喜，持瑟調絃而歌，我因稱清商之曲最爲善也"。《文選》二十九李注引宋玉《長笛賦》"吟清商，追流徵"。所謂清商者，古言五音有清、濁、宫、商、角濁也。其高半音者曰清聲，有五，宫清、商清、角清、變宫清、徵角清也。有濁倍各一聲，凡聲倍之爲緩聲，半之則清聲。故朱熹注此云"清商歌曲名，五音各有清濁，濁者本聲，清者半聲也"，是也。漢以後有清商諸曲，《樂府詩集》自卷四十四至卷五十二皆其詞也。惟清調諸曲，其音律見於《晋書·律曆志》者云"清角之調，小姑洗爲宫"。注云"即笛體中翕聲於正聲爲角，於下徵爲羽，清角之調，乃以爲宮，而哨吹合清，故名清角"。清商曲，以夾鐘爲宮，夾鐘高於太簇，本名清商也。依《惜誓》"擁瑟調均"之言，則清商樂器用瑟。清商之音，皆主於激昂而悲涼。《古詩十九首》云"上有絃歌聲音響一何悲；誰能爲此曲？無乃杞梁妻。清商隨風發，中曲正徘徊，一彈再三歎，慷慨有餘哀"。觀此可以體會而得之矣。戰國所傳甯戚飯牛之歌亦曰商歌。周樂無商曲，亦避其悲也。大約戰國之末，豪傑之士多喜慷慨。不僅燕趙多悲歌之士，楚亦有勞商激楚之音，亦一代風習如斯，有不能純以理論析之者，合參激楚、勞商諸條自明。

勞商

《大招》"伏戲駕辯，楚勞商只"。王逸注"駕辯勞商，皆曲名也。言伏羲氏作瑟，造駕辯之曲，楚人因之作勞商之歌……或曰伏羲駕辯，皆要妙歌曲也。以楚聲絞商音爲之清激也"。朱熹云"伏戲之駕辯，楚人之勞商，皆古曲名，而未有考"。古今考《二招》及樂歌史者，皆不得其解。按戰國時期，南北士人多以宮、商等五音狀事物之情實。《管子·地員篇》"凡聽徵如負豬豕，覺而駭，凡聽羽如鳴鳥在野，凡聽宮，如牛鳴窌中，凡聽角、商，如離群羊，凡聽角，如雉登木以鳴，音疾以清"。《韓非子·外儲說》"夫教歌者，使先呼而詘之，其聲反清，徵者，乃教之"。又《十過》"周語仲山父曰，夫古者不料民而知其少多，司民協孤終，司商協姓名"。（注司商，掌賜族姓之官，商金聲清）。此類記載極多，即以音樂而論，有所謂清商、清角、羽聲（《國策》荊軻事）、清徵（見上引《韓非·外儲》）、流徵（《鹽鐵論·刺權篇》）、甯戚飯牛，亦曰商歌。故商乃樂曲名，其曲如何，今不可知，王逸以爲"勞，絞也。以楚聲絞商音爲之清激也"，則勞商即清商矣。"楚勞商"者，即漢高祖爲戚姬之楚歌（高祖蓋以楚曲配爲歌詩也），《樂府詩集·相和歌詞》，有楚調曲當即此類。《惜誓》言"二子擁瑟而調均兮，余因稱乎清商"。則清商乃瑟曲。《大招》上言伏戲駕辯，下言楚勞商。古籍傳伏義始爲瑟，而其曲名駕辯，則此勞商，亦即瑟曲矣。《招魂》云“竽瑟狂會，搷鳴鼓些；宮庭震驚，發激楚些”。王注“激清聲也。言復作激楚之清聲，以發其音也”。洪補引《淮南》曰“揚鄭、衞之浩樂，結激楚之遺風”。注云“結激清楚之聲也”。《文選·舞賦》李注“激楚歌曲也”。《招魂》亦以竽瑟爲樂，則激楚之歌，以瑟爲主樂也。《大招》與《招魂》性質相同，用事使詞亦相類，則此楚“勞商”又即《招魂》之激楚矣（詳激楚條下）。故《招魂》以吳歈蔡謳爲對，而《大招》以代、秦、鄭、衞爲對。千年未發之祕，自余發之，其快如何！而叔師注語之精，有千載不容否認者。

（附叁）近見某君一文論此，頗能發明叔師之義。雖所舉證，多漢以後琴調之說，然亦與繼承相關，不能切割而絶之，且亦頗有理致。兹附如次。

　　釋勞商。《楚辭·大招》云：“代、秦、鄭、衞，鳴竽張只。伏戲駕辯，楚勞商只。謳和揚阿，趙簫倡只。魂乎歸徠，定空桑只”。王逸注“伏羲，古王者也。始作瑟。駕辯、勞商皆曲名也。言伏戲氏作瑟，造駕辯之曲，楚人因之，作勞商之歌，皆要妙之音，可樂聽也。或曰伏羲駕辯，皆要妙歌曲也。勞，絞也。以楚聲絞商音，爲之清激也”。朱子《集注》亦云“伏羲之駕辯，楚之勞商，皆古曲名，而未有考”。古曲曰辯者，如《九辯》見《離騷》、《天問》及《山海經》。王逸謂辯者變也。王夫之言變猶通也，一闋謂之一遍。按《宋史·樂志》言舞曲有辯，可以比證。

近人於勞商頗有新解。

（一）朱起鳳云“商唐古通用，以地名爲曲名，在齊曰高唐，在楚曰勞商，此方音不同之故”。《辭通》卷九七陽。

（二）游國恩云“勞商與《離騷》爲雙聲字，是一物而異其名，《離騷》之爲楚曲猶後世‘齊謳’、‘吳趨’之類，王逸不知勞商爲《離騷》

的轉音，斷以爲曲名"。《楚辭概論》

二家皆以同音假借立説，其實非是。揆王逸之意，商乃宮、商、角、徵、羽之商音。按樂曲取之商音者，有清商、楚商、慢商、側商等名，皆可於古琴曲調考之（郭茂倩《樂府詩集·相和歌辭》有四絃曲、平調曲、清調曲、瑟調曲、楚調曲數種。其命名之故，以意度之，四絃曲、瑟調曲以主樂並爲特徵，平調曲、清調曲以樂調爲區別，楚調曲則出於楚聲，即從音樂上加以分類）。

清商。宋玉《長笛賦》"吟清商，追流徵"。（《文選》二十九李注引）賈誼《惜誓》"二子擁瑟而調均兮，余因稱乎清商"。朱注"清商，其歌曲名"。據此語清商樂器亦單用瑟。《古詩十九首》"上有絃歌聲，音響一何悲，誰能爲此曲，無乃杞梁妻。清商隨風發，中曲正徘徊，一彈再三歎，慷慨有餘哀"。又傳蘇武詩"欲展清商曲，念子不能歸"。清商本指樂調而言，凡樂曲之用清商調者，得謂之清商曲。若南朝之清商樂，仍是漢世相和歌之遺。自西涼龜兹樂傳入，惟琴工猶存古調。郭茂倩云"唯琴工猶傳楚漢舊聲，及清調蔡氏五弄，楚調四弄"。故清商之義，仍須於古琴求之。清商者即商音取高半音也。今琴曲上清商調爲緊二五七各一徽。《神奇秘譜》亦稱曰姑洗調。其"姑洗意"即"清商意"，緊二五七各一徽，即芢與芛相應，芢與芛相應，茵與芛應，秋鴻搗衣皆此調也，絃音爲士上尺工六五仩。

側商。王建宮詞"側商聲裏唱伊州"。南宋王灼《碧鷄漫志》云："林鐘商，今夷則商也。管色譜以凡字殺，若側商即借'尺'字殺"。姜白石《琴曲側商調序》云："琴七絃散聲，加變宮變徵爲散聲者曰側弄"。"側商之調久亡，乃以慢角轉絃，取變宮變徵散聲"。《轉絃歌訣》云："只緩三絃成慢角。"即從正調先慢第三絃，使爲慢角調，再慢四六兩絃便成側商調。《唐書·樂志》云："側調者生於楚調。"側商與側楚側蜀，同爲"側弄"，溯其源，仍出於楚調也。

慢商。明潞藩所刻《廣陵散真趣》，爲慢商調，其第三段有評云"慢商調，惟廣陵一曲，故爲絕調"。《太古遺音》解慢商爲"慢二

（絃）一徽”，又一作慢一三應一絃散聲。廣陵散之定絃法，第二絃低半音，令與一絃同音高，使同時打撥可加重音量。《樂府詩集》四十一《楚調曲·序》云：“其廣陵散一曲，今不傳。”是廣陵散，原屬楚調。

楚商。琴之外調，又有淒凉調或稱楚商調。《轉絃歌訣》云：“二五俱高淒凉音。”謂緊二五絃各一徽，使芇與筡相應，及茜與筡相應，絃音爲尺凡合士上尺工。《神奇秘譜》有神品淒凉意及神品楚商意，俱即淒凉調。《離騷》、《澤畔吟》、《屈原問渡》皆屬此調。

是故以琴絃論，第一絃爲宮，第二絃爲商，桓譚《新論》“五絃第一爲宮，其次商、角、徵、羽。文王武王各加一絃，以爲少宮少商”。（見《通典·樂典》引）凡於第二絃緊慢，使高半音或低半音，以定調，皆是商音之變。括言之，緊二五絃爲楚商，緊二五七絃爲清商，慢二絃爲慢商，慢三四六絃爲側商，此其大較也。所謂“勞商”者，王逸言“以楚聲絞商音爲之”。此説至確。故勞商當是以商絃爲體，猶琴曲之楚商及清商，即由商音交織而成也。淒凉調亦名楚商，《神奇秘譜》淒凉調有楚歌，譜霸王別姬之事，此即所謂楚聲，亦緊二五絃取調；王逸以楚聲絞商音訓“楚勞商”，則勞商之義，可以楚商清商比況之。於此可證琴曲之外調，自戰國時已有，而所謂“楚聲”，亦應於音樂上求之，方能探驪得珠。游氏徒以同音通假立説，謂勞商即《離騷》一名之異寫，實不足爲典要。近世采其説者，似應加以審辨。

防露

《七諫·初放》“便娟之修竹兮，寄生乎江潭。上葳蕤而防露兮，下泠泠而來風”。王注“防，蔽也。言竹被潤澤，上則葳蕤而防蔽霧露。言能有所覆也”。按依文義，王注是也。至謝靈運《山居賦》有“楚客放而防露作”之語，注謂本之東方《七諫》，遂使此一詞，歸之楚客。而今屈宋賦，並無以此爲曲名之説，康樂蓋誤記也。以防露爲曲名，則始於陸機《文賦》“寤防露與桑間”之言。葉樹藩以爲即古《防露歌》，六朝人亦多此義，見《月賦》。然吟竹詩亦多用《七諫》原義者，如戴凱之《竹譜》"上密防露，下疏來風"，北齊蕭放《咏竹詩》"懷風枝轉弱，防露影逾濃"，梁劉孝標詩"竹萌始防露，桂挺已含芳"，周庾信詩"含風搖古度，防露動林干"，虞世南詩"波放含風影，流得（流得一本作樹流）防露枝"。承霄防露，猶言干霄蔽日也。豈可以竹賦防露同爲男女相悦之曲乎。以防露爲曲名，雖始於陸機，而宋玉對楚王問，有"其爲陽阿薤露，國中屬而和者，不過數百人"之語。馬融《長笛》李注亦引《淮南子》"歌采菱，發陽阿，鄙人聽之，不若延露以和"。傅毅《舞賦》李注亦引《淮南子》"夫足蹀陽阿之曲，鄙人聽之，不若延露以和，非歌者拙也以聽者異也"之言。曹植《七啟》"何（何一作紹）陽阿之妙舞"。謝莊《月賦》又云"徘徊房露，惆悵陽阿"。李注亦引《淮南子》此段語，諸薤露、延露、房露，李注亦引《淮南子》有作"延露以和"者，以陽一聲，和阿亦一聲之變也。與陽阿同用，則其爲歌曲舞曲名，亦當與陽阿同。防露與房露之爲異字同聲，自無疑問，而延薤音之轉，古喉音之與雙唇音，得相變（其例至多，凡稍習古音者皆知之），故薤露當即防露矣。是薤、延皆漢人語，而作防、作房，則魏晉以後之變矣。至《七諫》"防露"，自當仍本王逸之注爲是。

采菱

《招魂》"《涉江》《采菱》，發《揚荷》些"。王逸注"楚人歌曲也"。"菱作薐"。古今字。《文選五臣注》亦云"涉江、采菱、揚阿，皆楚歌名"。洪興祖《補注》曰"《淮南》云'歌采菱，發揚阿'。又云'欲美和者，必先始於陽阿、采菱'。注云'陽阿、采菱，樂曲之和聲'"。云云。依《淮南》義，則采菱有二義，一爲歌曲名，一爲歌曲之和聲。按兩説不相背也。歌中有和聲，本相和歌常例。《古今樂錄》曰"採菱曲和云菱歌女，解佩戲江陽"。《樂錄》所載，未必即戰國以來古曲，而其中繼承關係恐亦不能忽視。

揚荷

《招魂》“涉江采菱，發揚荷些”。王逸注“楚人歌曲也，言己涉渡大江，南入湖池，采取菱茭，發揚荷葉。喻屈原背去朝堂，隱伏草澤失其所也”。（按此注至陋，辯見附説。）“《文選》作陽荷。注云‘荷當作阿’。涉江、采菱、陽阿皆楚歌名”。洪補曰“《淮南》云‘歌采菱，發揚阿’。又云‘足蹀陽阿之舞’。注云‘陽阿古之名倡’。又云‘欲美和者，必始於陽阿、采菱’。注云‘陽阿、采菱，樂曲之和聲’”。按王以發揚荷葉，釋揚荷，不辭之甚，非也，當作陽和，又《文選注》言爲曲名，洪引《淮南》説當爲達詁，當從之。按揚荷，字又作揚阿、陽阿、揚何，皆一形之變也。揚阿見《大招》，陽阿見宋玉《對楚王問》及《淮南·説山》，揚何見梁元帝詩（皆詳下）。或作歌名，或作曲名，或作舞名，亦至繁，而何以名曰揚荷，則未有達詁，考《漢書·外戚·孝成趙皇后傳》“及壯，屬陽阿主家，學歌舞，號飛燕”。師古注“陽阿縣名，屬上黨郡。其地多善歌舞者，因以其歌舞爲陽阿”。此如趙倡、鄭舞、吳歈、蔡謳、激楚、趙簫等之比。戰國以來，以地名名其歌舞者，數之不能盡，則陽阿有歌舞之美，因以陽阿名其歌舞。蓋當時之恒習矣。洪引《淮南注》謂“陽阿古之名倡”云云，其義蓋近之矣。以爲楚歌者，就《楚辭》立言耳。《招魂》“揚荷”，《文選》作“陽荷”。注云“荷當作阿”。依注，則字當作陽阿。此疑漢世寫法，然與地名相應，且宋玉《對楚王問》亦云“客有歌於郢中者，其始曰下里、巴人，國中屬而和者數千人；其爲陽阿、薤露，國中屬而和者，不過數百人；其爲陽春、白雪，國中屬而和者，不過數人”云云。此外見《淮南·説山訓》云“欲美和者，必先始於陽阿、采菱”。（高注“陽阿、采菱樂曲之和聲，有揚荷古之名倡善和也”。）陽阿、采菱即本之《招魂》（馬融《長笛賦注》，謝莊《月賦注》皆引《淮南子》“歌采菱，發陽阿”）。皆襲用《招魂》者也。又偶或與薤露同用（亦見上兩處引《淮南》文。《淮

南》説當辯見後附）。別詳防露條下。又傅毅《舞賦》云“激楚、結風、
陽阿之舞”。凡上引諸文，其作者皆南楚之俊，而所承受於屈宋者深矣。
字或作揚何，則同音之別也。梁元帝言志詩“絶楊何之妙舞，廢綿駒之
名驅”。餘參揚阿、防露、采菱諸條。

　　附注。一、陽阿、涉江採菱二句有當辯者二事，二句王逸注“言
己”以下數語，疑非叔師原注，上文既云涉江等爲楚人歌曲，忽又插入
原身世之感，既已上下乖違，而《招魂》此文上下皆陳歌舞之樂，不當
獨於此別有托言也。而發揚荷葉之言，不成解釋。許巽《文選筆記》乃
以爲“涉彼大江云云，是釋歌曲命名之義本或改揚荷爲陽阿非是”云
云。恐善讀書者不如是也。又按涉江二句合成爲一文法句，其省主語而
以發字爲動詞，涉下爲句，《招魂》多有此句法，如“鵠酸臇鳧，煎鴻
鶬些”，煎爲二語動字，“稻粢穱麥，挐黄粱些”，以挐爲動字，“大苦醎
酸，辛甘行些”，以行爲動字，其例至多，不繁多舉，妄者不知，强欲
以涉采發字相對，遂生些糾葛，而“鵠酸”、“稻粢”、“大苦”諸句，則
無以説之矣。按揚荷即《大招》“謳和揚阿”之揚阿。揚字《文選》作
陽，注云“荷當作阿。涉江、採菱、陽阿皆楚歌名”，其説最允當。二、
洪補引《淮南》云“歌采菱，發揚阿”。又云“足蹀陽阿之舞”，注云
“陽阿古之名倡”。又云“欲美和者，必先始於陽阿采菱”，注云“陽阿
采菱樂曲之和聲”。則陽阿在《淮南》有三説，一爲歌，一爲舞，一爲
和聲。然三者本爲一事之三用，歌者謂其曲，舞者謂舞此曲之舞，和聲
者如後世“竹枝”、“上宙田”、“月重光”之屬，其曲調有“陽阿”二
字之和聲，即古相和歌之遺也。則三者一而已。陽阿與揚荷皆同聲之變，
其義不能解。後世江南曲中，有欸乃讀奧靄或不無繼承關係，古歌曲都
亡，無由知其是非矣。唐宋人又誤欸乃爲艣聲，説益遠矣（程大昌《演
繁露》，元次山《欸乃曲》，殆舟人於歌聲之外別出一聲，以互相其歌
也）。此即唐人相和之餘義。依歷世舊説，欸乃湖中棹歌聲，亦多指道
州兩湖之地言，亦古楚境也。

涉江

《招魂》"陳鐘按鼓，造新歌些；涉江采菱，發揚荷些"。王逸注"楚人歌曲也"。按《涉江》有詞，吳楚之間多傳伍員故事，何當類此。《九章》有《涉江》篇，則原所自作，乃詩篇，而非歌曲也。他書無可徵。《古詩十九首·涉江采芙蓉》一首，乃涉江後不得歸故鄉，憂傷終老之意。雖漢人之言，其亦有所繼承者歟？參陽荷諸條。

衽若

《招魂》"衽若交竿，撫案下些"。王逸注"衽一作裧。言舞者廻旋衣衽掉搖、回轉、相鉤，狀若竹竿，以手抑案，而徐來下也"。五臣云"衽衣襟也。言舞人廻轉，衣襟相交如竿也"。按衣襟相交若竿，則僵直無婆娑之象，恐非舞象矣。衽疑爲荏之借字，荏若即荏弱也。《九章》"湛荏弱而難持"。《詩·小雅·巧言》"荏染柔木"。《傳》"荏染柔意也"。《大雅·抑》同有此語。《説文》作"棯弱貌"。染若皆即妠之借音。《説文》"扨，長貌"。《廣雅》"棯棯妠妠弱也"。傅毅《舞賦》"委蛇妠嫋，雲轉飄忽"。妠嫋即此衽若也。交竿乃舞人所持之羽（詳交竿條下）。則荏若交竿者，言舞人委蛇妠嫋，兩兩之舞，器相交也。若指舞衣之交，則楚人重長袖細要，當言"羅衣從風，長袖交橫"（傅毅《舞賦》語），衽不得交也。

鄭舞

《招魂》"起鄭舞些"。王逸注"鄭舞鄭國之舞也。言二八美女，其儀容齊一，被服同飾，奮袂俱起而鄭舞也。或曰鄭舞鄭重屈折而舞也"。洪興祖《補注》云"《相如賦》云'鄭女曼姬'。《邊讓賦》云'齊倡列，鄭女羅’。《戰國策》云‘被鄭國之女，粉白黛黑，立於衢閭，非知而見之者，以爲神’。《淮南子》注云‘鄭袖楚懷幸姬，善歌工舞，因名鄭舞。鄭重殷勤也’”。按鄭舞一詞，王逸有兩解，洪補亦引兩説以疏之。其實應以鄭國爲言。《招魂》又言“吳歈蔡謳”，《大招》亦言“代、秦、鄭、衛，鳴竽張只”，鄭女不僅能舞，且亦工唱矣。考《詩·鄭風》廿一首，其十之九皆言男女遊樂之事，翺翔鳧鴈，在御琴瑟（《女曰雞鳴》）、翺翔瓊琚（《有女同車》）、叔伯倡和（《蘀兮》）、衣巾聊樂（《出其東門》）、溱洧秉蕳（《溱洧》），故以見鄭女熱情摯愛之性久已詠於詩人，益以洪氏所引《國策》、《相如賦》蓋不難定此是非。桓譚《琴道》載雍門周，以琴説孟嘗君，亦有揚激楚，舞鄭妾之言，則漢人之傳鄭舞者多矣。

吳歈

《招魂》“吳歈蔡謳”。王逸注“吳、蔡，國名也。歈、謳，皆歌也”。洪興祖《補注》“歈音俞。古賦云‘巴俞宋蔡’。《説文》云‘歈歌也’。徐鉉曰‘渝水之人善歌舞。漢高祖采其聲，後人因加此字’。按楚辭已有此語，則歈蓋歌之別稱耳。徐説非是”。按洪引此以破徐鉉渝水之説，極塙。《吳都賦》亦有“吳歈越吟”之説。劉注正引《楚辭》此説，是漢以前已有歈字。《廣雅·釋樂》云“嘔歈謳詠吟歌也”，則歈本訓謳歌。然自漢以來，有巴俞舞。《漢書·司馬相如傳·上林賦》“巴俞宋蔡”、《漢書·禮樂志》“巴俞鼓員三十六人”，皆單作俞，或書作渝。《集解》引郭璞云“巴西閬中有俞水，獠人居其上，皆剛勇好舞。漢高募此，以平三秦，後使樂府習之，因名巴俞舞”，則此俞字乃舞名，非歌名。大徐新附用郭注之意，易俞爲渝水之人，又易舞爲歌舞。於是二者遂混爲一矣。戰國以前之可考者，吳歌謂之歈，非巴渝也。洪駁大徐説，是也。

又歈字有“歈歈，手相笑也”一義，別詳。

謳

《楚辭》以謳爲歌，凡兩見。《招魂》"吳歈蔡謳"。王逸注"歈、謳，皆樂也"。又《大招》"謳和揚阿"。王逸注"徒歌曰謳"。按《説文·言部》"謳齊歌也。從言，區聲"。大徐烏侯切。按齊謳有兩解，一爲齊國之歌，《漢書·樂志》"齊謳員六人"，《吳都賦》引曹植《妾薄相行》曰"齊謳楚舞"，《御覽》引《古樂志》"齊歌曰謳，吳歌曰歈，楚歌曰艷"（從段玉裁《説文注》引），《文選》、《齊謳行》云"營邱負海曲，沃野爽且平"，五臣云"此爲齊人謳歌國風也"，《吳趨行》"齊娥且莫謳"，《孟子》"昔緜駒處高唐，而齊右善歌"，皆其證。又《急就篇》"五音總會歌謳聲"，顏注"齊歌謂之謳"。《高帝紀》"漢王既至南鄭，諸將及士卒皆歌謳思東歸"，顏注"謳齊歌也，謂齊聲而歌"。《孟子》言"河西善謳，齊右善歌"，則謳亦不必屬齊，大概齊人善謳，其聲音所及，人亦爲謳。故謳亦不盡指齊也。《韓非子·外儲説》"宋玉築武宫，謳癸倡，行者止觀，築者不倦……射稽之謳，行者不止，築者知倦"，《淮南·氾論訓》"韓娥、秦青、薛譚之謳"，則宋、韓、秦、薛無不可曰謳。

謳、歌，古人似不分別，其詳已不可知。《淮南·氾論訓》云"終身無所定趨，譬猶不知音者之歌也。濁之則鬱而無轉，清之則樵而不謳"，則謳其徒歌之清者歟？而不必其爲齊唱也。

倡

《九歌·東皇太一》"陳竽瑟兮浩倡"。王逸注"言己又陳列竽瑟，大倡作樂，以自竭盡也"。朱熹《集注》"倡音昌"。《九歌·禮魂》"姱女倡兮容與"。王逸注"謂使童稚好女，先倡而舞，則進退容與，而有節度也"。洪興祖《補注》"倡讀作唱"。《九章·悲回風》"聲有隱而先倡"。王逸注"倡始也。言讒人之言隱匿其聲，先倡導君，使亂惑也"。《楚辭》倡字三見。皆讀《禮記》"一倡而三歎"之倡。歌唱唱導也。《説文·人部》"倡樂也。從人，昌聲"。大徐尺亮切。《校録》又音唱。《廣韻》平聲。注"樂也，優也"。去聲止收唱。注云"亦作誯"。倡古倡唱二字皆從昌聲，經典每通用。《周禮·樂師》"凡軍大獻教愷歌，遂倡之"。《詩·蘀兮》"倡予和汝"。《東皇太一》、《禮魂》兩倡字皆是。《悲回風》王注"倡始也"者，亦唱導也。倡引申亦讀爲昌，去聲。《樂記》"一倡而三歎"。注"發歌句也"。又《吳語》"大夫種乃倡謀"。注"發始爲倡"。《史記·陳涉世家》"爲天下倡"。亦言爲天下先導也。

會

《楚辭》七見，除會稽二見外，其餘五見略分二義。

（一）訓合。《天問》"會鼂争盟"即《詩》"肆伐大商，會朝清明"也。《箋》云"會合也"。《九思·逢尤》"雲霧會兮日冥晦"之會同。

（二）凡《屈宋賦》言大合樂舞，皆曰會。此亦會合義。然以專指樂舞，則屈宋習慣語也。《九歌·東皇太一》"五音紛兮繁會"，指上文之鼓、竽、瑟等五音。又《九歌·禮魂》"成禮兮會鼓"，言衆樂大合鼓聲也（詳會鼓條下）。又《招魂》"竽瑟狂會"，亦言竽瑟大合也。王叔師於成禮會鼓句，釋會爲急疾擊鼓，亦大合之義也。

會鼓

《九歌·禮魂》"成禮兮會鼓"。王逸注"言祠祀九神，皆先齋戒，成其禮敬，乃傳歌作樂，急疾擊鼓，以稱神意也"。按下文云"傳芭兮代舞"。王訓"代爲更會，祠祀作樂，而歌巫持芭而舞，訖，復傳與他人更用之"。會鼓與代舞對舉，則會鼓謂衆樂會鼓，此曲將終，衆樂大合而作，而鼓爲節言鼓不言他樂者，鼓爲諸樂領袖也。凡《屈宋賦》於樂舞言會者，皆大合樂舞之意。則詳會字下。叔師訓會爲急疾擊鼓者，大合樂之歌，必致壯，即《招魂》之所謂狂會，故得以急疾擊釋之也。按《詩·那》"奏鼓簡簡"。鄭注"奏鼓奏堂下之樂也"。《周禮·小師》"掌教鼓鼗祝敔塤簫管絃歌"。注云"出音曰鼓"。則鼓可指令一切樂言。於古爲有徵矣。

節

節字《楚辭》十餘見。凡分四義，一爲枝節，二爲節操，三爲歌之節奏，四爲行之節驟。

按《説文·竹部》"節竹約也。從竹，即聲"。大徐子桔反。《糸部》"約纏束也。竹節如纏束之狀"。《吳都賦》"苞筍抽節"是也。引申爲凡枝柯之約束處，皆曰節。《詩》"旄丘之葛兮，何誕之節兮"。《易·説卦傳》"其於木也，爲堅多節"。節本竹之束處，俗言節子、節巴。節與節之間亦名曰節，引申爲枝節，以其爲節也，又引申爲節約，爲節度，因之歌舞之節奏，有約止者也，亦曰節。車馬行馳有度，亦曰節。節處必堅，而不易折，故又引申爲堅貞忠正。總名節操也。漢語引申之例，有自本體言之者，枝節是。有自德質言之者，節操是也。有自其作用引申之者，節度、節奏、節湊是也。

（一）枝節也。《九章·悲回風》"蘋蘅槁而節離"。言蘋蘅枯槁，則枝節離分也。王注以喻義釋之曰"喻己年衰，齒隨落也"，然非以齒釋節也。《易·節》、《釋文》"節分段支解也"，與此義同。

（二）車馬行止之節也。《離騷》"吾令羲和弭節兮"。王注"弭按也，按節徐步也"。洪訓弭爲止較見上節謂止步也。又同篇"抑志而弭節兮"，謂抑按其旌旗而止其行也。《九歌·湘君》"夕弭節兮北渚"。《遠遊》"徐弭節而高厲"。又《遠遊》"舒並節以馳騖"。舒節謂緩節，與叔師訓徐行同義。又《九辯》"擎騑轡而下節兮"。王注"安步徐行而勿驅也"。又"下節按節也"。

（三）音調緩急之度，猶今言節奏也。《九歌·東皇太一》"疏緩節兮安歌"。王注"疏，希也。緩節而舞，徐歌相和以樂神也"。五臣云"使節希緩而安音清歌"。王就舞言，不若五臣就樂言之切。《九歌·東君》"展詩兮會舞，應律兮合節"。王云"合全六律以應舞節"。亦就舞節言，非也。合節言舞者之步武合於樂律之節也。《禮記·樂記》所謂"使其曲直繁瘠廉肉節奏"，注"節奏闋作進止所應也"，是其義也。

（四）節操也，分言之，則忠貞、堅強、仁義諸德皆可謂之節，各隨文解之。《楚辭》用此者最多。《九章·思美人》之"欲變節以從俗兮"、《九章·惜往日》"或忠信而死節兮"、《惜誓》"悲仁人之盡節兮"、《七諫·謬諫》之"節行張而不著"、《哀時命》之"願尊節而式高"《九歎·逢紛》之"原生受命於貞節兮"、《九歎·離世》之"余幼既有此鴻節兮"、《九歎·怨思》之"顧屈節以從流兮"等皆是也。此《荀子·君子篇》所謂"節者，生死此者也"，《王霸》所謂"士大夫莫不敬節死制者也"，此爲春秋戰國間士大夫階級所普遍提倡之一種堅強道德，惟其含義則各以其學說，亦即以其階級立場而異。《楚辭》之所謂節操，大體以忠於國家，或國君，或所事之主而言。

枹

《九歌·東皇太一》"揚枹兮拊鼓"。王逸注"揚舉也，拊擊也"。"枹一作桴"。洪補曰"枹房尤切，擊鼓槌也"。朱熹《集注》"枹一作桴，房尤反。揚舉也，枹擊鼓槌也，拊擊也。舉枹擊鼓，使巫緩節而舞"。《九歌·國殤》"援玉枹兮擊鳴鼓"。王逸注"言己愈自屬怒勢氣益盛"。"援一作搖，枹一作桴"。洪《補注》"《左傳》郤克傷於矢，左並轡，右援枹而鼓。"朱熹《集注》"按《説文·木部》'枹擊鼓杖也。從木，包聲'。大徐'甫無切'"。《管子·小匡》"介胄執枹立於軍門"。注"擊鼓槌"。《左傳》成二年"右援枹而鼓"。《釋文》"枹鼓槌也"。《齊策》"乃援枹鼓之"。《史記·司馬穰苴傳》"援枹鼓之"。《正義》

"枹鼓挺也"。宁又作桴。桂馥云"詔定《古文官書》枹桴二字同體"。

激楚

激楚一詞見《招魂》，凡分二義，一爲清商調之楚曲名，一爲髮髻之勢。

（一）《招魂》"竽瑟狂會，搷鳴鼓些；宮庭震驚，發激楚些；吳歈蔡謳，奏大呂些"。王逸注"激清聲也。言吹竽擊鼓，衆樂並會，宮庭之内莫不震動驚駭，復作激楚之清聲，以發其音也"。洪補"《淮南》曰'揚鄭衛之浩樂結激楚之遺風'。注云'結激清楚之聲也'。《舞賦》云'激楚、結風、陽阿之舞'。五臣云'激急也，楚謂楚舞也，舞急縈結其風'。李善注'激楚歌曲也'。《列女傳》曰'聽激楚之遺風'。《上林賦》云'鄢郢繽紛，激楚、結風'"。《九歎·憂苦》"惡虞氏之簫韶兮，好遺風之激楚"。王逸注"言世人愚惑，惡虞舜簫韶之樂，反好俗人淫泆激楚之音。猶言惡典謨中正言，而好諂諛之説也"。按洪補引《淮南》、《舞賦》、《列女傳》之説有二，一則楚歌，一則楚舞。而以楚歌説爲有據。桓子《新論》亦云"陽春、白雪、激楚、採菱，衆耳之所樂也"。故李善注《舞賦》以爲楚歌，爲最可信。桓譚《琴道篇》亦言"雍門周以琴説孟嘗君，有倡優在前，諂諛侍側，揚激楚之舞，鄭妾之語"。此言歌激楚而舞。按叔師訓激爲清聲，蓋即後人之所謂緊絃，使高半音以定調，是爲清聲。則激楚，猶言清楚也。故《後漢書·邊讓傳》"揚激楚之清宮"，是其義也。考清音有四（詳清商條下）。而清商爲慷慨激昂之音，與清宮、清角異其趣（甯戚飯牛商歌，《吕氏春秋·舉難篇》謂甯戚擊牛角疾歌，亦可爲旁證）。則此使宮庭震驚者，當屬清商無疑。又《惜誓》云"二子擁瑟而調均兮，余因稱乎清商"，則清商以瑟爲主樂（參清商條下）。此文云"竽瑟狂會"，則激楚者，蓋即清商之曲也。是則激商當即《大招》之楚《勞商》矣。王注勞爲"絞以楚聲，絞商音爲清激也"，則勞商之勞，與激楚之激同義（參勞商條下）。

楚以地名，此古曲通例。勞商以調名，此亦戰代以來通例，一事而二名。細繹兩文上下文旨，與樂舞實情，自能明之。楚亦多調，此曰激楚者，猶言楚之清商調也。注

（二）《招魂》又云"鄭衛妖玩，來雜陳些；激楚之結，獨秀先些"。王逸注"激感結頭鬐也"。補曰"結，古詣切。束髮也。言鄭衛妖女，工於服飾，其結殊形，能感楚人，故異之而使之先進也"。按楚讀爲《詩·賓之初筵》"籩豆有楚"之楚。《毛傳》"列也"。又《詩》"楚楚者茨"。《傳》"茨棘貌"，即延之借字。激楚者，言其髮高激而平列盛多，即上文長髮曼鬋之義。長曼以其散形言之，激楚則長髮爲高髻也。叔師以"感動楚人"爲言，不合語法，不免望文生訓矣。且髮髻小事不足激動楚人也。古詩有"長安好高髻"之言，則鄭衛之爲高髻，至漢而猶然也。又激楚之結，與獨秀先兮二句，爲一語。激楚之結乃主語，秀爲動詞，獨爲狀語，先爲賓語。自來讀者皆不講文法，故多扞格之說。先者，《説文》"前進也。從儿，從止"。故先與前義通。前《説文》"舟不行而進謂之前。從止，在舟上"，與"先"之從止在儿上者，造字體相同，又同韻，且亦古雙聲，故前人曰先人，前世曰先世，前民曰先民，前馬曰先馬。《儀禮·射儀》"先首"。《史記·樂書》"行成而先"。《鄭注》及《正義》皆云"前也"。《周禮·男巫》"王弔則與祝前"。注故書前爲先，《周禮·太宰》"前期十日"，《釋文》前本或作先，皆兩字通用之證。則秀先者，謂其激髻，特立於前，即高髻之義也，兩語合言之，則緊束延列之髻，獨特立於頭之前先也。

按朱熹以此爲歌舞此曲者之飾。似較王洪説爲順適，其實亦非，此節自"士女雜坐"起，至"獨秀先些"八句，明言雜坐之士女與上舞爲另一段，不得兩相結合，苟謂鄭、衛妖玩，即"二八齊容，起鄭舞些"之鄭衛，而發激楚之歌者，乃楚舞之歌，亦非鄭、衛之歌，使如朱説，則激楚之結，當楚女飾之，亦非鄭衛之飾也。

又孫志祖《文選補正》引金氏云"結字解，當就《上林》'激楚結風'參之。《七發》亦云'發激楚之結風'，《七命》云'激楚廻流風

結’”云云，以爲此處不應兩解，《上林》、《七發》、《七命》自言楚調不誤結風之説，或亦爲楚調之一種。亦可推想而知，究與此爲兩事，且此言“激楚之結，獨秀先些”，不言激楚之結風，不能相牽合一也，又兩語實只表一意，以秀先爲動詞，激楚之結，乃一句主詞，依叔師説於文法上通不過，金説亦齟齬難入。

至朱氏《文選集釋》引《列女傳》“趙津女娟事，簡少遂南擊楚”，以爲此激楚當顏延年“河激獻趙謳”之河激，更匪夷所思矣。故均不從。近世説《楚辭》者，多取其説，故不惜辭而辟之。古婦女首飾至繁，《周禮·追師》有副、偏、次之文。副者步瑶，編者假髳，次若髟髻。此雖指王后之飾，民間亦未必不做爲之。《莊子》亦云“秃而施髢”，則以假紒爲飾者多矣。《少牢》“被錫大夫之妻”，《鄭注》讀“被錫爲髮鬄，即追師之次也”。則大夫妻有之，且載之典禮矣。假紒或名爲“篃”，《廣雅》謂之帵。《釋名》云“齊人曰帵，飾形貌也，魯人曰頍，頍傾也，著之傾近前也”，即秀先之義矣。又激楚之音，其、篃古雙聲，恐亦一語之變也。

注：《舞賦》言“激楚結風，揚阿之舞”。《上林賦》“鄢郢繽紛，激楚結風”。注云“激楚，楚舞，以結乎其風也’。則激楚又可名結風矣。

號鐘

《九歎·愍命》“破伯牙之號鐘兮”。王逸注“號鐘琴名”。“號一作号”。依文義，則号鐘爲伯牙之琴名。洪補曰“《軒轅本紀》云‘黄帝之琴名号鐘’。傅玄《琴賦》（下當有序字）云‘齊桓公有鳴琴名号鐘’。（楚莊王有琴曰繞梁，司馬相如有琴曰緑綺，蔡邕有琴曰焦尾）。《長笛賦》云‘号鐘高調’”。則古傳説異聞也。《宋書·樂志》用傅玄説，《初學記·樂部·琴類》“梁元帝《纂要》曰‘古琴名有清角、鳴廉、修況、籃脅、号鐘、自鳴、空中、繞梁、緑綺’”。

緪

《九歌·東君》“緪瑟兮交鼓”。王逸注“緪急張絃也，交鼓對擊鼓也”。“緪一作絚”。洪興祖《補注》“緪古登切。《長笛賦》曰‘絚瑟促柱’”。朱熹《集注》曰“緪一作絚，古登反。緪急張、絃也，交鼓對擊鼓也”。按《説文·系部》“緪大專也。一曰急也。從糸恆聲”。大徐古恆切。《淮南子·繆補訓》“大絃緪則小絃絶矣”。高注“緪急也”。又手部有揯字，訓“引急也”，則與緪爲同義詞。王逸訓“急張絃”，義自瑟字出。瑟上之能引急者，非絃莫屬也。字又作絚者，乃後人變偏字。《説文·系部》亦收絚字，訓綆也。原誤作緩。依《校議》、《繫傳》、《校録》及段注正《玉篇》同。大徐音胡官切，與此緪瑟全無關，其爲誤字至明。又《説文》有“揯”字，訓“竟也”。古文作亙，隸變作亙，後人又誤書作亙，則與《説文·二部》“求亙也”之亙字混。亙本作亙，即盤桓本字，此緪之作絚，當即絚字之誤。蓋緪又借爲揯。《方言》訓竟，即《説文》揯之訓也。揯後人多作恆，省糸，則省忄作絚，亦文字體變之一例也。《招魂》“緪洞房些”。一作緪，可證。參絚字條。

箏

《九歎·愍命》“挾人箏而彈緯”。王逸注“挾持也，箏小瑟也，緯張絃也。言乃破伯牙號鍾所鼓之鳴琴，反持凡人小箏，急張其絃而彈之也。以言世憎惡大賢之言，親信小人之語也”。洪補“《風俗通》云‘箏蒙恬所造，一云秦人薄義父子爭瑟而分之，因以爲名’。《文選》注引‘挾秦箏而彈徽’。人箏一作介箏，小瑟一作小琴”。按箏字《楚辭》僅見於劉向《九歎》。《説文》“箏鼓絃筑（原本作竹字，《御覽》五百七十六、慧琳《一切經音義》二十六、希麟《續音義》卷二，引《説文》皆作筑，玆從之），身樂也，從竹，爭聲”。大徐側莖切。《御覽》引

《風俗通》"謹案《禮記》'筝五絃，筑身也'。今并涼州筝如瑟"。傅元《筝賦序》"代以爲蒙恬所造，今觀其器，上崇像天，下平像地，中定準六合，絃柱十二，擬十二月"。《急就篇·顔注》"筝亦瑟類也。十二絃，今則十三"。《玉篇》、《隋書·樂志》並云十三絃，《隋書·音樂志》、《舊唐書·音樂志》並謂筝爲秦聲。蓋古時西北民間俗樂，大約在漢時乃傳入中土，故漢、晋至唐，人多好之，以其與西北交通最頻繁也，因其爲西北民間樂器，故古籍多附會秦樂，爲蒙恬所作。故《楚辭》諸什不見於屈宋作品中，子政《九歎》載之，亦以其爲俗樂爾。其制，陳暘《樂志》言之綦詳。其言曰"《風俗通》曰'筝五柱，筑身而瑟絃，并涼州筝形如瑟'是也。京房制五音，準如瑟十三絃，實乃筝也。阮瑀曰'身長六尺，應律數也；位有十二，四時度也；柱高三寸，三才具也；二手動應，日月務也……'而唐唯清樂筝十二，彈之，爲鹿骨爪長寸餘，代指也。皆十三絃。今教坊無十二絃者，不知五絃合乎五音，十二絃合乎十二律，而十三絃其一以象閏也。本朝用十三絃筝，第一絃爲黄鐘中聲，設柱，並同瑟法，然非雅樂部也"。按陳氏欲調合五絃，十二絃，十三絃之説，而以音理斷之，雖不無可取，朱駿聲以爲"古五絃施於竹如筑，秦蒙恬改爲十二絃，變形如瑟，易竹以木。唐以後加十三絃"云云。自發展論五、十二、十三之變，理亦可通（惟謂十三起自唐人則誤）。兹採王圻《三才圖會·筝圖》以示意。

筝

安歌

《九歌·東皇太一》"揚枹兮撫鼓，舒緩節兮安歌"。王逸注"使靈巫緩節而舞，徐歌相和"。按安歌，謂徐歌也。屈賦安字，皆作有節制、緩漫、舒遲解。如"令沅湘兮无波，使江水兮安流"。又"高飛兮安翔"，"撫余馬兮安驅"，皆是。此言安歌，亦舒徐而歌也。考此句上言揚枹拊鼓，下言"陳竽瑟兮浩倡"，最後又言"五音紛兮繁會"，層次分明，此古人合樂之樂次也。徐節、安歌，鼓以起樂，故宜緩。

笙入以下，則竽、瑟畢俱，而遂大唱，至"五音繁會"，則樂成矣，《東皇太一》乃九歌開場之曲，故宜有此陳設也（參"律"、"節"等條）。

簫

《楚辭》簫字三見。《九歌·東君》"簫鐘兮瑤簴"之簫，乃攎字之譌，其餘《大招》"趙簫倡只"與《九歎》"惡虞氏之簫韶"，兩簫字皆古樂器名。又《九歌》"吹篸差兮誰思"之篸差，即簫也。別詳。則《楚辭》實三用之矣。《說文》"簫參差，管樂，象鳳之翼。從竹，肅聲"。（《六書故》以𥰰即簫本字，象編竹之形，古文未見，說近創，然頗有理致。）段玉裁注曰"言管樂之列管參差者，竽、笙列管雖多，而不參差也"。（按竽笙聚管，而非列管，段不知樂，故未允）。《詩·有瞽》"簫管備舉"。《箋》云"簫編小竹管，如今賣餳者所吹也"。《周禮·小師》注"簫編小竹管"。餘同《詩箋》。簫之作者，有謂伏羲所作凡十六管，有謂女媧作者，《呂氏春秋》以爲黃帝命伶倫作，《風俗通》以爲舜作。就《楚辭》論之，則以《九歌·湘君》言湘君"吹參差兮誰思"，與《舜典》"簫韶九成"之言合，則南楚以爲舜作也。

其管數說者亦至不一。蔡邕《月令章句》以爲大者二十二管，小者十六管；郭璞《爾雅注》"大簫謂之言，小者謂之笙"。本之《廣雅》，以爲大簫二十四管，無底，小者十六管，有底。《周禮圖》同。二十四管者，十二律之倍，十六管者，十二律加四清也。於說爲可通，故後世多用此。《隋志》以爲十六管，唐以後又有十七管、十六管之別，亦莫衷一是。至其大小，諸書多本《三禮圖》雅簫，長尺四寸，二十四彄，頌簫長尺二寸，十六彄（蓋本鄭注《爾雅》説也）。凡言簫之長者，當據黃鐘一管言之，餘自依列編列。

其制作則蔡邕《月令章句》謂"簫編竹有底，長則濁，短則清，以蠟蜜室其底，而增損之，則和管而成音定，無所復調"，當與琴瑟相參。蓋以融蠟於管底，依蠟之分量多少而定管內空氣之部分，以調協其音高低，以塞蠟之長短節之。

《大招》"趙簫倡只"句，在"代、秦、鄭、衞，鳴竽張只；伏羲駕辯，楚勞商只，謳和揚阿"之後，"定空桑只"之前，則堂上鳴瑟（空桑）以定歌聲，堂下吹竽以爲和，而簫則隨竽者也。此燕樂會舞之樂也。而曰趙簫者，趙人善簫也。至《九歎》"惡簫韶"之言，則引故實，無關禮制，無申説之必要矣。兹附大簫示意圖，以佐觀省。

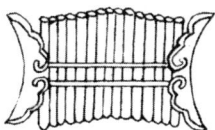

清人所擬簫圖

此圖據宋以來各家所擬測而製，宋明以來諸經史圖多用之。

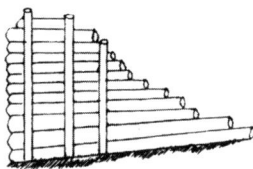

（湖北省隨縣擂鼓墩曾侯墓出土）

彩繪漆竹排簫

一九七八年六月，湖北隨縣擂鼓墩出土大量古樂器，其中有排簫一事，爲至今僅見之古代實物，至爲可貴。據《光明日報》一九七八年九月八日文物與考古所載形制如下：笛六種樂器，共計二十七件，其造型、製作、繪彩也都十分精緻，而且有的是首次發現。象排簫就是第一次出土，並且至今尚能吹出清脆的聲音，其音階已超出五聲音階的範圍。竹笛的發現把我國産生這種樂器的時間大大提前了。這些都是研究我國古代音樂史十分寶貴的資料,與日本所傳唐簫相似。

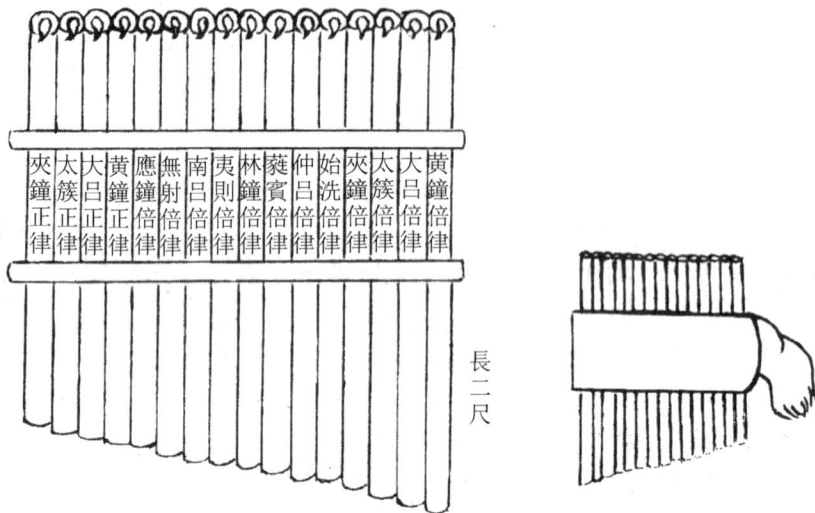

| 夾鐘正律 | 太簇正律 | 大吕正律 | 黃鐘正律 | 應鐘倍律 | 無射倍律 | 南吕倍律 | 夷則倍律 | 林鐘倍律 | 蕤賓倍律 | 仲吕倍律 | 始洗倍律 | 夾鐘倍律 | 太簇倍律 | 大吕倍律 | 黃鐘倍律 |

長二尺

(日本奈良正倉院所存之唐代甘竹簫足供參考)

又今以管籥之屬亦名爲簫,不以蜜蠟作底,洞通其底。漢人名曰洞簫。後世有洞字,而曰簫。爲全不相同之樂名實不相附矣。此又吾人所當知者。

竽

竽爲古代樂器名。《楚辭》四見,又有以"簧"代"竽"、"笙"者二,共六見。簧當別釋。竽制叔師無説,洪補《東皇太一》"陳竽瑟"句曰"竽笙類,三十六簧"。按《説文》"竽管三十六簧也。從竹,弓聲'。《周禮·笙師》"掌教龡竽",大鄭曰"竽三十六簧",此漢師説也。《廣雅》云"竽三十六管",則管皆有簧矣。

《急就篇》"竽、瑟、空侯、琴、筑、箏"。顔注"竽,笙類也。列管瓠中,施簧管端。宫管在中央,三十六簧"。《宋書·樂志》曰"今亡"。《周禮·笙師》賈疏云"按《通卦驗》'竽長四尺二寸'。鄭康成云'竽管類，用竹爲之，形參差，象馬翼'"。諸家形制大體相同，惟簧數有三十六，二十三，十九諸説。孫氏《周禮正義》引之至詳悉，而大小又別爲二名。大者三十六管爲竽，小者自十九簧至十三簧名笙（參《説文》、《爾雅》）。大約至東晉以後已亡。宋以後所行者，皆十七管。大者名竽，小者名笙。竽長三尺至四五尺不等，笙則一二尺。《文獻通考》謂"今之笙竽以木代瓠，而漆之，殊愈於瓠。荆梁之南，尚仍古制。此十七管皆備簧"。據日人田邊尚雄記載，今日本行者，只十五簧，二管不用簧。兹略依古意，爲示意圖如次。

形制既明，進而論其用。《周禮·笙師》云"笙師掌教龡竽、笙、塤、籥、簫、篪、篴、管、舂、牘、應雅，以教祴樂。凡祭祀、饗射，共其鐘、笙之樂，燕樂亦如之"。《周禮》所言與《詩經》用樂相應。《執競》、《有瞽》、《鼓鐘》以祭祀者也，有鐘、鼓、管、磬、琴、瑟、笙、籥。《鹿鳴》、《賓之初筵》、《君子陽陽》、《車鄰》皆燕樂也，有簧、琴、瑟、笙、鐘、鼓、籥等樂皆其證也。《九歌·東皇太一》之"陳竽瑟兮浩倡"，《東君》之"鳴箎吹竽"，亦祭亦燕樂也。《東君》有瑟，亦必有琴、鼓、鐘、箎，與《鹿鳴》、《賓之初筵》、《有瞽》全同。《招魂》之"竽、瑟狂會，搷鳴鼓，奏大呂"，則《大招》之代、秦、鄭、衛、駕辯、勞商之歌，鳴竽、趙簫、叩鐘、調磬之樂，固《有瞽》之大合樂也。則南楚樂制，蓋亦與北土略同矣。惟北土有所謂笙歌者，當爲無詞之器樂曲。《儀禮·燕禮》謂歌《鹿鳴》、《四牡》、《皇皇者華》後，

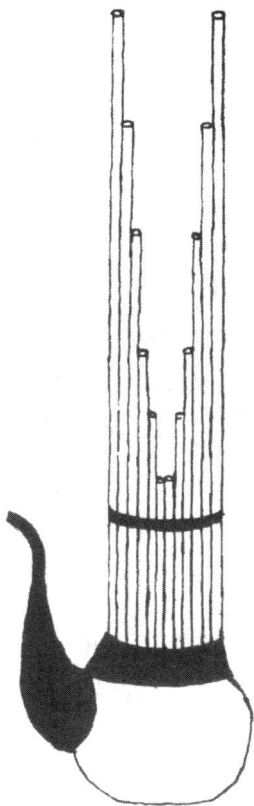

立笙於縣中，奏《南陔》、《白華》、《華黍》之曲，又歌《魚麗》，後笙奏《由庚》，歌《南有嘉魚》後笙奏《崇迎》，歌《南山有臺》，後笙奏《由儀》、《南陔》、《白華》等皆有曲無詞，以笙吹之。

蓋竽笙之屬，音階最備、最多，得像器物人群之聲，爲衆樂所不能及。故《老子》以有盜竽之言，注家以竽爲五聲之長。《韓非子》以爲"竽者五聲之長者也。故竽先而鐘磬皆隨，竽唱則諸樂皆和"（《韓非子·解老篇》語）。其理蓋在是也。《荀子·正名》亦言"竽類所以導衆樂"，義與《韓子》同。

又笙管在堂下，堂下之樂作，自竽笙始，故竽笙領堂下之樂者也。然《大招》云"竽瑟狂會"，則《楚辭》中不見獨用竽者，蓋由南土不習此也，此又南北之用小殊云。謂衆樂會於竽瑟，此指正奏言之，則竽故爲衆樂之長也。

商歌

《七諫·怨世》"甯戚飯牛而商歌兮，桓公聞而弗置"。按甯戚飯牛事，已見"甯戚"條下。其歌爲商歌，始見於此。孫志祖《讀書脞錄》卷七云"商歌甯戚商歌，今人習聞《南山》、《白石》之詞，出於應劭者，本劉向《別錄》爲世所傳誦。《文選·嘯賦》注又載一歌曰'出東門兮厲石班，上有松柏兮清且闌。粗布衣兮緼縷，時不遇兮堯舜。牛兮努力食細草，大臣在爾側，吾當與爾適楚國'。蓋出許慎《淮南注》也。又《呂氏春秋·舉難篇》'甯戚擊牛角，疾歌'。高誘注云'歌《碩鼠》也'。《從漢書·馬援傳》注引《說苑》'甯戚飯牛於康衢，擊車輻而歌《碩鼠》'。今本《說苑·善說篇》碩鼠二字譌作'顧見'，梁孝廉處素嘗訂正之"。按孫氏徵錄歌詞，已較完備，茲不贅。惟《離騷》以桓公聞之而以甯戚爲輔，《七諫》以爲不置。此漢人所傳異詞，依高誘注歌《碩鼠》，則東方生之言亦有據。古事眇茫，不可深究。至商歌一詞，大約爲戰國以來悲涼曲調之一種。《古詩十九首》"上有絃歌聲，音響一何

悲，……清商隨風發，中曲正徘徊”可證。若然，則此商歌，當即《惜
誓》之“清商”矣。合參“清商”、“勞商”諸條。

鼓

《楚辭》鼓字十見。約可別爲五義。

（一）樂器名。《九歌·東皇太一》“揚枹兮拊鼓”。《東君》“緪瑟
兮交鼓”。《國殤》“援玉枹兮擊鳴鼓”。《禮魂》“成禮兮會鼓”。《招魂》
“陳鐘按鼓”。又“竽瑟狂會，搷鳴鼓些”。諸鼓字皆是也。按《説文·
壴部》“鼓郭也，春分之音，萬物郭皮甲而出，故謂之鼓。從壴。支像
其手擊之也。《周禮》“六鼓。靁鼓八面，靈鼓六面，路鼓四面，鼖鼓、
鼛鼓、晉鼓皆兩面。凡鼓之屬皆從鼓”。《説文·支部》又別有鼓字。訓
“擊鼓也。從支，從壴，壴亦聲”。按許君分名動爲二字，漢以後人説
也。古動字多就名詞字加手、寸、又、攴、支、彳、亍、行、止、辵、
夊偏旁，以示區別，其音亦讀如本字（漢師破讀，即因語言之變而起，
此乃文字衍益之一法，而非語言衍變之定則也。試就《説文》中諸作
攴、支、夂、彳、亍、又、手等字分析之，自能顯見）。故鼓之本字，當
即壴↓象懸簴，𠙻則鼓形也。其本音當即讀鼓（漢師誤讀壴爲知母，然
壴與豈實亦一形之分化。許氏訓壴爲陳樂立而上見，固已忘其本，而訓
豈爲還師振旅，則爲後世凱愷字。壴字出之土，可作𠱸，此古篆籀之通
例。還師振旅之樂爲愷，無與於豈之義，豈與壴一字之變。自壴爲鼓本
義亡，別爲鼓，而豈義亦廢。然愷闓凱等皆從豈得聲，則豈不得讀舌上
音，或舌上音爲漢以後音變，本音仍應讀牙音。徐鍇以爲豆、樹、鼓之
象，屮象其上羽葆，戴侗《六書故》以爲“上象設業崇牙之形，下象建
鼓之虞”云云。自宋以來已知豈爲鼓本字，特尚未知豈音讀亦當作鼓
也）。加支與攴作動字用。攴與支固篆隸之小變，非有兩義也。許氏以
從攴者爲鼓本字，而亦不能不釋攴形爲“象手擊之”，則與鼓之爲擊鼓，
又何以異，甲文鼓字作𠪛，《書契前》第四𠪛同上卷八金文《師𣿢敦》作

𣪊，可證從攴與從殳之無別。惟金文已多從殳，則其增變蓋起周之世。清儒不見龜甲文字，故往往爲之辯説。如黃以周之《釋鼖鼓》，陳瓅之《引經考證》，承培元之《經證例》所言，其識皆下徐鍇、戴侗一等，文字之本變既明，兹進而論其形制。

按《周禮·鼓人》"六鼓"爲古今記載鼓類鼓事之最集中者，《鼓人》又言鼛鼓爲軍旅夜戒之鼓（讀如戚。又見《周禮·眡瞭》、《鎛師》等職）。《周禮》尚有土鼓，他書則有建鼓，《大射儀》鼗鼓，見《尚書》與《少師職》大於鼗者謂之鞞，字又作鼙。見《月令》，騎鼓也。見於《詩經》者尚有鼉鼓、《小雅·谷風之什》應鼓、田鼓、縣鼓。以上三種見《周頌·臣工》之什鼗鞞皆小鼓，小鼓又別有朔鞞（即《周官》之棘）。堂上道歌曰拊，一名相。《太師職》所謂擊拊也。故鼓之類於古實繁。《楚辭》所言，當屬何類，此吾人所當決者。

就其形制而論，《周禮·鼓人》六鼓，據漢以來舊説，皆縣之於簴，參聶崇義《三禮圖》自知之（程瑤田《考工創物小記》、戴東原《考工圖記》考晉鼓、鼛鼓、皋鼓體制尺寸至詳，而不言縣否）。其餘則或有鼓足如建鼓，或有柄而以手搖擺，《楚辭》各鼓，皆言揚枹柎鼓，而亦有鼗鞞之類（見後證）。

《周禮》六鼓之聲，用雷鼓祀神，靈鼓祭社，路鼓祀鬼，鼖鼓鼓軍事，鼛鼓鼓役事，晉鼓鼓金奏，鼛鼓爲軍旅夜戒之器，土鼓爲田事，鼗鼓爲諸侯之燕、大射，大夫之鄉射鄉飲，騎鼓爲鼙。皆雜出於先秦載記。然皆爲禮家論撰之説。其見於實際使用者，莫詳於《詩經》。考《詩經》用鼓者凡十九見，用鼛者二見，用鼗者凡三見，用賁、鼉、應、田、縣五者各一見。其中鼗、賁、鼉、應、田、縣、鼛，大體與諸樂合奏，又皆與單言鼓之鼓合用，皆在《二雅》、《三頌》中（鼗見祀湯之《那》，鼛見《小雅·鼓鐘》，鼗、應、田、縣見大合樂祭先祖之《周頌·臣工》）。《周禮》六鼓，只有皋賁，其他雷、靈、路、晉皆不見，而鼛鼓只用於勸農事（《大雅·緜》），其他則作戰（如《邶風·擊鼓》、《小雅·采芑》），跳舞（如《陳風·宛丘》、《小雅·伐木》），燕樂（《小

雅·彤弓》），祭祀（如《小雅·楚茨》、《周頌·執競》、《商頌·那》、
《大雅·靈臺》），作樂（如《唐風·山有樞》），祈年（《小雅·甫田》），
婚禮（《關雎》），燕飲（《小雅·賓之初筵》）及大合樂（如《周頌·有
瞽》）等皆是。其用遍於一切用樂之所。蓋鼓爲節奏樂器，用之節律，凡
奏樂皆當有律。故皆用鐘鼓也。

　　考鼓字，屈宋賦中四見。一見
《九歌》，一見《招魂》。《九歌》
民間祭歌也，祭而兼舞。《九歌》
有鐘、鼓、竽、瑟、鼉諸樂（《東
君》有"簫鐘"之言，簫乃籈之
譌，故不計）。與《小雅》之《鼓
鐘》，《周頌》之《有瞽》用樂之
類，則極相似。蓋又大合樂而祭之
義也。則所謂之鼓，以《詩經》準
之，其鼓當有鼛、鼖、鞉諸色；以
《周禮》準之，則當有雷、靈、路、
鼖、晋諸色，而不當有鼛。又《九
歌》用樂集中在《東皇太一》、
《東君》，則固以祀神爲用樂之主
矣。《東皇太一》曰"五音繁會"，
《禮魂》曰"會鼓"，則固儼然大
合樂氣象矣。則《九歌》之鼓，必
不僅一種，必有鼓金奏之晋，祀神
之雷靈，軍樂之賁。舞時手持之
鼗。又凡奏樂皆先以小鼓引之，即
鼗鼓之屬，皆可自《九歌》而決
者；《招魂》之鼓，與竽、瑟、鐘
"奏大呂些"，則與《關雎》、《賓

穹者三之一
版穹三分寸之一尺
版長六尺六寸
中圍加三之一圍十六尺
鼓四尺

晋鼓

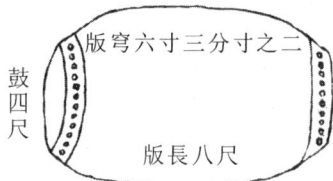

版穹六寸三分寸之二
版長八尺
鼓四尺

鼖鼓

倨句磬折
版長丈二尺
中圍與鼖鼓同
鼓四尺

鼗

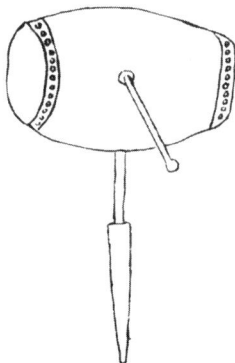

之初筵》同皆燕飲樂舞之樂也。則此鼓其爲諸侯之燕、大射，士之鄉飲所用之鼖，與鼓金奏之晉與？《招魂》有舞，亦用鼖之證。而凡奏樂皆以小鼓引之，故有鼖。

（二）《離騷》"吕望之鼓刀兮"。《天問》同。此鼓字，王叔師訓鳴，釋其義也。以訓詁言當訓擊，即擊鼓之引申義。專言則指擊鼓，通言則凡擊皆可曰鼓。

（三）鼓擊彈也。《遠遊》"使湘靈鼓瑟兮"。"鼓瑟"戰代成言。《荀子》"昔者胡巴鼓瑟，而流魚出聽"。又見《墨子》、《韓非》等鼓本擊鼓，引申爲擊一切樂器曰鼓。《周禮·小師》"掌教鼓鼖"。注"出音曰鼓"。故擊鐘、鼓、磬、鼓、瑟皆曰鼓。然瑟乃絃樂，以指彈弄之，則本無擊意，特鼓以施之於樂，故亦曰鼓，此鼓猶言彈也。《論語》"鼓瑟兮鏗爾"。皇侃疏"鼓彈也"是。

（四）吹也。《九思·傷時》"使素女兮鼓簧"。鼓簧猶言動之也。亦從鼓擊引申，簧乃管樂，不能鼓擊，則鼓引申爲吹也。《詩》言"吹笙鼓簧"，與吹對舉，故亦得引申爲吹也。

（五）搖也。《漁父》"鼓枻而去"。王逸注"叩舷也"。叩舷者，叔師明其事，非詁詞字義。義亦當從鼓動而得，則鼓枻者猶言搖枻，義亦鼓擊之引申。

按三、四、五三義，皆是鼓動一義而引。《易·繫詞上》"鼓之以雷霆"。虞注"動也"。又《莊子·駢拇》"使天下簧鼓"。《釋文》"鼓動也"。又《詩·那》"奏鼓簡簡"。鄭箋"奏鼓奏堂下樂也"。則奏樂亦皆可曰鼓矣。

二八

二八一詞《楚辭》三見。二見《招魂》。一"二八侍宿，射遞代些"。二"二八齊容，起鄭舞些"。三見《大招》"二八接舞，投詩賦只"。王逸注《招魂》"二列也。言使好女十六人侍君宴宿，意有厭倦，則使更相代也"。又注"二八齊容"云"言二八美女，其儀容齊一，被服同飾"，此承上文"麗而不奇，長髮曼鬋，艷陸離些"而言。指美人義固無可議，惟二八義不明，可能爲二八之年，可能爲十六人。《大招》王注云"言有美女十六人，聯接而舞，發聲舉足與詩雅相合，且有節度也"云云，則《招魂》兩二八，皆與《大招》同旨，指十六美人言，非如漢以後"二八佳人"之指其年事幼艾也。

依古籍所載，凡祭祀燕飲，於樂成則告備而興舞（《周禮·春官·樂師》）。舞有文武二類，又分大小（參舞字條）。舞者既陳爲列行，是謂之佾，按樂器行列，則天子用八（每佾人數如其列數，八八六十四人）。諸侯用六（六六三十六人），大夫四（四四一十六人），士二（二二四人），則十六人爲四列，大夫之佾也（或云自天子而下，每佾皆八人，則十六人爲二佾，亦可備一說）。此等舞人亦各有等威。大祭祀、大饗，用國子爲舞人。祭終舞，褻飲舞，則以通知樂舞之士爲之。而四方之樂舞，亦得用之，此二八當即指佾人言也。《二招》皆屈宋所爲，二人皆仕爲大夫，故舞儀言二八之佾。

惟依《周禮》說，則舞人皆以男子爲之。而《二招》王注，皆以指女人言，則春秋以來之異制。《太平御覽》引《墨子》"秦穆王遺戎王以女樂二八。戎王沈於女樂不顧國"，此所謂二八即二佾也。《論語》載齊人歸女樂，季桓子受之。《史記》作八十人（《正義》同）。則十佾也。本欲亡人之國，故以女而不以男，且侈於天子佾數，不成其爲禮制者。蓋自周之末已然矣。

且《二招》皆侈言事象，雖不必即依禮制而實施，然古禮制本於方俗，俗成而約定，遂爲一種制度，則謂《周禮》所載，爲國家之正典。秦齊之爲乃託制以亂人國之事，而《二招》所陳，或一時文人之侈言，或楚人之殊習，皆不可知。然樂制有律，故二八之列，與北土所言不殊；而舞人之選，則亦隨時事而有升沈也。桀有女樂三萬人（見《管子·輕重甲篇》）。則女樂故久已存在矣。

鐘

《楚辭》今本用鐘鍾兩字多不分。然除"鍾山"、"鍾牙"、"鍾子期"外，凡言樂者，皆當作鐘，不當作鍾。鍾乃盛酒器，非樂器也。凡五見。《九歌·東君》"簫鍾瑤簴"、《招魂》"鏗鍾搖簴"、《大招》"叩鍾調磬"三鐘字皆作鍾。《卜居》"黃鐘毀棄"、《招魂》"陳鐘按鼓"兩鐘字不誤。此五鐘字僅一義，皆指樂器鼓鐘之鐘。

《說文》"鐘金樂也。從段玉裁注。秋分之音，物穜成，故謂之鐘。四字段玉裁依鼓笙管三篆說解補從金，童聲。古者垂作鐘，銿鐘或從甬"。按甲文未見此字。兩周金文鐘字至多，從金，童聲，大體不誤。亦有從重聲者，如《邾公醠鐘》作鍾，《楚公鐘》作𨮯。然皆以爲形聲字，不論從童從重，皆像鐘聲。古無舌上音，則音如東，童重皆自東得聲也。

鑄金爲器，所起至晚。凡樂器多倣自自然之響器。如鼓之倣自擊缶，則鐘必倣童容之器無疑。許氏所錄或體銿字所從乏甬，當即鐘之古形，作甬者正象鐘甬之象，故鐘爲後起形聲字，而甬則本字也。今則以甬爲鐘柄，然不能掩其爲鐘之本字。故《說文》所錄或字，亦從甬也。按《周禮》鐘柄謂之甬，甬爲鐘本也）。徐灝《說文段注箋》已言之，謂"甬兩旁象欒，銑中象篆，帶上出者象鐘柄，小圜象旋蟲，以字形與記互證，其義瞭然。小篆從弓者，形近之僞耳"。說形制可通。

又古籍有鏞字，訓大鐘，從金，庸聲。《爾雅》、《詩·商頌》、《毛傳》皆同。《書·益稷》亦云"笙鏞以間"，笙鏞合稱乃古籍中笙鐘合稱之異。《詩·靈台》"賁鼓維鏞"，鼓鏞合稱，亦即他書鼓鐘合稱之異。皆可證鏞之即鐘。古鏞鐘同韻，古舌音喉音多相變，今讀鏞入喉者，古亦當如舌，則鐘鏞直一字也。故鏞即《說文》或文銿之繁，而銿乃甬之增益字，謂從金屬爲之者也。故古籍鏞亦多只作庸。如《商頌·那》"庸鼓有斁"，《傳》云"大鐘曰庸"，《周書·世俘解》"王奏庸"，又《周禮·眡瞭》疏、《儀禮·大射》疏並引《尚書》"笙庸以間"，則庸又甬之別構，而鏞亦庸之增金旁者耳。

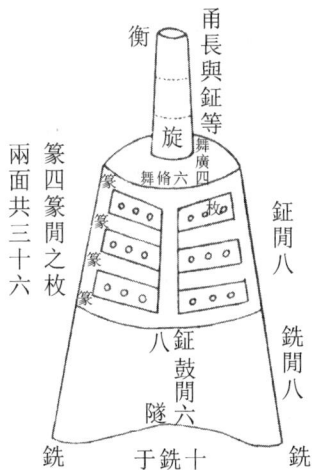

又甬字又訓爲量器。《呂覽・仲秋》“齊斗甬”。《禮記・月令》“角斗甬”。注云“甬今斛也”，古鐘皆中律，其量最準。故亦可爲量器，此亦甬爲鐘之一旁證，再就聲音論之，鐘字古音當讀舌頭如東、童等音，所以狀鐘聲者也。鐘形如童容，《衛風・氓》鄭箋“帷裳童容”。《周禮・巾車》“皆有容蓋”。先鄭注“容謂襜車，山東謂之裳帷，或曰幢容”。車帷曰童容，猶襜褕曰襢裕（見《方言》四）。童容者，謂中空下垂之象，即《說文》所謂“直裾謂之襜褕”。鐘形如籠，與帷裳相似，以其形命，而又以其聲響狀之，故曰鐘。古舌上歸舌頭，讀如童通聲近也。此於音理與字形演變求之如是。

近人或言鐘形起自古鐸，於古器物形制演變，自亦可通。然鐸以手持柄振之，中必有舌，其聲鐸鐸然，故曰鐸。鐘則以挺撞之，其聲通童然，故曰鐘。語原各別（亦如鐸，鐸變爲句鑃爲丁寧，亦以聲自名也）。單論形制，尚不全面也。

鐘之制，《周禮・考工記》“鳧氏爲鐘”。記之最詳。古今釋《考工》者，程瑤田、戴震皆有圖，與宋以來出土各器大致相合（惟甬以上變化較多）。兹采兩家所爲圖，以明之。程氏圖爲主，而附錄戴說如次。

其他參卷首所附《楚公象鐘》，然《秦公鐘》、《沈兒鐘》之屬，自名爲鐘者，其甬乃以紐易之，此古之所謂鎛也。鎛亦鐘屬。

然鐘之名雖一，其形制則有大小圓橢之別。《古今樂錄》曰“凡金爲樂器有六，皆鐘之類也。曰鐘、曰鎛、曰錞、曰鐲、曰鐃、曰鐸”，此爲最寬之分類。凡金器之圓而空者，皆入之。

然在使用時之類別，據古今出土彝器及先秦兩漢記載注釋論之，其最要者，約分兩類。一則曰特鐘。特鐘者，特懸簨各一鐘也。所以領導群樂，校正音律之用。即《國語》單穆父所謂"樂器待律然後制，而律度又待鐘然後生"。《尚書大傳》云"天子將出，撞黃鐘，右五鐘皆應；入撞蕤賓，左五鐘皆應"。注"謂律呂十二，各一鐘，天子宮縣黃鐘蕤賓在南北，其餘皆在東西是也"。蓋古者鼓爲節奏之器，而鐘爲校律之樂，故凡衆樂雜作，必以鐘鼓領之。然不與笙管等器並奏，以其器大聲宏，雜奏於八音之間，則絲竹皆爲所掩而不能聽，故用以先衆音。所謂金聲始條理者，即特鐘也（本朱熹説）。故衆樂必以鐘定其律而領之，即其既奏，則特鐘聲止，或輕擊以爲節奏，而不正擊也。此種鐘特縣，故曰特鐘。特鐘形制特大，又名曰鏞。凡特鐘皆以黃鐘律之倍半而爲之者也。黃鐘管九寸，其爲鐘也，高二尺二寸半，厚八分，兩欒之間經一尺四寸十六分之十，鉦之下帶，橫徑一尺一寸二分十六分之八，鼓間方八寸四分十六分之六，舞間方舞之四，橫徑八寸四分十六分之六，舞廣徑五寸六分十六分之四（參聶崇義《三禮圖》）。古傳説特鐘以律而定，配十二正律，故有十二辰之鐘之名，以應十二月之律（此説可信否，尚待科學證明）。

二則曰編鐘。編鐘者，編十六枚於一簨簴，縣數十六枚爲一肆，半之八枚則爲堵，肆爲一縣。詳《周禮》鄭注。《周禮·梓人》識云"厚唇，弇口，出目，短耳，大胸，燿後"。其形制莫詳於此。宋以來出土編鐘至多，兹附《宣樂銅壺圖》右第四段於下，以佐觀省。一九五八年一期《文物參考資料》，或用戚中舒《鸞羌編鐘圖考釋》亦可。

然編鐘以備正奏（雜笙管諸樂及歌聲中有曲調之奏也）。故其制小，其聲應笙管者曰笙鐘（獨言笙以包管），與歌聲相應者爲頌鐘（間歌時用歌鐘）。而頌鐘又小於笙鐘，蓋歌者在堂上，人聲輕清，故宜小於應笙管之鐘也。

上來所陳，就鐘之字義、體制諸端論之詳矣。《楚辭》全書鐘之用凡五見。其例類作用當如何，上來所陳，即所以爲此一問題之準備。然語其作用，則莫詳於《三禮》、《國語》諸書，亦與鼓之用見於《三禮》者同其爲理論上之説。其見於實施者，亦莫詳於《詩經》。《詩》用鐘者

凡十九見（其中有鏞二見，鉦一見）。皆
與鼓合用（未見鐘獨用之例），其見於全
《詩》者，以《小雅》爲最多，凡十二次，
見於《國風》者，惟《周南》一見，《唐
風》一見，可見鐘爲重器，非隆禮不用，
亦非平民所能用之，蓋亦王室之禮也。《唐
風·山有樞》與衣、裳、車、馬、廷內、
酒、食並舉，則固豪貴之家也，則鐘爲貴
族用樂（《左傳》昭二十一年及《國語·
周語》下載景王鑄鐘，《左傳》僖十八年
載鄭伯鑄鐘，《呂氏春秋·長見》"晋乎公
鑄鐘"，《晏子春秋·內篇》陳下載齊景公

此圖凡縣四編鐘，四編磬；
三人扣鐘，三人作舞狀，
皆在堂下；堂上人作宴飲狀。
參卷尾圖版。

儕公宋以來出土各鐘，其可考者，皆諸家
世族之所爲）。此《墨子·三辯》所謂
"昔諸侯倦於聽治，息於鐘鼓之樂，士大夫
倦於聽治，息於竽瑟之樂"。此可説明戰國以前音樂之階級情實，與
《詩經》固相應也。試更就《詩》以記之，則奏鐘之燕樂者（《小雅·彤
弓》、《賓之初筵》、《唐風·山有樞》），以祭祀者（《小雅·楚茨》、《周
頌·執競》、《商頌·那》、《大雅·靈臺》、《周頌·有瞽》），貴族以晏
新婚者（《周南·關雎》），鐘之爲用，自上諸證已可知之。因以反觀
《楚辭》之用，其畧亦可得而言。

（一）按《九歌·東君》云"緪瑟兮交鼓，簫（當作擽字之誤。擊
也）鐘兮瑤（當作搖，詳搖簴、瑤簴兩條下）簴"、"鳴鱺兮吹竽"、
"展詩兮會舞，應律兮合節"，於樂有瑟、鼓、鐘、鱺、竽，於事有歌
（展詩）有舞，且又樂應律，而且樂舞皆合節，其本事爲祭祀，則其樂
少之則與《執競》相合，多之則與《有瞽》相合。則鐘必有應律之特
鐘，與正奏之編鐘無疑。此其一也。

（二）《卜居》言"黃鐘毀棄"，此喻詞也。黃鐘指定律之特鐘言，

餘詳黄鐘條下。

（三）按《招魂》“女樂羅些，陳鐘按鼓”、“涉江采菱，發揚阿些”，曰女樂羅，又涉江采菱揚阿之歌，則有堂上之歌，有合歌之樂。因而其所用鐘，必有編鐘，亦必有終始領樂之特鐘。從可知矣。

（四）又曰“竽瑟狂會，搷鳴鼓些。宮庭震驚，發激楚些。吳歈蔡謳，奏大吕些”。有竽瑟狂會，有鳴鼓，有激楚之歌，使宮庭震驚，有大吕之鐘，則固堂上下大合歌樂，鐘必特編皆備矣。

（五）《大招》云“代、秦、鄭、衛，鳴竽張只；伏羲駕辯，楚勞商只；謳和《揚阿》，趙簫倡只”。“二八接舞，投詩賦只；叩鐘調磬，娱人亂只；四上競氣，極聲變只”。歌舞場面極繁而大，則有編鐘以爲正奏，又叩鐘調磬，則有特鐘，以節終始。

總上五事而觀，楚樂之鐘，有特編，其使用之情實，自祭祀、燕樂皆用之，與《詩經》蓋無大異。則謂戰代用樂南北一致。蓋證驗確鑿，無可否認者也。

簴

簴字《楚辭》兩見。《九歌·東君》“簫鐘兮瑶簴”。又《招魂》“鏗鐘搖簴，楔梓瑟些”，皆指樂縣言。字本作虡，篆文省作虡，後世又加竹頭。《説文·虍部》“虡，鐘鼓之柎也，飾爲猛獸，從虍、異，象其下足。鐻，虡或從金，豦聲。虞，篆文虡省”。大徐其吕切。《周禮·考工記》“梓人爲筍虡，天下之大獸五，臝者、羽者、鱗者，以爲筍簴”。注云“樂器所縣，橫曰筍，植曰虡”。《詩·靈臺》“虡業維樅”。《傳》曰“植曰虡，橫曰枸”。《箋》云“虡也，枸也，所以縣鐘鼓也”。按虡蓋古縣鐘磬鼓鎛等樂器之木架（漢魏以後謂之架）。而上以猛獸爲飾者也。古蓋以木爲之（《爾雅·釋器》）。至戰國時，以金爲飾。《三輔黄圖》“秦始皇收天下兵，銷以爲鐘鐻，高三丈，鐘小者皆千石”。《史記·自序》“銷鋒鑄簴”。《過秦論》“銷鐘鐻以爲金人”。説雖小異，而

以金爲節則同。似金虡起於秦。然《莊子・達生》已有“削木爲鐻”之
説。已用鐻字，則當前於秦。故字又從金作鐻也。

其制莫詳於《考工記》“梓人爲筍虡”。[考《考工》之文，凡分鐘
磬之簴爲二，而不言鼓之虡，故禮家有謂鼓無虡者。《楚辭》言鐘簴，
而鼓磬兩事不言簴。然磬必有簴，無庸疑。鼓亦有簴，近年信陽出土器
物可證（詳後）。故各簴皆爲詳之。]其言曰“天下之大獸五，脂者、膏
者、臝者、羽者、鱗者。宗廟之事，脂者、膏者以爲牲，臝者、羽者、
鱗者以爲筍簴”。“厚脣、弇口，出目、短耳、大胸、燿後、大體，短
脰，若是者，謂之臝屬。恒有力而不能走，其聲大而宏。有力而不能走，
則於任重宜；聲大而宏，則於鐘宜。若是者，以爲鐘簴”。此言鐘簴之
飾，蓋以虎、豹、貙、貏之屬。又云“銳喙決吻，數目顧脰，小體、騫
腹，若是者謂之羽屬，恒無力而輕，其聲清揚而遠聞，無力而輕，則於
任輕宜；其聲清揚而遠聞，於磬宜。若是者以爲磬虡”。此言磬虡之飾，
蓋以鳥類之屬爲飾也。其飾蓋刻於架之植處，以負筍者（《考工記補注》
“臝者爲鐘虡，羽者爲磬虡，皆所以負簨，非爲虡之跗也”。《西京賦》
“洪鐘萬鈞，猛虡趪之，負筍業而餘怒，乃奮翅而騰驤”。薛綜注云“當
筍下爲兩飛獸以背負”。則漢制猶如是。聶崇義《三禮圖》以獸鳥爲鐘
磬之虡跗，蓋不可從。其鼓虡之制見下）。

以上所言爲簨虡之基本結構，及其紋飾。然據古籍所載，歷代又有
增飾，而以簨上爲最多，其命名亦有當知者。一、則簨上有大版，刻之，
截業如鋸齒曰業。二、殷代業上縣鐘磬處，又以朱色爲崇牙，狀樅樅然，
是爲崇牙。三、周又畫繪爲翣，載以璧，垂五采羽於下，樹於業之兩端，
是爲璧翣。兹綜合各説，圖之以示意。參《周禮・考工記》“梓人爲筍
簴”句，孫氏《正義》。

按《淮南子・泰族訓》云“闔閭伐楚，燒高府之粟，破九龍之鐘”。
注“楚爲九龍之簴，以垂鐘也”。則楚人簴飾以龍，故圖爲龍形云。《楚
辭》雖僅兩言簴，所以縣鐘磬之屬，《東君》、《二招》及《遠遊》、《卜
居》等無不言鐘、鼓、磬、鼖者，則虡之用極繁。上來所説，多據儒家

經典論之。楚制是否亦如此，雖不敢必其是非，而大齊當不甚相遠，細體諸文之義自知。《淮南》所說龍虞，必有所本，則楚制即有小異，而不能大殊也。別詳“搖簴”一條，並參“鐘”、“磬”諸則自知。

近世出土實物可參者，有長沙砂子塘一號漢墓漆畫。有一特鐘縣圖及《鳳含磬圖》大可參考。所繪體制與漢代所傳北土說，基本上一致。可見簨簴不僅爲縣之用，其本體亦一種裝飾品，湖南博物館有文《長沙砂子塘西漢墓發掘簡報》載在一九六三年《文物》第二期，自第 15 頁第二段至第 16 頁前半截，皆記載此事，爲最可靠之參考。

特磬示意圖　　　　　　**特鐘示意圖**

以上所言，皆爲鐘磬之簴。凡鐘磬之簴，必有簨以爲縣，至鼓之有簨簴，古籍亦鑿鑿言之，《禮·明堂位》周縣鼓，《詩經·有瞽》、《御覽》五八二引《禮記》皆一再言之，其制當與鐘磬無大殊。然鼓有僅具簴者，則鼖、鼗、鼛、鼗之屬皆是。然而歷代禮家皆無詳言之者。一九六二年江陵葛陂寺發現保存完整之楚墓群，湖北文管會清理，其中63JGM34墓，發現虎座鳥架鼓簴，與一九五七年三月在信陽小劉莊楚墓所發鼓簴殘簴，其組織基本上相同。而葛陂寺保存完整，故即以此爲根據。依湖北文管會《簡報》（見《文物》一九六四年九期）云“全構分三個組成部分，伏虎，鷺鷥，鼓整個原構都有彩……伏虎一對，身長 26厘米，寬 10.9 厘米，頭高 13.5 厘米，體高 9.5 厘米，兩尾不連，頭仰向上，圓背，屁股內收，背上榫眼三，成品字形，前兩個竝列爲 2×

1.95—2.2 厘米，虎尾兩件，一端可插入臀部之榫眼，爲 2.2×1.15—1.7 厘米，一端上卷，長約 14.5 厘米，寬 1.15—20 厘米，厚 1.2—1.3 厘米。鷺鷥一對，嘴尖而長……冠不大，向上，形成鈎狀，頭長而粗，長 42 厘米……末端有榫頭，以插入軀體榫眼，軀體肥碩，長 28 厘米，寬 10.5 厘米，高 6.7 厘米，羽翅比軀體略高，背呈龜狀，尾微翹，末端有榫眼，中間插榫，兩尾相連軀體正面前部有 2.6×2.0—3.0 厘米的榫眼一個，承插頭頸，腹下有 2.5×2.0—2.2 厘米的榫眼兩個，並列，脚共四件，平扁而直，長 33.7 厘米，厚 7 厘米，寬 2.3—3 厘米。

　　鼓的鼓腔原似整木雕成，出土時已斷成數段，但可接合成圓形。貌似車輪廓，兩邊薄，中間厚。直徑約 35，高約 6.5，鼓腔中部厚 3.3 厘米，鼓腔兩邊有釘革的竹釘，每距 2.1—2.71 厘米，一個竹釘眼，大約 0.2×0.3 厘米。革已腐朽，少數鼓腔上尚存。

　　附件有鼓槌一個，木質，已斷。長約 30 餘厘米，……杆寬約 1.3—1.4 厘米，厚約 1.1—1.3 厘米，一端成槌狀。

　　該文有復原示意圖一，及原照片一，茲録如圖。

　　鼓之有簨，至此而得的證。考古之功，不可没也。

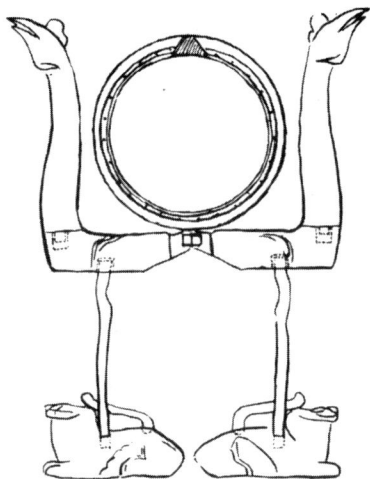

江陵葛陂寺 34 號墓出土《虎座鳥架鼓復原圖》

鼓長九寸　設股廣四寸半

設鼓長尺三寸半

取方九寸爲股

設鼓內九寸爲句

矩半爲五寸半觸其絃

得絃尺二寸七分有奇

設鼓廣三寸

倨句　股爲二　其博爲一

鼓爲三

參分其鼓博以其一爲之原

參分其股博去一以爲鼓博

戴東原《考工記圖·磬圖二》　　程瑤田《磬氏爲磬命分圖》

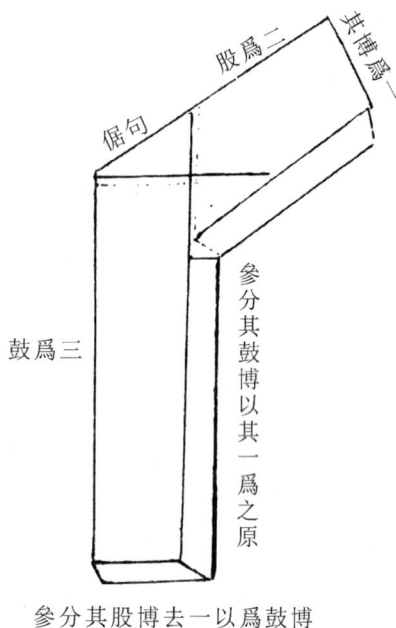

磬

《大招》"叩鐘調磬"。王逸注"叩擊也，金曰鐘，石曰磬也，言美
女起舞，叩鐘擊磬，得其節度，則諸樂人各得其理，有條序也"。按磬
字《楚辭》只一見，與鐘字連文。此亦古樂重器之一也。《說文》"磬石
樂也（二徐本作樂石。段玉裁依全書瑟、簫、鼗等樂器下例正）從石，
殸象縣虡之形，殳擊之也。𣪊籀文省，𥻳古文從巠"。按甲文有磬字，
皆不從石，作𣪊（《前編》卷二第四十三頁），若𣪊（《前編》卷四第十
葉），丄象虡，𠂤即象磬，彡象手（𠂤）持杖（殳）以擊之形，與許書籀文
合，亦即磬之初文。按磬以石爲之，即《尚書》所謂"擊石拊石，百獸
率舞"之石，古初最樸實之樂器，用以爲節奏者也。古始音樂大約不過

以爲節奏之用。古磬、鼓、鐘之屬，皆朴拙無音階音程，而磬爲尤早，其聲謍謍者，故或以謍以象其聲。此古文之所從出。後世工藝日進，巧技亦日進，而磬成爲禮制上所保存之一器。漢以後遂廢。《楚辭》中言樂事者，以《九歌》、《招魂》爲最詳，而不一言及之，僅《大招》一見。則戰代以成備禮之一色，文士撰作，已不甚注意矣。

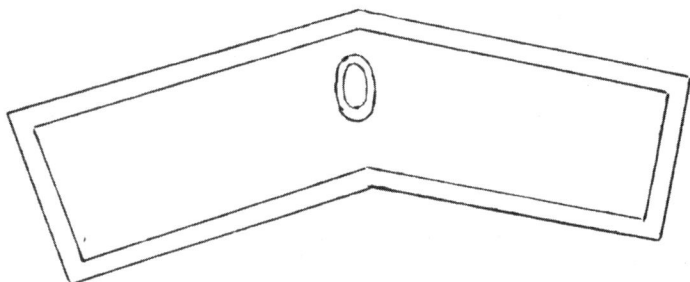

磬之制，《周禮·磬氏》記之最詳。茲以程瑤田所擬《磬氏爲磬命分圖》以記其名；又以戴東原氏《磬圖》二，以明其制。學者欲知其詳，可參孫氏《周禮正義》。

《薛氏鐘鼎款識》卷八載《窖磬圖》頗與程、戴説合。

至其使用之實，亦略分兩類。一爲特磬，一爲編磬。大致與鐘同。特磬以配特鐘，古傳説亦有十二律，因之亦以黃鐘磬爲首；特磬亦以終始樂奏，與鐘同，所謂金聲玉振是也。然而奏終，獨以磬爲條理，則鐘不與焉。

特磬之大者曰馨，或曰離磬。二爲編磬。亦十六枚共一簴。其應笙者曰笙磬，應歌者曰頌磬，與鐘同。其貴者以玉爲之，所謂鳴球玉磬也。大抵用之于堂上，當即《九歌·東皇太一》之“璆鏘鳴兮琅玕”之琅玕。以琅玕之玉爲磬，而用於堂上者也。

大抵《楚辭》中鳴玉、擊玉之儔，皆當指磬言。然直言磬者，惟《大招》一見。考《大招》上言代、秦、鄭、衛，駕辯、勞商、揚阿之歌，笙、簫、鐘、磬之樂，二八之舞，四上之奏（參四上條），則固大合樂規模矣。此所言磬，必與鐘同調，則必有調律之特磬，故曰調磬。

然亦必有正奏之編磬，以與簫竽之屬合奏，省而不言者，亦如鐘之必有編鐘，亦省而不言也。《楚辭》明言磬者少，故不詳説矣。

瑟

按瑟字《楚辭》六見，皆用爲樂名。《説文》"瑟庖犧所作絃樂也。從珡，必聲。𠱾古文瑟"。大徐所櫛切。按庖犧所作云云，與琴之釋爲神農所作同其義。古言瑟先於琴，庖犧先於神農也，皆傳説之辭。惟琴字古從金，作𨫒。則琴字蓋瑟之孳乳，琴瑟以大小殊，非有異制也。絃樂者猶磬曰石樂，凡絃樂以絲爲之，象弓絃，故曰絃。

瑟之制如琴，而體大絃多。古書所傳，其説不一。《世本》以爲五十絃，《吕氏春秋》以爲瞽叟拌五絃之瑟，作十五絃，帝舜益以八絃，爲二十三絃，《風俗通》以爲四十五絃，《史記》謂三十五絃，《帝王世紀》又言三十六絃，《世本》又言"黄帝使素女鼓瑟，哀不自勝，乃破五十絃爲二十五絃"。《爾雅》又言"大瑟謂之灑"，注"二十七絃"。《隋書·樂志》以爲二十七絃，《文獻通考》謂雅瑟二十三絃，其常用者十九絃，頌瑟二十五絃，後世又有大瑟五十絃，中瑟二十五絃，小瑟十五絃之説。古制云亡，無由定論。然《莊子·徐無鬼》謂"調瑟二十五絃皆動"，似較可信。二十五絃者，除中一絃外，餘分前後二十二絃。前十二絃順次出低音部十二律，後十二絃順次出高音部十二律；以左指彈低音絃，以右指彈高音絃；同律者，以二指彈之。朝鮮恭愍王十九年自中土輸入之瑟，其調絃及奏法即如是也（田邊秀雄説）。則二十五絃之説，於律尚有可説也。

《爾雅》載瑟之大者曰灑。郭注"長八尺一寸，廣一尺八寸，是爲雅瑟，其頌長七尺，廣一尺八寸"。（琴瑟之制，漢人説以桓譚《琴道》爲最可信。可參《全上古三代文》卷十五）。

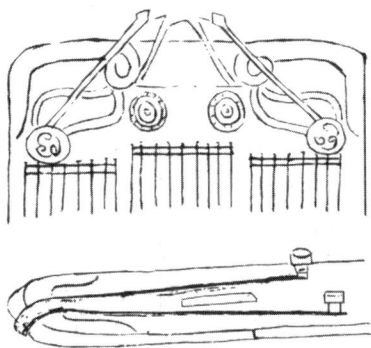

琴絃勒過"山口"、"下齦"
繞在雁足上的情形。

瑟之制可考者，大約如是。近世長沙出土楚墓瑟二十五絃。見商承祚《長沙古物見聞記》一九五七年三月，信陽長台關所出古器，有瑟三事，中央音樂學院、民族音樂研究所初步調查記（《文物參考資料》一九五八年第一期）。言之綦詳，亦二十五絃，且不因瑟之大小而有多少之別。則漢儒推論，可能不審，此處無詳說之必要。且原文易見。茲採其瑟尾《過絃安板圖》及《古琴尾部背面圖》如上。

凡用於樂歌琴瑟備（琴瑟堂上樂，升歌用之），大琴則用大瑟，中琴、小琴則用小瑟。《楚辭》惟言"鼓瑟"、"竽瑟"而不言琴者，亦如《樂記》獨言"清廟之瑟"，《儀禮》燕、大射、鄉飲、鄉射皆獨言瑟同。蓋瑟大琴小，舉其大言之，鼓瑟未嘗無琴也，以《詩經》準之，凡言琴瑟者，皆作樂用之（如《關雎》、《定之方中》、《車鄰》、《山有樞》、《甫田》、《鹿鳴》皆是）。無供祭祀者，《二招》義重在侈樂事，有琴瑟宜也。《九歌》雖祭祀，亦主於樂群，故亦用琴瑟，而"竽瑟"連用，則堂上下樂之合也。（《九歌·東皇太一》"陳竽瑟兮浩倡"。《招魂》"竽瑟狂會"。）此乃祭祝，非廟堂之雅奏，而爲民間之樂舞，故堂上得有瑟也。餘參"鐘"、"鼓"、"磬"三文下，書尾圖版亦載《戰國楚瑟復原圖》可參。

舞

按《楚辭》言舞八見。《九章·懷沙》云"雞鶩翔舞",《遠遊》云
"令海若舞馮夷"。此兩舞字皆通言舞蹈,不關禮制。其餘六則,皆與一
時風習制度有關,宜分別說之。按《説文·舛部》"舞樂也,兩(原作
用,據徐鍇《通論》所言正)用足,相背,從舛,無聲。𦐛古文舞,從
羽、亡"。《繫傳通論》"於文舛無爲舞,無舞聲也,舛兩足左右也,兩
足左右蹈厲之也"。《月令章句》"舞者樂之容也。有俯仰張翕行綴長短
之制"。舞必與樂相協。故隱五年《左傳》"夫舞所以節八音,而行八風
也"。古言舞義者,斯盡之矣。舞之節,以《禮記·樂記》言之最詳。
《樂記》曰"是故先鼓以警戒,三步以見方,再始以著往,復亂以飭歸,
奮疾而不拔"。陳注曰"樂之將作,必先擊鼓,以聳動衆聽。故曰'先
鼓以警戒'。舞之將作,必先三舉足,以示其舞之方法,故曰三步以見
方'。再始謂一節終而角作也。往,進也。亂,終也。歸舞畢而退就位
也。'再始以著往'者,再擊鼓以明其進也。'復亂以飭歸'者,復擊鐃
以謹其退也。拔,如'拔來赴往'之拔,言舞之容,雖若奮迅疾速,而
不過於疾也"。上舉《樂記》所記舞節,雖不必即爲一切舞容之節,而
古舞之大齊,不逾是也。至舞之類,《周禮·地官·舞師》所載有兵舞、
帗舞、羽舞、皇舞,《春官·樂師》則有小舞、帗舞、羽舞、皇舞、旄
舞、干舞、人舞,又別有臯舞。《韎師》有韎舞,配樂言則有籥舞。見
《籥師》及《公羊》宣八年。韶舞,《論語》、《離騷》。舞象箾、南籥。《左傳》
襄二十九年。配曲言,則有九夏之舞,見《周禮·鐘師》又有專名之舞,如
桑林之舞。襄公十年《左傳》、《莊子·養生主》至後世而益繁多,不及備載。
然就舞容而論,只有文舞與武舞兩種,自春秋以來已然。即《論語》所
謂"韶盡美矣,又盡善也。謂武盡美矣,未盡善也"之韶武。韶爲文
舞,武爲武舞。大體自其形式見之,文舞以羽、籥,武舞以干、戚。鄭
樵《通志》謂"羽,容也。籥,聲也。聲名以昭之,文物以紀之者,文

也，故於文舞用之。干以捍其內，戚以誅其外者，武也，故於武舞用之"。此之推論，雖出後人擬議，就實物以立言，非空說可比，故大致可信，而文武之別，又以干、戚、羽、籥之全否，別其大小。

然舞干、戚、羽、籥，僅指舞人手中所持之器。自手中所持之器而定其文武。事本至簡，然古籍所傳，則（一）舞人，（二）佾數，（三）舞曲，（四）舞節，（五）舞服，（六）乃至於舞器，亦頗有差別。茲爲表以統之，借以省繁重云爾。

（註）籥，《左》襄二十九年疏云"賈逵云：舞曲名"。據周制起舞在樂成告備，禮成者起舞。《周官·樂師》小祭祀不興舞。同上舞各有位，進退所至，則立旌旐爲表，以明之，是曰綴兆。舞人自南表北嚮，至二表爲一成，至三表爲再成，自三至北表爲三成，轉向南嚮，自北表至二表爲四成，自二至三爲五成，自三至南表爲六成。

舞	器用		舞服	主曲	周之舞曲
	樂	器			
文	大 籥	羽、籥、帔、皇、旄	皮弁、素積、裼	大夏	舞九韶，奏《九歌》凡九成
	小 籥	帔、羽、皇、旄	四夷服，其國舞，仕者無考。野人深衣，童子采衣	勺	
武	大 籥	朱干、玉戚、兵戈	冕不裼	大武	奏《大武》凡六成
	小 籥	干戈兵	同文舞	象	歌《維清》

舞時以歌樂爲節，堂上歌，堂下舞；管奏象舞之曲，歙以籥，此屬

於奏曲之序；又節以鼓，此屬於奏曲之樂序，而鼓又爲全部奏舞之節，蓋舞之始，又以鼓警戒，再成之時，又以鼓再始；每成之初，皆先擊鼓（見前引《樂記》）。此外復以鐃以飾歸，歸者舞畢之謂。當其發揚蹈厲之時，則以雅築地以爲節。

更有進者，則周制舞人亦各有專職。大體大饗、大祭祀則國子爲之，凡祭終，舞燕樂，及禮之殺者，皆以舞仕者爲之，凡四夷樂，則以其官之屬爲之。《周禮·韎師》"掌教韎樂，祭祀則帥其屬而舞之，大饗亦如之"。

以上所言，大抵皆周制。楚在南服，其制容有小異，而不必有大殊。如舞人則周有舞仕，而楚人則以巫爲之；助舞容之器，有羽、籥、干、戚，《楚辭》亦未全見。六成九成之說，亦無可徵。然以所載六則論之，故亦可以周制忖度而得其實。則周制亦一時衡量之具也。故先簡爲之說，以佐吾論楚舞。

（一）《離騷》云"奏九歌而舞韶兮，聊假日以婾樂"，此屈子虛設之辭也。然孔子在齊聞韶，稱其盡美盡善。屈子兩使於齊，亦有聞韶之可能。韶爲文舞，故曰"假"、曰"逍遙"也。所謂舞韶者，謂以韶曲爲奏，依此而象韶以舞也。韶屬文舞之大者，雍容揖讓，而非發揚蹈厲，固宜爲失志者之所依戀（別詳韶字條）。堂下舞九韶者，則堂上奏九歌，一併而作。依周制爲九成（上言六成，歸至南表，又自南表北嚮，至第二表爲七成，至第三表爲八成，至北表爲九成）。

（二）《大招》"二八接舞，投詩賦只。叩鐘調磬，娛人亂只。四上競氣，極聲變只"。此言舞之專章也。其上一段言"代、秦、鄭、衛，鳴竽張只。伏羲駕辯，楚勞商只。謳和揚阿，趙簫倡只。魂乎歸徠，定空桑只"。此段代、秦、鄭、衛二句，言堂下所奏四方之樂，伏羲駕辯四句，言歌堂上所歌之曲（此是混合樂與曲之種色，不必定指爲堂上下合奏之樂也）。堂上下之歌既畢，而舞作；二八者，指佾數。若依周制，則天子用八佾，六十四人，諸侯用六佾，三十六人，大夫用四佾，十六人。則二八者，大夫佾數。《大招》不論爲弟子招其師，或屈子招懷王，葬從死者，祭從生者。則以大夫佾數爲舞人之數，亦不背於周制。"接舞"謂聯蹁而舞，"投詩賦"者，王逸以爲《關雎》、《鹿鳴》，此周之樂章，是否用於楚，不得而知。而舞必有歌，以合其節。此歌即所謂"詩賦"，以楚舞而論，必爲楚聲，其上節之末，所謂空桑者與？定空桑者，正以空桑即二八之所以接舞，亦詩賦之所以爲舞歌者也。"投詩"猶《九歌》言"展詩"（別詳"投詩"條下）。鐘磬爲正奏之樂（詳"鐘"、"磬"下）。故合樂四節以終成其禮。至極聲之變，願魂歸來，以聽歌譲。當亦大舞之象也。《招魂》所用之樂舞，不得爲武舞。則此節所言，與周制文舞之大舞切合。此又吾人所能考而知之者也。

（三）《招魂》"二八齊容，起鄭舞些。衽若交竿，撫案下些。竽瑟狂會，搷鳴鼓些。宮庭震驚，發激楚些。吳歈蔡謳、奏大呂些"。此亦言舞事也。"二八齊容"者，謂佾人十六人，大夫之制也。齊其容儀，被服同飾，奮袂俱起，始爲鄭國之舞，亦如周制《韎師》之舞東夷之樂舞者也（鄭舞別詳）。"衽若交竿"二句，衽若當爲荏若或棽若之借，言其柔也（詳衽若條下）。交竿指羽舞，若皇舞之屬之舞器（詳交竿條下），言柔弱之皇羽，其竿若交。蓋文舞雍容揖讓，每進一步，則兩人相揖讓，撫抑而徐下，手中所持之皇羽，兩相交加也（武舞以兩干戈相嚮，一擊一刺爲一伐，四伐爲一成；文舞則三步三揖，四步爲三辭之容，是爲一成）。"竽瑟"以下指樂器言，"吳歈"以下指歌聲言，舞爲鄭人，則歌亦以吳蔡爲之，正與舞人、相配，謂具四方之樂舞也。"奏大呂"者，鳴鐘以飾"歸"（猶周制武舞之鳴鐃以飾歸也）。故總此篇舞容而論，亦文舞之容，與《大招》合讀，則兩文相以成，可互爲補充。南楚文舞之儀，可得而明矣。

（四）《九歌·東君》之"緪瑟兮交鼓，簫鐘兮瑤簴。鳴篪兮吹竽，思靈保兮賢姱。翾飛兮翠曾，展詩兮會舞，應律兮合節"。此一段言，祀東君時之樂舞也。自"緪瑟"句至"吹竽"句爲樂節，"思靈保"句言舞人。楚之舞人以巫爲之，與《周禮》之國子或舞仕異，此楚制如是也。"翾飛"句言舞容，此以女巫爲舞，故狀其身輕若飛，"翠曾"者可作兩事看，一則指其舞態之輕盈，一則指其手中所持之舞具，當亦羽之屬。故曰"翾"曰"翠"也。"展詩"猶《招魂》言"投詩"、"會舞"者，謂佾人會合而舞，其亦《二招》之所謂二八之佾與？"應律"指歌聲合於樂律，即管奏象舞之曲也。"合節"指舞節合於樂節，即鼓以警戒，再鼓則再起。每成之初，先擊鼓而金以飾歸。細讀文中各端，其爲文舞已無疑，而舞器至簡，服飾似亦不能指爲特製之舞服。且《九歌》本民間之祀，則豈所謂野服者與？則爲文舞中之小舞無疑。

（五）《九歌·禮魂》亦云"成禮兮會鼓，傳芭兮代舞，姱女倡兮容與"，此禮成樂終之會舞，舞人乃姱女，舞具則芭草，與羽皇相近。"代舞"者，王逸以更釋代非諸人更代之更。乃每成而更舞，其爲六成爲八成不可知，而必非一成，故曰代更而舞也。禮成之舞，亦即樂之將終，當即周制之所謂相以治亂之亂，樂齊鳴，曲齊奏，人齊舞，堂上歌詩琴瑟，與堂下之樂合作，其器八音畢奏，此文至省。然自"會鼓"、"代舞"、"女倡"（同唱）則禮之大齊亦不外乎是矣。此一祀典最終之舞，依《九歌》體性言之，蓋亦必爲文舞之大舞無疑。

（六）《天問》云"干協時舞，何以懷之"，"干協時舞"干舞也，武舞也。別詳"干協時舞"句。

《楚辭》舞事之考如是。武舞僅見於《天問》傳説之中，文舞則大舞小舞皆有文詳述之。比合周制而論，出入似不甚巨。讀此當參鐘、鼓、律、節各條。

趙簫

《大招》"趙簫倡只"。王逸注"趙，國名也。使趙人吹簫，先倡，五聲乃發也"。朱熹云"趙簫，趙國之簫也。以趙簫奏揚阿爲先倡，而謳以和之也"。

交竿

《招魂》"衽若交竿，撫案下些"。王逸注"竿，竹竿也。撫，抑也。言舞者迴旋，衣衽掉搖，回轉相鈎，狀若交竹竿，以手抑案而徐來下也"。一云"撫，抵也。以手抵案而徐下行也"。五臣云"言舞人迴轉，衣襟相交如竿也，以手撫案其節而徐行也"。按王釋此兩語，義不明，五臣於撫案句似較王說爲允。而交竿一詞，皆以爲虛擬形容之辭，果爾，則舞人兩衣僵直如竿，似與舞容相戾，世無此舞法。衽若疑爲枖若之誤，言舞容委蛇柔弱也；竿當指舞者所持之羽，即《陳風·宛邱》所謂"無冬無夏，值其鷺羽"之羽。值者，持也。下章言"值其鷺翿"，謂舞者所持以指麾，又蔽翳其身之舞器也。《周禮·舞師》注曰"羽析白羽爲之，形如帗"。茲爲示意圖如次。

羽說略本聶氏《三禮圖》，則交竿者，謂舞人徐行而下，委蛇荏若，兩羽相交，狀其舞之有翕有合也，此一說也。信陽楚墓出土文物有楯梧刻紋，上載一舞圖，上截爲一人，跪而擊編鐘。下列一人搏拊擊鼓（鼓爲鳳座）。餘二人對舞，兩袖飛揚，中有二羽對立，此爲舞羽之別一種形式。與《招魂》"交竿"之說雖異，而用羽爲舞器則同。使此二人撫案而下，則羽竿必相交矣。茲摹其形如次。

又交竿之說，至爲率直。《招魂》修辭，似不如是，恐有誤字。余疑竿爲羽字之誤，竹羽兩形相近，因以致誤也。交羽亦即上所交鷺翿之屬也，《二招》多有不甚可通之辭，此亦其一也。

附參

大足徐永孝曰，衽若交竿，撫按下。按王著一云，明無定見。

此爲戰國楕栝刻紋中的鳥座鼓

自來説者皆不得確解。余觀四川省博物館陳列一九五七年新津與雙流出土漢代舞俑，右手上揚，左手撫衽，撫按下之。衽起幾條綹紋，頗似籊籊竹竿（非筆直），每條綹紋之距離，上狭下寬，最狭處即手撫按下之綹紋，象各竿之交也。然後知屈子描繪舞狀生動细緻。原文本是撫案同按下，衽若交竿。因“下”與舞、鼓、楚、吕協韻，故倒爲“衽若交竿，撫案下”耳。書闕有間，古事淪没，而地下發掘得徵古義，爲之一快。新中國保存文化遺産，其作用有如此者，其它可以推見（一九六三年四月十四日記）。

龢

《九思・傷時》“使素女兮鼓簧，乘戈龢兮謳謡”。王逸注“乘戈仙人也，和素女而歌也”。洪補云“張晏云，玉女青要乘弋等也。戈從弋”。按龢字《説文》“調也”。《一切經音義》又引《説文》音樂和調也。《周語》“聲相應保曰龢”，此用字之本義也。經典多以和爲之。《爾雅・释樂》“徒吹謂之和”皆是也。又同篇云“風習習兮龢煖”，龢煖即後世所謂“和煖”，以和爲之。《禮记・郊特牲》“陰陽和而萬物得”。凡温煖曰和，此以龢爲之。

六簿

《招魂》"菎蔽象棊，有六簿些"。王逸注"投六箸，行六棊，故爲六簿也。言宴樂既畢，乃設六簿，以菎蔽作箸，象牙爲棊，麗而且好也"。"簿一作博"。洪興祖《補注》"《説文》云'局戲也。六箸，十二棊也'。鮑宏《博經》云'所擲頭謂之瓊。瓊有五采，刻爲一畫者謂之塞，刻爲兩畫者謂之白；刻爲三畫者謂之黑；一邊不刻者五，塞之間謂之五塞'。《列子》曰'擊博樓上'。注云'擊打也。如今雙陸棊也'。《古博經》云'博法二人相對，坐向局，局分爲十二道，兩頭當中名爲水，用棊十二枚，六白六黑，又用魚二枚，置於水中；其擲采，以瓊爲之；瓊畟方寸三分，長寸五分；銳其頭，鑽刻瓊四面爲眼，亦名爲齒，二人互擲采行棊，棊行到處，即豎之名爲驍棊，即入水食魚，亦名牽魚，每牽一魚，獲二籌，驪一魚，獲二籌'。畟音側"。朱熹《集注》"簿音博，一作搏。簿箸也。《博雅》云'投六箸，行六棊，故謂六簿也。言宴樂既畢，乃設六簿，以菎簵作箸，象牙爲棊也"。

按六簿爲春秋戰國以來流行於民間之賭戲，其制已不可詳。而歷代又有更革新創或於舊制增損，或合二三種爲一事，或自出心裁而創爲之，或自四域輸入，其名或沿舊稱，或舉分名以概總名，或舉部分以爲全稱，或和兩事而爲一名，或舉性能以當本名，如曰六博（又作六簿、陸博、陸簿）、曰搏、曰博、曰博棊、曰博奕、曰博塞（又作博簺）、曰雙陸、曰六赤、曰六么、曰五簺、曰究、曰格五、曰五白、曰五木、曰瓊、曰投瓊、曰出玖、曰操橊，後世又概之曰樗蒲（又作摴蒱、摴蒲）、曰呼盧、曰呼六、曰叫采、曰喝采、曰擲籌、曰打馬，無慮數十名。此中糾紛，不易料理。唐以後之考論曰多，而其事終不能明析。程大昌《演繁露》考之極詳（俞樾説），黃朝英《靖康湘素雜記》九，有"格五"之文，李清照有《打馬圖經》。而明人尤喜言之，陳繼儒、田藝蘅、楊慎、徐文長而外，如方以智《通雅》卷三十五有兩文，言之最紛雜，不可理。餘如葛立方言六簙非雙陸（見《韻語陽秋》卷十七），徐文靖、朱亦棟引《穆傳》以駁楊升庵除令井星之說（《管城碩記》卷二十八，朱說見《群書札記》卷十三），張雲璈牽合六簙與五塞（《選學膠言》卷十四），欲以之以求合於《招魂》之文，皆多扞格不可通，洪慶善兩引《博經》而其事非一，亦未可信，今但就《招魂》上下文義，略爲之說。

《招魂》曰"菎蔽象棊，有六簙些；分曹竝進，遒相迫些；成梟而牟，呼五白些；晉制犀比，費白日些"。言六簙者，僅此八句，其中包含簙具，與簙事兩者相關。茲先就其具言之。

（一）有箸。玉飾之，或爲射筒竹所爲，其形圓似箸，亦似箭，故又名曰箭，曰箭箇，即後世之所謂籌碼（洪引《古博經》有此名也）。所以計數者也，凡六枚，與洪引《古博經》所謂每牽一魚，獲二籌，髇一魚，獲二籌之用義當相同。《招魂》謂之菎蔽，又作箟簵，即《說文》之箘也。詳菎蔽條下。

（二）棊子。以象牙爲之。爲一切博奕通用之名，惟其制則當各異。此蓋置於局道之一，可以豎立，則或當似後世圍棋子。然圍棋下子，則不能移，此或當行移，則有似近世所謂象棋子也，所以定行道之得失者。《招魂》謂之象棊，叔師以爲十二棊，兩人各持六棊也（詳象棊條下）。

（三）簙局。凡簙必有局，可能爲古今定制，若無局，則行棊無所，計籌亦無由。《招魂》言分曹竝進，遒相迫者，即依局而進而相迫也。其局爲十二道，兩曹各六道，故用六棋也。

（四）瓊。瓊者所以投擲，而得采成梟呼五者也，文中雖未言，而成梟呼五，皆因瓊以決之，洪引鮑宏《博經》所謂"瓊有五采，刻爲一畫者謂之塞，刻爲兩畫者謂之白，刻爲三畫者謂之黑，一邊不刻者五，塞之間謂之五塞"，大略即此也。以玉、石、骨爲之，有如今日之骰子。骰子凡六面，其一面不刻，其餘則刻二三四五六五數。依下文五白之說定之，則其數當爲六枚，與後世之所謂格五、五木者，當爲兩事，不得與五木說之也。凡采皆取決於瓊。投六瓊於器，則圜轉而至於定，既定則計其數，大約五白爲最勝之采。

（五）盛瓊之具。擲瓊必有器，非空擲於局，亦不擲於地也。今俗擲骰子用碗，取其便利也。此必有之具，爲簙所不可少，余疑即文中所謂"晋制犀比"也。楚人髹漆器多匲盒耳栝之屬，則貴人以髹器爲簙具，亦自意中事也。且簙時以投瓊，既簙收塲，則箸也，棊也，亦當有收聚之器，則犀比者，又所以斂簙具者也，與斂飾品之用同意，固不相遠也。詳犀比條下。

更以簙事論之，"分曹竝進"者，兩人對局也；"遒相迫"者，即擲采行棊，棊行到處，即竪之爲名驍棊也；"成梟而牟"者，謂勇進者則成梟，梟即《古博經》之驍棊也，成梟"則入水食魚獲籌"（詳梟字條下），牟，王逸訓倍勝，驍棊則勝也；"呼五白些"者，有五瓊爲白，或五擲皆白，兩解不可知（吳曾《能改齋漫録》云"五木之戲貴采四，賤采五。四采之中有采曰白，蓋五木皆白也；梟乃賤采，故欲勝梟，呼五白也"。參後附俞樾文引程大昌説此乃五木之戲，而非六簙之戲，不得相混。然采而曰梟，必非賤采。則甚明。程曾皆誤也）。此乃兩曹對言之詞，言甲已成驍棊，必投五白以佐梟，乃能取勝，而乙亦惟有得五白乃能勝梟取魚也（詳成梟而牟及五白兩條下）。晋制犀比二語，當指投瓊之具，或言盛棊、箸、瓊等之器，皆無不可，簙事已畢，當收束時而言及盛器，亦事有必至者矣。

依上解説《招魂》，則文從字順，籐葛極少。而歷世諸家紛紛考論，皆莫得其涯涘。考近世四川成都附近一九五四年出土陸博畫象磚，爲成寶路文物清理小組所蒐集者。凡兩局，每局皆二人對行，局形方正，下圖左方兩人，間膝前有三環狀物，可能即所謂之犀比。上圖左一人揚手作狀，當即呼五白之類，其他雖不甚可審，而大較故甚明析也。滕縣城東桑村公社西户口一墓出土畫像石有六博圖，其形如下。

上圖二人對局，在一案上作投擲狀，每局多則三人，所謂分曹也。中有棋局，局中央作田字形、方格，案兩頭有小盂，盂中可能即所謂瓊也。前盂之前一大盤，盤中似爲與博有關物件，可能與所謂 "入水食魚獲籌" 之事有關，大體可説明六簙之事矣。又日人大阪淺野楳吉藏一銅鏡（即所謂六神人畫像鏡者，亦有仙人六簙图），中有仙人六博图，上截兩仙人對坐，一人舉雙手，一人手中持四籌，中爲行局，局中有正方形方格，四角有矩形線條（此見梅原未治《紹興古鏡聚英》一書）。

兹更有進者，簙之字見《説文》，而古籍多以博爲之，《説文》顯是後起專字。然朱熹《集注》引一本作搏，玄應《一切經音義》十二亦作搏，下引《纂文》"搏六搏，用六箸六棊"，余以爲作搏是也。此爲一種搏鬥取勝之戲。戰國以來百戲，言角、言鬥、言抵、言射、言擲、言投、言衡者至多，皆以用力所在，爲狀語之根於動作。六簙即以手相搏爲事，六者六箸、十二棊（二六也），十二道（亦二六也），六瓊，其具皆以六而成，猶之五木之以五數也。則六簙字，當作六搏，扌旁與忄旁隸變極相似而誤也。然其正名當曰搏塞。《莊子·駢拇》"問穀奚事，則搏塞以遊"。《管子·四稱》亦曰 "流於博塞"。又四時一政曰禁博塞。《莊子·釋文》"博塞悉代反，塞博之類也"。《漢書》云 "吾丘壽以善格五待詔"，謂博塞也。《疏》"行五道而投瓊曰博，不投瓊曰塞"。《釋文》與《疏》雖誤以格五爲博塞，而釋博塞之義，則是也。投瓊曰博，即不得作博，而當作搏矣；塞本不投之義，而《説文》亦造簺字，與搏之又作簙，胥爲漢人新增字也。又後世言樗蒲，或作樗蒱。樗蒲亦即博之音衍，而蒲蒱又即搏之形譌。此等事物大抵流行民間，或貴族不肖子弟爲之。爲士大夫之所不屑，故其字流行民間。展轉附益，而成此文，吾人之所當知也。兹附俞樾《春在堂隨筆》九《論樗蒲》一文，以爲是非之取證焉。

　　樗蒱古制，久失其傳。宋程大昌《演繁露》言之最詳。其略云："古惟斲木爲子，一具五子，故名五木。後世轉而用石、用玉、用象、用骨。故《列子》謂之投瓊。《律文》謂之出玖。唐世則鏤骨爲竅，朱墨雜塗，數以爲采，亦以取相思紅子納置竅中，使其色明艷。溫飛卿艷詞曰'玲瓏骰子安紅豆，入骨相思知也無'。字直爲骰，不復爲投。其體制與用木時異，方其用木也。五子之形，兩頭尖銳，中間平廣，狀似今之杏仁，一子兩面，一面塗墨，黑之上畫牛犢，一面塗白，白之上畫雉。凡投子者，五皆現黑，則其名盧，盧者黑也，此爲最高之采。按木而擲，往往叱喝，使致其極，亦名呼盧也。其次五子四黑而一白，則是四犢一雉，其采名雉，用以比盧，降一等矣。至骰子之制，則有六面，是裁去五木兩頭尖銳，而蹙長爲方，既有六面，又箸六數，不比五木，但有白黑兩面矣。"以上竝程氏之説，余謂盧者，五子皆黑也，雉者五子皆白也。純黑純白皆爲高采。白雖遜黑，然五子皆白，亦爲得采，與他色異。《晋書·劉毅傳》"毅擲得雉，大喜，褰衣繞床，叫謂同坐曰非不能盧，不事此耳"。蓋毅所擲五子皆白，亦爲難遇，使無得盧者，則毅已獨勝，故以此自喜。然以五白究不如五黑，故又云"非不能盧，不事此也"。如爲大言以自快也。"劉裕惡之，因援五木，久之，曰老兄試爲卿笞，既而四子皆黑，其一子轉躍未定，裕厲聲喝之，即成盧焉"。此則得五黑，勝於毅之五白矣。故毅意不快，曰"亦知公不能以此見借也"。程氏説五木之制甚詳，但謂五子四黑一白爲雉，則殊失之。老杜《今夕行》曰"馮陵大叫呼五白，祖跣不肯成梟盧"。此正用《劉毅傳》語。然則雉之爲五白，唐人猶知之也。程氏誤以四黑一白爲雉，轉疑杜詩爲誤。何哉？程氏又謂梟采甚低，非盧比也。老杜槩言梟盧，未詳。余謂此亦不然。鄧艾曰"六博得梟者勝"。竊疑梟即盧也。蓋五黑五白，同爲勝采，而盧實勝於雉，故得盧者謂之梟，以別於雉。杜詩正得其義。《韓子》曰"儒何以不好博，勝者必殺梟，是殺其所貴也。儒者以爲害義，故不博"。程氏據此證梟采甚低。余謂殺梟之制不可知，惟韓子明言爲所貴，而儒者並以殺之爲非義，則梟在諸色中爲尊無二上可知。程氏之誤也。宋張端義《貴耳集》引《五經》注則云雉爲二，梟爲六，盧爲四。

近年出土文物，六簿圖至多，皆可參考。方以智《通雅》卷五十五、俞樾《茶香室隨筆》，乃至葛立方《韻語陽秋》、黃朝英《靖康緗素雜記》、李肇《國史補》皆有考。正史中如《史記·宋世家》、《吳王濞世家》、《刺客列傳》及它諸傳又及《後漢書》、《晉書》、《梁書》、《兩唐書》皆多記其事。

象棊

《招魂》"菎蔽象棊，有六簿些"。王逸注"以菎蔽作箸，象牙爲棊"。洪補"《方言》'簿或謂之棊'"。按棊字凡兩義。一爲簿棊之棊，一爲圍棊之棊。《說文·木部》"棊博棊，從木，其聲"。專以屬之簿棊，非也。圍棊之道，縱橫各十七道，合二百八十九道。棋子分黑白，各一百五十（見《文選·博奕論》李注引邯鄲淳《藝經》）。而六簿之子，則十二枚（詳六簿條下），同稱曰棋，如今世同稱一切簿皆曰馬子也。徐鍇曰"棊者方正之名也。古通博奕之子爲棊。故樗蒲之子用木爲之也。按《楚辭》'菎蔽象棊，有六博些'。注謂以菎玉作簿著也，即今樗蒲馬，象棊以象牙飾棋。今樗蒲亦四棊也。故曰以六箸行六棊爲六簿"。按徐氏謂博奕之子爲棊者，謂博之子與奕之子皆名曰棊也。至用木爲之之說，則小不當。戰國已用象牙，後世或用玉用石皆有之，其制如何，似不甚可解。《韓非子·外儲說左上》"秦昭王令工施鈎梯而上華山，以松柏之心爲博箭，長八尺，棊長八寸"云云。則棊之長僅及箭之十分之一。然此言昭王與天神博時所用，則箭八尺，棊八寸，不能容於人世，而長短比例由此可知。又按象棊一名，古今似各不同。劉向《說苑》云"雍門周謂孟嘗君曰足下燕居鬥象棋，亦戰鬥之事乎"，則象棋木以象戰鬥之事，頗與今世所行象棋相近。今世所行象棋，不知始於何時？而有帥、仕、相、馬、車、炮、兵之目，蓋與戰爭陣容相當。此有炮兵，則恐不得在唐以前。牛僧孺《玄怪錄》記唐蕭宗"寶歷初，民人岑順於陝州吕氏故宅，掘得古冢象棋，即今象棋"云云。《太平御覽》言"周武帝象棊，有日月星辰之象，其象亦自異"。故象一名，古今不防相同，而其實則異也。《招魂》象棋，在可仿佛之間，而不能確知。然六簙並非即象棋，不過以象牙爲棋子而已，恐亦不得以《説苑》之説擬之。參六簙條下。

成梟而牟

《招魂》"成梟而牟"。王逸注"倍勝爲牟。《文選》梟作臬"。洪興祖《補注》"《漢書》梟騎。注云梟勇也。若六博之梟。作梟非是。《淮南》曰'善博者不欲牟，不恐不勝'。注云'博其棋不傷爲牟'。梟堅堯切。牟過也，進也，大也"。《招魂》成梟之梟，謂博采行棊而勝也。洪補引《古博經》謂"二人互擲采行棋，棊行到處，即豎之，名爲驍棊，即入水食魚，亦名牽魚。每牽一魚獲二籌，鰩一魚，獲二籌"。魏侍中曰"采越净中者休，則立梟，梟者不伏，令净者梟休爲伏，伏則不梟"。梟即驍同音通用（《周禮·考工記·輪人》"察其菑蚤不齟"，鄭司農云"傅立梟棊亦爲菑"，則驍棊即梟棋也）。謂驍勇前進而得立也。《戰國策》"博所以貴梟者，欲食則食，欲握則握"，《晋書·謝艾傳》"六博得梟者勝"，則梟爲貴采明矣。然《史記正義》云"博骰有刻爲梟鳥形者，采最高"。或又云"六博以五木爲骰，有梟、盧、雉、犢、塞五者爲勝負之采"。兩説與《古博經》小異。然以《招魂》照之，則梟爲勝采無疑義。當與《古博經》説爲近。樗蒲之制，代有變革，僅能就《招魂》可通者論之。成梟猶言得梟也，牟倍勝也。見《廣雅·釋言》"成梟而牟"。而字讀如則，言成驍則必勝也。餘參"六簙"、"五白"兩條。

然梟之義，自戰國之書有可得其仿佛者，《韓非·外儲説左下》"齊宣王問匡倩曰'儒者博乎？'曰'不也'。王曰'何也？'匡倩對曰'博者貴梟，勝者必殺梟，殺梟者是殺所貴也。儒者以爲害義，故不博也'"。依韓非殺梟之説，則勝者乃殺梟，意謂已得梟爲勝，然必殺梟乃爲全勝。又《楚策》三"夫梟棊之所以能爲者，以散棊佐之也。夫一梟之不勝五散亦明矣。今君何不爲天下梟，而令臣等爲散乎"。五散當即指五白。合兩文觀之，則韓説勝者必殺梟，《楚策》言"梟棋所以能爲即勝者，殺梟之意"。五白乃散棋，而白已成五，則可以佐梟，然佐梟非殺梟也。合兩文細審之，則如甲已得梟爲梟棊，然梟棋不能爲最後之全勝，必有以佐之，佐之者則散棊五白也。若甲不能得五白之佐，而乙投瓊出五白，則梟被殺而可食魚矣。叔師注云"言己棋已梟，當成牟勝，射張食棊，下兆於屈，故呼五白以投助也"。是叔師以呼五白之人，即成梟之人矣。成梟固欲更得五白以爲倍勝，而不成梟者，更欲得五白以殺梟。殺梟則全局破矣。則呼五白應甲乙兩人皆有之無疑。此一也。又叔師云"言己棋已梟，當成牟勝，射張食棋，下兆於屈，呼五白以助投也"者，洪引《古博經》云"棊行到處，即竪之，名爲驍棊，即入水食魚，亦名牽魚……"似成梟即可入水食魚得二籌，此證之上引《韓非》、《楚策》兩文，尚未允。《史記·魏世家》蘇代對魏王曰"王獨不見夫博之所以貴梟者，便則食，不便則止矣。今王曰事始已行，不可更，是何王之用智，不如用梟也"。便則食，不便則止者，成梟而又有考慮。散棊五白之佐，得佐則可以入水食魚，不得佐則不得食。更端言之，若已不得佐，而對局者投得五白，則五白雖散棊，亦有殺梟之力，衆志傾城之義也。此當即《古博經》所謂"若已牽兩魚而又勝者，名曰被翻雙魚。彼家獲六籌爲大勝也"。綜而論之，行棊成梟可以食一魚，得三籌，更得五白，則可以食河中第二魚，又得三籌，六籌全得爲大勝。若不得佐而爲對局者所得，則可殺梟而翻其已得之魚，於是亦得反二魚而爲六籌，亦大勝也。此義既明，反觀叔師注言"己棊已梟，當成牟勝"者，《淮南子》"善博者不欲牟，不恐不勝"，高誘注"其棋不傷爲牟，王言倍勝者，謂既不傷棊，而又取勝，是爲倍勝也"。"射張食棊，下兆於屈"者，《列子説符》"樓上博者射明瓊張中"，張湛注"射五白得之，反兩魚獲勝"。叔師言射張，即《説符》之"射瓊張中"也。《説符》之明瓊，即《招魂》之五白。曰射張者，讀《九章》"設張辟"之張。

王念孫以爲弧張（詳“張辟”與“機臂”兩條下），射張，即以機張獲捕鳥獸之義，爲針對梟言，故用此詞也。食棊，古博無食棊者，疑字有誤，或即魚之音近而誤歟？惟戰代博局中是否用魚，尚不得確知也。“下兆於屈”句，一本作“逃於窟”。《文選殘卷》亦作“下逃於窟”，義不甚可知，本蓋闕之義可乎（《西京雜記》許博昌安陵人，善六博，其術曰“方畔揭道張，張畔揭道方，張究屈元高，高元屈究張”。究者博箸也。其他不甚可解，似可與兆屈相發明）。牟字王注“倍勝爲牟”，洪補“《淮南》曰‘善博不欲牟，不恐不勝’。注云‘博棊不傷爲牟’”。按《淮南》說出《詮言訓》、《太平御覽》引注作“博以不傷爲牟，牟大也，進也”，義與叔師同而平實。《廣雅·釋言》“牟，倍也，牟勝謂多取利也”。高注《時則訓》云“牟，多也”。按朱學浩云“依高注其棋不傷爲牟，是博者貴勝而已，不貴不傷棋也，王以倍勝爲牟者，既不傷棊而又取勝，是爲倍勝”是也（俞樾《春在堂隨筆》九，訓牟爲齊等亦可參照。參五白、六簙條下）。

牟

《招魂》“成梟而牟”。王逸注“倍勝爲牟”。洪興祖《補注》“《漢書》‘梟騎’。注云‘梟勇也，若六博之梟’。《淮南》曰‘善博者不欲牟，不恐不勝’。注云‘博其棊不傷爲牟’。牟過也，進也，大也”。詳六簙條下。

五白

《招魂》“呼五白些”。王逸注曰“五白簙齒也。言己棊已梟，當成牟勝，射張食棊，下兆於屈。故呼五白，以助投也”。洪興祖《補注》“《列子》云‘樓上博者，射明瓊張中’。說者曰‘凡戲爭能取中皆曰射，明瓊齒五白也’”。按洪引《列子》說在《說符篇》云“樓上博者射明瓊，張中，反兩檻而笑"。張湛注"明瓊齒五白也，射五白得之，反兩魚獲勝，故大笑"。《釋文》云"凡戲爭能取中者皆曰射，並曰投"。裴駰曰"拍采獲魚也"。檻字，案真經本或作魚。案《六博經》作鰈，比目魚也。蓋謂兩魚勇之比目也。此言報采獲中，翻得兩魚，大勝而笑也。《列子》與張注《釋文》所言與《招魂》似出入不大，依之以說《招魂》足申叔師義矣。五白者，投瓊而得白子五枚也，得五白則可翻局中兩魚（《招魂》如何不可知）。故大笑。上言成梟而牟，下言呼五白者，謂以得梟棊，而思倍勝之，則惟五白可以得魚（指既得梟棋之一方言）。亦可翻魚（指未得梟棋之另一方言）。故大呼五白，以助成之也。今世擲骰子者尚有此習，蓋傳之自古者也。餘參成梟而牟條下。

曹

《招魂》"分曹竝進"。王逸注云"曹偶。言分曹列偶，竝進技巧，投箸行棊。或曰謂竝用射禮進也"。按《説文·曰部》"曹，讞獄之兩曹也，在廷東，從棘，治事者從曰"。兩曹今俗所謂原告被告也。《史記》"遣吏分曹逐捕"。又《扁鵲倉公傳》"曹偶可人"。《索隱》曰"曹偶猶等輩也"。按獄兩曹爲本義，曹偶等輩爲引申義。《招魂》六簙言"分曹"，猶言分兩曹，博射如仇，故以分曹狀之，每邊一人爲一曹，非每邊有曹偶也。詳六簙條下。參圖。

鐙錯

《招魂》"蘭膏明燭，華鐙錯兮"，王逸注"言鐙錠盡雕琢、錯鏤、飾設以禽獸，有英華也"，此言照夜之鐙也。上句言"蘭膏明燭"，此庭燎之設，在堂前，或階下者也。華鐙則指在堂之鐙言，別爲兩事，不得以蘭膏明指華鐙也。錯者，戰國以來工藝美術之一種，近年考古發掘，所見至多，不必詳舉。《大招》"瓊轂錯衡"，《詩經》亦言之，則錯之藝，南北通有之。王注言設以禽獸云云，出土文物，錯金之飾，無奇不有，而楚器亦至多，隨處可徵。

琨蔽

《招魂》"琨蔽象棋，有六簙些"。王逸注"琨玉也。蔽簙箸以玉飾之也。或言琨蔇，今之箭囊也"。"琨一作琨，一作筦"。《補》曰"琨音昆，香草也。琨玉名，筦竹名。蔽《集韻》作箆，其字從竹。《方言》'簙謂之蔽，秦晉之間謂之簙，吳楚之間謂之蔽，或謂之箭裏，或謂之棊'。《博雅》云'博箸謂之箭'"。按《文選集注殘卷》琨作琨。陸善經曰"筦竹也"。則《文選》作筦，始陸善經也。《楚辭》故書當作昆，若琨。故叔師先釋昆爲玉，又見別本作筦，故更以筦蔇附之，爲或説也。今又誤筦爲琨，因而箆亦作蔽耳（《哀時命》"筦路雜於廳蒸"，《七諫·謬諫》則作琨蔇。洪引一本此二文從竹可證。筦琨之誤，亦起漢人也）。筦蔇《説文》作箘簬。竹部箘字云"箘簬從竹，囷聲，一曰博棊也"。大徐音渠隕切。則昆箘以雙聲通轉也。惟箘簬乃一種竹名。段玉裁謂"即《吳都賦》之射筒。劉逵曰'射筒竹細小通長，長丈餘，無節。可爲矢笴，名射筒，及由梧竹，皆出交趾九真'。《招魂》'昆蔽象棊'，王曰昆或言筦簬，今之箭囊也。筦即箘之異體，箭囊即射筒之異詞。無底曰囊，通簫曰筒。皆自其無節言之，謂之曰筦箭幹耳"。按段意謂筦簬即俗名之射筒竹。射筒竹乃竹名，非謂射筒也。而《説文》一曰簙棊者，謂用之於博棊，非筦即博棊也。博棋大名可統於別名，故《方言》"簙謂蔽或謂之箘，秦晉之間謂之簙，吳楚之間或謂之蔽，或謂之棊"。凡《方言》之蔽、棋、箘，皆統之以簙棊，其義亦此也，非謂蔽棊即博棊之全矣。是則筦字亦可與蔽連讀爲一詞。如曰射筒竹之蔽也。然琨蔽與象棋合文對舉，故叔師仍從故書作昆，而訓爲飾玉也。

蔽字叔師訓簙箸者，以竹爲之，形似箸也。（《説文·竹部》"箸飲歌也。從竹，者聲。亦名爲箭"。）《文選集解》注"今之箭裏也"。

（《方言》五同）殘卷裏作裹，裹即裏字。朱學浩謂借爲箘。《説文·竹部》"箘，竹枝也"，其説至當。《韓非子·外儲説》"秦昭王以松栢之心爲簙箭"是也。《博雅》亦云"簙箸謂之箭也"。惟蔽字《説文》訓蔽"蔽小草也"。古籍亦未見蔽訓爲簙箭之文，故《集韻》別收籏字爲之（朱駿聲以爲簙之借字，誤甚）。此當出楚方言。《方言》五"簙謂之蔽，或謂之箘，秦晋之間謂之簙，吳楚之間或謂蔽，或謂之箭裏（原作裹，依前説訂），或謂之符毒，或謂之夗專，或謂之匴璇，或謂之棊。所以投簙謂之枰，所以行棊謂之局……"凡所言皆簙之一具，非即以蔽爲簙也。故又名箭，又名爲箘矣。

菎蔽一詞，不論如叔師前説爲玉飾之箸，或如後説射筒竹爲箸，皆指簙戲中之箸言，箸即後博具中之"籌碼"也。以竹爲之，古今相承。籌亦箸屬，而籌箸又古一聲之變也。《西京雜記》載"許博昌善博，法用六箸，以竹爲之，長六分，或用二箸"，此簙具之一事也。餘參六簙條下。今人博塞，尚謂之下箸，俗誤作注。下箸者，所以爲籌算勝負者也。箸者籌也，亦如商業上之籌也，所以計數者也。故謂之箸，又謂之箭者，箭形與箸形至近，故決勝負，有如射儀矣。

筥

筥即匡後起字。飯器，筥也。

《九歎·怨思》"筥澤瀉以豹鞹兮，破荆和昌繼築"。王逸注"筥滿也"。按《説文·匚部》"匡飯器，筥也（從段注）。從匚，㞷聲"。筥匡或從竹。竹部"筥箯也，箯一曰飯器，容五升"，此其本義也，引申爲凡可盛之竹器皆曰筥。《詩·卷耳》"頃匡"，求桑以"懿匡"匡之。《詩》"維筐及筥"，傳"方曰筐，圓曰筥"。不必即爲飯器也。筥所以盛，故叔師以滿訓筥，謂盛滿於筥中也。蓋名詞活用爲動詞，由盛義而引申爲滿也。

筐簏

《九歎·怨思》"淹芳芷於腐井兮，棄雞駭於筐簏"。王逸注"筐簏竹器也。言積漬衆芳於污泥臭井之中，棄文犀之角，置於筐簏而不帶佩，蔽其美質，失其性也。簏《釋文》作箓，音録"。補曰"《集韻》竝音鹿，竹高篋也"。又《九歎·愍命》"虷蠪蠹於筐簏"。王逸注"方爲筐，圓爲簏。藏枯匏之瓢，置於筐簏，令之腐蠹。言愛小人，憎君子也"。按筐即匡之或體。詳筐字條下。簏者竹器之圓者也。《說文·竹部》"簏竹高篋也。從竹，鹿聲"。或從录，作箓。大徐盧谷切。竹高篋者，段云"篋之高者，竹爲之，其形圓，凡圓物多有。鹿音。故叔師雞駭句訓竹器，虷蠪句訓圓爲簏也"。其音之變，則爲困鹿。《吳語》"市無赤米，而困鹿空虛"。韋昭注"圓曰困，方曰鹿"。方圓二字誤倒。困鹿亦即箘簬、箘簬、筥簬、莒莒。詳筦簬條下。蓋竹名筦簬，則以之爲器之困鹿，音同族也。後世作筐簏，則爲專字矣。

鬵

《九歎·憂苦》"爨土鬵於中宇"。王逸注"爨炊竈也。《詩》曰'執爨踖踖'。鬵釜也。《詩》云'漑之釜鬵'。言乃藏九鼎於江淮之中，反炊土釜於堂宇之上。猶言棄賢智，近愚頑者也"。洪《補注》"鬵音潛，又才淫切。大釜也。一曰鼎。大上小下，若甑"。按《說文·鬲部》"鬵，大釜也。一曰鼎。大上小下，若甑曰鬵。從鬲，兓聲。讀若岑，鬵籀文鬵"。大徐才林切。按《詩·檜風》"誰能亨魚，漑之釜鬵"，《毛傳》"鬵釜屬"，以鬵爲大釜者，即本《詩毛傳》。一曰鼎大上小下若甑，曰鬵者，按《爾雅·釋器》"鼎絕大謂之鼐，圜弇上謂之鼒，附耳外謂之釴，款足者謂之鬲，鬴謂之鬵，鬵鉹也"，當爲許氏所本。甑謂之鬵，金部云"鉹鬵鼎"。《方言》五"甑自關而東或謂之鬵"。《廣雅·釋器》

"鬻謂之䰮"。按鬻䰮一聲之轉，方俗殊語耳。《爾雅》載鼎六名。以宋以後出陶金諸器與《爾雅》六器不類，與宋以來金石家之説，亦多不相中。而歷商周至漢歷代各有變遷，似非《爾雅》所能概。又鬻可稱鼎，不得言釜，又可曰甗。考甗之形就其上下兩截之合言之，外形有似鼎，自其上截言之，有似釜，就其下截言之，有似鬲，鬻亦可曰釜，曰䰮也。參甗字條下自明。大抵宋以前彝器未出，故其説解多可商（如《説文》以鬲爲鼎屬，又以鬵爲鬲屬）。至清末而遂精審，此吾人所當知者。

豹韝

《九歎》"筐澤瀉曰豹韝兮"。王逸注"韝，革也。《論語》曰'虎豹之韝，言取澤瀉惡草，盛於革囊，滿而藏之，無益於用也'。以言養育小人，置之高堂，亦無益於政治也"。洪補云"韝，去毛皮也"。豹韝本言豹之皮，此以豹韝所爲囊，亦曰豹韝也。古人修辭雖亦有此法，然子政此語實爲瑕纇。

瓦釜

《卜居》"瓦釜雷鳴"。王逸注"群言獲進，一云愚讒訟也"。五臣云"瓦釜喻庸下之人，雷鳴者驚衆也"。朱注"瓦釜無聲之物，雷鳴謂妖怪而作聲如雷鳴也"。釜即鬴之或體。《説文·鬲部》"鬴鍑屬也。從鬲，甫聲。鬴或從金，父聲"。（今本誤作從釜，金聲。）大徐扶雨切。《急就篇》"鐵鈇鑽錐釜鍑鑃"。顏師古注"釜所以炊煮也"。《詩》"維錡及釜"。傳云"有足曰錡，無足曰釜"。《漢書·五行志》"銜其鬴六七枚"。晋灼曰"鬴古文釜字"。按今傳世釜，無作鬴字者。《奇觚》、《綴遺》、《吉金》等書，有陳猷釜，作𨥏，又有陳子禾釜，字亦作𨤲，若𨤵，從𡈼，與從鬲同。蓋釜本陶器時代所傳之器，故從𡈼。至後世乃以金鑄之，從甫與父亦同，則鬴乃釜之別構。然鬲乃鼎屬，有足，而釜不得有足，則鬴直是俗字，或秦漢間人借用量名之鬴而為之者也。釜者初民社會炊煮爨器之一，其形蓋如鍑而小口。釜鍑一聲之變。釜大口者鍑，鍑小口者曰釜。其形小別，其字音亦微差。《方言》五"釜或謂之鍑"，又曰"釜自關而西或謂之鍑"。《卜居》"瓦釜雷鳴"與"黃鐘毀棄"對文，瓦釜者，釜之以陶為之者，其原始蓋民間日用器，至戰國則貴胄皆以青銅為之。惟貧賤之家乃用瓦器，故與黃鐘對也。瓦釜本無聲之物，不以為樂，而貧者或以之節舞者也。此用舍之不清，所謂溷濁之一也。此兩事皆喻辭，下讒人賢士兩句，乃陳述之詞。《三禮圖》"釜量名，容六斗四升"。《周禮》"桌氏為量"。疏"謂量金汁入模，以為六斗四升之鬴"。又《晏子》曰"齊舊四量，豆、區、釜、鐘，四升為豆，四豆為區，四區為釜，釜十則鐘"。然則鬴即釜也，此為釜字別義。《周禮》皆用鬴。詳量字下。

周鼎

《七諫》亂詞"甌甌登於明堂兮，周鼎潛乎深淵"。王逸注"周鼎夏禹所作鼎也。《左氏傳》曰'昔夏禹之有德，遠方圖物貢金，九牧鑄鼎象物，桀有昏德，鼎遷於商，商紂暴虐，鼎遷於周，是為周鼎'。言甌甌之器登明堂，周鼎反藏於深淵之水。言小人任政，賢者隱匿也"。"乎一作於"。洪補云"《漢·郊祀志》云宋太丘社亡，而鼎沒於泗水彭城下"。又《九歎·憂苦》"潛周鼎於江淮兮，爨土鬵於中宇"。王逸注"乃藏九鼎於江淮之中，反炊土釜於堂宇之上。猶言棄賢智，近愚頑者也"。按周鼎，周家傳國重器，即禹所鑄之鼎也，叔師證之詳矣。按此說不見於戰國以前文獻之中，秦漢間人，本盛傳周鼎傳國鼎沒泗水彭城下。《史記·始皇本紀》亦言之。考其實，古亡國則宗社俱亡，其宗彝必為新朝所得。商代中葉以後，青銅器大興，其服用器與祭器，依今世所傳而推，必不在少數。即以一九三五年殷虛侯家莊西北岡一〇〇四號大墓所出大牛鼎、大鹿鼎（詳《考古學報》第七冊）而論，則武王克商時所遷重器，必有巨大不經見者。古史傳說，本有擴大誇飾之説，彝器保存，亦不甚易。厲宣以後，周多災難，則傳說增益，而有九鼎入泗云云，亦民族興衰中恒見之事也。

犀甲

《九歌·國殤》"操吳戈兮被犀甲"。王逸注"甲鎧也。言國殤始從軍之時，手持吳戟，身被犀鎧而行也。或曰操吾科，吾科楯之名也。"洪補曰"《爾雅》曰'南方之美者，有梁山之犀象也'。《考工記》曰'犀甲壽百年'。《荀子》曰'楚人鮫革犀兕以爲甲，鞈如金石'。鞈堅貌，音夾"。朱注云"犀甲以犀皮爲鎧也。《考工記》曰'犀甲壽年'"。按犀者《説文》"南徼外牛，一角在鼻，一角在頂。一似豕，從牛，尾聲"。大徐先稽切。他書亦有言三角一角者，桂氏引之詳矣。其皮堅固可以爲甲，故曰犀甲。甲者《釋名》云"甲亦曰介，亦曰函，亦曰鎧。甲猶植物有甲，以自衛也。介猶互物之有介也。函言所以周其身，鎧言所以致其愷"。《説文》以爲首鎧謂之兜鍪，亦名冑，臂鎧謂之釬，頭鎧謂之鍪鍜。然經典多言甲而不言鎧。蓋古者甲皆以革爲之，後世乃用金耳。其制則《考工記·函人》言之最詳。曰"函人爲甲，犀甲七屬，兕甲六屬，合甲五屬；犀甲壽百年，兕甲壽二百年，合甲壽三百年"。即《荀子·儒效》篇所謂定三革也。甲自腰以上爲上旅，腰以下爲下旅。上旅下旅，皆有札數，一葉爲一札，連續若干札（七）即連續多不過七札，《荀子·議兵》篇"魏氏所卒衣三屬之甲"，即三札也。賈疏所謂上旅之中續札七節也。凡革斥曰札，爲甲則以組帛綴屬之所謂組甲也；犀甲以犀牛皮爲甲也。《越語》"衣水犀之甲"即此也。楚人亦以鮫革爲之。

明燭

《招魂》"蘭膏明燭，華容備些"。王注"蘭膏，以蘭香煉膏也"。又文云"蘭膏明燭，華鐙錯些"。王無注（按上注王于煉膏下樂申之曰"日暮遊宴，燃香蘭之膏，張施明燭，觀其鐙錠，雕鏤百獸，華奇好備也"云云。以華容備爲鐙，此探下文爲説也，不可從華容備自指美人言，故下即承以"二八侍宿"，言二八，故曰備也）。按此以蘭膏與明共形燭制，非爲兩物，此言燭既香而又明也。

《二招》奇句至多，此亦一也，燭字又作爥，古從屬從蜀多相混。

甂甌

《七諫》亂曰"甂甌登於明堂兮"。王逸注"甂、甌，瓦器名也"。洪補云"甂音邊。《方言》'自關而西盆盎小者曰甂也'。甌，小盆也"。按《説文·瓦部》"甂似小瓿，大口而卑，用食，從瓦，扁聲"。大徐芳連切。顏注《急就篇》"甂瓦杅也，其形大口而卑"。然則甂瓿一物，特有大小之分耳。《方言》五"甌自關而西謂之甂"，則甂乃關西語。《方言》又曰"缻謂之瓴甋，其小者謂之瓶"。又曰"瓶甄罌也"。《説文·缶部》"𦉢，小缶也"。瓿與𦉢蓋一字之異，甂、瓿、𦉢、缻皆一聲之轉，瓴甋則複輔音化之變，亦皆一語之變，皆即今之所謂瓶也。瓶與甂瓿亦雙聲，其音瓴甋則瓿之帶音尾者，即後世盆盎之屬矣。此等皆瓦器。戰國以後青銅器與瓦器遂爲貴賤分別之用具。故小甂甌登明堂與周鼎潛於深淵對文也。

甌

《七諫》"甂甌登於明堂兮，周鼎潛乎深淵"。王無注。按《説文·瓦部》"甌小盆也。從瓦，區聲"。大徐烏侯切。《三蒼》"甌瓦盂也"。顏注《急就篇》"甌小盆也"。《方言》五"甌陳魏宋楚之間謂之㼶，自關而西謂之甂，其大者謂之甌"。又十三注"江東名盂爲㼶，亦曰甌也。其聲之衍則爲甌㼴"。《荀子·大略》"流凡止於甌㼴"。注"甌㼴皆瓦器，謂地之坳坎，如甌臾者"。按楊說爲二器，誤也。臾乃甌字聲餘。甌臾臾字，又即後起專字之瓵。《説文》"甌瓵謂之瓵"。單言之則曰甌，曰瓵，複言之則曰甌瓵。後世又轉爲"鍑鍢"。《晋書》"釜、瓮、銚、槃、鍑、鐑，皆民間之急用也"。鍑鍢不見《説文》，後人因聲而增者也。甌臾又即《方言》之"缶謂之甌瓵"，亦即《廣雅》之"瓵瓵"（參甌字條下）。皆瓦器也。甌甌皆貧賤之民所用瓦器，如何能登用於統治階級之明堂？正與周鼎潛乎深淵爲對文。

壺

《招魂》"赤蟻若象，玄蠭若壺些"。王逸注"壺乾瓠也。言曠野之中，有赤蟻，其狀如象；又有飛蠭，腹大如壺，皆有蠚毒，能殺人"。洪補曰"《方言》云'蠭大而蜜謂之壺蠭'。蠚音塈"。按叔師以壺爲乾瓠，而洪引《方言》蠭大而蜜謂之壺蠭。叔師壺爲喻辭，《方言》與蠭爲合成詞，義殊不合。按壺蠭爲蜂之大者，固無可疑，然此句與上"赤蟻若象"對文，蟻大若象，則不得以蜜蜂之壺釋之明矣。故仍以叔師説爲允。壺者借爲瓠字，《詩·七月》"七月斷壺"可證。蜂瓠細腰，蜂之身似之，以瓠爲蜂之身，其大百倍於壺蜂，所以象爲對文矣。《招魂》言四方異物，有以長大爲異者，"長人千仞"、"封狐千里"、"其身若牛"及"赤蟻若象"、"玄蠭若壺"皆是。依聲考之，則後世之葫蘆、瓠落皆及壺之多音。其原始語，當爲 H—L—。音又與果蠃同族，後失去 L，遂爲壺耳。

金匱

《九歎·愍命》"藏瑉石於金匱兮"。王逸注"匱匣也"。按《説文·匚部》"匱甲也，匣也"。古蓋以竹爲之。後世文飾，乃有以木爲之者，字別作櫃。貴族則或以金屬爲之，故字又作鐀。《漢書·司馬遷傳》

"紬石室金鐀之書"是也。金匱即金屬之匱。《尚書·金縢》"乃納册於金縢之匱中"。金匱連文當始於此。依《尚書》、《史》、《漢》説，則金匱乃藏重要典册秘件之器，非常用器，而子政此處乃以爲貴家藏物之器，與始義異矣。

匱

《七諫·謬諫》"玉與石其同匱兮"。王逸注"匱匣也"。《九懷·通路》"啟匱兮探筴"。王逸注"發匣引籌，考禄相也"。《説文·匸部》"匱匣也。從匸，貴聲"。大徐求位切。叔師義與許同。《漢書·律曆志》引《論語》"未成一匱"。師古曰"匱者織艸爲器，所以盛土"。《王莽傳》"不成一匱"注同。然"織艸"作"織竹"，竹字是也。今《論語》作簣。就其形言，則從匸，就其質言，則從竹。故匱簣一字也。俗又作櫃，則以木爲之，故又增木也。字又作鐀。《漢書·司馬遷傳》"紬石室金鐀之書"，則古固有以金屬爲之者矣。許訓匣者，匣亦匱也。今世通以藏器之大者曰匱，次曰匣，小者曰匱。《七諫·謬諫》"玉石同匱"，《九懷·通路》"啟匱兮探筴"，亦略有大小之殊。藏玉石之匱，必大於藏龜筴之匱矣。

盥

《九思·疾世》"沐盥浴兮天池"。舊注"《説文》'澡手也。從臼水臨皿（會意）'"。按象水澆手於洗之形，皿即洗，禮器之匜曰枓，槃曰洗。近世吾鄉出土雙魚洗極多，皆有朱提造字樣。即古人盥手以承水者，凡盥以匜勺水於罍，澆手上，受之以槃，揮手令乾而已。

胡繩

《離騷》"索胡繩之纚纚"。王逸注"胡繩香草也。纚纚索好貌。言己行雖據履根本，猶復矯直，菌桂芬香之性，紉索胡繩，令之澤好，以善自約束，終無懈倦也"。朱注"胡繩亦香艸，有莖葉可作繩索"。案如注意，胡繩蓋一草。錢氏《集傳》云未詳，吳氏《疏》則以爲二物。胡者謂即《爾雅》之葍山蒜，引陶隱居云"今人謂葫爲大蒜，蒜爲小蒜"，《爾雅翼》亦同此語。但葫乃俗稱。李時珍據孫愐《唐韻》云"張騫使西域，始得大蒜"，以其出胡地，故有胡名。且雲薹胡荽，皆胡種，而稱胡菜，何獨屬於蒜，説恐未的。姜氏皋亦有是疑。其言曰"《離騷草木疏》謂胡爲葷菜，繩爲繩索毒，是以胡作葫。今人謂葫爲大蒜。繩毒即《廣雅》之因塵"。疑皆非。繩者謂即《爾雅》之盱虺牀。郭注"蛇牀也"。《名醫別錄》"一名繩毒、蛇牀，與蘪蕪相似"，似爲近之。洪慶善言"胡繩謂草有莖葉可作繩索者"。《離騷》如以蕙爲綢，杜蘅爲繚，皆借香草寓意耳。此言可爲繩索。蓋全句用索爲動字，索即《詩》"索綯"之索爲索也。纚纚則狀繩之長計，故其説是也。若方氏《通雅》以胡繩爲即《上林賦》之結縷，殆因縷與繩相類，故云然，然無所據。且與香草有別。按方氏説云"結縷胡繩也。《遊獵賦》云'布結縷'。《爾雅》'傳橫目'。注'一名結縷，俗曰鼓箏艸'。師古曰'結縷蔓生，著地之處皆生，細根。《離騷》索胡繩之纚纚。胡繩蓋結縷也'"。張雲璈亦非之。

索

《楚辭》索字五見。分二義。

（一）爲本義繩索。《離騷》"索胡繩之纚纚"。王逸注"紉索胡繩，令之澤好，以善自約束，終無懈倦也"。洪興祖《補注》"《説文》'索

昔各切。草有莖，葉可作繩索'"。又《惜誓》"竝紉茅絲以爲索"。王
逸注"單爲紉，合爲索。言己誠傷念君，待遇苟合之人與忠直之士，曾
無別異，猶並紉絲與茅共爲索也"。"一云並繩絲以爲索。注云單爲繩，
合爲索"。按《説文・宋部》"索草有莖葉可作繩索。從宋、糸。杜林説
宋亦朱木字"。大徐蘇各切。按索字何以入宋部，段氏以爲宋糸者，謂以
艸莖葉糾繚如絲。顔師古注《急就篇》"索總謂切撚之令緊者也。一曰
麻絲曰繩草謂之索"。《詩・七月》"宵爾索綯"，《箋》云"夜作絞索"，
似也。然王筠曰"將謂索不以絲爲之，則繩繩下皆曰索也。纍縮下皆曰
大索也，皆隸絲部"。王説極塙，以許説破許説。按索即率字之異。率
字許入率部云"捕鳥畢，象絲罔，上下其竿柄也。"其誤亦與訓索同。率
字金文作𢆶，若𢆶。即《書契》卷六，三十三葉之𢆶、𢆶，象兩頭有竿
柄，繫絲，顯以便糾結爲索之形，兩旁，𢆶、𢆶及變形之𢆶皆所以表繩
時之意象。如牽字之冂，以表人牽牛，而牛不服，必繩牽之，冂即表繩，
向前牽之意象（若作∧則更明）。此又如彭之以彡表聲。漢字古固有表
意象之符號也。故戴侗曰"率大索也，上下兩端象所用絞率者，中象率
旁"（戴以旁象麻枲之餘，可説金文，不能説甲文及金文從𢆶之率。故
不取）。又爲率帶之率。別作繂、䋾。徐灝《説文箋》曰"《玉藻》凡帶
有率無箴功。鄭注率字作繂，是率之本義爲索，因之有率帶之名，率繂
古今字，以麻等爲之，故從索；以帛爲之，謂之䋾，則從素，又省爲繂
也"。按戴徐説率義至塙。然尚未知率，率即索。按率索字形之别，只
在旁𢆶若𢆶，然金文《毛公鼎》率字作𢆶，當即索字兩旁從𢆶之省，
而隸變一作索。漢碑出作𢆶或作𢆶，尤似，一作率，繁簡雖殊，而不能
掩其基本母型之爲一字。至其音之變易，則韻部雖殊，而聲則固雙聲也。

索率既爲一字，則許氏宋糸之説，自不成立。宋之中爲𢆶之上竿兩旁
即糾繩之意象。如此則不必論其爲艸爲麻絲爲竹矣。《離騷》"索胡繩之
纚纚"，及《惜誓》之"竝紉茅絲以爲索"，二字一義。《騷》爲名詞本
義，《惜誓》則沽用爲名詞耳。此其一。

（二）求索。《離騷》"憑不厭乎求索"。又"吾將上下而求索"。又

"索藑茅以筳篿兮"。諸索字皆作求字解（王逸"索藑茅"句訓索爲取之，亦求之義也）。求索本字當作索，《左傳》襄二年"以索牛馬"。注"簡擇好者"。《易·繫辭傳》"探賾索隱"。《疏》"謂求索"。《説卦》"一索而得男"。注"數也"。

鍼

《七諫·謬諫》"以直鍼而爲鈎兮"。王逸注云"鈎一作鈎。言君不能以禮敬聘請賢者。猶以直鍼鈎魚，無所能得也"。洪補云"鍼音針"。按《説文·金部》"鍼所以縫也，從金，咸聲"。大徐職深切。又《竹部》"箴綴衣箴也"，二字同訓，蓋最古以竹骨之屬爲之。青銅器發明後，乃有以金屬爲箴者，故字亦有從金之鍼也。鍼字最早見於《左傳》成二年"賂之以執斲執鍼織"。杜注"執鍼女工"。《荀子·箴賦》"簪以爲父，管以爲母；既以縫表，又以達裏。夫是之謂箴理"。楊倞注"簪形似箴而大，故曰父，管所以盛箴，故曰爲母"。《七諫》"直鍼爲鈎"（當作鈎），鈎鈎必有屈，故直鍼不能以爲鈎也。今俗字作針。

鈎

《七諫·謬諫》"以直鍼而爲鈎兮，又何魚之能得"。原作鈎。校云"一作鈎"，當從之。此鈎指釣鈎。《説文·句部》"鈎曲也。從金、句，句亦聲"。大徐古侯切。段曰"鈎鑲、吳鈎、釣鈎、皆金爲之，故從金"。《莊子·胠篋》"鈎餌網罟罾笱之知"。《釋文》"釣鈎也"。近世長沙出土器物有釣鈎，至巨。以見戰國時期釣罟之制。大鈎鈎釣大魚也。參圖版自知。

曲瓊

《招魂》"砥室翠翹，掛曲瓊些"。王逸注"掛懸也，曲瓊玉鈎也"。
五臣云"玉鈎挂於室中"。按王與五臣皆以曲瓊爲玉鈎。依上下文義定
之可通。然王以爲玉鈎懸挂衣物，若依下文"翡翠珠被，爛齊光些"。
則恐當是帷帳之屬，不僅於衣物也。近世出土文物有極大之帶鈎，不能
爲衣裳間飾物，或即帳鈎之屬矣。

瑱

《九歌·東皇太一》"瑶席兮玉瑱"。注云"以瑶玉爲席，美玉爲
瑱"。洪補"《周禮》'玉鎮大寶器'。故書作瑱"。鄭司農云"瑱讀爲
鎮"。案辛氏紹業《九歌解》云"瑱、鎮古通字"。《周禮》"王執瑱
圭"。《釋文》"瑱宜作鎮"。《湘夫人》篇亦有"白玉爲鎮"之語。朱珔
《文選集釋》曰"瑱本爲充耳之飾"。《釋名》云"瑱鎮也。縣當耳旁，
不欲使人妄聽。自鎮重也"，是瑱取鎮義。故《華嚴經音義》引《漢書
訓纂》云"瑱謂珠玉壓座爲飾也"，與此正合。參玉瑱條。

篝

《招魂》"秦篝齊縷"。王逸注"篝絡縷線也。篝《釋文》作篝。言
爲君魂作衣，乃使秦人織其篝絡，齊人作綵縷，鄭國之工，纏而縛之，
堅而且好也"。洪興祖《補注》"篝古侯切。籠也，笿也。笿音落，可熏
衣"。朱熹《集注》"篝古侯反，篝落也，又曰籠也。可熏衣。縷線也。
秦齊鄭蓋其國工善爲此也"。按洪以篝爲籠，與叔師説異，朱熹兩存之。
其實非也。《説文·竹部》"篝笿也。可以熏衣。從竹，冓聲。宋楚謂竹
篝牆居也"，是篝之本義。洪即本此以説之。蓋即後世之熏籠也。與王

義大乖。依文意上下定之，應仍從叔師説爲允。籗纚綿絡，皆指服飾所用之素材言，不得突及熏籠。且自“工祝招君”以下始言歸來之美，而秦籗兩句，更爲美備之始。生死異路，斂服不足以入人世。則易衣著爲返魂第一事，亦設想之最精細者。故此時固無所用於熏籠也。然籗字古籍無訓絡者。叔師以絡釋籗者，探上下文義爲説至爲切貼。絡本訓絮，籗當爲褠之同音借字。《釋名》“褠禪衣之無胡者，或從巾作幬”。《南都賦》“巾幬鮮明”，是也。注引《字書》“幬上文”，《説文》作韝云“臂決也”。聲轉爲褧。《詩》“衣錦褧衣”。鄭注“褧禪也”。尚之以禪衣，上衣乃禪衣之著於外者，非禮服之上衣也（略本朱珔《文選集釋》説）。此言秦工人之禪衣，齊人之褸也。

像

像字屈賦有兩用，一爲法像。《九章·抽思》“望三五以爲像兮”。王逸注“三王五伯，可修法也”。朱熹云“三五一作前聖。三五謂三王五帝，或曰三王五伯也。像謂肖古人之形而則其像也”。又《九章·懷沙》“願志之有像”。王逸注“像法也。言己自勉修善，身雖遭病，心終不徙，願志行流於後世，爲人法也”。《史記》像作象。《九章·橘頌》“行比伯夷，置以爲像兮”。凡此等像字皆虛用，非本義也。其用像肖形像者，惟見《招魂》其言云“像設君室，静閒安些”，王逸仍以法象舊廬爲言，恐非。然後世多從之，至王夫之《通釋》則云“像設者，以意想像而設言之，自此至末‘反故居些’皆像設之詞，擬所以待其歸者如此”。此雖不無特見，然以文章義法衡之，固可爲一説，而以制度論之，不甚可通，且較王逸説爲後退一步。叔師言象舊廬，猶有依據，此言至末“反故居”皆象設事，安得有此狂肆之設施，直以想像作寫實，誤矣。崑山顧亭林乃以爲像者，戰國以後以尸禮廢而像事上，言之最爲有理。其言曰“古之於喪也，有重，於祔也有主，以依神於祭也，有尸，以象神，而無所謂像也。《左傳》言‘嘗於太公之廟，麻嬰爲尸’。《孟子》亦曰‘弟爲尸’。而春秋以後不聞有尸之事，宋玉《招魂》始有‘像設君室’之文，尸禮廢而像事興，蓋在戰國之時矣。漢文翁成都石室，設孔子坐像。其坐斂躩向後屈膝，當前七十二弟子侍於兩旁。《漢書·金日磾傳》“日磾母死，詔圖畫於甘泉宮，署‘休屠王閼氏’”。《蘇武傳》“甘露三年，單于始入朝，上思股肱之美，乃圖畫其人於麒麟閣，法其形貌，署其官爵姓名”。漢人畫像以爲崇敬之習，非突然而生，必有其自。則推之於戰國爲最合理。則此“像設”直是楚人舊習，漢承楚制，故得有此制，非必功名而後圖麒麟也。且漢人傳説，則《天問》亦畫圖廟堂之遺。近世考古，於墓道中見畫壁至多，固無庸吾人更事喋喋矣。

又按朱熹《集注》謂“像蓋楚俗人死則設其形貌於室而祠也”。説較叔師顯豁，當從之。則像設乃設像之倒言。楚人居室遺制，今已無可考，而近來出土楚墓則莫不有畫圖。漢人亦多傳楚宮室畫像之俗，則設形貌而祠之事，必非僅於臆斷（魏了翁《鶴山渠陽經外雜抄》卷一，亦主朱熹設形貌於室以事之，乃楚俗之説）。俞樾《曲園雜纂》卷三十四，駁或説像設始《招魂》，曰“宋玉《招魂》始有‘像設君室’之文，尸禮廢而像事興，蓋在戰國之時矣。按《招魂》云‘像設君室，静間安些’。王逸注曰‘像法也。言乃爲君造設第室法像舊廬，所在之處清静寬閒而安樂也’。然則像設君室。是言像其舊廬而爲室，似不得爲畫像之證。《太平御覽》七十九引《抱朴子》曰‘黄帝既仙去，其臣有左徹者，削木爲黄帝之像，帥諸侯朝奉之’。此設像之始”。（俞樾《春在堂全書·曲園雜纂》卷三十四）。

羅

《楚辭》羅字八見，凡分五義。兹分別述之。一、網羅也，此本義。《説文·网部》“羅以絲罟鳥也。從网，維聲”。詳蔚羅條下。二、羅列也。三、羅之借字。四、綺羅也。五、羅圍，天苑也。

二則羅列也。《九歌·少司命》“羅生兮堂下”。王逸注“言己供神之室空閑清净，衆香之草，又環其堂下，羅列而生，誠司命君，所宜幸集也”。朱熹注“羅生言二物竝列而生也”。又《招魂》“步騎羅些”。王逸注“徒行爲步，乘馬爲騎。羅列也。言官屬之車，既已屯止，步騎士衆，羅列而陳，竢須君命也”。又曰“肴羞未通，女樂羅些”。王注“女樂倡蕩，羅列在堂下也”。按《廣雅·釋詁》“羅列也”。《史記·五帝紀》“旁羅日月星辰”。《索隱》“廣布也”。羅列猶言臚列，羅臚皆一聲之轉也。雙聲之變爲羅列，又爲羅鱗。《洞簫賦》“羅鱗捷獵”。注“布列也”。

三則罹之借字。《九歎·逢紛》“椒桂羅以顛覆兮”。王逸注“言己見先賢，若椒桂之人，以被禍其身”。顛覆言遭顛覆之禍也。《書·洪範》“不罹於咎”。《詩·兔爰》“雉罹於罦”。又“逢此百罹”。又《斯干》“無父母詒罹”。人之遭憂，猶鳥之投羅。故訓遭受憂禍，乃本義之引申，後人又專造罹字，蓋羅音變入歌，又以爲人心情狀語，故造爲罹字也。羅古音讀支韻。《集韻》尚收五支也。

四則羅綺羅也。《招魂》“翡帷拂壁，羅幬張些”。王注“羅綺屬也”。《淮南·齊俗訓》“弱緆羅紈”。注“羅縠也”。《釋名·釋采帛》“羅文羅疎也”。

五則羅圃，天苑也。見《九歎》。詳羅圃條下。

墨

《楚辭》五見，除墨陽、繩墨爲專名，別見外，皆一義之變也。

（一）《九章·懷沙》“章畫志墨兮，前圖未改”。王逸注“章明也，志念也。《史記》志作職。言工明於所畫，念其繩墨”。洪興祖《補注》云“畫音獲”。按王以墨爲繩墨，大誤。下言前圖未改，則此墨乃指繪事之墨，古繪事先以赭石或粉起稿，即所謂章畫也。言定其畫面，亦即定其畫之内容，爲人物，爲宫室，爲山脈、水道等是也。然後以墨鈎勒其外廓，所謂志墨，即定稿。《考工記》“繪畫之事，北方謂之墨”，是其徵也。中國繪事傳之至今者，可上推至戰國，皆以線條爲主。線條則必雙鈎，雙鈎必以墨，斯所謂志墨者，即職墨，謂用事於墨也。《説文》訓墨爲書墨，其實繪事亦必用墨，證以近世出土文物，無不如此，則許亦小誤矣。

（二）繩墨也。《離騷》"背繩墨以追曲兮"。《九辯》五"背繩墨而改錯"。《七諫・沈江》"背繩墨之正方"。王叔師注《騷》云"繩墨所以正曲直"。此説義非詁詞也。洪補以爲墨度名也。五尺曰墨，亦不切。按繩墨當爲一熟語，乃古工事之一事，木、石工人，以木鑿墨池，引繩出其中，繩上敷墨，牽以彈於木石，而施斤斧，則曲直有定，此一器曰墨池，其事則曰繩墨，謂繩上之墨也。繩墨惟工事用之，故得爲專名矣。

（三）借爲黑字。《九章・懷沙》"孔静幽默"。《史記》作墨。《正義》云"無聲也。即寂寞之義，即黑也"。《易・繫詞》"或默或語"，以默爲之。《荀子・解蔽》"墨以爲明"。注"蔽塞也"。

繩墨

《楚辭》多用繩墨一詞，《離騷》凡兩見。"循繩墨而不頗"。及"背繩墨以追曲兮"。他則《九辯》一見，《七諫》二見，《哀時命》一見，《九歎》一見，其義皆同。"背繩墨以追曲"句，王逸注"繩墨所以正曲直，言百工不循繩墨之直道，隨從曲木，屋必傾危，而不可居也。以言人臣不脩仁義之道，背棄忠直，隨從枉佞，苟合於世"。洪《補注》"墨度名也。五尺曰墨。背繩墨以追曲者，枉道以從時"。朱熹《集注》"繩墨，引繩彈墨以取直者，今墨斗繩是也"。王曰正直，即《七諫》之"背繩墨之正方"，亦即《離騷》、《哀時命》之"循繩墨而不頗"之義，至爲明白。惟洪朱兩家釋其本義似有不同。按墨者，朱駿聲以爲繹之借字。《周語》"墨丈尋常之間"，《小爾雅》"度五尺謂之墨"，此即洪説之所本。又《大玄》"法物仰其墨"，注"謂繩墨也"。此即朱熹之所本。然《楚辭》言繩墨，不言墨，則朱説爲是。墨者即今常語之墨斗，工匠所用以彈正材料者也。即《七諫》所謂“滅巧倕之繩墨”是也。中有繩，則繩墨猶言墨斗中之繩也。引申之則引繩彈墨，所以取其正直者曰繩墨，單言則曰繩《廣雅·釋詁》“繩直也”。《管子·七臣七主》篇“以繩七臣”。注“謂彈正也”。《淮南·主術》“能進退，履繩”。注“直正也”。

籬

《招魂》“軒輬既低……蘭薄戶樹，瓊木籬些”。王逸注“柴落爲籬，以玉木爲籬落也”。五臣云“栽木爲藩籬”。按《説文》未收此字。始見《釋名》云“籬離也。以柴木作之疏離也”。按此言“瓊木籬些”，則非竹籬蓋以柴木爲之故曰瓊木，瓊狀其堅實而色白。大約以竹爲籬者儉，以木爲籬者豪奢。《招魂》上言“軒輬既低，步騎羅些”，則車有軒輬，有步騎。正見其爲達官貴冑之所爲而戶前有蘭薄之設，亦貴冑之離也。與《招魂》情事相協。字又作欐，若蘺。皆後世增益字或借離爲之。《楚語》“爲之闗籥藩籬”，注“壁落也”。藩離後世恒言。藩或作蕃，落即籬雙聲之變，而支歌合韻字也。又按《説文》木部有杝字，訓落也。讀若他，古來紐亦舌頭之餘也。則他又即籬矣。杝又作柂隸變也。《廣雅·釋宫》“欐杝也。編豎竹爲之。竹曰杝，木曰栅”。《通俗文》“柴垣曰杝。仲長子曰杝落不完”。欐亦即籬之別文。欐落當爲漢以來語變，落者通俗假借字，而欐後起專字。又按籬落原始當爲聯綿詞。凡竹木編豎垣皆爾爾多孔，即古人所謂疏櫳故聲與麗樓、離樓、蠡屋皆同，義言其爻爾交疏之象；聲轉則爲玲瓏、陸離、流離、宙離，依物附彩，形義皆多方矣。

寶

《楚辭》寶字凡八見。屈賦惟一見於《九章·涉江》之“被明月兮珮寶璐"。其他皆見於漢人賦，而以東方、王褒、王逸三家爲限。除《九懷·危俊》之"鉅寶遷兮砱碋"。鉅寶即陳寶爲石神別詳外，其餘則總其義例約得三類。一則以爲金玉。如《九思·守志》"睹秘藏之寶珍"。寶珍猶今言珍寶也。《九懷·匡機》云"寶金兮委積"。寶金猶今言金寶也。其二以爲形容詞，皆在名物之前，如《九章·涉江》之"被明月兮珮寶璐"。王逸注"寶璐美玉也"。《七諫·怨世》"獻寶玉以爲石"。言玉可寶之物也。又王逸《九思·疾世》"抱昭華兮寶璋"，寶璋猶言寶璐、寶玉耳。三作動字用。《九思》"寶彼沙礫"，言以沙礫爲寶也。《九懷·株昭》云"瓦礫進寶兮"，进瓦礫而寶之也。按寶字《説文》"珍也。從宀'從玉'從貝（會意），缶聲。圅古文"云云。按金文作圎，若圎。皆無缶聲，則作寶者，小篆以後新體也。此文字追隨語言發展之一例。惟所從之𤥨當爲龜省形。古以龜爲靈物，曰玄龜，爲決疑之物，而玉爲其寶。別詳玉字下。宀者櫝也。古以龜玉合言，龜玉毀於櫝中是也，形與貝似，故譌爲貝耳。

幄

《九思·憫上》"鵠竄兮枳棘，鵜集兮帷幄"。舊注"木帳曰帷"。按木帳曰帷，帷字誤，當作幄。幄即《説文·木部》之楃，"木帳也"。字又作幄。《周禮·幕人》"掌帷、幕、幄、帟綬之事"。又作楃，《周禮·春官·巾車》"翟車有楃"。《釋文》曰"楃干馬皆作幄"。按握即楃之譌，隸變從扌從木之字多相混。干馬作幄，則楃即幄。從巾者漢以後多以帷幄合用，故誤從巾爾。又作屋，漢人所謂"王者之車，黃屋左纛"者是也。《大雅》云"尚不愧於屋漏"。鄭箋"屋小帳也"。則古只屋，以其形如屋爾。楃後起專字，幄後起別字，握則形譌字也。

幕

《招魂》"離榭修幕，侍君之閒些"。王逸注"離別也、修長也，幕大帳也。言願令美女於離宮別觀，帳幕之中，侍君閒静而宴遊也"。《説文·巾部》"幕帷在上曰幕，覆食案亦曰幕，從巾，莫聲"。(《一切經音義》三十八卷引《説文》帷在上曰幕，猶覆也。從巾，莫聲。無食案亦曰幕諸字。當從之。) 莊二十八年《左傳》"楚幕有烏"。注云"幕帳也"。《吳語》"就幕而令"。注"幕帳也"。《周禮·幕人》鄭注"在旁曰帷，在上曰幕，幕或在地，展陳於上"。《疏》云"《聘禮》'布幕官陳幣，史展幣，皆於幕下'。又'賓入境至館，皆展幕'。是幕在地，展陳於上也"。叔師云"大帳者，幕爲帳之大者也"。蓋野行張於地，以居息之所，以布爲之，漢以後仍行之。此制至今猶存。今西南大帮人馬行出亦常有用幕者。

枕

《九辯》"故高枕而自適"。王逸注"安臥垂拱，萬國治也"。按《説文·木部》"枕卧所以薦首者，從木，尤聲"。大徐章衽切。《易·坎》"險且枕"。鄭云"木在首曰枕"。古蓋以木爲之，故從木。劉向有《芳松枕賦》，崔瑗有《栢枕銘》，孫惠、張佐並有《楠榴枕賦》，皆其證。後世有以玉石皮漆爲之者，取其輕頓，則有綿絲爲之者；取其陰凉，則有以瓷爲之者。奢侈日盛，文飾亦曰益矣。引申則以頭枕物謂之枕。《論語》"曲肱而枕之"，是也。《九辯》言"高枕自適"。《國策》亦言"三窟已就，姑高枕爲樂矣"。古以高枕爲安適，蓋枕稍高則睡能熟，睡能熟故能安適也。

鏡

《九辯》"今修飾而窺鏡兮，後尚可以竄藏"。王逸注"言與行副，面不慙也"。朱熹《集注》"脩飾窺鏡，謂修德行政而聽人言，考往事以自鑑也"。按《説文·金部》"鏡，景也。從金，竟聲"。大徐居慶切。

景者光也。金有光，可照物，謂之鏡；雙聲之變，則爲鑒。《詩·栢舟》
"我心匪石，不可以鑒"。《傳》云"鑒所以察形也"。《蕩》"殷鑒不
遠"。《箋》云"此言殷之明鏡不遠也"。僖二年《左傳》"天奪之鑒"。
杜注"鑒所以自照鑒"。《漢書·東方朔傳》"玉之瑩，石之精，表如日
光，裏如衆星，兩人相覰，不相知情，此名爲鏡"。

古鏡多以銅爲之。起於何時，尚不可知。金石家所録鏡，皆以漢唐
鏡爲多。近年出土器物，戰國銅鏡漸多，大足資爲考證之用。兹採長沙
52.826 號墓出土銅鏡，如圖版所示，以佐觀省。兹記其第二圖内容
如下。

直徑 8.8 公分，紐長約 5 公厘，厚不足 2 公厘；無邊緣，無紋飾；
表面光滑；色黑；銅質約與一般銅鏡相仿佛。

考長沙出土戰國銅鏡，其製作紋飾，大都非常精美，與淮河流域及
洛陽一帶（如虢墓）所出，大致皆相一致。而長沙所出戰國銅鏡皆狹
邊，有精美文飾（見圖版）。其紐亦較大。而此鏡則不僅無邊緣紋飾，
紐之小，亦異乎尋常，其體積亦較常見者爲小。銅鏡自戰國至漢，發展
爲大面、大紐、寬邊，則此鏡樸拙，當爲初期產物無疑。且與此相同之
形式，出長沙一見外，凡已有銅鏡出土之地皆未一見。則此銅可能爲最
初鑄造於南楚者。又戰國出土銅鏡，至此時止，就吾人所知，以長沙爲
最多，淮河流域次之，洛陽亦偶一見，再北則尚未一見。戰國以前器，
則銅鏡之起，其在南楚乎？其時或在春秋戰國之際。

考古籍始用鏡字者，無早於《九辯》此文，其次爲《吕覽·達鬱》
篇一見，"孰當可而鏡"，注云"照也"，此當爲鑑之借字，戰國以前書，
未見用鏡字。歷世訓詁家多以鑑即後世之鏡，其實恐非。鑑本盛水器，
夏則以盛水，其大可作浴缸，銅色黝黑，置水其中，則人影可見。此
《荀子》所謂"人莫鑑於流水，而鑑於止水者"即此事。古蓋以鑑盛水
盥沐，因以照面修飾。故鑑之訓照，因以水爲鑑，鑑乃借義字也。因之
凡有光可照者，皆曰鑑。後人別寫爲鑒，轉注爲覽瞷等字（鑑亦後起字，
其本字當只作監，從皿，從臣，以監臨之，從"口"，象皿中有水，從

人，則監臨者之照也）。《左傳》有王后之鞶鑑（見莊公二十八年），蓋帶頭以銅爲之，平滑可照見。《詩》"我心匪鑒"。《毛傳》"鑒所以察形"。不謂鑒即鏡也。帶上之銅飾，其體必至小，與後世之護心鏡不同，此爲古籍用鑑爲實字之惟一例證。又《說文》訓鑑字云"大盆也，一曰監諸，可以取明水於月"。《周禮》"烜氏以鑒取明水於月"，則製鑑之術。《考工》漢人皆未忘其以鑑盛水而照之傳說。總之，在北土文獻中，戰國以前未見鏡字，而鑑之可照，取義於水；則楚人乃初製爲金屬之鏡，因定新名，造新字，而楚人又實始用之，結合考古上之材料，與文獻之記載，吾人可斷言之曰，鏡者，南楚豪貴，鑄青銅而磨洗之，以爲裝飾照面之用。其時或在春秋之末，與戰國之初歟？

《九辯》"今修飾而窺鏡兮"兩句，叔師注義有誤，俞樾別有說，較允當。別詳"今修飾而窺鏡兮"二句一條。

又《九思》亂曰"三光朗兮鏡萬方"，鏡字作照字解。此鏡之引申義也。

中土鏡制，近世紀來，大爲全世界考古學者所最注意。日人梅原末治治此學最精，其《支那古鏡概說》及《漢以前之古鏡》兩文，雖不無可商之處，而大體精審。可供參考（見氏著《支那考古學論考》，昭和十三年十月弘文堂書房出版）。至國人所著錄鏡專書，如陳氏之《簠齋藏鏡》、瞿氏《百鏡軒鏡錄》，大抵皆漢以後製作，亦可供參考。

懸火

《招魂》"懸火延起兮玄顏烝"。王逸注"懸火，懸鐙也。言己時從君夜獵，懸鐙林木之中"。朱注"懸火，懸鐙也。言夜獵懸鐙林中"。按楊慎云"懸火即《周禮》所謂墳燭。蓋焚燭而田，所持以起火者，此紀夜獵也"。按楊說於古有據，勝王注遠矣。

蒸

蒸，麻榦也。《楚辭》蒸字五見，分三義。一爲本義麻榦，二爲烝之借，三爲烝之假借之借，即訓進者是也。兹分述如次。

（一）《七諫·謬諫》"菎蕗雜於廳蒸兮"。注"煏竹曰蒸"。按《周禮》"委人共祭祀之薪蒸材中"。注"給炊及燎。麤者曰薪，細者曰蒸"。按蒸本析麻中榦也。即今所謂麻稭。古以爲燭。凡用麻榦、葭葦、竹木爲燭者，皆曰蒸也。

（二）冬祭曰烝。《天問》"何獻蒸肉之膏，而后帝不若"。王逸注"蒸祭也。后帝天帝也。若順也。言羿獵躬封豨，以其肉膏祭天帝，天帝猶不順羿之所爲也"。"蒸一作烝"。按冬祭曰烝。《爾雅·釋天》文也。冬寒墳祭必以烝也。蒸借爲烝，火氣上行也。參烝字下。《爾雅·釋詁》"烝祭也"。《禮記·祭統》"冬祭曰烝"。此爲火氣上行引申義也。

（三）進也。《九歌·東皇太一》"蕙肴蒸兮蘭籍"。王注"以蕙草蒸肉也"。"蒸一作菣，一作烝"。補曰"蒸進也，蒸烝竝同"。按下句以奠字爲動詞，此句與下句平列，則此句宜有動字剒首，言酒曰奠，則言肴以禮經文定之，當曰薦。薦熟薦腥，余疑今本蒸字，當爲薦字之譌，而又誤倒者。本文當作"薦蕙肴兮蘭籍"，則當句文義可通，與古言薦肴例合。然蒸本烝之借，烝有進義。《爾雅·釋詁》"烝進也"。《詩·甫田》"烝我髦士"。傳"烝進也"。《書·多方》"不蠲烝"。馬注"升也"。升亦進之義矣。考烝蒸皆從丞，丞者翊也，從人，在坎埳中，以兩手升之，會意字也（《說文》以爲丞，翊也。從廾、從卩、從山，山高，奉承之義，云云。附會無意）。《禮記·文王世子》"虞夏商周有師保，有疑丞"。《正義》引《書大傳》"前曰疑，後曰丞"。《呂覽·介立》"爲之丞輔"。注"佐也"。以今義定之，丞即今拯救字，拯蓋後起繁字也。

弋

槷也。先秦多用爲雉射字。

《九章·惜誦》"矰弋機而在上兮"。王注"弋亦射也。"又《哀時命》"上牽聯於矰雉"。雉即弋之本字。《説文·隹部》"雉者繳射飛鳥也"。《詩·鄭風》"女曰鷄鳴"。孔疏"以繩繫矢而射鳥謂之繳射"。是弋乃動字，謂以繫矢射飛鳥。然《墨子·備城門》云"一寸一涿弋，弋長二寸，見（即間之誤）一寸，相去七寸"。涿即《説文》𣏌字，擊也。《兔置傳》"丁丁𣏌弋聲也"。《六韜·軍用》"委環鐵弋，長三尺以上，三百枚。𣏌杙大鎚，重五斤，柄長二尺以上，百二枚"。《説文》亦云"弋槷也"。則弋乃槷樴之屬，其字又作杙，而非雉射字。雉射字當作雉也。弋則借聲字也。詳雉字條下。惟古書極少用雉，而皆用弋字。桂氏《義證》引之詳矣。《易·小過》"公弋取彼在穴。《詩·女曰鷄鳴》"弋鳧與雁"。《左傳》哀七年"好曰弋"。《國語·齊語》"田狩畢弋"《論語》"弋不射宿"。《考工記》"大人利射侯與弋"。皆先用弋爲雉之證。

雉

《哀時命》"上牽聯於矰雉"。王逸注"上恐牽聯於雉射"。"雉一作弋"。按作弋者，借字也。詳弋字條下。《九章·惜誦》"矰弋機而在上"已用之。《説文·隹部》"雉繳射飛鳥也"。又矢部"矰雉射矢也"。角部"雉射字皆從隹"。若先秦兩漢古籍多借弋爲之。弋行而雉幾廢。詳弋下。

罻羅

《九章·惜誦》"矰弋機而在上兮，罻羅張而在下"。王逸注"罻羅捕鳥網也"，言上有罥繳弋射之機，下有張施罻羅之網。飛鳥走獸，動而遇害。喻君法繁多，百姓動觸刑罰也"。洪補曰"罻音尉。記曰'鳩化爲鷹，然後設罻羅'"。朱注云"罻羅掩鳥網也"。按罻羅合成一詞，蓋先秦語。除《九章》此言外，《禮·王制》"鳩化爲鷹，然後設罻羅"。注"罻小網也"。《釋文》"罻音尉，一音鬱。小網也"。按《説文》"罻捕鳥網也"。羅者，《説文》"羅以絲罟鳥也"。許兼動静而説之也。《爾雅·釋器》"鳥罟謂之羅"。則羅乃罟名。《詩·鴛鴦》"畢之羅之"，則用静字爲動字。單言之則鳥網謂之罻，亦謂之羅；合言之，則罻維爲鳥罟。叔師訓是也。析言之則《玉篇》"小網謂之罻"（本《王制》注），"以絲罟鳥謂之羅"，則罻不以絲至明。

罔羅

《哀時命》"鸞鳳翔於蒼雲……蛟龍潛於旋淵兮，身不挂於罔羅"。王逸注"言鸞鳳飛於千仞，蛟龍藏於旋淵，故矰繳不能逮，羅罔不能加也"。"罔一作網"。又《九懷·株昭》"還顧世俗兮，壞敗罔羅"。王逸注"回視楚國及民衆也，廢棄仁義，修諂諛也"。"罔一作綱"。按《説文》"网庖犧所結繩，以田以漁，從冂，下象网、交文，罔、网或從亡（以田二字據《一切經音義》六十四、《御覽》八百三十四補。今本《説文》誤脱），䍜、网或從糸"。又网部"羅以絲罟鳥也。從网，從維"。則罔羅乃義近複合詞。《莊子·山水》"然且不免於罔羅機辟之患"，即用罔羅本義。引申則爲收輯曰罔羅。《史記·自序》"罔羅天下放失舊聞"。《漢書·儒林傳贊》"所以罔羅遺失，兼而存之"。《哀時命》"不挂罔羅"，謂不爲罔羅所挂誤，用本義。《九懷》"壞敗罔羅"，則引申爲綱紀之義云。以仁義釋之者，明作義，非詁字義也。字又作網羅。《韓非子·解老》"好用其私智，而棄道理，則網羅之"。《漢書·王莽傳》"網羅天下異能之士"，又《漢書·朱博傳》"網絡張設少愛利"，亦一聲之轉，字或誤作網絡。《文選·江賦》"網絡群流，商榷涓會'。良注作"網絡群流"，猶籠羅江水是也。

仞

《招魂》"長人千仞，惟魂是索些"。王逸注"七尺曰仞。索求也。言東方有長人之國，其高千仞，主求人魂而食之也"。"惟一作唯"。五臣云"皆假立其惡而甚言之"。《說文》"仞伸臂一尋八尺也"。王逸以爲七尺，與《論語》包注"儀禮長人之國，人高千仞"。鄭注，《呂覽》高注同。尚有五尺、六尺、四尺諸說不一，而釋者更不易湊理。程瑤田謂"人伸兩手一臂度廣，則適得八尺，度深，則身側臂曲而爲七尺，仞七尺也"。段玉裁亦云"《考工記·匠人》'澮廣二尋，深二仞'"。斷之，固仞非廣深皆十六尺而異其名，仞之必爲七尺可定矣（《經韻樓集》）。蓋度廣與度深異，杜注《左傳》昭三十二年、注《淮南·覽冥》，皆曰度深曰仞，故深七尺爲仞矣。參金鶚《求古錄·禮說·仞考》一文。

犀比

《招魂》"晋制犀比，費白日些"。王逸注"晋，國名也。比，集也。言晋國工作簿棊箸比集犀角，以爲雕飾，投之皭然如日光也"。按比犀一詞，叔師釋之不甚明確，歷世言此者，亦多不可通。朱珔《文選集釋》以爲"晋"箭借字，《周禮》故書箭爲晋，杜子春云"晋當爲箭"。段氏謂《吳越春秋》"晋竹十廋"。晋竹即箭竹假借字。此晋非國名，蓋承上五白而言，簿齒皭白，犀比者，即《詩》"齒如瓠犀"也。孫詒讓以爲即《趙策》之師比，爲胡革帶鈎（見《札迻》卷十二）。

按《招魂》上下文理之似，上言六簿成梟而呼五白，即承之曰"晋制犀比"二語，下言"鏗鐘搖簴，揳梓瑟兮"，皆極言狂樂之事。簿棊與鐘鼓間雜，酒食徵逐，男女雜坐，忽插言犀比之帶飾於其中，恐行文不當如是之失次也。按蔣驥《楚辭注餘論》卷下云"按馬季長《樗蒲賦》'馬則玄犀象牙'。梁武《圍棊賦》'枰則廣羊文犀'。是局與箸，皆可用犀。上既言箟簏，此或應指局也。又《聽雨紀談》云'世人以髹器黑剔者爲犀毗。犀毗犀臍也。犀牛臍四旁。文如饕餮相對，中有圓孔，西域人取爲帶飾，後人髹器倣之，遂襲其名，未知於古博具有合否'"。按依蔣説，則與《國策》、《史記》、《漢書》所載之金頭帶師比之説合。犀比當是譯音。則世用爲髹漆之名，有取於西域之犀比。近世出土戰國楚髹器至多，則以髹漆黑剔爲簿具、自亦意中事。簿具之類至多，今出楚髹器，多籤具，犀比或亦投瓊（參六簿條下）。及平時盛榮子籌箸之器歟？雖不可知，依當時器用種色論之，蓋亦近似。如是則原文亦可貫穿矣。此審度詞氣則然。孫詒讓以此犀比爲金帶鈎，即鮮卑一聲之轉。與此文文理詞氣皆不相中，非也。朱琦以爲犀比簿齒皜白即《詩》之"瓠犀"也。可備一説。

瑶席

《九歌·東皇太一》"瑶席兮玉瑱"。王逸注"瑶石之次玉者。《詩》云'報之以瓊瑶'"。洪興祖《補注》"瑶音遥，一曰美玉也"。按瑶字諸家以美玉釋之，未安。誤以席爲席筵也。此瑶席二句乃言供張。叔師以爲原"修飾清潔，以瑶玉爲席，美玉爲瑱"。就屈子立説，與文義意不相涉，不知其爲對神供張。玉鎮即圭璧之屬（見玉鎮條下）。古祭必以玉，而又必薦之以物。玉鎮玉也，瑶席即薦也。瑶席即《周禮·典瑞》之所謂"繅籍五采"。繅籍者，繅即藻字，籍者所以承玉者也。注云"繅有五采文，所以薦玉，木爲中幹，用韋衣而畫之，就成也。五就五帀也。繅讀爲藻"。賈釋云"藻水草之文，故讀從之"。言"繅有采文，所以薦玉，木爲中幹，用韋衣而畫之，就成也"者，鎮圭尺二寸，廣三寸，即此木板亦長尺二寸，廣三寸與玉同。然後用韋衣之，乃於韋上畫之。一采爲一帀。蓋用木刻爲圭璧，大小相等之

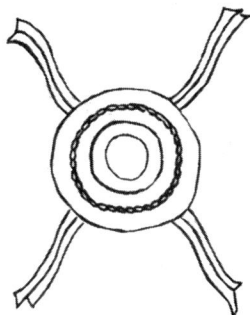

形，而以韋衣之，韋上圖五采文，木板前後垂之，又有五采組繩，長尺，以爲繫，無事則以束玉，使不墜，有事則垂以爲飾（參《聘禮記》）。其形當如圖。

此瑤席當與《大司命》"折疏麻兮瑤華"之瑤同。洪補曰"謝靈運詩云'折麻心莫展'。又云'瑤華未敢折'。説者云，瑤華麻花也，其色白，故比於瑤。此花香，服食可致長壽，故以爲美"。席即籍之聲借字也（參玉瑱條）。

籠

《哀時命》"爲鳳皇作鶉籠兮，雖翕翅其不容"。王逸注"爲鳳皇作棲，以鶉鴳之籠，雖翕其翅翼，猶不能容其形體也"。按《説文·竹部》"籠舉土器也，百笭也。從竹。龍聲"。《方言》"籠南楚江沔之間謂之筹"。注云"今零陵人呼籠爲筹"。襄九年《左傳》"陳畚挶"。注"畚簣籠，挶土舉"。《周禮·遂人》"共其邱籠及蜃車之役"。注"邱籠之役，竁復土也，其器曰籠"。漢以後以稱凡盛物竹器一曰笭者，笭籠一聲之轉也。《廣雅》"笭籠也"。然《哀時命》文義言當指鳥籠，即《方言》"南楚謂籠爲笯。籠、笯一聲之轉"。

笯

《九章·懷沙》"鳳皇在笯兮"。王逸注"笯、籠落也"。徐廣曰"笯一作郊"。洪興祖《補注》"笯音暮。《釋文》音奴，又女家切。《説文》曰'籠也'。南楚謂之笯"。（按南楚上當脱方言二字）朱熹注"笯音奴，又女家反，又音暮，一作郊，二字皆非是。笯籠落也"。《説文·竹部》笯"鳥籠也。從竹，奴聲"。大徐乃故切。洪引無鳥字是也。又言南楚謂之笯，則洪所見本與今異。《方言》"籠南楚江沔之間謂之筹或謂之笯。"字書皆謂笯爲籠而不言鳥籠（見《玉篇》、《廣雅》）。叔師亦不以鳥專之。至南楚謂之笈，笈籠雙聲，亦音之小變也。大體籠、筶、笈、篅、籠等皆由一語之變，竹爲器，以圓形爲最便，故多以 no 音發之也。洪氏音笈，有暮一音，不知所據，古籍未見此音。

張

《楚辭》張字十四見。除張弛爲對舉詞，張辟爲術語，各具專條外，其餘皆一義之引申也。茲類説之如下。

（一）《説文》張本訓"弛弓弦"，凡弛弦則曰張，解之則曰弛。引申之，則張有供張、施設、開張等義，各依文義定之可也。供張也，《九歌·湘夫人》"與佳期兮夕張"。王注"言己願修設祭具，夕早灑埽，施帷帳"云云。洪補以爲以黃昏爲期之意。按洪説固顯明，爲初學説之可也。而王逸説設具施帷云云，在章明祭義。爲結令禮樂制度言之，不無啟人深思之處。惟此以想象追寫，亦不得多所遭回。按張者，供張也，有期約，則應有供張，此貴族式之戀愛現象。供張之具多矣，無所用其毛舉也，此通言之。

（二）設帷帳網羅也。《九歌·湘夫人》"擗蕙櫋兮既張"、《九章·惜誦》"矞羅張而在下"、《招魂》"羅幬張些"、《九歎·遠遊》"張絳帷以襜襜兮"，諸則皆是也。凡帷網平時皆卷束，用時方開而施設之，故曰開張也。

（三）張樂也。《遠遊》"張咸池"。《大招》"鳴竽張只"。古言奏樂曰張。蓋樂不用亦檢束之，用則開張，且施設之，亦如弓之張設矣。《秦策》"張樂設飲"。《左傳》昭二十年"魯琴張，字子開"。《禮記·檀弓》"琴瑟張而不和"。

（四）射事多言張。如《大招》"大侯張只"，言射的之張設也。《七諫·謬諫》之"弧弓弛而不張"，及《九章·悲回風》之"伴張弛之信期"，皆是。詳參弛字條。

（五）侈大也。《卜居》"讒人高張"。補曰"張音帳。自侈大也"。

《左傳》"隨張必棄小國"，是也。

（六）《七諫·謬諫》"節行張而不著"。言節行雖已張弛，而不顯著也。則指人行事亦曰張矣。

黛

《大招》"粉白黛黑，施芳澤只"。按粉白黛黑一語，《列子》、《周禮》、《玉篇》、《淮南·修務訓》皆有此語。《戰國策》"鄭周之女粉白黛（今本黛誤作墨，此從別本。郭璞《子虛賦注》、《文選·西都賦》注、《史記·司馬相如傳》正義、《後漢書·班固傳》注、《藝文類聚》人部、《御覽》人事引《策》文並作黛也）黑，非知而見之者，以爲神"。《韓非子》"周脂澤粉之，則倍其初"。是戰國已甚修眉之證。長沙繒畫女子其眉亦修長，爲已畫之眉無疑。按《說文》黛作"黱，畫眉墨"。《釋名·釋首飾》"黛代也。滅去眉毛，黛以此畫，代其處也"。服虔《通俗文》云"染青石謂之點黛"。則黛乃一種礦石，漢人謂之青石。《玉臺新詠序》所謂"南都石黛"是也。按楊慎《譚苑醍醐》云"《山海經》'女牀之山，其陰多石涅'。《孝經援神契》曰'王者德玉山陵，而墨丹出'。注'丹者別其彩名，亦猶青白黃皆云丹也'。石涅、墨丹即今之石墨也。一名畫眉石。上古書用漆書，中古用石墨，後世用煙墨，則黛即石涅，指其能涅染也，又名墨丹。古凡粉質顏料皆曰丹。漢魏時有所謂螺子黛，至隋則以螺子黛爲蛾子綠，一以形言，一以色言。出波斯國（見《大業拾遺記》）。故亦稱波斯黛。至隋唐有銅黛，至宋人則以煙畫眉，加香粉，美其名曰畫眉集香丸"。（見《事林廣記》）。明以後有以杉木柳條燒焦畫眉者，至近世則更有化學製品，其品目益繁矣。又按《招魂》又有"蛾眉曼綠"之言（今本綠作睩。王注視也。恐非。曼指眉之輕細言。李善注。此處不得胡忽言目，與下句騰光句複。《大招》言"娉目宜笑，蛾眉曼只"。亦以曼形眉，曼睩當作綠，指黛色）。曼綠言眉細長，黛色淺而發綠也。黛色與青相類，故名曰青石，其彩隨深淺而稍別。

惟古人所謂青，與今人觀念不一，大約藍、蒼、綠、黑、翠等深淺濃度，故青天可曰蒼天，亦可曰玄天，故黛眉亦言綠眉、玄眉（參青字條）。《大招》之所謂"蛾眉曼綠"，大約即黛之較淺而翻作墨綠者。又《大招》之"青色直眉，美目婳只"。此青色亦指黛青言。王注以爲體色，至誤。洪云青色謂眉，是也。參青色條。

玉衡

《九歎·遠遊》"枉玉衡於炎火兮"。王逸注"枉，屈也。衡，車衡也"。按此寓言，與《九思·怨上》"上察兮璇機，大火兮西睨"同義。王以車衡釋之，恐非。《後漢書·安帝紀》"昔在帝王，承天理民，莫不據璇機玉衡，以齊七政"。注"孔安國《尚書》注曰'璇美玉也，以璇爲機，以玉爲衡，二者正天文之器也'。《尚書·舜典》'在璿璣玉衡，以齊七政'。《正義》曰'璿是玉之別名，璣衡皆以玉飾……故變其文……璣衡者，璣爲轉運，衡爲橫簫，運璣使動於下，以衡望之，是王者正天文之器。漢世以來，謂之渾天儀者是也'"。馬融云"渾天儀可旋轉，故曰璣，衡其橫簫。所以視星宿也"。蔡邕云"玉衡長八尺，孔徑一寸，下端望之，以視星辰。蓋懸璣以象天，而衡望之，轉璣窺衡，以知星宿"。是其說也。此王衡舊說，惟兩漢人，別用璇璣、玉衡爲北斗七星。揚雄《太玄·攡》曰"運諸枺政，繫之太始，極焉以通璇璣之統，正玉衡之平"。《甘泉賦》曰"攀璇璣而下視兮，行遊目乎三危"。劉歆《遂初賦》"惟太階之侈潤兮，機衡爲之難運；懼魁枓之前後兮，遂隆集於河濱"。子駿以璣衡與太階魁枓竝言，亦以爲星名也。別參璇璣條。

璇璣

天文學上專用術語。有二義。一指北斗七星中之第二三兩星言，引申爲北斗極。二指渾天儀上之機件言。《九思》所用，則第一義也。

《九思·怨上》“上察兮璇璣，大火兮西睨，攝提兮運低。”舊注無注。璇一作旋。一作璇機。補曰“北斗魁四星爲璇璣”。寅按璇字形極多，古多作璇璣或璿璣。《尚書大傳》“正月上日，受終於文祖，在琁璣玉衡，以齊七政”。傳曰“琁者還也。機者幾也，微也，其變微之，而所動者，大謂之璇璣，是故璇璣謂之北極”。《漢書·揚雄傳·甘泉賦》“攀璇璣而下視兮。”張銑曰“璇璣北斗也。璇字《尚書·舜典》作璿。璿琁古今字也”。（餘詳《尚書正義》）。惟《九思》此文，依上下文義審之，當指北辰勾陳之樞星言，不指渾天儀也。　《說苑·辨物》一“《書》曰‘在璿璣玉衡，以齊七政’。璿璣，謂北辰勾陳樞星也”。皮錫瑞《今文尚書考證》亦云“璇璣玉衡，今文當兼北極北斗言之……《天官書》曰‘北斗七星，所謂璇璣玉衡。以齊七政’”云云。說至詳盡可參。按《史記·天官書》“旋璣玉衡”。《索隱》引《春秋運斗極》云“斗第一天樞，第二旋，第三璣，第四權，第五衡，第六開陽，第七搖光。第一至第四爲魁，第五至第七爲標，合而爲斗”。洪慶善以斗星說璇璣，與叔師原文“上察兮璇璣，大火兮西睨”之義合。《史記索隱》引《文耀鈎》云“斗者天之喉舌，玉衡屬杓魁爲璇璣”。《索隱》於槙星下，又引《文耀鈎》云“鎮黃帝含樞紐之精，其體旋璣中宿之行”。皮錫瑞云“《今文尚書考證》‘文耀舒以旋璣爲中宿，則近旋機北極之義’”。（按以璇璣說北星，其說亦至紛雜。此但取其一，以爲說明耳。欲知其詳，皮氏書與王先謙《孔傳參正》，皆可參考。）兩漢人多主璇璣爲天極說。至馬融、鄭玄乃以璇璣爲渾天儀上之機件。此又別一義，《楚辭》無此義，故不詳。然就字義論之，則《尚書大傳》曰“旋者璣者何？傳曰旋者還也，璣昔幾也，微也。”《書正義》曰“璣衡者，璣爲轉運，衡爲橫簫，運機使動於下，以衡望之”。馬融云“渾天儀可旋轉，故曰璣衡，其橫簫，所以視星宿也”。蔡邕云“玉衡長八尺，孔徑一寸，下端望之，以視星辰。蓋懸璣以象天，而衡望之轉璣，窺衡以知星宿”。璇璣玉衡之制，大致如此。則旋璣者，謂有可旋轉者也，其字當作旋機，考隸釋《堯廟碑》"據旋機之政",《周公禮殿記》"旋機離常",則漢人正作旋機也。宋本《禮記·曲禮》、《檀弓》正義並引《春秋運斗樞》云"北斗七星,第二旋,第三機"。《廣雅·釋天》"二爲旋,三爲機"。旋作旋,機從木。則今本作璇璣者,乃後人粘益之字。琁字又作璇,即璿字,故諸書又作璿璣。漢《孟孝琚碑》"孝琚名琁",亦琁、瓊一字之徵也。琁琚即佩玉瓊琚矣,大約起於東晋。陳壽祺《左海經辨·璿璣旋機辨》考之詳矣。參琁璣圖。

機衡

機衡,《九思》亂曰"策謀從兮翼機衡"。舊注"璇璣玉衡。以喻君能任賢,斥去小人,以自輔翼也"。"一云奮策謀兮"即"琁璣玉衡"之省稱。各詳該兩條。

衡

衡字《楚辭》凡四用。

(一)爲車前橫木,用以駕馬者。《大招》"瓊轂錯衡"。洪補"《詩》云,'約軝錯衡'"。朱熹云"言所乘之車,以玉飾轂,以金錯衡,此金錯之衡也"。詳《詩·小雅》"約軝錯衡"傳箋,參車、衡等字。《遠遊》"祝融戒而還衡"。此衡本車前橫木,此則引申爲車,以小喻大之義也。《楚辭》以爲車衡者,此爲最具。《論語》"則見於依於衡也"。按在軨瑞設橫木,上平而下有缺,以扼馬頭。通謂之衡,即車之軛也。

(二)璣衡也。《九思》亂曰"策謀從兮翼機衡"。機衡即璇璣玉衡之省併,古測天文之器。《書·堯典·僞孔傳》"璣衡王者正文之器可運轉者"。《漢書注》"衡謂渾天儀也"。詳璿璣玉衡各條。

(三)權衡古度量衡之專名。《惜誓》"同權槩而就衡"。《書·堯典》“同律度量衡”。《漢書·律曆志》“衡平也，所以任權而均物平輕重也”。《荀子·禮論》“衡誠懸矣，則不可欺以輕重”。衡即今天秤與稱等物。詳權衡下。

（四）橫也。《九歎·離世》“身衡陷而下沈兮”，又“觸石碕而衡遊”，此兩衡字皆作橫字解，橫陷陷之廣也。其音後師亦讀爲橫。《詩·齊風》“衡縱其畝”，即橫縱也。又《陳風》“衡門之下，可以棲遲”，傳“橫木爲門也”。按《説文》“衡牛觸橫大木其角”。古書無用此義者，不可詳知。

鉅寶

《九懷·危俊》“鉅寶遷兮砏磤，雉咸雊兮相求”。王逸注“太歲轉移聲磕磑也，飛鳥驚鳴雌雄合也”。按此子淵用漢家故傳陳寶故事也。洪補引《漢·郊祀志》云“秦文公獲若石云（今本無云字）于陳倉北阪城祠之其神，或歲不至或歲數來也。常以夜光輝若流星東方來集於祠城若雌雄，其聲殷殷。云野雞夜鳴以牢祠之，名曰陳寶”。又引揚雄《校獵賦》云“追天寶，出一方。應駟聲，擊流光。墆盡山窮，囊括其雌雄”。注云“天寶陳、寶也……”云云。又《水經·渭水注》有云“秦文公遊獵於陳倉……得若石其色如肝，歸而寶祠之故曰陳寶……”依《郊祀志》與《水經注》所言即今陳倉寶雞之寶，而此處云鉅寶與天寶、陳寶皆同乃一巨石，色如肝，有神主之。故名其物曰天寶，名其神曰陳寶，其義一也。《書·顧命》云陳寶赤刀大劍宏璧琰琬。《廣雅·釋器》以陳寶爲刀名，則一名而二物也。子淵文中所陳與上説皆相應矣。

又唐寫本《玉篇》殘卷石部砏下引此句作臣寶遄於砏殷，王逸曰聲豊磑也，與今本異。磤作殷，則後人以砏從石加也（下附寶字條，見三五四頁）。

博物部第八

百草

　　形名相屬之複合詞。爲漢語常用詞。但在《楚辭》中有兩義，一爲通用常語，指衆草言；一爲借喻，作賢者用，義與芳草略同。

　　《離騷》"恐鵜鴂之先鳴兮，使夫百草爲之不芳"。王逸注"言我恐鵜鴂以先春分鳴、使百草華英摧落，芬芳不得成也。以喻讒言先至，使忠直之士蒙罪過也"。按王注至確。百草喻同時賢達之士，此言時過則雖芳草亦不芳。謂士老則無用也。此百草猶言芳草。詳芳草條下。又《七諫·沈江》"商風肅而害生兮，百草育而不長"。王逸注"言秋氣起則西風急疾而害生物，使百華不得盛長。以言君令急促，剗傷百姓，使不得保其性命也"。按此草喻群生也，故曰育而不長。又《九思·傷時》云"風習習兮穌煖，百草萌兮華榮"。上二句言夏時陽氣發舒，風和日麗，百草因以盛爲華榮也。此百草常用語。

芳草

　　芳草在屈賦爲喻詞，比在朝之賢人胄子之屬。凡六見，皆作此解。

　　《離騷》"何所獨無芳草兮，爾何懷乎故宇"。王逸注"草一作艸，舊作卉。言何所獨無賢芳之君"。按王逸以爲賢君，未允。屈賦芳草凡六見，皆以喻賢人胄子，不以喻君也。此處何所二句，承上求女而言。上文緊接"思九州之博大兮，豈唯是其有女"，總束上來諸求女，而下即承以"何所獨無芳草"，則芳草指求女言。求女即求賢（見女字條下），則此芳草指賢人無疑。與此同意者，如《九章·惜往日》之"君無度而弗察兮，使芳草爲藪幽"，王逸以爲賢人竄放。《思美人》之"惜吾不及古人兮，吾誰與玩此芳草"，諸芳草皆指賢人言。又《離騷》"何昔日之芳草兮，今直爲此蕭艾也"。王逸注"言往昔芬芳之草，以言往日明智之士"。按王説非也。此二句緊承"蘭芷變而不芳芬，荃蕙化而爲茅"二句而言，則芳草即指蘭、芷、荃、蕙而言，此即篇首滋蘭樹蕙之蘭蕙，蓋指楚同姓胄子。屈原所欲滋樹以輔楚君，興國更俗者也（詳蘭蕙諸條下）。則此芳草即總言蘭、蕙、荃、芷也。細讀全文自能體會此旨。故此芳草，當指同姓胄子言，與此同義，則有《惜往日》之"何芳草之早殀兮，微霜降而下戒"云云，其義與"何昔日之芳草兮"兩句同。言早殀者，猶《離騷》"蘭芷變而不芳……"之意，非必殀亡也（王逸以爲賢被讒，命不久也，非原意矣）。又《遠遊》亦有"微霜降而下淪兮，悼芳草之先零"句，意與《惜往日》同，其喻義亦當不相遠。

卉

《離騷》"何所獨無芳草兮"。草一作艸，舊作卉。"覽草木其猶未得兮"。草一作艸，舊作卉。"使百草爲之不芳"。草一作艸，一作卉。"何昔日之芳草兮"。草一作艸，一作卉。《九辯》"泊莽莽與墅草同死"。王逸注"將與百卉俱徂落也"案《方言》"㞬、莽、草也。東越揚州之間曰卉"。《文選·吳都賦》"爾乃地勢坱圠卉木駃蔓"。劉逵注"卉百艸之總名。楚人語也"。《説文》"㞬、艸之總名也"。劉注百字恐衍文。按卉從三屮，屮者艸初生之象。三疊者象其衆。凡《説文》所録三成之字，皆形其物之衆多，中土以三爲成數，即爲多數也。森、淼、焱、垚、众、姦、犇、麤、猋、晶、品，構字法皆相同。

蕊

《離騷》"貫薜荔之落蕊"。王逸注"蕊，實也"。五臣云"蕊，花心也"。洪興祖《補注》"前漢樂章云'花外曰萼，内曰蕊。蕊，花鬚頭點也'"。《蜀都賦》"敷蘂葳蕤"。劉注"蘂者或謂之華，或謂之實，百花鬚頭點也"。按以今習稱之，則花房上有鬚，鬚上有點，此鬚與點皆得曰蕊也。字即惢之專别字。惢者，心疑也。字又作蘂，作橤。

草

草字在《楚辭》中使用凡十四次，皆一義也。《説文》"草斗櫟實也"。經典皆借爲艸字，"百卉也"。使用時或曰草木（見《離騷》、《九歎》、《七諫·自悲》、《九思·哀歲》）。或曰芳草（見《離騷》、《懷沙》），或曰百草（《離騷》、《九懷·尊嘉》），或言草苴（《悲回風》），或草茅（《卜居》），或言樊草（《九辯》五），無他深義，分詳各條。草本斗櫟實，即今皂莢，可以染黑，或省作早。《周禮·大司徒》"山林其植物宜早物"是也。後世多借草爲艸，同聲之借也。

莽

《楚辭》六見。皆借爲茻，艸也。其義則因事而變。用茻之本義者，有《懷沙》之"草木莽莽"，《九辯》之"泊莽莽與樊草同死"。引申則草深入曰莽（見《漢書·景帝紀》注）。《悲回風》"莽芒芠之無儀"，王逸注"草木彌望，容貌盛也"。此言草原廣大也。又《九辯》"莽洋洋而無極兮"，與上莽芒芒同。此則言原野廣大也。又《九歎》之"樊莽"，《九懷·危俊》之"泱莽莽"皆同。又爲草名，或即宿莽之省。詳宿莽條。莽本楚故言。"南昌謂犬善逐兔草中"，故從茻，從犬，茻亦聲。此義古書少見。音與茻同，故借爲茻。

落英

落英之説，今古聚訟難理。張雲璈《文選學膠言》十三，徵録已可見一斑。以沈約《宋書》言“食秋菊之落英”，竝引《神農本草》更名曰玉英。其餘如史正光《菊譜序》引詩人《蘇黃故事》、《野客叢書》以爲反物，以爲托志云。王觀國言“古人之言，有不必循理者，《楚辭》之言，於義未安”。楊慎引謝叠山“秋菊不常有，得菊英之落者，亦當餐之，愛之至，敬之至也”。（孫志祖用楊説，羅大經《鶴林玉露》、費袞《梁谿漫志》以《訪落》毛傳始訓落爲始，竝引《爾雅》郭注，孫奕《示兒編》同之，姚寬《西溪叢話》甲。）洪興祖“我懷其實而取其花之實”。朱珔《文選集釋》又謂“凡物英華漸退者謂之落。”亦引《本草》所載《玉函方》之説。杭世駿《訂譌類篇》亦言之，無所發明，不録。張萱《疑耀》以爲菊羹，以溫公晚食菊羹詩爲證，俞樾亦引用之，以爲餐菊，無他發明。菊或稱英。《玉函方》言“甘菊三月上寅株曰玉英”。或以證爲菊葉按落英者，始生之英，與上句“木蘭墜露”對文。墜露者，欲墜之露，即詩所謂“零露漙兮”之義也。落讀“我落其實”之落。古落字多訓始，《詩》“訪予落止”，《周書·文酌》“特無不落”，《毛傳》及孔注皆訓始。《爾雅》亦訓始。凡事物之始，皆可曰落。成室而落之，謂始成之室。此不僅以吉語成之耳。

芳

芳字《楚辭》七十餘見，大約分二義。一爲芬芳，即《説文》香草也之引申，凡《離騷》、《九歌》、《九章》諸芳字用法皆是也。凡用此義者，約得六十一處，大致多在名詞之上，皆作芬芳一義解，如芳草、芳洲、芳茝、芳華、芳蘱、芳枝、芳杜若；或與他芳香字連文，如芳馨、芳芬皆是。其在他字之下者，多作名詞解。姑以《離騷》爲例，如三言

"衆芳"（詳衆芳條下），三言"不芳"，一言"信芳"，一言"何芳"，皆名詞也。又言"芳菲菲"，亦名詞也。二爲芳草名，即芳芷之別名也。《九歌》"浴蘭湯兮沐芳"，及《九章》"芳以歇而不比"之芳皆是。"芳以"即芳芷之譌，詳芷字條下。按《九歌·雲中君》"浴蘭湯兮沐芳"。洪補曰《本草》"白芷，一名芳香"。按《初學記》四下引此二句芳下有蕙字，實誤。屈賦蘭蕙合用最多，故唐宋人習以爲常；又不知芳之爲白芷，故誤增也。《九歌》首句必與下句叶韻，增蕙字則韻不叶矣。此句將解作浴蘭與沐芳，湯，古人自有此省文也。案一本無湯字，亦尤不審屈賦語法而删。然以蘭與芳對舉，則芳非泛作芬芳字解更明。洪補引《本草》"白芷名芳香"，又名澤芬，陶注《別録》云"東間甚多，道家以此香浴"。又合用香。吳氏《草木疏》謂"《集韻》'芷，諸市切，香草也'。同音，茞字'艸名，蘪蕪也'。今《離騷》茞亦多作芷。蓋茞有芷音，讀者亂之，茞音芷者，謂蘄茞也"。朱琦云"余謂騷經'雜杜蘅與芳芷'，即白芷。云芳芷者合言之耳。李太白詩'沐芳莫彈冠，浴蘭莫振衣'，當是本之此篇"。又《九章·悲回風》"蘋蘅槁而節離兮，芳以歇而不比"。王逸注"志意已盡，知慮闕也"以釋"芳以歇而不比"。按王説，義不甚明。芳以句與上蘋蘅句對文，則芳以不當以虛字充之。疑"芳以"當作"芳芷"或芳茞。芳芷即白芷，亦即《九歌》之沐芳也。芳芷或連用，即《離騷》之"雜杜蘅與芳芷"也。此亦上言蘅，而此言芷也。

芬芳

今恒語。《九章·惜往日》"妒佳冶之芬芳兮"。王逸注"嫉害美善之婉容也"。按芬芳義近複合詞。先秦恒言。《荀子·榮辱》"鼻辨芬芳腥臊"。又《富國》"必將芻豢稻粱，五味芬芳，以塞其口"。宋玉《神女賦》"陳嘉詞而云對，吐芬芳其若蘭"皆是。漢人用之益盛。見《史記·武帝紀》、《封禪書》、《漢書·郊祀志》、司馬相如《上林賦》、《子

虚賦》、揚雄《長楊賦》等。《説文·屮部》“芬艸初生，其香分布。從
屮，從分，分亦聲，或從艸，作芬”。又《艸部》“芳艸香也”，同取義
於香。轉聲爲芬馥，馥亦香也。《文選·吴都賦》“芬馥肸蠁”。向注
“芳馥香也”。芬馥又作芬茀。《漢書·揚雄傳·甘泉賦》“香芬茀以窮隆
兮”。茀即馥字。叠韻之別，則爲芬香。《詩·陳風·東門之枌》“貽我
握椒”。《傳》“椒芬香也”。《墨子·節用》“不極五味之調，芬香之
和”。《吕氏春秋·適音》“鼻之情欲芬香心弗樂，芬香在前弗嗅”。《韓
詩外傳五》“鼻之欲臭芬香”。字又作芬薌。《荀子·非相》“欣驩芬薌以
送之”。注“芬薌言至芳絜也”。薌與香同。詳芬香條下。《詩·小雅·
信南山》“是烝是享，苾苾芬芬”。“祀事孔明”。箋“苾苾芬芬然香”。
苾苾芬芬即芬芳之倒言。

芳芬

今恒言。芬芳之倒。《九懷·昭世》“披華裳兮芳芬”。王逸注“徐
曳文衣，動馨香也”。芳芬即芬芳之倒文。芬芳見《九章·惜往日》，義
近複合詞。然古籍多言芬芳，少言芳芬。詳芬芳條下。又芳芬或芳馨其
義一也。芳馨見《九歌》“建芳馨兮廡門”，又“折芳馨兮遺所思”皆
是。詳芳馨條下。

芬香

義同組合詞。香也。《九歎·惜賢》“懷芬香而挾蕙兮”。王逸注
“芬一作芳”。《墨子·節用》“不極五味之調，芬香之和”。《吕氏春
秋·適音》“鼻之情欲芬香。心弗樂，芬香在前弗嗅”。又《貴生》“鼻
欲芬香”。《詩·唐風·椒聊》“椒聊之實，蕃衍盈升”。箋云“椒之性芬
香而少實”。《方言》十三“芬和也”。注“芬香和調也”。《説文·屮
部》“芬艸生，其香分布。從屮，分聲，或從艸作芬”。則芬香義近複合

詞也。聲變爲芬薌。《荀子·非相》“欣驩芬薌以送之”。楊倞注“芬薌言至芳絜也。薌與香同。”《易林·蒙之煥》“竃羹芬薌，染指弗嘗”。又變爲芬馨，馨亦香也。《文選·蘇武詩》“芬馨良夜發，隨風聞我堂”。雙聲之變，則爲芬芳，倒言曰芳芬。詳芬芳條下。

芳馨

同義組合詞。香也。《九歌·湘夫人》“建芳馨兮廡門”。王逸注“馨香之遠聞者，積之以爲門廡也”。《九歌·山鬼》“折芳馨兮遺所思”。芳馨一詞，《九歌》兩用之。一見《湘夫人》，一見《山鬼》，義皆同。《說文》“芳香草也。從艸，方聲”。大徐敷方切。又《香部》“馨香之遠聞者”，則二字義近，故複合爲一詞。芳馨即芳香也。《後漢書·逸民傳·梁鴻傳》“愍芳香兮同臭”是也。雙聲之變則爲芳芬。《九懷》“披華裳兮芳芬”。叔師注“動馨香也”。詳芳芬條下。倒言則曰芬芳，見《九章·惜往日》。

秀

二招用四秀字，王逸皆訓異。按《說文》以秀爲光武諱，無說解。依《詩》定之，“四月秀葽”、“實發實秀”，傳訓“不榮而實”，秀者物皆成也。《招魂》“獨秀先些”。王逸注“秀異也。言鄭衛妖女，工於服飾，其結殊形，能感楚人，故異之，而使之先進也”。五臣云“秀異而先進於前”。朱熹注曰“秀先言秀異而先進於衆也”。按王訓秀異，特狀其事，非必詁其字也。秀先一句，當從朱熹注解。《大招》云“夏屋廣大，沙堂秀只”。王注“爲魂造作高殿峻屋，其中廣大，又以丹沙朱畫其堂，其形秀異，宜居處也”。此即如今人言清秀、秀麗之義。《大招》又云“小腰秀頸，若鮮卑只”。王逸注“言好女之狀，腰支細小，頸銳秀長，靖然特異”。又“容則秀雅”，王注亦以異訓之。秀雅即今人言清雅，不俗惡之義。大體主於清潔，飾而不艷。南楚狀美人，與《詩》之碩而頎者異趣，大體以清瘦嬌小爲美。世傳楚王好細腰，亦即此也。近世長沙出土帛畫，固不肥碩而亭亭玉立。蓋楚之風習也，秀頸秀腰，皆其實也。

華

《楚辭》廿餘見。除專名如重華、章華、華池及天文之華蓋等外，大約可得四義。一草木之榮，二華美之物，三美人曰華，四華美之動詞。

（一）按《説文》"華榮也。從草，從𦰩（會意）"。又"𦰩者艸木之𦰩朵，從𠂹，于聲"。即俗花字，亦作蘤。而華指既開之𦰩言。惟經典則多用華字。《爾雅·釋艸》"木謂之華，艸謂之榮"。然經典則草木亦通用之矣。《楚辭》用華爲榮者，如《離騷》"及榮華之未落兮"，《九辯》"何曾華之無實兮"，《九辯》"竊悲夫蕙華之曾敷兮"，《九思·傷時》亦云"百草萌兮花榮"，又《疾世》"齧芝華兮療饑"，皆是其證。

（二）次則品物之美者，以華狀之，華榮最美，故引申爲美也。《遠遊》云"懷琬琰之華英"。《招魂》云"華酌既陳"，五臣云"置華於酒中"。洪補云"華采也"。當從洪説爲暢，華酌猶美酌，美酒矣。《招魂》又云"華鐙錯些"，言華美之鐙錯列也，《九懷·昭世》"披華裳兮芳芬"、《九思·遭厄》"殤鵬遊兮華屋"，《大招》言"英華假只"，言所乘之車以玉飾轂，以金錯衡，英華照燿，大有光明也（王説）。

（三）以美人爲華。《招魂》"華容備些"。五臣云"華容美人也"。亦就華榮引申言之。人之美者如華。《詩》所謂"顏如舜華"者矣。

（四）用爲動詞。《九歌·山鬼》"歲既晏兮孰華予"。王逸云"言年歲晚暮，將欲罷老，誰復當令我榮華也"。五臣云"言歲晏衰老，孰能榮華我乎"。朱熹云"歲晚而無與爲笑"。按朱熹以無與爲笑樂釋華予，大誤。當從五臣説，而洪説尤暢達。此以華美之義作動詞用，固古籍恒見之例也。孰華予，言孰能使予華美也。

又《九歌·雲中君》"浴蘭湯兮沐芳，華采衣兮若英"。王逸注"華采五色采也。言己將修饗祭，以事雲神，乃使靈巫先浴蘭湯沐香芷，衣五采華衣，飾以杜若之英"。洪補"荀卿《雲賦》云'五采備而成文'。衣華采之衣，以其類也"。按王、洪皆以華采連讀，非也。吳仁傑《草木疏》乃謂蘭也，芳也，華也，若也，四者皆香草。據《北山經》"單狐之山多華草，逢水出焉"。郝氏謂"《呂覽·別類篇》'草有莘，有藟'。《御覽》引莘作華，豈此華草與？惟彼說云，獨食則殺人，合而食之則益壽，未知何色"。又云"《爾雅》葭一名華。《說文》'葭葦之未秀者'。《詩》'兼葭蒼蒼'，言其色之青華，爲蘆之未秀，蓋尤青嫩時也"。朱琦曰"余謂《爾雅》葭華，《詩正義》引舍人曰'葭一名華'，故吳氏爲此說。但'華采衣'連文，非與若英對舉，義似未的。而朱子《集注》則云'衣采衣如草木之英，以自潔清也'。竝以若亦爲虛字矣"。朱琦《文選集釋》云"又按《爾雅》'葭華'，各本皆同。惟阮宮保校勘記云'華當作葦'。《東京賦》'外豐葭菼'。李善引《爾雅》曰'葭葦也'。是唐初本不誤。今本承《開成石經》之譌耳。郭注葭葦云'即今蘆也'，注葭蘆云'葦也'，正彼此互證。又《詩疏》引舍人語'華亦葦之誤'。觀下文云'成則名爲葦也'，知疏引本不誤。不知者乃改之。余謂舍人語，見《豳風》，以釋'八月萑葦'，若是華字，疏何用引之。況《爾雅》邢疏明言'葭一名葦，即今蘆也'。是不以爲華字，然則華與葦字形相似而誤。吳氏說亦據誤本耳，至明毛氏晉《陸疏廣要》以葭華爲即蘆花，風吹如雪者，與上葦醜芀一例。然郭注云'其類皆芀秀'。秀即是花。何說文云'葦之未秀者也'。吳氏轉云蘆之未秀爲華，華豈未秀之稱，皆非也"。又案《爾雅》"菼薍芀"爲句，葦醜芀爲句，葭華爲句，本郭義也。孔氏廣森，以爲"舊失其讀、常於葦醜絶之，菼薍芀三名，皆葦類也，芀者葭之華也，即今蘆花"。如此，則華非誤字，亦通竝存之。以見古書正未可執一而論。按吳朱兩家解華字，可謂荒唐之極，不審文理詞氣，徒爲空言考覈，終無益於屈文也。按華采衣三字，與上文浴蘭湯三字爲對文。華爲名詞之使動用法。《山鬼》云"歲既晏兮孰華予"之華亦同。若此不作動詞，則此句不成文理。又漢語發展規律，古用字，後世多特製專字，此華字當即《方言》之"華荂晠也，齊楚之間謂之華"，又曰"焜晃晠也"，注"韡曅焜燿晠兒也"，則華曅又楚人故言，非文家想意爲之。蓋

《九歌》乃民間舊制，而屈子潤色之而已，則所在楚言必多，存而不廢。此華之作賦義，即炫燿之謂矣。專字作暈，則漢以後後起字也。子雲據以入録，微方言，吾將無所措手足矣。此説一定，則王、洪、吳、朱皆成瞽説。華采衣若英者，謂炫燿若英之采衣，兮字作之字解。人或謂華采連文似贅，其實采不但非華，亦非若英。《尚書·皋陶謨》以五采彰施於五色。鄭注"性曰采，施曰色；未用謂之采，已用謂之色"，則采者特衣之質地，若英者，飾采爾。言飾質素，本采之衣，以若英也。華采衣如英，猶《詩》言'如英如玉"，言如玉英之美也（俞樾謂英借爲琰亦通）。

蘭

　　《楚辭》三十二見。其類有春蘭、秋蘭、石蘭、木蘭等，皆分別詳之。又多與蕙、芷、椒等芳草連文，其爲芳草無疑。又多借以指事物之以蘭爲之者。或以喻事物之芬芳者，如蘭泉、蘭湯、蘭橑、蘭籍、蘭枻、蘭旌、蘭膏、蘭薄、蘭生、蘭宮等，皆各個分詳。而總其類例於此，漢以後人亦重蘭，品種漸多。至近世而奇葩異色，益不可究詰。十年前，杭州開蘭花展覽會，余往觀焉。其品種繽紛，在數十百色之多。屈

蘭花
（據李時珍《本草綱目》圖摹繪）

子芳草之喻，重在其作用，故但求足以明楚賦中用義足矣。且花以蘭名而實與蘭無關者亦至多。方以智《通雅》云"其類稱蘭者，蘭連根，掛活一名不死草；馬蘭，生水澤傍，似澤蘭，而氣臭味辛，主破血；鄭玄注鬱金似蘭；蘿摩雀瓢亦名芄蘭；瞿麥名大蘭；狼牙曰支蘭；石斛山梔皆曰林蘭；石葦曰石蘭；白菖蒲曰溪蓀，弘景以爲蘭孫；蒲蘆曰野蘭；

白茅曰蘭根；麥冬曰珍珠蘭。蘭國芳艸之通名"云云。其言諒矣。

　　考《楚辭》蘭字，略得八義。一指蘭草與蘭花。二則以蘭之芬芳用爲飾裝禮神及物器之芳潔者。三則指種蘭之地。四則爲木蘭之省，以爲器物者也。五則借喻楚之貴胄子弟。六則由貴胄子弟而隱喻當時在位權勢之人，以《史記·屈原傳》有"令尹子蘭"之名，漢儒遂以指騷文中之蘭、蕙、椒、椴，皆坐實其人，而不能不爲之辯證者。茲亦附論。七則蘭蕙之辯，亦古今一公案，亦附及之。八則蘭爲門前之兵器架閣也。

蘭草

（據李時珍《本草綱目》圖摹繪）

澤蘭

（據李時珍《本草綱目》圖摹繪）

　　（一）指蘭花言。最顯明之例，莫如《九歌·湘夫人》"沅有茝兮醴有蘭"一語，而蘭之用爲物器者，亦以《九歌》爲最多。蓋皆本於民俗之故習也。此《楚辭》之所以爲楚，而屈子各文之用蘭，蓋亦"民之所好好之，民之所惡惡之"也。惟叔師於《楚辭》全書蘭字，皆但曰香草也，而不分別品類。考洪補"紉秋蘭以爲佩"下曰"《相如賦》云'蕙圃衡蘭'。顔師古云'蘭即今澤蘭也'。《本草注》云'蘭草、澤蘭，二物同名。蘭草一名水香'。李云'都梁是也'。《水經》云'零陵郡都梁縣西小山上有淳水，其中悉生蘭草。綠葉紫莖，澤蘭如薄荷，微香。荆湘嶺南人家多種之。此與蘭草大抵相類。但蘭草生水傍，葉光潤，尖長，有歧陰，小紫花，紅白色而香。五六月盛。而澤蘭生水澤中及下溼地。苗高二三尺，葉尖，微有毛，不光潤，方莖紫節，七月八月開花，帶紫白色。此爲異耳’。《詩》云‘士與女方秉蕳兮’。陸機云‘蕳即蘭也。其莖葉似藥草，澤蘭廣而長節，節中亦高四五尺，漢諸池苑，及許昌宮中皆種之’”。又注本句曰“《水經》云‘澧水又東南，注於沅水，曰澧口，蓋其枝瀆耳’。引‘沅有芷兮澧有蘭’，或曰‘澧州有蘭江，因此爲名’”云云。《本草》謂“有澤蘭如薄荷，微香。荆湘嶺南家多種之，與蘭草大抵相類”云云。洪以蘭草、澤蘭二物一名。案陳氏《遯齋閑覽》亦言“楚騷之蘭，當是澤蘭”。《廣雅》云“虎蘭，澤蘭也”。《儀禮·士喪禮》“苪箸用茅實，綏澤焉”。注云“澤蘭亦名都梁香”。李時珍謂“《離騷》言其緑葉紫莖素枝，可紉可佩可籍可膏可浴，非近世所謂蘭。郭璞《江賦》‘襍以蘭紅’。李善注‘蘭澤蘭也。然澤蘭七月間開花，似薄荷，其香甚微，初無芳馨可取。祇堪入藥’”。故劉仲馮《漢書刊誤》云“澤蘭自別一種草，非蘭也”。此説更爲允當。朱琦云“《離騷》每多寓言。所稱蘭蕙，特自擬其芳潔，不必真可紉可佩等也。即以爲今之蘭蕙似亦無不可通”。其次則《招魂》“光風轉蕙，氾崇蘭些”，亦直言蘭耳。此外則《招魂》之“結撰至思，蘭芳假些”，謂結撰成文，深至之思，如蘭花之芳之至也。見假字條下。他如《九懷·尊嘉》之“余悲兮蘭生”、《九思·憫上》之“懷蘭英兮把瓊若”，皆單用蘭字，疑亦爲澤蘭之屬耳。

　　按上引諸家説，在辯澤蘭、蘭蕙爲相類而小別之一物。屈子所用之蘭，當即魏晉以來至李時珍分別爲蘭花、蘭草之蘭草一類。植物繁變，小別者多，而同名大別，亦所在皆是。古今以蘭名者至多（見前）。依時代及習用斷之，而知其爲小別大別。此自學術進步之一現象。居今日而論古，自以明其源流，辯其屬性爲主，其説是也。考屈子所言，亦有如魏晉以來至李時珍所定之蘭花者，則所謂幽蘭是也。當於幽蘭下更詳之。此外言蕙蘭、澤蘭、皐蘭、蘭芷、馬蘭，都良香者，皆蘭草也。參圖自明。此在北土諸書，當即《詩》之所謂蕳也。

按《詩·鄭風》"方秉蕳兮"，《毛傳》與蕳同讀。《爾雅翼》"蕳草大都似澤蘭'。盛弘之《荆州記》"都梁縣有山，下有水，清泚，其中生蘭草，名都梁者，因山爲號。其物可殺蟲，除不祥，故鄭人方春三月，於溱洧之上，士女相與秉蕳而袚除"云云。則蕳蘭固楚産，而民重之者也。按《山海經·中山經》"洞庭之山，其草多葌、蘪蕪、芍藥、芎藭。帝之二女居之，是常遊於江淵澧沅之風，交瀟湘之淵……"云云。又《中山經》"又東百二十里，曰吴林之山，其中多葌草"。郭注"亦菅字"。郝氏《箋疏》"懿行案，《説文》云'葌香艸，出吴林山'，本此經爲説也。《衆經音義》引《聲類》云'葌蘭也'。又引《字書》云'葌與蕳同。蕳即蘭也'。是葌乃香草。《中次十二經》洞庭之山以葌與蘪蕪並稱其爲香草。審矣"。郭注以葌爲菅。別詳蘪菅條下。

又按蕳蘭實分兩字，蕳從閒與蘭從柬異撰。然金文從閒之字又作闌者，闌從柬聲，實與閒聲同。又蕳又即葌字，則蕳蘭葌斷爲同聲必矣。又今從闌之字，或亦從閒，如詆讕字亦作調，孰爛字又作燗。古凡一字異形者，必同音，則闌閒聲固同矣。依聲而論，則蘭音當同蕳。然今讀爲邊音，從闌之字亦讀邊音，如瀾、爛、讕、瀾、爛皆是。而瀾之別體作漣，漣亦邊音爾，則闌讀邊音不誤。然從闌之字，皆以柬爲聲，柬與閒本一音，則闌亦得讀閒矣。是此一詞，乃有兩音，其事至周折。余試爲説之。考古複字名物中有一例，下字皆用邊音。如果蠃、栝蔞、瓜蔞、葫蘆、橄欖以及隔略、骷髏、蹁躚、孔籠、傀儡、魁壘、芄蘭、澎壠、蒺藜、黔黎、詆讕、門闌、奇離、牽連、顛連、紕離、披離、別離、暴礫、叨嘮、活絡、角落、操勞、考老、精靈、伶俐、叮嚀、砥礪、泛瀾、簡練，若更徵之方俗之語，如咕嚕則其量最多。世疑漢語兒化音之來，與習用邊音有關，非無因也。余疑蕳音，古當讀jianl，後脫去l音，或與l分化成爲蕳蘭二音（大約在春秋末世）。於是本義遂不易明。南楚之獨存蘭音，故戰國以後，蘭之用遂顯，與蕳義多不相屬矣。又來爲邊音，在舌面兩旁。凡古之升降、前後，無不影響字音，故其用至繁。余統計《説文》九千餘字，除曉、厘、影、喻外，來母字凡二八八組，於量爲最多。此亦出於自然，非人力所能争。詳余《形聲聲紐通變》一文。

（二）以蘭之芬芳可以供神，故《東皇太一》曰“蕙肴蒸兮蘭藉，奠桂酒兮椒漿”。蘭藉者，謂以蘭爲藉肴食也。《易》曰“藉用白茅”。詳蘭藉與藉字條。又《九歌·雲中君》云“浴蘭湯兮沐芳”。王注“蘭香草也”。洪補引劉次莊説，於本章又不相涉。古祭必以芳物浴沐，所以敬事鬼神也。《周禮》所謂“女巫掌歲時祓除釁浴”是也。此文亦言女巫將迎神而沐浴也。詳蘭湯條。又《招魂》兩言“蘭膏”，此《招魂》之具，故亦以芳潔之物爲言，膏有芳香，未必即以蘭爲之。然王逸注云“蘭膏以蘭香煉膏也”，未必爲望文生訓，度漢時尚有此習，如椒房之以椒煮水爲之，以蘭煉膏於火薰之，則其香自發，有如後世之香炷者矣。《九歌·湘君》云“蓀橈兮蘭旌”，王注言以“蘭爲旌旗”是也。后妃所居曰椒房。神人所居曰蘭宮。《九懷·匡機》云“乘日月兮上征……彌覽兮九隅，彷徨兮蘭宮”是也。詳蘭宮。王逸注以爲道室，略近之矣。

（三）植蘭之地曰蘭皋。《離騷》“步余馬於蘭皋兮。”王注“澤曲曰皋”。洪補“皋，九折澤也，一云澤中水溢出所爲坎”。或倒言曰皋蘭。《招魂》“皋蘭被徑”，是也。《九懷·蓄英》“將息兮蘭皋”，《九歎·惜賢》“遊蘭皋與蕙林”，皆以喻其芳潔，無庸詳説者矣，詳蘭皋條下。

（四）以木蘭爲宫室舟車之器用者，亦省稱曰蘭。如《九歌·湘夫人》之“蘭橑”、《湘君》之“蘭枻”。蓋以木蘭爲枻，木蘭爲橑也。王觀國《學林》八，木蘭條云“屈平《九歌》曰‘桂棟兮蘭橑，辛夷楣兮藥房’。五臣《文選》注曰‘蘭辛夷藥香草也’”。今按橑者椽也，楣者門楣也，蘭橑者，以木蘭爲橑。辛夷楣者，以辛夷木爲楣也。桂棟者，以桂木爲棟也。凡此皆謂以木之有香者爲屋室也。五臣乃以蘭辛夷爲香草，誤矣。《九歌》又曰“桂櫂兮蘭枻”，蓋枻者船傍板也。以桂木爲櫂，以木蘭爲枻者也。《離騷》、《九歌》言蕙蘭、石蘭、椒蘭皆蘭草也。惟蘭、橑蘭、枻爲木蘭，而辛夷亦是木蘭。《離騷》曰“朝搴阰之木蘭兮”，又曰“朝飲木蘭之墜露兮”，此正言木蘭也。楊子雲《甘泉賦》曰

"列辛夷於林薄",五臣注《文選》曰"辛夷香草也",亦誤矣。杜子美《偪仄行》曰"辛夷始花亦已落',韓退之《感春》詩"辛夷花高最先開",又曰"辛夷花房忽全開",王荆公詩"回首辛夷木下行",古人用辛夷爲文著,無非以其香也。

（五）以借喻楚之貴胄子弟。細讀《離騷》一篇,蘭蕙、蘭芷諸詞,及椒、樧等全部連繫而觀,與《九歌》諸篇不同。《九歌》諸篇,直陳蘭之芳潔以事神,以喻事物,乃至以自喻,其詞底則無深義（叔師有時失之求深反損文理,分詳各條下）。而《離騷》則含義必不僅於用蘭蕙之芳潔而已,絕大多數皆有所隱喻。自叔師以來,多有説之者,或以爲指賢人君子,或以爲在朝同列,甚者乃以爲直斥懷王少子子蘭等（詳後）,似皆隔一間。余貫穿全文,而後知《離騷》蘭蕙等所喻,皆指楚之宗親胄子,而爲屈子所欲引以爲助,以求得楚之美政者也。屈子以宗親爲三閭大夫,掌昭、屈、景三姓,有如漢以後之宗正。則貴胄子弟之教養督責,正其所從事者也。以一姓言,爲宗國之光暗所繫;以一國言,爲楚之興衰所關。《離騷》全篇幾以"滋蘭樹蕙"爲最深之寄望（不得已而求之他姓他國,即求女各段也）。故曰"余既滋蘭之九畹,又樹蕙之百畝",曰"朝搴阰之木蘭"、"朝飲木蘭之墜露",乃至"既替余以蕙纕兮,又申之以蘭芷"（蘭字原誤作攬。詳攬字條下）,"亦余心之所善兮,雖九死其猶未悔",其堅定不移之情感,有如是者。而終之則"蘭蕙化而爲茅",心以爲"紉秋幽蘭以爲佩",孰知"幽蘭其不可佩"、"余以蘭爲可恃兮,羌無實而容長"。至於"蘭芷變而不芳,荃蕙化爲茅",胄子國之宗親,既不足恃,"覽椒蘭其若兹兮",則其他揭車、江離更何足恃,其情之可憫,至於"椒專佞以慢慆兮,樧又欲充夫佩幃",昔曰芳草,今爲蕭艾,尚何可言;孤子放子,皆自任之。此所以悲世混濁,而卜居無所,千古奇悲!此在宗法社會氏族宗親觀念極濃之時有此偉人,有此宏文,勢所必然者矣。此義既明,則屈子各文之脈絡,庶幾可尋。而屈子情思之悲,憂國之切,固不容自放自疏如楚士他用者矣。故終於死深淵已爾。

（六）附辯蘭椒不得爲懷王少子子蘭與令尹子椒。《離騷》"余以蘭爲可恃兮"。王逸注"蘭懷王少弟司馬子蘭也"。洪補曰"《史記》'秦昭王欲與懷王會，屈平曰秦虎狼之國，不可信；不如無行。懷王稚子子蘭勸王行，奈何絕秦歡。懷王卒行。入武關，秦伏兵絕其後，因留懷王。子頃襄王立，以其弟子蘭爲令尹'。然則子蘭乃懷王少子，頃襄之弟也"。下文"椒專佞以慢慆兮"，王注亦云"椒楚大夫子椒也"。"覽椒蘭其若茲兮"。王注"言觀子椒子蘭變志若此"。案注特以椒、蘭之名，附會爲人，故爲此說。實則《離騷》中皆借草木寓意，不應此獨斥蘭椒也。且樧與椒對舉。揭車、江蘺又與椒、蘭並言。若一屬人，一屬物，辭殊不順。注義似非。錢氏《集傳》以蘭與椒、樧並喻所收賢才，較爲得之，而仍未達一間。當如余說，凡此皆以喻己所收楚之胄子而變節從俗者也。蘭、椒之不必即實指其人。朱熹辯證，獨能破司馬子長之迷，而擴清之。《辯證》云"屈子於蘭芷不芳之後，更歎其化爲惡物，而揭車、江蘺亦以次而書罪焉。蓋其所感益以深矣。初非以爲實有是人，而以椒蘭爲名字者也。而史遷作《屈原傳》乃有令尹子蘭之說，班氏《古今人表》又有令尹子椒之名，使此文首尾橫斷，意思不活。王逸因之，又譌以爲司馬子蘭，大夫子椒，而不復記其香草臭物之論，流誤千載，遂無一人覺其非者，甚可嘆也。使其果然，則又當有子車、子離、子樧，不知其幾人矣"。按《管城碩記》駁朱氏說云"據此則史公之《屈原傳》'懷王稚子子蘭勸王行'未必實有是事，而鄭袖、靳尚、上官大夫皆可疑矣。又班氏《古今人表》屈原上、中，陳軫占尹中上，令尹子椒、子蘭中下，懷王、靳尚下上，雖取舍無可取正，而要其人則實也。乃謂非實有是人而以椒蘭爲名字過矣。後漢孔融曰'屈平悼楚受譖於椒蘭'。豈亦妄爲是言哉。雖《離騷》以香草喻君子，雜卉喻小人，非必定爲椒蘭而發，而騷之言蘭者十，言椒者六。如所云，'謂幽蘭不可佩'，謂'申椒其不芳'，'余以蘭爲可恃，羌無實而容長'，'椒專佞以慢慆，樧又欲充夫佩幃'。而欲使言者無罪，聞者足戒，不綦難哉。此令尹子蘭聞之大怒，卒使上官大夫短屈原於頃襄王，頃襄王怒而遷之者也。揭車凡兩見前言畦留夷與揭車者是也。《爾雅》'藒車芞輿'，注云'藒車香草，見《離騷》'。據《本草拾遺》有揭車香。陳藏器曰'藒車香生徐州，高數尺，黃葉曰花'。《齊民要術》曰'凡諸樹蟲蠱者煎此香令淋之，即辟也'。按魏了翁

《鶴山大全集》卷六，過屈大夫清烈廟下詩，論此頗詳。又《大全集》鈔一九〇卷，師友雅言，亦記此事，皆可參"。後世如《汪堯峰文鈔》亦略同史氏説（見杭世駿《訂訛類編》卷一引）。而同於王、洪者爲多，子長《史記》及《三代世本》、《國語》、《國策》、秦漢間諸書，遍考之，皆無子蘭其人，子長行踪，固嘗至荆楚、襄南、湘沅、洞庭、淮泗之間，訪之故老，楚人多哀懷王之死，則子蘭子椒，其訪諸民間者歟，然直斥其名，在《離騷》中無此例（屈子自名曰正則、靈均，父曰伯庸，皆化名，則蘭椒豈能用真名），恐亦讀《離騷》此文而有所捃撦。《史記》於伯夷、叔齊、屈原、賈生諸傳，皆滄涼悲忿，其實直自舒胸臆爾矣。故朱子之説實足破千古之謎。然子蘭爲令尹，漢人多信之。如劉子政、馬融諸人皆是。言《楚辭》則東方《七諫・哀命》有"椒蘭之不反"句，《沈江》之"蘭芷幽而有芳"等皆同此義，則其説亦舊矣。旁參椒樧諸條。案余疏《屈原傳》已不用此説。茲姑存之爾。別參《楚辭論文》）。

（七）附辯蘭蕙是否爲一物。張雲璈《選學膠言》曰"余既滋蘭之九畹兮，又樹蕙之百畝"。王伯厚云"鄭夾漈《草木略》以蘭蕙爲一物，皆今之零陵香"。然《離騷》云"滋蘭樹蕙"，《招魂》"轉蕙汜蘭"，是爲二草，不可合爲一。黃山谷云"一幹一花爲蘭，一幹五七花爲蕙"。《遯齋閒覽》云"楚騷之蘭，或以爲都梁香，或以爲澤蘭，或以爲猗蘭。當以澤蘭爲正。今人所種如麥虋冬者，名幽蘭，非真蘭也。故陳止齋作《盜蘭説》以譏之。朱文公《離騷辨正》云'古之香草，必花葉俱香而燥溼不變，故可刈佩；今之蘭蕙，但花香而葉乃無氣，質弱易萎，不必刈佩。必非古人所指甚明。古之蘭似澤蘭，而蕙即今之零陵香；今之似茅而花有二種者，不知何時始誤也'。吳草庭《蘭説》'蘭爲醫經上品，草之植者也'。今所謂蘭，乃無枝無莖；因山谷稱之，世遂謬指《離騷》之蘭。雲璈按蘭之説既不一，蘭之類亦正多，即今之所謂春蘭秋蕙，其名目已不可悉數，加以似蘭非蘭而得蘭之名者，實雖臆斷。總之不可以混《離騷》之蘭。今之蘭蕙大都産自山谷，安能種之至於九畹百畝哉。自當以朱子之辨爲的；至以都梁、澤蘭、零陵，當《離騷》之蘭蕙，亦意爲説耳，終不識是何香草也”。按《通志·草木略》則主蘭即蕙其言。曰“蘭即蕙，蕙即薰，薰即零陵香。《楚辭》云滋蘭九畹，植蕙百畝，互言也。古方謂之薰草，近方謂之零陵香。《神農本經》謂之蘭，《九歌·少司命》曰‘秋蘭兮青青，緑葉兮紫莖’。《廣雅》云‘蕙草緑葉紫花。蓋二草本相似’。黄山谷書幽芳亭曰蘭蕙叢生，初不殊也，至其發華，一幹一花而香有餘者蘭，一幹五七花而香不足者蕙。吳仁傑《離騷草木疏》曰‘山谷謂蘭蕙叢出，蒔以沙石則茂，沃以湯茗則芳，是所同也。至其發花，一幹一花而香有餘者蘭也，一幹五七化而香不足者蕙也。蕙雖不若蘭，其視椒、樧則遠矣。然則蘭蕙蓋略相似，但以著花多少爲別耳’”。陸佃《埤雅》、羅願《爾雅翼》、張淏《雲谷雜記》俱從山谷之説。《困學紀聞》云“夾漈，《草木略》以蘭蕙爲一物，皆今之零陵香。然《離騷》‘滋蘭樹蕙’、《招魂》‘轉蕙氾蘭’，是爲二草不可合爲一”。古今雜説至多，不及一一徵録之矣。按辨蘭蕙非一物者，張説爲最具，故録之。其實皆不足辯，小別者時與地，非其種性然也。夾漈之説爲可信。合參篇首自明。

（八）蘭薄乃兵器架閣，當爲欄之借字。《招魂》“蘭薄户樹，瓊木籬些”。王逸言“所造舍，種樹蘭蕙，附於門户外，以玉木爲其籬落，守禦堅重，又芬芳也”。五臣云“言夾户種叢蘭，又裁木爲藩籬以自蔽”。朱注“言蘭薄當户而種，又以嘉禾爲籬落也”。按王、洪、五臣諸説皆未允。此文上言步騎羅列，下言瓊木爲籬，上下皆言守禦事，此不得突入他事而言蘭叢芳草。《管子·小匡》“輕罪入蘭盾，鞈革二戟’，注“蘭錡兵架也”。《西京賦》注“兵器架也受兵曰蘭，受弩曰錡”，即此蘭薄之義。兵器架閣當户，故曰蘭薄户樹也。餘詳蘭薄條。

幽蘭

《離騷》“結幽蘭而延佇”。洪補“劉次莊云‘蘭喻君子。言其處於深林幽潤之中，而芬芳鬱烈之不可掩，故楚辭云云’”。又《離騷》“謂幽蘭其不可佩”。王逸注“言楚國户服白蒿，滿其要帶，以爲芬芳；反謂幽蘭臭惡，爲不可佩也"。按幽蘭即蘭花。方以智《通雅》卷四十一辯之曰"凡稱幽蘭，即黃山谷之所名蘭花也。凡稱蘭蔰之蘭，即今省頭香。《楚辭》注蘭爲都梁香，與澤蘭似。澤蘭又名虎蘭，龍棗、虎蒲；或曰澤蘭，即省頭香。陶隱居云'澤蘭名都梁，可浴'。吳督曰'水香，楚望曰都梁之合爲蘭'。今《綱目》曰'生水旁，紫莖赤節，高四五尺，綠葉，光潤纖長有歧葉，陰小紫，五六月華，紅白而香，曰燕尾香'。《詩》所云'秉蕑'也。澤蘭纖微有毛，方莖。《荊州記》'都梁山下水生蘭，即今武岡州'。陶蘇以下皆無定識也。《圖經》以爲蘭生水傍，澤蘭生水澤中，及下溼地爲異。朱子曰'今蘭雖香，而不可佩。《離騷》紉秋蘭爲佩，當是都梁'。合溪曰'騷多託辭，肰蘭固古人所佩服容臭者'。智謂從前溺於牽引，攷亭以山蘭春華，不知其四時花也。《九歌》春蘭秋菊，可以不泥秋矣。首插袖懷皆佩，豈必末之入於纓，乃爲容臭佩邪。譜曰'春蘭葉細，夏蘭葉細而長，秋蘭葉大而澤，冬蘭葉差大；葉皆不冬凋；春蘭一幹一華，夏秋冬蘭皆一幹十數花；山蘭瘠而小，建蘭肥而大；閩廣處皆多丫蘭，最貴，華莖生歧枝也；廬山幽蘭，亦有一幹十數者，但葉狹耳'"。按方氏辯諸蘭亦自可采，故備錄之，惟於幽義尚未明。洪補引黃魯直《蘭說》云"蘭生深山叢薄之中，不爲無人而不芳，含香體潔，平居與蕭、艾同生而不殊；清風過之，其香藹然；在室滿室，在堂滿堂，所謂含章以時發者也"云云。可助吾人瞭解詩人喻物之一法。

　　今謂幽蘭當是六朝宋人至李時珍所定之蘭花，與澤蘭、蘭蕙等之爲蘭草者異。自屈子造文，亦可斷知曰"謂幽蘭其不芳"，意謂幽蘭本爲芳卉也。曰"結幽蘭而延佇"，言結之而延佇也。蓋蘭花在莖頂，不可爲結，惟幽蘭花葉皆有香氣；且花莖修潔，蘭葉更長爲可結也。言蘭蕙、蘭芷、椒蘭皆曰佩，佩者可爲末入纓（即今香囊）以爲容佩也。而幽蘭則直以花葉結之爲佩，特取其芳，不以入纓囊也。

木蘭

　　《離騷》"朝飲木蘭之墜露兮"。王逸注"言己旦飲香木之墜露，吸正陽之津液"。又《離騷》"朝搴阰之木蘭兮"，《九章》"橘木蘭以矯蕙兮"，《九歎》云"鴟鴉集於木蘭"。按《離騷》王逸注"木蘭去皮不死。以喻讒人雖欲困己，己受天性，終不可變易也"。洪補云"本草云'木蘭皮似桂而香，狀如楠樹，高數仞'。任昉《述異記》云'木蘭川在潯陽江，地多木蘭'"。《神農本草》"立春之日木蘭先生"。又云一名林蘭（按林當是桂字之形譌）。《廣雅》"木欄、桂欄"，《名醫別録》曰杜蘭（當即桂字之誤）。《漢書·司馬相如傳》師古注"木蘭皮似桂而香"。蓋木蘭非獨皮形似桂，其性之冬榮亦復不殊，是以有桂蘭之名。《本草綱目》又曰木蓮、曰黃心。《白樂天集》"木蓮生巴峽山谷間，民呼爲黃心樹，身如青陽，有白紋，葉如桂而厚大無脊，花如蓮花，四月初始開，二十日即謝，不結實"。《蜀都賦》劉逵注"木蘭，大桂也。葉似長生，冬夏常榮。常以冬花其實如小柿，甘美。南人以爲梅，其皮可食"。《史記·滑稽列傳》"齋以薑棗，薦以木蘭"。張衡《七辯》"芳以薑椒，拂以桂蘭"是也。字又作欄。（見《廣雅》"木蘭、桂蘭"。）欄與蘭同。成公綏《木蘭賦》"諒抗節而矯時，獨滋茂而不雕"。李光地曰"木蘭去皮不死，則德之彌貞；宿莽經冬不枯，則才能之彌茂也"。

皋蘭

《招魂》"皋蘭被徑兮，斯路漸"。王逸注"皋，澤也。被，覆也。徑，路也。漸，没也。言澤中香草茂盛，覆被徑路，人無采取者，水卒增溢，漸没其道，將至棄捐也。以言賢人久處山野，君不事用，亦將隕顛也"。五臣云"埋没凋落。"朱熹注云"春深則草盛，水生而路没也"。按王、朱釋皋爲澤字，謂澤曲曰皋。此言水澤中之蘭。曹植《應詔詩》"夕宿蘭渚"，顏延之《曲水詩》"幘帷蘭甸"，義與蘭皋同，以皋爲主，則曰蘭皋；以蘭爲主，則有皋蘭爾。參澤蘭條。皋本澤之形譌。然此皋蘭不得指爲澤蘭也。

石蘭

《九歌·湘夫人》"疏石蘭兮爲芳"。王逸注"石蘭香草"。《九歌·山鬼》"被石蘭兮帶杜衡"。王逸注"石蘭杜衡皆香草，又以嘉言而納於君也"。案《楚辭》有春蘭、秋蘭、幽蘭、石蘭，王逸皆云香草，不分別。吳氏仁傑《離騷草木疏》云"石蘭即山蘭也。蘭生水傍及澤中，而此生山側。荀子所謂幽蘭生於深林者，自應是一種。故《離騷》以石蘭別之"。洪興祖曰"山蘭似劉寄奴，葉無椏，不對生，花心微黄赤"。又引劉次莊説"今沅澧所生花，在春則黄，在秋則紫。然春黄不若秋紫之芬馥也"。按疏説似即近世之蘭花，即他文之幽蘭也。初無明據。然《山鬼》言被石蘭，其物可披被，則必修葉長莖矣。以文義定之，吳説似可信。

秋蘭

屈賦三言秋蘭。一見《離騷》，兩見《少司命》。《離騷》"紉秋蘭

以爲佩"。王逸注"蘭香草也，秋而芳"。《九歌·少司命》"秋蘭兮麋
蕪"。王逸注"言己供神之室，空閑清浄，衆香之草，又環其堂下，羅
列而生"。又"秋蘭兮青青"。王逸注"言己事神崇敬，重種芳草"。洪
慶善《補注》曰"《文選》云'秋蘭被涯'。注云'秋蘭香草，生水邊，
秋時盛也'。荀子云'蘭生深林'。《本草》亦云'一種山蘭，生山側。
似劉寄奴，葉無椏，不對生，花心微黄赤。《楚辭》有秋蘭、春蘭、石
蘭，王逸皆曰香草，不分別也'。近時劉次莊《樂府集》云，《離騷》曰
紉秋蘭以爲佩。又曰秋蘭兮青青，緑葉兮紫莖。今沅澧所生花，在春則
黄，在秋則紫。然而春黄不若秋紫之芬馥也。由是知屈原真所謂多識草
木鳥獸，而能盡究其所以情狀者歟"。朱熹則曰"蘭亦香草，至秋乃芳。
《本草》云蘭與澤蘭相似，生水傍，紫莖赤節，高四五尺，緑葉光潤，
尖長有歧，陰小紫花紅白色，而香，五六月盛。記曰佩帨茝蘭，則蘭芷
之類。古人皆以爲佩也"。

　　按《九歌》又有"春蘭兮秋菊"之言，古今辯之者亦不一致。洪、
朱兩家説，大致可信。王楙《野客叢書》卷八云"世有春蘭秋蘭，各有
異芬。不知秋蘭之香尤甚於春蘭也。蘭有二種，邵伯温曰'細葉者春花
華少，衡葉者秋華，花多'。（按邵説見《聞見後録》卷二十九）《離
騷》'紉秋蘭以爲佩'。又曰'秋蘭兮青青，緑葉兮紫莖'。今沅澧間所
生，在春則黄，在秋則紫。然春黄不若秋紫之芬鬱也"。與劉洪之説亦
略相似。而言沅澧之間所生，則亦楚之所産。故《九歌》得析言之也
（參春蘭條下）。周益公《跋楊無咎画秋蘭》云（見《益公題跋》）"予
老而學圃，問諸園丁，則曰'春蘭、夏芷、秋蕙、冬蓀，葉莖華色往往
多寡不同'。予異其説，徧以古書考之，屈原《離騷》'紉秋蘭以爲佩'，
張衡《東京賦》'秋蘭被涯'，又《思玄賦》'幽蘭可喻'，潘尼《贈河
陽詩》'流聲秋蘭'之類，言蘭以秋而花也。屈原《九歌》'春蘭秋
菊'，陸機《庭中奇樹詩》'馨友蘭時往'，注'春時也'，梁元帝詩
'春蘭本無絶'，唐太宗詩'春暉開紫苑，淑氣媚蘭湯'之類。此言蘭以
春而花也。宋玉《招魂》'光風轉蕙氾崇蘭'、《抱朴子》'春蕙秋蘭'、

陸機《悲歌行》'春芳傷客心，蕙草饒淑景'，是蕙亦可言春矣。《本草圖經》'蕙七月中旬開花，至香'。是蕙亦可言秋矣。故《離騷》曰'蘭芷變而不芳，荃蕙化而爲茅'。《說文》荃蓀同音。《文選》以蓀壁爲荃壁。蓋合四者而言之。《湘君》亦云'薜荔柏兮蕙綢，蓀橈兮蘭旌'。《湘夫人》則竝言蓀壁、蘭橑、蕙楊、芷茸。司馬相如《長門賦》'摶芬若以爲枕兮，席荃蘭而茝香'。乃知四時香草同出異名。葉常青而花隨時。自屈宋至漢唐，皆於蘭蕙互言春秋，豈特邵伯溫《見聞録》證黃氏之誤，而已然。則園丁未爲無據，所謂禮失而求諸野歟"。

按此說至辯而有理致。故余録入吾文。

春蘭

蘭之一種。

屈賦言春蘭一見。《九歌·禮魂》云"春蘭兮秋菊"。洪補云"春蘭秋菊，各一時之秀也"。朱注"春祠以蘭，秋祠以菊，即所傳之葩也。"按《離騷》、《九歌》尚有秋蘭。宋以來多以細葉者春華花少，闊葉者秋華花多。他家亦自有說。參蘭、幽蘭、秋蘭諸條。此特以春蘭配秋菊爾，爲修辭上之對舉。然蘭自有春時開花，夏時開花，秋時開花數種。皆漢唐以後之傳，未必即可實指爲騷歌之所詠爾。《群芳譜》云"今所崇尚皆非靈均故物，至有謂春花爲蘭，秋花爲蕙，其視紉秋蘭以爲佩之語，不剌謬乎。江南蘭則在春芳，荆楚及閩中者，秋復再芳，故有春蘭、夏蘭、秋蘭等名"。蓋物土所宜，因地而殊。譜說得之。

崇蘭

《招魂》"氾崇蘭些"。王逸注"氾猶汎，汎搖動貌也。崇，充也。言天雨霽日明，微風奮發，動搖草木，皆令有光，充實蘭蕙使之芬芳，而益暢茂也"。五臣云"崇，高也"。按王逸說於文理詞氣未得其審。王

念孫曰 "案二説均有未妥。崇蘭猶叢蘭耳。《文子・上德篇》 '叢蘭欲茂，秋風敗之'。《説文》 "叢，聚也"。《廣雅》 "崇，聚也。" 《酒誥》曰 "刡曰其敢崇飲'。《大雅・鳧鷖篇》曰 "福禄來崇"。隱六年《左傳》曰 "芟夷藴崇之"。是崇與叢同義"。俞樾《讀楚辭》曰 "愚按《小爾雅・廣詁》崇，叢也，是崇與叢聲近義同《文選・辯命論》 '顔回敗其叢蘭'，注引《文子》曰 '叢蘭欲茂，秋風敗之'，是蘭稱叢蘭，乃古語也。崇蘭即叢蘭耳。王注以充實釋之，未得其義"。按王、俞二説同是也。《説文》訓叢，聚也。《周書・酒誥》 "崇飲" 之崇亦訓聚。是二字同音同義矣。氾崇蘭者，言叢聚之蘭，正承上風光轉蕙言。

又以《文子》義論之，則崇蘭蓋亦爲秋蘭也。

蕙

蕙字《楚辭》二十餘見。或單言蕙，或與蘭、芷、若、蘅、芳草竝舉，而與蘭爲尤多。細爲分析，可得數義。一指芳草言，二以喻楚之貴胄子弟，三則器用之以蕙充之者，皆以其芳而得用也，四則蕙與薰之糾紛，亦吾人所得而辯之者。

（一）蕙芳草也。

《離騷》 "豈維紉夫蕙茝"。王逸注 "蕙香草。以喻賢者"。又《離騷》 "矯菌桂以紉蕙兮"、"攬茹蕙以掩涕兮"、"余既滋蘭之九畹兮，又樹蕙之百畝"、《九章・惜誦》 "檮木蘭以矯蕙兮"、《悲回風》 "悲回風之搖蕙兮"、《招魂》 "光風轉蕙，氾崇蘭兮" 等皆是，多與蘭對舉。《九辯》 "蕙華曾敷"、《惜往日》 "謂蕙若其不芳"，則其爲芳草無疑。然宋以來，有指蘭蕙爲同物者。洪補引黄山谷云 "蘭蕙叢出，蒔以沙石則茂，沃以湯茗則芳，是所同也。至其發華，一幹一花而香有餘者蘭，一幹五七花而香不足者蕙也。蕙

蕙草零陵香
（據李時珍《本草綱目》圖摹繪）

雖不若蘭，其視椒、樧則遠矣”。洪氏云“其言蘭蕙如此，當俟博物者”。則洪似不甚信其説。邵博《聞見後録》卷二十九亦駁山谷説，以爲“楚人曰蕙，今零陵香也。唐人但言鈴鈴香，亦名鈴子香，取其花倒懸棟間如小鈴也”。鄭樵《通志》亦以“蘭蕙爲一物，皆今之零陵香”。則邵説蓋本之鄭氏。然《離騷》曰“滋蘭樹蕙”，《招魂》曰“轉蕙氾蘭”，明是二物，不可合一，詳見蘭字條下。辯蘭蕙非一物一段。攷邵以蕙爲零陵香，亦非。張氏淏曰“諸公見零陵香，有蕙草之名，故斷然以蕙爲零陵香。不知《本草》別有蕙實一種，云是蘭蕙之蕙，此正一幹六七花者。以其實可用，故云蕙實。如此則蕙與零陵香各爲一物可知”。如張氏説，山谷所謂同者，謂同類，即蕙亦蘭之同類，如今言同科矣。則山谷説亦至可信。然張氏更引《本艸》蕙實以實之，恐當如張説矣。

（二）以蕙喻楚之貴胄子弟。《離騷》“滋蘭樹蕙”，即喻胄子之義，即“荃蕙化而爲茅”，即胄子已與小人同其蕪穢之義。而雜申椒菌桂，不獨紉蕙茝者，謂引用胄子，爲己之佐，即“紉秋蘭以爲佩”之義，又下文曰“紉蕙”，曰“蕙纕”，義竝同。詳參蘭字條自明。

（三）器用之以蕙芳而得用者，或亦以喻己之無所往而不好修之義乎？上文引“紉蕙”、“蕙纕”，即《離騷》之“攬茹蕙以掩涕”。《少司命》之“蕙帶”，《湘夫人》之“蕙楞”，《湘君》之“蕙綢”，《東皇太一》之“蕙肴”，《九辯》之“君獨服此蕙”，皆屈宋賦用蕙以表芳潔之物，或自喻芳潔之義。至漢賦則《七諫·沈江》有“蕙芷爲佩”，《九懷·匡機》有“菌閣”、“蕙樓”，《通路》之“紉蕙”，《九歎·惜賢》之“挾蕙”、“蕙林”、“紉荃蕙”。皆襲屈宋之義者也。

（四）附蕙與薰之辯。蕙爲薰之説，始見於王逸注“豈維紉夫蕙茝”。云“蕙爲薰葉”。《廣雅》進而直以蕙爲薰（見後）。至洪補“《本草》云‘薰草一名蕙草，生下溼地’。陶隱居云‘俗人呼鷰草，狀如茅而香，爲薰草，人家頗種之’。引《山海經》云‘薰草麻葉而方莖，赤花而黑實，氣如蘼蕪，可以已厲’。又《廣志》云‘蕙草綠葉紫花’。陳藏器云‘此即是零陵香，生零陵山谷。《南越志》名燕草’。黃魯直説與

此異"。朱注略同。按《廣雅》云"薰草蕙草也"。王氏《疏證》謂
"僖四年《左傳》'一薰一蕕'。杜注'薰香草'。《西山經》云'浮山有
草焉,名曰薰草,麻葉而方莖,赤花而黑實,臭如蘪蕪,佩之可以已癘。
古者祭則煮之以祼……或以爲香燒之'。《淮南·説林訓》'腐鼠在壇,
燒薰於宮'。《漢書·龔勝傳》'薰以香自燒……'是也"。又云"陳藏
器云'蕙草即是零陵香。亦曰薰草,人家種之'"。陸農師《埤雅》亦
云然。朱琦曰"余謂上文雜申椒與菌桂兮,豈惟紉夫蕙茝,王注誤以菌
爲薰,蕙爲薰葉。《西山經》云'嶓冢之山有草焉,其葉如蕙'。郭注
'蕙香草,蘭屬也。或以蕙爲薰葉,失之'。所駁正是。已見《蜀都賦》
若今之蘭蕙,則山谷所云一幹一花而香有餘者蘭,一幹五七花而香不足
者蕙。本甚確,而邵氏《聞見後録》反以爲非"云云。所駁甚是,當從
之(又王洙以蕙爲藿香,方以智已駁之;而方氏又以蕙即都梁香,皆異
説之可參者)。

附説。沈存中以蕙別名零陵香,又曰"唐人謂之鈴鈴香,亦謂之鈴
子香。謂花倒懸枝間,如小鈴也……鈴子乃其花也。此本鄙語,文士以
湖南零陵郡遂附會名之"。其辨蕙一物而三名之實,而以鈴鈴爲俗名,
零陵則文士附會之説。其義至明。又云"後人收入本草(零陵)殊不知
本草已經自有薰草條,又名蕙草"。則蕙草,薰草與零陵香固分別劃
然矣。

茝

《離騷》"又申之目攬茝"。茝一作芷。又《離騷》"豈維紉夫蕙
茝"。王逸注"茝香草"。洪補曰"茝白芷也。昌改切"。又《離騷》
"擥木根以結茝兮"。洪補云"荀子云'蘭槐之根是謂芷'。注云'苗名
蘭槐,根名芷'。然則木根與茝,皆喻本也"。《九歌》"沅有茝兮醴有
蘭"。《九章》"擥大薄之芳茝兮"。《九懷》"結榮茝兮逶逝"。又《大
招》"茝蘭桂樹,鬱彌路只"。《九章》"蘭茝幽而獨芳"。《九歎》"懷蘭

茝之芬芳兮”。按依《楚辭》各本審之，蓋以芷茝爲一物。故蘭芷亦曰蘭茝，芳芷亦曰芳茝。詳見芷字條下。此自楚人舊習如是。按《説文》“茝莖也。齊謂之茝，楚謂之蘺”。《爾雅疏》‘茝芎藭苗也。一名蘪蕪”。又《説文》蘺字解“楚謂之蘺，晋謂之虈，齊謂之茝”。古書並無作芷字解者，則芷茝自別，然爲二物。別詳虈字下。至《爾雅疏》以爲蘪蕪亦非。別詳蘪蕪條下。

芷

《離騒》“扈江離與辟芷兮’。王逸注“芷香草名，辟幽也，芷幽而香”。洪補“白芷一名白茝。生下澤，春生，葉相對，婆娑紫色，楚人謂之藥”。朱熹注“芷亦香草，生於幽僻之處”。又《離騒》“雜杜衡與芳芷”，《九歌·湘夫人》“芷葺兮荷屋”，又《招魂》云“菉蘋齊葉兮白芷生”，又《七諫·沈江》云“蘭芷幽而有芳”，《九懷》亂曰“株穢除兮蘭芷覩”，《七諫·沈江》“聯蕙芷以爲佩兮”，又《怨世》云“棄捐藥芷與杜衡兮”，又《九懷》“芷閭兮藥房”，又《九歎·怨思》“淹芳芷於腐井兮”，又《惜賢》“覽芷圃之蠢蠢”，

白芷

（據李時珍《本草綱目》圖摹繪）

此皆芷字用於《楚辭》中各篇者，義皆同。又皆以爲芳草，故或曰芳芷，或與其他芳草蘭蕙連用，或又曰白芷。《荀子·勸學篇》“蘭槐之根是謂芷”。楊倞注“《大戴禮》蘭氏之根，懷氏之苞，漸之滫矣。君子不近，庶人不服”。注“蘭槐香草名，槐又作懷。《本草》云‘蘹者即杜衡也，又名衡，薇香’。唐詩‘情人一去無窮已，欲贈蘹香恨不逢’。即此也”。爲芷字最早之解，與後世所説不類。本草云一名芳香，一名澤芬。生河東川谷中。主長肌膚，潤澤色，可作面脂。然屈賦“申之以攬（當

作蘭）茝”，“豈維紉夫蕙茝”，“擥木根以結茝”，“沅有茝兮醴有蘭”，“擥大薄之芳茝”，“茝蘭桂樹，鬱彌路只”，“蘭茝幽而獨芳”，《九懷》“結榮茝兮逶逝”，《九歎》“懷蘭茝之芬芳”，諸茝字，朱熹本或作芷。宋以來書或引一本亦多作芷，則芷茝楚故習以爲一物（別詳茝字下）。而芳與藥，王、洪、朱諸家亦多訓白芷。則芷、茝、芳、藥一物而具四名矣。然吳仁傑《草木疏》以芳爲芷，以藥爲茝，兩者各別。據《淮南書》云“舞者如秋藥之被風”，則藥至秋猶茂。今白芷立秋後即枯。故東方朔《七諫》云“棄捐葯芷與杜蘅兮”，王褒《九懷》云“芷室兮藥房”，芷藥竝舉，其爲二物明甚。然《廣雅》云“白芷其葉謂之藥”，王氏《疏證》“謂芷即茝也”。《內則》“婦或賜之茝蘭”。《釋文》“茝本又作芷”。蘇頌《圖經》云“白芷根長尺餘，白色，粗細不等，春生葉，相對婆娑，紫色”，是白芷根與葉殊色，故以白芷名其根，別以藥名其葉也。若然，則《九歌》云“辛夷楣兮藥房”、“芷葺兮荷屋”，則《七諫》、《九懷》當並是根葉分舉，但究爲一草。故《西山經》“號山多藥”，與《淮南·修務訓》之“秋藥”，郭璞、高誘注與王逸同也。《名醫別錄》云“白芷一名白茝，一名䖝，一名莞，一名苻蘺。葉多蒿麻”，蓋即以爲《爾雅》之“莞、苻、離，其上蒿矣”。朱琦曰“余謂如王説，則吳氏《疏》所稱皆不得爲芷藥分別之確證”。至莞爲小蒲，而疏亦以茝當之，與芷、茝、莞合爲一者，疑皆非。古今物名固有變遷，楚人同之。而後世別之，自亦恒情，吾人但求能説明文心之所是足矣。別詳各條下。

芳以

芳芷之誤，即白芷也。

《九章·悲回風》“蘋蘅槁而節離兮，芳以歇而不比”。王逸注上句云“喻己年衰齒隨落也。一云蘋蘅”，注下句云“志意已盡，知慮闕也。以一作已”。按芳以句與上蘋蘅句對舉，則芳以不得以虛詞充塞。《離騷》言"雜杜蘅與芳芷"，與此處同。則芳以當爲芳芷之誤，以止同音，字又作已。已與茝同形，此或亦作茝，則芳以當即芳芷。《九歌》"浴蘭湯兮沐芳"，洪補引《本草》芳香白芷也。此物別詳芳字與芷、茝字條。

藥

《九歌·湘夫人》"辛夷楣兮藥房"。王逸注"藥白芷也"。洪補"《本草》云'辛夷樹大，連合抱，高數仞。此花初發如筆，北人呼爲木筆，其花最早；南人呼爲迎春'。逸云香草，非也"。《本草》"白芷，楚人謂之藥"。《博雅》曰"芷其葉謂之藥"。渥約二音。又《九懷·匡機》"芷閭兮藥房"。按藥或以爲芷葉。然在屈宋賦中似不甚分。《九歌》之辛夷句與"芷葺兮荷屋"連言。又《九懷·匡機》云"芷室兮藥房"。芷藥竝言，當是根葉分舉，故究當爲一草。餘詳芷字條下。

留夷

《離騷》"畦留夷與揭車兮"。王逸注"留夷香草也"。《文選》作藟蔜。洪補"相如賦云'雜以留夷'。張揖曰'留夷新夷'"。按王訓香草，以留夷與蘭蕙等相次，故師古注《漢書》亦以爲香草。但就是何香草，並無明徵。按留夷即辛夷，皆芍藥之別稱。根莖入藥，則曰白术。詳《本草經》。《埤雅》稱小牡丹，與其花瓣視牡丹爲小也。字又作藟蔜，以其從草，故增草爾。又見《廣韻》，又或作流夷。《史記·司馬相如傳》"雜以流夷"，即《漢書·本傳》之"雜以留夷"也。惟《廣韻》訓藟蔜爲藥名。又《廣雅·釋草》有欒夷，芍藥也。或即留夷之聲轉。參辛夷條下。

辛夷

　　辛夷一詞凡五見。《九歌·湘夫人》"辛夷楣兮藥房"。又"辛夷車兮結桂旗"。王逸注"辛夷，香艸"。洪補曰"《本艸》云'辛夷樹大，連合抱，高數仞，此花初發如筆，北人呼爲木筆。其花最早，南人呼爲迎春'。逸云香草，非也"。朱熹用洪説。亦屈賦香草之一。又《九章·涉江》"露申辛夷，死林薄兮"，又《九懷》"辛夷兮擠臧"，又《九歎》"紉荃蕙與辛夷"。按辛夷異名極多。《離騷》謂之留夷，《本艸綱目》謂之辛雉房、木筆、迎春，《七諫》、《上林賦》注謂之新夷，《本艸經》謂之芍藥，醫家或謂之白术、餘容，《詩經·溱洧》作勺藥，《韓詩外傳》謂之離艸，《廣群芳譜》謂之没骨花，《埤雅》謂之小牡丹，而《詩》之勺藥，《騷》之留夷爲最早見。芍藥爲近世名花，有紅、紫、白諸色；爲古代栽培之芳草。變種極多，自六朝以來品之者多，至宋已略得四十種。明清以來揚州産者最有名，近時則北土豐台種者極多。參留辛條。字變爲新夷。别詳新夷條。聲變辛雉。《漢書·揚雄傳》"列新雉於林薄"，師古注"新雉，即辛夷"是也。

蓀

　　凡分兩義。一爲香草名。一以喻君。

　　蓀字惟屈賦中用之。凡七見（若依驀公本"荃不察余之中情"句之荃作蓀則共八見）。一爲香草，此本義也。《九歌》"蓀橈兮蘭旌"。王注"蓀香艸也"。又《九歌》"蓀壁兮紫壇"。王逸注"以蓀草飾室，壁累紫貝爲室壇"。惟《説文》不收此字。見徐氏新補中，鈕樹玉云"《玉篇》'蓀，息昆切'。《類篇》'蓀亦作荃'，並引《莊子·外物篇》釋文知蓀、荃音義並同"云云。未辨然否，非其本也。别詳荃字下。蓀蓋《説文》所佚誤矣，吳仁傑《草木疏》云"沈存中言香艸之類，大率多異名，所謂蘭蓀，蓀即今昌蒲是也。然昌蒲種甚多，生下濕地者，曰泥昌、夏昌，生谿水中者，曰水昌，生石上者爲石昌蒲。而石上者，又自有三種。《圖經》所載，生蜀地，葉作劍脊而無花，一也；《本草別説》所載，生陽羨山中，不作劍脊有花而黄，二也；李衛公《平泉艸木記》所載，生茅山谿石上，亦不作劍脊，而花紫，三也。《抱朴子》以紫花爲九善，即所謂昌陽谿蓀也。知谿蓀自是石昌蒲一類中尤穎耳"。按洪補引自陶隱居云"東間溪側，有名溪蓀者，根形氣色，極似石上昌蒲，而葉正如蒲，無脊。詩詠多云蘭蓀，正謂此也"。當爲吳氏所本，吳疏爲詳矣。此蓀本義也。

《九歌》、《九章》中，多以蓀喻君，則蓀之引申義，而又借喻之詞也。《九歌·少司命》"蓀何目兮愁苦"。王逸注"蓀謂司命也"。五臣云"蓀香草，喻司命"。洪補云"此言愛其子者，人之常情，非司命所憂，猶恐不得其所，原於君有同姓之恩，而懷王曾莫之恤也。蓀亦喻君。《騷經》曰'荃不察余之中情'是也"。惟朱熹以爲"蓀猶汝也。蓋爲巫之自汝也。言彼神之心，自有所美，而好之者矣。然汝何爲愁苦而必求其合也"。此朱釋當句文義。其實巫之自汝，亦不礙其爲尊者之詞，然古無徵。照以全文，自以王、洪之説爲允直。《九歌·少司命》"蓀獨宜兮爲民正"。王逸注"言司命執心公方，無所阿私，善者佑之，惡者誅之。故宜爲萬民之平正也"。五臣云"蓀香草，謂神也，以喻君"。洪無説。朱亦指司命言，而不以爲喻君。又《九章·抽思》"數惟蓀之多怒兮"。王逸注"數紀也。蓀香草也。以喻君"。洪補"言計思其君多妄怒，無罪而受。罰也"。朱熹云"蓀説見《騷經》，蓋寓意於君也"。又《九章·抽思》"蓀詳聾而不聞"。王逸注"君耳不聽，若風過也"。又《九章》"願蓀美之可完"。王逸注"想君德化可興復也"。朱注"以願君之德美，猶可復全"。此諸蓀字皆以指君言，喻詞也。然各家多引一本作荃。是荃蓀音同字異。要而論之，則與蕙蘭連文者當作荃，而單用無所屬者則當是蓀，而用法則有二，此吾人所當分別而觀者也。

荃

荃字《楚辭》凡五見。其中三見與蕙字連文，一見《九歌·湘夫人》言荃壁與紫壇對舉，一見《離騷》云"荃不察余之中情兮"句，此句依王逸注云"荃香草，以諭君也"云云。香草一義，以照其他四條，皆可得通，惟以荃喻君，只此一見，別無所出。於是千餘年來糾紛至難通解。玫騫公《楚辭音》"荃蕙化而爲茅"句，出蓀字云"本或作荃，非也。凡有荃字悉蓀音"云云。荃不察句已殘，以此注照之，則騫公本必作蓀無疑。以蓀喻君，本屈賦通語。《九歌》凡二見，《九章》凡三見，無例外（詳蓀字條下）。則"荃不察"之荃，不得例外。此可自屈賦得其內證。然無騫公，則吾何以能得此。此古籍之可貴。而王逸本必有爲後人所竄亂者，亦得自此而明之。然騫公云"凡有荃字悉蓀音"云云，洪補曰"荃與蓀同。《莊子》云'得魚而忘荃'。《音義》云'七全切'，崔音孫"。是漢末六朝以來，荃字又作蓀音，與騫公之説合。按《漢書·江都王建傳》"越繇王閩侯，遺建荃葛珠璣"，服虔云"荃音蓀"。騫公又引《字詁》"冀荃今蓀"。荃字何以有蓀音，大足徐永孝云"荃之讀蓀，可從冀字理解之。冀從異，異古與孫通。《説文》'巽順也'。引《虞書》'五品不巽'。今本作遜，字或作孫，又作異，此異孫相通之證。段玉裁、朱駿聲皆謂易異人也，爲巽之假借。《論語》'異乎三子者之撰'，鄭康成讀撰若詮。《漢書·揚雄傳》'譔以爲十三卷'。蕭該《音義》云《字林》譔音詮，是全亦可以讀異，異孫既通，則全亦可以讀孫矣"。按徐説可謂巧證。《廣韻》十八諄收詮字，又音"阻圓切"，又僎字《廣韻》云"或作遵，又音撰"。皆可爲徐説一助。今真諄以下九韻收字，其偏旁多有相通者，如真、豩、匀、旬、先、員、原、番、爰、寒、尊、干、單、亶、專、元、睘、侖、閵、難、冥、延、連諸韻，又真以下九韻與刪、山、先諸韻均普遍有之，又此諸韻中所載之又音，亦多相通，如計真等。九韻之又讀刪、山以下四韻者，有真轉先者五，轉山者一，轉仙者一。諄韻轉先者一，轉山者一。文韻轉删者一，轉仙者一。元韻轉先者二，轉仙者一，轉山者一，轉獮者一。桓韻轉仙者二，轉獮者一，轉銑者一，轉删者一。删韻轉仙者一。魂韻轉先者一。寒韻轉先者三，轉仙者一。删以下四韻，則山韻轉真者三，轉寒者二，轉諄者一，轉元者一。先韻轉真者二，轉寒者一，轉魂者一。仙韻轉寒者四，轉桓者二，轉願者一，轉真者一，轉文者一。大抵古真、諄九韻與删、先四韻合韻最相近，幕延相屬，故得交變如是，其可證明此者，其術尚多，不煩多贅矣。然攷古音荃蓀可通爲一事，而《離騷》"荃不察"句之荃，則自屈子作品全部攷之，《九歌》、《九章》諸所立言斷之，自以騫師本作蓀爲正，簡明斷之，其用以喻君上者，字當作蓀，不當作荃，此宜辯明者也。二蓀何以可借喻君上？北土諸書，無一可攷，自義蘊而論，蓀芳草未必爲芳草之可貴者，又何以稱此？自音理言之，魂痕諸韻之音族語根，亦不必定有可附會，勉可作比附者，則親、君、與蓀同韻，親、蓀又同聲，與《爾雅》"林蒸"亦韻通，屈子因楚之宗親，則亦詩人彤管芃蘭之喻詞。漢以後蓮琴芙蓉之雙關語，蓋其比也。即所謂《樂府詩集》中之吳格，見於郭書之吳聲歌曲與西曲歌者，此類極多，則吳楚風習，固以善用喻借雙關等法，以表情素，則亦文學創作之一方法，此亦楚習之一也。其事至繁，別詳。說雖創，而非於妄測，固亦漢語與文學中比喻之所許歟。王逸注以爲"人君被服芬香，故以香草爲喻"，語不分明。吳仁傑《草木疏》則以爲藥有君臣佐使，而比爲君，則牽合漢以後藥物醫術上之理論，以求解紛，而紛愈不可解。別詳蓀字下。至叔師香草之釋，以用之屈宋賦、漢賦，則皆可貫通無礙。考《説文》訓荃爲"芥胹也"。考胹者，以芥爲齏，鮮胹也，齏或亦有芬芳。然不得謂草甚明。惟全部《楚辭》荃凡五見。除"荃不察"句外，皆與蕙連文，曰"荃蕙化而爲茅"，曰"紉荃蕙與辛夷"，曰"掘荃蕙與射干"，皆與芳草連文。則王訓固與文理合，無可否認。上引《漢書·江都王傳》"越繇王閩侯遺建荃葛珠璣"，臣瓚亦云"荃，香草"，則自漢以來，故師所傳如是。特吾人不能細考耳。按師古注《漢書》云"荃本作絟，音千金切。又千劣切，今箭布之屬。”服瓚二説誤以綌爲荃，皆非。按服虔同荃音蓀，細葛也。餘詳蓀字條下。

蘅

杜蘅也。字又作蘅。《九章·悲回風》“蘋蘅槁而節離兮”。《九歎·逢紛》“懷蘭蕙與衡芷兮”。《九思·傷時》“蘅芷彫兮瑩嫇”。《九思》舊注云“蘅杜蘅芷若芷皆香草”。蘅注惟此一見。《九章》、《九歎》叔師皆無説。《九思》非叔師自注，則遂據以説之，恐有未允。然以各文詞氣文義定之，以蘭、蕙、芷爲儔匹，則香草無疑。舍杜蘅外，無由説矣。參杜蘅條下。

杜蘅

杜蘅一名七見於《楚辭》，或單言，或與蘅芷連文，字又或作衡，亦可單言曰杜。《離騷》“雜杜衡與芳芷”。王逸注“杜衡芳芷皆香艸也”。衡一作蘅。洪補曰“《爾雅》‘杜土鹵’。注云‘杜衡也。似葵而香’。《山海經》云‘天帝山有草，狀似葵，其臭如蘼蕪，名曰杜衡’。《本草》云‘葉似葵，形如馬蹄，故俗云馬蹄香’”。朱注同。《九歌·湘夫人》“綠之兮杜衡”。衡一作蘅。《九歌·山鬼》“被石蘭兮帶杜衡”。《七諫·怨世》“棄捐藥芷與杜衡兮”。按杜蘅極似細辛。沈括《夢溪筆談》卷二十六始辯之，云“東方、南方所用細辛，皆杜衡

杜衡
（據李時珍《本草綱目》圖摹繪）

也。又謂之馬蹄香，色黃白，拳局而脆；乾則作團，非細辛也。細辛出華山，極細而直；深紫色，味極辛，嚼之習習如生椒，其辛更甚於椒。

故《本草》云'細辛水漬令直'。是以杜衡僞爲之也。襄漢間又有一種細辛，極細而直，色黃白，乃是鬼督郵，亦非細辛也"。宋寇宗奭《本草衍義》卷七細辛亦言之。細辛用根。今惟華州者佳。柔韌極細直，深紫色，味既辛，爵之習習如椒，治頭面風痛不可闕也。葉如葵，葉亦黑，非此，則杜衡也。杜衡葉形如馬蹄，故俗云馬蹄香。蓋根似白前，又似細辛，襄漢間一種細辛極細而直，色黃白，乃是鬼督郵，不可用。（辯之極恰）清吳濬言之亦最劌切。其《植物名實圖考》卷之八，山草"杜衡，《別録》中品，《山海經》有之，《爾雅》'杜土卤'。注'杜蘅也。似葵而香'。《圖經》所述綦詳，惟不釋細辛形狀。陶隱居云'杜衡根葉都似細辛，則俚醫以葉圓長分別二種，不爲無據'"。亦單曰杜，見上洪補；亦單曰蘅，字又作衡。《九章·悲回風》"薠蘅槁而節離兮"。《九歎·逢紛》"懷蘭蕙與衡芷兮"。《九思·傷時》"蘅芷彫兮瑩嫭"。舊注"蘅杜蘅，芷若芷，皆香草"。蘅注惟此一見。以詞氣文義定之，舍杜蘅無由説矣。詳蘅字條下。然杜蘅《本草》又以爲一名杜若，洪補別之曰"杜衡《爾雅》所謂土卤。杜若，《廣雅》所謂楚蘅也。其類自別。又宋玉《風賦》有'獵蕙艸，雜秦蘅'之名。大約楚產則曰楚蘅，秦產則曰秦蘅耳"。參杜若條下自明。

杜若

按杜若一詞，《楚辭》凡四見，又或單言若，皆一物也。《九歌·湘君》"采芳洲兮杜若"。王逸注"芳洲香艸蔓生水中之處。杜若葉似姜而文理，味辛"。《九歌·湘夫人》"搴汀洲兮杜若"。《九歌·山鬼》"山中人兮芳杜若"。《九歎·惜賢》"握申椒與杜若兮"。按王逸但言芳草，而不言何屬，今少有識者。沈括《夢溪筆談》卷三，始詳言之云"杜若即今之高良薑。後人不識，又別出高良薑條。如赤

杜若

（據李時珍《本草綱目》圖摹繪）

箭再出天麻條，天名精再出地菘條，燈籠艸再出苦蘵條，如此之類極多。或因主療不同，蓋古人所書主療，皆多未盡，後人用久漸見其功。主療浸廣，諸藥例皆如此，豈獨杜若也。後人又取高良薑中小者爲杜若，正如用天麻蘆頭爲赤箭也。又有用北地山薑爲杜若者。杜若古人以爲香艸，北地山薑何嘗有香。高良薑花成穗，芳華可愛，土人用鹽海汁淹以爲菹。南人亦謂山薑花，又曰豆蔻花。《本草圖經》云'杜若苗似山薑，花黃赤，子赤色，大如棘子，中如豆蔻，出峽山，嶺南北'。正是高良薑，其子乃紅蔻也，騷人比之蘭芷。然藥品中名實錯亂者至多，人人自主一說，亦莫能堅決，不患多記，以廣異同"。清吳其濬言之益詳審，且涉及《楚辭》。《植物名實圖考》卷之二十五芳草條云"杜若本經上品。按芳洲杜若，《九歌》疊詠，而醫書以爲少有識者。考郭璞有讚，謝朓有賦，江淹有頌，沈約有詩。豈皆未覩其物，而空託采擷耶。韓保昇云'苗似山薑，花黃子赤，大如棘子，中似豆蔻'。細審其說，乃即滇中豆蔻耳。蘇恭以爲似高良薑，全少味辛。陶云似旋薑根者，即真杜若。李時珍以爲楚山中時有之，山人亦呼爲良薑。甄權所云'獽子薑，《圖經》所云山薑皆是物也'。沈存中以爲即高良薑，以生高良而名。余於廣信山中採得之，俗名連環薑。以其根瘦細有節故名。有土醫云即良薑也。根少味，不入藥，用其花，出籜中，蘂蘂下垂，色紅嬌可愛，與前人所謂豆蔻花同；與良薑花微異，殆即《圖經》所云山薑也。余取以入杜若，以符大者爲良薑，小者爲杜若之說。但深山中似此者尚不知幾許。姑以備考云爾。若劉圻父《采杜若詩》'素英綠葉紛可喜'，又云'餐花嚼蕊有真樂'，則韓保昇所云'花黃一種草豆蔻，花帶紅白二色，非同良薑花，紅紫灼灼也'。至秋花之書，有以雞冠當之者，可謂刻劃無鹽，唐突西施"。其考勝吳仁傑《草木疏》遠矣。《九歌》本民俗之作，杜若產楚山中，則亦楚物矣。亦單言曰若，《九歌·雲中君》"華采衣兮若英"。王逸注"若杜若也"。然朱熹則以若爲助語，恐非。當從叔師說爲是。華字乃動詞。"華采衣兮若英"，言炫燿之五采衣服，以若英爲飾者也。其句法與"采芳洲兮杜若"、"繚之兮杜蘅"同，尤與"葺之兮荷蓋"同。

茸之兮荷蓋，以荷蓋茸之；華采衣兮若英者，以杜若之英華之也。按俞樾《俞樓雜纂》云"華采衣兮若英。注'華采五色采也，若杜若也。衣五采華衣，飾以杜若之英'。愚按注義增出飾字，殆非謫詁。《詩·汾沮洳》篇次章曰'美如英'，三章曰'美如玉'。英即瑛之假字。《説文·玉部》'瑛玉光也。如瑛，猶如玉也'。説詳《群經平議》。此云若英，猶詩言如英，非謂杜若之英也"。説雖可通，而究不若叔師之説爲允。故余亦無所取。《本草》云"杜若花黃赤，子赤色"，則固鮮粲可喜之采色也，又杜若或亦名杜蘅，則同類相似，而未細別者也。詳杜蘅條下。

菌若

《七諫·自悲》"飲菌若之朝露兮，構桂木而爲室。"王逸注"言飲食潔清"。《九歎·怨思》"菀藭蕪與菌若兮"。按菌若一名，惟此兩見，依文理斷之，與藭蕪同稱，則當爲一物名。惟古無言菌若爲何種者，《淮南·地形訓》有"海人生若菌，若菌生聖人"，作若菌，然高、許兩家皆無説。考《説文》"菌地蕈也"。《爾雅·釋草》"中馗菌"。郭注"此菌大小異名也；大者名中馗，小者名菌"。又《博雅》"菌薰也，其葉謂之蕙"。依《七諫》義則與"朝飲木蘭之墜露"同義，則此菌當指菌蕙芳草言，不指菌蕈，菌蕈常有毒，其露未必可食，則菌若恐或是菌桂，菌蕙之屬，若則杜若矣。或杜若亦有菌若之名歟，宜本蓋闕之義，以俟達者。

菊

屈子言菊凡三見。《離騷》"夕餐秋菊之落英"。《九歌》"春蘭兮秋菊"。又《九章》"播江離與滋菊"。《離騷》王逸注"暮食芳菊之落華，吞正陰之精蕊，動以香净自潤澤也"。洪補云"秋花無自落者，當讀如我落其實而取其華之落。魏文帝云'芳菊含乾坤之純和，體芬芳之淑氣。故屈原悲冉冉之將老，思飡秋菊之落英，輔體延年，莫斯之貴’”。按菊字見屈賦者，只此三處，而冠以秋字，蓋菊秋華也。《禮·月令》云“鞠有黃華”。《説文》亦云“鞠治牆也”。《爾雅》郭注“今之秋華菊，古多作鞠，今省爲菊，大抵秋時而花”。古菊皆秋黃花，今則五色繽紛，古今之殊，或稱曰黃花。至餐菊一事，自漢歷宋皆有記載，今人亦有入席筵者，余曾數事嘗之，清芳有餘味，浙湘蜀滇之間多有食之者。

鄒一桂《小山画譜》言菊別有致，可附參。

今之菊，古之茱萸也。具五色，種類不一。方梗缺葉，五出花千瓣；圓者如球扁者如盤；苗生宿根，三月分種，四月摘頭，止留四五枝。諺曰“未種菊，先插竹”。使有依傍，則不柔蔓；藥多，俟其有微柄，則以針刺之，止留頂花，則瓣多而開大，無取太高，三尺足矣。畫法有鈎、染、粉、絲之別。佳種開不見心；花紅者，根亦微紅。凡畫菊不宜着蜂蝶。《禮記》曰“鞠有黃花”，陶詩“采菊東籬下”，非今之盆植也。其花小，色黃而香，其性清和，入藥。今人謂之野菊，亦先進禮樂之説耳。近復尚洋菊。

襄荷

《九歎·愍命》“耘藜藿與襄荷”。王逸注“耘籽也。《詩》云‘千耦其耘’。襄荷蓴菹也。以言賤棄君子而育養小人也”。洪補“《本草》‘襄荷葉似初生甘蔗，根似薑芽’。《博雅》云‘蓴苴襄荷也’”。按襄，《廣韻》“汝陽切”。《説文》“襄荷一名葍蒩”。《急就篇》師古注“襄荷莖葉似薑，其根香而脆，可以爲菹；可治蠱毒”。《本草注》“今人以赤者爲襄荷，白者爲覆苴。蓋食以赤者爲勝，入藥以白者爲良。同一種耳”。參苴蓴條。

芰荷

荷葉之桀出者爲芰。

《離騷》"製芰荷以爲衣兮，集芙蓉以爲裳"。王逸注"芰菱也。秦人曰薢茩，荷芙蕖也"。洪補"芰奇寄切，生水中，葉浮水上，花黃白色"。又《招魂》"芙蓉始發，雜芰荷些"。注"芰菱也。秦人謂之薢茩。言池水之中有芙蓉始發其花，芰菱雜錯，羅列而生，俱盛茂也。或曰倚荷，謂荷立生水中，持倚之也"。五臣云"芰水草，荷芙蓉之莖。"按芰荷連文，屈賦惟此兩見，王逸以芰爲菱，荷爲芙蕖，恐非。一則芰荷句與芙蓉句對文，《離騷》、《招魂》皆同。芙蕖爲一名，則芰荷不得爲兩物，此屈宋賦常例。一則以芰爲薢茩，亦爲歷代所譏評。其事始馬水卿《嬾真子》，楊慎、方以智、史繩祖、王念孫、段玉裁諸家皆有説。兹附梁章鉅《文選旁證》及朱珔《文選集釋》兩説如下，諸家要點畧具於此。此亦一大公案，非説不可也。注芰菱也。秦人謂之薢茩。史氏繩祖《學齋佔畢》云"馬大年著《嬾真子》録辨王逸注《楚辭》以芰爲菱，秦人曰薢茩之誤，當矣。惜其字差誤，遂義不明。大年謂《爾雅》薢茩芵光，注云'芵明也。或云菱也。關西謂之薢茩'。又云'菠蕨攎'，注'今水中芰'。此皆馬所記也。今考《爾雅》正本則云'薢茩芵光'。注芵明也。即今決明也。或曰菱也。字從卩，非從氵。及至菠蕨攎，然後從淩，注水中芰也。則菱與菠其爲二物不同。王逸誤引陸生之菱曰薢茩，而爲水中之菠，其失明甚。而馬又併以從水兩菠字交證，且誤以芵光爲芵明。此馬大年之誤，尤可哂也"。朱氏珔曰"《招魂》宋王'雜芰荷些'。注云'芰菱也，秦人謂之薢茩'。案史繩祖《學齋佔畢》引馬大年《嬾真子》之説，辨王注以芰爲薢茩之誤。攷《説文》菠字云'芰也。楚謂之芰，秦謂之薢茩'。《廣雅》亦云'菠芰薢茩也'。是芰之爲薢茩，相承自古，不獨逸説。惟《爾雅》'薢茩芵光'。郭注'芵明也，或曰菱也，關西謂之薢茩'。郝氏謂'下文有菠、蕨、攎，而不言即芵光，故郭氏疑未能定耳。但郭氏明有後説，何得轉謂菠非薢茩'。王氏《廣雅疏證》曰"蕨攎，芵光，薢茩，正一聲之轉'。段氏亦云'薢與芰韻同在十六部。徐言之則云薢茩，菠以角得名，菠之言棱也，茩之言角也。茩角雙聲'。然則菱也，蕨攎也，薢茩也，芵光也，邵氏謂一物而四名者，是也。余謂菠一名芰，直五名矣。凡物或一物而數名，或同名異實，似此者多有。郭氏前説決明，或蒙芵光之名，猶《廣雅》所稱羊鏑鏑之亦名英光可也。若《本草》有決明，並不云名藤茩。《廣雅》於蔆、莄、藤茩下，即云‘決明羊角也’。是決明之非藤茩，信矣。馬氏誤以英光爲英明。史氏駁之固當，而史氏乃謂蔆字從卩，非從氵，蔆與蔆爲二物，此尤誤也。《爾雅》之蔆、蕨攗，陸本作蔆，《釋文》云字又作蔆，今本作蔆，其非異字可知"。徐文靖《管城碩記》曰"江淹《蓮賦》‘著縹茄兮出波，掣縹蓮兮映渚’。今江南呼荷葉之傑出者曰茄荷，茄荷之下，藕之所在，餘即否，此所以有縹茄之稱也。《楚辭》‘製茄荷以爲衣’。《魏都賦》‘緑茄泛濤而浸潭’。茄即荷葉之高者。王逸注‘《楚辭》曰茄蔆也。秦人作藤茩’。此蓋逸注之謬。楊氏疑蔆葉不可爲衣，以爲即今之雞湏，何所據也？揚雄《反離騷》‘衿茄茄之緑衣兮，被芙蓉之朱裳’。即用《離騷》‘茄荷爲衣’兩語。師古注曰‘茄亦荷字。見張揖《古今字詁》，則茄又作茄。古支歌麻合韻，從支、從加同也。《爾雅·釋草》荷芙蕖，其莖茄’。王應麟《詩考》‘有蒲與荷’。又作‘有蒲與茄’。茄荷一物，故相錯爲用。此茄荷或亦茄荷之誤歟？漢以後以茄爲蔬菜，則借字耳。秦以上無茄也，則茄當讀爲茄音"。

茄

《離騷》"製茄荷以爲衣"。《招魂》"芙蓉始發，雜茄荷些"。王逸注"茄蔆也。秦人謂藤茩"。《釋文》"楚人名蔆爲茄"。《説文》"蔆茄也。楚謂之茄"。《字林》"楚人名蔆曰茄"。《廣雅·釋草》"蔆茄藤茩也"。

芙蓉

凡六見，皆一義，爲荷花。

《離騷》"製茄荷以爲衣兮，集芙蓉以爲裳"。王注"芙蓉，蓮花也"。洪補曰"《爾雅》‘荷，芙蕖’。注云‘別名芙蓉。《本草》曰‘其葉名荷，其華未發爲菡萏，已發爲芙蓉’”。《九歌·湘君》“采薜荔兮水中，搴芙蓉兮木末”。王注同。按《爾雅》“荷芙蕖”。郭注“一名芙蓉”。《本艸》云“其葉名荷，其華未發爲菡萏，已發爲芙蓉”云。參荷字條。又考《楚辭》芙蓉一詞，凡六見。《九歌》“搴芙蓉兮木末”。《九章·思美人》‘因芙蓉而爲媒’。《招魂》“芙蓉始發”。《九懷·尊嘉》“援芙蕖兮爲蓋”。《九歎·逢紛》“芙蓉蓋而菱華車”。皆指荷華言。然芙蓉原有木芙蓉一種，恐係漢以後新種，先秦不爾也。

芙蓉

芙蕖

即芙蓉，荷花也。《九懷·尊嘉》“援芙蕖兮爲蓋”。王逸注“引取荷華以覆身也”。按芙蕖荷也。見《說文》、《爾雅》、《詩》毛傳等書。一名芙蓉。參芙蓉條下。

江離

《離騷》“扈江離與辟芷兮”。王逸注“江離、芷皆香草名”。《文選》作蘺。洪補“江離說者不同。《說文》曰‘江蘺蘪蕪’。然司馬相如賦云‘被以江離，糅以蘪蕪’，乃二物也。《本艸》蘪蕪，一名江離。江離非蘪蕪也，猶杜若一名杜蘅，杜蘅非杜若也。蘪蕪見《九歌》。郭璞云‘江離似水薺’。張勃云‘江離出海水中，正青，似亂髮’”。又“覽椒蘭其若茲兮”。又“況揭車與江離”。《九章·惜誦》“播江離與滋菊兮”。《七諫·怨思》“江離棄於窮巷兮”。《九懷·尊嘉》“江離兮遺捐”。《九歎·惜賢》“佩江離之斐斐”。徐文靖云“按《史記》相如

《遊獵賦》曰‘江離蘪蕪’。《索隱》曰‘吴録曰，臨海縣海中生江離，正青，似亂髮。即《離騷》所云者是也。《廣志》云，赤葉紅花。則與張勃所説又别。案今芎藭苗曰江離，緑葉白華，又不同。據《山海經》曰‘洞庭之山，其草多蘪蕪、芎藭’。《淮南·氾論》曰‘夫亂人者，若芎藭之與藁本，蛇床之與蘪蕪’。《上林賦》‘被以江離。糅以蘪蕪’。以數説證之，則江離與蘪蕪似非一物也。《本草》李時珍曰‘大葉似芹者爲江離，細葉似蛇床者爲蘪蕪，總爲芎藭苗也’。斯言得之矣’。王伯厚曰“江離，《史記·司馬相如列傳》索隱引《吴録》曰，臨海海水中

江離芎藭蘪蕪

（從《植物名實圖考》卷二十五吳其濬云其葉謂之江蘺，亦曰蘪蕪）

生。正青，似亂髮。《廣志》爲赤葉紅花。今芎藭苗曰江離，緑葉白花。又不同”。案《後漢書·張衡傳》注“《本艸經》曰‘蘪蕪一名江離，即芎藭苗也’”。藥對以爲蘪蕪，一名江離。原注芎藭、藁本、江離、蘪蕪，並相似，非是一物也。《淮南子》云“亂人者，若芎藭與藁本”。顔師古曰郭璞云江離似水薺，今無識之者，然非蘪蕪也。藥對誤耳。《楚辭補注》、《集注》皆缺讀。《詩記》董氏曰古今注謂芎藭可離。唐《本草》可離江離。然則芎藭江離也。案吳仁傑《離騷草木疏》曰“扈江離與薜芷”。仁傑按《説文》“江離蘪蕪也”。郭璞《山海經》注“芎藭一名江離，則芎藭也，江離也，蘪蕪也，三者異名而同實。慶善以相如賦疑之。案《淮南子》云‘夫亂人者若芎藭之與藁本，蛇床之與蘪蕪’。亦以芎藭與蘪蕪並稱。相如賦又云‘芎藭、昌蒲、江離、蘪蕪，據此則芎藭蘪蕪亦不得爲一物’”。諸家各説不同，故並録之。

《九歎·惜賢》“佩江蘺之斐斐”。江蘺即江離也。子政同本字也。

三秀

《九歌·山鬼》“采三秀兮於山間”。王逸注云“三秀謂芝草也”。洪

補“《爾雅》‘茵芝’。注云一歲三華，瑞草也。茵音囚。《思玄賦》云‘冀一年之三秀’。近時王令逢原作《藏芝賦序》云‘《離騷·九歌》自詩人所紀之外，地所常産，目所同識之草盡矣。而芝復獨遺。説者遂以《九歌》之三秀爲芝，予以其不明，又其辭曰適山而采之，芝非獨山草，蓋未足據信也。余按《本草》引《五芝經》云皆以五色生於五岳。又《淮南》云紫芝生於山而不能生於盤石之上。則芝正生於山間耳’。逢原之説豈其然乎”。朱熹注“三秀芝草也”。按芝爲三秀，洪注言之詳矣。《説文》“芝神草也”。《本草》“芝有青、赤、黄、白、黑、紫六色”。王充《論衡》“芝生於土，土氣和，故芝草生”。《爾雅·釋草》云“茵芝”，郭注“一年三花，爲瑞草也”。此解三秀爲最初，茵與秀蓋即一聲之轉。其紫者曰紫脱，《齊民要術》曰“紫脱北方物”。王融《曲水詩序》“紫脱花朱英秀”。《文選》注“瑞草也”。

芝

《九懷·通路》“南采兮芝英”。王逸注“咀嚼靈草，以延年也”。按芝草之英華也。詳三秀條下。《説文》“芝神草也”。《本草》云“有青、赤、黄、白、黑、紫六色”。《白虎通》“德至山林，則景雲出，芝實茂”。自漢以來，神仙服食之説大興，芝草遂爲神草。其實芝草入藥。今世西藏、雲貴高原之高山叢林中有之。唐以來畫中形象略可仿佛。如菌而大，葉長六七寸至尺許。出産至稀，遂爲珍品而神視之矣。

玄芝

《七諫》亂曰“拔搴玄芝兮”。王逸注“玄芝神草也”。《本草》“黑芝一名玄芝”。按芝有青、赤、黄、白、黑、紫六色。玄芝即黑芝也。餘參三秀條。

茹

《離騷》"攬茹蕙以掩涕兮"。王逸注"茹，柔耎也"。五臣云"茹臭也。蕙香草。以喻忠正之心"。洪補曰"茹《文選》音汝。《玉篇》云'茹柔也。一曰菜茹'。五臣以茹爲香，誤矣。《呂氏春秋》曰'以茹魚驅蠅蠅，愈至而不可禁'。則茹又爲臭敗之名，非香也"。朱熹注"茹柔耎也"。按茹訓柔耎，宋以前無異說，蓋以茹蕙爲一物。《玉篇》"茹柔也"，或即本此。至錢杲之《集傳》乃以茹訓藏、訓納，則與攬爲雙動詞，於文理殊未允。吳仁傑《草木疏》乃爲異說，先引周少隱云"茹之爲言食也。《詩》曰柔則茹之，此言茹蕙猶言食秋菊耳"。然謂攬所茹之蕙，殊爲不辭，周說非也。故吳氏謂曰"茹香草名也。《本草》名茈胡，即柴胡，一名地薰，一名山菜，其葉名芸蒿，辛香可食。即《月令》之'芸始生'。沈存中云'古人藏書用芸，今人謂之七里香者是也'"。朱琦駁之曰"余謂茈胡有茹草之名，始見於魏吳晋《本草》；其名芸蒿，見於《名醫別録》。《爾雅》'黃華'。郭注'謂牛芸草，葉似苜蓿'。《説文》亦云'芸草也。似苜蓿'。李時珍曰'茈胡出山中，嫩則可茹，老則采而爲柴。故苗有芸蒿，山菜、茹草之名，而根名柴胡也'。《倉頡解詁》'芸蒿也。似邪蒿，可食，亦柴胡之類'。故蘇恭以爲非柴胡。據此，知柴胡與芸亦非一物。但蘇頌《圖經》謂'柴胡二月生苗甚香'。又有茹名，則與蕙並言，義固可通，若草之名茹，最古者《詩·鄭風》'茹藘在阪'。即《爾雅》之茹藘茅蒐，乃今之蒨草。然不聞其香，非此類矣。云云。至徐文靖牽引易連茹之説，以爲蕙連根曰茹蕙。按《易·泰》初九云"拔茅茹"。王弼曰"茹相牽引之貌也"。程傳曰"茹根之相連者，茹蕙謂以連之蕙，而拭涕，連根則蕙多，乃以之拭涕，而涕尤多，故復霑衣襟而浪浪止"。並引《山海經》黃草之説，則尤非其實。《山海經》"浮山有草，麻葉而方莖，赤花而黑實。氣如蘼蕪，名曰薰草"。張揖《廣雅》曰"卤薰也。其葉謂之蕙"。陳藏器曰"薰草即是零陵香，薰乃蕙草根也。然則蕙之有根者，即所謂茹蕙也"。又按日本古鈔卷本，揚雄《反離騷》"臨江瀨而掩涕兮"。晋灼注曰"《離騷》云'攀茹蕙以掩涕'。作'茹'又作'茹'。《反離騷》'衿芰茹之緑衣兮，被芙蓉之朱裳'。師古注曰'茹亦荷字'。見張揖《古今字詁》"是也。則茹蕙或作"茄蕙"。此當是六朝時本。王注釋茹爲柔耎，則王本亦作茹無疑。

薜荔

《離騷》"貫薜荔之落蕊"。王逸注"薜荔，香草也，緣木而生"。洪補曰"薜，蒲計切。荔，郎計切。《山海經》'小華之山，其草多薜荔，狀如烏韭，而生於石上'。注云'亦緣木生'。《管子》云'薜荔、白芷、蘪蕪、椒連五臭所校校謂馨烈之鋭'。《前漢·樂章》云'都荔遂芳'。謂都良、薜荔俱有芬芳也"。朱熹注"薜蒲計反，荔郎計反。薜荔香草也，緣木而生"。《九歌·湘君》"薜荔栢兮蕙綢"。王逸注"薜荔香草"。又"采薜荔兮水中"。王逸注"薜荔之草，緣木而生"。朱熹注"薜荔緣木，而今采之水中，芙蓉在水，今求之木末概非其處"。又《湘夫人》"罔薜荔兮爲帷"。又《九歌·山鬼》"被薜荔兮帶女羅"。《九章》"令薜荔以爲理兮，憚舉趾而緣木"，王注"薜荔無根，緣物而生"，大略即本之《九章》，然但言香草緣物而生，不言爲何草。洪引《山海經》"小華之山"。今本作草荔，《説文》"薜牡贊也，即薜荔"，亦不詳爲何物。據《楊慎升庵全集》卷八十謂"不明言爲何物也。據《本草》絡石也。在石曰石鱗，在地曰地錦，繞叢木曰長春籐，又曰龍鱗薜荔，又曰扶芳籐。今京師人家假山上種巴山虎是也。又曰凡木蔓皆曰薜荔"。亦終不能詳。桂馥《札朴》卷五曰"《説文》萆雨衣，一曰襃衣，一曰草薦，似烏韭"。徐鍇本作"草歷，似烏韭"。馥案"草荔《山海經》小華之山，其草有草荔狀如烏韭，而生於石上，亦緣木而生，食之己心痛"。郭注"草荔香草也。烏韭在屋者曰昔邪，在牆者垣衣。草荔或作薜荔"。《楚辭》"令薜荔以爲理兮，悼舉趾而緣木"。王注"薜荔，香草"。《齊語》"身衣襪襖"。韋注"襪襖蓑薜衣也"。馥案謂以薜荔爲蓑衣也。《楚辭》緣木與《山海經》同，王注薜荔香草與郭注草荔同。《名醫別録》"垣衣主治心煩"，柳子厚詩"密雨斜侵薜荔牆"，是皆以烏韭爲薜荔，與《山海經》及郭注不合云云。當以《山海經》郭注爲斷。又洪引小華之山解薜荔是也。又《海内經》云洞庭之山……其草有葌、芍藥、薜荔云云。薜荔三見《湘君》、《湘夫人》，則固洞庭之特産。故楚人以詠二湘乃實寫，非比虛構矣。

芋

《七諫》亂曰"列樹芊荷，橘柚萎枯兮"。王逸注"橘柚美木也。言君乃拔去芝草，賤棄橘柚，種殖芋荷。愛重小人，斥逐君子也"。按《說文》"芋大葉實根駭人，故謂之芋"。《史記・項羽本紀》"士卒食芋菽"。《索隱》注"芋蹲鴟也"。按芋今人呼爲芋頭，爲地下塊生植物。然以文理詞氣定之，芋荷與橘柚對文，則芋荷當爲二物，而橘柚乃言食事，下句文云"苦李旖旎"，則上下文皆言食事。芋必爲芋實無疑。而荷則指荷根之藕言之也。詳荷字條下。荷本芳草，不得指斥之也。

蔞

蔞屬似艾。

《大招》"吴酸蒿蔞"。王逸注"香草也"。洪補"蔞蒿也"。詳蒿蔞條下。蔞字獨用《楚辭》無之，或以爲瓜蔞字。

荼

《九章・悲回風》"故荼薺不同畝兮"。又《九思・傷時》云"菫荼茂兮扶疏"。王逸注"荼，苦菜也"。按洪注《九章》"荼薺不同畝"曰"荼音徒。《爾雅》'荼，苦菜'。《疏》引《易緯》云'苦菜生於寒秋，經冬歷春乃成'。《月令》'孟夏苦菜秀'是也。葉似苦苣而細，花黃似菊。堪食，但苦耳"。王楙《野客叢書》云"世謂古之荼，即今之茶。

不知荼有數種，非一端也。《詩》曰‘誰謂荼苦，其甘如薺’者，乃苦菜之荼，如今苦苣之類；《周禮》‘掌荼’、《毛詩》‘有女如荼’者，乃苕荼之荼也，正萑葦之屬；惟荼櫝之荼，乃今之茶也。世但知蘭茶而莫辨，故辨之”。

按《詩·大雅》“周原膴膴，堇荼如飴”。《毛傳》“荼，苦菜也”。叔師即用《大雅》文。又《邶風》“誰謂荼苦，其甘如薺”。毛云“荼，苦菜也”。《爾雅·釋草》“荼，苦菜”。郭注“一名荼草，一名選，一名遊冬。葉似苦苣而細，斷之白汁，花黃似菊”。然荼一名而有異物至多，此不具備。爲多年生草，莖葉皆含白汁。古用爲常蔬，可生食，今北人以拌醬糖生食之。

堇

《九思·傷時》“堇荼茂兮扶疏”。王逸注“堇，菫也。荼，苦菜也”。洪補“《爾雅》‘齧，苦堇’。注云‘今堇葵也’”。按《詩·大雅》“堇荼如飴”。毛傳“堇，菜也”。《爾雅·釋草》“苦堇”。郭注“今堇葵也”。叔師即用《大雅》文。按《爾雅》名苦堇。注云“名堇葵”，俗稱水堇。元時稱回公蒜。李時珍謂苗作蔬食，味辛而滑，故有椒葵之名，此與荼同用，其爲食品同也。《詩》“堇荼如飴”，則自春秋已供常食矣。

芭

《九歌·禮魂》“傳芭兮代舞”。王逸注“芭巫所持香草名也。代更也。言祠祀作樂而歌，巫持芭而舞，訖以復傳與他人更用之”。“芭一作巴”。洪補云“芭卜加切。司馬相如賦云‘諸柘巴且’。注云‘巴且草，一名巴焦’”。朱熹注“芭一作巴。卜加反，芭與葩同，巫所持之香草也”。按王朱皆以爲香草。洪以爲芭且，洪說非也。傳芭猶言以香花傳遞，而更代相舞，此自爲一種舞習，芭即葩之通借字。《大戴禮・夏小正》"拂桐芭，拂也者，拂也，桐芭之時也"。可證。《説文》"葩，花也。從艸，皅聲"。字亦作苩，作皅。張衡《西京賦》"披紅葩之狎獵"，又《思玄賦》"天地絪縕，百卉含葩"，皆是。作芭者，省形耳。

苴

《九章・悲回風》"草苴比而不芳"。王逸云"生曰草，枯曰苴，比合也。言飛鳥走獸群鳴相呼，則芳草合其莖葉，芬芳以不暢也"。洪補曰"苴《釋文》七古切。茅藉祭也。鮑欽止本云七閭、子旅二切；林德祖本云反買、士加二切，比音鼻"。朱云"草已枯矣，雖比而合之，亦不能有芬芳之氣"。按苴訓草，則音當以仄賈士加二切爲正。《詩・大雅》"如彼棲苴"。《疏》"苴是草木之枯槁者，故在木未落及已落爲水漂皆稱苴也"。洪以爲茅藉祭者，見《前漢・郊祀志》應讀租，又苴蓴連文，見《大招》"膾苴蓴只"即襄荷也。別詳。

苴蓴

《大招》"醢豚苦狗，膾苴蓴只"。王逸注曰"苴蓴，襄荷也。蓴音博"。《史記》相如《遊獵賦》"諸蔗猼且"，闞駰曰"猼且襄荷"，與逸注同。《管城碩記》曰"猼且《漢書》作巴且。文穎曰'巴蕉、芭蓴音近'，則以爲巴蕉是也。陸佃《埤雅》曰'蕉不落葉，一葉舒則一葉焦，故謂之蕉'。崔豹《古今注》曰'襄荷似巴蕉而白色，其子花生根中，花未敗時可食'。此苴蓴與襄荷別者也"。又按《相如賦》既有諸蔗猼且，又有此薑襄荷，若使猼且即襄荷，當時作此賦上獻天子，豈應兩用之乎？

藿

有二義，一訓豆葉，音霍；一與靡連文，爲聯綿詞，則音髓。

《九歎·愍命》"耘藜藿與蘘荷"。按《説文》"尗之小者"。字作藿，從兩佳。《詩·小雅·白駒》"皎皎白駒，食我場藿"，皆是。叔師訓豆葉者，《儀禮·公食大夫禮》"牛藿"。鄭注"藿豆葉"，又《楚辭·招隱士》云"青莎雜樹兮，薠草藿靡"，亦作藿，乃草木花敷之貌。詳藿靡條下。

薠

《九歌·湘夫人》"登白薠兮騁望"。王逸注"薠草秋生，今南方湖澤皆有之。薠或作蘋。一本此句上有登字，皆非也"。洪補曰"薠音煩。《淮南子》云'路無莎薠'。注云'薠狀如葴'。葴音針，見《爾雅》。又《説文》云'青薠似莎者'。司馬相如賦注云'似莎而大，生江湖，雁所食'"。《九章·悲回風》"薠蘅槁而節離兮"。王逸注"喻己年衰齒隨落也"。"一云薠蘅，一云蘋蘩"。朱熹注"薠一作蘋，蘅一作蘩"。《招隱士》"薠草靡靡"。王逸"隨風披敷"。"薠一作蘋"。按《相如賦》"薜荔青薠"。《説文》"青薠似莎而大者"。《廣雅》"生江湖，雁所食"。張衡《南都賦》"其草則藨苧薠莞"。《管子》謂之雁膳，別種爲白薠。《淮南·覽冥》"路無莎薠"。注"狀如葴，葴如葭也。"尋今洪、朱各本引或本作蘋。按《説文》蘋本作萍，解曰"大萍也"。《爾雅》亦云"苹萍其大者蘋"。"符真切"。又《説文》"薠青薠，似莎者"。"附袁切"。萍浮於水不可登，亦不可張。細尋注義，知作蘋者非也。

芎

《九歎·愍命》"莞芎棄於澤洲兮"。王逸注"芎芎藭也，皆香草也。揚雄《甘泉賦》'發蘭蕙芎，藭'。注'芎藭葉似藁本'。《本草》注'芎本作营，或云人頭穿窿，高大之象也'"。此藥上行，專治頭痛諸疾，故名芎藭。古人因其根狀如馬銜，謂之馬銜芎；後世因其狀如雀腦，謂之雀腦芎；其出關中者，呼爲京芎；出蜀中者，呼爲川芎；出天台者，呼爲藭，其葉蘼蕪"。考《山海經·中山經》云"台芎，出江南者，呼爲撫芎"。《博物志》"苗曰江離，根曰芎藭"。又《本草》謂"芎洞庭之山，其草多菜、蘼蕪、芍藥、芎藭"，則芎藭與蘼蕪似應分爲二物。

莞

《九歎·愍命》"莞芎棄於澤洲兮"。王逸注"莞夫離也，芎芎藭也。皆香草也"。洪補曰"莞音丸。《本草》'白芷一名莞，一名芙蘺'"。《爾雅》"莞芙蘺"。注"蒲也"。按《詩·小雅》"上莞下簟"。鄭箋"小蒲莞席也"。《説文》"莞草也，可爲席"。《爾雅·釋草》"莞苻蘺"。郭注"白蒲，一名苻蘺，楚謂之莞蒲"。《漢書·東方朔傳》"莞蒲爲席"。注"莞今謂之蒠蒲"。《廣韻》"胡官切"。《集韻》"又古凡切"。音異義同。按

蘼蕪

王以莞爲夫離，爲香草，其説未聞。夫離即蒲，蒲即今世所謂蓆子草。莞則圓莖管狀之蒲也。故洪以白芷釋之。然《愍命》原文云"棄於澤洲"，則其物生澤洲至明，又下句云"颺藴蠱於筐簏"，相對成句，則莞不得以蒲蓆對食物至明。桂馥《札樸》卷七乃云"《九歎》之莞芎謂莞，

乃《詩》之芛蘭。《説文》'芛蘭莞也'。芛蘭芎藭，皆野蔬美品，故棄之可惜"。按桂氏以莞芛蘭，於説較洪補"一説爲白芷"更覺切合文理。何以言之，白芷入藥固可食，而非食物，本文下句言瓟瓝即本《論語》瓠瓜繫而不食之義，此兩語義相反，下句瓟不能食，而置於筐篚。筐篚者，所以盛食之器也。則上句莞芎當爲食物。攷芛蘭即《詩疏》所謂雀瓢，又名蘿藦，《本草綱目》所謂羊婆嬭，爲一種蔓性多年生草，本含白色乳液。陶宏景謂人家多種莞，葉厚而大，可生啖，亦可蒸食。叠言曰芛蘭，單言曰芛（蘭蓋複輔音之 L 也）。芛與莞同音，物借莞爲芛爾。子政儒者習經義，與匏瓜之不可食而置筐篚，而芛芎之美蔬而任其生澤洲，相反作義耳。

菉

有二義。一爲王芻，一則緑之誤字。

《離騷》"薋菉葹以盈室兮"。王逸注"菉，王芻也。《詩》曰'終朝採菉'。惡草以喻讒佞"。洪補"菉作緑。《爾雅》云'菉，王芻。菉蓐也'。《本草》云'蓳草。葉似竹而細薄，莖亦圓小。生平澤溪澗之側，俗名菉蓐草'"。按《爾雅》"菉，王芻"。注曰"菉，蓐也"。《小雅》"終朝采緑"。注曰"緑生芻也"。《序》以爲婦人思其君子，豈得以惡草加之。《爾雅》又有"竹萹蓄"。注曰"似小藜，好生道旁"。孫炎及某氏以此爲菉竹。《九章·思美人》篇曰"解萹薄與雜菜兮"，注亦曰"萹蓄雜菜，皆非芳草"。王注以爲惡草，恐失之泥。又《招魂》"菉蘋齊葉兮白芷生"。王逸注"菉，王芻也。蘋一作蘋。言屈原放時，菉蘋之草其葉適齊，白芷萌芽方始欲生；據時所見，自傷哀也。猶《詩》云'昔我往矣，楊柳依依'也"。按諸家皆以菉即《離騷》"薋菉葹"之菉，唐寫本《文選集注》引陸善經本作緑，當從之。緑蘋與白芷對文，且王芻與白蘋生不同時，不得言齊葉，則作緑爲允當。後人因下文蘋芷葉皆從草，故誤爲菉耳（省糸旁增艸頭耳）。

蕭艾

《離騷》“今直爲此蕭艾也”。王逸無解。洪補曰“顏師古云齊書太祖云詩人采蕭，蕭即艾也。蕭自是香蒿，古祭祀所用，合脂爇之以享神者，艾即今之灸病者，名既不同，本非一物。《詩》云‘彼采蕭兮，彼采艾兮’是也。《淮南》曰‘膏夏紫芝與蕭艾俱死。蕭艾賤草，以喻不肖’”。《詩·王風》“彼采蕭兮”。《疏》“今人所謂荻蒿者是也”。蕭即艾蒿之屬。故《離騷》以蕭艾同稱。詳艾字條。

艾

《離騷》“户服艾以盈要兮”。王逸注“艾白蒿也，或言艾非芳草也。一名冰臺”。洪補云“《爾雅》‘艾冰臺’。注‘今艾蒿’”。朱熹《集注》“艾曰蒿，非芳草也”。按《詩·王風》“采彼艾兮”。《毛傳》“艾所以療疾”。《急就篇》師古注“艾一名冰臺”。《名醫別錄》、《本草》、《博物志》“削冰臺使圓，舉以向日，以艾承其影得火，故號冰臺”。《本草注》“醫家用以灸百病，故曰灸草”。《玉篇》“蕭也”。按即今藥用之艾草。

槀本

《九思·憫上》“槀本兮萎落”。舊注“槀本香草也”。按《九歎·怨思》“漸槀本於洿瀆”。洪補引《管子》“五沃之上，五臭疇生”。有槀本，並引《本草》以爲似芎藭。按槀即槁之別體，然朽槁字，音考，槀本字，音稿，字同音異，故後人以形異別之也。詳槀本條下。

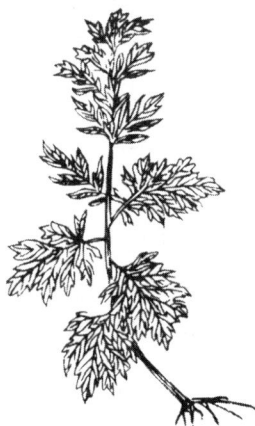

藁本圖　　　　　　　艾

（據李時珍《本草綱目》圖摹繪）

藁本

《九歎·怨思》"漸藁本於洿瀆"。洪補曰"漸，子廉切。《荀子》云'蘭茝藁本漸於蜜醴一佩易之。漸，浸也'。《管子》云'五沃之上，五臭疇生，蓮與靡蕪、藁本、白芷'。《本草》云'藁本莖、葉、根味與芎藭小別，以其根上苗下似禾藁，故名之'"。藁正作槀。《荀子·大略篇》"蘭茝槀本"是也。《九思·憫上》"槀本兮萎落"。王注"香草也"。詳槀本條。或又作薻，薻本藥名。早見於《管子·地員篇》、《本草》已詳之。

蒿蔞

《大招》"吳酸蒿蔞"。王逸注"蒿，蘩草也。蔞，香草也。《詩》曰言采其蔞也。一作芼蔞。注云'芼菜也。言吳人善爲羹，其菜若蔞，

味無沾薄，言其調也”。洪補曰“《爾雅》云‘繁皤蒿即白蒿也。可以爲
菹’。陸機云‘春生秋乃香，美可食’。又‘蔓蒿也，葉似艾，生水中，
脆美可食’。蔓龍珠切。以菜和羹曰芼”。《説文》“蒿菣也”。《詩·小
雅》“食野之蒿”。《毛傳》“菣也”。《爾雅·釋草》“繁蒿醜秋爲蒿”。
注“春時各有種名，書秋老成，通呼爲蒿”。《禮·月令》“蒿亦蓬蕭之
屬”。又《爾雅·釋草》“蔓蒿也”。《詩·周南》“言刈其蔞”。《疏》
“葉似艾，正月根芽生，莖正白。生食之脆美”。又按蒿之類極繁，除蒿
蔞外，如蔚等皆是，今不詳載。

菆

《離騷》“薋菉葹以盈室兮”。王逸注“葹，枲耳也，惡草。薋、菉、
葹三者，皆惡草。以喻讒佞盈滿於側者也”。洪補“葹，商支切。形似
鼠耳。詩人謂之卷耳，《爾雅》謂之苓耳，《廣雅》謂之枲耳。皆以實得
名。《本草》‘枲耳一名葹’”。按葹爲枲耳，朱氏《文選集釋》考之最
詳，其言曰“案《爾雅》‘菤耳苓耳’。郭注‘《廣雅》云枲耳也’。亦
云胡枲。江東呼爲常枲，或曰苓耳，形似鼠耳，叢生，如盤。《説文》
‘苓卷耳也’。蓋即《詩》之‘采采卷耳’。《毛傳》用《爾雅》、《釋
文》引《廣雅》於郭所引外，又有蒼耳之名，今本亦脱，王氏《疏證》
謂‘常枲一作常思，思枲古聲相近，胡枲一作胡蒬，蒬與枲同音’。《齊
民要術》引崔寔《四民月令》‘五月五日採葸耳’，即枲耳也。《玉篇》
‘蓂且已切，枲耳也’。蓂當爲蒬字之誤，蒬蓋從茻，囪聲。而讀如枲，
猶慁，從囪聲，而讀如司。《廣韻》、《集韻》胡枲竝作胡蒬，蒮即蒬字，
筆畫小異耳。《列子釋文》引《倉頡篇》‘枲耳之枲作蒮，亦蒬之誤’。
《詩正義》引《陸疏》云‘卷耳葉青白色，似胡荽，白華，細莖，蔓生，
可煮爲茹，滑而少味。四月中生子，如婦人耳中璫，今或謂之璫草，幽
州謂之爵耳。余謂《本草》枲耳，一名葹。與王注同。沈約《郊居賦》
所云‘陸卉則紫虌綠葹’是也。此與卷施草之施。《玉篇》作葹者，異。

吳氏《疏》又引《永嘉志》一名菜絲。絲蓏音同。然似以此菜蓏爲一物矣。又案今本《説文》別有蔛字云‘卷耳也’。但小徐本無之，又不與苓卷耳也同處，而《後漢書·劉聖公傳》注引《字林》云‘蔛毒草也’。《廣韻》同段氏據以駁正。則今大徐本恐不足據。方以智《通雅》有‘菜耳，即菓耳，非蓾菜蓏也’條”。以文理詞氣論之，朱説爲得。《九思》亦云“菓耳兮充房”，即襲用菜蓏盈室之義，此漢儒通説也。徐文靖以蓏爲蔛之譌可參。兹附之。

蓏枲耳，蓏當是蔛之譌。許氏《説文》“蔛，卷耳也”。《後漢書·劉聖公傳》“遣李松會朱鮪與赤眉戰於蔛鄉”。《字林》曰“蔛毒草，因以爲名”。《郡國志》“弘農有蔛鄉”，蓋即此也。王逸本誤蔛爲蓏，而因以蓏爲惡草，謬矣。蓏即宿莽也。《思美人》篇曰“嘉長州之宿莽，吾誰與玩此芳草”，又《山海經圖贊》曰“蓊蓏之草，拔心不死。屈平嘉之，諷詠以此”，其不爲惡艸明矣。

蘋

《九歌》“鳥萃兮蘋中”。五臣云“蘋，水草”。朱本蘋作蘋云“音煩。一作蘋，非是”。按此與下句“罾何爲兮木上”對舉，皆言不可能，或不應如是之事。罾在水，何爲而在木；鳥在木，何爲而在水。蘋者浮水之艸，鳥所不能在者也；若作蘋，則蘋生江湖，鴈所食，則鴈鳥固可萃於水也，作蘋爲是。

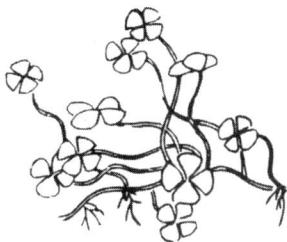

蘋

《詩·召南》“於以采蘋”。疏“《韓詩》云‘沈者曰蘋’。《説文》本作‘蘋，大萍也’”。《爾雅·釋草》“萍萍其大者蘋”。《吕氏春秋》“海菜之美者，崑崙之蘋”。《本草集解》“四葉合成一葉，如田字者，蘋也”。《爾雅翼》“蘋似槐葉而連，生淺水中，五月有白華，故謂之白蘋”。然

《招魂》之"綠蘋齊"，邱光庭《兼明書》卷五，言之稍悉。其言曰"經典言蘋者多，先儒罕有解釋。《毛詩草木疏》亦未爲分了，而《湖州圖經》謂之不滑之蓴，大謬矣。按《爾雅·釋草》云'蘋大萍'。《左傳》云'蘋蘩薀藻之菜'。然則蘋爲萍類，根不植泥，生於水上，今人呼爲浮菜者是也。入夏有花，其花正白，故謂之白蘋，或曰蘋花夏生，而柳惲詩云'汀州採白蘋，日落江南春'，何也？答曰以蘋花色白，故通無之時亦可呼爲白蘋也"。方以智《通雅》"萍、蘋、蓴、荇一類也，蘼蘋田字艸也"條，辯之尤悉。其言曰"《天問》'蘼蘋九衢'，言枝葉分爲衢道也。鄧潛谷謂其有根而大。蓋有二種，生湖中者大，田中者小。所謂青蘋也。水中破銅錢曰白蘋。《爾雅》'萍莽其大者蘋'。郭璞曰'江東曰薸'。《説文》曰萍、大萍、藫、鳧葵。蘇恭言萍三種，中荇大蘋。此據《爾雅》本文，東壁何得非之，而專以破銅錢爲蘋也。殆據吳普《本艸》破銅錢名四葉菜，又呼十字艸，湖塘田中皆生之，能醫雞矇眼。《拾遺》'陳藏器謂之芣菜'。正是升庵《巵言》謂之田字草，又謂四葉菜爲荇，荇即荇也，謂荇類耳。倘所謂藻乎，古人字嘗通用，東壁以'葉徑一二寸，有一缺，而圓如馬蹄者，蓴也；似蓴而稍尖長者荇也；花黃白葉徑四五寸，如小荷而結實如小角黍，萍蓬艸也，即楚之荇實'。此不必肰。萍結實者名水栗，水臬、荇菜，《韓詩》作荇，即鳧葵接余荇也，江東謂之金蓮子，今江北冬茜，其根《楚辭》謂之屏風，云'紫莖屏風文緣波兮'是矣"。（按參屏風條）

屏風

《招魂》"紫莖屏風"。注云"屏風水葵也，或曰紫莖言荷葉紫色也。屏風謂荷葉障風也"。洪補"《本艸》'鳧葵即荇菜，生水中，俗名水葵'。又防風，一名屏風"。案楊慎云"後説最是。屏音丙。屏風與緣波爲對最工緻"。朱琦《文選集釋》曰"余謂非也。丙音殊牽附，本非對語，何得以爲工。此種偶對，恐宋玉時不應有，且言莖亦無緣説葉；荷葉又復不紫。據《本艸綱目》水葵即蓴也。見《南都賦》莖紫色，大如筋；其短長隨水深淺，則羅羅有文。正所謂文緣波矣。宜從前説”。按朱説是也。洪補防風一名屏風，蓋《名醫別録》之説。別參蘋字條引方以智説。

大苦

《招魂》“大苦醎酸”。王逸注“大苦豉也，醎一作鹹”。五臣云“鹹鹽也。酸酢也。‘大苦鹹酸’辛甘皆和之，使其味行”。洪補“《本艸》‘豉味苦’。故逸以大苦爲豉，然説左氏曰‘醯、醢、鹽、梅不及豉’。古人未有豉也。《内則》及《招魂》備論飲食，言不及豉。史游《急就篇》曰‘及有無夷鹽豉’。蓋秦漢以來始爲之耳。據此，則逸説非也。又《爾雅》云‘蘦大苦’。郭氏以爲甘草。又《詩》云‘隰有苓’。陸璣《草木蟲魚疏》云‘苓大苦也，可爲乾菜’。此所謂大苦，蓋苦味之甚者爾”。朱熹《集注》“大苦豉也。醎鹽也。酸酢也”。按王以大苦爲豉，洪氏非之，以大苦爲蘦。兹分別疏之曰。《招魂》“大苦鹹酸，辛甘行些”。注云“大苦豉也”。洪補曰“苓大苦也”。按王朱皆以豉釋大苦，不知所本。朱琰云“案《説文》‘尗配鹽幽尗也，重文爲豉，俗云尗從豆’。《廣雅・釋器》‘㽄謂之䜽’。《集韻》‘㽄幽豆也，䜽之言暗。謂造之幽暗也’。《釋名》云‘血䐯以血作之，增有酢豉之味，使甚苦以消酒’。是豉本苦矣。《左傳》昭二十年‘水火醯醢鹽梅’。《疏》云‘《楚辭・招魂》備論飲食，不及豉。史游《急就篇》乃有‘蕪荑鹽豉’，蓋秦漢以來始爲之’。惠氏《禮説》亦謂漢始有豉。如依王注，則周時已有。今觀正文，不言豉。注以大苦爲豉，未明所據。攷周以來發酵之食已至多，釀酒且不論，即如《周禮》四豆之實，亦多酵具，粗籹、葷糟之屬已至精，豉之爲物，其制至簡，曾謂周時無之，恐未必然。創物之始，必久在著之文獻之前。漢以後始有豉之説，僅自文獻言之，而不能推事物之本始也。故文獻未必即可據論。朱氏又云“《爾雅》‘蘦大苦，蓋甘草也’。又‘芐地黄’。《廣雅疏證》‘芐與苦通，大苦者大芐也。古人飲酒亦無用甘草與地黄者’。《公食大夫禮》‘鉶芼羊苦’注‘苦，苦荼也’。今文苦爲芐意者此大苦耶？謂苦荼而非豉與？但《爾雅》‘鴟舖枝’。《説文》‘躲舖豉也’。枝字篆文不應自漢造耳。則《爾雅》已有枝矣。然此文大苦二句，似通言調味所用之酸、甘、苦、辛，王逸皆實以實物。曰‘大苦豉也，鹹鹽也，酸酢也，辛謂椒薑也，甘謂飴蜜也’。則豉爲大苦，亦苦味之一例耳。不必定以其爲蓄矣。《月令》‘春其味酸，夏其味苦，季夏中央其味甘，秋其味辛，冬其味鹹’。《内則》‘凡和，春多酸，夏多苦，秋多辛，冬多鹹，調以滑甘’。注曰‘多其時味以養氣，此所云苦、甘、鹹、辛、酸者，概舉五味之和而言，不必專指一物也’。又《釋名》云‘豉嗜也。調五味可甘嗜也’。則大苦亦得指甘旨矣。沈括《筆談》二十五云‘《本草注》引《爾雅》云‘蓄大苦’。注‘甘草也。蔓延生，葉似荷，莖青赤’。此乃黄藥也。其味極苦，故謂之大苦，非甘艸也。甘艸枝葉悉如槐，高五六尺，但葉端微尖，而糙澀，似有白毛，實作再生，如相思角。四五角作一本生，熟則角坼，子如小扁豆，極堅，齒嚙不破”云云。又別有説，可爲參。

蘪蕪

《九歌·少司命》“秋蘭兮蘪蕪”。王逸注“蘪一作蘪”。洪補曰“《爾雅》曰‘蘄茝蘪蕪’。郭璞云‘香草，葉小如萎狀’。《山海經》云‘臭如蘪蕪’。《本艸》云‘芎藭，其葉名蘪蕪，似蛇床而香。騷人借以爲譬。其苗四五月間生，葉作叢而莖細；其葉倍香，或蒔於園庭，則芬香滿徑，七八月開白花’。《管子》曰‘五沃之土生蘪蕪’。《相如賦》云‘穹窮、昌蒲、江離、蘪蕪’。師古云‘蘪蕪即穹窮苗也’”。又《九歎·怨思》“菀蘪蕪與菌若兮”。王逸注“菀積，蘪一作蘪”。按蘪字當從一本作蘪。漢以來諸書有作蘪、蘪、蘪諸形者，依《説文》、《爾雅·釋草》定之，當作蘪蕪。《説文》作蘪。《管子·地員》云“五沃之土生

蘪蕪"。又云"五臭疇生，蓮與蘪蕪藁本、白芷"。《淮南子·説林》云
"蛇牀似蘪蕪而不能香"。高誘注"蛇床臭，蘪蕪香"。按《文選》胡校
云"注蘪當作蘪。袁茶二本有校語云'善作蘪'。可見注中自是蘪字，
尤袁本注作蘪，乃涉五臣而誤。蘪蘪同字耳。凡五臣善有異，雖同字，
亦必較然不可混"云云。其説至誤。蘪蕪字，上引《説文》、《爾雅》、
《管子》、《淮南子》皆作蘪。《五經文字》亦然。蘪蘪訓義各別，竝非同
字。不過《九歌》"秋蘭兮蘪蕪"乃音同借字。《博物志》云"諸物之
相似亂者，蛇牀之亂蘪蕪"，則二物自各別，故《本草》以香苦別之是
也。又《本艸》謂靡蕪爲芎藭之葉，而《博物志》則謂苗曰江蘺，根曰
芎藭。按《山海經·中山經》云"洞庭之山……其艸多蘪、蘪蕪、芍
藥、芎藭"。則芎藭與蘪蕪爲二物可知，而靡蕪又爲南楚所生衆芳之一。
故《九歌》得以爲言矣。惟其名多混雜，邵晋涵《爾雅正義》曰"蘪蕪
一名蘄茝。《史記索隱》引樊光云'藁本一名蘪蕪，根名蘄茝'。案蘪蕪
非藁本也。《索隱》又引《藥對》云'靡蕪一名江蘺，芎藭苗也'。《離
騷》云'扈江蘺與辟芷兮'。江蘺爲芎藭之苗，則非蘪蕪也。《本草》云
'芎藭生山谷，蘪蕪一名薇蕪，生川澤'。自分二種。今以大葉者爲芎
藭，小葉者爲靡蕪。《管子·地員篇》云'五沃之土生蘪蕪'是也"。當
以邵説爲斷。

揭車

《離騷》"畦留夷與揭車兮"。又"況揭車與江蘺"。王逸注"揭車
亦芳艸一名芎輿。揭一作藒"。《文選》作藒車。洪補"揭、藒、蕮竝丘
謁切。《爾雅》'藒車，芎輿'。《本草拾遺》云'藒車味辛，生彭城，
高數尺，白花'"。朱注"揭車江蘺，雖亦香草，然不若椒蘭之盛"。
《爾雅》"藒車芎輿"，注云"藒車香艸。見《離騷》、《本草拾遺》云
'藒車香艸'"。陳藏器曰"藒車香艸，生徐州，高數尺，黃葉白花"。
《齊民要術》"凡諸樹蟲蠱者，煎此香令淋之，辟也"。按詩無言揭車者，

則南方艸木也。

靡萍

《天問》"靡萍九衢，枲華安居"。王逸注"九交道曰衢。言寧有萍草，生於水上，無根。乃蔓衍於九交之道；又有枲麻，垂艸華榮，何所有此物乎？"、"萍一作苹"。洪補"此謂靡萍與枲華，皆安在也。《爾雅》'萍萍'。注云'水中浮萍也'。《山海經》曰'宣山上有桑焉，其枝曰衢'。注云'枝交互四出'。又'少室之山有木，名帝休，其枝五衢'。注'言樹枝交錯相重五出，有象路衢'"。按《文選·魏都賦》"尋靡萍於中逵"。銑注"靡流貌"。李善注"靡蔓也"。則靡萍猶言蔓生之萍。《爾雅》"萍水中浮萍也"。江東謂之藻。《說文·艸部》"苹萍也。無根，浮水而生"。《月令》"季春之月萍始生"。《夏小正》云"七月湟潦，生苹"。字或作萍、作萍，皆後增益字。邵晉涵云"三月以前無苹，穀雨以後，凡積水之區，悉能生萍"。又云"一葉經宿即生數葉，葉下有小鬚垂水中"。按今池塘凡水不流者皆生苹。故叔師、李善皆以蔓訓靡。以靡爲形容詞，似是而實未允。按"靡萍九衢，枲華安居"二句句法與"黑水、玄趾，三危安在"同。言靡萍與九衢、枲華皆安在也。則九衢爲一物名，靡不得爲萍之補語至明。則靡萍者，當謂相靡蔓延之萍，言萍之蔓延化生，謂由一體所蔓之萍也。萍即遍生池塘中，而各具枝葉，非同枝同葉之派生也。今乃有靡蔓派生之傳，則此種萍在何地乎？與下九衢、枲華兩物同一問也。

菱華

《九歎·逢紛》"芙蓉蓋而菱華車兮"。洪補曰"菱與菱同。花黃白色"。按《說文》"苓菱也"。又"菱苓也"。菱苓同類，故互訓。《酉陽雜俎》曰"今人但言菱苓，諸解草木書，亦未分別，惟王安石《武陵記》云“四角、三角曰芰，兩角曰薩”。按今江南食薩角。俗多作菱字，而無言芰者。《楚語》言“屈到嗜芰”，則芰豈楚故言邪。

宿莽

《離騷》“朝搴阰之木蘭兮，夕攬洲之宿莽”。《九章》“搴長洲之宿莽”。《離騷》王注“草冬生不死者，楚人名曰宿莽。木蘭去皮不死，宿莽遇冬不枯，以喻讒人雖欲困己，己受天性，終不可變易也”。洪補曰“《爾雅》云‘卷施草拔心不死’，即宿莽也”。按吳仁傑《離騷草木疏》云“《山海經》之莽草，王叔師以意言之。云‘草冬生不死，楚人名曰宿莽’，非也。攷《方言》‘𦱠莽艸也。東越揚州之間曰𦱠，南楚曰莽。《爾雅》‘卷施草拔心不死’。郭注云‘宿莽也’。按《南越志》‘寧鄉縣草名卷施，拔心不死。江淮間謂之宿莽’。郭璞贊云‘卷施之草，拔心不死，屈平嘉之，諷詠以比，取類雖邇，興有遠旨’”云云。按吳氏混宿莽與莽爲一，非也。朱琦《文選集釋》辯之曰“案《爾雅》‘卷施草拔心不死’，郭注‘宿莽’。郝氏謂《方言》‘莽草也’，是凡草通名莽，惟宿莽是卷施草之名也。《類聚》八十一引《南越志》云‘寧鄉縣草多卷施，拔心不死，江淮間謂之宿莽’。又引郭氏讚云‘卷施之艸，拔心不死，屈平嘉之，諷詠以比；取類雖邇，興有遠旨’。余謂宋吳氏仁傑《離騷艸木疏》以宿莽爲《山海經》之莽草，而非卷施，然莽艸即茵草，有毒。不應與木蘭爲類。注云‘木蘭去皮不死，宿莽遇冬不枯’。二者竝言注說是也”。

吳其濬《植物名實圖考》卷之二十四毒草類。

莽艸，本經下品。江西、湖南極多，通呼爲“水莽子”。根尤毒，長至尺餘，俗曰“水莽兜”，亦曰“黃藤”，浸水如雄黃，色氣極臭。園圃中漬以殺蟲，用之頗亟。其葉亦毒，贛南呼爲“大茶葉”，與斷腸草無異。《夢溪筆談》所述甚詳。宋《經》云“無花”，實未之深攷。

雲妻農曰“余所至章貢、衡、澧山中，皆多莽艸，而按其形狀與

《筆談》'花如杏花，可玩'。李德裕所謂'桂紅'，靳學顏所謂'丹蕚素蕾'者都不全肖。蓋沈存中所云'種類最多者'耶？江右產者，其葉如茶，故俗云'大茶葉'；湘中用其根以毒蟲，根長數尺，故謂之'黃藤'，而'水莽'則通呼也。豈與'鼠莽'有異同耶？人多用'莔露'。陶隱居以爲'莽'本作'莔'。按山中多以黃茅之類爲'莔子芔'。郭璞注'蕑，春草，一名芒芔'。孫炎注'俗呼莔草'。莔草刺人衣，而彌阬填谷，故以爲晨行之詩，亦'夙夜厭浥'之意。莽草雖多，殊非荊榛之比。或謂蕑爲白薇，以蕑薇音近，春芔同名，難爲確詁。邢疏以《本草》莽草郭引作'芒草'爲所見本異。然則《本草》經傳爲訛誤多，焉可不慎。而《圖經》云'煎湯熱含，少頃，治牙齒風蟲喉痺甚效'。此豈可輕試耶。按《周禮·翦氏》'除蠱物以莽芔熏之'。《方言》'芔莽草也。東越揚州之間曰芔，南楚曰莽'。《說文》'芔草總名'。則非毒芔之莽矣。今人以草燒煙熏蟲，亦不需用毒莽。又《說文》'大善逐兔草中爲莽'。《孟子》'草莽下臣'。趙岐注'莽亦芔也'。莽、芔、芔、蕍同義。《楚辭》'攬中洲之宿莽'。注謂'草冬生不死'。此亦但詁宿字耳。唯《山海經》'朝歌之山有莽草，可以毒魚'。此或是水莽類。而《爾雅》'莽數節'，郭注云'竹類'。則竹亦有名莽者。《本芔》之莽芔，或爲芒，或爲竹類之莽，皆未可定。若以毒魚爲毒草，則近世有以莣麥制魚者矣，豈得謂莣麥爲毒芔耶？余恐人誤以莽草爲可服，故詳辨之"。

荷

荷字《楚辭》凡十二見，皆一義也。始見於《離騷》"製芰荷以爲衣兮，集芙蓉以爲裳"。王注"荷，芙蕖也"。洪補引《爾雅》曰"荷芙蕖。注云'別名芙蓉'。《本芔》云'其葉名荷，其花未發爲菡萏，已發爲芙蓉'"。其他則多見於《九歌》，有"荷蓋"（兩見），"荷屋"，亦言"荷衣兮蕙帶"。今洞庭兩湖之間產荷最盛，則荷固楚人所服用最甚之水産。屈賦雖多設喻，而必本於現實，非徒虛構者矣。惟荷字多與芙蓉合用。《招魂》亦用"茄荷芙蓉"，而古今釋者亦多異說。《爾雅・釋草》郭注以爲"荷別名芙蓉，江南呼荷"。《詩・鄭風》"隰有荷華"。《毛傳》"荷花，芙蕖也"。《陳風》"有蒲與荷"。《鄭箋》"芙蕖之莖也"。《埤雅》則云"荷，總名也。華葉等名具衆義，故以不知爲問，謂之荷也"。然以屈賦論之，曰"荷衣"、"荷蓋"則以荷爲葉名，於文理詞氣爲允。是當從《本草》說矣。然今世則以荷總之，不論其爲菡萏，爲芙蕖皆是花，其葉亦曰荷葉，其茄亦曰荷莖，荷固儼然大共名矣。大抵物名之別，於古爲細，後出轉粗，亦訓詁常見之例也。漢以來詞章之士，又以蓮爲總名，曰蓮花、蓮葉、蓮藕、蓮蓬、蓮心。《爾雅》謂北人以蓮爲荷，今驗之屈賦，則適相反。《說文》"蓮，芙蕖實也"。《爾雅》亦謂"荷，芙蕖，其實蓮"，郭注"蓮謂房也"，則蓮本專指荷實言，而民俗則以蓮爲荷之總名，語由俗成，此之謂也（臧琳《經義雜記》有《荷芙蕖葉》一篇可參）。

或以指荷根藕言。《七諫》亂曰"列樹芋荷，橘柚萎枯兮"。芋荷與橘柚合句，皆指食事；下句又言"苦李"，則芋指今芋頭言（詳芋字條下）。荷當指荷根藕言。古今無言荷可食者，惟漢人少見以荷指藕者，文士鑄詞，固有連類而及之一法。雖非誠言，亦世習之所許云。

款冬

《九懷・株昭》"款冬而生兮，凋彼葉柯"。王注曰"物叩盛陰，不滋育也"。洪補義同。王念孫《讀書雜志》曰"引之曰《急就篇》'款東貝母薑狼牙'。顏師古曰'款東即款冬，亦曰款凍。以其凌寒，叩冰而生，故爲此名'。師古以款凍爲叩冰，義本於王注也。然反復《九懷》文義，實與王注殊指。其曰'款冬而生兮，凋彼葉柯。瓦礫進寶兮，捐棄隨和。鉛刀厲御兮，頓棄太阿'。總言小人道長，君子道消耳。款冬、瓦礫、鉛刀以喻小人，葉柯、隨和、太阿以喻君子。《七諫》亂曰云

'鉛刀進御兮,遙棄太阿;拔搴玄芝兮,列樹芋荷'。彼言玄芝,猶此言葉柯;彼言芋荷,猶此言款冬也。鉛刀、太阿取譬正與此同。此言陰盛陽窮之時,款冬微物,乃得滋榮;其有名材,柯葉茂美者,反凋零也。款冬而生,指款冬之草,不得以為物叩盛陰。草之名款冬,其聲因顆凍而轉。《爾雅》"菟奚顆凍"。郭璞曰"款冬也"。更不得因文生訓。《爾雅·釋魚》'科斗活東'。舍人本作顆東,科斗非冬生之物,而亦名顆東,則謂取凌寒叩冰之意者,謬矣。傅咸《款冬花賦》云'維茲奇卉,款冬而生',亦仍王注之誤"。按王氏分析款冬二句句法,與下文諸句同例,妙得文理詞義是也。惟駁章句叩物盛陰之說,而援用顆凍科斗諸聯詞,以為非冬生之物,而亦名顆東,則"取凌寒叩水之意為謬矣"則可商。按《急就篇》師古注款東即款冬,亦曰款凍,以其凌寒叩冰而生,故為此名云云。考董仲舒《答雨雹問》"葶藶死於盛夏,款冬華於嚴寒"。後世入藥。《本草》言之最詳,與章句義可合。則以冬冰而生為說,本漢師舊詁,其說實最有理性。聯綿詞固多不依單字定詁,然其術當極審實,名物中不以聲為準(如芫蔚、終葵、蜘蛛等)者有之。而以訓詁字寫成者,亦復不少,如蘆荻稱馬尾,留夷之稱芍藥,澤瀉(水舄)即藚菅,又稱白華。《爾雅》蒲又名夫離,蔚又名牡蒿等不一而足。款冬冬生,《章句》以款訓叩,固歉於鑿,用意非無可取。唯《章句》讀款為動詞,故有此不周圓之訓釋。考"款冬而生"句法,與下文相對之瓦礫、進寶、鉛刀、屬御等句,其結構大異,至為可疑。生上只應用疏狀字,或雙動詞,不得用虛助字。因疑而字有誤,當為凍寒諸義之字,今不可考。言款冬凍生而柯葉則凋蔽(彼亦聲誤字)。孫氏《本艸證類》云,款冬花一名橐吾,一名顆凍,一名兔奚。《爾雅·釋草》"菟奚顆冬"。注"款凍也。紫赤花,生水中"。《釋名》"顆苦果切,或音款凍,謝音東,都弄反。按《本草》云……一名氐冬"。陶注"其冬月在冰下生,則款冬恐承音而作字異爾"。《廣雅·釋草》"苦萃款凍也"。王氏《疏證》"款或作款,凍或作涷"。經史記《本草衍文》曰"款凍花百草中惟此不顧冰雪,最先春也。世又謂之鑽凍"。其說較王氏為明快。故附之。

萑

《九思·悼亂》"萑葦兮仟眠"。朱熹《集注》"《詩·豳風》'八月萑葦'。《疏》'初生者爲葭，長大者爲蘆，成則爲萑'。此作萑者俗誤也"。《周禮·春官》"其柏席用萑，黼純"。鄭注"萑如葦而細"。古萑葦連文至多，作雚非。葦者，《說文》"大葭也"。《詩·衛風》"一葦航之"。（詳葦字下）蓋葭屬，而萑本芄蘭（見《爾雅》）。或作萑芃（見《爾雅注》）。或曰萑蘭，萑則蒲屬，多與蒲連文，即《周禮》之萑。《詩箋》云"小蒲"。《爾雅義疏》謂即"白蒲"。《楚辭》之莞蒲（又見《爾雅注》），詳莞字條下。即今俗之所謂蓆子草也，與萑絶不類，其爲俗誤至明。萑或又借爲蓷，即"中谷有蓷"之蓷，蓋形省也，音蓷。《爾雅注》之莞蔚，《廣雅》所謂益母，《本艸》所謂夏枯艸矣。蓋萑又蓷之誤。

萹

《九章·思美人》"解萹薄與雜菜兮"。王逸注曰"萹萹蓄也。雜菜雜香之菜"。洪補曰"《爾雅·釋艸》曰'竹萹蓄'。注云'似小藜，赤莖節，好生道旁'。（可食，又殺蟲。）《本草》云'亦呼爲萹竹'"。朱駿聲曰"生於水旁者曰藩。《詩·淇澳》之'綠竹'是也"。《廣雅·釋草》云"草藂生爲薄，《淮南·原道訓》'隱於榛薄之中'。"《注》"深草曰薄"。洪補曰"萹薄，謂萹蓄之成叢者。按萹蓄、雜菜皆非芳草，言解去萹菜，而備芳茝，以爲交佩也"。薄者水萹築俗稱篇竹艸，多生道旁，尤以盐醎地帶爲多，羊類喜食之。

澤瀉

《九歎·怨思》"筐澤瀉目豹鞹兮，破荆和以繼築"。王逸注"澤瀉惡艸，盛於革囊，滿而藏之，無益於用也。以言養育小人，置之高堂，亦無益於政治也"。洪補云"《本草》'澤瀉葉狹長，叢生淺水中，多食病人眼'"。《廣韻》作藻藘云"藥草，車前別名"，因生澤水，故名曰澤曰水，後人製爲專字，遂作藻爾，又名水瀉。《詩疏》則瀉作藭，後起專字，爲多年生水草，即《詩》"言采其藭"之藭。《説文》作水舄。爲一種有毒植物。

藜

有二，一即今之梨蒿，一則蒺藜一名之省稱。

（一）《九歎·愍命》"耘藜藿與蘘荷"。王洪皆無釋。按《禮·月令》"藜莠蓬蒿竝興"。《漢書·司馬相如傳》"墨者糲粱之食，藜藿之羹"。注"藜草似蓬"。《爾雅翼》"藜莖葉似王芻，兖州蒸爲茹"。《廣韻》云"蒿類"。古藜藿多連用，指貧者之食。藜即今藜蒿。俗書作梨蒿。莖白，清脆可食。正名當爲萊。音變作釐（見《爾雅》）。《説文》云"蔓花之屬"。藜科，嫩葉可茹。古以爲常蔬。其莖大者可爲杖，稱藜杖。

（二）《九歎·思古》"甘棠枯於豐艸兮，藜棘樹於中庭"。王逸注"言種蒺藜棘刺之木滿於中庭也"。按訓藜爲蒺藜，依下文棘字爲説也。本字當爲茨，《詩》所謂"牆有茨"也。又名行止（見《本草經》）。俗名黄果刺，或曰吉利草。於植物學屬蒺藜科。生時平卧地面，有小果，每果有長短二種，刺芒尖鋭。古人以爲牆屋之障。茨棘皆見詩。子政正用詩義耳。

菽虆

《九思·怨上》"菽虆兮蔓衍，芳藟兮挫枯"。舊注"菽虆，小草也。蔓衍，廣延也"。洪補云"菽釋文音焦，虆力水切"。按菽虆與下"芳藟"對舉，舊釋菽虆爲小草，釋藟爲香草，顯與芳字連文，則菽虆亦當爲一物。古《詩·周南》言葛虆。陸機《疏》"一名巨荴"。《本草》有蓬虆、陵虆、陰虆、千歲虆，而未見菽虆之名。菽《釋文》音焦，《集韻》以爲通萩。萩者，《爾雅·釋艸》"蕭萩"注"即蒿"。《説文》亦云"萩蕭也"。則菽虆其即蕭虆，蒿之屬歟？叔師以之與芳藟對舉，亦以相反成義也。則菽虆之爲蕭虆（即蓬虆），特叔師自鑄之詞耳。又疑菽字當作叔，小也。因下虆字從草而衍，虆即葛虆之省名，參葛字條。葛生蔓延，故曰蔓衍。則叔師用《周南》詩義也。言小虆蔓衍，而芳藟則挫枯也。

女羅

《九歌·山鬼》"被薜荔兮帶女羅"。王逸注"女羅，兔絲也。言山鬼仿佛若人，見於山之阿，被薜荔之衣，以兔絲爲帶也。薜荔、兔絲皆無根，緣物而生。山鬼亦晻忽無形，故衣之以爲飾也"。"羅一作蘿"。洪補曰"《爾雅》云'唐濛女蘿，女蘿兔絲'。《詩》云'蔦與女蘿，施於松上'。《吕氏春秋》云'或謂菟絲無根也，其根不屬地，茯苓是也'。《抱朴子》云'菟絲之草，下有伏菟之根，無此菟則絲不生於上？然實不屬也'"。按羅古多作蘿。《詩·小雅》"蔦與女蘿，施於松栢"。《毛傳》"女蘿兔絲松蘿也"。《疏》"松蘿自蔓松上，生枝正青，與兔絲殊異"。《韻會》引陸佃云"在木爲女羅，在草爲兔絲；生深山古木之上，爲垂地之衣地植物"。

葛

《九歌·山鬼》"石磊磊兮葛蔓蔓"。王逸注"言己欲服芝草，以延年命，周旋山間，采而求之，終不能得，但見山石磊磊，葛草蔓蔓。《詩》曰'葛之覃兮，施於中谷'。又曰'南有樛木，葛藟纍之'"。《九歎》"葛藟藥於桂樹兮"。按《說文》"葛絺綌草也"。《詩·周南》"葛之覃兮"。《毛傳》"葛所以爲絺綌"。《易·困卦》"困於葛藟"。注"引蔓纏繞之草"。《埤雅》"瓜葛皆延蔓相及，故屬之綿遠者，取譬瓜葛"。按今世常見植物。纖維供織葛布，稱葛麻；其細者用以代繩；又爲澱粉中佳品，稱葛粉，可爲糊。

葵

《七諫·怨世》"蓼蟲不知徙乎葵菜"。王逸注"葵菜，食甘美"。按《詩·豳風·七月》"七月烹葵及菽"。《儀禮·士虞禮》"夏秋用生葵"。王禎《農書》"葵陽草也，爲百菜之主，備四時之饌"云，此處之葵，當指此。又《說文》"葵衛也。傾葉向日，不令照其根"。《左傳》成十七年"鮑莊子之知，不如葵，葵猶能衛其足"。此許氏所本，爲別一物，此處言葵菜，即《本艸綱目》之滑菜，或曰露葵。李時珍亦云葵爲五菜或曰露葵。以葵爲五菜之主，古人種爲常食。《詩經·七月》言"烹葵及菽"。與菽同食。則春秋以來至爲吾民常蔬矣。當即後世之露葵也。

蓼

《七諫·怨世》"蓼蟲不知徙乎葵菜"。王逸注"言蓼蟲處辛烈，食苦惡，不能知徙於葵菜，食甘美。終以困苦而癯瘦也"。洪補曰"蓼辛菜也。音了。《魏都賦》云'習蓼蟲之忘辛'。李善引《楚辭》'蓼蟲不知徙乎葵藿'"。按《説文》"蓼辛菜。《詩·周頌》'予又集於蓼'"。《本艸》"蓼類性皆飛揚,故字從翏,高飛貌"。按蓼種最多。《説文》以爲辛菜者,水蓼也。《爾雅》又名薔虞,生水邊濕地。古人多以爲常蔬。《禮記注》"烹雞豚魚鼈,皆實蓼於其腹中"。又民俗於春節供五辛葱、蒜、韭、蓼、芥。蓼蟲者,生於蓼上之小蟲也。

菰

《大招》"五穀六仞,設菰粱只"。王逸注"苽粱蔣實,謂雕葫也。有苽粱之飯,芬香且柔滑也。或曰仞因也,以五穀因苽粱,厠爲飯也"。"菰一作苽"。洪補"菰苽竝音孤"。朱注"菰粱實蔣,一名雕葫"。按《内則》"蝸醢而苽食雉羹"。《食醬》"魚宜苽",字或作菰。吳仁傑《離騷草木疏》"本草菰根。注云'蔣艸也。江南人呼爲茭艸'。《内則》鄭注、《食醬》鄭衆注竝云'菰雕葫也'。《淮南·原道訓》高注'菰者蔣實也,其米曰彫胡'。《説文》'苽雕苽'。《御覽》引作雕胡。《廣雅》'菰蔣也。其米謂之雕胡'。宋玉《風賦》'爲臣炊雕胡之飯'。李時珍曰'九月抽莖,開華如葦芳結實長寸許,大如茅針,皮黑褐色,其米甚白而滑膩,作飯香脆'"。

六仞

《大招》"五穀六仞,設菰粱只"。注曰"七尺曰仞。言楚國土地肥美,堪用種植五穀,其穗長六仞,或曰仞因也。以五穀因苽粱厠爲飯也"。按此詞最難通。俞樾《讀楚辭》曰"愚按七尺曰仞之説,殊不可通。世無長四丈二尺之穀穗,雖侈言之,不當若是也。或説稍近,然訓仞爲因,義亦未安。仞之言充仞也。字本作牣。《説文·牛部》'牣滿也'。《文選·上林賦》'虛宮觀而勿仞'。《子虛賦》'充仞其中者,不可勝計'。竝以仞爲之。五穀六仞,言穀之數五而充仞其中者六,蓋竝下菰粱數之，以見其多也"。按俞説較舊注爲勝。然細繹之，則至可商。按俞以"六仞"仞字爲充仞，爲《章句》以來疑仞義不審之一説，於字義不爲無見。而於詞氣禮制，恐仍有可商。此兩語爲全部食事之主食，此指食米而言。上統言五穀，下言菰粱，則此必非食物，細繹文意，重在一六字，考五穀六仞句注，與下"鼎臑盈望"同，余疑此當即禮家所謂之六米，或六粢（又作齍），即六簋之誤。《周禮·春人》"職掌共米物，祭祀共齍盛之米"。又《倉人》"職掌粟米之出入辨其物"。注"九穀六米別爲書"。程瑤田"《九穀考》以六米斷指《食醬》之六穀。然《小宗伯》六齍，注云'齍讀爲粢'。'甸師齍盛'。注云'粢者稷也'"。則粢本謂稷，稷爲穀之長，故六穀統名爲粢。此粢盛之粢，所由得名也。故《周禮》齍盛鄭注皆易爲粢。《詩·甫田》作齊。《毛傳》"實器曰齊"。《左傳》、《禮記》皆作粢。盛器穀名曰粢，用以祭祀則曰齍，即《玉篇》所謂"黍稷在器曰齍"是也。又《聘禮》之"稷兩簋"，《公食大夫禮》"設黍稷六簋"，《玉藻》"朔月四簋，子卯稷食"。四簋者，黍、稷、稻、粱也。則以食品言曰粢；（粢）齋以盛粢之器言（以稷爲穀之長），則曰齍齊；以器言則曰簋。其實皆盛飯之器也。又金文《叔父盤》云"中叔父乍婦姬尊般盤黍、粱、來麥用旙𣄃中氏顑"。又《朱家父簠》云"朱家父乍中姬匡，用成盛稻粱，用速先後者諸"，則亦可用盤，或亦可言成（即盛），則又粢盛之省言也。是《招魂》之五穀六粢者，言五穀之米，所爲之飯，食其六器耳。仞字或即齊、齋、粢、粲、簠諸字中某字之誤歟。

又按凡果實核内之子曰人，五穀之米亦曰人，後世以仁爲之。段玉裁秀字注"出於稃謂之米，結於稃内謂之人"。《玉篇》、《集韻》、《類篇》皆有秂字，欲結米也。而鄰切。則仞字，或仁字聲近而形譌，則六仞猶六米。然六仞於古無徵，且此不得言粢齋者。形名從實，有親疏尊（祭爲尊）卑質文之別，若作六仞，於義過迂屈，故今不取此説。

藑茅

《離騷》"索藑茅以筳篿兮"。王逸注"藑茅靈草也"。《文選》藑作瓊。洪補曰"藑音瓊。《爾雅》云'葍藑茅'。注云'藑葍一種，花有赤者爲藑'"。正文上文云"葍藑也"。此又別其種也。《説文》"藑茅葍也，一名舜"。《廣雅·釋草》"烏韮葍也"。韮又與反。朱《集注》"藑一作瓊，並音瓊、藑茅靈草也"。按藑一作瓊，騫公本亦作藑。作藑者，正字，作瓊者借字也。王逸訓靈草，而洪補以爲即《爾雅》之葍，恐非。吳氏《草木疏》與錢氏《集傳》説同洪氏。但《説文》、《爾雅》郭注、陸機《詩疏》釋藑茅者，皆不及《離騷》此文。郝氏《義疏》因謂"《離騷》之瓊茅，注云，靈草，非葍也。《史記·封禪書》'古之封禪，一茅三脊，所以爲籍'"。《集解》引孟康曰"謂靈草也"。《漢書·郊祀志》注引張晏説同，《尚書·禹貢》曰"青茅"。《左傳》謂"楚貢芭茅不入"，即管仲所謂茅三脊者也。《禹貢》青茅，亦荆州所貢。《水經·湘水注》引《晋書·地理志》言"零陵郡桂陽縣有香茅，氣甚芬香，貢之以縮酒"。《夏本紀》正義引《括地志》"辰州盧溪縣西南三百五十里有苞茅山"。《武陽記》云"山際出苞茅，有刺，而三脊，因名茅山"。《元和郡縣志》"麻陽縣苞茅山産茅，有刺，而三脊。在縣西南三百五十里"。洪亮吉云"包茅山在麻陽縣東九十里，茅坪村是也"。《太平寰宇記》"永州有苞茅山"。《山川記》云"野有香茅，貢以縮酒"。左氏謂"楚貢包茅不入"是也。《湘州記》云"其俗八月上辛日，把以祓神"。如諸志説，當今湖南西部與南部也。則在沅湘之間藑芳所出。《湘州記》明載楚俗云"把以祓神者"，《周官·男巫》亦云"旁招以茅"矣。同音字遂作藑歟？然《齊民要術》引陸機《疏》云"藑茅漢祭甘泉用之，可用以祭，古人卜必先祭，則藑茅或用以縮酒，或用以籍筳篿，皆無不可"。且陸疏言葍有兩種，一種莖葉細而香，一種莖赤有臭氣。《詩》"我行其野"，《毛傳》云"葍惡菜也"，殆謂其赤而臭者，而郭注以蕸爲赤華，與其注菖白華不同，乃緣瓊爲赤玉故耳。實則瓊非赤玉，吳氏辨之甚悉。瓊亦爲白。《説文》"蕸茅菖也，一名舜"。又舜字云"草也。楚謂之菖，秦謂之蕸"。吳氏謂"特秦楚方言之異，非必赤花爲蕸"是已。推此則《離騷》之瓊茅即蕸茅，用其白而香者，義正可通。不必定以靈草爲別一物。調和兩説，雖亦有據，而未審實祀神，不與想像之義比。"索蕸茅"云云，乃言事，非抒情，不得以空言形之也。古者祭祀必以茅，或以籍物，或以縮酒；卜者亦用茅，或且先祭而後卜，皆不可知。按《山海經·南山經》"凡䧿山之首，自招搖之山，以至箕尾之山，凡十山……其祠之禮，毛用一璋玉瘞，糈用稌米一壁稻米，白菅爲席"。郭注"菅茅屬也"。郝氏《箋疏》"懿行案《爾雅》云'白華野菅'。《廣雅》云'菅茅也'。席者藉以依神。《淮南·説山訓》云'巫之用糈藉'。高誘注'糈米所以享神。藉菅茅'。是享神之禮，用菅茅爲席也。又《西山經》'凡西次二經之首，自鈐山至於萊山，凡十七山，……其祠之毛用少牢（郭云羊豬爲少牢也），白菅爲席'。則祠此諸山之神，並以白菅爲席矣。然二經言席，猶《淮南》言藉；《南山經》白菅爲席，上承'糈用稌米'，文正相次，即《淮南》所謂'巫之用糈藉'者是也"。惠士奇《禮説》曰"茅之爲物薄，而其用也重矣。故春秋楚子入鄭，鄭伯肉袒，左執茅旌，右執鸞刀，皆宗廟之器。蓋以宗廟將不血食……以爲不如是不足以感動仁人孝子之心也。何休曰'茅旌宗廟所用迎道神，指護祭者，斷曰藉，不斷曰旌'"。云云。言茅之用，言簡而義賅。

薗蕠

《九思·憫上》"薗蕠兮青葱"。按舊注"薗蕠艸名。青葱見養有光色也"。洪補曰"薗居滯切，蕠女豬切。《集韻》'薗蕠似芹可食，葱當作葱'"。按《玉篇》亦云"藘蕠似芹"。洪引《集韻》者，就薗字字形也。其實藘讀居例切，即廚之音，則作藘乃正字也。《爾雅·釋草》

亦云"虆蔡竊衣"。注"似芹可食，子大如麥，著人衣"。字作莑，不作
蔡。《九思》作虆蔡者俗偶也。音當讀如汝余切，蔡則黏著之義。

藂菅

《招魂》"五穀不生，藂菅是食些"。王逸注"柴棘爲藂，菅茅也。
言西極之地，不生五穀，其人但食柴艸，若群牛也"。"藂一作叢，菅一
作菮"。洪補云"藂艸叢生也，菅菮並音姦。《說文》'菮艸出吳林
山'"。朱注"藂叢生也。菅茅屬，高者至丈餘，可以食牛。言其地不
生五穀，其人但食此菅艸也"。按藂當從洪說，藂即叢之別體。蓋六朝
以來俗字，洪朱說義訓是也。而說字形，則非。《詩·小雅》"白華菅
兮"。《疏》"已漚爲菅"。《左傳》昭二十年"無棄菅蒯"。注"菅似茅，
滑澤無毛筋，宜爲索，漚與曝尤善"。菅茅屬，爲一種高長禾木草，生
淺水。測觀《招魂》文，與柴棘相次，其爲惡艸可知矣。《廣韻》音古
顏切又或讀如菮。《山海經·中山經》"又東北二十里曰吳林之山，其中
多菮草"。郭注"亦菅字，一謂菮亦菅字"。則菅讀菮音。然菮乃蘭草
也，即《鄭風·秉蕑》之蕑，即澤蘭，與此非一義。《招魂》言"藂菅
是食"。即《管子·牧民論》所謂"野蕪曠則民乃菅"之菅，謂民乃食
菅也。則古固有以菅充荒年之食者。

薺

《九章·悲回風》"故荼薺不同畝兮"。王逸注"言枯草荼薺，不同
畝而俱生。以言忠佞，亦不同朝而俱用也"。"薺一作若，若一作苦"。
洪補曰"《爾雅》云'蒫薺實'。《疏》引《本艸》云'薺味甘，人取其
菜作菹及羹'。《詩》云'誰謂荼苦，其甘如薺'。又曰'堇荼如飴'。
此言荼苦而薺甘，不同畝而生也"。朱熹云"荼苦菜也，薺甘菜也。蓋
荼薺甘苦不能同生"。按薺即今俗所謂薺菜，微甘，可入肴，或以作麪

食心。江浙滇蜀之人皆好之。

枲華

《天問》"靡蓱九衢，枲華安居"。枲相里切。《爾雅》有枲麻，"麻有子曰枲"。《天對》云"浮山孰產，赤華伊枲"。引《山海經》"浮山有草焉，其葉如麻，赤華"。即枲華也。枲華無異狀異聞，何以能啟屈子之問？《九歌》有"折疏麻兮瑤華"之言，則南楚有麻，屈子固已知之（長沙出土文物中已有麻之紡織品，益足徵信）。則此枲華，恐非常見之麻。《山海經·西山經》有云"浮山……有草焉，名曰薰草，麻葉而方莖，赤華而黑實，臭如蘼蕪，佩之可以亡癘"。《廣雅》亦云"薰草蕙艸也"。《郝疏》云"《史記·司馬相如傳》索隱引《本草》云'薰草一名蕙，今東下田有此草莖葉似麻，其花正紫'。屈子枲花，大約即此等類之異艸也，就不能實指，姑闕疑可也"。又考《喪服傳》"牡麻者，枲花也"。《本草》"雄名枲華"。《九穀考》云"夏至前後牡麻開，細碎華，色白而微青"。《齊民要術》"夏至先後各五日，可種牡麻"。注"牡麻有花無實"。《九穀考》云"北方夏至前後，苴麻又作花而放勃，勃與華初胎時相似，名之曰蕡，即麻實之稢者。《爾雅》所謂不榮而實謂之秀者也"。按靡蓱與枲華二句，其句法與"黑水玄趾，三危安在"同。則靡蓱、九衢、枲華為三品。若靡蓱有九衢，則枲華句當作枲而生華者也。枲有不榮而實者，其勃有似開花，其實勃，即《說文》不本字。初含胚蒂之形，而非必即花者也。故枲華非華實，不過勃（不）爾。故屈子以為問。餘參靡、蓱兩條。

菓耳

《九思·哀歲》"菓耳兮充房"。舊注云"菓耳惡草名也"。按《離騷》"資菉葹以盈室兮"。王逸注"葹枲耳也"。叔師此句即襲用《騷》

語也。詳蓶字條。又名常枲（見《爾雅注》）。《本草》又名胡枲、地葵，字作菓耳者，又見《淮南子·覽冥篇》注，即《詩》之卷耳，字又作菤耳、蒼耳，花根葉實皆可食，故古人用爲常用食物。

疏麻

《九歌·大司命》"折疏麻兮瑤華，將以遺兮離居"。王逸注"疏麻神麻也"。洪補"麻華色，其色白，故比於瑤"。按《太平寰宇記》"永州零陵縣有麻山，在州西北一百一十五里，其山野周遍，與種植無異。人多採之，故名麻山"。然則沅湘之間故多麻矣。《九歌》之作，本民間謠詞，取興於物，則野麻近之，注以爲神麻、玉華，失之鑿矣。洪曰"説者云麻花色白，故比於瓊"云，蓋得其實，則疏麻即麻也。又按楊慎云"《楚辭》注以疏麻，即近見《南越志》載'疏麻大二圍，高數丈，四時結實，無衰落'，則自有此一種木也"。異説存參。然曰疏麻，又狀之曰瑤華，且以遺之遠者，常麻可能含有特殊之習尚。考《呂氏春秋·審時篇》"得時之麻，必芒以長，疏節而色陽，明也小本而莖堅。"余疑疏麻即此"疏節而陽"之義。陽者，《詩》"我朱孔陽"，《毛傳》"陽，明也"。故下以瑤華狀之，此所謂得時者也。此疑與《詩》所謂"遺我彤菅"云云相似，男子贈答之物，以喻某種情思者也。按此當即《本草》所謂"雄者名菓麻、牡麻也"。《喪服傳》"牡麻者，枲麻也"。《齊民要術》"夏至先後五日，可種牡麻"。注"牡麻有花無實"。《九穀考》云"夏至前後，牡麻開細碎花，色白而青"。云云，與洪補注説同。別參枲華條下。詩載"木桃、"木李"、"握椒"、"芍藥"、"彤菅"皆相贈問之物，當各有含義。

菓耳

瑶華

《九歌·大司命》"折疏麻兮瑶華，將以遺兮離居"。王逸注"疏麻神麻也，瑶華玉華也"。洪補云"謝靈運詩云'折麻心莫展'。又云'瑶華未敢折'。説者云瑶華麻華也，其色白，故比於瑶，此花香，服食可致長壽，故以爲美，將以贈遠。江淹《雜擬詩》云'雜珮雖可贈，疏華竟無陳'。李善云'疏華瑶華也'"。《韻語陽秋》"瑶華謂麻之華白也"。《詩》載木桃、木李、握椒、芍藥之類，皆相贈問之物。所謂疏麻者，所以贈問離居也。謝靈運《南樓遲客詩》云"瑶華未堪折，蘭苕已屢摘，路阻莫贈問，何以慰離析"，《越嶺谿行》云"握蘭徒勤摘，折麻心莫展"，駱賓王《思家詩》云"旅行悲泛梗，離恨斷疏華"，錢起《題輞川詩》云"折麻定延佇，乘月期相尋"，皆用《楚辭》意，用於離居。至錢起《贈趙給事詩》乃云"不惜瑶華報木桃"，則是以瑶華爲玉，誤矣。參疏麻條。

蒺藜

《七諫·怨思》"蒺藜蔓乎東廂"。《離騷》"薋菉葹以盈室兮"。王逸注云"薋蒺藜也"。《詩》曰"楚楚者薋"，今詩薋作茨，郇風同。按急言曰茨、曰薺，緩言曰蒺藜。《爾雅》"茨蒺藜"。郭注"布地蔓生，細菜，子有三角，刺人"。《説文》"薺蒺藜也"。引《詩·牆有薺》茨、薺、薋皆聲通。《釋文》引《本草》云"蒺藜一名旁通，一名屈人，一名上行，一名豺羽，一名升推，一名即梨，

蒺藜
（據李時珍《本草綱目》圖摹繪）

一名茨。多生道上，布地，子及葉竝有刺，狀如雞菱也"。又《廣雅》云"白苤苀薋也"。王氏《疏證》謂"《玉篇》苤又音殁，白苤即白殁也"。殁亦作給。《玉篇》、《廣韻》竝云"苀白苤也。根有三角，故一名苀"。《秦風·小戎篇》"厹矛鋈錞"，《傳》云"厹三隅矛也"。聲義正與仇同。其一名薋者，因與蒺藜俱有三角故也。實則各一物。又《集韻》薋字既引《廣雅》一曰菜生水中，而《玉篇》以菜生水中者，別爲薋字。從貲。吳氏《疏》謂陸法言亦作薋，與《集韻》不同，則已駁之矣。字又作薺，《禮記·玉藻》"趨以采齊"。《鄭注》"齊當爲楚薺之薺"。《孔疏》云《詩·小雅》有《楚茨》之篇，此作齊字，故讀爲楚茨之茨，音同耳。是茨即薺，合於《說文》。惟與菜之名薺，《北風》所云'其甘如薺'者，不妨同名而異物。且據《說文》'薋草多貌'。茨以茅蓋屋，則薺爲正字，薋與茨皆借音字"。

茂

《離騷》"夫維聖哲以茂行兮"。王逸"茂，盛也。言天下之所立，獨有聖明之智，盛德之行"。按茂行，《爾雅》"茂勉也"。茂行黽勉其行也。王訓盛未允。《九思·傷時》"菫荼茂兮扶疏"，此用艸豐盛也本義。《詩·生民》"種種黃茂"。傳"美也"。

蓬

《七諫·沈江》"若縱火於秋蓬"。王逸注"蓬，蒿也。秋時枯槁。言放火於秋蒿，不可救制也"。又《九歎·怨思》"執棠谿旦制蓬兮"。王、洪無說。亦蒿也。《說文》"蓬蒿也"。字又作莑，作菶。《詩》"彼茁者蓬"。《傳》"艸名"。《七諫·怨世》"蓬艾親入御於牀第兮"。王逸注"言蓬蒿蕭艾入御房中"。按《荀子》"蓬生麻中，不扶自直"。《詩·召南》"彼茁者蓬"。《禮·內則》注"禦亂之草"。《禮·月令》

注“蒿亦蓬蕭之屬，此與艾連文，則亦蕭艾之類也。惡艸，又名飛蓬，‘首如飛蓬’是也”。俗名蓬草。

薋

《離騷》“薋菉葹以盈室兮，判獨立而不服”。王注“蒺藜也”。按歷世説者，皆以薋菉葹爲三物，皆本王説，皆非也。至朱珔《文選集釋》以爲“連文不詞。《説文》薋與薺別。段氏云據許君説，正謂多積菉葹盈室。薋非艸名。又似較順”云云。已得其仿佛。按薋菉葹句法，與“蘇糞壤以充幃”、“回朕車以復路”等相同依舊説。則三物與盈室之間，不得用介詞。薋蓋資字誤（朱引一本作茨，則脱下貝而增艸）。惟王逸注引《毛詩》“楚楚者薋”，則其誤蓋在王逸以前，薋蓋資之誤，涉下文菉葹而衍草也。資與稽通，皆訓積。積菉葹以滿室也。積《説文》“聚也”，《詩·周頌》“積之栗栗”，《禮·月令》“仲秋命有司趣民多積聚”。皆其徵也。

馬蘭

《七諫·怨世》“馬蘭踸踔而日加”。王逸注“馬蘭，惡草也。蓬蒿蕭艾入御房中，則馬蘭之艸踸踔暴長而茂盛也”。洪補“《本草》云‘馬蘭生澤旁，氣臭，華似菊而紫’。《楚辭》以惡草喻惡人”。又按楊慎《丹鉛雜録》卷八云“馬蘭踸踔而日加”。加字叶，五何切。

馬蘭

（據李時珍《本草綱目》圖摹繪）

莆雚

《天問》“莆雚是營”。洪、朱同引一本作黄雚，一作莆藿。《御覽》一千亦引作黄。洪云“以莆爲黄，以雚爲藿，皆一字之誤”。是也。王逸注云“萬民皆得耕種黑黍於雚蒲之地，盡爲良田”云云。則王本作雚蒲也。《天對》云“維莞維蒲，維菰維蘆”。莞蒲亦即雚蒲，是唐以前本不作莆雚也。《穆天子傳》“爰有萑葦莞蒲”，《管子·山國軌篇》“莞蒲之壤”，莞即雚。惟古書多用莞爾。其作雚者，如《漢書·貨殖傳》“雚蒲材幹”、王粲《從軍詩》“雚蒲竟廣澤”，皆是。《詩·斯干》疏引某氏注云“《本草》云‘白蒲一名苻離。楚謂之莞蒲’”。則莞蒲又楚言矣。

《夏小正》云“七月莠雚葦”。按《說文》“蒹萑之未秀者，葭葦之未秀者，而萑之初生者，有菼、薍、鵻三名，已秀者則爲雚葦”。《詩》“八月雚葦”。《毛傳》“薍爲萑葭爲葦”。是也。

菅蒯

《九思·悼亂》“菅蒯兮壄莽”。洪興祖《補注》“菅音姦，蒯苦怪切”。按《左傳》成九年“無棄菅蒯”，注“菅似茅，滑澤，無毛筋，宜爲索，漚與曝尤善”。此菅蒯即用左氏語也。又成八年“雖有絲麻，無棄菅蒯”。杜注《毛詩疏》曰‘菅與蒯連，亦菅之類’”。

芳藟

《九思·怨上》“芳藟兮挫枯”。按舊注“藟香草名也”。洪補曰“藟許苗切。《本草》‘白芷，一名藟’。《說文》‘楚謂之蘺，晋謂之藟，齊謂之茝’”。按《玉篇》云“香草也”，蓋即本逸說。依《本草》則

《楚辭》"茝藥"以芷芳一物有五名，皆即今所謂白芷。《説文》云"茝
蘭也"。蘭字解茝，楚謂之蘺云云。一物數名，自亦方俗之別，但茝蘭
爲一物，皆見《説文》、《本草》諸書。

雜菜

《九章·思美人》"解萹薄與雜菜兮"。王逸注"雜菜雜香之菜"。洪
按"萹蓄雜菜皆非芳草。此言解去萹菜，而備芳茝宿莽，以爲交佩也"。
朱熹《集注》"萹蓄雜菜，皆非芳艸。故言解去二物，而以上文之茝莽
爲佩也"。按雜菜王逸謂雜香之菜，以義與詞氣定之，是也。雜菜義不
甚明。

樧支

《九歎·惜賢》"采樧支於中洲"。王逸注"樧支香艸也。言己雖憂
愁，猶采取香草，以自約束，修善不怠也"。"支一作枝，洲一作州"。
洪興祖"樧音煙。《相如賦》云'枇杷橪柿'。其字從木。郭璞云'橪支
木也'"。按《廣韻》人善切。《説文》"酸小棗也"。《集韻》"音因蓮
切，音煙，樧支香草也。當即本之《九歎》王注。《相如賦》作橪柿，
郭璞以爲香木，則漢晉間人尚未能一致。然煙支與胭脂、燕支等，同爲
叠字聯語，其語根當相同。胭脂、燕支皆婦人飾色，有香氛，則木名樧
支者，當亦從同。且與上句搴薜荔爲對文，則其爲香草似無可疑。然字
則各書皆從木，而《九歎》從手者，或後人誤書也。

蒲

《九懷·尊嘉》"抽蒲兮陳坐"。王逸注"拔草爲席，處薄單也"。
《禮·玉藻》"連用湯履蒲席"。《釋名》"蒲艸也"。《廣韻》水草可以爲

席。即今時所用蒲席草也。《本草》名香蒲。《綱目》曰"蒲黄蒲蒻。《楚辭》有蒻，多年生之水中，草莖下白即蒲筍，古供食用。葉供編織用，蒲席、蒲扇、蒲包皆是"。

莎

《招隱士》"青莎雜樹兮"。王逸注"草木雜居"洪興祖《補注》曰"《本草》云'莎古人詩多用此草，根名香附子。荊襄人謂之莎草'"。朱熹云"莎草根名香附子"。按洪、朱説是也。《説文》"鎬侯也"。一名侯莎。《爾雅翼》"莖似三稜，根周匝多毛，謂之香附子，一名雀頭香"。

篁

《九歌·山鬼》"余處幽篁兮終不見天"。王逸注"言山鬼所處，乃在幽篁之内，終不見天地，所以來出，歸有德也。或曰幽篁竹林也"。五臣云"幽深也，篁竹叢也"。洪補云"篁音皇。《漢書》云'篁竹之中'。注云'竹田曰篁'。《西都賦》云'篠簜敷衍，編町成篁'。注云'篁竹墟名也'"。朱熹《集注》"篁音皇，幽深也，篁竹叢也"。按《史記·樂毅傳》"薊丘之植，植於汶篁"，徐廣曰"竹田曰篁"，與逸注竹叢義同。然篁竹亦竹中之一種。《竹譜》云"堅而促節，體圓而質堅；皮白如霜粉；大者宜作船，細者爲笛"。今湘、鄂、蜀中皆甚産竹。其中肉厚者，俗曰荒竹，荒即篁之聲變也。

竹

《七諫·初放》"若竹栢之異心"。王逸注"竹心空，屈原自喻，志通達也；栢心實，以喻君闇塞也。言己性達道德，而君門塞其志，不合若竹栢之異心也"。按《説文》"冬生艸也。象形。下垂者，箁箬也"。

《詩·衛風》"綠竹猗猗"。竹品種至多，大體不除兩類，一則肉厚空小，一則枝薄空大。

莽莽

《九章·懷沙》"滔滔孟夏兮，草木莽莽"。王逸注"言孟夏四月，純陽用事，煦成萬物，草木之類莫不莽莽盛茂"。洪補云"莽，莫補切"。又《九辯》"願徼幸而有待兮，泊莽莽與壄草同死"。王逸注"將與百卉俱徂落也"。洪補云"莽莽，莫古切。草盛"。又《九辯》"泊莽莽而無垠"。又《九懷·危俊》"泱莽莽兮究志"。王逸注"周望率土，遠廣大也"。按《楚辭》莽莽一詞四見。其三見於《屈宋賦》，一見於漢賦。見屈宋賦者，皆釋爲草盛，此楚故言也。《方言》三"蘇芥草也……南楚江湘之間謂之莽"。又卷十"茻莽，茻也。草南楚曰莽"。故《九章·懷沙》曰"茻木莽莽"。《九辯》"泊莽莽與壄草同死"，又曰"泊莽莽而無垠"，皆言草盛之狀。漢以後經師，遂多用此説。哀六年，杜注"草之生於野，莽莽然，故曰草莽"。《漢書·景帝紀》如淳注"草深曰莽，茻多曰莽，木多亦曰莽"。《淮南·時則訓》"山雲茻莽"。高注"山中雲氣出似草木"。《説文》"莽字從犬，在茻中"。"茻者衆茻也"。大徐同。音莫朗反。則楚人言草曰莽，當即莽字本義耳。至《九懷》"泱莽莽"之句，則以爲原野廣大之象。此餘杭章炳麟所謂雖無草，而地廣平者，亦得曰莽也（見《文始》）。"聲轉爲茂茂，爲楙楙，草盛曰茂，木盛曰楙，又轉爲芇芇。《廣雅·釋訓》"芇芇茂也"。餘詳《方言》錢氏箋疏三、十兩處，及《文始》。莽本字許氏訓南謂"犬善逐兔茻中，爲從犬從茻，茻亦聲"者。凡茻茻皆盛多，盛多則有疾義，故孳乳爲莽也。

麋

《離騷》"精瓊麋以爲粻"。王逸注"麋屑也。言我將行折取瓊枝以爲脯腊，精鑿玉屑，以爲儲糧”。洪補“廉音糜”。《文選》音靡。《反離騷》云“精瓊靡與秋菊芳將以延夫天年”。應劭云“瓊玉之華也”。《周禮》有食玉，注云“玉陽精之純者，食之以禦水氣”。鄭司農云“王齊當食玉屑”。《離騷》王注“廉屑也”。廉即糜字。《説文》“糜碎也”。段注“石部碎糜也，二字互訓”。字或作糜。《廣雅》“糜糟也”，與瓊連文，故王注爲玉屑，洪亦引鄭司農説“王齊當食玉屑”爲解。屈賦家自有此傳説，後人以食玉爲美言。恐亦出想像。參食玉條。

椒

《楚辭》椒字凡十四見。其曰芳椒，或單言椒。皆即今之所謂花椒，其言若椒、椒楨、椒桂連用者，蓋足以明其爲芳烈之木。《離騷》又或借以喻楚大夫子椒云。椒之種屬極多，而單言椒，則指花椒言。花椒又名秦椒，又名茉。見《説文》，即《詩》之椒聊也。其葉實皆供食用，其氣芳烈。故《楚辭》多與芳及諸芳物連文。《離騷》“雜申椒與菌桂兮”，詳申椒條下。王逸注“申重也。椒香木也。其芳小，重之乃香”。五臣云“申用也，椒菌桂皆香木”。按申椒即露申也。又《九章》“繫申椒以爲糧”，則以繫爲動字，申椒爲一專詞。《九歎·惜賢》言“握申椒與杜若兮”，以申椒與杜若對舉，更足以明申椒爲專名。別詳《九歌·湘夫人》“桂芳椒兮成堂”。《荀子·禮論》亦曰“椒蘭芳苾，所以養鼻也”。是戰國以來皆重椒之證。引申則謂芬曰椒。《周頌》“有椒其馨”，是也。洪補曰“《漢官儀》曰‘椒房，以椒塗壁，取其溫也’”。則芳爲椒之形容詞，亦單言曰椒。《離騷》“巫咸將夕降兮，懷椒糈而要之”。椒以香芳，可以爲降神卜筮之用。詳糈字條下。又“馳椒丘且焉止息”，王注以“土高四墮曰椒丘”。五臣云“丘上有椒也”。《司馬相如賦》“椒丘之闕”，如淳注“丘多椒也”。此椒丘當以五臣如淳説爲斷，叔師説不知所本。《廣雅》云“土高四墮曰椒”。《字學集要》云“山顛曰椒”。《淮南注》云“山頂曰冢，亦曰顛，亦曰椒，一作嶕”。椒乃嶕字之假借。漢武帝李夫人賦“釋輿馬於山椒"、謝靈運《北固詩》"稅鑾登山椒"、謝惠連《泛湖詩》"悲猨響山椒"皆是。《九章》有"惟若椒以自處"、《七諫》"列新夷與椒楨"、《九歎》"椒桂羅目顛覆兮"、《九思》"椒瑛兮涅汗",皆芳木相配,不及一一爲解。

自王逸《章句》以來,或以屈賦所用之椒蘭爲子椒子蘭,其説當詳辨之也(子蘭已見蘭字條)。《離騷》"椒專佞以慢慆兮,樧又欲充乎佩幃"。王逸注"椒楚大夫子椒"。洪補曰"《古今人表》有令尹子椒"。按《史記》有令尹子蘭,無子椒。叔師云楚之大夫,不知所據。朱季海曰"今尋《鹽鐵論·非鞅篇》'大夫曰是以上官大夫短屈原於頃襄'。又《頌賢篇》'文學曰夫屈原之沈淵,遭子椒之譖也'"。(椒今本作抑,形之誤也。王引之《春秋名字解詁》子抑有三,字皆借爲酉。群書名云屈原同時,更有子柳)。季海謂"子椒是上官大夫字。《史記》有上官,而無子椒。以此大夫文學曰,當昭帝時,計其受書之年,故在武帝之世見聞去遷甚近,故其言最審。《史記》云'懷王使屈原造爲憲令屈平屬草藁未定,上官大夫,見而欲奪之,屈平不與,因讒之'云云。即其專佞慢慆可知矣"。又云"令尹子蘭聞之大怒,卒使上官大夫短屈原於頃襄王(大夫之言與此同矣)。頃襄王怒而遷之"。以下具述漁父之辭,終之以《懷沙》之賦,然原之沈淵,遭上官之譖甚明。大夫謂之上官,文學謂之子椒,其爲一人,又可知也。《新序·節士篇》始謂張儀之楚,貨楚貴臣上官大夫靳尚之屬,上及令尹子蘭、司馬子椒。而王逸又云'同列大夫上官靳尚,懷王少弟司馬子蘭'。其實令尹、司馬,俱楚之尊官,遂相皮傅耳。令尹子蘭外,要不足信。然考之《史記》,頃襄王立,始以其弟子蘭爲令尹。於勸懷王行,猶曰稚子子蘭。張儀之楚,又在其前,則此云令尹子蘭,亦誤也。《人表》'令尹子椒',次即子蘭,令尹字當屬子蘭,無爲著子椒其間。又列上官大夫於中中,子椒於中下,亦不合。《史記》(惟以上官大夫靳尚爲二人,可以釋後學之疑。)疑本云'上官大夫子椒',寫者錯子椒在下,遂與令尹子蘭相混。然蘇林注《揚雄傳·反離騷》已云'淑蘭令尹子淑、子蘭也'。則魏本與今正同。豈以舊無界畫,故等差易漫耶"。(界畫自顏氏以來有之,而景祐本諸表,尚多散無友紀者，則其前可知已）。按朱説極辯。然《元和姓纂》云"楚懷（秘笈新書引無此字）王子蘭爲上官邑大夫，因氏焉。秦滅楚，從隴西之上邽"。以爲子蘭與《史記》不合。然以上官楚邑，宜有所據。則上官大夫乃子蘭，而非子椒。且姓氏變遷，亦有所據，不僅此也。以上官爲地名，則有同，三閭三户之稱，當亦故説之遺，則不僅子椒之説不可信，即子蘭之名疑亦出史公杜撰。大約《離騷》有椒專佞之語，而衍爲子椒。屈子言滋蘭樹蕙，而別爲子蘭，皆出史公想像之詞，從而推之，則子蕙、子樧，將亦有其人矣。

申椒

《楚辭》凡三見，義皆同。《離騷》"雜申椒與菌桂兮"。又"謂申椒其不芳"。《九章》"繫申椒以爲糧"。王注"申重也，椒香木也。其芳小，重之乃香"。五臣云"申用也，椒菌桂皆香木"。洪補曰"其以申爲用，則非也。《淮南子》曰'申荼、杜茝美人之所懷服'"。朱熹云"椒木實之香者，申或地名，或其美名耳"。按王逸訓申爲重，顯與文理詞氣不合。洪、朱兩家駁之是也。朱又爲地名，恐亦未得。《離騷》又云"謂申椒其不芳"，則申椒亦猶芳椒爾。故五臣以申訓用，其失與叔師等。洪補引《淮南子》"申荼、杜茝美人之所懷服"，亦申椒連言。按申椒必爲一詞，方與上下文理相適應。按鄭文焯以爲即露申，其説可信。詳露申條。

露申

《九章·涉江》"露申辛夷，死林薄兮"。王逸注"露暴也，申重也。言重積辛夷露而暴之，使死於林薄之中"。朱注"露申未詳"。按古今注騷者，於露申多本王義。朱熹以爲不詳者，慎之又慎也。吴仁傑以申當作神，亦非（詳後）。徐文靖亦曰"按《爾雅》'木自弊神'。邢昺曰

'自弊踣者名神'。申疑即抻，露申謂露處而自抻之辛夷，死於林薄者也"。不顧文義，亦未允當。鄭文焯有《露申篇》載《國粹學報》五十二期，以爲即瑞香，其言有據，而破千古疑案。可採也。兹録之云"《楚辭·香草補箋》（石芝《西堪雜纂》之七）露申今之名花，香色俱美者，皆古之所謂香草也。《爾雅》'華荂榮也'。見之《釋草》。古無以花專其名類者。如《毛詩》但言多識草木之名。《爾雅》亦惟《釋草》及木。《本草》則詳於百草。《楚騷》並以香草寓言，其義例正同。無稱花者。《離騷》草木名品縈繁。凡其華葉之芬馥者，蘭蕙以次，并謂之香草。露申其一也。《九章·涉江》'露申辛夷，死林薄兮'，舊解言'重積辛夷之香草，露而暴之'。愚按下既言死於林薄，不當句首復出此義，竊有未安，斷以騷體及此篇亂詞，上下無是文法。是露申與辛夷對舉，同爲香草可證。宋吳仁傑《疏》以爲申當作神。引《爾雅》'木自弊曰神'，亦傅會死林薄之義。旁見於釋椒疏中。類及之，不謂之草名，隨文生訓，失其要已。考《楚辭》兩言申椒。王逸注'申重也。《尚書》申命義叔，注亦曰申重也。椒香木也。其芳小，重之乃香'。愚謂此訓申椒之名，義最古。與露申同實而殊號者。《淮南子·人間訓》'申菽、杜茞美人之所懷服也'。注皆香草。案許書無椒，未子謬切。徐鍇曰即今之椒。古同用字也。朱子《集注》於露申既未詳，於申椒則云申或地名，或其美名，皆非也。按露《説文》訓潤澤，申《周書注》訓舒。露申者，言露見而生。《禮記》'庶物露生'。疏'露見而生'。得膏澤潤之，以舒花形，若蕃露之敷布。《爾雅》'蔟葵繁露'。注'承露也。大莖小葉，花紫黃色'。露申之名，正同此類，引伸其義，蓋露申取義於重香，與辛夷取義於氣辛，同一古解。並以干支受名，此其確論也。又據《群芳譜》瑞香一名露申。明王志堅《表異録》，國朝陸鳳藻《小知録》亦皆以露申爲瑞香異名云'見《楚辭》'。東坡賦《瑞香詩》有'紉爲楚臣佩'之句。是露申之爲瑞香載之譜録；蘇詩者，又確爲香草名之一證。而《群芳譜》及王、陸二録之譌申作甲，亦不攻而自破矣。欽定《淵鑑類函》及《事類賦》鑑露申之誤，不可盡究，皆不知考原於《離騷》。以露申義不求甚解，或遂改爲甲，以爲即甲坼之義，又詩賦所習見。遂使《楚辭》

芳草之名，終古沈晦不得與蘭芷同芳，亦一厄也。今瑞香吳楚間皆有之，性不畏寒，最惡污湼。不善植者，肥壅輒萎。故《楚辭》以腥臊並御，見露申辛夷之芳潔，一又以糞壤充幃，則謂申椒其不芳。洵足爲此花高其標格，其本叢生於下隰陰地，華葉香色並類椒，此申椒之所由名。王逸所謂芳小而重香者，正其善爲體物也。其華二月盛發，與辛夷同時。此《楚辭》‘露申辛夷’所以並稱，所謂芳不得薄者，正喻言，同一高潔不容也。將古今博物多識之倫，箋訓《離騷》草木，於露申之名義，向所漏略沈翳者，得此佳證，庶免一物不知之恨歟。若《廬山記》瑞香本名睡香，始緣一比邱晝寢磐石夢聞異香，而得名，世以爲花瑞，因易今號。陶穀《清異錄》又載廬山僧舍有麝囊花一叢，色正紫，類丁香，號紫風流。其後有雒白、揚紅、汴黃、江紫之目，二說固非雅故，自來詞流，但舉怪徵，罕稽騷傳，玩其所習，昧厥淵源，乃歎坡老風流，獨吟楚佩，其宏雅倜乎遠矣”。

椒聊

《九歎·愍命》“懷椒聊之藹藹兮”。王逸注“椒聊香草也。《詩》曰‘椒聊且’。藹藹香貌”。“藹一作藹”。按《詩·唐風》“椒聊之實，蕃衍盈升”。陸機《疏》云“聊語助也，椒樹似茱萸有針刺，葉堅而滑澤。蜀人作茶，吳人作茗”云云。叔師說爲香草，連聊字詁之，恐非。詳椒字條下。

桂

《楚辭》凡十六見。或單言，或言桂樹，又有菌桂一詞二見，則與此異。惟桂之用法，大約有二，一則直舉樹質言，或指其芳華，一則以桂爲室屋器什之用。

《九歌·大司命》“結桂枝兮延佇”，《招隱士》兩言“攀援桂枝”，

《九歎》言“葛藟虆於桂樹兮”,《大招》言“莔蘭桂樹”,《九思》言
“桂樹列兮”,皆指桂樹。又言無所褒損,至《大招》言“桂樹叢生”,
已漸涉其質性;而《遠遊》言“麗桂樹之冬榮”(《七諫》易麗字爲好,
義同),已爲贊賞之語。《九歎·惜賢》言“結桂樹之旖旎“,與叢生雖
同義,而冬榮云云,則更含堅貞後凋,或榮枯不隨時之義,於是叢桂冬
榮之美,乃爲後世文家筆下贊美之典實,褒美之詞已增益,詩人心中之
桂,蓋多以其色澤芳潔而見取。故《東君》言“援北斗兮酌桂漿”,桂
漿與椒漿、蘭湯取義同。《九歌》又言“辛夷車兮結桂旂”,桂旗與辛夷
配,言車以辛夷之芳,旗以榮桂之美,亦相比而得義也。桂旗何謂,非
謂以桂爲旗,言旗之芳潔耳;或指旗色之黃如桂;或喻旗之旖旎如桂樹,
雖不可知,而其必非以桂樹爲旗,則可斷言。又《九歌》言“桂棟蘭
橑”,《七諫》言“桂木爲室”(同義),蘭與桂爲對,亦指其芳潔而已。
直指言桂樹爲棟,雖無不可,而以芳木爲室,固亦古之所有如漢人之椒
房,亦取其芳潔而已。

　　諸上所言桂樹,或以其芳潔爲喻,或以桂木爲車乘屋宇之具,亦皆
取義於芳香以自潔也。桂今恒見之樹,無庸詳解。然桂實不止一種,王
士禎《香祖筆記》云“《南園漫録》云‘桂有桂樹之桂,有桂花之桂。
桂樹之桂則《楚辭》桂酒、菌桂之類;今醫藥所用,取其氣味甘辛乃用
其皮也。桂花之桂則詩詞所言;今人家園圃所植,取其香氣鬱烈,乃尚
其花也’。類書所載,皆未別白,雖《白孔六帖》亦然”。按王説得之。
雖未必全備,而讀《騷》已足明義矣。餘參菌桂條。又王逸《章句》與
洪補諸注有二則,可助吾人瞭解此一植物性行、作用之舊説。其一曰郭
璞云“桂白華,叢生山峰,冬青,間無雜木”,此叢生冬榮之品德。固
秦漢以來之舊傳。王注《遠遊》引《山海經》“桂林八樹,在賁禺東”,
賁禺即番禺一聲之變。戰國末期,楚拓地亦已至百粵、交趾、三危之地,
故得以此入詩也。高士奇《北墅抱甕録》言“桂分紅黃白三色。紅者曰丹桂,黃者
曰金桂,白者曰銀桂。每秋發花兩度……”云云。

菌桂

《離騷》“雜申椒與菌桂兮”。王逸注“菌薰也，葉曰蕙，根曰薰”。五臣云“椒、菌桂皆香木”。洪補云“菌音窘。《博雅》云‘菌薰也。其葉謂之蕙’。則菌與蕙一種也。下文別言蕙茝，又云‘矯菌桂以紉蕙’。則菌桂自是一物。《本草》有菌桂，花白，蕊黃，正圓如竹。菌一作箘，其字從竹。五臣以爲香木是矣”。朱熹云“菌渠殞反，或從竹。桂木名。《本草》云，華白，葉黃，正圓如竹”。按洪、朱兩家説是也。王逸以菌爲薰，至誤。菌葉曰蕙，是蘭蕙一物也。是則既雜菌桂，復用蘭芷，語義重複，且此二句明謂三后純粹，其於衆芳，不僅綴取華葉，亦甚取根株之意，則椒桂大木之間，不宜有小草明矣。故五臣以菌桂爲香木，其説是也。且下文又言“攬木根以結茝兮，貫薜荔之落蕊，矯菌桂以紉蕙兮，索胡繩之纚纚”，木根與菌桂相對，結茝與紉蕙相對，則菌桂必不能更爲蕙矣。故洪氏《補注》引《本草》“菌桂花白蕊黃，正圓如竹”，即五臣所謂香木是矣。此作菌是也。然王注亦非無據。《九懷》“菌閣兮蕙樓”，《七諫》“飲菌若之朝露兮，結桂木而爲實”，菌與蕙桂分別連用，蓋亦以類相屬，知漢人已有此説，而王誤以彼情，斷作此解，有由來也（陳藏器言當作箘桂，其説亦可通。蓋花草形圓者，多以筒字形之亦猶花草之大者，多以壯、馬字形之也）。《離騷》有云“矯菌桂以紉蕙兮”，王洪無説。梁章鉅《文選考證》云“菌薰也。葉曰蕙，根曰薰”，本王注。張氏雲璈曰“注意似菌桂即蕙殊未明瞭。今按《離騷草木疏》云‘《本草》有菌桂，正圓如竹。其字當從竹。陳藏器謂《本草》箘桂，本作筒桂，後人誤書爲箘耳”。《九歎》之菌若，《九懷》之菌閣，皆以菌自爲一物。《七諫》‘飲菌若之朝露兮，結桂木而爲室’，且以菌與桂上下句分使，王注薰草良是。然不當以葉爲蕙。《五度記》云‘諸侯卣酒以薰，大夫以蘭芝’。則薰草之貴，在蘭芝之上，蕙則下之蕙茝是也”。亦本王注，皆不可從，上已言之。按菌桂當即今人所謂肉桂，入藥。亦香料用。參桂字條下。然桂亦有數種，菌桂其一，而類則同也。按嵇含《草木狀》曰‘桂出合浦，冬夏常青，交阯置圍有三種，葉如栢，皮赤者爲丹桂，似柿葉者爲菌桂，葉似枇杷者爲牡桂，則菌桂乃桂之一種耳’”。云云。此以王士禛《香祖筆記》所言又略殊。參桂條下。

楓

《招魂》“湛湛江水兮上有楓”。王逸注“楓木名也”。洪補“楓音風，《爾雅》‘楓欇欇’，注云‘似白楊，葉圓而歧，有脂而香’。《本草》云‘樹高大，商洛間多有’。《説文》云‘楓木，厚葉、弱枝、善搖，漢宮殿中多植之，至霜後葉丹可愛，故騷人多稱之’”。按《廣韻》“方戎切”。《説文》“木也。厚葉、弱枝、善搖。一名欇”。《爾雅》“楓欇”。《埤雅》亦云“枝善搖，故字從風。葉作三脊。霜後色丹，謂之甘楓”。《南方草木狀》“楓香樹子大如鴨卵，曝乾入燒，惟九真郡有之”云云。當別是一木矣。江南多有，入秋葉紅，至令人欣賞。

柚

《七諫·初放》“斬伐橘柚兮”。王逸注“橘柚美木”。洪補云“《尚書》‘厥包橘柚’。小曰橘，大曰柚。柚似橙而實酢。《吕氏春秋》‘果之美者，有雲夢之柚’”。《七諫·自悲》“雜橘柚以爲圃兮”。又《七諫》亂曰“列樹芋荷，橘柚萎枯兮”。王逸注同。按柚春秋戰國以來，久爲民間常服之果實，至今世而其種益繁。洪引《孔傳》以大小差之是也。惟橘皮色全黄，或大紅，而柚則皆薑黄而厚皮，裏纏最厚，味次於橘，甚有酸而微苦者。余徧嘗國内諸果，柚以川北所産爲最佳。《爾雅·釋木》柚條注“似橙而酢”。《説文》云“與櫾同條也”。《埤雅》云“即《秦風》‘有條者柚也’。柚似橙而大於橘，一名條”。然今世無言條者。西南或有人味爲香欒，其實誤。惟橘與橙、柑、柚與香欒，其類最近，故亦最易相混。然橙皮甘而柚皮苦。至柑亦橘屬，滋味更甘於橘。今蜀中尚有此字。浙、閩、湘、粵多通名曰橘矣。今廣西沙田柚亦最佳。

甘棠

《九歎·思古》"甘棠枯於豐艸兮，藜棘樹於中庭"。王逸注"甘棠，杜也。《詩》云'蔽芾甘棠'。言甘棠香美之木，枯於草中不見御，反種蒺藜棘刺之木滿於中庭，以言遠仁賢，近讒賊也"。洪補云"《爾雅》'杜甘棠'。注云'今之杜梨'"。《爾雅·釋木》郭注"今之杜梨，赤色者，名赤棠；白色者，名白棠"。陸璣《詩草木疏》"甘棠今棠梨子，色白、少酢、滑美，赤棠子，澀而酢無味"云云。《本草綱目》名爲棠梨，多產華北，爲一種姿態極佳之落葉樹。古來多植於公廨。《詩·周南·甘棠》"蔽芾甘棠"……"召伯所憩"，"勿剪勿伐"。則固公廨植棠之證。子政此文，言甘棠枯於豐艸者，正指甘棠不植於公廨，正用詩義。王逸注得其義矣。

苦李

《七諫》亂曰"苦李旖旎"。王逸注"言君乃拔去芝草，賤棄橘柚；種殖芋荷、養育苦李，愛重小人，斥逐君子也"。《說文》"李果名"。《爾雅翼》"李木之多子者"。《詩·小雅》"投我以桃，報之以李"。《埤雅》"李性難老，雖數枯，子亦不細"云云。按李品種亦多，余所見有綠、紫、紅、黃諸色。大抵紫、紅、黃者味甘，綠色者味酸，或苦。苦李當指此。黃李大約爲杏梅種，紫李又名雞血李，味極甘，而易使腹瀉。其品自在橘柚之下。按《詩》"華如桃李"，其花至美，古多植庭園之中，故詩稱其華。此言旖旎，亦以花名也。

苦桃

《七諫·初放》"斬伐橘柚兮，列樹苦桃"。王逸注"苦桃惡木"。洪補"桃自有苦者，如苦李之類。《本草》云'羊桃味苦'。陶隱居云'山野多有之'。《詩》'隰有萇楚'是也"。按古生物至後世多改良，苦李至今猶存者，苦桃則余徧歷國內名都尚未得見。洪補言自有苦者，此當指漢時言耳。洪引《本草》以爲羊桃，則《詩》所謂"萇楚"也，又稱鬼桃。則苦之音變耳。又或以爲即《廣群芳譜》名"鼠矢"則萇楚一名之變耳。《爾雅·釋草》"長楚銚芅"。注"今羊桃也"。《廣韻》"或曰鬼桃。葉似桃華白。《詩疏》'銚芅之性，始生正直，及其長大則其枝猗儺而柔順，不妄尋蔓艸木'"云云。則苦並非惡木。曼倩不習儒書耳。

蔪

《九辯》"蔪櫹槮之可哀兮"。洪補曰"蔪櫹木無枝柯，長而殺者。櫹音蕭，槮音森。櫹槮樹長貌。《選》云橚爽櫹槮是也，橚與蔪同"。按宋以後書，多音蔪爲蕭，則與下櫹槮同音，非也。洪音梢，又言與橚同，是也。朱熹同。惟單以蔪訓木枝竦，與洪氏同。《司馬相如傳》"紛溶蔪槮"，則蔪槮亦連綿詞。然此處不得用三字形容詞。而槮字又間以櫹字，細繹叔師注，以"華葉已落，莖獨立也"說此句，則亦以蔪爲枝柯，櫹槮爲形容詞。洪說實與王同。

棘

《楚辭》棘字凡六見。三見於屈賦，三見於漢賦。見於屈宋賦者：

（一）作本義之小棗叢生者，二楚方言。草木刺人，"江湘之間謂之棘"。漢賦義大同而小別，三作極字解。惟見於《天問》"何繁鳥萃棘，

負子肆情”。王逸以詩“墓門有棘”之棘當之，則當爲棘本義之小棗叢
生者，故曰“萃棘集扵棘也”。又《九章·悲回風》“施黃棘之枉策”，
王逸注“棘刺也”，直以棘爲刺。然黃棘當即《儀禮·士喪禮》“決用正
王棘若檡棘”之王棘。注“世俗謂王棘砥鼠”。黃王字通。即小棗之大
者，草木蟲魚之大者，多以王稱之。是其例。又劉向《九歎·思古》云
“藜棘樹於中庭”。王逸注“堂下謂之庭，言甘棠香美之木，枯於草中而
不見御，反種藜蕨棘刺之木滿於中庭。“王以棘刺通言之，非也。此言
藜棘皆木名，則棘亦草木之名矣。《詩·邶風》“吹彼棘心”，疏“棘木
之難長養者”。《爾雅·釋木》“中牛棘”。郭注“即馬棘也”。刺粗而
長。《說文》“小棗叢生者”。詩詁云棘如棗而多刺，木堅，色赤，叢生。
人多以爲藩，則小棗亦多刺者耳。

（二）刺也。《九章·橘頌》“曾枝剡棘，圓果摶兮”。王逸注“棘
橘枝，刺若棘也”。非其義。按《方言》三“凡草木刺人，江湘之間謂
之棘”。郭注引此“曾枝剡棘”亦通語耳。依此則楚人通謂刺爲棘，至
魏晉間則爲舉世通語矣。棘從兩束，與刺同母，則亦語之轉耳。又《九
歎·愍命》“樹枳棘與薪柴”。王逸注“小棗爲棘”。又《九思·憫上》
“鵾鼠兮枳棘”。凡言棘者，皆多刺之物。故與藜、枳等合用，此漢時通
語之證。言枳棘，或又言荆棘，《七諫·怨思》“荆棘聚而成林”。王逸
注“荆棘多刺，以喻讒賊”。荆棘一詞以雙聲組合，漢以後遂成通語。
無庸詳說。

（三）極之借字。《天問》“啟棘賓商，九辯九歌”。王逸注“棘陳
也。言啟能修明禹業，陳列宮商之音”云云。強說無謂。洪補以爲“棘
急也。賓商，待商以賓客之禮”。亦不可信。朱熹以賓商爲夢天之誤，
於義較王、洪爲得，而仍未允。朱駿聲讀商爲帝，是也。而於棘字亦未
得確詁。余謂棘讀爲極，同韻同聲之誤。極者，《說文》“棟也”，引申
爲至高、至上、至極之義。言啟上嬪於帝，即《山海經》“上嬪於帝”
一故事之遺說。詳《重訂天問校注》。

櫄

《哀時命》"攀瑶木之櫄枝兮"。王逸注"櫄一作攗。言己既登崑崙，後欲引玉樹之枝"。洪補云"攗，大男切。木名"。按此處不得爲一名詞。按《吳都賦》"亦猶疎林螢耀而與夫櫄木龍燭也"。此櫄枝即櫄木也。蓋借爲櫄字。故王逸以玉枝釋之。櫄爲枝柯之美大者。

槁

《楚辭》凡四見。除槀本一詞外，皆作枯槁一義。《漁父》"形容枯槁"是也。《九章·悲回風》"蘋蘅槁而節離兮"。王逸注"喻己年衰齒隨落也"。洪補云"槁音考"。按槁即槀之移置。《説文》"木枯也"。《莊子·齊物論》"形固可使如槁木"。《孟子》"則苗槁矣"。《史記》禮樂"舉若振槁也"。《索隱》"乾葉也"。

梗

《九章·橘頌》"淑離不淫，梗其有理兮"。王逸注"梗強也。言己雖放，與橘離別，猶善持己行，梗然堅強，終不淫惑而失義也"。按王訓梗爲強，《淮南·原道訓》"鋤其強梗"。《爾雅·釋詁》"梗直也"。強直義通。《方言》二"梗猛也"。猛亦強直之義。然此文梗字，與理字連用，而上句又言"淑離不淫"則非獨強字之義所可包含。今謂梗與耿同聲。耿光大也。凡光大則無陰暗，而有理。與淑離亦相調遂。梗之可爲耿，亦如耿介之有哽介。餘詳耿介條下。

薄

薄字《楚辭》凡十六見。計《九章》三見，《天問》一見，《大招》二見，《九辯》三見，《七諫》二見，《九歌》二見，《九思》一見，而總其旨歸，不出五義，茲例以明之。

（一）林薄也。此爲本義。《説文》"薄林薄也"。《九章·涉江》"露申辛夷，死林薄兮"。王逸注"叢木曰林，草木交錯曰薄"。朱熹曰"叢木曰林，草木交錯曰薄，薄附也"。朱熹以附申之者，林薄之詞不明，謂林木交錯之處曰薄也。《九章》"擥大薄之芳茝兮"。洪補曰"薄叢薄也。草木叢生之處曰薄"。故曰叢薄。此句言大薄，其義一也，與下句長洲對舉，尤爲明白。或曰長薄。《招魂》"路貫廬江兮左長薄"，言江左之大林薄也。因之，凡叢生亦得曰薄。《九章》又曰"解萹薄與雜菜兮"。洪補曰"薄謂萹蓄之成叢者，皆非芳草，此言解去萹菜而備芳茝宿莽，以爲交佩也"。按揚雄《甘泉賦》"列辛雉于林薄"。注"草木叢生曰薄"。皆同此義。

（二）附也。《九章·涉江》"腥臊並御，芳不得薄兮"。王注"附也"。此以雙聲爲訓也。其義亦林薄叢生之引，叢生則相附而成者也。又《招魂》"蘭薄户樹"，王注亦訓薄爲附，則誤。辯見下。

（三）迫也。"薄寒之中人"。王逸注"傷我肌膚，變顏色也"。五臣云"薄迫也。有似迫寒之傷人"。又《九章·哀郢》"眇杳杳其薄天"。竝與此同。《天問》"薄暮雷電歸何憂"，薄暮謂迫近於暮也。按《尚書·益稷》"外薄四海"。《孔傳》、《左傳》僖公二十三年"薄而觀之"，杜注"《國語·晉語》設微薄而觀之"。韋注皆訓薄爲迫。則秦漢以來之達詁也。《荀子·天論》亦云"寒暑未薄而疾"。《莊子·秋水》"非謂其薄之也"。《釋文》引崔注謂以體著之也，亦迫之義，又迫與附義近，故可相通，又附迫兩義。《廣韻》音讀如博，與上諸義別。《九章·哀郢》"忽翱翔之焉薄"。王逸注"薄止也。言己遂復乘大波而遊，忽然無所止薄也”。“之一作而，一作兮”。朱熹注“焉於虔切。薄音搏，薄止也”。《九辯》亦有此句。王注“無所集也。無所集，亦無所止之義”。《九辯》“超逍遥兮今焉薄”。王逸注“遠去浮遊，離州域也。欲止無賢，皆讒賊也”。五臣云“無所依，焉何也，薄止也”。朱熹注“焉於乾反。薄止也”。《七諫·怨世》“安眇眇而無所歸薄”。王逸注“薄附也。言己放流，不得内竭忠誠，外盡形體，東西眇眇，無歸附也”。

以上焉薄歸薄之薄，皆當作迫解。歸薄義尤切直矣。

（四）味不厚曰薄。《大招》“不沾薄只”。王逸注“沾多汁也薄無味也。言吳人工調醎酸，熷蒿蔞以薑，其味不濃不薄，適甘美也”。朱熹注“薄無味也”。魯酒薄而邯鄲圍。自戰代以來，言酒味之不濃鬱者，皆曰薄。至今未衰。引申之遂爲不厚、凉薄、刻薄等義。爲六朝至今通行之義，而古義多不爲人所習矣。

（五）又薄乃欂之借字，木柱也。字又作欂。《招魂》“蘭薄户樹”。王逸以爲“附也”，於文理詞氣皆不順。薄即欂之借字。《説文》訓壁柱。引申爲一切立木皆可曰薄。詳蘭薄條下。

梧

梧《説文》作“菩蕭草也”。《九辯》“白露既下百草兮，奄離披此梧楸”。案《説文》“菩草也。《楚辭》有菩蕭”。段氏謂今《楚辭》無菩蕭。惟《九辯》之梧楸，蓋許所見作菩蕭，正百草之二也。朱珔《文選集釋》曰“余謂菩梧同音。蕭楸亦音近通韻。故或如此作。而王逸注云‘痛傷茂木，又芟刈也’。則固以爲是木，非草矣”。按梧楸二物。梧即今梧桐。《説文·木部》一名櫬。《詩·大雅》“梧桐生矣，於陂朝陽”是也。又名梧或曰櫬梧、碧悟、井桐等名。木柯堅而質輕。古以爲琴瑟良材。

柏

《九歌·湘君》"薜荔柏兮蕙綢"。王注"柏榑壁也"。"一作拍"。按劉熙《釋名》云"搏壁以席，搏著壁也"。戴震云"此謂舟之閣閣搏壁矣"。按劉戴皆是也。然皆就文理詞氣立言。《周禮·春官》"其柏席用荏蘿純"。《鄭注》"柏席迫地之席。古讀柏當與迫同。故漢高入柏人而曰'柏人者，迫於人也'"。此言搏壁，則席之搏束於壁者，在舟言舟。故戴以舟之閣閣明之，至允。

松柏

《九歌·山鬼》"飲石泉兮蔭松柏"。王逸注"言雖在山中無人之處，猶取杜若以爲芬芳。飲石泉之水，蔭松栢之木。飲食居處，動以香潔自修飾也"。五臣云"飲清潔之水，蔭貞實之木"。《禮器》"松栢之有心也，貫四時而不改，柯易葉"。後世贊松栢爲美木。以此言爲最具體。此長見之木，不必多説。

榛

《九思·憫上》"株榛兮岳岳"。舊注無説。洪曰"木叢生曰榛"。按《説文》"木也"。《詩·邶風》"山有榛"。《大雅》"榛楛濟濟"。此榛之本義也，揚雄《反離騷》云"棘之榛榛兮"，注"榛榛梗穢貌"，洪即用此説，依文理詞氣言，洪説是也。

楸

《九章》"望長楸而太息兮"。王逸注"長楸大梓"。又《九辯》三

"奄離披此梧楸"。洪補"梧桐、楸梓皆早凋"。朱熹《集注》"楸音秋。楸梓也。長楸所謂故國之喬木，使人顧望徘徊，不忍去也"。

按《説文》"楸梓也"。《爾雅·釋木》"槐大而散楸，小而散榎"。則楸又槐屬也。《埤雅》"楸美木也"。字一作萩。《史記·貨殖傳》"淮北、常山已南、河、濟之間，千樹萩……其皆與千户侯等"。楸與梧合用，亦梓屬之一種。木質皆輕而易割，自古爲琴瑟良材。樹態甚美。故多植園林爲風致之樹。

楸

柯

《九辯》三"柯彷彿而萎黄"。五臣云"柯枝也。矮黄葉凋"。《九懷·株昭》"彫彼葉柯"。王逸注"傷害棍莖，枝卷曲也"。《廣韻》"古俄切"。《説文》"斧柄也"。又《爾雅》"柯枝也"。王逸以肌肉皮釋柯，則亦以爲枝柯。《九懷》與葉連文，則亦訓枝無疑。《説文》以爲斧柄者，其本義也。《爾雅》以爲枝者，其變義也。

橘

《九章·橘頌》"后皇嘉樹，橘徠復兮"。洪補"《禹貢》'淮海惟揚州厥包橘柚錫貢'。《漢書》'江陵千樹橘，與千户侯等'。《異物志》'橘爲樹，白華、赤實，皮既馨香，又有善味'"。按揚荆產橘。故《楚辭》言橘處亦頗多。《橘頌》一篇，頌橘之形色品質，可爲千古妙文，不必更待他説。其他則東方《七諫》見之尤多，與柚合言。詳柚字條下。今時之種至多。荆、楚橘產固甚，西蜀、浙、閩、粵、滇無不有之；大則過拳，小則如指，無不馨香味美。詳《橘頌》解題。明人韓彥直有

《橘録》一書，可參。

黄棘

《九章·悲回風》"借光景以往來兮，施黄棘之枉策"。王逸注"黄棘棘刺也。言己願借神光電景，飛注往來施黄棘之刺，以爲馬策。言其利用急疾也"。洪慶善曰"言己之所以假延日月，往來天地之間，無以自處者，以其君施黄棘之枉策故也。初懷王二十五年，入與秦昭王盟約於黄棘。《史記·楚世家》二十五年，懷王入與秦昭王盟約於黄棘。其後爲秦所欺，卒客死於秦。今頃襄任用姦回，將至亡國，是復施行黄棘之枉策也。黄棘地名"。吴仁傑《離騷草木疏》云"按借光景以往來，猶《離騷經》'聊假日以媮樂'。逸注云'神光電景'非是。又以黄棘爲棘刺，不知所據。今按《山海經》'苦山有木焉，名曰黄棘案宋刻脱此。四字今訂補。黄華而圓葉，其實如蘭'。《離騷》草木多用《山海經》，《九章》蓋取諸此。地名之説，誤也"。孫詒讓《札迻》云"地名，案洪以黄棘爲地名，其説太巧，且與上下語氣不相貫，殆非也。此黄棘自當以王詁爲正，即所謂王棘也。《儀禮·士喪禮》云'決用正王棘若檡棘'。鄭注云'王棘與檡棘，善理堅刃者，皆可以爲決'。世俗謂王棘砥鼠黄王音近，故通稱。《神農本草經》云'黄連一名王連'。是其例也。黄棘多刺，又策當直，而今反枉，皆言其不足用，注乃以爲利用急疾，則正與屈子意相戾矣"。吴氏又云"《本草》木部有赤棘白棘"。唐本注引《切韻》曰"棘小棗也。花、葉、莖、實俱類棗"。《嘉祐圖經》云"枸杞一名仙人杖，而枸杞有針者，一名枸棘。今此所云黄棘，以黄花得名，又其實如蘭，則用爲馬策者，特取其香耳。不以刺爲嫌也。唯椒亦然"。案斗南釋黄棘一木，即枸棘之黄花者，似較諸説爲長；而屈子借喻之義，亦可明矣。

樹

樹字《楚辭》凡十二用，約可得三義。一爲樹植，如今言栽植也。二立也，乃植樹之引申義。三爲種制度，架閣屏風之類，而樹之於門户之間者。

（一）考《説文》"樹生植之總名。從木，尌聲"。籀文作尌。《晋語》"夫堅樹在始"。注"樹木也"。《九章·橘頌》"后皇嘉樹"。嘉樹猶嘉木也。《招隱士》"桂枒叢生"，又"樹輪相糾"。《九歎·思古》"樹木鬱鬱"。《九思·憫上》"庇蔭兮枯樹"。凡此等句中樹字，皆爲樹木之義。

（二）引申爲植草木曰樹。《禮記·中庸》"地道敏樹"。注"樹植草也"。此當爲尌之轉注。尌《説文》"立也"，則立木曰樹也。《離騷》又"樹蕙之百畝"言樹植蕙草百畝之多也。《初放》"斬伐橘柚，列樹苦桃"。列樹謂樹之成列也。餘如《九歎·愍命》之"樹枳棘"、《思古》之"樹於中庭"、《招隱士》之"青莎雜樹"同。

（三）屏風架閣曰樹。謂其樹立於門庭者也。《招魂》"蘭薄户樹"。王逸以通義樹植詁之，非也。蘭薄者，架閣之屬，户樹者，謂户有屏也。參蘭薄條。考《禮·郊特牲》"臺門而旅樹"。注"旅道也，屏謂之樹，樹所以蔽行道"。"管氏樹塞門"，塞猶蔽也。《禮》"天子外屏，諸侯内屏，大夫以簾，士以帷"。

杪

《九辯》六"靚杪秋之遥夜兮"。王逸注"盛陰脩夜，何難曉也"。洪補曰"杪末也"。按《説文》"杪木標末也"。《方言》十二"木細枝，謂之杪"。考《説文》"標木杪也"。標杪同音，惟調類稍異，當爲一字之異文。古籍多用標杪。蓋漢代簡體字，經師小别其音，以就俗爾。

標顛

《九章·悲回風》"處雌蜺之標顛"。王逸注"託乘風氣，遊天際也"。洪補曰"標杪也。其字從木"。"顛頂也"。按《説文》"標木杪也"。《管子》"大木而小標"。注"末也"。此言標顛，猶漢人之言杪顛也。（見《漢書·司馬相如傳》注"枝上顛也"。）考《説文》"杪木標末也"。則標與杪蓋一字之異矣。

顪

《九思》"鬢髮蓬鬇兮，顪鬢白"。舊注"顪雜白也"。洪補曰"顪尺沼切。髮亂貌"。按王洪釋異，而皆未允。王自鬢白立義，洪自鬢立義。按《説文》無顪字。依洪説，則《玉篇》收鬇字，訓髮亂，即顪之別構也。然古籍不見此字。按顪當即飄或標之後起分別文。飄者回風也。引申爲一切搖動之象。標木杪，引申爲一切末杪之義。而其聲皆從票。則此顪鬢，猶言標鬢，鬢之顛末也。亦可爲飄，謂鬢末飄飄然也。

廬蒸

《七諫·謬諫》"菎蕗雜於廬蒸兮，機蓬矢以射革"。王逸注"枲翮曰廬，焗竹曰蒸。言持菎蕗香直之草。雜於廬蒸，燒而燃之，則不識於物也。以言取忠直棄之林野，亦不知賢也"。"廬一作菔，一作靡，一作菔，一作藘，一作藂，一作藂，一云菎蔬雜於廬蒸"。洪補云"廬麻黐也，菔麻蒸也，並音鄒，蒸折麻中幹也。簫竹炬也，並音烝。菔、藂、藂並與叢同，草叢生也。菔亦音叢，靡音糜"。《哀時命》"筥籙雜於廬蒸兮，機蓬矢以躰革"。朱熹注"廬音鄒，廬麻黐也，蒸竹炬也"。《説文》"廬麻黐也。從麻，取聲"。大徐側鳩切。字又作菔，見草部，聲義皆同。段氏遂以菽爲正字，而麻爲俗字，是也。漢人凡屬何類者，則以何部粘附而增益之。菽本訓麻稭（即叔師所謂翻借聲字也）。故易爲從麻也。《説文》無黂字。段氏以爲即稭之俗，亦至允，字又作纝，見《廣韻》"麻幹也"。子侯切。亦從取得聲。而從枲與從麻同，又作掫。《五行志》"建平四年，民持槀或掫一枚"。如淳曰"掫麻幹也"，是其證。皆從取得聲，爲借聲字。至章句引又作麾、欉、藂、蒬等形，皆字體之譌變，羌無依據也。麻黂即麻稭。麻稭折而燒之，謂之蒸。因謂麻稭爲麻蒸也。《周禮·甸師》注"大曰薪，小曰蒸"。凡燃燭皆可曰蒸，則燒竹亦曰蒸也。故叔師以焀竹釋蒸。"菎蕗雜於麻蒸"者，謂香草雜於薪蒸之中也。

紫

按紫字《楚辭》凡十二見。作三義，一爲紫色之紫。《九歌》之"綠葉紫莖"，《招魂》之"紫莖屏風"，《九思》之"吐紫華"，皆是也。《説文》"紫帛青赤色"。《論語》"惡紫之奪朱也"。何晏注"紫間色之好者"。其二則爲草名。即今之紫葳也。《九歌》之"蓀壁兮紫壇"，王逸以爲紫貝爲室壇。洪補亦曰"《荀子》曰'東海則有紫紶魚鹽焉'。紫紫貝也"。又引《相貝經》"白赤電黑雲謂之紫貝"，朱熹同。案此文上下皆以草言，則此紫恐不得爲貝。吳氏《草木疏》曰《山海經》"闞澤多此蠃"，注云"紫色螺也"，然與上下文所云不類。《河伯》篇"魚鱗屋兮龍堂，紫貝闕兮朱宮"，用紫貝。則紫壇之紫，蓋紫草也。《山海經》"勞山多茈草"，注云"一名茈莫，中染紫"。《本艸》紫草條云"一名紫丹，一名紫芙。苗似蘭，香。莖赤節青，二月有花，紫白色，秋實白。生碭山，及楚地"。又紫石花條云"紫一作茈，古紫茈通"。朱珔《文選集釋》曰"余謂此處舖叙堂室，皆草木之類，惟白玉爲鎮，乃坐席，故不嫌異。下文云'合百草兮實庭，建芳馨兮廡門'，正謂此也。且《河伯篇》明稱紫貝，而此單言紫，亦有別。吳氏以紫草當之，義自可通"。按朱氏自文中上下用詞，定紫壇之紫不得爲紫貝，説至允當。引吳氏《草木疏》以爲《山海經》之紫草，而謂説亦可通。余謂細審吳説，《山海經》之紫草，蓋即《詩》"言采其蕨"之蕨，《爾雅注》"名紫綦"。《廣雅》作茈綦。多年生草，根莖皆在地，赭褐色。古爲供食用之物，似與蓀壁等上下文義不甚切貼。此文上下義在設色，而紫綦色赭褐，且匍匐生於地，亦與壇堂之義相違。按此紫當爲詩之苕，苕有二，防有旨苕之苕，即今之紫雲英，開紅紫色蝶形花；又一種爲陵苕，見《詩傳》即紫葳，今俗言凌霄花，爲攀緣性之落葉木。本附攀地物而生，其花外爲澄黄色，内爲朱紅色。自古爲園庭中觀賞之花，最爲美麗。性既攀緣，與堂壇合。花色鮮艷，又名紫葳，與紫名合，則此紫當爲紫葳無疑。

其三則爲紫貝。詳紫貝條下。

樧

《離騷》"椒專佞以慢謟兮，樧又欲充夫佩幃"。注云"樧茱萸也。似椒而非"。洪補曰"樧音殺。《爾雅》曰'椒樧醜菉'"。朱熹曰"樧茱萸也。幃盛香之囊也。椒芳烈之物，而今變爲邪佞，茱萸固爲臭物，而欲滿於香囊也"。案《説文・木部》"樧似茱萸，出淮南"。《爾雅》"椒樧醜菉"，郭注"樧似茱萸而小，赤色"。是許、郭皆以二者徵異。《廣雅》則謂樧即茱萸。《詩・唐風・椒聊篇》正義引李巡注亦云"樧茱萸也"，與此注合。又《説文・艸部》蘱字云"煎茱萸，漢律會稽獻蘱一斗"。《禮記・内則》"三牲用藙"。《鄭注》云"藙煎茱萸也"。《漢律》"會稽獻焉"。《爾雅》謂之樧，則《説文》之蘱即《内則》之藙。鄭君亦以爲即樧。郭璞注《爾雅》亦曰"樧似茱萸而小，赤色。三牲所用，漢律所獻，以椒爲香物，故也"。晋孫楚賦有"茱萸之嘉木"。茱萸豈臭物乎，椒既謾謟，樧欲充幃，總比羣小之競進，非在香臭之分也。樧亦作莍。《南都賦》"蘇莍紫薑"，莍與蘱字形相近也。徐文靖曰"按

《爾雅》曰'樧，大椒'。李巡注曰'樧，茱萸也'。《爾雅》又曰'椒、樧、醜'。郭璞曰'樧似茱萸而小，赤色'。《禮記·內則》曰'三牲用藙'。鄭康成曰'藙煎茱萸也。漢律會稽獻焉'。《爾雅》謂之樧。范至能《成都古今記》曰'艾子茱萸類也。實正綠，味辛。蜀人每進酒以一粒投之，少頃香滿盂盞。艾即藙，藙樧今川椒，樧今秦椒也。三牲所用，漢律所獻。漢律所獻，以樧為香物故也'。《集注》乃以為臭物。晋孫楚賦有'茱萸之嘉木'。茱萸豈臭物乎。椒既謾謟，樧欲充幃。總以況羣小競進之意，非在香臭之分也"。按《說文·木部》"樧似茱萸，出淮南"，則固楚之所產也。又《草部》藙字"煮茱萸"。鄭注《禮記·內則》亦云"藙煎茱萸"，則《說文》之藙，即《內則》之藙。鄭君亦以為即樧，不待煎後始名為藙矣。又右說以樧與子椒、子蘭對比，因謂樧亦子蘭之流。其實喻語，有所隱無可疑。而必斥直其名，則未必也。大致屈子以芳草喻君子、君王及冑子，皆楚之貴戚，謂其為優越之種，亦非泛喻在朝之士也，參蘭字條下。

九衢

《天問》"靡蓱九衢，枲華安居"。王逸注"九交道曰衢。言寧有蓱艸，生於水上，無根乃蔓衍於九交之道"。按洪興祖《補注》云"《山海經》曰'宣山上有桑焉，其枝曰衢'。注'枝交互四出'。又'少室之山有木，名帝休，其枝五衢'。注云'言樹枝交錯相重五出，有象路衢'。《天對》云'有萍九歧，厥圖以詭'。注云'衢，歧也'。逸以為生九衢中，恐謬。《魏都賦》云'尋靡蓱於中逵'。蓋用逸說也"。按叔師以九衢為九道，洪興祖已非之，而洪又以九衢為靡蓱之九枝。其說雖較叔師為有據，而於詞氣，則不能通。按"靡蓱、九衢、枲華安居"二句句法，與"黑水、玄趾、三危、安在"兩句同，而洪補乃以此為靡蓱與枲華，皆安在也。甚為不同。《天問》無此文法，由誤於叔師九路及《魏都賦》九逵、《天對》諸文，其實皆誤也。今謂若從洪說，則九衢之靡蓏已足成一問。《天問》問例，一事爲一問者至多，何用牽連枲華，故知此二句句法，與黑水二句同也。黑水等爲三地名，故曰安在，則此靡蓱、九衢、枲華亦謂三物安居也。是九衢當爲草木名。按《山海經·海內經》云"有木，青葉紫莖玄華黃實，名曰建木。百仞無枝，上有九欘，下有九枸（上字據郝校補），其實如麻，其葉如芒"。郭注九欘云"枝回曲也"。注九枸云"根盤錯也"。《淮南子》曰"大木則根欋"。音劬，欋即衢之本文。欘則形異字，而枸則聲近字也。《山海經》說，則九衢即建木也。其木蓋百仞無枝，而上則有九曲之枝，下則有九曲之根。《韓詩外傳》直曰車前，瞿曰芣苢。蓋生於兩旁謂之瞿，衢當即此瞿也。此木之奇者也，故屈子以爲問。此言靡蓱與建木、與枲華，皆安在也。不言建木，變言九衢者，建木之名至平實，不足以當問義，故舉其特點爲說，此亦《天問》問例之一爾。詳《天問問例》一文。則此九衢，與《山海經》之九欘、九曲，皆一聲之轉爾。

瓊芳

《九歌·東皇太一》"瑤席兮玉瑱，盍將把兮瓊芳"。注"瓊，玉枝也。言己修飾清潔，以瑤玉爲席，美玉爲瑱，靈巫何持乎？乃復把玉枝以爲香也"。《九歌》瓊芳，乃靈巫所把，上言瑤席玉瑱，此又言玉，《九歌》非設想之詞，且言把，似亦不得指玉。且玉不得言芳，叔師大約據《離騷》之"折瓊枝以繼佩"，又云"折瓊枝以爲羞兮"諸語而言之。然《離騷》所云，乃寓言而已；非直實也。此瓊芳，當即《離騷》"索藑茅以筳篿兮"之藑茅，《文選》藑作瓊，借字也。藑茅產湘沅之間，故楚民間所習用，九歌寫其實耳。此言以藑茅爲縮酒之物，故下接言奠桂酒與椒漿矣。《風俗通義·祀典篇·司命》"今民間獨祀司命耳……齊地大尊重之，汝南諸郡亦多有，皆祠以豬，率以春秋之月"云云。《九歌·禮魂》"春蘭兮秋菊，長無絕兮終古"。則《九歌》正春秋祠祀之記，正楚民之舊習也。《湘州記》云"其俗八月上辛日把以袚神"，則篇首吉日辰良，豈即上辛日歟？

瓊枝

《離騷》"折瓊枝以繼佩"。王逸注"言己行游奄然，至於青帝之舍"。洪補云"瓊玉之美者，傳曰南方有鳥，其名爲鳳。天爲生樹，名曰瓊枝。高百二十仞，大三十圍，以琳琅爲實。《後漢注》云'瓊枝玉樹，以喻堅貞'"。又下句"折瓊枝以爲羞兮"洪補云"張揖云'瓊樹生崑崙西流沙濱，大三百圍，高萬仞，其華食之長生'"。朱注"瓊枝瓊靡，皆謂物之珍者"。王、洪、朱三家義同。此爲屈文中一種設想之詞，而又非純出自鑄。案"折瓊枝以爲羞兮"、"精瓊靡以爲粻"，注於上文"折瓊枝以繼佩"及此處皆不釋瓊枝，惟後《九歌·東皇太一》篇"盍將把兮瓊芳"注云"瓊玉枝也"。案洪引張揖云即錢杲之《集傳》引博雅也。按今本《廣雅》無此文，惟《釋地》玉名有瓊支，支與枝同。《玉篇》引《莊子·外篇》則云"積石生樹，名曰瓊枝，其高一百二十仞，大三十圍，以琅玕爲之實"。則此瓊枝，蓋南楚一帶之傳説也。又《海内西經》云"服常樹，其上有三頭人，伺琅玕樹"。郭注"琅玕子似珠"。郝氏謂"如《玉篇》引《莊子》，是琅玕即瓊枝之子似珠者也"。亦見《藝文類聚》及《太平御覽》引《莊子》逸文《老子》曰"吾聞南方有鳥，其名爲鳳，所居積石千里，天爲生食其樹，名瓊枝，高百仞，以珍琳琅玕爲實，天又爲生離珠，一人三頭，遞臥遞起，以伺琅玕"。即《山海經》之説，與《玉篇》略同。又《吳都賦》"瓊枝抗莖而敷藻"。劉注引《楚辭》"積瓊藻以爲糧"，與此處小異。善注亦引《莊子》曰"南方積石千里，名瓊枝，高百二十仞"。千里下當有其樹二字。

株

《九懷》亂曰"株穢除兮蘭芷覿"。又《九思·憫上》"株榛兮岳

岳"。按《説文》"株木根也"。徐曰"在土曰根，在土上曰株"。按
《列子·黄帝》"若厥株駒"。《釋文》"枯樹木也"。《九思》言"株榛"
謂株與榛也。榛者木叢生也，岳岳眾木也。此僅言株榛眾木，岳岳然植
耳。又"株穢"一詞，《章句》訓邪惡。株無邪惡義，引一本株作珠，
珠亦無邪惡義。疑當作殊。殊穢言穢之珠異者。此猶《西京賦》言殊榛
矣。殊本死也。則死穢爲穢之特異者，故除殊穢，則蘭芷生矣。若純以
音論之，則此株穢，疑即《遠遊》之麤穢，參麤穢條。

鳳

《楚辭》鳳字凡二十四見。其見於漢人作品者，皆擬摹因襲之作，
無甚深意義；可解知風習史實社會形態者，故不具論。其在屈宋賦中，
凡十五六見，多與龍相配成文（參龍字各條）。亦或變名曰鸞鳥、鷖鳥，
曰朱雀，曰玄鳥。其作用大體亦分爲五。

（一）古傳説中之靈禽，其形態無人能詳。甲文或以爲鳳字，後世
或以玄鳥當之，或以朱雀形之，今世俗則以雞代，古傳説爲鳥中之王，
能上升於天者也。屈宋賦中，如《涉江》之"鸞鳥鳳皇，日以遠兮"。
《懷沙》之"鳳皇在笯"、《大招》之"鸞皇翔只"、"畜鸞皇只"、《九
辯》之"鳳愈高翔"、"鳳獨遑遑"、"鳳皇兮安棲"、"鳳皇高飛"、"鳳
亦不貪"，皆是也。然此等句義，詞面雖皆言鳳皇、鸞鳥，而詞底大體
皆以喻賢智之士，失志在下，此文藝設喻之一手法。而在屈宋，則多用
此民俗所好尚之靈物。蓋亦有所習染，有其根株之所在焉。讀者體上下
文自能知之。其形狀類屬，雖不可知，而古代似曾爲習見之禽。《殷虚
文字綴合》第三五四片有云"甲寅——呼鳴羅歸鳳，丙辰獲五"，此命
鳴設羅羅鳳二百，後得五鳳也。是殷人心目中自有鳳可羅。至周初銅器
銘文，亦有此類記載。《嘯堂集古錄》有銘云"惟王命南宮伐反虎方之
年，王命中先省南國串行，執王居，在夔陳真山，中呼獲生鳳於王，執
於寶彝"。此王命中，爲先遣，中獲生鳳，奉之於王之記載。此兩事皆

在第一手材料中，其事必真實無妄，則殷周之世，蓋曾存在無疑。從甲文金文字形結構上窺之，則爲一種羽毛至美，而聲音至妙之禽。《尚書》言"簫韶九成，鳳皇來儀"。古人又多以鳳爲女子之名，則鳳確爲當時所曾有、曾見、曾習聞之禽，異於龍之全部飄緲，不可知者也。鳳且爲東方民族殷人之圖騰。此殷虛所以載其事也。孔子亦曰鳳鳥不至，河不出圖之嘆。孔子殷後，則其歎亦民族意識作用也。

（二）則以爲媒使，或一般前驅之使者。《離騷》之"鳳皇既受詔兮"、《遠遊》之"騰告鸞鳥迎伏妃"、《離騷》之"吾令鳳鳥飛騰兮"、"鸞皇爲余先戒兮"皆是。或變言玄鳥。《天問》之"玄鳥致貽"即《離騷》之"鳳皇既受詔兮"同一事實，亦即《九章》之"遭玄鳥而致詔"。玄鳥或解爲燕。蓋北土故説（《詩》"天命玄鳥，降而生商"）。而南土則用鳳或玄鳥也。

（三）旐旗之飾。《離騷》、《遠遊》同有"鳳皇翼其承旐兮"之句，言旐旗上飾以鳳圖。

（四）或以爲舞場之一物。《遠遊》篇上言張"咸池"，奏"承雲"，歌"九韶"，舞"馮夷"，下即承以"玄螭蟲象並出進，雌蜺便娟以增撓，鸞鳥軒翥而翔飛"，言鸞鳥張翼而舞也。

（五）爲生人升天，或死者升天之引導。如《離騷》"駟玉虬以乘鷖兮，溘埃風余上征"（埃風二字，疑鳳之譌。鷖固得指爲鳳屬，而乘鳳或以須待風乃上升，風即鳳之譌。鳳者駕前之導引，故需待之也）。又"鸞皇爲余先戒兮"，亦升天之戒也。又《九辯》云"驂白霓之習習兮，歷群靈之豐豐；左朱雀之茇茇兮，右蒼龍之躍躍"云云。亦升天之儀象。以蒼龍配朱雀，則亦駟虬乘鷖（或鳳）之義也。今西南風習，扛棺以龍頭龍尾長木搏棺而扛之，於棺上置雄雞一隻，蓋亦以鳳引而乘龍以求升天遺俗也。屈子"欲釋階登天"，或"昔夢登天"，大體有兩義，一則於無可奈何之時，求先人之靈佑，神遊楚之舊封夔巫而托言崑崙，則鳳引而乘龍；一則以登天爲入仕於國，則鳳者蓋相以引導，或相隨入宮賢能之士之托言，固楚俗升天之所馮依者也（詳參龍字條。即長沙陳家大山所出土戰國楚墓帛畫）。非徒托之空言，以自賞其高潔，此吾人讀屈賦者所當詳知。漢人極重視龍，而不重視鳳，或漢以後鳳之神祕性漸減，此與政治上之風習有關，當於他文詳之。

皇

（一）鳳皇也。《離騷》"鳳皇翼其承旂兮"，《九章》"鸞鳥鳳皇，日以遠兮"，又"鳳皇在笯"，言鳳皇或鸞皇者至多。參鳳鸞兩條下。《爾雅》曰"鶠鳳其雌皇"。字或作凰。按鳳即風之本字，甲文皆然，以爲神鳥君也。就不知始於何時，至以皇爲鳳雌，當更在後。考皇當爲鳳音之語尾複音，鳳字古音蓋在東陽之間，故緩言之，則有皇音也。古書多只言鳳，而不言皇；而漢以後，乃又於皇加几以配鳳，不知鳳之几，乃凡字，初本美音美物之符，如姜、童、龍等字，皆從𡗜，後則鳳以爲聲爾。故附會爲從凡耳。

（二）父祖之尊稱。《離騷》"朕皇考曰伯庸"，是也。

鸞

鸞字《楚辭》凡十六見。或言鸞鳥，如《九章·涉江》亂曰"鸞鳥鳳皇，日以遠兮"。王逸注"鸞鳳俊鳥也。有聖君，則來，無德則去。以興賢臣難進易退也"。《遠遊》"騰告鸞鳥迎宓妃"。又曰"鸞鳥軒翥而翔飛"，或言"鸞皇"，《離騷》"鸞鳥爲余先戒兮"，《大招》"孔雀盈園畜鸞皇只"，《七諫》"鸞皇孔鳳，日以遠兮"。而漢人則多與鸞鳳連文，如《惜誓》"獨不見夫鸞鳳之高翔兮"，《哀時命》言"鸞鳳翔於蒼雲兮"，《九歎·遠遊》言"駕鸞鳳以上游兮"，此固時代用詞之自然劃分。《離騷》"鸞皇爲余先戒兮"。王逸注曰"鸞俊鳥也。皇雌鳳也。以喻仁智之士"。五臣云"鸞皇，靈鳥"。洪補曰"《山海經》'女牀山有鳥，狀如翟，而五采畢備，聲似雉而尾長，名曰鸞。見則天下安寧'。《瑞應圖》曰‘鸞者，赤神之精，鳳皇之佐也’。《爾雅》曰‘鶠鳳其雌皇’。
皇或作凰”。朱熹云“鸞鳳之佐也”。古今解説，大體無逾洪所引三説。
皆吾民古昔傳説中之靈禽，與龍之爲靈獸，同爲兩種重要支配吾族數千
年含神祕性之古物。而鳳龍分屬東西兩方，鳳屬東方民族傳説，以春秋
戰國以後五行説推之，東方屬青，鸞亦名曰青鸞。後世更附會爲多青色
者爲鸞之説（詳《洽聞記》）。其喻爲賢人君子，有如叔師所言，其分量
似較鳳皇爲次。故朱熹用《瑞應圖》之説，以爲鳳之佐。而漢人則直以
配鳳而言。餘詳鳳字條下。又《離騷》有“鳴玉鸞之啾啾”一語，此即
《小雅》之“和鸞雝雝”也。《毛傳》在軾曰和，在鑣曰鸞。乃車飾以節
行者也。詳玉鸞條下。

孔鸞

《九思·守志》“實孔鸞兮所居，今其集兮惟鴞”。舊注“孔鸞大鳥，
以言名山宜神鳥處之，猶朝廷宜賢者居位”。按舊注言大鳥，非也。此
當言孔雀與鸞鳥。故下文言“今其集兮惟鴞”，用一惟字，已隱含非一
鸞所集也。且孔雀鸞皇，漢以來皆以爲靈鳥，叔師襲用舊義耳。詳參孔
雀條自知。惟《九思》修辭常有不甚正確之處。省孔雀爲孔字，不無
小病。

孔雀

《大招》“孔雀盈園，畜鸞皇只”。王逸注“言園中之禽，則有孔雀，
羣聚、盈滿其中，又養鸞鳥鳳皇，皆神智之鳥，可珍重也”。又《七諫》
亂曰“鸞皇孔鳳，日以遠兮”。王逸注“孔，孔雀也”。按此亦以鸞皇孔
鳳喻賢人君子也。揚雄《校獵賦》亦云“玄鸞孔雀”，義與《大招》同。
孔雀今常見鳥，惟雀本小鳥。即《詩》“維雀有巢，維鳩居之”之雀，
孔字本有大義，故孔雀本義當爲大鳥，乃通名。然自戰國以來，多已成

專名，形與雞翟相似，而尾特長大，五色斑爛，有如鳳鸞所傳形態。故詩人以與鳳鸞同用也，或曰孔鳥。見劉向《九歎·遠遊》"孔鳥飛而送迎兮"。詳孔鳥條下。又或省言曰孔，《九歌·少司命》"孔蓋兮翠旍"。王逸注"以孔雀之翅爲車蓋"。詳孔蓋條。《九思·守志》"實孔鸞兮所居"，此不得言大鸞。詳孔鸞條下。

孔鳥

《九歎·遠遊》"孔鳥飛而送迎兮，騰羣鶴於瑤光"。王逸注"言己乃駕乘鸞鳳，明智之鳥，從鶤明羣鶴，潔白之士，過於瑤光之星"云云。與上下文義調協。孔鳥與鸞鳳、玄鶴、鶤明同言。孔鳥亦靈鳥之屬，當即孔雀無疑。參孔雀條下。然世至少言孔鳥者。鳥字或當爲雀字之誤。

鷖

《離騷》"馭玉虬以桀鷖兮"。王逸注"鷖鳳皇別名也。《山海經》云'鷖身有五采，而文如鳳，鳳類也。以爲車飾'"。"鷖一作翳"。洪補云"以鷖爲車，而駕以玉虬也。鷖於計烏雞二切。《山海經》云'九疑山有五彩之鳥，飛蔽一鄉，五采之鳥，鷖鳥也'。又云'蛇山有鳥，五色，飛蔽日，名鷖鳥'"。按鷖字本義。《說文》以爲鳬屬，即《詩·大雅》之"鳬鷖在涇"也，而《山海經》以爲身有五彩而文如鳳。故叔師直以爲鳳皇別名。洪補引之詳矣。大約亦爲江漢一帶之民間傳說，屈子以入文也。

鵔鸃

《九思》"鵔鸃棲兮柴蔟"。鵔一作駿。洪補"鵔，素俊切，鸃音儀"。《九歎》'撫朱爵與鵔鸃'"。《章句》"朱爵、鵔鸃皆神俊之鳥也。

言己動以神物自喻，諸神勸我，行當如蒼龍，能屈能申，志當如大虹，能揚文采，精當若彗星，能耀光明，舉當若鷊鶒，飛能衝天也"。洪補"鷊鶒浚儀二音，《釋文》'鷊音迅'。師古云'鶿也，似山雞而小'"。按《廣韻》"上私潤切，下魚羈切"。《説文》"鷊鶒鶿也"。《玉篇》"鳥狀如鷗，赤足，直啄，黃文"。又云"鳳屬"。《正字通》"鷊鶒似山雞而小，即錦雞也"。

鷦鴨

《九懷‧株昭》"鷦鴨開路兮後屬青蛇"。王逸注"仁士智鳥，導在前也"。"一作焦明"。洪補云"《博雅》'鷦鴨鳳也。音明'。《楊子》'鷦明冲天不在六翮乎'"。《廣韻》"鷦音即消切"。《廣韻》作鷦鴨云"南方神鳥"。《九歎‧遠遊》作鷦明，文云"從玄鶴與鷦明"。王逸注"鷦明俊鳥也。本作焦明"。《法言》亦云"焦明遴集"。此自鳳屬。參鳳鸞兩條下。《説文》以爲鷦鴨桃蟲。今作鷦鶺，則別一義也。

燕

《九章》"燕雀烏鵲，巢堂壇兮"。《説文》"玄鳥也。箭口、布豉、枝尾"，《爾雅‧釋鳥》"燕燕，鳦"。《疏》"燕燕又名鳦。古人重言之"。《詩‧邶風》"燕燕于飛"。按燕乃一種小鳥，知氣候，春則南來。古文乙即燕之側形。鳦與燕一聲之轉，依古文，則鳦乃乙字之加形以明之者。別詳玄鳥條。

鶪

《九思‧悼亂》"左見兮鳴鶪"。舊注"鶪伯勞也"。洪補"古覓切"。按舊注本《爾雅‧釋鳥》文郭注"似鶡鶪而大"。《詩‧豳風》

"七月鳴鵙"。《月令》"仲夏之月鵙始鳴"。《韻會》"一名伯鷯，一名伯趙，一名姑惡，一名苦吻鳥"。

鶴

《九歎·遠遊》"騰群鶴於瑤光"。王逸注云"鶴，靈鳥也。以喻潔白之士。言己乃駕乘鸞鳳明智之鳥，從鷦明羣鶴潔白之士，過於瑤光之星，質己修行之要也"。"鶴一作鵠，一注云鶴白鳥"。又《七諫·自悲》云"鵾鶴孤而夜號兮"，又《九歎》兩言"玄鶴"，《九思》一言"玄鶴"，皆其類也。別詳玄鶴條下。《易·中孚》"鳴鶴在陰，其子和之"。《詩·小雅》"鶴鳴於九皋，聲聞於天"。鶴蓋常於夜間長鳴，聲聞甚遠。故古多言鶴鳴之説。《淮南·説山訓》云"雞知將旦，鶴知夜半"是也。《本草》"鶴白色，雛雛，故又名八公"。其形則《埤雅》言之最詳。云"形定而色白，食於水，故喙長；軒於前，故後短；棲於陸，故足高；而尾凋，翔於雲，故毛豐而肉疎；大喉以吐，故修頸；以納新，故壽"云云，言形性至詳。王逸以爲雲鳥者。古傳説鶴年最長，與水族之龜對稱，而神仙家以鶴爲仙人之騎，又死者以乘鶴爲登仙之象。秦漢之際爲最盛。考馬王堆帛畫上層日月畫之間有鶴，左二右三，作立狀，下有二鶴交翔，低首含鈴。《九懷·匡機》"耆蔡兮踊躍，孔鶴兮回翔"。《九歎·遠遊》"駕鸞鳳以上游兮，從玄鶴與鷦明"、"孔鳥飛而送迎兮"、"騰羣鶴兮於瑤光"，皆以鶴爲升天時之乘駕。古人以爲長壽之瑞。《古今注》"鶴千歲，化爲蒼，又千歲，變爲黑，所謂玄鶴是也"。吉林省輯安縣通沟高句麗古墓四神塚主室西南部壁画，畫一仙人有翼騎鶴，在雲中飛行。皆人乘以升仙之證。

玄鶴

《九歎·憂苦》"聽玄鶴之晨鳴兮"。王逸注"玄鶴俊鳥也。君有德，則來，無德則去，若鸞鳳矣。故師曠鼓琴，天下玄鶴皆銜明月之珠以舞也。言己聽玄鶴振音晨鳴，乃於高岡之上，峨峨之顛；見有德之君，乃來下也。以言賢者亦宜自安處以須明君，禮敬己，然後仕也"。又《九歎·遠遊》"從玄鶴與鶬明"。《九思·悼亂》"玄鶴兮高飛"。按鶴爲靈禽，自漢人傳之。叔師注《九歎》"騰羣鶴於瑶光"曰靈鳥也。漢以無此説。鶴色白。崔豹《古今注》云"鶴千年則變蒼，又千歲則變黑，所謂玄鶴是也。古謂之仙禽"云云。與叔師《九歎注》相應，神仙家説也。

孔鶴

《九懷·匡機》"孔鶴兮回翔"。王逸注"畏怖羅網，陞青雲也"。"鶴一作鵠"。按上言"蓍蔡兮踊躍"，蓍蔡老龜也。此言孔鶴，謂大鶴也。兩文相對即鶴之大者。詳鶴字條下。

鶬鶊

《九思》"鶬鶊兮喈喈"。舊注"鶬鶊鸝黃也。喈喈鳴之和"。《詩·豳風》"有鳴倉庚"。《爾雅·釋鳥》"鶯黃也"。《禮·月令》"仲春倉庚鳴"。《正字通》"倉庚黃鸝也。雙飛相麗曰黃鸝。以黃色黑章曰鶩黃，以鳴嚶嚶曰黃鶯。《詩疏》書或謂之黃栗留，或謂之黃袍"。《正韻》"大於鴝鵒，毛黃色，羽及尾黑色相間，雌雄雙飛，鳴聲如織機聲"。按詩作倉庚，古借字也。鶬鶊則後起專字。

三鳥

《九歎·憂苦》"三鳥飛以自南兮"。王逸注"言己在於湖澤之中，見三鳥飛從南來，觀察其志，欲北渡江，縱恣自在也。自傷不得北歸"。洪補"《博物志》'王母來見武帝，有三青鳥，如烏，大，夾王母。三鳥，王母使也'。出《山海經》。韓愈《詩》云'浪憑三鳥通丁寧'。用此也"。《九歎·憂苦》"願寄言於三鳥兮"。王逸注"言己既不得北歸，願因三鳥寄善言，以遺其君"。按三鳥自南句，洪引《博物志》説之，於義深微，可從。

鴛鴦

《九思·怨上》"鴛鴦兮噰噰"。按《廣韻》"上於袁切"。《詩·小雅》"鴛鴦在梁"。《説文》"鴛鴦也"。《玉篇》"匹鳥。雄曰鴛，雌曰鴦"。崔豹《古今注》"鳧類。雌雄未嘗相離"。今俗常見鳥類，喜居於水；頭紅，翅尾頭有白毛，杏黄色，備五采。

鷇

《九歎·怨思》"哀枯楊之冤鷇"。王逸注"生哺曰鷇，生啄曰鷇。言己既放，傷念坐於空室之中，孤子熒熒，東西無所依歸，又悲哀飛鳥、生鷇，其身煩冤，而不得出在於枯楊之樹，居危殆也。言己有孤子之憂，冤鷇之危也"。洪補云"鷇崇初切。生嚛鷇鳥子生而能自啄者"。按《廣韻》"仕于切"。《集韻》"崇芻切"。洪用《集韻》也。《玉篇》云"鳥子，初生能啄食"。一作雛。

鵜鶘

《大招》"雜鵜鶘只"。王逸注"鶖鶘鵜鶖也。《詩》云'有鶖在梁'。言鵙、鷄、鴻、鶴,羣聚候時。鶴知夜半,鶬鷄晨鳴,各知其職也。雜以鶖鶘之屬,鳴聲啾啾,各有節度也"。洪補"鶖音秋"。朱熹注"鶖音秋。鵜鶘鵜鶖也"。按《詩·小雅》"有鶖在梁"。崔豹《古今注》"扶老禿秋也。狀如鶴而大"。李時珍《本艸》注"禿鶖水鳥之大者,青蒼色,長頸,赤目,頭項皆無毛,其頂紅色如鶴頂,其喙深黃色而扁直,長尺餘。凡鳥至秋,毛脱禿。此鳥頭禿如秋毿,如老人頭及扶老之杖,故一名扶老"。《埤雅》"鶖性貪惡,今俗呼禿鶖"。按《説文》作鵏。云"禿鶖也",當以鵏爲正字。

鴞

《九思》"今其集兮惟鴞"。王逸注"鴞小鳥也。以言名山宜神鳥處之,猶朝庭宜賢者居位。而今惟小人,故云鴞萃之也"。《七諫》"梟鴞既以成羣兮"。洪補"鴞於驕切"。又"梟鴞竝進而俱鳴兮"。又《九歎》"鴟鴞集於木蘭"。王逸注"鴟鴞鸋鴂,貪鳥也"。洪補"郭璞云'鸋鴂鴟類'"。按《廣韻》"於嬌切"。《詩·陳風》"有鴞萃止"。《毛傳》"惡聲鳥也"。《説文》"鴞鴟鸋鴂也"。《爾雅》"鴟鴞鸋鴂"。郭注"鴞鴟類"。《孔疏》"陸璣云鴟鴞似黃雀而小,幽人或謂之鸋鴂"。《埤雅》"鴞大如斑鳩,綠色"。今西南俗名猫頭鷹。

鵰

《惜誓》"鵰梟群而制之"。洪興祖《補注》"鵰稱脂切。鵰鵂怪鳥"。《七諫》"斥遂鴻鵠兮,近習鵰梟"。王逸注"鴻鵠大鳥,鵰梟惡鳥"。"梟一作鴞"。《九歎》"鴟鴞集於木蘭"。王逸注"鴟鴞鶹鳩，貪鳥也。鴟鴞貪鳥，而集於木蘭。以言小人進在顯位，貪佞升爲公卿也"。洪補曰"鴞于驕切。郭璞云'鶹鳩鴟類'"。按《廣韻》"處脂切"。《説文》"鵂也"。《山海經》"三危山有鳥，狀如鸑鷟，名曰鴟"。《玉篇》"鴟屬，鴟鴞惡鳥，捉鳥子而食者"。《爾雅·釋鳥》"鴟鴞鶹鳩"。其類尚多，有角鴟、鵂、鶹、鵂鶹、鵁茅鴟、鵋鴟、怪鴟、集狐等。今俗皆名曰鴟鴞。參鴞字條下。

梟

《七諫·怨思》"梟鴞並進而俱鳴兮"。王逸注"言小人相舉而議論"。又《怨世》"梟鴞既以成羣兮"。王逸注"言貪狠之人竝進成羣"。"以一作已"。洪補曰"鴞，于驕切。《釋文》'何苗切'"。按《廣韻》"古堯切"。《説文》"梟，不孝鳥也。日至捕梟磔之，從鳥，頭在木上"。《詩·大雅》"爲梟爲鴟"。陸璣《疏》"自關而西爲梟，爲流離。其子適長大，還食其母，故張奐云，鶹鷅食母。又其肉甚美，可爲羹臛"。

又六簙追行中專用術語。詳成梟而牟條下。

鵰

《九思·遭厄》"鵁鵰遊兮華屋"。諸家無説。按《廣韻》"都聊切"。《説文》"鵰鷻也"。《本草》云"鵰似鷹而大，尾長翅短，土黃色"。服虔曰"鵰一名鷲"。韋昭曰"鵰一名鶚"。按鵰爲猛摯之鳥，盤旋空中，逐鴻鵠食之。今俗呼鵰鷹。又按《九思·遭厄》言"鵁鵰游兮華屋"，下句言"鷄鶩棲兮柴蔟"，與鷄鶩對文，則鵁鵰必爲一物，非鵁與鵰兩物也。然字書無鵁，義亦不詳。《章句》云"鵁字一作鶻"。按鶻乃小鳥，今俗呼爲斑鳩之類，與鵰之摯猛者亦不類。疑鵁字有誤，不可詳矣。

鷾

《九思·悼亂》"鷾鶇分軒軒"。《章句》"軒軒將止之貌"。按《説文》"鷾晨風也"。《爾雅·釋鳥》同郭注"鶇屬"。陸璣《疏》云"鷾似鶇，黃色，燕頷，句喙，白風搖翮，乃因風急疾，擊鳩鴿燕雀食之"。按今俗名鷾鳥。

鶇

《九思·悼亂》"鷾鶇分軒軒"。洪補音爝。按舊注無説。鷾鶇一屬。《説文》"鷙鳥也"。《爾雅·釋鳥》"鶇雉"。注云"青質，五色采"。即所謂鴟負雀也。《列子·天瑞》"天鶇爲鷾，鷾爲布穀，久復爲鶇，此物變也"。今俗言曰鶇子或鶇子鷹。

鳩

《離騷》"雄鳩之鳴逝兮"。洪補曰"《説文》云'鳩鶻鵃也'。《爾雅》云'鶌鳩鶻鵃'。注云'似山鵲而小，短尾，青黑色，多聲'。《月令》'鳴鳩拂其羽'。即此也"。《九歎》"進雄鳩之耿耿兮"。王逸注"耿耿小節貌。言己欲如雄鳩進其耿耿小節之誠"。《九歎》"鳴鳩棲於桑榆"。章句"言鳩鳥輕佻巧利，乃棲於桑榆，居茂木之上，鼓翼而鳴，得其所也。以言讒佞弄口妄説，以居尊位，得志意也"。《説文》"鶻鵃"，似山雀而小，短尾，青黑色。《詩·召南》'維鵲有巢，維鳩居之。按鳩之類至多。《詩經》有鵜鳩，即雒也。鳲鳩，布穀也（見《曹風》）。鵗鳩，即大明之鷹，鶻鳩、鶌鳩、斑鳩等又鶅鶌曰蒙鳩，皆是。惟《離騷》以雄鳩爲媒鳥，説者謂是寓言。按鳩乃正鳥。《詩·關雎》言男女之事曰雎鳩是也。古以春季會男女，此時正布穀長鳴之候，則以鳩爲媒理，恐即出於此。雄鳩善鳴，《淮南·天文訓》云"雄鳩長鳴"，故曰"雄鳩之鳴逝兮"。又依《詩》雀巢鳩居之義言之，則鳩乃滛佚之鳥，亦與《離騷》"余尤惡其佻巧"之言相應，今滇東呼男小兒生殖器曰斑鳩，則禮失而求之野，而想象者矣。

鴆

《離騷》"吾令鴆爲媒兮"。王逸注"鴆運日也。羽有毒可殺人。以喻讒佞賊害人也"。洪補曰"鴆直禁切。《廣志》云其鳥大如鶚，紫綠色，有毒，食蛇蝮。雄名運日，雌名陰諧。以其毛歷飲卮，則殺人。又"《淮南》言暉日知晏，陰諧知雨。蓋類小人之有智者，君子不逆作，不億不信，待其不可用，然後棄之耳。堯之用鯀是也。暉與運同"。《離騷》又曰"鴆告余以不好"。王逸注云"言我使鴆鳥爲媒，以求簡狄，其性讒賊，不可信用，還詐告我，言不好也"。朱熹曰"告予以不好者，其性讒賊，不肯爲媒，而反間我也"。按《說文》"毒鳥也"。《廣雅》亦云"鴆鳥雄謂之運日，雌謂之陰諧"。《廣志》云"鴆形似鷹，大如鶚"云云。洪引有佚。揚雄《反離騷》云"捫雄鴆以作媒兮，何百離而曾不壹耦"。師古曰"《離騷》云'吾令鴆爲媒兮，鴆告余以不好；雄鳩之鳴逝兮，余猶惡其佻巧'。故云百離不一耦也"。宋祁曰"鴆江南本作鳩，監本作鴆，今從監本"。王念孫曰"按宋校非也。《離騷》本作雄鳩，此文及注亦本作雄鳩。《離騷》先言鴆而後言雄鳩，此文但言雄鳩，又云百離而不曾一耦，則不言鴆而鴆在其中。故注必兼引鴆與雄雌而其義乃全。而監本作雄鴆，即因注內鴆字而誤'。雄鳩善鳴，故曰雄鳩之鳴逝兮。《淮南·天文篇》亦云'雄鳩長鳴，若作雄鴆，則非其指矣'。徧考諸書，亦無雄鴆之文。故當正。子京不察，且並改注文之雄鳩爲雄鴆，則豈有上言鴆而下又言雄鴆者乎，弗思甚矣"。

注：鴆，惡鳥也。明有毒。《楚辭》本惡鳥作運日，明作羽是也。《廣志》云"運日，大如鶚。紫綠色，有毒，食蛇蝮。雄名運日，雌名陰

諧。以其毛歷飲巵，則殺人”。《淮南》言“運日知晏，陰諧知雨”。蓋類小人之有智者。

鴻

凡兩義，一鳥名，一大也。

（一）《招魂》“煎鴻鶬些”。王逸注“鴻雁也”。又《大招》“鴻鵠代遊，曼鷫鷞只”。《大招》又言“鷗鴻群晨”。又《七諫》“斥逐鴻鵠兮，近習鷗鶂”。王逸注“鴻鵠大鳥”。《九思》“鴻鸕兮振翅”。舊注“雁之大者曰鴻鸕”。詳諸鴻字皆指雁言。《説文》“鴻鵠也”。《玉篇》“鴻雁也”。《詩傳》云“大曰鴻，小曰雁”。陸璣《疏》云“鴻羽毛光澤，純白，似鶴而大，長頸，肉美如雁。又有小鴻，如鳧，色白，今人直謂之鴻”。按陸疏詳之矣。肉美，故《招魂》以鴻鶬合言，以爲美食。王注申之“煎熬鴻鶬，會之肥美”。洪補亦云“用膏煎之鶬也”。且其羽毛其美，故詩人以與鷗鶴、鷫鷞、鷫鷥合言，大約以善禽喻良臣善人之屬，隨文細審，自能理會。

（二）大也。鴻訓大者，如《天問》“不任汩鴻”。即指洪水言。鴻即洪之借字，大也。《九歎·逢紛》“鴻永路有嘉名”。又《離世》“余幼既有此鴻節兮”。王逸注“言己幼少有大節度，以應天地，長大修行，而彌純固也”。“鴻一作洪”。

鸕

《九思》“鴻鸕兮振翅”。舊注“雁之大者曰鴻，鸕鷥也”。《廣韻》“洛乎切”。《説文》“鸕鷀也”。《爾雅·釋鳥》“鷥鸕”。郭注“鸕鷀也”。李時珍《本草注》曰“韻書盧與茲并黑色也，此鳥色深黑，故名‘鷀者其聲自呼也”。又名水老鴉，又名水鬼。楊孚《異物志》“鸕鷀能沒於深水，取魚而食之。不生卵，而孕鸕於池澤，既胎而又吐生，多者，生七八，少者，生五六”。今江浙人畜以捕魚，多名水老鴉。即杜甫詩之所謂“家家養烏鬼”也。

鳧

《卜居》“若水中之鳧乎”。又《招魂》“鵠酸臇鳧”。又《大招》“炙鴰烝鳧”。洪補《卜居》曰“鳧野鴨也”。按《爾雅·釋鳥》“舒鳧鶩”。郭注“鴨也”。《疏》“野曰鳧，家曰鴨”。又“鳧雁醜其足蹼，其踵企”。郭注“鳧雁脚間有幕，蹼屬。相連著，飛即申其脚，跟企直”。《詩·鄭風》“弋鳧與雁”。又《大雅》“鳧鷖在涇”。《傳》“鳧水鳥，鷖鳧屬”。

鶩

《九章》“雞鶩翔舞”。王逸注“《史記》鶩作雄”。洪補“鶩鳧屬。音木”。《卜居》“將與雞鶩爭食乎”。五臣云“鶩，鴨也”。《七諫》“雞鶩滿堂壇兮”。按《説文》“鶩舒鳧也”。《曲禮疏》“野鴨曰鳧，家鴨曰鶩”。《周禮·大宗伯》“庶人執鶩”。鄭注“鶩取其不飛遷”。又《左傳》“公膳曰雙雞，饗人竊，更之以鶩”。鶩爲古供食之要品，故書多言之。

另又訓亂馳也。《九歌》“鼂馳鶩兮江皋”。王逸注“亂馳也”。

鶗鴂

《九辯》“鶗鴂啁哳而悲鳴”。王逸注“夫燕蟬遇秋寒將入水穴處，於懷憂懼，侯雁鶗鴂，喜樂而逸豫。言己無有候雁鶗鴂之喜樂，而有蟬燕之憂懼也”。按或省稱曰鴂。見《大招》“鴂鴻群晨”。王逸注“鴂雞晨鳴”與此同。別詳鴂字條下。

鶤

《大招》“鶤鴻羣晨”。王逸注“鶤，鶤鷄，言鶤鷄鴻鶴羣聚候時；鶴知夜半，鶤鷄晨鳴，各知其職也”。按《廣韻》“古渾切”。《九辯》“鶤鷄啁哳而悲鳴”。《玉篇》“似鷄而大也”。《漢書·司馬相如傳》“亂昆鷄”。昆即鶤之者，師古注“昆同鶤”是也。

翡翠

《招魂》“翡翠珠被”。王逸注“雄曰翡，雌曰翠，被衾也”。洪補曰“翡赤羽雀，翠青羽雀。《異物志》云‘翠鳥形如燕，赤而雄曰翡，青而雌曰翠。翡大於翠，其羽可以飾緯帳’。顏師古曰‘鳥各別異，非雌雄異名也’”。按翡翠本鳥名，以色而差，翡赤而翠青。凡字從非者，多有赤義，翠聲字皆有青碧之義。故師古謂鳥各別異，非雌雄異名，其言諒矣。其羽至美，故古以爲婦女裝飾。《漢書·賈山傳》“被以珠玉，飾以翡翠”是也。《揚雄賦》亦言“邵翡翠之飾”，《淮南·齊俗訓》“於是乃有翡翠犀象，黼黻文章，以亂其目”，皆其證也。惟古舞人亦飾以翡翠，《周禮·春官·樂師》有皇舞，注“鄭司農云，皇舞者以羽冒覆頭上，衣飾翡翠之羽”是也。詳孫詒讓《周禮正義》。又《招魂》下文有“翡帷翠帳，飾高堂些”，叔師注云“言復以翡翠之羽，雕飾幬帳，張之高堂，以樂君也”。則翡翠之飾，不僅婦女衣裳，且用於幬帳也。

鶬

《招魂》“煎鴻鶬些”。王逸注“鶬鶬鶴也”。洪補“鶬音倉。麋鴰也。此言以酢漿烹鵠鳧爲羹，用膏煎鴻鶬也”。《大招》“內鶬鴿鵠”。王逸注“鶬鶴也”。“鶬音倉”。洪補“《爾雅》‘鶬麋鴰’。注云‘即鶬鴰也’。徐幹《七喻》云‘雲鶠水鵠，禽蹯豹胎’”。按洪補用《爾雅·釋鳥》説“鶠麋鵠”。郭注“今呼鶠鵠”。司馬相如《子虛賦》“雙鶬下”。《正義》曰“鶬似雁而黑”。《正字通》云“鶬大如鶴，青蒼色，亦有灰色者；長頸，高脚；頂無丹，兩頰紅。關西呼爲鴰鹿，山東呼鶬鴰，南人呼爲鶬雞，江人呼爲麥雞”云云，言之最詳，而民族方言尚多異稱。

鵜

《九思》“鵜集兮帷幄”。舊注“木帳曰帷。言大人處卑賤，小人在尊位也”。“鵜一作鵜，一作鴺”。洪補“鵜音啼，與鴺同。《説文》‘鴺鶘也’”。按《爾雅·釋鳥》“鵜鴮鸅”。注“今之鵜鶘也。好羣飛，沈水中，食魚，故曰鴮鸅。俗呼淘河”。《詩·曹風》“維鵜在梁”。《毛傳》“洿澤也”。陸璣曰“形如鶚，而大，喙長尺餘，口中正赤，頷下大如數升囊，小澤中有魚，共抒水滿而棄之。水竭魚出乃食之”。按《説文》本作鴺胡，重文作鵜。

鵜

鶗鴂

《離騷》“恐鶗鴂之先鳴兮”。王逸注“鶗鴂一名買鶬。常以春分鳴也。鶗一作鵜。五臣云鶗鴂秋分前鳴，則草木彫落”。洪補云“鶗音提，鴂音決。一音弟桂，一音珍絹。《反離騷》云‘徒恐鶗鴂之將鳴兮，顧先百艸爲不芳’。顔師古云‘鶗鴂一名買鴲，一名子規，一名杜鵑。常以立夏鳴，鳴則衆芳皆歇’。鴲與鴂同，鴲音詭。《思玄賦》云‘恃知己而華予兮，鵰鳩鳴而不芳’。注云‘以秋分鳴’。李善云‘《臨海異物志》鵰鳩一名杜鵑，至三月鳴，晝夜不止’。服虔曰‘鵰鳩一名鵙，伯勞也。順陰陽之氣而生’。按《禽經》云‘巂周子規也。江介曰子規。蜀右曰杜宇，又曰鵰鳩，鳴而草衰’。注云‘鵰鳩《爾雅》謂之鵙，《左傳》謂之伯趙。然則子規鵰鳩二物也’。《月令》‘仲夏鵙始鳴’。説者云，五月陰氣生於下，伯勞夏至應陰而鳴。《詩》曰‘七月鳴鵙’。《箋》云‘伯勞鳴，將寒之侯也。五月則鳴，豳地晚寒’。《左傳》‘伯趙氏司至也’。注云‘伯勞以夏至鳴，冬至止’。陸佃《埤雅》云‘陰氣至而鵙鳴，故百草爲之芳歇’。《廣韻》曰‘鵰鳩關西曰巧婦，關東曰鸋鳩。春分鳴則衆芳生，秋分鳴則衆芳歇。未詳”。朱注“鵜一作鴃。音題，一音弟，鴂一音決，一音桂。鵜鴂鳥名，即《詩》所謂‘七月鳴鵙’者，蓋鴂鵙聲相近，又其聲惡，陰氣至，則先鳴而草死也。鵜鴂先鳴，以比時一過，則事愈變而愈不可爲也。《離騷》‘恐鵜鴂之先鳴兮，使夫百草爲之不芳’。注云‘鵜鴂一名買鵊，常以春分鳴也’”。案鴂字單行。《楚辭》作鵜，一作鷤；買鵊《漢書注》作買鵋，《爾雅》“巂周”，郭注云“子巂，鳥，出蜀中”。郝氏謂“子巂即子規，又作秭鳺。《史記·曆書》‘秭鳺先滜’。又作姊歸，《高唐賦》‘姊歸思婦’。《揚雄賦》作鷤鴂，鷤鴂之聲轉爲鵜鴂，枚乘《梁王菟園賦》作蜺蛙，張衡《思玄賦》作鶗鴂，又轉爲杜鵑，《御覽》引《臨海異物志》‘鷤鴂一名杜鵑，春三月鳴，晝夜不止，至當陸子熟，鳴乃得止耳’。《御覽》引《蜀王本紀》作子巂，《華陽國志》作子鵑，鵑鴂亦聲轉也’。又《廣雅》云‘鷤鴂、鵙鵊，子鳺也……王氏念孫曰‘鷤鴂，引之曰杜鵑一名鷤鴂，一名買鵊，一名子規。鷤鴂一作鵜鴂，一作鶗鴂’。《楚辭》、《離騷》‘恐鵜鴂之先鳴兮，使夫百草爲之不芳’。王注曰‘鵜鴂一名買鵊，常以春分鳴。《反離騷》‘徒恐鷤鴂之將鳴兮’。服虔曰‘鷤鴂一名鵙，伯勞也。順陰氣而生，賊害之鳥也’。王逸以爲春鳥，謬也。見《文選·思玄賦》注按服意，蓋謂春分之時衆芳始盛，不得言百草不芳，因以爲五月始鳴之鵙，五月陰氣生，故百草爲之不芳也。今按《離騷》言此者，以爲小人得志則君子沈淪；野鳥群鳴，則芳草衰謝。此乃假設爲文，不必實有其事。亦如《九章》云‘鳥獸鳴以號群兮，草苴比而不芳’。豈謂鳥獸羣號之時，實有不芳之草哉，若然則子鳺爭鳴而衆芳歇，絶無可以春鳥爲疑矣。況鷤鵠、杜鵑一聲之轉，方俗所傳，尤爲可據。《玉篇》‘鷤鵠又名杜鵑’。《思玄賦》注引《臨海異物志》曰‘鷤鳩一名杜鵑，至三月鳴，畫夜不止’。宋祁《筆記》引蕭該《漢書音義》曰蘇林‘鷤鵠音珍絹，是鵠鵑同聲也’。子鳺，《太平御覽》引《蜀王本紀》作子鳺，《華陽國志》作子鵑，子鳺之爲子鵑，猶鷤鵠之爲杜鵑矣。《廣雅》亦以鷤鵠爲子鳺也，而師古注《漢書》乃遷就其説，云鷤鵠常以立夏鳴，鳴則衆芳將歇。張衡《思元賦》舊注則云‘鷤鳩以秋分鳴’。《廣韻》又云‘鷤鳩春分鳴則衆芳生，秋分鳴則衆芳歇’。此皆於王服兩家之説，不能決定，故爲游移兩可之詞，而不知鷤鵠春月即鳴，不得遲至立夏。物候皆記其始，又不得兼言秋分也”。按《廣雅疏證》文與此同，而此爲更詳矣。故用之。按鷤鵠一物多名，而字體復多紛雜。朱、王兩家各有可采，然僅以唐人説爲據耳。今敦煌出隋智騫《楚辭音》諸家皆未見，爲今有最古之本矣。朱季海云敦煌本《楚辭音》正作鷤，達計、達兮、徒典三反；具詳異談，而無異文。《文選》亦作鷤。諸唐人所引復多從鷤作（《史記·曆書》索隱、《漢書·揚雄傳》注、《後漢書·張衡傳》注）。蓋隋唐舊本如是。《廣韻》於鷤，惟曰鳺，《集韻》引《説文》鷤鵠或從弟而已，尚不以爲鷤鳩字，今本作鷤當出宋人。鷤有弟音，流俗遂作鷤耳。敦煌本《楚辭音》又云鳩，又鵠同，唐人引多作鷤鵠，與又本合。劉申叔《楚辭考異》謂隋唐已有作鳩之本，引《玉蜀寶典》、《文選注》證之，當時未見敦煌卷子故也。今據騫公所引《文釋》與李善《思玄賦注》引服虔説悉同（偶有出入，是傳述小異）。俱云鷤鳩，是作鳩之本，又不始於隋唐也。古今釋此文者，大抵不出三家，其一主買鶬，即子規。王氏以下是也。其二主伯勞，騫公引《文釋》，李善引服虔是也。其三主布穀，《楚辭音》、《張衡傳注》引《廣雅》是也。其文與今《廣雅》不合，當由持論未精，章懷亦承舊音之誤耳。王氏《疏證》駁之是也。現

《疏證》引《玉篇》諸文則知陳隋間人所見略同，承誤已久，今本出本曹憲（《集韵》、《爾雅》“鶻鳩子鳩也”，與今正同。惟搗鳩爲異，亦據曹本也）。專門之學，宜加審正耳。其主伯勞者，徒以鳩賜音聲相符，不嫌同呼。然《夏小正》云“鳩者百鷯也”。《爾雅》“賜伯勞也”。不聞伯勞更名鶻鳩，以此改王，毋乃專轍。

鷄

《九章》“鷄鶩翔舞”。《卜居》“將與鷄鶩争食乎”。《七諫》“鷄鶩滿堂壇兮”。按《詩·鄭風》“女曰鷄鳴”。《説文》“知時畜也”。其品種至多。李時珍所録亦至不全。然爲今常見禽類。古人以爲報時之禽，即供食之禽。至漢乃有文武勇仁信五德之説。見《韓詩外傳》。

鴐鵝

《七諫》亂曰“畜梟鴐鵝”。王逸注“一云‘畜梟鴐鵝’。洪補云“鴐音加。《博雅》‘鳽鵝鴈也’”。鳽音加。郭璞云“鴐鵝野鵝也”。按鳽鴐歌麻合韵之變。鴐鵝即鳽鵝，字又誤作駕，司馬相如《子虚賦》“連駕鵝”是也。或寫作鵱，與鴐同。亦相如《上林賦》文。

鴈

《九辯》“鴈皆唼夫梁藻兮”。王逸注“雁《釋文》作鴳。一無夫字”。按《説文》“鴈鵝也”。《玉篇》“大曰鴻，小曰鴈”。揚雄《方言》“鴈自關而東謂之鴚鵝，南楚之外謂之鶬鴚”。《廣雅》“鴚鵝、鶬鵝鴈也”。《九思·悼亂》“歸鴈兮於征”。按鴈以時來去南北，故《尚書·禹貢》有陽鳥之説。（《傳》隨陽之鳥，鴈屬）《夏小正》有北鄉之言，《法言》則直曰時來時往，朱鳥之謂歟。《九思》“歸鴈”之説，蓋自古之舊説也。

鶉鷁

《九思·悼亂》"鶉鷁兮甄甄"。舊注"鷁一作鷁，一云鶉鴳兮飄飄，一作鶉鴿"。洪補云"鷁烏甘切"。按《廣韻》"鷁鶉"。《爾雅·釋鳥》"鴽鶉母"。郭注"鷁也。青州呼鶉母。《禮·月令》'田鼠化爲鴽'"。鴽即鶉也，故或單言曰鶉、曰鴽、曰鷁、曰鶉，或複言鷁鶉。今俗言猶是。然少作鶉鷁者，恐應爲鷁鶉之誤，一作鶉鴳。見《九懷·株昭》。然此處上句言鸘鷁，乃同屬之物，則此恐仍是鴳鶉誤倒。

鶉鴳

《九懷·株昭》"鶉鴳飛揚"。王逸注"小人得志，作威福也"。按《廣韻》常倫切。鷁鶉《本艸》"鶉大如雞雛，頭細而無尾毛有斑點；雄者足高，雌者足卑"。《山海經》云"崑崙之丘有鳥，名鶉鳥，是司帝之百服"。

鴳

《九懷·通路》"畜鴳兮近處"。王逸注"畜養佞諛而親附也"。鴳《釋文》作鷃。洪補云"鴳音晏，雇也"。又"鶉鴳兮飛揚"。王注"小人得志"。《九思》"鴳雀列兮譁譁"。《章句》"鴳雀小鳥，以喻小人列位也"。"鴳一作鷃"。按《廣雅》"於澗切"。《説文》"雇也"。《爾雅·釋鳥》"鳸鴳"。郭注"今鴳雀也"。《吕覽高誘注》"鴳一名冠雀"。按雇鴳爲一種小鳥，字又作鷃。《莊子·逍遥遊》"斥鷃"，一作鴳是也。

鶉鴽

《大招》"炙鴰烝鳧，黏鶉敶只"。王逸曰"黏熸也"。徐文靖《管城碩記》卷十七"按《內則》曰'鶉羹、雞羹、鴽釀之蓼'。孔氏《疏》曰'謂用鶉用雞爲羹，鴽者惟蒸煮之而已，不以爲羹'。《爾雅》曰'鴽鴾母'"。又曰"鶉鶉其雄鶛牝庳"。邢昺《疏》曰"鴽田鼠所化者，鶉蝦蟇所化者也"。《淮南·萬畢術》曰"蝦蟆得瓜化爲鶉，鶉鴽非一種也"。

蒼鳥

《天問》"蒼鳥群飛，孰使萃之"。王逸注"蒼鳥鷹也。萃集也。言武王伐紂，將帥勇猛，如鷹鳥群飛，誰使武王集聚之者乎。《詩》曰'惟師尚父，時惟鷹揚'也"。"蒼一作倉"。洪補"《詩》注'鷹鷙鳥也。如鷹之飛揚'。按《詩》鷹揚指尚父，此云群飛者士，以類從也"。按《詩》尚父，《天問》以指武王，然非謂武王爲蒼鳥，亦言武王能萃集此羣飛之蒼鳥，自亦指師尚父諸隨征之傑也。此特喻語耳。王注至允。近世瑞安孫詒讓以蒼鳥爲蒼兕，亦可備一說，惟體會文情，仍以王說爲是。茲附孫說於後。

孫詒讓《札迻》卷十二云

"案王以蒼鳥群飛比諸將帥，是也。而引《詩》鷹揚以證義，則未塙。攷《史記·齊世家》云'師尚父，左杖黃鉞，右總白旄，誓曰蒼兕，總爾衆庶，與爾舟楫，後至者斬'。《索隱》云'本或作蒼雉'。馬融云'蒼兕主舟楫名'。此本今文《書·大誓》文此蒼鳥疑即指蒼雉，羣飛與總爾衆庶之文，亦相應也"。

鵲

《九章》“燕雀烏鵲，巢堂壇兮”。王逸注“燕雀烏鵲，多口妄鳴。以喻讒佞，言楚王愚闇，不親仁賢而近讒佞也”。《九思》“山鵲兮嚶嚶”。按《廣韻》“七雀切”。《詩‧鄘風》“鵲之彊彊”。《本草》云“鵲大如雅，而長尾尖嘴，黑爪；綠背，白腹；上下飛鳴，季冬始巢，開戶背大歲，向太乙；知來歲多風，巢必卑下；其鳴喈喈，故謂之鵲；鵲色駁雜，故謂之駁靈；能報喜，故謂之喜鵲；性最惡濕，故謂之乾鵲”。今俗猶稱曰喜鵲，聞鳴聲則以爲喜訊，此舊時民俗也。

鴝鵒

《九思》“鴝鵒鳴兮聒余”。舊注“鴝鵒鴝雀類也。多聲亂耳爲聒”。洪補“鴝音劬”。按《廣韻》上音其俱切。《説文》“鴝鵒”。《爾雅翼》“鴝鵒似鵙而有幘，飛輒成群，字書謂之唰唰，鳥名鴝鵙”。《正字通》云“一名八哥”。按今俗或以鸚鵡爲八哥。鴝鵒鸚鵡類也。

烏

烏字《楚辭》凡分兩義。一爲人名之烏獲，一則鳥類中之烏鵲也。《天問》“烏焉解羽”，此即傳說中之金烏。別詳金烏條。王逸注“烏焉解羽”者“《淮南》言‘堯時十日竝出，草木焦枯，堯命羿仰射十日，中其九日，日中九烏皆死，墮其羽翼”。《涉江》云“燕雀烏鵲，巢堂壇兮”。王逸注云“燕雀烏鵲，多口妄鳴之鳥。以喻讒佞”。《九思‧守志》云“烏鵲驚兮啞啞”，與《涉江》同。

翠曾

《九歌·東君》“翾飛兮翠曾”。王逸注“曾舉也。言巫舞工巧，身體翩然若飛，似翠鳥之舉也”。洪補云“曾作膡切。《博雅》曰‘翱翥飛也’”。按俞樾《雜纂讀楚辭》曰“按洪氏引《廣雅》以證曾字之義，得之矣。惟此翠字，與上篇‘孔蓋翠旍’不同，非翠鳥也。翾飛翠曾，文本相對，翾爲翾然，則翠亦翠然。《説文·足部》踤篆下‘一曰蒼踤’，此翠字即蒼踤之踤，蒼踤即倉卒也。書傳中皆省，不從足。此借用翠字者，因以飛翥言，故變從足爲從羽耳”。按如俞説，則翠曾謂疾飛，言巫舞既翾然小飛，復踤然疾飛也。於義爲有緻，較叔師説訓翠鳥更切於《九歌》語義。

玄鳥

《楚辭》凡三見。一見於《九章·思美人》，一見於《天問》，一見於《九懷·蓄英》。皆用玄鳥本義，燕也。然《天問》則爲一較複雜之古代傳説，大約爲殷先世之圖騰，與殷先妣婚姻有關，後變爲鳳鳥。

《天問》“簡狄在臺嚳何宜，玄鳥致貽女何喜”。王逸注“玄鳥燕也。貽遺也。言簡狄侍帝嚳於臺上，有飛燕墮遺其卵，喜而吞之，因生契也”。洪《補注》“《詩》云‘天命玄鳥，降而生商’。玄鳥鳦也。湯之先祖，有娀氏女簡狄配高辛氏，天使鳦下，而生商者，謂鳦遺卵，簡狄吞之，而生契，爲堯司徒，而有功，封之於商也”。又《九懷·蓄英》“玄鳥兮辭歸”。玄鳥致詒，此詞屈賦凡兩見。一見《九章·思美人》，一見《天問》。詒《天問》作貽，二字古通用，詒借字，貽後起別字也。《説文》訓詒爲欺詒，古多用爲遺贈字。“玄鳥致詒”謂玄鳥致送其遺贈，即玄鳥爲媒使，以玉帛爲聘之義，亦即《離騷》之“鳳皇受詒”，皆帝嚳與簡狄婚姻故事之一端。詳“簡狄在臺嚳何宜”二句一條。後世以玄鳥爲婚期之候鳥，即此一故事之演化，與《商頌》"天命玄鳥，降而生商"爲同一故事之先後演化，或南北轉化；而玄鳥云云，則在《吕氏春秋》作燕，故有玄鳥、燕、鳳皇三種差別。此中有一社會發展之重大歷程在。

先言玄鳥故事。《商頌》"天命玄鳥，降而生商"。《毛傳》"玄鳥鳦也"。《説文》"燕玄鳥也"。又《乙部》"乙燕燕乙鳥也。齊、魯謂之乙"。《詩》"有娀方將，帝立子生商"。將者祠祭也。言有娀祀祭而生商。

古今於詩兩記，解説至繁。《史記·殷本紀》則言"殷契母曰簡狄，有娀氏之女，爲帝嚳次妃。三人行浴，見玄鳥墜其卵，簡狄取吞之，因孕生契"云云。

玄鳥生商，《詩緯含神霧》曰"契母有娀音松浴於玄邱之水，睇玄鳥唧卵過而墜之，契母得而吞之，遂生契"。此事至明人已有疑者。楊慎曰"夫卵不出蓐，燕不徙巢，何得云唧，即使唧而誤墜，未必不碎也，即使不碎，何至取而吞之哉。此蓋因詩有'天命玄鳥，降而生商'之句，求其説而不得，從而爲之誣。《史記》云'玄鳥翔水遺卵，簡狄取而吞之'。蓋馬遷好奇之迋，而朱子詩傳亦因之不改，何耶？"楊氏分析玄鳥遺卵之説，可謂得其仿佛。然不能決辨詩天降帝主之説，因爲之詞曰"或曰然則玄鳥之詩何解也，曰玄鳥者，請子之候鳥也。《月令》'玄鳥至，是月祀高禖，以祈子'。意者簡狄以玄鳥至之月，請子有應。詩人因其事頌之曰天命，曰降者，尊之貴之神之也。詩人之詞興深意遠。若曰仲春之月，禱而生商，斯爲言之不文矣。如黄帝之生，電虹繞樞。蓋生之時，值始電或虹見之候也；帝俊生十日，謂有十子，而以甲乙丙丁名之也。此而可誣，亦將曰黄帝生於虹，帝俊之子生於十日，可乎？《詩》又曰'維嶽降神，生甫及申'，亦本其生之地而尊且神之，便謂甫申爲嶽神所生，可乎？傅説爲箕星，生之日，直箕也；蕭何爲昴星，生之日，直昴也。《楚辭》曰'攝提貞於孟陬兮，惟庚寅吾以降'，屈原豈攝提苗裔乎？漢《柳敏碑》言敏本柳星之後，梁江總佞張麗華云'張星之精'。其不根至今人皆知唉之。而不疑玄鳥之事者，殆以經故，豈知經旨，本不如是乎。按古毛詩注云玄鳥至日，太牢祀高禖，記其祈福之時，故言天命玄鳥、來而謂之降者，重之若自天來。古說猶未誤也，自今詩傳信《史記》之譌耳"。（見楊慎《升庵全集》卷四十三）楊氏之說，可謂辯洽之至。顧亭林《日知錄》曰"讀經傳之文，終商之世，無言祥瑞者。而大戊之祥桑，高宗之鴝雉，惕於天之見妖，而修德者，有二焉。則知監於夏王之矯誣上天，而慄慄危懼，蓋湯之家法也。簡狄吞卵而生契，不亦矯誣之甚乎。毛氏傳曰，玄鳥鳦鳥也。春分鳥降，湯之先祖，有娀氏女簡狄，配高辛氏帝，帝率與之祈於郊禖，而生契。故本其爲天所命，以鳥至而生焉。可以破史遷之謬矣"。顧說更就殷商一代史事，以明其不言祥瑞之端，可謂能達於史實矣。然詩之文曰"天命生商"，曰"帝立生商"，而不言天命生契，立子生契，此中保存若干原始社會遺傳，及其發展過程。蓋《詩經》所傳，由然母系社會之實情。此時母氏爲社會之主，故不言父，亦即不言夫也。此與《生民篇》言周之先世曰"厥初民生，實爲姜嫄"同一不出夫君姓氏者，皆保存原始社會之真實史料者爾。自簡狄有夫曰帝嚳，有子曰契，從此夫婦父子關係遂定，原始圖騰變爲始生祖，爲父系時代之傳說矣。至《月令》"玄鳥至，至之日以太牢祠於高禖，天子親往后妃帥九嬪御乃禮天子所御，帶以弓韣，授以弓矢，於高禖之前"，令天子之婦與圖騰配合以生子也。禮制必有其民俗之根據，此殷商之制，而爲周所襲用者。玄字作𠃌，象燕之形，《說文·幺部》"幺象子初生之形"。已有頭而無翼，象燕初生。玄當爲商人最初所用之姓（《詩緯》言有狄浴於玄丘之水，燕之地，即起於玄鳥圖騰團定居之地）。契之高祖曰玄器，孫曰玄冥。殷冠禮用玄端，祭用玄酒，亦如夏族之用龍九矣。按玄鳥自爲燕，然《天問》之"玄鳥致貽"與《離騷》之"鳳凰既受貽兮，恐高辛之先我……"鳳凰當屬一事之異稱，則玄鳥又自有鳳皇一義，不然，則屈子一人之說，而有兩歧，恐解之不能圓通。按鳳皇爲古傳說中之神鳥，則玄鳥與鳳同屬鳥類，爲同一圖騰團之分化，燕圖騰團或爲鳳圖騰團之支團，圖騰鳳，即風姓，地在更北，與燕之在北者極近。而風姓之始以伏羲。伏羲與妹女媧爲夫婦，猶存血緣婚之遺跡，則玄鳥不言夫主者，自有其因，圖騰配合，尤喜與首領婦人配合，玄鳥即殷圖騰，即高禖之禮，周人稱圖騰高禖之宫曰閟宫，祀高禖，必祕也（參姜嫄條）。鳳之與龍爲古夏殷兩族之宗神，大體東方民族多崇鳳，與西方民族之崇龍者，其用同。龍鳳爲中土古民所最崇之靈物。《周易》雖爲西土周族所崇奉之典籍，而採用東土民習舊説者至多，故言鳳亦甚多。此事非此文所能詳。然南土所傳玄鳥事，有不能不牽連及之者，則東西交流之會，而此祕獨保存於南疆者也。西土之民，既勝殷，故文王演《易》，而以龍馬爲基礎。《詩經》周太師之整理，則鳳之存其實，而《天問》等之因後説，亦史跡演變之恒例。孔子殷人，故歎鳳鳥之不至，消息機虞之所在，從可知矣。此事至繁碎，别參余《夏殷民族考》一文。余别有《龍鳳之争》一文攷之益悉。“文革”後佚去，不知尚存人間否。

朱爵

《九歎》“撫朱爵與鵔鸃”。王逸注“朱爵鵔鸃皆神俊之鳥也”。洪補“鵔鸃浚儀二音。《釋文》‘鵔音迅’。師古云‘鷩也。似山雞而小’”。按古雀爵二字通用，故朱爵即朱雀，亦即朱鳥。詳朱鳥條下。

鷫鷞

《大招》“鴻鵠代遊，曼鷫鷞只”。洪興祖補曰“鷞鸘並音霜。鷫鷞長頸緑身，其形似雁。一曰鳳皇别名。馬融曰‘其羽如紈，高首而脩頸’。《説文》曰‘西方神鳥也。東方發明，南方焦明，西方鷫鷞，北方幽昌，中央鳳皇’”。朱熹注“曼一作漫，鷫音肅，鷞音霜。鷫鷞長頸緑身，似鴈”。徐文靖《管城碩記》卷十七曰“按《淮南子》曰‘馳騁夷道，釣射鷫鷞之謂樂乎’。《歸藏》曰‘有鳧鴛鴦，有鴈鷫鷞’”。馬融曰"其羽如紲，高首而脩頸'"。洪興祖《補注》"長頸緑身，其形似鴈"是也。又一曰鳳皇別名，非也。《唐書·拂林國傳》曰"王坐金蘤榻，側有鳥如鵞，緑毛。上食有毒，輒鳴。其殆鸊鵜乎"。世以鸊鵜爲西方神鳥，蓋有由矣。按蕭爽雙聲聯綿詞。《詩·七月》"七月蕭霜，八月滌場"。馬曰驌驦，同族語也。參海寧王先生《觀堂集林·鸊鵜篠場説》一文。

鷙

《離騷》"鷙鳥之不羣兮"。王逸注"鷙執也。謂能執伏衆鳥，鷹鸇之類也。以喻中正"。洪補云"鷙脂利切。擊鳥也。《月令》'鷹隼蚤鷙'"。朱熹注曰"鷙脂利反，執也。謂鳥之能執伏衆鳥者，鷹鸇之類也。不羣。言其執志剛厲，居常特處，不與衆鳥爲羣也"。按三家皆以鷙爲擊鳥，《説文》鷙字訓"擊殺鳥也"，當爲諸家所本。然與上下文理詞氣定之，恐非鷙鳥鷙字，當爲執之謁。執與摯爲古今字，摯者誠信悉貞之義。依王逸訓爲能執伏衆鳥，則其不羣，乃爲兇殘，不爲忠貞矣。此本屈子自喻之辭。釋爲執伏，義何能安。故當從余説，文義乃得暢適。

集

集字《楚辭》凡十二見，皆作集合、集聚一義解。《離騷》"欲遠集而無所止兮"。王逸注"集一作進。言己既求簡狄，復後高辛，欲遠集他方又無所之"。《天問》"載尸集戰"。言武王伐紂，載文王之尸，而與諸侯會合而戰也。《九章·惜誦》"欲高飛而遠集兮"、(《七諫》亦有此句)《遠遊》之"集重陽"、《九辯》五之"鳳獨遑遑而無所集"、《惜誓》之"集大皇"、《九歎·憂苦》之"涕橫集"、又"鳩鴉集"、又"涕交集"、及《九思·憫世》之"鶂集"等其義皆同。考《説文》"集羣鳥在木上也。從雥，從木，或省從隹"。《爾雅·釋言》"集會也"。

《詩·鴇羽》"集於苞栩"。傳"集止也"。《小毖》"予又集於蓼"。《箋》"會也"。古籍用此義者極多，蓋通詁耳。無庸詳證。

羽

《九思·守志》"羽翩兮超俗"。按《説文》"鳥長毛也"。《廣韻》"鳥翅也"。《書·禹貢》"齒革羽毛"。《傳》"羽鳥羽"。古字作彐彐正像鳥類羽毛之戎。

翥

《遠遊》"鸞鳥軒翥而翔飛"。洪補引《方言》十"翥舉也，楚謂之翥"。郭注"謂軒軒也"。《説文》"翥飛舉也"。曹憲音曰"《方言》音署"。(郭注)

翾

《九歌》"翾飛兮翠曾"。王逸注"言巫舞工巧，身體翾然若飛，似翠鳥之舉也"。洪興祖《補注》云"翾小飛也，許緣切"。按《説文》"翾小飛也"，即今翻字。《韓詩外傳》"翾翾十步之雀"，《法言·問明》"朱鳥翾翾"，皆同此義，今世多用翻之聲入唇，小異。

翩

《九章·悲回風》"翩冥冥之不可娛"。王逸注"身處幽冥，心不樂也"。洪補云"翩疾飛也。楊子曰鴻飛冥冥。此言己欲疾飛而去，無可以解憂者也"。疾飛《説文》本訓也。《詩·泮水》"翩彼飛鴞"。《傳》"飛貌"。

翩翩

《九歌·湘君》"飛龍兮翩翩"。王逸注"仰見飛龍，翩翩而上"。五臣云"下視水石，淺淺而流；仰觀飛龍，翩翩而舉。物皆遂性，我獨不然也"。洪補云"《説文》云'翩疾飛也'"。又《九辯》"燕翩翩其辭歸兮"。王逸注"將入大海，飛回翔也"。五臣云"翩翩飛貌"。按《説文》"翩疾飛也"。單言曰翩，重言曰翩翩，其義一也。《詩·小雅·四牡》"翩翩者鵻"。又《小雅·巷伯》"緝緝翩翩"。《傳》"翩翩往來貌"。《易·泰》"六四翩翩不富，以其鄰"。《釋文》"篇篇如字。子夏傳作翩翩，問本同，云'輕舉貌'"。往來輕舉，皆疾飛一義之引申。《楚辭》兩用翩翩，皆指鳥龍疾飛，用本義也。《詩》、《易》、《屈賦》同用此詞，則先秦南北恒語矣。漢以後則引申爲盛、爲速、爲自喜。訓速者，見魏文《與吳質書》"元瑜書記翩翩"。言訓盛者，見《東都賦》"翩翩巍巍"。訓自喜者，《史記·平原君傳》贊"平原君翩翩濁世佳公子"。《漢書·叙傳》"魏其翩翩"，師古曰"翩翩自喜之貌"，是也。

翻翻

《九章·悲回風》"漂翻翻其上下兮，翼遙遙其左右"。王逸注"登山入水，周六合也"。"漂一作飄，翻一作幡，一作潘"。洪補曰"漂浮也。音飄"。朱熹注"不復不定之意"。按《説文·新附·羽部》"翻飛也"。諸家引《漢碑》、《博雅》虞仲翔名，以爲漢世字，非俗譌。不知《悲回風》已有此字。《文選·謝瞻》、《張子房詩注》引《薛君章句》云"翻飛也"。則《韓詩》亦有翻字也。漂翻翻者，猶言漂漂翻翻。《小雅·巷伯》以翩翩翻翻對言，即此漂漂翻翻之義也。《詩傳》訓飛貌。叔師以登山入水周六合釋之，登與周皆狀漂漂翻翻之義，非詁其字也。《玉篇》"飛也"，《廣雅》云"翻翻飛也"，當爲本義。又古籍多用幡字。《巷伯》之“捷捷幡幡”，《毛傳》“幡幡猶翻翻也”。又“緝緝翩翩”，《毛傳》“翩翩往來貌”，即叔師登入周遍之義。《荀子·大略篇》“君子之學如蛻，幡然遷之”。楊倞注“幡與翻同”。古無輕唇，則翻讀如潘，與翩聲近義同。則翻翻猶翩翩，見上引《毛傳》。別詳翩翩條下。

啞啞

《九思·守志》“烏鵲驚兮啞啞”。舊注“神鳥至，則眾鳥集從，今反鴞往處之，故驚而鳴也”。按《説文》訓啞爲笑也。引《易》曰“笑言啞”，音於革切。此自是本義。此用爲烏鵲聲，則但取其音而已。至漢人則借爲鳥聲。《易林·師之萃》“鳧雁啞啞，以水爲家”，又《大有·之歸妹》“鳧雁啞啞，以水爲宅”，皆以爲鳧鴈之聲，惟音有平入兩讀。

雀

《九章》“燕雀烏鵲，巢堂壇兮”。王逸注“燕雀烏鵲多口妄鳴。以喻讒佞”。按《説文》“依人小鳥也。從小佳（會意）”。《詩》謂之黃鳥，俗所謂麻雀也。黃雀、穀雀皆是也。或借爵爲之。《禮記·月令》“賓爵入大水爲蛤”。世或以爲一切鳥之通稱，如喜雀、孔雀、雅雀皆是。

騖

騖字《楚辭》凡三見，皆一義。《離騷》“忽馳騖以追逐”。又《湘君》“聊騁騖兮江皋”。又《九辯》“騖諸神之湛湛”。王逸注，皆以馳逐爲訓，是也。騷、歌與馳騁合文，《説文》“騖亂馳”。《穆天子傳》“天子西征騖行”，即急馳之義也。騖從馬，務省聲。務本有趣行之義，趣行而以馬，故亂馳也。此轉注之正例耳。

青兕

《招魂》"君王親發兮，憚青兕"。王逸注"言懷王是時親自射獸，驚青兕牛，而不能制也"。"兕一作兕"。洪補"《爾雅》'兕似牛'。注云'一角，青色，重千斤'"。按《呂覽·至忠篇》"楚莊王獵於雲夢，射隨兕而獲之"。《新序》"楚王載繁弱之弓，忘歸之矢，以射隨兕於夢"。按《管城碩記》云"與王趨夢兮課後先，君王親發兮憚青兕。《楚辭集注》云'先叶音私。《栢梁詩》此字入時韻也。兕叶音詞'。案朱說未允。上文'步及驟處兮，誘騁先，抑鶩若通兮，引車右還'，兩先字重韻，而以一作仙音，韻還，一作私音，韻兕，未免兩歧。疑犀兕同類，兕或本作犀。《唐饒娥碑》魏仲兕所撰，仲兕或作仲犀。是兕亦通犀，即有犀音。犀之叶先，猶西之與先通也。《詩》'吉蠲'，《韓詩》作吉圭。《漢書·匈奴傳》'黃金犀毗'，師古曰'犀毗亦曰鮮卑'，此其類矣"。按《埤雅》曰"犀形似水牛，黑色，三角，一在頂，一在額，一在鼻上。鼻上者即食角也。亦有一角者，《交州記》曰'犀有二角，鼻上角長，額上角短。或曰三角者，水犀也，二角者山犀也。則兕不盡一角也'"。考《呂氏春秋·至忠篇》"荊莊哀王獵於雲夢，射隨兕，中之。申公子培劫王而奪之，王曰何其暴而不敬也。命吏誅之。左右大夫皆進諫曰，子培賢者也；又爲王百倍之臣，此必有故，願察之也。不出三月，子培疾而死。荊興師戰於兩棠，大勝晋，歸而賞有功者，申公子培之弟進，請賞於軍旅曰'臣兄之有功也，於車下'。王曰'何謂也'。對曰'臣之兄犯暴不敬之名，觸死亡之罪，於王之側，其愚心將以忠於君王之身，而持千歲之壽也。臣之兄嘗讀故記曰殺隨兕者，不出三月，是以臣之兄驚懼而爭之，故伏其罪而死'。王令人發平府而視之，於故記果有，乃厚賞之"云云。《招魂》所載，正用此事。憚，有戒心也。即屈子事君致身惓惓不忘之義也。舊注云憚負矢懼而走也。案荆哀王宜作楚莊，《説苑·立節篇》。但彼又以隨兕爲科雉耳。"犀"、"雉"雙聲之變。

象

《遠遊》"玄螭蟲象，立出進兮"。王逸注"鬼魅神獸，喜樂逸豫也。象罔象也。皆水中神物"。洪補"螭丑知切。《國語》曰'水之怪龍，罔象'"。朱熹注"象一作蟒，似兩反"。《招魂》"赤蟻若象"。《九懷》"載象兮上行"。王逸注"遂騎神獸，用登天也。神象白身赤頭，有翼，能飛也"。《説文》"長鼻牙，南越火獸，三年一乳，象耳牙四足之形"。《爾雅·釋地》"南方之美者，有梁山之犀象焉"。《疏》"犀象二獸，角牙骨材之美者也"。按象今常見獸。惟《九懷》載象上行，王逸注以爲神獸，白身赤頭有翼能飛，乃寓言爾。

梟楊

《哀時命》"使梟楊先導兮"。王逸注"梟楊山神名，即狒狒也"。洪補曰"《説文》'周成王時，州靡國獻狒狒。人身，反踵，自笑，笑則上脣掩其目，食人'。《爾雅》'狒狒，如人，被髮，迅走，食人'。注云'梟羊也'。《山海經》曰'其狀如人，而長脣，黑身有毛，反踵，見人則笑'。狒，父費切。《淮南》云'山出嘄陽'。注云'山精也，一説云，梟羊，大口，其初得人，喜而笑，卻脣上覆額，移時而後食之'。張衡《玄圖》曰'梟羊喜獲，先笑後愁，謂人鑿其脣於額，而得禽之也'"。洪引諸説多歧。

熊羆

《招隱士》"獼猴兮熊羆"。洪補"羆音陂，如熊，黃白文"。《招隱士》"熊羆咆"。《九懷》"熊羆兮响嘷"。《九歎》"熊羆羣而逸圃"。王逸注"熊羆猛獸，以喻貪殘也"，按《説文》"熊獸似豕，山居，冬蟄"。《爾雅·釋獸》"熊虎醜"。注"醜類也。《詩·小雅》'維熊維羆，男子之祥'。羆者，熊之黃白文者也"。羆字《廣韻》彼爲切。《爾雅·釋獸》"羆如熊，黃白文"。注"似熊，而長頭高脚，憨悍多力，能拔樹木"。陸璣《疏》"羆有黃羆，有赤羆。大於熊，其脂如熊，白而麤，理不如熊，白美也"。《爾雅翼》"羆則熊之雌者，力尤猛"。

虎

《招隱士》"猨狖羣嘯兮虎豹嗥"。又"憭兮栗，虎豹穴"。又"虎豹鬭兮熊羆咆"。按《説文》"山獸之君，從虍，虎足象人足"。《玉篇》"惡獸也"。

負熊

《天問》"焉有龍虯，負熊以游"。《集注》"虯見上，餘未詳"。按《五帝本紀》曰"黃帝者，少典之子"。徐廣曰"黃帝號有熊"。《索隱》曰"黃帝號有熊，以其本是有熊國君之子也"。《帝王世紀》曰"黃帝受國於有熊，居軒轅之"。《封禪書》"黃帝鑄鼎於荆山，鼎既成，有龍垂胡髥，下迎黃帝，黃帝上騎，羣臣後宮從上者七十餘人，龍乃上去"。故問"焉有龍虯負熊以游也"。（周拱辰注曰"虯龍與熊絶不相類，而相負以游，蓋神熊也。《山海經》'熊穴恒出神人'，即此也"。其説非是）然《天問》從不堯舜以前人物，恐亦是偶合。然確有可啓發人處，故附之。

駑馬

《卜居》"將隨駑馬之迹乎"。王逸注"安步徐也"。五臣云"駑馬喻不才之臣"。按《説文》無駑字。《荀子·勸學》"駑馬十駕"。《周禮·校人》職云"駑馬一物"。《禮·雜記》"凶年則乘駑馬"。則戰國以來古籍多用之。《説文·心部》懦篆云"駑弱者也"，則許注固用此字矣。《玉篇》"駑最下馬也，駘也"。則駑即奴之轉注字矣。馬以武怒爲上，故懦下者奴。猶人之懦下爲人奴隸者曰奴也。駑馬與騏驥對文，上言與騏驥亢軛，下言隨駑馬之跡，正以相反之義爲説也。《九歎》亦言"同駑贏與桀騆"。

贏

《九歎·憂苦》"同贏駑與桀騆兮"。王逸注"馬母驢父，生子曰贏，桀騆駿馬也"。按《説文·馬部》"贏驢父馬母。從馬，贏聲"。大徐洛戈切。贏或作贏。按今俗作騾，始於戰國，《吕氏春秋·愛士篇》"趙簡子有兩白騾，而甚愛之"。《漢書·西域傳》"驢非驢，馬非馬，若龜兹王所謂贏也"。古以其非驢非馬，故視爲賤種，故與駑同稱也。又《九歎·愍命》"騰驢贏以馳逐"。

驢

《九歎·愍命》"騰驢贏以馳逐"。《廣韻》"上力居切"。《正字通》云"長頰，廣額，修尾，有褐、白、黑三色"。《玉篇》"似馬，長耳"。

騆

《九歎·憂苦》"同駑贏與桀騆兮"。王逸注"桀騆，駿馬也"。補曰"騆，作朗切。牡馬"。按《説文·馬部》"騆牡馬也。從馬，且聲。一曰馬蹲騆也"。大徐子朗切。《文選·魏都賦》、《廣絶交論》注並引作壯馬。《六書故》十七引唐本作奘馬也。按《大部》"奘騆大也"，壯即奘之省，則當作壯馬。故《九歎》以槳駔與駕驘對舉也。大徐音子朗切，不知所據。桂氏曰"《春官》、《典瑞》、《考工記·玉人》、《鄭注》皆曰讀如組，組《釋文》組音駔，從且得聲"。《爾雅·釋文》音在魯切，則子朗一切，蓋徐氏誤讀。

驪

《招魂》"青驪結駟兮"。王逸注"純黑爲驪"。洪補"驪，呂知切"。按《説文·馬部》"驪馬深黑色。《詩·駉》傳'純黑曰驪'"。《史記·匈奴傳》"北方盡烏驪馬"。《索隱》引《説文》云"驪，黑色"。《檀弓》"戎事乘驪"。注云"馬黑色曰驪"。

駏

《九懷·通路》"飛駏兮步旁"。王逸注"駏驉，奮飛承轂輪也"。洪補云"駏音巨。《淮南》云'北方有獸其名曰蹶，常爲蛩蛩駏驉，取甘草，蹶有患，蛩蛩駏驉必負而走'。郭璞云'邛邛似馬而青'。《穆天子傳》'邛邛距虛，日走五百里'"。《玉篇》云"駏獸似騾"。《古今注》"騾爲牝，馬爲牡，生駏"。此言飛駏則當以距虛説之，且上句言"騰蛇後從"，則此駏非常物至明。

駁

《九歎》"雷動電發駁高舉兮"。王逸注"言蛟龍升天，其形潺湲，若水之流，縱橫轇轕，遂乘雷電，而高舉也。以言己亦想遭明時，舉而進用"。洪補注曰"駁素合切。《方言》'駁馬馳也'。注云'疾貌'"。按《説文》"駁馬行相及也"。《廣雅·釋詁》"駁及也"。此駁高舉與電連文。《漢書·揚雄傳》"輕疾雷而駁遺風"，注"疾意也"，洪義蓋本此。

駑駘

《九辯》"却騏驥而不乘兮，策駑駘而取路"。王逸注"信任豎貂與椒蘭也"。五臣云"喻疏賢才而親不肖也。駑駘喻不肖"。朱熹《集注》"駑音奴，駘音臺。駑駘喻不肖"。《七諫·謬諫》"却騏驥而不乘兮，策駑駘而取路"。《九辯》王注以喻義說之也。按《說文》無駑字，然古籍多有之。《荀子·勸學篇》"駑馬十駕"、《周官·校人職》云"駑馬一物"、《禮·雜記》"凶年則乘駑馬"皆其證。《說文·心部》懦篆亦云"駑弱者也"，則許氏蓋偶佚。《玉篇》"駑乃乎切，最下馬也，駘也"。駘者《說文》"馬銜脫也"。馬銜脫曰駘，引申則馬不堪羈勒，亦曰駘，即駑駘之義。《玉篇》"駘亦駑也"。《廣雅》"駑駘也"。《後漢書·崔寔傳》注引"說文"作"馬鈍也"。則漢以來駘自有駑鈍一義。

騫

《大招》"王虺騫只"。王逸注"騫舉貌也。大蛇羣聚，舉頭而望，其狀騫然也"。洪興祖《補注》"騫讀若騫，音軒"。朱熹《集注》"王虺大蛇也。騫舉頭貌"。

案騫字《說文》本訓馬腹墊也（從段注）。段玉裁謂正俗所謂肚腹低陷，即馬虧損之病也，無舉義，故洪、朱皆以為讀為騫，騫者飛貌。《西京賦》"鳳騫翥於甍標"，是也。引申為舉也。古籍多用軒字，即《遠遊》"鳳鳥軒翥而翔飛"之軒。別詳軒字下。大徐音虛言切。騫騫讀去虔者，音實同。洪邁《容齋隨筆》曾辨之，其言曰"騫騫二字，音義訓釋不同。以字書正之，騫去乾切。注云'馬腹墊'，又'虧也'。今列於《禮部韻略》下平聲二仙中，騫虛言切。注云飛貌，今列於上平聲二十二元中。文人相承，以騫騰之騫，為軒昂掀舉之義，非也。其字之下

從馬，馬豈能掀舉哉？閔損字子騫，雖古聖賢命名制字，未必有所拘泥
去聲，若如虧少之義則渙然矣。其下從鳥，則於掀飛之訓爲得。此字殆廢
於今，故東坡、山谷亦皆押騫字，入元韻，如時來或作鵬騫，傳非其人，
恐飛騫之類特不暇毛舉深考耳。唯韓公《和侯協律詠筍》一聯云'得時
方張王，挾勢欲騰騫'。乃爲得之"。

近世梁同書《日貫齋塗說》本此，又有所補充。繁瑣無用，不更録
云。大體二字皆從寒得聲，則古本可相借也。惟一指馬肚陷，一指鳥飛，
聲可借而義不可借也。

駢

駕二馬謂之駢，引申則爲列、爲齊、爲並、爲并。《九思·哀歲》
"駢羅兮列陳"。駢羅連文，猶言并列爾。

驥

《七諫》"服罷牛而驂驥"。王逸注"在轅爲服，外騑爲驂。言君選
士用人雜用駑賢，不異愚賢，若駕罷牛，驂以騏驥，才力不同也"。按
《廣韻》"几利切"。《說文》"千里馬，孫陽所相者"。徐曰"孫陽即伯
樂"。或稱騏驥。參驂驥條。

邊馬

旁也。謂兩驂也。《遠遊》"邊馬顧而不行"。王逸"馳驂徘徊"。洪
補曰"邊旁也"。朱熹曰"邊旁也。謂兩驂也"。按洪、朱說是也。

橐駝

《七諫》"騰駕橐駝"。王逸注"言君放遠要褢英俊之士，而駕橐駝，任使罷駑頓朽之人，而棄明智之士也"。洪補云"橐音託，又音駱。"按橐駝獸名。今蒙古產者皆兩峰，亦有一峰者。《漢書·西域傳》"大月氏國，出一封橐駝"。師古曰"脊上有一封也，封言其隆高若封土也"。今俗呼爲封牛。王先謙《漢書補注》引沈欽韓曰"《魏書》迷密圍國，遣使獻一封黑橐駝"。《通典》、《壯環行經記》云"大食國，其駝小而緊，背有孤峰，良者日馳千里"。蓋駝皆兩封，故以一封爲貴。師古不知其故，又誤封牛也。字又作橐它，又作橐他、橐佗。它、他、佗，皆隸變也。

狐

《七諫》"狐死必首丘兮"。王逸注"真情本心也。言狐貍之死，猶嚮丘穴，人年老將死，誰有不思故鄉乎，言己尤甚也"。《九思·怨上》"狐貍兮徵徵"。《易·未濟》"小狐"。虞注"獸之長尾者也。《易·未濟》于注'野獸之妖者'"。《詩·七月》"取彼狐貍"。《釋文》"狐貍獸名"。《說文》"狐妖獸也。鬼所乘之，有三德，其色中和，小前大後，死則丘首"。

短狐

《大招》"鰅鱅短狐"。王逸注"鰅鱅短狐類也。短狐鬼蜮也"。朱云"短狐蜮也"。《說文》曰"蜮似鼈，三足"。陸璣曰"一名射影，人在岸上，影見水中，投人影則射之，或謂含沙射人。孫思邈云'亦名射工，其蟲無目，而利耳，能聽聞人聲，便以口中毒射人'"。按短狐，朱熹論之詳矣。

封狐

《離騷》"羿淫遊以佚田兮，又好射夫封狐"。王逸注"封狐，大狐也。言羿爲諸侯，荒淫遊戲，以佚畋獵，又射殺大狐，犯天之孽，以亡其國也"。又《招魂》"封狐千里些"。王逸注"封狐，大狐也。言炎土之氣，多蝮虺惡蛇，積聚蓁蓁，爭欲齧人；又有大狐，健走千里求食，不可逢遇也"。五臣云"大狐其長千里"。朱熹《集注》云"封狐，大狐也。健走千里求食也"。按洪補引《天問》"帝降夷羿，封狶是射"以說此，則封狐即封狶矣。非也。此狐字當爲狶字之形誤。別詳。至《招魂》封狐，則當爲張衡《南都賦》之天封大狐；《西京賦》"赴洞穴，探封狐"，則封狐乃伏處山穴之大狐。惟王逸注謂封狐捷走千里，朱熹同之，五臣謂其長千里，皆未審上下文義而誤。按上文之蝮蛇蓁蓁，封狐千里些。此千里指地面遼闊之地；言蓁蓁之蝮蛇，與長大之狐狸，南方千里之地皆有之。封字，《莊子·山木篇》"夫豐狐文豹，棲於山林"。《韓非子·喻老篇》"翟人有獻封狐玄豹之皮於晋文公"。又字作豐狐也。王逸注"封狐大狐也"，《易·序卦傳》"豐者大也"，《方言》一"凡物之大貌曰豐"，則封與豐同聲同義通用。

羔

《招魂》"腼莊本作臇鼈炮羔"。注云"羔羊子也。或曰血鼈炮羔，和牛五藏爲羔臛鷃爲羹者也"。二字莊本無。洪校云"一注云'腼鼈炮羔，和牛五藏臛爲羹者也'"。孫詒讓《札迻》卷十二"《招魂》第九云，案注或曰以下有譌，審校文義，或本正文，羔蓋作羹，注當云'或曰腼鼈炮羹，和牛五藏爲羹臛者也'。今本羹誤涉正文作羔，又衍鷃爲羹三字，遂不可通"。按孫說極確不可易。

苦狗

《大招》"醢豚苦狗"。王逸注"醢肉醬也。苦以膽和醬也。世所謂膽和者也"。按王逸謂苦爲膽和之醬，恐非是。《特牲饋食禮》"鉶芼用苦"。鄭注曰"苦，苦荼"。《內則》"濡豚包苦"。《孔疏》曰"包裹豚肉，以苦菜殺其惡氣"。《公食大夫禮》"三牲皆芼"。注曰"牛藿、羊苦、豕薇也"。是苦狗，乃包苦用苦之類，非謂以膽和醬也。

顧菟

《天問》"厥利維何，而顧菟在腹"。王逸注"言月中有菟，何所貪利，居月之腹，而顧望乎"。"菟一作兔"。洪補"菟與兔同。《靈憲》曰'月者陰精之宗，積而成獸，象兔陰之類其數偶'。蘇鶚《演義》云'兔十二屬配卯，住處望日月最圓，而出於卯上，卯兔也。其形入於月中，遂有是形'。《古今注》云'兔口有缺'。《博物志》云'兔望月而孕，自吐其子'。故《天對》云'玄陰多缺，爰感厥兔。不形之形，惟神是類'"。月中有菟之傳説，洪補引之詳矣。然皆漢以後人之解耳，未必即民間之原始意義。朱熹引他説以闢舊傳，於義至正，而非所以解經也。惟顧菟一詞，叔師以顧字爲瞻顧，朱熹辨證曰"上官桀曰逐麋之犬，當顧菟耶。則顧當爲瞻顧之義，而非兔名。又莊辛曰'見菟而顧犬，亦因兔用顧字，而其取義又異，蓋不可曉'"。按毛奇齡《天問補注》引梁簡文《水月詩》"非關顧菟沒"，《和煬帝月夜詩》"顧菟始馳光"，則以顧菟爲一詞，指月言，則六朝人讀法也，羌無根據，恐亦不可信。按顧字當作乃字解，即固若故之異文。詳王引之《經傳釋詞》。顧與上而字連文，作而乃解，言其黑影爲何？而乃謂兔在其腹中也。又疑而字衍文，《類函》引此無而字，可證。顧亦作乃字解。考《天問》上下兩句分用何而兩字者，有二例，一則何而二字在上下兩句之首，而下承以詞，或名詞組。如"何肆犬豕，而厥身不危敗"、"何條放致罰，而黎服大説"，是也。二則何字在上句之中，而字在下句句首，而下承以動詞，動詞詞組。如"比干何逆而抑沈之"、"雷開何順而賜封之"。顧菟兩句，皆不合此兩例。然"厥利維何，逢彼白雉"二句，上句句尾用何字，與此同，下句句首則無而字，而以動字冠之，則此處無而字爲合於屈子文例。然逢彼句，以動詞當首，此處以而顧當首，若顧兔作一詞組用，本句不成其爲反詰之義，於詞氣爲不順矣。故顧字仍應訓乃，以成爲反詰，以答厥利維何之問也。"何故"，固亦《天問》問例之一也。故朱熹《辯證》引"逐麋之犬，當顧菟耶"爲證。瞻顧則與厥利維何，逢彼白雉句法相合，而仍不能成其反詰之句，故詳辨之如此。惟月中有兔與桂樹，爲漢以來傳説最盛之一事，洪補引《靈憲》之説，實出漢人附會，以古傳説定之，當以聞君一多説爲蟾蜍一義爲有據。其詳見《天問釋天》一文（其中以顧兔即蟾蜍聲變，則音理上殊勉强不可通）。《大戴記》、《易本命》云"蚌蛤龜珠，與月虧盈"，《吕覽·精通篇》"月也者，群陰之本也。月望則蚌蛤實，群陰盈；月晦則蚌蛤虛、群陰虧"，此漢以前傳説之可據者。青銅器中，盛水器之盤洗之屬，多以魚龍爲飾紋。上村嶺虢墓地圖版之 18、19 兩盤，可以詳見此義。此事至漢仍行。吾邑多出朱提造之雙魚洗，皆是也。又如"敔盤"及上海博物館藏戰國匜，皆鑄蟾蜍文（見圖版）。月之傳説爲水神，則水器鑄魚、龍、蟾蜍以象徵之，既與古傳日月神代表火水之説相照，復與《大戴記》、《吕覽》之説相應，則兔乃蟾蜍之譌傳諒矣。

故人聞一多以顧兔爲蟾蜍一聲之轉，其説雖多可商，而發人深思。兹附參。"《淮南·精神訓》'而月中有蟾蜍'。又《説林訓》'月照天下，蝕於蟾蜍'。《藝文類聚》一引《五經通義》'月中有兔與蟾蜍'。《續漢志·天文志》劉昭注引《靈憲》'月者陰精之宗，積而成獸，象兔，陰之類，其數耦。姮娥遂托身於月，是爲蟾蜍'。《太平御覽》四引《春秋元命》'月之爲言闕也，而設蟾蜍與兔者，陰陽雙居，明陽之制陰，陰之倚陽也'。西漢壁畫一九六五年二期一一三頁圖版三（傅惜華

《漢代畫像全集初編》圖版二三）所見皆作蟾蜍與玉兔共生。然皆兩漢人之説（聞以顧兔即蟾蜍之古讀。蟾蜍變爲蟾兔，於是變爲二名，而兩設蟾蜍與兔之説生焉。以語音論，實未全合）。又蟾蜍又名屈造，爲鼀黽，爲蟁。《夏小正》‘四月鳴蟁’。《傳》曰‘或曰屈造之屬也’。王引之曰‘《周禮·秋官·蟈氏》鄭司農注云‘蟈當爲蟁。蟁，蝦蟆也。元謂蟈今御所食蛙也’。《名醫別録》曰‘鼀一名長股’。又‘《爾雅》‘鼀黽蟾諸’。《玉篇》注作吉黽。吉黽聲轉爲鼓造。《淮南·説林訓》‘鼓造辟岳’。《文子·上德篇》鼓造作蟾蜍是也。再轉爲屈造。鄭司農注《蟈氏》‘蟁，蝦蟆也。屈造，蟾諸也。似蝦蟆，故曰蟁也’’。王筠曰‘近人解曰‘居月諸’曰‘居卑居也，月中鳥也，諸蟾諸也，月中蝦蟆也’。同一穿鑿’云云。見所著《夏小正正義》。説至巧辯，故附之。

豸

《九思·怨上》“蟲豸兮夾余”。舊注“言己獨處山野，與衆蟲爲伍，心悲感也”。“豸一作豸”。洪補云“豸直氏切。有足謂之蟲，無足謂之豸”。朱熹注“《廣韻》池爾切。《爾雅·釋蟲》‘有足謂之蟲，無足謂之豸’。《説文》‘獸長脊行豸豸然欲有所司殺形’”。徐鍇曰“豸豸，背隆長貌”。

貒

《九思·悼亂》“貒貉兮蟫蟫”。舊注“蟫蟫，相隨之貌”。洪補云“貒音端，似豕而肥。一音歡。蟫滛潭二音”。《廣韻》“上他端反”。《爾雅·釋獸》“貒子貗”。注“貒豚也。一名貛”。《疏》“豸獸。似豕而肥”。《方言》“貛關西謂之貒”。

貉

《九思·悼亂》“貒貉兮蟫蟫”。《詩·豳風》“一之日於貉”。《鄭箋》“往搏貉以白爲裘也”。《淮南·修務訓》“玀貉爲曲六”。《正字通》云“似狸鋭頭，尖鼻，斑色，毛深厚，温滑可爲裘”。

豹

《招魂》“虎豹九關”。《招隱士》“虎豹穴”。洪補“《淮南》云‘虎豹襲穴而不敢咆’”。又“虎豹鬭兮”。王逸注“殘賊之獸，忿争怒也”。朱熹注“又似虎，圜文”。陸璣《詩疏》“毛赤而文黑，謂之赤豹，毛白而文黑，謂之白豹”。《正字通》“豹狀似虎而小，白面，毛赤，黄文，黑如錢圈，中五圈左右各四者，一曰金錢豹，宜爲裘。如艾葉者，曰艾葉豹……”又《九歌》“乘赤豹兮從文狸”。王逸注“赤豹文狸皆奇獸也”。洪補云“豹有數種，有赤豹，有玄豹，有白豹。《詩》曰‘赤豹黄羆’。陸璣云‘毛赤而文黑，謂之赤豹，貍有虎斑文者，有猫斑者’。《河伯》云‘乘白黿兮逐文魚’。《山鬼》云‘乘赤豹兮從文貍’。各以其類也”。

麏

《招隱士》“白鹿麏麚兮”。王逸注“衆獸並遊”。洪補云“麏音君，麖也”。朱熹注“麕音君，又居筠反，一作𪊧。麕麞也”。按麕即麏字。《詩》“野有死麕”。《釋文》作麏。云“本亦作麕，又作麇。獸名也”。《説文》“麏麞也。從鹿，囷省聲，籀文不省”。居筠切。

麚

《招隱士》"白鹿麏麚兮"。洪補曰"麚音加。牝鹿"。朱同。《廣韻》"古牙切"。《説文》"牝鹿，以夏至解角"。俗作麚，從加，與從叚聲同也。《爾雅·釋獸》"鹿，麚"。

麒麟

《惜誓》"使麒麟百得羈而系兮"。王逸注"言麒麟仁智之獸，遠見避害，常隱藏不見，有聖德之君，乃肯來出。如使可得羈係而畜之，則與犬羊無異，不足貴也。言賢者亦以不可枉屈爲高，如可趨走，亦不足稱也"。"一無得字，一本係下有之字"。朱熹注同。《九歎》"麒麟奔於九皐兮"。王逸注"麒麟，仁獸也。君有德則至，無德則去也"。按《説文》"仁獸也。麕身，牛尾，一角"。《廣雅》云"牡曰麒，牝曰麟"。郭璞曰"麒似麟而無角"。又麟字本作麐。《説文》"牝鹿也"。《爾雅·釋獸》"麐麕身，牛尾，一角"。陸璣《詩疏》"麐麕身，牛尾，馬足，黃色，圓蹄，一角，端有肉；音中鐘吕；行中規矩，道必擇地，詳而後處；不履生物，不踐生草；居不侣，行不入陷阱；不離網羅，文章斌斌。王者至仁則出"云云。寫麒麟之形貌性行，此最詳悉。然古籍但言麐，見於《詩》、《書》、《春秋》，雜出於百家傳記，而極少單用麒字者。以其音論之，麒字大約爲語首助詞，古物多雙名，而多有一字爲語助者，麒麟之麒，與騏驥蓋即是也。此當爲後世發聲用格、蓋、盍諸音同源。古讀麟當即有語頭格，蓋諸音先之。至寫時則以兩言定之。曰其麐，以麐字有鹿傍，故其字亦加鹿作麒矣。《爾雅》以後，更以牝牡分之。此自訓詁家所用慣技。如鳳皇皇字，當屬語尾助詞，而後人亦以雌雄別之矣。此事至繁，聊發一例於此（詳皇字下）。

鹿

《天問》“驚女采薇鹿何祐”。又“撰體協脅，鹿何膺之”。王逸注“言天撰十二神鹿，一身八足，兩頭，獨何膺受此形體乎”。朱熹注“體下一有協字，而鹿字屬下句，又無以字，一作何鹿以膺之。“按王注十二神鹿之說，不知所據。由未明文理，故生枝節。詳撰體二句注自明。《說文》“鹿獸也”。《爾雅·釋獸》“鹿，牡麚，牝麀，其子麛，其跡速，絕有力麚”。按鹿類至多，今俗常見者，爲斑鹿，長角細足。

麋

《九歌》“麋何食兮庭中”。王逸注“麋，獸名，似鹿也”。洪補云“麋音眉。《月令》曰‘麋角解’。《疏》‘麋陰獸，情淫，而游澤’”。朱熹《集注》“麋音眉。爲一作食。麋，獸名，似鹿而大，麋當在山林，而在庭中，失其所當也”。《廣韻》“武悲切”。《說文》“鹿屬，冬至解其角”。《爾雅·釋獸》“麋，牡麎，牝麎，其子麇，其跡纏，絕有力”。《疏》“此釋麋之種類也”。司馬相如《上林賦》“沈牛塵麋”。注“麋似水牛”。

白鹿

《招隱士》“白鹿麏麚兮”。又《哀時命》“騎白鹿而容與”。王逸注“言己與仙人俱出，則山神先道，乘雲霧，騎白鹿而游戲也”。按鹿無白色者，此寓言，大抵神仙家說耳。古傳老子騎白鹿。

獮猴

《招隱士》“獮猴兮熊羆”。《廣韻》“武移切”。《玉篇》、《廣韻》

“猱狙之雅也”。《正字通》引《通雅》曰“沐猴、獼猴，母猴也”。《廣韻》“獼猴猱也”。《漢書·西域傳》“沐猴”。注“沐猴即獼猴”。母音轉爲馬，又轉爲獼。《方言》呼母曰嬰，此其證也。獸以雌强，今獼猴亦謂其大者。

猨

《九歌·山鬼》“猨啾啾兮又夜鳴”。王逸注“又一作狖”。《廣韵》“雨元切”。《玉篇》“似獼猴而大，能嘯”。《埤雅》“獼猴屬，長臂，善嘯，便攀援，故其字從援，省”。《論衡》曰“猨伏於鼠”、“今人取鼠以繫猨頸，猨不復動”。按今三峽中多猨。《九歌》所詠，蓋取諸現景。

蝯

《九歎》“玄蝯失於潛林兮”。王注“玄蝯材力捷敏，失於高深之林，則獨偏遇放棄，忘其能也。以言賢人棄在山澤，亦失其志也”。《廣韵》“雨元切”。《説文》“禺屬”。《爾雅·釋獸》“猱蝯善援”。今俗稱猴之大者爲蝯，從犬，善攀援林木。臂甚長者，曰長臂蝯。數十相援而渡溪河。今全國皆有之，蜀中特多，三峽最有名。其實峨嵋最多，而巨大者幾與壯夫相侔。

狖

《九歌·山鬼》“猨啾啾兮狖夜鳴”。洪補“狖似猨，余救切，一本作又”。《九章》“猨狖之所居”。五臣云“猨狖輕捷之獸。喻國之昏亂，邪巧生焉，非賢智所能處也”。《哀時命》“置猨狖於欞檻兮”。《玉篇》“黑猿也”。《廣韵》“獸似猿”。字亦作狖。《集韵》又收貁字。

文狸

《九歌》"乘赤豹兮從文狸"。王逸注"狸一作貍"。五臣云"赤豹文貍，皆奇獸也"。按《豳風》"取彼狐狸，爲公子裘"。《玉篇》"似猫"。按今俗以狸猫合言，狸蓋猫屬也。字或作貍。《説文》"伏獸似貙"。《正字通》"貍野猫也。有數種，大小似狐，毛雜黃黑，有斑，如猫。圓頭大尾者爲猫狸，善竊雞鴨。斑如貙虎，方口鋭頭者爲虎狸，食蟲鼠果實。似虎尾黑白相間者爲九節貍。皮可爲裘。領文如豹，而作麝香氣者爲香貍，即靈猫也。"又《九思·怨上》"狐貍兮徽徽"。字作貍。

釆

《九歌·湘夫人》"釆芳椒兮成堂"。王逸注"布香椒於堂上。一云播芳椒兮盈堂"。洪興祖《補注》"釆古播字，本作釆"。朱熹《集注》"釆古播字，本作釆，一作播"。按《文選》作播，乃番之古文，而非播之古文也。《説文》"番，獸足謂之番。從釆、田，象其掌。蹞，番或從足、從煩。釆，古文番"。大徐附袁切。按番即釆之繁變。釆《説文》訓"辨別也，象獸指爪分別也"。而番"獸足"與獸指爪無別也。此如宷，從釆，篆文作審，從番。釆番同字，可知。而古文番作釆，又較釆增益ㄋ形又益田形。（非土田字）固無殊也。故釆釆番，不過古文殊體，後字又增益足傍爲蹞，變爲形聲字，則作蹞矣。然古無輕脣音，當讀並紐。古從番之字，多與從皮之字互異，如《禹貢》"滎波"，馬鄭"滎播"，《詩·十月之交》"蕃維司徒"。《古今人表》蕃作皮。《儀禮·既夕》"設披"，《鄭注》"今文披皆爲藩"。《史記·項羽本紀》"番君音婆"，皆其證。則番音古讀如播矣。播訓種也，一曰布也。謂分散穀實於地，亦釆之引申也。叔師訓布香，固當用播字，朱本作釆，又釆之誤，而與洪同，謂古播字，其實亦誤。當言通播（鄧廷楨《雙硯齋筆記》以爲"義爲播，而文爲釆者，播從番聲，故錯番爲播"。尚未達此變之律也）。大約釆乃古文，播則今字也。《書》"播時百穀"，古文作釆，《爾雅》釋文云"蹯古文釆"，皆其證。漢魏人尚多識古文者，故《幽州刺史朱龜碑》"口釆徽馨"，《魏横將軍吕君碑》"遂釆聲方表"，皆其證。字作蹞者，見《吕氏春秋·過理篇》"使宰人臑熊蹞不熟"。字又作蹯，後世附益者也。文元年《左傳》"王請食熊蹯而死"。《易》"賁如蹯如"，董遇云"馬作足横行曰蹯"，鄭康成、陸績本作蹯，皆其證。又《説文》"厹"下《爾雅》"狐狸貛貉醜，其足蹞，其迹厹"。今《爾雅》作蹯。

要褭

《七諫》亂曰"要褭奔亡兮，騰駕橐駝"。王逸注"要褭，駿馬。言君放遠要褭英俊之士"。洪興祖《補注》"應劭曰'騕褭古之駿馬，赤喙玄身，日行五千里'"。按《吕氏春秋·離俗覽》"飛兔要褭，古之駿馬也"。注云"飛兔要褭皆馬名也。褭字讀如曲橈之橈也"。俗作騕褭。因褭從馬，而增亦馬字也。《淮南·原道訓》"馳要褭，建翠蓋"。注"要褭馬名，日行萬里"。

蹊

《九思》"鹿蹊兮躑躅"。王逸注"鹿蹊一作玄鹿。躑一作斷，斷一作躑躅"。洪興祖《補注》"蹊徑也。躑吐管切"。（《集韻》作躅。）《説文》云"禽獸之所踐處也"。《廣韵》"胡雞切"。《左傳》宣十一年"牽牛以蹊人之田"。注"徑也"。《廣雅》"徑道也"。

豻

《大招》"味豻羹只"。王逸注"豻似狗。言宰夫巧於調和，先定甘酸，乃内鶬鴰黄鵠，重以豻肉，故羹味尤美也"。按豻，狗屬。其味未聞；朱本作豹，豹肉味美，今桂、粤、滇南人尚有嗜之者。

赤豹

《九歌·山鬼》"乘赤豹兮從文狸"。王無説。五臣以爲"赤豹文狸皆奇獸也"。洪補曰"豹有數種，有赤豹、有玄豹、有白豹。《詩》曰'赤豹黄羆'。陸機'毛赤而文黑，謂之赤豹'"。又云"《河伯》云'乘白黿兮逐文魚'。《山鬼》云'乘赤豹兮從文狸'。各以其類也"。

獸言

《天問》"焉有石林，何獸能言"。王逸注"言天下何所有石木之林，林中有獸，能言語者乎。《禮記》曰'猩猩能言，不離禽獸'"。洪補云"石林與能言之獸，各指一物，非必林中有此獸也"。按世傳孔子弟子公冶長，能通鳥語。《列子·黄帝篇》"今東方有介氏之國，其國人數數解六畜之語者，蓋偏知之所得"。張湛注云"《春秋左氏傳》曰'介葛盧聞牛鳴，曰是生四子，盡爲犧矣'"。（今左氏作是三子）又《周禮》有命夷隸掌鳥言，命貉隸掌獸言之語。則其傳舊矣。

又《左傳》昭八年"石言於晉魏榆，晉侯問於師曠曰石何故言，對曰石不能言，或馮焉"云云。則王逸以石林二句作一義解，故亦自有據。然以《天問》句法論之，固作二事也。

稸

《九思》"志稸積兮未通"。《説文》"蓄積也。字亦作稸"。《廣雅·釋詁》三"蓄聚也"。《詩·谷風》"我有旨蓄"。《禮·王制》"無三年之畜"。義皆同。古言蓄積多指倉蓄。《賈子新書·無蓄篇》"所謂蓄積者，天下之大命也"。叔師此文，用爲壅塞之義，故曰未通，此一家之用法也。

豢

《九思》"心緊豢兮傷懷"。舊注"緊豢，糾繚也。望舊土而心感傷也"。"豢一作絭，一作繾綣"。洪補云"緊繾並袪引切，絭綣並苦遠切。纏綿也。《説文》'豢，以穀圈養豕也'"。"此當爲絭之聲借字。絭者，《爾雅·釋器》"革中絶謂之絭，韋中絶謂之絭"。郭注"復分半也"。《玉篇》"詘也。曲也"。爲本義之引申。此緊絭，即拮屈之意，與拮屈語根相同。而以訓詁字書之者也。故又可書作繾綣矣。雖爲叔師私鑄之詞，而於語音，蓋由有所本云。

畜

《大招》"孔雀盈園，畜鸞皇只"。王逸注曰"畜養也"。洪補曰"畜許六切。《釋文》作畜"。又《七諫》亂曰"畜梟駕鵝"。《九懷·通路》"畜鴉兮近處"。此三畜字皆一義。《説文》"畜田畜也"。《易·雜卦》"大畜時也，小畜寡也"。皆指田間所養之禽獸，引申則爲養。

駔

《九歎》“同駕贏與椉駔兮”。王逸注“椉駔，駿馬也”。洪補云“駔作朗切。牡馬”。按洪説可商。《説文》“壯馬也”。又曰“一曰馬蹲駔也”。《玉篇》言“駿馬也”。即本之叔師。《爾雅·釋言》“奘駔也”。郭注“秦晋呼大爲駔，駔猶麤也”。則壯馬之説爲允。洪以爲牡字，則形近之譌矣。《廣韻》音子朗切。讀藏，上聲。

駞

《九歌》“高駞兮冲天”。王逸注“言己雖見疏遠，執志彌堅，想乘神龍，轔轔然而有節度，抗志高行，衝天而驅，不以貧困，有枉橈也”。“駞一作馳”。洪補云“《史記》云‘一飛衝天’。衝持弓切。直上飛也。《集韻》作翀，與冲通。此言司命高馳而去，不復留也”。按駞本駱駞字，讀徒何切，此則馳之別譌也。古也字或書作它，故馳得譌作駞也。馳讀如池，疾驅也。此高駞，即《離騷》“吾方高馳而不顧”，《九歎》之“周流覽於四海兮，志升降以高馳”也。詳馳字條下。

羈

《離騷》“余雖好修姱以鞿羈兮”。王注“韁在口曰鞿，革絡頭曰羈”。又《九章·悲回風》“心鞿羈而不形兮”，義與《離騷》同。又《惜誓》“使麒麟可得羈而係兮”。王逸注“一無得字，一本係下有之字。言麒麟仁智之獸遠見避害，常藏隱不見，有聖德之君，乃肯來出。如使可得羈係而畜之。言賢者不可枉屈爲高，如可趨走，亦不足稱也”。按《説文》作羃，又作羈。“馬絡頭也”。“罺馬絆也”。古以喻人。《左傳》僖二十四年“臣負羈紲”。《晋語》“從者爲之絏”。《吕覽》“決勝而有以羈誘之也”。注“牽也”。

牽

一、牽牛星名。詳牽牛條下。二、牽引也。連也。《招魂》“牽於俗而蕪穢”。王逸注云“牽，引也。不治曰蕪，多草曰穢。言己施行，常以道德爲主，以忠事君，以信結交，而爲俗人所推引，德能蕪穢，無所用之也”。五臣、朱熹皆本王説，申大義是也。訓牽爲引，亦秦漢以來達詁，牽引即牽聯之義。《哀時命》“上牽聯於矰隹”，王逸注“言己居常怖懼，若附强弩機臂，畏其妄發，上恐牽聯於隹躲，身被矰繳也”。按古隹制，蓋有繳繫於箭，射中則牽而下之，故曰“上牽聯於矰隹”也。詳矰隹條下。《説文》“牽引前也”。字作牽，從玄、從牛，玄者繩也，冂則象引牽之意。本引牛之義，引申爲凡引牽、牽連，亦古今恒語。

驟

按《説文》“驟馬疾步也”。則作驟疾解。段氏云“今字驟爲暴疾之詞，古則爲屢然之詞。凡《左傳》、《國語》言驟者皆與屢同義”。按段氏説極確。《左傳》驟字凡十六見，皆屢然之義。又《周禮》、《詩經》、《吕覽》亦同此。段説可參。《逸周書·太子晋》云“太師何擧足驟。”師曠曰“天寒足跔是以數也”。上言驟，下言數，則驟即數矣，尤爲明證。《吕覽·適威》云“驟戰而驟勝”，亦言數戰數勝也。《春秋》襄二十年《左氏傳》云“卻人驟至”，杜注“數也”，皆其徵，即以《楚辭》論凡五見。其爲屢然之義者，一如《湘夫人》“時不可兮驟得”，王逸注“數言富貴有命，天時難值，不可數得”是也。一如《悲回風》“驟諫君而不聽”，言數數諫君而不聽諫也。《説文》解驟爲“馬疾步”，疾步，則頻數，故引申爲數也。亦與數爲雙聲，又尤、侯與魚模之變也。用馬步疾之義者有三：一、《九辯》五“驟不驟進而求服兮”，北與下句“鳳亦不貪餧”爲對文，則不得爲頻數，必爲步疾無疑。二、《招魂》云“步及驟處兮誘騁先”，釋此句，以朱熹説爲允當。其言云“步行而及，驟馬所至之處，言走之疾也。誘蓋爲前導而馳騁以獵衆，若《儀禮·射儀》之有誘射也”。按朱説可用。王以步及驟處四字爲四事，而朱則以及處爲步驟之受事（Object）是也。三、《九懷·株昭》云“步驟桂林兮”，王注“馳逐正道，德香芬也”，以馳逐釋步驟，則驟亦疾也。且步驟連文，與《招魂》之分在兩句者，實正相同也。今世恒言亦曰步驟。近世方言，驟數一詞，俗師以湊字當之。若云“補足其數”其實不甚恰當。驟數當爲古語之遺，猶言數上加數耳，非補湊之也。聲變則曰數數，《漢書·李陵傳》“數數自循其刀環，陰喻之，言可歸漢也”。則漢人民俗語中已見之矣。

湊

《九歎》“順波湊而下降”。王逸注“湊聚也。言己乘船赴江湘之疾流，順聚波而下行，身危殆也”。洪興祖補云“湊千候切”。按《説文》“湊水上人所會也”。《周書·作洛》“以爲天下之大湊”。注“會也”。

牧

按《天問》三用牧字，皆一義之變，細別之，亦得分説，一則養牛人也。《説文》本義從牛，從攴，所謂攴牛，即《天問》他文所謂服牛也。引申爲養牛。“有扈牧豎”，言爲有扈之牧童也。又“牧夫牛羊”，言王亥（該秉承王季之德，以其父所善爲善，何以終於爲有扈氏所困蔽，而爲之牧牛羊也。其事詳《重訂天問校注》）與王説不同，而詁牧字則一也。此乃用牧本義。二則用牧之引申義。《周禮·太宰》“而建其牧”。注“侯伯有功德者，加命作州長，謂之牧”。《書·立政》“宅乃牧”。鄭注“殷之州牧曰伯”。此以牧養人民，若牧人之養牛。引而爲州長牧人也。《天問》“伯昌號衰（原作衰）秉鞭作牧”。言西伯昌（文王）執鞭爲殷之西伯牧長也。

龍

龍字在全部《楚辭》中，凡二十四見。其中見於屈宋賦者，凡十六。漢賦多因襲擬仿之作，不足據以說明風習、思理、史實諸端，實無詳爲分晰之必要。除屬於名物，如龍門、龍逢、龍邛等皆各有專條考論外，餘皆不作詳解。然屈宋賦中之虬、螭乃至於霓、虹等字，或爲龍子，或爲龍屬，皆爲文章之變，自當合併考之。

細繹屈宋各文，龍之用有七。

（一）以爲古傳說中有神祕性之靈蟲。如《天問》之“焉有虬龍”、“河海應龍”、“悲回風”之“蛟龍隱其文章”、“大招”之“螭龍並流”。

（二）以爲專名。如《哀郢》“顧龍門而不見”，王逸以爲楚郢都城門是也。

（三）以爲堂室器物之飾。《九歌·河伯》“魚鱗屋兮龍堂”。《招魂》之“仰觀刻桷，畫龍蛇些”。

（四）日神之名。如《天問》之“燭龍何照”，《大招》之“逴龍艵只”。燭龍、逴龍一聲之變，皆指北方之日神言。別詳兩條下。

（五）有以爲駕龍之舟，或舟車以龍畫作飾者，如《離騷》之“駕八龍兮蜿蜿”，《九歌》之“駕兩龍兮驂螭”，又“龍駕兮帝服”，又“駕飛龍兮北征”，又“乘龍兮鱗鱗”，又“駕龍輈兮乘雷”，此等句義，視上下文義而可斷知其爲神靈所駕之舟車，或升天庭者所駕之舟車。其爲靈龍，爲龍飾；在可分與不可分之間，在讀者之善自體會而已。《章句》、洪《補》，大體皆已詳審之矣。

（六）升天或神遊之引導致送者，此在屈宋文藝創作上，有一極其重要之意義，存乎其中。就文字體態言，可能爲一種浪漫設想。而就其所以以此作浪漫設施者，則有兩重要含義，一則龍與鳳爲楚俗死者靈魂升天之導引。此自龍、鳳靈禽能高飛，能升天，因而爲初民之所崇敬。死者靈魂求歸於天，則以龍鳳爲引導，或乘龍鳳，即能至天極之説之所由。而在屈子用之，則更含別義。屈子本楚之世胄，且爲宗臣。本掌巫、史、祝、筮之職，則升天以求先人之靈佑楚國，或祈命於天，本亦愴極呼天，痛極呼父母之義。故每當無可奈何之時，則神遊西極，鳳引龍駕而去。文藝形態爲浪漫寫法，而實質則夾風習與寄托而申其忠誠之悃愊者也。又不僅此也。屈宋文中時時以登天爲進用於君之代詞。則鳳引龍駕，又所以明援引賢智與己相偕，以入於廟堂之意。至中道無杭，則一切瓦裂，而不得不以死殉家國殄悴矣。《離騷》於無可如何之後，"哀朕時時不當"，乃"馴玉虬以桑鷖兮，溢埃風余上征"。於是而"鸞皇爲余先戒"，"吾令鳳鳥飛騰"。即乎求女不得淑賢，而蘭蕙惡化，霧氛爲占，巫咸已要，遠逝以求，自疏於國，遂"駕飛龍與瑤象之車"，"鳳皇承旂"，以至西極之崑崙，"蛟龍爲之梁津"，"西皇使之相涉"，"八龍蜿蜿"、"雲旗委蛇"，"惜余夢之登天兮，魂中道而無杭"。"臨睨舊鄉"，悲從中來（舊鄉二字，舊解都無是處。用臨睨一詞，謂親臨而睨見之也）。此時已在崑崙，自崑崙以望楚國，自亦神遊中可能之設想，而不必用臨字，此臨字指現身所臨之地。楚自熊繹，始封於夔。自巫夔不能固守，遂不能與秦争，則屈子必曾謀收歸巫一帶以弱秦，參南、南夷、山鬼、九章諸篇。則此崑崙特借喻夔巫，夔崑聲近。宋玉《神女賦》亦是此意，別詳余《宋玉集校注》。故曰"忽臨睨夫舊鄉"，言忽至先人舊封之地，而悲楚王之不肖，子孫不能守其國。故曰"又何懷乎故都"。故都與舊鄉對文，必不同指郢都可知，而歸結爲"莫足以爲美政"，則君臣上下無一人可爲，國無人莫知我隱，故遂欲從彭咸之所居耳。《九章·涉江》中亦有同樣之情事，"世溷濁而莫余知兮，吾方高馳而不顧"，"駕青虬兮驂白螭，吾與重華遊兮瑤之圃"，"登崑崙兮食玉英，與天地兮同壽，與日月兮同光"云云。亦神遊西極，乘龍螭與重華遊崑崙，較《離騷》爲簡直，而情思則一也。凡此兩章，皆屈子托爲登天以寄其宗國之思，而以龍、鳳爲導引乘座者也。《遠遊》亦有"浮雲上征"，"駕八龍之蜿蜿，載雲旗之透蛇”，“鳳皇翼其承旂”云云。然其情思，則在從王僑、仍羽人等“餐六氣”，“漱正陽”之仙人行止，與《離》、《章》稍異其義，而乘龍使鳳，亦仍楚俗，升天之習，則相一致，且可互爲印證，亦不可廢；且以《遠遊》之用義，反證《騷》、《章》之旨要；而其寄望於西極，以求達擁君之忱，弱秦之策者，愈益顯明，故不惜費詞而道之。

然所謂楚俗，所謂升天，以龍鳳引之説，此必需有以證之，方足以見詞人在現實中之設想作用。考一九四九年長沙陳家大山，戰國楚墓出土帛畫（現歸湖南省文物保管委員會保管），此圖左角有飛動之兩物，其一似今之爬蟲，證以戰國以前古器物紋樣，當爲龍形。其一爲展翅跨步長尾，似孔雀者，即戰國西漢畫圖之鳳形；兩物之下一少婦高髻博袖，纖腰敷袿，雙手如合南之狀，兩目注視龍鳳，此祈禱之狀也。此圖爲殉葬之物。則畫中少婦，當即墓中主人，前引以龍鳳，即隨龍鳳升天之意。蓋死者家屬爲死者祈福升天之宗教迷信圖畫（參圖版）。與楚墓中常見在棺中底層之所謂笭版者，作用相同。笭版亦刻龍鳳圖形者也（參圖版）。一方風習，往往代表其自古相沿之傳説，而自各方面反映之。死者求升天以龍鳳爲引，生者亦借龍鳳以上訴於天，以求得其心靈上之安慰，或情思中之寄望，此固文化發展中之必然現象。吾人得自多方面而印證之者也。且吾人尤有進一步之證明，即漢代墓中之壁畫，亦有與此相類似者，高祖淮、泗間人，故漢文化多承楚文化之故跡。考旅順營城子漢墓壁畫，有升仙圖（見圖版）。此圖上截當中帶劍者，當爲墓主，其前爲方士之流；再前雲層中有一羽人，其上爲朱雀（鳳皇），其後爲蒼龍，固鳳皇導引，蒼龍翼扶此死者升天之象也。下截則家人祈祀之象也。與帛畫主題用意，毫無二致，可爲上來諸説作一至佳之參證。

（七）龍字用法，在屈賦中已大致如上述。然龍之爲物，究是何種屬，此不僅古人無定説，近世科學家、古生物學家、考古學家亦無定説，章鴻釗氏有三靈解，考龍、鳳、麒麟三物在古史傳説中之資料，極爲豐富，然亦不能指實其爲何物。考古生物學上之龍字，大體用以譯 Saurian 創自日人，大約指爬蟲類，如蜥蜴、鱷魚之屬。吾鄉祿豐所發現之恐龍化石，即此一類。此類化石，在中國境內，東起黑龍江，西至甘陝，皆曾有之。與古傳說之龍，顯爲另一事。兹不具論。甲文中已有龍、龏、寵等字，而龍字用作人名、地名、國名，未見有或神祕性。其神祕性之出現，大約始於《周易》，周本夏後，夏人以禹爲龍，即以龍爲圖騰。則《周易》有神祕性者，宜也。蓋周爲夏後，《周易》即周人以蜥蜴爲靈而命其書也（余別有詳説）。按《説文》云“龍，鱗蟲之長，能幽能明，能細能巨，能短能長。春分而登天，秋分而潛淵”。古言龍性象者，莫詳於此。然分析言之，則能幽能明者，鱗蟲類之一般色象也；能細能巨者，鱷類及蛇類當呼吸時之現象也；能長能短者，蛇類行時，屈申之象也；春出秋潛者，兩棲爬行類之特性也。故歸納言之，大部份爲爬行動物之特性。章氏三靈解曰“中國載記，或以龍蛇並稱（《左傳》‘深小大澤，實出龍蛇’。《孟子》‘蛇龍居之’。）或以黿鼉同例（見《中庸》），而神農本草名蜥蜴曰石龍子，蛇蜕，曰龍依子”云云。大約得之矣。總言之，古所謂龍者，或當時人民以指不經見之若干爬蟲動物，如蛇、蜥蜴、鱷魚之屬。凡此象形，與上舉金文中之紋飾，皆相同或相似。

又附帶一言，則龍之一音，Dragon phonics Rhyme 或有據此，以謂中國之龍説，來自西方，其證至溥，姑不具論。惟 Dragon 似爲共工之譯音，其共工即鮌，則亦其語之縮也。

鮌、共工、龍之分化，別詳余《釋夏》一文。

白龍

《九思·悼亂》“白龍兮見躒，靈龜兮執拘”。舊注“白龍川神”。洪補云“河伯化爲白龍，羿射之，眇其左目”。按白龍與靈龜對舉，白靈皆形狀字，舊注以爲川神，不知所據。洪補更引雜説，與文理詞氣皆無大關涉，甚無謂也。姑缺之以待知者。

蛟

《九歌·湘夫人》"蛟何爲兮水裔"。又《九思》"乘六蛟兮蜿蟬"。王逸注"蛟龍類也。麋當在山林，而在庭中；蛟當在深淵，而在水涯。以言小人宜在山野，而陞朝廷，賢者當居尊官，而爲僕隸也"。"裔一作褻。蛟在水裔，猶所謂神龍失水而陸居也"。"麾蛟龍使津梁"。洪補曰"有鱗曰蛟龍"。郭璞曰"蛟似蛇，四足，小頭，細頸，卵生，子如三斛瓮，能吞人。龍屬也"。按《説文》"蛟龍之屬也。池魚滿三千六百，蛟來爲之長，能率魚飛置笱水中"。《埤雅》"蛟其狀如蛇，而四足細頸，頸有白嬰，大者數圍"。《山海經》"蛟大者大數圍，卵如一二石甕，能吞人"云云。古今説之者頗含神祕性，除《山經》、《埤雅》外，莫能舉其形似，而陸書亦多臆説。又《九懷·昭世》"馳六蛟兮上征"，即《離騷》"乘六龍"義。故王逸以"乘龍直驅陞閶闔"釋之。《九思·守志》云"乘六蛟兮蜿蟬"，舊注亦曰"龍無角曰蛟"，大約爲蛇中之極大者。余曾於蜀中數數見巨蛇，在陸者曰蟒，在水者俗曰蛟。然不能驗其有足否也。

蛟龍

《離騷》"麾蛟龍使梁津兮"。王逸注"小曰蛟，大曰龍。蛟龍水蟲也。以蛟龍爲橋，乘之以渡。似周穆王之越海，比黿鼉以爲梁也"。洪補曰"《廣雅》曰'有鱗曰蛟龍，有翼曰應龍，有角曰虯龍，無角曰螭龍'"。郭璞曰"蛟似蛇，四足，小頭，細頸，卵生，子女三斛瓮，能吞人。龍屬也"。按蛟龍連文。有鱗爲蛟龍。洪補引之詳矣。

虬龍

《天問》"焉有虬龍負熊以遊"。王逸注云"有角曰龍，無角曰虬。言寧有無角之龍，負熊獸以游戲者乎"。洪補云"虬見《騷》經，《天對》云'有虬蜲蛇，不角不鱗，嬉大玄熊，相待以神'"。按虬龍複合詞。虬本龍子，故可複言。虬乃虯俗體。分詳虯、龍兩條下。負熊句負即娞字，言虬龍以熊爲婦也，言虬龍不得以熊爲婦也。

螭龍

《大招》"螭龍竝流，上下悠悠只"。螭亦龍屬，故可合言。分詳螭與龍下。竝流猶竝行也。

八龍

《離騷》"駕八龍之婉婉兮"。王逸無注。五臣云"八龍八節之氣也。言己乘八龍神智之獸。駕八龍者，言己德如龍，可制御八方也"。《遠遊》"駕八龍之婉婉兮"。《九懷·陶壅》"駕八龍兮連蜷"。《楚辭》言乘龍多加數字，曰八龍，曰六龍；古駕無四以上者，皆寓言耳。惟後世有馬八尺爲龍之説，遂附會爲駕八馬、六馬，殊不知此皆寓言，非實指也。五臣以八節之氣釋八龍，失之鑿矣。

六龍

《九歎》"維六龍於扶桑"。洪補曰"《春秋命厤序》曰'皇伯登扶桑，日之陽，駕六龍以上下'。《楚辭》言龍駕，多加數字，或八、或六，皆寓言，非實際。洪引《春秋命厤序》以明其有自，皆漢人雜説，若不視爲寓言，則與制度大殊。六龍亦見《易經》，則駕維六龍，直承《易》言也。古駕無以六者。《易·彖辭》曰"時乘六龍以御天"，謂聖人用乾道之終始，可駕六龍以行乎天。《九歎》云"馳六龍於三危"。《韓非子·十過》"黃帝合鬼神於泰山之上，駕象車而六蛟龍，畢方並轄，蚩尤居前"云云。則六龍之說，爲春秋戰國以來習用之神話，子政習《易》，又博極羣書，則用六龍者，本於《易》義耳。

飛龍

《離騷》"爲余駕飛龍兮"。王逸注"言我駕飛龍，乘明智之獸"。洪補"《易》曰'飛龍在天'。許愼云'飛龍有翼'"。又《九歌》"駕飛龍兮北征"。按《離騷》飛龍乃寓言，王以爲明智之獸，洪引《易》"飛龍在天"皆是也。《九歌》飛龍，則不得視爲寓言。則朱熹以爲龍翼，較王說爲允，然仍未全當。《九歌》飛龍，當指龍舟爲言，非以龍翼舟也。《續漢書·禮儀志》有升龍，《史記·封禪書》有登龍，馬王堆帛畫上層在日月之間有鶴，左三右二，銜一下垂之鈴爲中界，左右畫二龍，夭矯飛騰，作上升狀。即此物，在秦漢人心目中設想之象也。可爲參考（別參龍字條）。

螭

《九歌·河伯》"駕兩龍兮驂螭"。王逸曰"言河伯以水爲車，驂駕螭龍而遊戲也"。"一本螭上有白字"。洪補"《史記》曰水神不可見，以大魚、蛟龍爲候。《博物志》曰'水神乘魚龍'。'驂蒼含切。在旁曰驂。驂兩騑也。螭丑知切'。《說文》云'如龍而黃。北方謂之地螻，一說無角曰螭'。一音離。《集韻》'螭螭龍無角'"。《廣韻》"丑知切"。《漢書·司馬相如傳》"蛟龍赤螭"。文穎曰"螭爲龍子"。張揖曰"赤螭雌龍也"。是戰國以來所傳，其色有赤者。又《涉江》"駕青虬兮驂白螭"。

王逸注"虬螭神獸，宜於駕乘。以喻賢人清白，宜可信任也"。《遠遊》亦曰"玄螭蟲象竝出進兮"。王逸注"螭龍類也。象水中神物"。《九懷·思忠》"駕玄螭兮北征"。則文家修詞之説，比附蛇類爲言。未必真見白、赤、玄、青諸色。

青虬

《九章·涉江》"駕青虬兮驂白螭"。王逸注"虬、螭神獸，宜於駕乘。以喻賢人清白，宜可信任也"。五臣云"虬螭皆龍類"。按虬同虯。《廣韻》"渠幽切"。《説文》"龍子有角者"。《天問》"焉有虯龍負熊以遊"。司馬相如《大人賦》"驂赤螭青虬之蚴野蜿蜒"。傳説龍色多青白，故虯亦曰青虬也。古以色表動物者，言青白多佳美之義，言赤則多含猛摯乃至凶殘之象也。

王虺

《大招》"鯣鱅短狐，王虺騫只"。王逸注"王虺，大蛇也"。《爾雅》曰"蟒王蛇也"。按王虺似即《招魂》之"雄虺"。《二招》所用名物，大體相近。此其一，又王虺、雄虺兩文，皆指南方之怪言，所指方位相同。此其二。又凡物名冠以形容者，其形容詞往往多變，然其變必以類，王也雄也其義則類矣。此其三。故古今解王虺者，與雄虺相同。參雄虺條。然《招魂》言"雄虺九首往來儵忽，吞人以益其心"，與《天問》"雄虺九首，儵忽焉在"，似相同。然《天問》二句句法與"黑水、玄趾，三危安在"相同，言三物非指一物（王注誤爲九首之雄虺。別詳）。且言吞人以益其心，而《大招》則言"鯣鱅短狐，王虺騫只。魂乎歸來，蝮傷躬只"。以文理論，"蝮傷躬只"句，正以結上鯣鱅三言，皆指爲蝮類也。故叔師以鯣鱅短狐爲鬼蜮，其義至精。此蓋即本《巧言》之詩"爲鬼爲蜮"之義。言魂無南行，水中多鬼蜮必傷害於爾形影。惟此虺字，乃蚖字之借爾。

《顏氏家訓・勉學篇》云"初讀《莊子》蚖二首"。《韓非子》曰"蟲有蚖者，一身兩口，爭食相齕，遂相殺也。不識此字何音。《爾雅》諸書，蠶蛹名蚖，又非二首兩口貪害之物，後見《古今字詁》云，此亦古之虺字，積年疑滯，豁然霧解"。陳倬《敚經筆記》曰"倬案，據此則虺或作蚖。今《毛詩・巧言篇》有'為鬼為蜮'。鬼即蚖之省形而存聲之字三家詩當作'為蚖為蜮'。《文選・鮑照蕪城賦》云'壇羅虺蜮'。蓋本三家詩也"。按陳說極確。《大招》此言但謂南方水中有射人之蜮而已。餘詳蜮字條。又"王虺騫只"之騫，為舉頭貌，非也。騫即騫之借字，謂飛騰。無論其為飛為射，皆可曰騫，若訓舉頭，則詞義率然無復理趣矣。至此吾人可作斷語曰鯛鱅四語，乃襲用《詩・巧言》之"為鬼為蜮"，毛本鬼作虺，而三家則作鬼若蚖。當從三家作蚖為最允當。則此虺字，當為蚖之借字無疑。

雄虺

按雄虺一詞，《楚辭》凡兩見。一見《天問》"雄虺九首，儵忽焉在"。一見《招魂》"雄虺九首，往來儵忽"。王逸注《天問》云"虺蛇別名也。儵忽電光也。言有雄虺，一身九頭，速及電光，皆何所在乎"。《招魂》之儵忽疾急貌也。洪補注云"虺許偉切。《國語》云'為虺弗摧，為蛇將若何'。虺小蛇也。然《爾雅》云'蝮虺博三寸，首大如擘'"。則虺亦有大者，其類不一。按雄虺，大蛇也。又"中央共牧后何怒"一語，王注亦云"中央之州有歧首之蛇，爭共食牧草之實"云。此蓋古人傳說之一。《天問》又言"一蛇吞象"。則蛇在古代民族生中，為至可懼畏之一物。《易》以"無它"為戒，《詩》以"虺蛇"喻凶惡，皆其類也。九首，即《山海經》之相柳氏，亦即《莊子》之蚖二首。參九首一條。

青蛇

《九懷》"鴪鵬開路兮後屬青蛇"。王逸注"仁士智鳥，導在前也，介蟲之長，衛惡姦也"。按青蛇之青，蛇類至多，以色論則赤、黃、黑、灰、青、綠皆有之，惟蛇之巨者則多青。青蛇猶虹之言青虬耳。

騰蛇

《九懷·通路》"騰蛇兮後從"。王逸注"神虺侍從，慕仁賢也"。"騰一作螣"。洪補曰"《荀子》云'螣蛇，無足而飛'。《文子》曰'騰蛇無足而騰'。郭璞云'騰，龍類，能興雲霧而遊其中'"。按《說文》"螣，神蛇也"。《爾雅·釋魚》"螣之蛇"。《疏》"似龍者也，名螣，一名螣蛇"。古傳如是耳。當以螣爲本字，騰則聲義相通之借，化專名爲通名。此漢語發展之一法，亦漢字叢生之一故。

蝮蛇

《招魂》"蝮蛇蓁蓁"。王逸注"蝮大蛇也"。洪補曰"《山海經》'蝮蛇色如綬文，大者百餘斤，一名反鼻蛇'。《爾雅》'蝮虺博三寸，首大如擘'。《本草》引張文仲云'蝮蛇形乃不長，頭扁口尖，人犯之頭足貼著。蝮音覆'"。《大招》"蝮蛇蜒只"。按蝮蛇與蝮虺異物同名。朱珔《文選集釋》辨之最悉，當從之。其文云"案《爾雅·釋魚》'蝮虺博三寸，首大如擘'。《說文》'蝮蟲也'。又云'蟲，一名蝮，博三寸，首大如擘指'。是虺當作蟲，借作虺也。郭注《南山經》'蟲古虺字'，非是。《詩·斯干》正義及《漢書·田儋傳》注引郭云'此自一種蛇，人自名爲蝮虺。今蝮蛇細頸，大頭；焦尾；色如艾；綬文，文間有毛，似豬鬣；鼻上有鍼；大長七八尺，一名反鼻，非虺之類'。《南山經》'猨翼之山多蝮蟲'. 郭注'大者百餘斤'. 又《北山經》'大咸之山有長蛇, 其毛如虤豪'. 郭注'説者云長百尋'. 郝氏謂彼蓋蝮蟲之最大者. 即《楚辭·招魂》所稱也. 若《爾雅》所釋, 乃是土虺, 江淮間謂之土骨蛇, 與此固名同而實異矣".

蜥蜴

《九思》亂曰"斥蜥蜴兮進龜龍". 《爾雅·釋魚》"蠑螈蜥蜴". 《説文》"在草曰蜥蜴, 在壁曰蝘蜓". 《本草》"小而五色, 尾末碧者名蜥蜴; 小而緑, 緣壁, 色黑者, 名蝘蜓". 《方言》"蜥蜴, 秦晋西夏謂之守宫, 或謂之蠦蠬; 南陽呼蝘蜓; 其在澤中者, 謂之蜥蜴; 南楚謂之蛇醫, 或謂之蠑螈".

蠋

《九思·怨上》"蠋入兮我懷". 舊注"言己獨處山野, 與衆蟲爲伍". 《詩·邶風》"蜎蜎者蠋". 《爾雅·釋蟲》"蚅烏蠋". 注"大蟲如指, 似蠶". 《莊子·庚桑楚》"奔蜂不能化藿蠋". 注"蠋豆藿中大青蟲也".

蜩

《九懷》"林不容兮鳴蜩". 《廣韻》"徒聊切". 《詩·豳風》"五月鳴蜩". 《大雅》毛傳"蜩, 螗也". 《疏》"釋蟲云'蜩蜋, 蜩、螗'. 舍人曰'皆蟬也. 方語不同, 三輔以西爲蜩, 梁宋以西謂蜩爲螗, 楚地謂之蟪蛄'". 《爾雅·釋蟲》"蜩蜋蜩". 注《夏小正傳》曰"蜋蜩者, 五彩具". 按蜩名甚多, 馬蜩見《夏小正》, 蜕寒蜩, 即寒蟬; 螗蜩, 俗呼胡蟬, 江南謂之螗蚗, 皆蟬之類也. 參蟪蛄條.

蜘蛆

《九思》"蜘蛆兮穰穰"。按《爾雅·釋蟲》"蒺藜蜘蛆"。注"似蝗，而大腹，長角，能食蛇腦"。《莊子·齊物》"民食芻豢，麋鹿食薦，蜘蛆甘帶，鴟鴉耆鼠"。《廣韻》"蜘蛆食蛇、蜈蚣"。按《集韻》云"蜘蛆蜈蚣也"。與《廣韻》殊，不知孰是。

蟊

《九思·怨上》"蟊螽兮號西"。王逸注"言己獨處山野，與衆蟲爲伍"。"一作蘁螽"。洪《補注》"蟊螽矛節二音。蟊蟲食草根者。《爾雅》"蟊茅蜩似蟬而小，青色。與蝥同"。《廣韻》"莫浮切"。《説文》"蠿蟊也"。按即今蟊蜘蛛也（《集韻》説）。又考《集韻》云"與蝥同"，然《説文》蝥讀莫交切蟹蝥也。音義皆相別，然蟲蚰所從矛攵、有蝥蝥二形，字書多相亂矣。

螽

《九思·怨上》"蟊螽兮號西"。洪補"音節。《爾雅》'螽茅蜩。似蟬而小，青色'"。按洪用《爾雅》文，字當作蜩。注云"今江東呼爲茅蜩，似蟬而小，青色"。蜩則俗體字也。字或省作蟭，古從蟲從蚰多相通。又《集韻》同蚗蜻蜻也（《爾雅·釋蟲》同），《方言》"蟬其大者謂之蟧，或謂之蝒馬，小者謂之麥蚻"。則亦類也。

蟻

《惜誓》"爲螻蟻之所裁"。王逸"蟻，蚍蜉也。裁，制也。言神龍常潛深水，設其失水，居於陵陸之地，則爲螻蟻蚍蜉所裁制，而見啄齧也。以言賢者不居廟堂，則爲俗人所侵害也"。"蟻一作螘"。洪補"《管子》曰'蛟龍水蟲之神者也，乘於水則神立，失於水則神廢'。《莊子》曰'吞舟之魚，碭而失水，則蟻能苦之'"。按《廣韻》"魚倚切"。《説文》作螘云"蚍蜉也"。《爾雅·釋蟲》"蚍蜉大螘，通名也。其大者則名蚍蜉，俗呼馬蚍蜉；小者螘，齊人呼螘蛘"。《方言》"蚍蜉齊魯之間謂之蚼蟓，西南梁益之間謂之元蚼，燕謂之蛾蛘"。《海內北經》云"大蟸，狀如蟸"。今江東呼大蟸。陳藏器《本草》云"赤黑色，穴居。最大螫人至死"。又木蟸《方言》云"其大而蜜謂之壺蟸"。

螻蛄

《九思》"螻蛄兮鳴東"。王逸注"言己獨處山野，與衆蟲爲伍，心悲戚也"。洪補云"螻蛄、婁姑二音"。按《説文》"螻蛄也"。《方言》"螻螲謂之螻蛄"。《爾雅》疏"鼫鼠，蔡邕以爲螻蛄"。《本草》"一名天螻，一名仙姑。穴土而居。有短翅，四足。雄者善鳴而飛，雌者腹大，羽小，不善飛翔，吸風食土，喜就燈光"。《方言》十一"蚰蛛，楚謂之蟪姑"。

蚰蜒

《九思》"巷有兮蚰蜒"。按舊注無。《廣韻》"以周切"。《玉篇》"蚰蜒"。今按《方言》"蚰蚅自關而東謂之螾蚅，或謂之入耳，或謂之䗊蠼；趙魏之間或謂之蚨虶；北燕謂之蚭蚭；江東人呼蚅，皆今蚰蜒，喜入耳者也"。《本草》"蚰蜒長寸餘，死亦蜷曲如環"。《爾雅》疏"此蟲像蜈蚣。黃色而細長，呼爲吐舌"。按絕不似蜈蚣，而略近蚯蚓。

蠆

《九思》"下堂兮見蠆"。舊注"蠆，土螽也。喻佞人欲害賢，如蠆之有螫毒"。按《廣韵》"蠆，丑犗切"。《詩·小雅》"彼君子女，卷髮如蠆"。《鄭箋》云"蠆尾末揵然似婦人髮末，曲上卷然"。《左傳》僖二十二年"蜂蠆有毒"。《通俗文》云"蠆長尾，謂之蠍"。按俗名蠍子，今北人多畏之。螫人則大腫，毒最甚。《玉篇》"螫蟲"是也。

螇蛄

《招隱士》"螇蛄鳴兮啾啾"。王逸注"蜩蟬得夏，喜呼號也"。五臣云"螇蛄夏蟬"。洪補云"《莊子》云'螇蛄不知春秋'。說者云寒蟬也。一名蜺蟧。春生夏死，夏生秋死。或曰山蟬，秋鳴者不及春，春鳴者不及秋。《廣雅》云'螇蛄、蛚蟧，即《楚辭》所云寒螿者也'。《方言》云'蛥蚗齊謂之螇螰，楚謂之螇蛄'"。朱熹注"螇蛄夏蟬。春生夏死，夏生秋死"。按螇蛄即蟬之一種。春生夏死，夏生秋死之說，依《莊子》文而附會之者也。大抵小蟬命極短促，而夏蟬爲民俗常見之物。故言蟬則必思及夏熱之可畏。參蟬字條。按蟬類至多。

螳螂

《九思·哀歲》"巷有兮蚰蜒，邑多兮螳螂"。王逸無注。按《禮記·月令》"仲夏小暑至，螳螂生"。注"螳螂，螵蛸母也"。詳《正義》及《方言》卷十一。《錢疏》。按螳螂一物，南楚學人多借爲不自量力之喻，見《莊子·天地》、《山木》、《人間世》諸篇，《韓詩外傳》卷八、卷十亦兩見，劉向《說苑》亦載其事皆爲南楚寓言之一，則"邑多螳螂"者，言邑多誇誕不自量力之小人也。字又作螳螂。《說文·虫部》

"蜋堂蜋也"。又作蟷蜋。

蓼蟲

《七諫》"蓼蟲不知徙乎葵菜"。洪補曰"蓼辛菜也，音了。《魏都賦》云'習蓼蟲之忘辛'。李善引《楚辭》'蓼蟲不知徙乎葵藿'"。按蓼蟲葵菜中所生之蟲也。此複合名詞。

合參蓼字條。

青蠅

《九歎·怨思》"若青蠅之偽質兮"。王逸注"偽猶變也。青蠅變白使黑變成白。以喻讒佞。《詩》云'營營青蠅'"。按《廣韵》"余陵切"。《說文》"蟲之大腹者。《詩·小雅》'營營青蠅'"。《箋》"蠅為蟲，汙白使黑，汙黑使白。喻佞人變亂善惡也"。鄭即用子政說也。《埤雅》"青蠅亂色，蒼蠅亂聲"。按今俗不論青蒼，皆呼為蒼蠅。

蟋蟀

《九辯》"哀蟋蟀之宵征"。王逸注"見蟨蛚之夜行，自傷放棄，與昆蟲為雙也，或曰宵征謂'七月在野，八月在宇，九月在戶，十月蟋蟀入我牀下，是其宵征'。征行也"。五臣云"宵夜也"。按《詩·唐風》"蟋蟀在堂，歲聿其莫"。《疏》引陸璣云"蟋蟀似蝗而小，正黑，有光澤，如漆；有角、翅。一名蛬，一名蜻蛚。楚人謂之王孫，幽州人謂之趣織。里語'趣織鳴，嬾婦驚'是也"。《方言》十一"蜻蛚楚謂之蟋蟀"。蟀字《說文》作蟋。按此名物之狀聲字也，謂其悉悉率率爾。

蟬

《卜居》"蟬翼爲重"。王逸注"近佞讒也"。洪補云"李善云'蟬翼言薄也'"。朱熹注"蟬翼言輕薄也"。按《方言》"蟬楚謂之蜩"。《大戴禮》"蟬飲而不食"。按蟬有春夏兩種，特春蟬不爲世所習知，夏蟬則方暑而長鳴，人極獸之，夏蟲棲林中陰暗處，大熱則鳴。俗名蟬兒。形似蟑螂，翼薄而透明。故詩人以蟬翼喻輕薄也。《詩·豳風》"五月鳴蜩"。《大雅》"如蜩如螗"。《毛傳》"蜩，蟬也"。《疏》"《釋蟲》云'蜩蜋蜩螗'。人曰皆蟬也。方語不同"。三輔以西爲蜩，梁宋以西謂蜩爲螇，楚地謂之蟪蛄。《楚辭》云"蟪蛄鳴兮啾啾"是也。參蟪蛄條。

蠭

《天問》"蠭蛾微命力何固"。《九思·哀歲》"出門兮觸蠭"。諸家無說。按《說文》"蠭飛蟲，螫人者"。字亦作蜂。《方言》十一"蠭燕趙之間謂之蠓螉"，則以疊韻緩言之也。《廣雅》"土蠭蠮螉也"，則以雙聲永言之。《天問》一本作蟲，誤字也。

玄蠭

《招魂》"赤蟻若象，玄蠭若壺些"。王逸注"壺，乾瓠也。言曠野之中有赤蟻，其狀如象；又有飛蠭，腹大如壺，皆有蠱毒，能殺人也"。"蠭一作蜂"。《釋文》作蟲。洪補云"蠭音峰。《方言》云'蠭大而蜜，謂之壺蠭'"。按蠭俗皆作蜂，省體字也。《說文》作蠭，"飛蟲，螫人者"。《左傳》僖二十二年"蠭蠆有毒"。《爾雅·釋蟲》"蠭醜"。《爾雅翼》云"蜂種類至多，其黃色細腰者，謂之稯蜂。又蜜蜂，人收而養之，一日兩出，而聚鳴，爲兩衙，其出採花者，取花鬚上粉，置兩髀，或採而無所得，則經宿不敢歸房也。至'玄鼄若壺'，則古寓言耳"。朱珔《文選集釋》曰"《爾雅》'王蠆'郭注'今江東呼大蠆'。陳藏器《本草》云'赤黑色，穴居，最大螫人至死'"。又木蠆《方言》云"其大而蜜，謂之壺蠆"。郭注"今黑蠆，穿竹木作孔，亦有蜜者，或呼笛師"。蓋今之瓠瓤蜂也。若葉氏所引《八紘譯史》"蟻國在極西，其色赤，大如象"。又《五侯鯖》"大蜂出崑崙，長一丈，其毒殺象"，豈即因此傅會與？又《捫蝨新語》駁沈存中説蒲盧云"蒲盧蒲葦，_{儒學本作果}贏、薄盧沈存中説蒲盧薄葦，予嘗辯其非是。後讀陸氏《埤_{原本作爾從儒學本改}雅》云'細腰曰蒲，蓋_{原本作盧，從儒學本改。案《埤雅》云"細要曰蒲，一曰蒲盧"。則此單上句下盧字作蓋，以屬下句文義較順。}蜾類也。故細腰土蜂，亦謂之蒲盧'"。且引_{儒學本作考。}《中庸》"政猶蒲盧"之語，謂蒲著在土而浮蔓，常緣於木，故亦_{原本無亦字從儒學本補}謂之果_{原本作螺從儒學本改。案《埤雅》作果。}贏。_{案《埤雅》作贏。}又引《本草》云"蜾_{案《埤雅》作瓠。}類小者，名瓢。瓢取諸藻"。蒲，_{原本作盧從儒學本改。案《埤雅》作蒲。}取諸蒲，蒲善浮。《詩》所謂"不流東蒲"者也。其説以蜾、瓢_{鈔本作瓠。}壺盧蒲盧，爲一類，故在《釋草》部中。又《爾雅義》_{原本《爾雅》上無又字，義作又，從儒學本補改。}云"果贏蒲盧，細腰，壺之有盧者也"。《楚辭》曰"玄蜂若壺"取是焉，予以此，方悟《爾雅》、《中庸》之説。而鄭氏所注，蓋知其一而不知其二也。存中擬於"地道敏植"_{原本作政，從儒學本改，鈔本作樹。}之語，遂以爲蒲葦。其實未知果贏蒲盧之義。

蠚

《招魂》"赤蠚若象"。王逸注"蠚蚍蜉也。小者爲蠚，大者謂之蚍蜉也"。洪補"《山海經》'大蜂，其狀如蠆，朱蛾狀如蟻'"。朱熹注"蠚一作蟻，蠚蚍蜉也"。按《文選》蠚作蟻。《海內北經》云"大蠆其狀如螽，朱蛾其狀如蛾"。郭注即引此語爲證。《爾雅》"蠰杅蠚"。郭注"赤駮蚍蜉"。郝氏謂"杅之爲言頳也。頳杅音近。此蠚赤駮，故以爲名"。餘參蠆字條。

蜮

《大招》"魂乎無南，蜮傷躬只"。王逸云"蜮短狐也。《詩》云'爲鬼爲蜮'。言魂乎無敢南行，水中多蜮鬼，必傷害於爾躬也"。"乎一作兮"。洪補曰"《穀梁子》曰'蜮射人者也'。《前漢·五行志》云'蜮生南越，亂氣所生，在水旁，能射人，甚者至死'。陸璣云'一名射影，人在岸上，影見水中，投人影則射之，或謂含沙射人。孫真人云'江東江南有蟲名短狐，谿毒，亦名射工。其蟲無目而利耳，能聽。在山源谿水中，聞人聲便以口中毒射人'。《說文》云蜮似鱉，三足，以氣射害人。音蜮，又音或"。按王、洪二家引證至詳，無用更復。惟就文理詞氣論之，則叔師先以鯛鱅等爲短狐，後更於蜮字下以短狐訓之，則蜮傷躬只句，正關涉鯛鱅以下三句而總結之，則王虺不得更訓爲大蛇至明。且此四語，明襲用《詩》之"爲鬼爲蜮"。則虺乃蜮之借字無疑。餘參螆字條下。

螆

《九思》云"螆緣兮我裳"。舊注"言己獨處山野，與衆蟲爲伍"。所謂螆者，喻讒人也。《說文》"螆，毛蟲也。千志切。"馮時可《雨航雜錄》下曰"螆者螫人蟲也。身扁綠色，似蠶而短，無足有毛。《楚辭》以喻讒人；《九思》所謂螆緣兮我裳是也。常在林間花葉背，不知者輒爲所刺。一名林螆，蟲之最惡者也。老則吐汁自裹，久漸堅凝，如巴豆大，就其中作蛹，謂之蛄嘶"。餘參蜮字條下。

邛

《九思》"從邛遨兮棲遲"。舊注"邛獸名。遨，遊也。罪騄從邛而棲遲，顧望也"。"一云從盧遨兮"。洪補云"邛謂邛邛駏虛也"。按邛即蛩字之省。《廣韻》"渠容切"。《山海經·海外北經》"北海有素獸焉，狀如馬，名曰蛩蛩"。郭注"即蛩蛩鉅虛也。一走百里。見《穆天子傳》、《漢書·司馬相如傳》張揖注'蛩蛩走獸狀如馬'。字又作邛邛。《爾雅·釋五方》'西方有比肩獸焉。與邛邛距虛比，爲邛邛距虛齧甘草，即有難，邛邛距虛負而走。其名曰蟨'"。又見《韓詩外傳》、《吕覽·不廣》、《淮南·道應》、《爾雅》郭注、《逸周書·王會》等篇。

蟲象

《遠遊》"玄螭蟲象，並出進兮"。王逸注"鬼魅神獸，喜樂逸豫也。皆水中神物"。"一云列螭象而並進兮"。按蟲象與玄螭平列，玄蟲兩詞，皆成語狀。言蟲罔象也，與玄螭與蟲象對舉。蟲當讀爲《賈子禮容》"器無蟲鏤"之蟲，赤也。《詩·雲漢》"蘊隆蟲蟲"，《傳》"蟲蟲而熱"，《韓詩》作烔烔，亦赤義。蓋肜肜聲借，則蟲象爲赤罔象，與玄螭正對矣。

鷗龜

《天問》"鷗龜曳銜，鮌何聽焉?"王逸云"飛鳥水蟲"。洪補"鷗一名鳱也"。蔣驥《山帶閣楚辭注》云"《山海經》怪水亳水，皆有旋龜，鳥首虺尾"。《嶺海異聞》"海龜鷹吻。大者徑丈"。《南越志》"寧縣多鷟龜，鵝首嚙犬"云云。朱亦棟《羣書札記》三引《搜神記》"秦惠王二十七年，張儀築城，依大龜行處築之，以爲鮌之鷗龜，或相類"。

徐文靖《管城碩記》引《唐會要》言“漢栢梁殿災，越巫言海中有魚，虬尾，似鴟。激潵則降雨，作其像於屋，以厭其災”云云。因謂“鮌死爲鴟龜所食”，説鴟龜亦有據，惟釋鴟龜二句，則非也。鴟龜二句言鮌有何聖（聽爲聖之譌，別詳聽字下）德，而鴟龜爲之曳銜而治水也（詳余《重訂天問校注》）。

蜿

《大招》“山林險隘，虎豹蜿只”。王逸注“蜿，虎行貌也。言南方有高山深林，其路險陁，又多虎豹，匍匐蜿蜒，以候伺人也”。朱熹《集注》“蜿音鴛，虎行貌”。按蜿字漢賦家新增俗字，故不見於先秦典籍，本字當只作宛，“宛屈也”。（《説文》訓屈艸自覆，恐有誤，朱駿聲已疑之）。其轉注字有屈義者，有“婉順也”。古籍多用宛爲宛轉，婉爲委婉。婉屈其義至近。則蜿者因其爲虎豹而增“蟲”耳。

蜒

《大招》“蝮蛇蜒只”。王逸注“蜒長貌也”。洪補“蜒音延”。《廣韻》“以然切”。本蚰蜒字，此作蜿蜒，即宛延之借字也。詳宛延條下。宛延雙聲聯綿詞，屈曲而長也。

蜿蟺

《九思·哀歲》“龍屈兮蜿蟺”。舊注云“蜿蟺，自迫促貌”。按蜿蟺即宛轉之聲變，蜿即宛之俗搆，蟺字亦不見先秦典籍，亦漢人新加俗字，巽有順義，故借以爲蜿順之語根，而加蟲，以龍蛇專字。本叠韻聯綿詞，猶宛轉、蜿蟺、委曲也。聲轉則爲委移、委蛇、委隋、逶迤，支歌合韻則變爲阿儺（委蛇亦讀阿佗）參委蛇條下。

蚴虯

《惜誓》"蒼龍蚴虯於左驂兮，白虎騁而右騑"。王逸注"言己德合神明，則駕蒼龍驂白虎，其狀蚴虯，有威容也"。洪興祖《補注》"蚴於糾切，虯渠糾切"。又《九歎·遠逝》云"佩蒼龍之蚴虯兮，帶隱虹之逶蛇"。王逸注"蚴虯龍貌"。按蚴虯《楚辭》兩用之，皆在漢人賦中，先秦以前無之，此漢賦家新增字也。然其語源當爲"嬛受天紹"等語之變。按蚴即蟉字重文。《説文》"蟉，蟉也"。蟉蟉即蚴虯叠韻之變。司馬相如《上林賦》"青龍蚴蟉於東箱"，是也。虯即虯字，虯本龍子有角者，此則與蚴聯綿，不能獨成意義。蚴虯叠韻之變爲蚴蟉，其本字亦作蟉蟉，即上引《説文》蟉字釋也。《大人賦》云"驂赤螭青虯之蟉蟉蜿蜒"。叠韻之變則爲蟉虯。詳蟉虯條下。雙聲之變，亦與要紹等相關，亦一語根之分化也。

蟉虯

《遠遊》"形蟉虯而逶蛇"。王逸注"形體蜿蟺，相銜受也"。洪興祖《補注》"上於九、下巨九切。蟉虯盤曲貌"。按蟉字洪讀於九切，則與蚴蟉皆同音。司馬相如《上林賦》有"青龍蚴蟉於東箱"。《大人賦》有"蟉蟉蜿蜒"。則蟉必不讀於九反。按李善注《魯靈光殿賦》音力鳥反；《廣韻》幽黝兩收。凡三音皆在見來兩紐，《切韻殘》卷王二、王一同；又凡從翏音之字，亦多來見二母，則讀來母是也。（於九二首，出于切韻王二，洪非無本。）虯乃虯俗體。叠韻之變，則爲蟉虯。蚴虯，詳蚴虯條下。

鰿

《大招》"煎鰿臛雀"。洪補"鰿舊音積"。《集韻》䩆賁二音，小魚也。按《易》"井谷射鮒"。《廣雅》曰"鮒一名鰿，今之鯽也"。《類篇》録此義。按鮒《説文》"魚名"，《廣雅》"鰿也"。劉劭《七華》"洞庭之鮒，出於江岷，紅腴青顱，朱尾碧鱗"。今鰿魚不如是也。江浙間鯽魚，有大至三四斤重者，亦非小魚，蓋今古之異也。

黽

《七諫》"黿黽游乎華池"。王逸注"黿黽喻讒諛弄口得志也"。按《説文》云"黿黽也"。《爾雅·釋魚》"鼁䵷蟾諸，在水者黽"。《疏》"鼁䵷一名蟾諸，似蝦蟆，居陸地；其居水者，名黽，一名耿黽，一名土鴨，狀似青蛙，而腹大。陶注《本草》云大而青脊者，俗名土鴨，其鳴甚壯，即此黽也"。

鼉

《九思·哀歲》"黿鼉兮欣欣"。《廣韻》"徒河切"。《説文》"水蟲"。陸璣云"鼉似蜥蜴，長丈餘，其甲如鎧，皮堅厚，可冒鼓"。《詩·大雅》"鼉鼓逢逢"。《續博物志》"鼉長一丈，其聲如鼓"。字亦作鱓。《吕覽》"帝顓頊令鱓先爲樂倡，鱓乃偃浸，以其尾鼓其腹，其音鱓"。

鼈

《哀時命》"馹跋鼈而上山兮"。《廣韻》"並列切"。《説文》"甲蟲"。《玉篇》"龜屬。一名神守，一名河伯從事"。《爾雅翼》"鼈卵生，形圓，脊穹，四周有帬"。《周禮·冬官考工記》"外骨爲龜屬，内骨爲鼈屬"。以鼈有肉緣，比龜爲内骨耳。

白黿

《九歌》"白黿兮逐文魚"。王逸注"大鼈爲黿，魚屬也"。洪補"黿音元。《紀年》曰'穆王三十七年，征伐起師，至九江，叱黿鼉，以爲梁'"。《説文》"大鼈也"。《爾雅翼》"黿鼉之大者，闊或至二三丈……"《淮南・説山訓》"燒黿致鼈以其類求之"。

黽

《七諫》"黽黽游乎華池"。王逸注"黽蝦蟆也"。按《説文》"黽蝦蟇也"。《釋名》"黽幅長股也"。顔師古曰"黽似蝦蟆而小長脚"。《爾雅・釋魚》疏"陶注《本草》云一種小形善鳴，喚名爲黽者，即郭璞云青蛙者也。後脚長，故善躍。大其聲則曰黽，小其聲則曰蛤"。按諸説稍有小異大齊皆蛙類也。

鼇

《天問》"鼇戴山抃何以安之"。《玄中記》云"即巨龜也。一云海中大鼈"。按《説文》"鼇海中大鼈也"。《史記・三皇本紀》"女媧斷鼇足，以立四極"。其傳説王、洪兩家盡之矣。

紫貝

《九歌・河伯》"紫貝闕兮朱宮"。王逸注"言河伯所居，以魚鱗蓋屋，堂畫蛟龍之，紫貝作闕，朱丹其宮"。《九歎》"紫貝闕而玉堂"。王逸注"紫貝作闕，朱丹其宮"。洪無説。按"蓀壁兮紫壇"句，洪補"《荀子》曰，東海則有紫紶魚鹽焉，紫紫貝也'。《相貝經》曰'赤電黑雲，謂之紫貝'"。郭璞曰"今之紫貝，以紫爲質，黑爲文。陸璣云'紫貝其白質如玉，紫點爲文'。《本艸》云'貝類極多，而紫貝尤爲世所貴重'"。朱熹注曰"紫貝紫質，黑點"。或以爲此當即《山海經》"閬澤多此蠃"之此，亦可備一説。別參紫字條下。

巨魚

"彼尋常之汙瀆兮，豈能容夫吞舟之巨魚"。念孫案"巨字後人所加，既言吞舟之魚，則不必更言巨矣。《列子·楊朱篇》曰'吞舟之魚，不游枝流'。《莊子·庚桑楚》篇曰'吞舟之魚，碭而失水'。《吕氏春秋·慎勢篇》曰'吞舟之魚，陸處'。《韓詩外傳》曰'榮澤之水，無吞舟之魚'。《淮南·繆稱篇》曰'尋常之溝，無吞舟之魚'。《史記·酷吏傳》曰'綱漏於吞舟之魚'。後人以李善注云'尋常之溝，巨魚無所還其體'。因於正文内加巨字，不知此引莊子之文，以明小水之不容巨魚耳。非正文内本有巨字也。劉良注云'吞舟之魚，今本作吞舟巨魚，亦是後人所改，下文云'言小池水之中，不能容吞舟之魚'，則仍未改也。謂大魚腹中可容船也。則正文内原無巨字明矣"。《史記》、《漢書》皆無巨字。

腱

《招魂》"肥牛之腱，臑若芳些"。王逸注"腱，筋頭也"。五臣云"腱，筋肉"。洪補云"腱居言切。脅腱肉也。一曰筋之大者"。案《説文·筋部》"笏筋之本也。從筋，省，夗省，重文爲腱"。此云筋頭，正合《説文》。《内則》注曰"餌筋腱也"。餌《篇》《韻》作胹。按今西南稱牛兩腿筋肉曰犍包，即王注所謂筋頭。

蠵

《招魂》"露雞臛蠵"。又《大招》"鮮蠵甘雞"。王逸注"蠵大龜也"。《釋文》作鱊。《廣韻》"元圭切"。《説文》"大龜也，以胃鳴者"。《玉篇》"蠵蠵似玳瑁，而有文"。《爾雅·釋魚》注"涪陵郡出大龜，甲可以卜，緣中文似瑇瑁，俗呼爲靈龜，即今蠵蠵龜"。《本草》"蠵蠵生海邊，甲有文，堪爲物飾"。《招魂》言"臛蠵"，《大招》言"鮮蠵"，特調味之異耳。

蠵龜

文魚

《九歌》"乘白黿兮逐文魚"。王逸注"言河伯游戲遠出乘龍，近出乘黿，又從鯉魚也"。洪補"陶隱居云'鯉魚形既可愛，又能神變；乃至飛越山湖，所以琴高乘之'"。按《山海經》"睢水東注江，其中多文魚"。注云"有斑采也"。又《文選》云"騰文魚以警乘"。注"文魚有翅能飛"。逸以文魚爲鯉，豈亦有所據乎。《九懷》"文魚兮上瀨"。王逸注"巨鱗扶己，渡涌湍也"。"文一作大"。按文魚王逸以爲鯉魚，不知所據。洪引《紀年》、《山海經》以爲有斑采，文魚能飛。較王説爲有徵，當從之。

鯪魚

　　《天問》“鯪魚何所，魬堆焉處”。王逸注“鯪魚鯉也。一云鯪魚鯪鯉也，有四足，出南方。鯪一作陵”。洪補“鯪音陵。《山海經》‘西海中近列姑射山有陵魚，人面、人手、魚身，見則風濤起’。陶隱居云‘鮫鯉形似鼉而短小，又似鯉魚，有四足’。《吳都賦》云‘陵鯉若獸’。注引‘陵魚曷止’。與逸説同”。按鯪魚之説，洪引《山海經·海內北經》之説，但以字形相近，與叔師之訓鯉不同，恐非是。（今本作“陵魚，人面、手、足、魚身，在海中”。與洪引異。或今本不同也。）且陵魚亦見《呂氏春秋·侍君覽》“大解陵魚，夷人之居多無君”。與《天問》亦不協。考《海外西經》云“龍魚陵居在其北（此指軒轅之丘言），狀如貍（貍字依郝懿行校當作鯉）。一曰鰕（《後漢書·張衡傳》注引此經作蝦，古字通也）。即有神聖，乘此以行九野……在天野北，其爲魚也，如鯉”。《藝文類聚》九十六引郭氏證云“龍魚一角似鯉，居陵，俟時而出，神靈攸乘，飛鶩九域，乘雲上升”云云。又《爾雅》云“鯢大者謂之鰕”。郭注云“今鯢魚似鮎，四脚”。叔師訓釋與上引《山海經》、《爾雅》郭注之説可合，則此鯪魚，必非《海內北經》與《呂覽》之陵魚，而必爲《海外西經》之龍魚無疑。龍、鯪、鯉皆一聲之轉也。然龍、魚無不居於水者，而“龍魚”則居於陵，則以陵魚爲名。當亦名物類推之一例也。則鯪又陵之專別字本爲龍魚，居陵，則爲陵魚，專別，則爲鯪，此其變也（《文選·吳都賦》注劉淵林云“居土穴中”）。又按鰕《莊子·逍遥遊》“北溟有魚，其名爲鯤，鯤之大不知幾千里也”云云。莊周南楚之雄，其書多與屈賦、《山經》相協，《逍遥遊》言北有鯤而南有鵬，與《天問》鯪魚、魬堆，蓋即一説之分化也。鯪魚一名鰕，鰕與鯤雙聲之變也。《山海經》言神靈，乘此以行九野，而《莊子》則以爲“化鵬，水擊三千里，扶摇而上者九萬里”。其素質即後世魚龍變化之説，同一根源。《莊子》以惝恍之寓言説之，而屈子以徵實之道理問之。用各不同，故化亦異矣。

鰅鱅

《大招》"鰅鱅短狐"。王逸注"鰅鱅短狐類也。短狐鬼蜮也"。洪補云"鰅魚恭切，鱅以恭切。鰅鱅狀如犂牛。又鰅魚名，皮有文，鱅魚音如彘鳴"。按《廣韻》上魚容切。《山海經》"食水多鱅之魚，其狀如犂牛，其音如彘鳴"。按叔師以鰅鱅爲短狐類，以文義解之也。洪以《山海經》犂牛説之，已與短狐不類；又言鰅魚名，則義兩可。惟以文義審之，此句鰅鱅與短狐對文，則鰅鱅不得爲兩物至明。考《大招》云"鰅鱅短狐，王虺騫只；魂乎無南，蜮傷躬只"。王逸以"鰅鱅短狐"爲一事，下言王虺，而結以蜮傷躬只，則逸以鰅鱅爲短狐，於文理詞氣至順適，無可非議。惟鰅鱅一物，古今皆以爲鱄魚，與文義不調。按《史記·司馬相如傳》"鰅鱅鰬魠"。注"郭璞曰'鰅魚有文采，鱅似鱄而黑'"。郭注亦以爲兩類。然《司馬相如傳》"禺禺鱋魶"。徐廣曰"魚牛也"。《漢書》作"禺禺魼鰨"。注引郭璞曰"禺禺魚皮，有毛，黃地、黑文"。又師古曰"禺音顒"。《玉篇·魚部》鰅字亦音魚容切。則鰅鱅二字同音。考《山海經·東山經》云"楸螐之山……食水出焉，而東北流注於海，其中多鱅鱅之魚"。郭注鱅作鰅，鰅鱅或爲一物。然與王訓短狐仍不類。考《山海經》有蠬字云"獨山末塗之水東南流，注於沔。其中多鯈蠬，其狀如黃蛇，魚翼，出入有光，見則其邑大旱"。郭璞《江賦》"蠬鯈拂翼而掣耀"。則疑鱅本作蠬蠇，後人亂蠬爲鱅，更就同音之魚部鰅字，亂爲鰅鱅矣。細參《山海經》蠬字形性，極與短狐相類。故余定之若此。

鮑

《七諫·沈江》"過鮑肆而失香"。洪補云"古人云與不善人居，如入鮑魚之肆。謂惡人之行如鮑魚之臭也"。《説文》"鮑，饐魚也"。《急就篇》注"鮑亦海魚，加之以鹽，而不乾者也"。《釋名》"鮑魚鮑腐也。埋藏奄使腐臭也"。《論語》"如入鮑魚之肆，久而不聞其臭"。

鱏

《九懷·通路》"鯨鱏兮幽潛"。洪補"鱏音尋"。按《廣韻》"徐林切"。《説文》"魚名"。《爾雅·釋魚》疏"鱏長鼻魚也。重千斤"。《後漢·馬融傳》"魴鱮鱏鰅"。注"鱏口在頷下，大者長七八尺"。《爾雅·釋魚》疏"鱏長鼻魚也，重千斤"。《廣韻》得林切，《集韵》音尋。

鯨

《九懷·通路》"鯨鱏兮幽潛"。洪補"鯨音勍。海犬魚也"。鯨《説文》作鱷，"海大魚也"。《古今注》"鯨魚者，海魚也。大者長千丈，小者數十丈；其雌曰鯢，眼如明月珠"。

鰥

《天問》"舜閔在家，父何以鰥"。王逸注"無妻曰鰥。言舜爲布衣，憂閔其家，其父頑母嚚，不爲娶婦，乃至於鰥也"。洪補"鰥，古頑切。經傳多作鰥。《書》曰，有鰥在下曰虞舜'。此言舜孝如此，父何以不爲娶乎"。鰥同鰥。按鰥本魚名；《詩》所謂魴鰥，《禮·王制》、《書·堯典》皆以爲老無妻曰鰥。古借聲字也。

鮎

《九思·哀歲》"鱣鮎兮延延"。《廣韻》"奴兼切"。《説文》"鰋

也"。《爾雅·釋魚》注"鮎別名鰋,江東通呼之爲鮧"。《本草圖經》
"鮧背青而口小者名之"。

鱣

《九思·哀歲》"鱣鮪兮延延"。原本無注。《廣韻》"張連切"。《説
文》"鯉類也"。《爾雅·釋魚》鱣注"大魚似鱏,而短鼻,口在頷下,
體有邪行,甲無鱗肉,黃大者長三丈。江東呼爲黃魚"云云。《詩·衛
風》"鱣鮪發發"。按今江東浙蘇之間三四月上市,人多嗜之,俗呼
黃魚。

水母

《九懷》"玄武步兮水母"。王逸注"天龜水神侍送余也"。天一作
大。按此語義不甚明,王釋尤無謂。本蓋闕可耳。

蓍蔡

《九懷·匡機》"蓍蔡兮踴躍"。王逸注"蓍龜喜樂,慕清高也。蓍
筮也,蔡大龜也。《論語》曰'臧文仲居蔡'"。洪補曰"《文選》云
'搏耆龜'。注云'耆老也,龜之老者神'"。引"耆蔡兮踴躍"。據此,
則蓍當作耆。然注以爲蓍龜之蓍。蓍雖神草,安能踴躍乎。按此句與下
"孔鶴兮回翔"爲對文,孔爲狀字,則耆不得爲草名。洪糾王叔師之失
是也。蓍當作耆,老也。耆蔡,謂龜之老者則霛。

鑠

《招魂》"流金鑠石些"。王逸注"鑠銷也。言東方有扶桑之木,十

日竝在其上，以次更行；其熱酷烈，金石堅剛，皆爲銷釋也"。《説文》"鑠銷金也"，《周語》"衆口鑠金"，《考工記》"鑠金以爲刃"，皆訓銷金、石與金類也。故亦可用鑠。王逸銷者以就石言之也。字亦作爍。或借燿爲之，《漢書·藝文志》"燿金爲刃"是也。音如灼。

礫

《惜誓》"相與貴夫礫石"。王逸注"小石爲礫"。《説文》"礫小石也"。《漢書·霍去病傳》"沙礫擊面"。《廣韻》"郎擊切"，《集韻》音歷，其字從樂，故或讀如樂。

砏磤

《九懷·危俊》"鉅寶遷兮砏磤，雖咸雛兮相求"。王逸注"太歲轉移，聲磕礚也"。洪補云"砏普貧、披班二切。磤音殷，又於謹切，石聲"。按砏磤二字，不見漢以前書，阮元徵考，亦上止於《埤蒼》而未及《九懷·危俊》。此則漢賦家新增字也。《廣韻》十八諄"砏磤，大雷。普巾切，又布巾切"。《類篇》引《博雅》"石聲也"。（《敦煌》殘卷只《切三》有真、諄、文韻字，然尚未收砏磤二字也。）《玉篇·殘卷·石部》"砏下云普巾反。引《楚辭》此句曰'巨寶遷於砏磤'。又引王叔師注'聲豐礚也'。又引《埤蒼》'砏磤大聲，又磤下音於謹反'。引《毛詩》'殷其雷'。《傳》'雷聲也。或爲轒字，在車部，或爲殷字，在卑部'"云云。外此，則《南都賦》有"砏汃輣軋"之言。李善注"謂波相激之聲"。按此當即砏隱一聲之異文。《漢書·禮樂志》"天門十一，桃正嘉吉，弘川昌休，嘉砏隱溢四方"。砏從分聲，與砏從平聲同。古無輕脣音，分亦讀平也。磤即"殷其雷"之殷，增益石旁者，宋修《玉篇》磤下亦云"亦作轒隱"，則轒之借也。《玉篇殘卷·石部》亦有砰字，注引《甘泉賦》"砰隱以陸"。《廣雅》"石聲也"。字書大聲，字又別作砎。亦見《玉篇殘卷》言"字書亦作砰字",可證。叠韻之變,則爲砰磷,見《大人賦》"徑入雷室之砰磷鬱律"。

任石

《九章·悲回風》"重任石之何益"。王逸注以爲"任,負也。百二十斤爲石。言雖欲自任以重石,終無益萬分也"。一云"任重石,石一作秙"。洪補云"秙當作秙,音石。百二十斤也。稻一秙爲粟二十升,禾黍一秙,爲粟十六升,大升半。又三十斤爲鈞,四鈞爲石。秙音庫,禾不實也。義與此異。《文選·江賦》云'悲靈均之任石'。注引'重任石之何益,懷沙礫而自沈'。懷沙即任石也。與逸説不同"。按洪引《江賦》注以任石即懷沙,義至確。重任石當作任重石。任,保也。《詩·生民》"是任是保"。《傳》"任猶抱也"。抱重石,即蔡邕《弔屈原文》所謂"顧抱石其何補"之抱石也。

銷鑠

《遠遊》"質銷鑠以汋約兮,神要眇以淫放"。王逸注"身體癯瘦柔媚善也"。洪補曰"質銷鑠,謂凡質盡也"。又《九辯》云"菅欂慘之可哀兮,形銷鑠而瘀傷"。王逸注"身體憔枯,被病久也"。《九辯》又云"白日晼晚其將入兮,明月銷鑠而減毀"。王注"形容減少,顏貌虧也"。洪補曰"出於東方,入於西極,故言入;月三五而盈,三五而缺,故言減毀"。按《説文》"銷鑠金也"。《史記·秦始皇本紀》"收天下兵,聚之咸陽,銷以爲鐘鐻"。又"鑠銷金也"。《國語·周語》"衆口鑠金"。《史記索隱》引賈逵云"鑠銷也"。大徐音書藥切。是單言曰銷,曰鑠,複言之曰銷鑠。字又作銷爍。《呂覽·明理》"人民淫爍不注"。注"淫邪銷爍不一也"。按銷鑠集成一詞,屈子以前未之聞。疑亦南楚習語,北土或言言鑠言銷也。漢以後言之遂多。

書篇部第九

　　此部原有《楚辭》專書一類，已別出爲《楚辭書目五種》。本書遂不重載。所謂"篇什"者，指《楚辭》所收各篇大小篇題解詁。《七諫》、《九懷》、《九歎》、《九思》各小題多不能詳悉，姑簡説而已。末附文體熟語數則，亦篇什中事也。

離騷

　　王逸章句本有經字。寅按《史記·屈原賈生列傳》云"屈平疾王聽之不聰也……故憂愁幽思而作《離騷》。離騷者猶離憂也"。班孟堅云"始楚臣屈原，被讒放流，作《離騷》諸賦，以自傷悼"。又云"屈原以忠信見疑，故憂愁幽思而作《離騷》。離，猶遭也；騷，憂也。明己遭憂作辭也"。其他兩漢人皆無稱離騷作經者。又王逸後序稱"孝武使淮南王安作《離騷經章句》。孝章時班固、賈逵復以所見改易前疑，各作《離騷經》章句"云云。此譸言也！安書不見《藝文志》，《漢書·安傳》、《漢紀·孝武紀》、《淮南鴻烈解序》皆言安受詔作《離騷賦》。（《漢書》賦作傳，從王念孫校改）。而班固序《騷》亦不言經名。賈書世無傳者，不可知，逵傳亦不載此事。則稱經直始於王逸無疑。而追序安固，更加經名，改易古説，以成私見，誣矣！不僅此也，兩漢稱《離騷》者多曰賦，雜見於《漢書·賈誼傳》、《地理志》，王充《論衡·書案篇》，應劭《風俗通·六國篇》。蓋王逸欲以《離騷》當經，《九歌》、《天問》以下當傳（王本於《九歌》、《天問》、《九章》、《遠遊》、《卜居》、《漁父》諸篇篇題之下皆標明"離騷"二字，是以諸篇當《離騷》之傳矣）。此漢世經生結習，欲以尊其所好，妄爲增益，蓋不可從云。

　　《史記·屈原傳》"離騷者，離憂也"。班固《離騷贊序》同。王逸《章句》"離騷者，離，別也，騷，愁也"。歷世釋者皆略同於此義。惟項安世《家説》與王應麟《困學紀聞》僉云"伍舉所謂德義不行，則邇者騷離。與屈子之《離騷》皆楚語也"云云，於義爲得。然究不能詳明其旨。按《天問》"啟代益作後，卒然離蠥！"王注"離，遭也；蠥，憂也"。則離騷與離蠥同。《釋文》蠥音魚列反，在牙音，然蠥從𡴆聲，亦得讀爲齒，是聲與騷亦雙聲也。漢以後則曰牢愁，《漢書·揚雄傳》"迺作書往往摭《離騷》之文而反之，自岷山投諸江，以弔屈原名曰《反離騷》。又旁《離騷》作重一篇，名曰《廣騷》。又旁《惜誦》以下至《懷沙》一卷，名曰《畔牢愁》"。曰反，曰廣，曰畔，皆就騷而廣之反之畔之，則上言《離騷》，下言牢愁，一詞之聲變也。顏師古注引鄭氏愁音曹，《説文》慅，慮也。宋祁引韋昭説"泮騷也"。是漢晉人已知此義。王念孫謂畔者反也，畔牢愁與反騷同意云云。意雖相近，而未全當。韋昭以泮騷釋牢愁，泮騷亦即離騷聲轉，今常語也，謂心中不平之意。聲轉爲落索，《顏氏家訓·治家篇》"落索阿姑餐"，林逋《雪賦》"清夾曉林初落索，冷和春雨轉飄蕭"，是也。由此音衍，則蘊結不舒曰遼巢，《淮南子》"譬若周云之蘢蓯遼巢彭濞而爲雨也"。蘢蓯亦一聲之轉矣。局縮曰寠數，《釋名》寠數猶局縮，皆小意也。因而芝菌之形蹙縮攢卷，故亦名寠數。今雲南昭通方言謂人煩瑣不清，亦曰寠藪，讀如樓搜或曰落索，音如平聲皆古語之存者。引而言之，則步履不平曰踉蹡、踉鎗。古複輔音之字，後世或有遺奪，故疊韻之變則爲繹騷《詩》"匪紹匪遊，徐方繹騷"。《毛傳》以爲繹陳騷動，蓋以繹爲驛，其實不必改字爲之也。繹騷聲變爲鬱陶，騷陶同濁聲之疊韻也，《五子之歌》"鬱陶乎予心"。《僞孔傳》"言哀思也"。蕭豪與尤幽相鄰，故聲轉爲憂愁，爲懊喪，皆今常語，而以訓詁字書之者也。倒言之則曰騷離，《楚語》伍舉曰"德義不行，則邇者騷離，遠者距違"。伍舉亦楚人，則離騷，騷離皆楚之方言矣。聲轉則爲悵恌，《廣韻》云心亂。聲之變轉極繁，別詳余《詩騷聯綿字考》。

王逸《離騷章句序》"屈原執履忠貞，而被讒衺，憂心煩亂，不知所愬，乃作離騷經"。《漢書·賈誼傳》"屈原賢臣也，被讒放逐，作離騷賦”。《漢書·司馬遷傳·報任安書》“屈原放逐，乃賦《離騷》”。按諸家皆言《離騷》作於放逐之後，此究極言之，非其實也。屈子放逐在頃襄王初年，而《離騷》之作，當始於懷王十六年爲上官大夫所讒而見疏以後，成於懷王入秦頃襄嗣立之後。詳具篇中。

離騷一語，自漢以來注家多未得其溯。余爲疏釋如此，以求合乎篇中具體現象，而其同族同根之語變，皆能相繫成列矣。然自明以後，亦頗多怪論。茲姑附一二於後，以佐觀省。（一）周聖楷《楚寶》一書以《易》卦説之。謂離爲火，火在天則明，風則擾矣。屈子與君同姓，患自内生，風自火出，“有家人之象焉”以下，更以文中各句，以《易》説參差爲解，至多可笑。最後斷之曰“爲其通身是《易》，與聖人同其憂患”云云。可謂拙於附會者矣。（二）劉獻廷氏則以孝義解《離騷》，井研廖先生，必以儒家大同之義，並《莊子·齊物》之説，以謂並無苛責蘭蕙之義（見《六譯館叢書·離騷釋例》一文）。（三）金聖嘆以批點小説之功，謂《易》憂患之書，《周易》，周爲體，易爲用，竝及夏殷二代之稱，以爲夏爲佛家破身見，殷爲斷命根，“《周易》全是聖人一種憂患之心，迫而成書。後惟屈子《離騷》深得其旨，故《離騷》居首篇，亦得名經，準之《華嚴》四無礙，《周易》理無礙之書也”云云。其撏撦可謂極矣。至近世紛紜之説，則心既無主，學亦無主之説，姑不具論矣。

九歌

一　前言

王逸謂沅湘之民，信鬼好祠，其祠必作歌樂鼓舞以樂諸神，屈子因爲作《九歌》之曲云云。朱熹爲説，大義亦相近。歷代學者因之。至近世而異説大興：以時代言，則有疑《九歌》前於屈子爲《離騷》之前導者；有以爲楚懷王時作以詛秦兵者；有以爲漢以後作，出於淮南王安者；

有以爲漢武帝《壽宮詩》者。以作者言則前於屈子，以爲即楚民俗之樂，作者爲沅湘之民；有以爲不知名之歌者爲之；有以爲楚之巫人爲之；有以爲秦始皇時人爲之；紛挐不可究詰。凡此皆隨意摭拾之説，不足據。而余舊説亦以《九歌》乃夏楚舊樂，翻爲楚郊祀樂章，亦失之好奇，年來稍有所得，然後知王逸之言爲不易，請次第論之。

二 《九歌》爲古曲舊名與楚沅湘民間之《九歌》名同實異

《離騷》“啟九辯與九歌兮，夏康娛以自縱”。又曰“奏九歌而舞韶兮，聊假日以婾樂”。《天問》亦曰“啟棘賓商，九辯九歌”。《遠游》“二女御，九韶歌”。此屈子自道《九歌》之源。以“奏九歌而舞韶”之言觀之，則屈子之夢寐於古樂者爲何如！《山海经·大荒西經》曰“夏后開上嬪于天，得九辯《九歌》以下”。與屈子所傳，蓋南楚學人同一源流之説也。試縱論之。則《離騷》之“奏九歌而舞韶”，即《尚書》之“簫韶九成”，亦即《淮南子》之“夏后氏其樂夏籥九成”，《莊子》之“舜有大韶”，《吕覽》之“帝舜乃令質修九招”。蓋歌有九首，則樂亦必有九成，其見于《白虎通義·禮樂篇》、《左傳》襄二十九年、《説文·竹部》、《漢書·禮樂志》、《墨子·三辯》、《列子·周穆王》、《吕覽·古樂》、《史記·五帝紀、李斯傳》等，韶或作磬、招。蓋以詞言曰九歌，以樂言曰九韶，韶即鼗之後起字，鼗者鼓之一種，古民俗音樂中用以爲節奏，用以爲領袖羣樂者也。子夏對魏文侯言曰“聖人作爲鞉鼓控揭壎篪，此六者德音之音也，然後鐘磬竽瑟以和之，干戚旄狄以舞之，此所以祭先王之廟也”。蓋古人樸質，樂以鼗領，故遂曰韶矣。《遠游》篇直曰“二女御九韶歌”，蓋亦即九歌鼓韶之義也。

以上所陳，意在證明屈子所傳夏啟九歌，爲古樂曲之一種，歌爲九歌，而樂則爲九韶；非欲以證明屈子所爲之九歌，即以古調翻爲新詞之謂。蓋新九歌者，實楚民間歌舞樂神之喜劇，其詞句、樂調、舞容及所崇祀之神靈，扮演之巫覡，皆確然爲楚人民之故俗，屈子爲之潤色修訂，使祀神有詞，升歌迎神有詞，即《東皇太一》合奏送神有詞，即《禮魂》而其名則不妨虛擬虞夏以來之舊曲也。按《呂覽·音初》言虞夏舊曲有《破斧》、《侯人》、《燕燕于飛》諸篇。而周之詩人，因其言以成己意。故三百篇乃有《破斧》、《侯人》之詩。且周世里巷歌謠，本有《折楊》、《皇華》，文見《莊子》。《皇華》即小雅之篇而里巷襲其語。後李延二十八解，復有折楊柳者，此皆轉相因襲者也。詳餘杭章先生太炎《國故論衡·辯詩篇》。又《詩經》中各國風詩小雅等，篇名相同者至多，如柏舟、谷風、叔于田、甫田、無衣、白華等凡二見，揚之水、羔裘、杕杜凡三見，皆應爲作者用舊題以述己意之例。《涉江》之名，亦見于《招魂》，則屈子亦有襲用之例。又漢郊祀歌《練時日》、《帝臨》、《青陽》、《朱明》、《玄冥》等五篇，當爲祠五帝方神之歌，全擬《九歌》；而《練時日》之擬《東皇太一》，用爲迎神曲；則名雖異于《九歌》，而質則全本楚調，是又虛擬之迎乎實者也。

三 《九歌》爲屈原依楚民歌修飾潤色之作

《九歌》之爲楚人民樂神之詩歌，其事本無可疑。詳後然《九歌》與屈子之關係如何，則又吾人所當先決者也。王逸曰：

"《九歌》者，屈原之所作也。昔楚國南郢之邑，沅湘之間，其俗信鬼而好祠，其祠必作歌樂鼓舞以樂諸神。屈原放逐，竄伏其域，懷憂苦毒，愁思沸鬱，出見俗人祭祀之禮，歌舞之樂，其詞鄙陋，因爲作九歌之曲，上陳事神之敬，下見己之冤結，託之以諷諫"。

朱熹則曰：

"《九歌》者，屈原之所作也。昔楚南郢之邑，沅湘之間，其俗信鬼而好祀。其祀必使巫覡作樂歌舞以娛神。蠻荆陋俗，詞既鄙俚，而其陰陽人鬼之間，又或不能無褻慢淫荒之雜。原既放逐，見而感之，故頗爲更定其詞，去其泰甚，而又因彼事神之心，以寄吾忠君愛國眷戀不忘之意。是以其言雖若不能無嫌于燕昵，而君子反有取焉！"

按王、朱兩家之説不知所本，然楚民間信鬼神好巫覡，則春秋以來楚秦兩漢人類傳之。見後祠祀樂舞，必有詞，亦推斷可得。獨於《九歌》之詞，王逸以爲屈子創作，而朱熹以爲修訂，意謂其爲改作。兩説實皆推想之詞，而朱言爲近於事實。何以言之，按《九歌》句法、章法、用字、用韻、顯與《離騷》、《九章》、《天問》有其同，亦有其不同。自其不同以證《九歌》不爲屈子創作，而別有所本；自其同以證《九歌》確爲屈子所修飾潤色。《離騷》、《九章》、《漁父》、《卜居》、《遠遊》者，蓋受戰代諸子散文化之影響，屈子以爲因依，而以楚人語法，即散文而稍整齊字句，施之韵文，以寫其個人之情懷，蓋屈子之創作也。《天問》者，當時諸子辯析事物之文體，亦邏輯式之文體，詳《墨子·經解》、《經説》、《荀子》諸賦及《成相》諸篇。而屈子又特以韵文出之者也。此十四篇者，不歌而誦謂之賦。詳後《九歌》果爲屈子之創作，則文體宜與《離騷》、《九章》、《天問》等類，析言之，長句則近《騷》、《章》，短句則取《天問》，駢散兼用則有如《卜居》、《漁父》。今此十一篇之作，風度韵律，皆大異於十四篇，而確又自成體段，則必有所本。本其情詞以立意，本其樂調以製詞，而其情意樂調，且必反於十四篇之莊嚴沈雄憂思不解者不能爲，則《九歌》者必別有胎襲因依之素。蓋不能不認爲楚人民間流行之樂調。調有定體，詞有定式，爲楚優秀之人民詩人樂者所創造，故其情熱烈奔放，其詞活潑圓潤，質直而情悃，表現楚民族氣質之真，積健之雄，而信樂神之事，又確然説明楚民族之樸質，故度其原文，自必“詞近鄙俚，而其陰楊人鬼之間，又或不能無褻慢淫荒之雜”。大異於貴族文學之委曲婉轉，幽隱含蓄。然屈子以宗祝兼史職之世家，本有輔民導俗之責，及其見放江南，與民同其憂樂，則就民間已有之素坯，爲之潤色，使近安雅，爲沅湘以外大江南北一切楚民族及楚國勢力所及之地，皆能用爲樂神健民之戲劇。十四篇多楚方言而十一篇則特少，當爲有意避免之一證。故其本質體式，與當日楚吴所傳一切民間詩歌見後謠諺無不同，而活潑圓潤，鏗鏘鏜鞳，亦無不相似。然修詞之堅實，音律之勁上，乃無有出其右者，則屈子本此至大至剛、無僞無垢之胚胎，而又以其偉大之情懷，忠貞於人民而不二之思想，爲之修飾潤色。人民之創造與詩人之“加工”兩相因依，開此奇葩。無人民至大至剛之胚胎，詩人無所運其斧斤之功；無詩人情懷技藝之修養，無以見其精金美玉之純。故《九歌》之爲屈子所修飾整齊，弦歌之以求合於楚之曲調音樂，不待辯而可明者也。

四 從《九歌》本質論屈子之修飾

《九歌》與屈原之關係既明，請進而自《九歌》之本質，詳辯而實證之。楚國南郢之邑，沅湘之間，其民信鬼神而好祠祭。此漢師之所盛傳，亦楚人之所累言者矣。《呂覽·異寶篇》載孫叔敖臨死，命其子請封惡地寢丘，有"楚人鬼而越人禨"之言。又《國語·楚語》載觀射父之言"少暤之衰也，九黎亂德，民神雜揉，不可方物，夫人作享，家爲巫史，無有，要質，民神同位，民瀆齊盟，無有威嚴，神狎民則，不蠲其爲"云云。雖爲春秋時語，而的然爲《九歌》情實寫照，可視爲楚民好巫之證。《漢書·地理志》"楚地家信巫覡，重淫祠"。谷永《上成帝書》言懷王隆祀，及賈誼《新書》、桓譚《新論》下及陸機《要覽》、宗懍《荆楚歲時記》所載皆足爲證明。必無誣罔之辭。王逸推論其祠必作歌樂鼓舞以樂諸神，亦合于情實。而《九歌》雖有屈子之修潤，本質必爲民間之創製，蓋無可疑。然則其爲民間之創製如何，自楚民間流傳之詩歌謠諺，與十四篇之大異，及十一篇之大同而可推知。吾論蓋有四大標目：一則自形式上論之；二則自音樂上論之；三則自表情上論之；四則自所崇祀之神言之；明其爲各有所本之大異，則不礙其爲一人之作矣。

甲 從形式上論之

（一）《九歌》爲南楚民間體式證。

《三百篇》有十五國風，獨不及荆楚，必其歌樂之異於中夏也。然其異何如？世莫能明。南楚遺詩之可徵者：《論語》、《莊子》，同傳接輿之歌；《孟子》、《漁父》，同傳滄浪之曲；吳申叔儀之歌佩玉；見《左》哀十三年傳。楚諸御己之歌薪萊；見《説苑·正諫》"嗟來桑户"，"父邪母邪"；兩歌見《莊子·大宗師》伍員渡江，漁父作歌；見《吳越春秋》，按第二段"日已夕兮余心憂悲"，已大似《九歌》第一段"日月照照乎寖已馳，與子期乎蘆之漪"。兩乎字亦兮之用也。季札掛劍，徐人有辭；楚康王時越君同舟之歌；既"今夕何夕"一首，見説苑。齊桓公時甯戚飯牛之曲；按飯牛歌以"出東門兮厲石斑"一首最近楚聲，其結句云"吾當與子適楚國"。則甯戚直倣楚聲爲之矣。又《孔叢子》載孔子《聘楚歌》、《獲麟歌》、《龜山操》及《琴苑要録》所傳《水仙操》，《水經注》所載之孔子《臨河歌》等，皆楚調也。諸書皆漢以後人所僞，不足據。然孔子喜南音，亦史有明文。而漢人楚化之甚，亦即此而可推之。但不能以證齊魯學人，亦爲楚聲也。此皆前於原者也。下至楚人三户之曲；項羽垓下之歌；亦楚人之唱也。漢家好爲楚聲，高祖《大風》，已開其端；武帝《瓠子之歌》，《秋風》之辭，落葉哀蟬之曲，此歌可信，余別有説。蒲梢天馬之唱；烏孫遠嫁；李陵渡漠，凡此種種，皆楚聲之特調，與《九歌》同一胚胎，以語言組織爲基礎之胚胎，當別論之。而不能得之於《三百篇》者也。前乎屈原者則如彼，後乎《九歌》者又如此，則《九歌》體式之本自民間，蓋彰然無可疑矣。

（二）《九歌》入樂與十四篇體式之異，及九歌不見楚方言與楚風習，證九歌爲民歌及屈原潤色之跡。

然《九歌》不得爲屈子創作，而必爲修潤者，是又有説。

子、由字數篇章證《九歌》入樂而十四篇爲誦賦。自篇體言，《離騷》等十四篇，自《橘頌》（共一五二字）外皆長篇大製，《離騷》（共二四八九言），《天問》（共一四三七言），《遠遊》（共一一四一字）諸篇顯爲長篇，姑不論。《九章》無三百五十言以下者（《惜誦》七十九言；《涉江》三百六十二言，《哀郢》四百三十三言，《抽思》五百十九，《懷沙》四百十八，《思美人》四百十三，《惜往日》四百九十八，《悲回風》七百二十八），即短小如《卜居》（三百二十一），《漁父》（二百十七）亦無二百字以下者，而《九歌》則最長爲《湘夫人》之二百三十四言，最短如《禮魂》僅二十七字，莊肅如《東皇太一》者亦不過八十七字（其餘爲《雲中君》八十三，《湘君》二二四，《大司命》一六二，《少司命》一七二，《東君》一四四，《河伯》一一四，《山鬼》一九二，《國殤》一二五），蓋十四篇皆賦也。賦者誦讀之詩，宜於細意敷陳；《九歌》十一篇者歌也，歌者合樂之詩，重在節奏音調，而不重在詞，故其詞短，作用各別，斯篇章自異矣！此其一。三頌爲廟堂之樂，與九歌爲祭祀之樂義蓋相近。故三頌詞句亦至簡短，可作旁證。

丑、由句法論九歌之入樂。自句法而論，則《離騷》以六言爲主體，偶雜五七八凡六句九凡一句言句；《九章》稍稍弛縱，而仍多長句。

《懷沙》多四言，《橘頌》以四言三言相間。《離騷》、《九章》以兮字爲分句，在一句之末，上句殿以兮而下句協以韻，此兩句句義必相關合，情愫必相對待，故兮字大半爲語助，而少介詞之用，其關合處多用於、其、之、羌、惟、夫、夫惟、然、焉、安、乃、蓋、乎、以、也、又、哉等單語，或既……又、既……而、其猶……豈、豈……恐、不……及、初……後、苟……亦、亦……雖、固……而等複詞，以足句義；而《九歌》則兮在句中，句義足成於當句，兮字不僅爲稽遲聲息之用，且又有所借於詞義之助，故兮字多有其他介詞之義。見後。《離騷》、《九章》有兮字以間爲兩句，兩句比對形成一長句，因亦有一定式，上句有四、五、六、七、八、九字句，下句亦或承之以四、五、六、七、八、九字句以足義，如"朝發枉渚兮，夕宿辰陽"，《涉江》此上四下四字句也；"同糅玉石兮，一概而相量"，《懷沙》此上四下五字句也；"玄文處幽兮，矇瞍謂之不章"，《懷沙》此上四下六句也；"文質疏內兮，衆不知余之異采"，《懷沙》此上四下七句也；"刓方以爲圜兮，常度未替"，《懷沙》此上五下四句也；"名余曰正則兮，字余曰靈均"，《離騷》此上五下五句也；"皇剡剡其揚靈兮，告余以吉故"，《離騷》此上六下五句也；"恐鵜鴂之先鳴兮，使夫百草爲之不芳"，《離騷》此上六下八句也；"紛吾既有此內美兮，又重之以修能"，《離騷》此上七下六句也；"朝飲木蘭之墜露兮，夕餐秋菊之落英"，《離騷》此七上七下句也；"覽察草木其猶未得兮，豈珵美之能當"。《離騷》此上八下六句也；"苟餘情其信姱以練要兮，長顑頷亦何傷"，《離騷》此上九下六句也，就上列十二例而觀，無一例不以兩句對比成一長句，表一整體意義，且有借助於語詞者，如"使百草"之使、"而相量"之而、"既"之與"又重"相對、"其猶"之與"豈"相對、"苟"之與"亦何"相對皆是。又如"朝發"與"夕宿"、"朝飲"與"夕餐"之相對，"名"與"字"之相對，則又以實義相對比，此所謂賦者敷陳之義也。《九歌》甚少此等句法，其句多參差不齊，故亦無定式，句法極其靈活不凝重，以三、四、六言句爲多。十四篇婉變以達意，故其辭委曲而謹嚴；《九歌》徑直以肆情，故其詞弘放而率真，此其大較也。然此等差殊，雖爲形式上之相遠，其實此中有涉於音樂聲律之自然間別，或創作時之情緒思想者至巨，不能僅以形式而忽之也。此其二。

《九歌》句法上猶有二事，可證知其因於音樂關係而使之然，非《離騷》等十四篇可比者。一曰"省略"，如"霰冰兮積雪"，"翾飛兮翠曾"之省連詞，上句應曰"斫斫冰水，紛如積雪"，此省如字。下句應曰"翾然若飛，似翠鳥之舉也"，省似字。"焱遠舉兮雲中"、"蹇誰留兮中洲"、"捐余玦兮江中，遺余珮兮澧浦"之省介詞於字，"駕飛龍兮北征"、"芷葺兮荷蓋，繚之兮杜衡"、"合百草兮實庭"之省以字，"覽冀州兮有餘"、"吹參差兮誰思"、"思公子兮未敢言"之省而字，"交不忠兮怨長，期不信兮告余以不間"之省乃字，"心不同兮媒勞，思不甚兮輕絕"之省則字，"奠桂酒兮椒漿"、"折疏麻兮瑤華"之省與字。凡此等句，皆有省略之詞，且皆在兮字地位，故兮字遂有代作諸字之用之義。其實兮不過語助，而以之代動介及諸連詞者，特音調急促，在上下兩間歇中，只能有永言詠歎之泛聲兮，而不能更容他字也。且入樂之詩，重在音調，而往往忽略句義，遂成此必有之現象。此其一。二曰"顛倒就韻"之例，《離騷》等十四篇，往往有一二句不入韵或乖韻之處。而《九歌》則極嚴密，寧錯綜以求合韻，如《東皇太一》之"吉日兮辰良"，特以《九歌》起句無不入韻者，故不順言曰"良辰"，而曰"辰良"，以求協于"皇"。又"璆鏘鳴兮琳琅"，順言之當曰"璆琳琅兮鏘鳴"，亦以韻而倒也。凡此等例，若非入樂之故，寧有省詞倒韻而不覺者乎？又十四篇多對偶排叠之句，如"朝飲木蘭"二句，"製芰荷"二句，爲對偶句，"攬木根以結茝"四句，"説操築於傅巖兮"六句，爲排叠句。《九章》、《遠遊》、《漁父》、《卜居》皆有之。而《九歌》則無之。十四篇賦也，賦得敷陳；《九歌》歌也，歌以入樂，樂有定調，故不得有此例矣。皆以音樂而別之故。

寅、由用韻論《九歌》。自用韻而論，則《離騷》、《天問》及《九章》之大半，皆兩韻一換，（《離騷》凡換七十五韻，其間六韻一換者三處，四韻一換者三處，皆可視爲兩韻一換之重複。）《九章》惟《惜往日》、《悲回風》有多至十餘韻者，爲稍變，而仍以兩韻爲主；而《九歌》則迎神之《東皇太一》與送神之《禮魂》皆一韻到底，其餘則兩韵一換，三韵一換，四韵五韵一換，初無定式，且一韵之中，句之多寡，亦至不一（《九歌》韻式爲：《東皇太一》五、四，陽東合爲一韻，《雲中君》爲五、四，《湘君》爲五、二、四、三、四、三、五，《湘夫人》爲三、三、三、四、五、二、三，《大司命》爲三、三、三、三、三、三、三，《少司命》爲四、三、二、二、三、五、三，《東君》爲三、四、四、二、五，《河伯》爲三、二、二、二、五，《山鬼》爲二、二、四、三、三、三、二、二，《國殤》爲二、二、二、四、二、五，《禮魂》爲四）。其變化無方，與十四篇之凝重闛緩者大異其趣。蓋民歌本一任自然，情至則變，而文人創作多寡長短，可以曲從己志。此又自用韻而可斷《九歌》與十四篇創作者之本質與薰習之不同，因而可知，《九歌》必爲本於民間舊作而修潤者也。此其三。餘詳下乙段五節。

卯、由《九歌》與十四篇遣詞之同異論《九歌》爲屈子修潤之由。又自遣詞用語而觀，則十四篇陳上古聖君賢臣達士賢姬妖婦譖人，儼然一歷史家熟練往迹之所作也；而《九歌》十一篇，惟《湘君》、《湘夫人》稍涉舜與二妃之事，他則羌無故實，僅就民間信仰與愛好立言。十四篇多故典；而《九歌》獨多今習。十四篇多以古事起義；《九歌》則多從當前景象立言，此巫覡歌舞用人民歌謠之本色，大異於文人放臣之情懷。此又兩者本質之不同之大證。此自其異者證其引有所本也。

然自其共同者證之，有一積極之證，足以明其必爲屈子所修潤者，曰習語與名物十九與十四篇相同是也。以習語言，如“女嬋媛兮爲余太息”、“九疑繽兮竝迎”、“延佇乎吾將返”，全同《離騷》，固不待言；“謇將憺兮”、“謇誰留兮”之謇塞，爲十四篇所特有，亦見于《九歌》；“朝馳余馬”、“王佩陸離”、“遺下女”、“晞汝髮”、“老冉冉”、“紛揔揔”、“撫余馬”、“沐咸池”、“令飄風先驅”、“使凍雨灑塵”、“馳鶩”、“騰駕”皆屈子恒言。而聯綿字尤多，“偃蹇”、“陸離”、“翱遊”、“周章”、“夷猶”、“要眇”、“逍遙”、“容與”、“委蛇”、“低佪”、“潺湲”、

"太息"、"皇皇"、"欣欣"，皆習見於十四篇中。以名物言，則以"靈"稱神與巫，"美人"喻所思，"靈修"與"荂"之喻神，與《離騷》之喻楚君者義實同。他如"雲旗"、"衝風"、"孔蓋"、"翠旌"、"九天"、"扶桑"、"崑崙"、"咸池"、"瓊芳"、"玉佩"、"江皋"、"北渚"、"青雲衣"、"白霓裳"無不與十四篇同。而芳草所陳，更無一而非十四篇所有，如蘭、蕙、芷、木根、桂、椒、荂、蘋、薜荔、杜若、芙蓉、辛夷、杜衡、芰荷，以僅及千五百言之短章，《九歌》共一千五百六十四字。而字句相同如此其多！句之同者，容爲後人抄襲之跡；遣詞習語，偶有同者，亦可委爲擬作；如此連篇累牘，其所載都不出十四篇之外，則不謂與十四篇同爲一人之作，無從解其義也。此亦爲屈子修潤之内證。

雖然，十一篇既爲楚人民之歌，何以反不見楚方言與楚民族特有之風俗如十四篇者？此又有説。三古語文龐雜，戰代爲尤甚，故施用於民間大衆者，必人人能知之語句文辭。《尚書》訓誥，垂教僅及王公貴族，不及黎庶；周金所載，亦爲貴胄大姓，不及庶人。故其文艱深難知，非習於文史者莫能曉。《詩三百篇》皆民歌，而安雅乃能告童孺，蓋太師爲之通其詞意，準以大衆能知之雅言，遂使情文並茂，爲千古偉製。《九歌》者，楚沅湘之民人人習知之詩歌，無屈子爲之潤色，則俚語漫詞，必非舉國之所能遍知。則屈原蓋楚民之太師，其詞不見楚人特有或甚異於北土諸詩之文辭，正足以説明屈子爲之潤色，以通於大衆全民之情實。此其四。

乙　從音樂上論之

上文所陳，皆僅就《九歌》形式與屈子其他十四篇同異而推論其本爲楚荆人民之歌，而屈子爲之修潤。夫形式者，亦内蘊之反映，無此内蘊之集結，不能成此形式之美。然余尚有説，請更端論之。

（一）論屈原創作文體與戰國諸子關係及《九歌》來源。

戰國以前士皆仕於朝，或效於鄉里。所以爲士者，以筆札記誦爲官司之史，或宗祝之職，亦史也。亦臨民之有司也。且教不下庶民，故士少而不失職。喜怒哀樂之感，一唱三歎之音，自寫其胸中之情者，乃被統治之黎民，此《三百篇》之有十五國風也，不聞士之有作。吉甫、考父之徒，爲銘頌者，皆典守之職，非其私人之唱。至周之東，禮樂射御書數之藝，不專在貴族，而下於庶民，庶民得以飯牛吹竽而致青雲，所謂登高能賦，可爲大夫，使於四方者矣。寖假而士大夫有失志之作，其關鍵略在春秋之世。自儒墨而後，諸家競説，各起信立義，以散文爲大衆化宣傳學説之工具。然北土諸士，其學皆出於史。余別有《諸子出于史》詳之殷商遺墨，兩周典册，質直爲文，此諸子散文之所由興。南土諸士，其學多兼巫祝，剂楚爲甚，侈言天人神鬼之際，眇冥不可方物者，其言多想像，遂近文藝。故老、莊、列禦寇之書，其言在天人之際。屈子本其世傳天官史氏之學，承此風習，又兩使於齊，與於稷下論説，乃以齊魯老莊侈説之散文形式，本其矇誦瞍賦之義，抒寫己情，引入敷陳情事，而爲《離騷》、《九章》、《遠遊》、《漁父》、《卜居》諸篇，成爲創造之文體，蓋南北散文與南音誦賦之結合，遂使小己憂思與國政得失，兩得表現於韻律諧暢之新文體中，連篇累牘，蔚爲古今第一詩人。然以原全部作品而論，應分三系；詳後而有取於民族形式音樂語言而修潤成篇者，曰《九歌》。其一系爲《天問》詳前三節及後各段。爲三系中之一。蓋亦屈子本之世傳天官史氏之學，詳後依楚民族古俗形式，包括語言之音質語調，與音樂之調色風習等。及其風習而修潤者也。十四篇混南北散文形式而一之，止於誦讀。《九歌》則純以南音爲主，本於巫祝之所事；修辭立誠，常度未替，爲南音之純乎純者；且又入樂可歌。此入樂與不入樂二體根本之異其形式者，即《九歌》與十四篇根本差別之所在。而屈子能爲民間《九歌》作潤色修飾之大業，其身世學力，皆有其確然不可非議之基本因素存在，亦即此而可知矣。餘詳後丙段第五節。

（二）論《九歌》用樂與入樂。

《九歌》所用之樂，《湘君》有"吹參差兮誰思"，此詠舜事而遂及於"簫韶九成"之史實，或靈巫飾舞者以簫助舞容者也。又《國殤》言"援玉枹兮擊鳴鼓"，此指戰時之軍樂，或亦巫飾舞塲所用之樂皆非演奏所用之樂。其可指實爲奏演之樂者，《東皇太一》之"揚枹兮拊鼓，陳竽瑟兮浩倡"，《東君》之"絚瑟兮交鼓，簫應作攄，詳本文。鍾兮瑤當作搖，詳本文。簴，鳴龥兮吹竽"，及《禮魂》之"成禮會鼓"等句，計有鼓、鍾、竽、瑟、簴。驗以諸篇，則《九歌》迎神送神樂神之樂，舉不出此數種。吾人試就此數樂而觀，竽爲笙簧之樂，瑟爲弦樂，簴爲管樂，則舉竽可包笙簧，舉瑟可包琴，舉簴可包籥與簫管。笙竽琴瑟管弦之樂者，所以異於天子諸侯之"息于鐘鼓之樂"見《墨子·三辯》。者矣。蓋三代以來，民間通俗之樂，且又上及於公庭燕樂之樂也。此證之《三百篇》而確然不紊。

按鼓鐘磬祝敔管簫等，皆專作雅樂之用，而非民間通俗樂器。故《三百篇》中僅於廟庭雅頌二類用之。而琴瑟笙簧，則不見於《大雅》、《三頌》，而全用於宴飲之詩，與民間俗樂，即僅見於《小雅》與《國風》。若細別之，則廟堂祭祝所用之樂，在《詩經》及周末典籍，皆用鐘、鏞、鼓、鞉、應、田、懸、鼓、磬、管、簫、祝敔等，而不及笙、簧、琴、瑟；公庭燕飲樂舞之樂，有鐘、鼓、鼛、磬、琴、瑟、籥、笙、簧等；民間普通用樂，有琴、瑟、竽、簧等；民間祭神，琴、瑟、鼓爲最多；婚禮有琴、瑟、鐘、鼓；閨房用琴、瑟；作戰用鼓。此其大較也。

荊楚民樂，即有異於北音，亦當爲曲調之異。則竽笙琴瑟以宴樂親朋者，固周秦以來南北民間世俗所通行之樂也。此不僅《三百篇》爲然，即徵之漢世亦莫不然，《漢書·禮樂志》、《樂府詩集》中諸辭曲所用之樂，楚調與相和及清商三調之平清瑟相近：

相和曲用樂器有笙、笛、節、鼓、琴、瑟、琵琶七種；

平調曲用樂器有笙、笛、筑、瑟、琴、箏、琵琶七種；

清調曲用樂器有笙、笛、簴、節、琴、瑟、箏、琵琶八種；

瑟調曲用樂器有笙、笛、節、琴、瑟、琵琶、箏七種；

楚調曲用樂器有笙、笛、弄節、琴、瑟、琵琶、箏七種。

清商三調者，固世所公認爲周世房中曲也。《通志樂略》

此中樂器，有數事當明言者，一則筑箏乃西秦特有之樂，一則琵琶乃漢時傳自西域者，必爲漢以後新增之樂器，而非先秦舊制。其基本用樂，則相和清商三調與楚調所用者同，皆以笙笛琴瑟爲主。相和清商三調皆民間燕樂，則吾人謂《九歌》所用之樂，爲民間俗樂，非固爲虛構之辭矣。然《九歌》所以樂神，有迎送之曲，且有舞容，則以鐘鼓爲之節奏，蓋又必然之事。考《三百篇》用鐘鼓者，有祭祀、《小雅·谷風之什》、《楚茨》宴樂、《小雅·南有嘉魚之什》、《彤弓》樂舞、《小雅·甫田之什》、《賓之初筵》新婚《周南·關雎》諸端，以合於《九歌》，則既爲祭祀，而又有舞容，以鐘鼓爲之節奏，至禮成而會鼓，蓋實情記錄，不侈不揜者矣。以其爲民俗之歌，故有笙簧管絃；以其爲祭祀樂舞，故以鐘鼓爲節奏；此《東皇太一》與《東君》各章，固彰然自道其張設而無謬者矣。

（三）自《九歌》秩然之組織，與發展之形式，論其爲入樂之詩。

《九歌》凡十一篇，以余所考，其次序略有錯亂。當爲《東皇太一》第一，《東君》第二，《雲中君》第三，《湘君》第四，《湘夫人》第五，《大司命》第六，《少司命》第七，《河伯》第八，《山鬼》第九，《國殤》第十，《禮魂》第十一。其中《東皇太一》爲迎神曲，《禮魂》爲送神曲，故二歌皆羌無故實；前者但陳祀壇供張與飾巫舞容，固迎神最當之作也；此亦如漢《郊祀歌》之首章《練時日》爲擇吉而祭之首唱。其《禮魂》則固祭畢合舞，且結之以"春蘭秋菊，長無絕分終古'，則正所謂對神祝願，叮嚀而言，亦送神最祥之句也。《漢·郊祀歌》有《赤蛟》。言神醉而去，亦襲用《禮魂》之義而爲之者。其中九首實爲正樂，有迎有送，又各有正樂，其組織形式之秩序也。《東君》與《雲中君》爲配，《湘君》與《湘夫人》爲配，《大司命》與《少司命》爲配，《河伯》與《山鬼》爲配，皆設爲戀詞以相樂，而以神之尊卑爲樂之嚴放，詳後此曲調進行發展之秩序也。相樂者，一在樂所祀之神，一則樂在場觀劇之民衆。民間祀祭之舞樂，本有兩作用，一則禱以祈福，祈年歲之豐，祈風雨之時，病災之免，戰爭之勝；一則歌詠神人故事以樂神亦以慰其長年辛勞之民，使發舒其困頓鬱塞之情。凡祈禱以求福者，其事莊肅，其情趑趄，有憂戚願望之意焉；其樂弘大簡單樸實，大體用鐘鼓磬缶節奏之樂。凡樂神而又自慰之舞祭，其事愉快，其情熱烈，有狂歡鼓舞之意焉；其樂柔媚，精細複雜，大體用管弦竽笙演奏之樂，而以鐘鼓爲之節奏。以視《九歌》，則有節奏之鐘鼓以迎送，有伴歌舞之笙竽琴瑟以合唱，此樂舞進行之秩序亦適應於觀衆情愫發展見後之秩序也。是《九歌》者，沅湘民族以樂神亦以自慰者也。故就其有迎送首尾之曲，嚴同民間夫婦之樂，及樂曲，樂器表情之發展秩然有律而論，則楚民之安排其祠祀歌舞者既樸質而又嚴肅，其爲有計劃、有秩序之全套曲調，蓋從可知矣。然此秩然有律之曲調，果爲民衆之安排歟？抑亦屈子之修飾而然歟？初不必詳論，蓋吾人之設爲此說，意在證其爲有組織之音樂而已。必欲索其隱，則吾人固以爲自楚人民發之，而屈原成之者也。其證至繁，請詳下端。

（四）論《九歌》與《招魂》、《大招》同有巫祝之用。

《荀子·儒效》曰"在楚而楚，在越而越，在夏而夏"。此論當時四方之樂。越聲不可知。今傳越聲見《吳越春秋》者，有《羣臣祝祝越王詞》，非樂詩，至《說苑》所傳越人歌乃楚聲之譯，《漁父》則亦楚聲也。夏即秦聲，《左傳》襄二十九年"吳季札觀周樂，爲之歌秦，曰，此之謂夏聲也"，可證。秦音者，"擊甕叩缶，彈箏搏髀而歌呼嗚嗚快耳者也"。李斯《諫逐客書》楚聲之必有異于秦越，蓋無可疑。吾人既就《論語》之《接輿之歌》，《孟子》、《孺子之曲》、《莊子》、《孟子》仿之《相和歌》，以證其爲楚民歌形式。然《史記》所載優孟忼慨貪吏之歌，雖與北音全異，而亦不必即爲《九歌》之式，將何以解此？曰，忼慨等歌，蓋與《荀子·佹詩》之類相近，史家說理而不入樂之賦也。而《九歌》等則與巫祝爲類，而入樂之民歌也。此祕見于觀射父之言，見前引而尤切直于《呂氏春秋》之《侈樂篇》，其言曰"宋之衰也，作爲千鐘；齊之衰也，作爲大呂；楚之衰也，作爲巫音"。戰代以來，學人多傳楚人好祠祀，好祠祀本民間故俗，而《呂覽》作爲巫音之言者，推其極言之，以舞歌中必以靈巫主之，而觀衆合之，故遂被以巫名。漢郊祀祠中有楚巫，相和歌中有楚調，及近於楚調之側調，皆好祠之楚人歌樂，其異於秦越齊魯者以此。故《九歌》者，實楚俗巫者演奏以祠神，以鼓舞其民人之樂。王逸以《九歌》當沅湘民間祀神之樂，說最有據，而不可移易。然吾人尚須知者，古之所謂巫，實與史分掌人民之事。史者以人事爲主者也，巫者引天事以合於人事者也，同爲民衆教育之領導者，而巫爲更切近於人民。自春秋戰代以來，北方諸國，巫之職已不如史職之尊；而南土尚重巫，故楚君臣祀神祝祭之事爲特多，此其文化習性然也。

《招魂》亦巫者直接之事。《楚辭》中更傳《招魂》、《大招》兩辭，或以爲原作，或以爲宋玉作，無定説（《離騷》、《遠遊》亦有巫者神遊之成分，見後）。其篇章至長，與《九歌》之短章若大異，其實音律詞色，固儼然《九歌》也。《招魂》、《大招》句式或似四字句，其實用“只”、“些”兩字壓句，而用韻實在“只”、“些”之上，實七字句也。若以樂調論，則七字，亦四拍，其聲較《詩經》爲促，所謂激楚也。世有以此四字式爲出于《詩經》者，皮相之説，而不知與樂調異也。其内容所陳，亦巫之祝告。語魂以上下四方不可去，惟歸於南楚爲最可樂。此沅湘之民愛國熱情之所激，表現其民族特質最真者也。故論《九歌》宜與《招魂》同科。

《招魂》云“羞肴未通，女樂羅些。陳鐘安鼓，造新歌些。《涉江》《采菱》，發《揚阿》些。……二八齊容，起鄭舞些。衽若交竿，撫案下些。竽瑟狂會，搷鳴鼓些。宮庭震驚，發《激楚》些。吳歈蔡謳，奏大吕些”，此《招魂》歸來！告魂以楚之可樂。其所用之樂，與《九歌》、《東君》全合。則《招魂》與《九歌》爲類，同爲巫祝之詞，此亦内證之一。不僅此也，《大招》亦言歌舞之樂曰“二八接武，投詩賦只；叩鐘調磬，娱人亂只”，又曰“嫮目宜笑，娥眉曼只。小腰秀頸，若鮮卑只”，盛道女色之美，此等“士女雜坐，亂而不分。放陳組纓，班其相紛”之象，與《九歌》所陳，實無大殊，則歌以娱神，亦所以樂民者，蓋巫覡之本然也。余讀《晉書·夏統傳》有云“統從父敬寧祠先人，迎女巫章丹、陳珠，二人並有國色，莊服甚麗，善歌舞，又能隱形匿影。甲夜之初，撞鐘擊鼓，間以絲竹。丹珠乃拔刀破舌，吞刀吐火，雲霧杳冥，流光電發。統諸從兄弟欲往觀之，難統，於是共紿之曰：“從父間疾病得瘳，大小以爲喜慶，欲因其祭祀，並往賀之。卿可俱行乎？”統從之，入門，忽見丹珠在中庭，輕步倘佯，靈談鬼笑，飛觸挑拌，酬酢翩翩。統驚愕而走，不由門，破藩直出，歸責諸人曰……奈何諸君迎此妖物，夜半游戲，放傲逸之情，縱奢淫之行，亂男女之禮，破貞高之節，何也……"統傳所言，與《九歌》、《招魂》男女燕昵之情，實無大殊。且夏爲會稽人，會稽蓋亦吳楚舊地，則《九歌》巫風，歷兩漢三國而未衰矣。

（五）從用韻上證《九歌》爲屈原之作。

韻文用韻蓋有兩作用，一以詠言長歌，使有反復回旋之美，此屬於歌誦作用，凡賦詩徒歌皆用之；一以奏節樂音，使有進行休止之節，此屬於音樂作用，凡配樂有曲之作，此爲最要。而中土古樂，奏節作用，更重於曲調，故在入樂之詞，其韻律較徒歌爲尤嚴。此稍習古樂者，類能體會此義。吾人就上文論《九歌》爲入樂之詞諸端而觀，已無可懷疑。然其必爲屈子之作如王逸所言者，當更自與音樂有關之義求之。吾人試就屈子全部作品之用韻與《九歌》用韻較，則可以知其崖略矣。

上文甲段論九歌用韻與十四篇之異，以證兩者體式爲二，此自其異者而言也。若自其同者而言，則兩者又有其從同之點，足以證明爲一手之。請申論之。按《離騷》大篇，其全篇換韻凡七十五次：按此處依江有誥、王念孫分部而言。余于古韻分部別有自得之成說，以其未全部成熟，故仍取清儒舊說之切近定論者爲言。其中用魚韻者十六次，之韻者十三次，陽韻者九次，歌韻者六次，幽韻者四次，祭韻、元韻各三，侯韻、脂韻、宵韻各三次，中、真、支、耕、緝、侵六韻各一次。《天問》凡換韻八十四次：其中之韻十六次，陽韻十四次，魚韻八次，歌韻六次，幽韻七次，脂韻五次，耕、東、祭各四次，侯、文各三次，元、真各二次，支、宵、中各一次。《九章·惜誦》換韻十八次：其中之韻四次，陽韻、文韻、元韻各三次，魚韻、幽韻各二次，耕韻一次。《涉江》篇凡換韻十二次：魚韻三次，陽韻二次，其脂、侵、祭中之真、元各一次。《哀郢》凡換韻十五次：之韻、元韻各三次，魚韻二次，東、元、侵、葉、幽、耕、祭各一次。《懷沙》凡換韻十八次：魚韻五次，脂韻四次，陽、之各三次，耕韻二次，東韻一次。《思美人》凡換韻十四次：之韻五次，魚韻三次，陽韻、幽韵各二次，祭韵、侯韵各一次。《惜往日》凡換韵七次：之韵五次，幽韵三次。其中之、幽合韵一次。《橘頌》凡換韵八次：之韵三次，幽韵二次，歌韵、陽韵、元韵各一次。《悲回風》凡換韵十六次：之韵、支韵各三次，支有一韵與魚合韵魚韵、陽韵各二次，魚韵一次與支合韵元文合韵二次，蒸、脂、幽、元、歌、真、東各一次。《遠遊》凡換韵三十一次：魚韵六次，之韵、陽韵、脂韵各四次，之與幽合韵一次，脂與支歌合韵各一次。文韵、幽韵各二次，幽與之合韵一次。歌韵三次，一次與脂合。文韻、元韵各二次，文韵一次，與真合韵。元韵一次，與文合韵。耕韵二次，一次與真合。歌韵二次，一次與脂合。侯韵、祭韵、宵韵各一次。《漁父》凡換韵六次：耕韻二次，歌、文、侯、“脂元”各一次。《卜居》凡換十一韵：之韵二次，脂韵二次，一次與支合韵支韵二次，一次與脂合韵耕韵二次，一次與真合韵東韵二次，一次與陽合韵陽韵、侯韵、中韵各一次。

　　以上各篇統計數字，魚韵、陽韵、之韵、歌韵四韵爲量最多，而往往於一篇之中反復數四；一韻之中，疊用若干字。即觀《九歌》，則十一篇中共換韵五十三次，而魚韵佔十一次，陽韵佔九次，歌韵佔七次爲最多。一人之作，其用韵必有若干習慣上或情感中不自覺之統一性，杜甫詩以東韵爲最多而不用覃談諸韵亦可作旁證。度屈子修潤《九歌》之時，即楚民俗原作以求合於音樂，必且如孔子删詩——弦歌之，以求合於《韶》《武》。然修改云者，其原文之義意，思理之作用，必全爲保留，而韻以求合於曲調，改動必較自由，則不自覺以個人素習使用之習慣，加諸修飾潤色篇章之中，此事理之必然也。《九歌》用韻，全與屈原他作一致，此足爲《九歌》經屈子之手之的證，自樂律而可知者也。按宋玉、唐勒、景差諸作，亦略有用之魚陽三韵較多之趨勢，而尤以《招魂》、《大招》爲猶多。《招魂》三十四次換韵，魚韵八次，陽韵、之韵各五次。《大招》二十六次換韵，陽韵六次，魚韵五次，之韵三次。至如《九辯》第九首八次換韵，而魚韵三次；第五首五次換韵，而魚韵獨得三次。《高唐序》七次換韵，魚韵獨三次。《登徒子好色賦》九次換韻，而之、魚各得三次，所佔成份皆至大。然在《九辯》九首及《招魂》、《大招》、

《風賦》、《高唐》、《神女》、《舞賦》、《登徒子》、《大言》、《小言》、《釣賦》、《笛賦》二十首中僅得六首，已非屈子之作可比。此其一。又宋玉諸作中，脂、祭韵獨多，爲屈賦二十五篇所無。此其二。又屈賦東、冬分用，支、脂、之分用，祭獨用，皆極嚴；而宋玉景唐之作，則東、冬合用，支、脂、之合用，支、脂、祭合用，皆爲音理上分合之要點。此其四。又宋唐景用韻較屈子獨寬，如歌魚合韵，幽魚合韻，宵魚合韵，侯魚合韻，之魚合韵，歌脂合韵，之侯之宵合韵，東蒸合韵，耕陽合韵，脂文元合韵，此等合韵中之脂歌陽似爲各個合韻之樞紐，亦即韵變之樞紐也。此其五。又宋唐用韻徧及二十一部，江、王氏之分部。較屈子用韵爲寬。此其六。故上所陳屈子諸作用韵之特點，確然爲屈子創作之習慣，並不能指爲楚俗楚音之特點。以此證《九歌》爲屈子修潤之作，的然不可移易者也，故附論宋唐用韻以佐之。

（六）從《九歌》內在的韻律以論其必爲屈子之改作。

前言《九歌》爲有組織入樂之詩，第就十一篇全部組織形式言之。設吾人更就十一篇中情感遞禪推移變化之迹，與所以組織此一大曲之高等技能而觀，則更非有偉大如屈子之詩人必不能勝任。吾人試爲設想數千年前民歌之總集，存於今者，惟《詩經》，他則不聞也，以其高明如孔丘其人之整理也。今古來文人而爲歌樂以鼓舞其民族者亦多矣，而其詞亦多不傳，以其無大筆深情如屈子其人也。請更申論之。

十一篇曾經高度之整理修飾，而且必出於一人之手。按十一篇所歌舞者非一神，表情亦有莊肅、靈活、哀婉、强烈之別，然其韻味、氣象、個性、風貌、體段，決非雜湊十一人。乃至若干人而爲之，而必成於一人之手，此決無可疑。即就上列形式一段中諸點而論，其形式之統一性，亦足以說明此事而有餘。若更就十一篇內在之"情感旋律"而論，有能指出其不統一或矛盾歧出之所在者乎？吾故知夫人必是認其內在韻律之統一而不雜也。此其一。

且十一篇之作，篇各一意，極盡變化而不重複，其用意蓋極周詳，組織極完整者也。首尾有迎送之曲，表白其宗教性之至誠者也。而《東皇太一》之肅穆平靜，飄然不言神貌，實足以領導全歌。神之來也，亦欣然而樂。其次《東君》，則以日之出於東方爲祭時歌舞之始。《雲中》、《司命》，招神之來，而又忽去，乃以宗教趣味予與觀衆者也。以下各篇，漸由莊肅而趨活潑。至《湘君》、《湘夫人》而情詞熱，神不出場，而以男女之愛，述神之故實，使人空懷景行。《大司命》、《少司命》者，以宗教教訓予與觀衆爲目的者也。至《河伯》、《山鬼》而情益放肆至於悲傷，虛構至於其極，予觀衆以宗教之趣味爲最濃鬱。至《國殤》而激烈之甚，則借宗教情緒以引起觀衆之愛國熱情。且諸神舉止壯偉，有想像不可思議之力量，其鼓舞民衆之作用爲大。《少司命》之寫揮劍拒彗，《東君》之寫挽弓除暴，《國殤》之寫臨陣戰鬥，皆極雄偉。至《禮魂》則僅五句，爲慶祝之結，單純樸質，爲歌收場應有之現象。凡想像模擬追思恍惚之情，熱烈緊張，不可方物。此中以樂神言，則《東皇》最貴亦最嚴；《河伯》、《山鬼》，於神爲最卑，而最放肆；《湘君》、《湘夫人》最切近人生而最真摯。以對觀者之情感言，則入以莊嚴，漸浸於浪漫之宗教氣氛而至於放肆，而以《國殤》之悲傷以鼓舞其民，爲愛國之教育，至禮成而以安雅之詞調，舒徐之舞容，諧合之樂聲，收束全部舞劇。組織何等周密，發展何等自然，宗教與教育之情感，何等深摯，此非獨出匠心，刻意安排，而又才情足以任之者，誰能爲之？故《九歌》編排，必已經高度之技術修正，方能存民族樸茂氣，而爲藝術最高之結構，此又不待辯而可知者也。即此義而論，則備素坯之美，有楚廣大之民衆；而具修潤之技，非屈原其誰能當此任！漢以後文士如司馬相如、揚雄及梁園、淮南諸賢，無能任此；漢以前楚之藝人，又誰能任此？若孫叔敖、左史倚相、觀射父、王孫圉，由魯抱樂來奔之亞飯干、昭睢卹，抑侍從頃襄之宋玉、唐勒，皆不能任也，則舍偉大如屈原，愛民如屈原，愛國如屈原，文學技術之修養如屈原，有宗教情感如屈原，而又職司之近如屈原，更有誰者！古今無一人能提出《九歌》決非屈原所作之的證，則漢儒本歷世之傳而歸之屈原者，必非向壁虛造之說矣。

丙　從祠神論之

（一）十四篇之宗教色澤。

屈子以宗祝之守而兼史職，故其知則史，其情則宗祝之守也。發爲文章，遂具史家追懷往昔之知，與景仰宗教之情，相鍥而不舍，其見於《離騷》者至明且切。《離騷》前篇陳人事以自理，後篇依宗教以慰情，登天求帝，高丘求女，皆以宗教迷惘之情寫其悲思依戀之苦（《九章》亦然），於不得已則思問鄭詹尹以定然否善惡之辨（《卜居》），對漁父以陳混濁清白之分（《漁父》），更不得已則思遠遊以自逃，亦所以獨善其身之義（《遠遊》），終之則以死殉其民，殉其國，殉其爲史官爲宗祝之道，古今第一大情人，亦第一大悲人也，故十四篇中宗教之色澤已極濃厚，蓋其職司與習性然也。

（二）從巫風說起。

楚俗好巫，而祠祀極繁。楚懷王且有以祠神咒秦之說。豈即《呂覽》所謂“楚之衰也，作爲巫音”者與？世所傳《楚辭》，屈子之作，姑不論《招魂》、《大招》亦巫者之詞，以歌舞爲樂；即宋玉《九辯》、《高唐》、《神女》、《大言》、《小言》，莫不有宗教之氣氛，而《笛賦》、《舞賦》所陳歌舞之樂，與《二招》亦無以異。傳世楚器，亦有道歌舞之事者。則春秋以來，歌舞之盛，北土在陳鄭衛之間；春秋而後，歌舞之盛，在南土者其惟楚乎？然北之歌舞已脫離宗教意味，而純爲人間樂事；南楚則終始與宗教結合，其影響且及於當時學人。試推而論之，則《老》、《莊》、《列禦寇》、《山海經》之屬，不純爲徵實之學；或以天道起信，或以神話爲宗，或以適性爲主，或以變易爲說，皆與宗教密邇相合。故南楚學說中，亦往往含有神祕。凡此種種，必本與環境與其民間風習，亦即本於當時社會所存在之意識現象而然者也。南土諸士，老莊之文最近南音，如《老子》“我獨泊兮其未兆，如嬰兒之未孩；乘乘兮若無所歸。衆人皆有餘，而我獨若遺。我愚人之心也哉！沌沌兮俗人昭昭，我獨若昏。俗人察察，我獨悶悶。忽兮若海，漂兮若無止。衆人皆有以，而我獨頑似鄙。我獨異于人，而貴食其母”。余藏世德堂本，絕似《卜居》、《漁父》。

　　附論《詛楚文》。世傳秦惠文詛楚文曰"有絭嗣王，敢用吉玉瑄宣璧，使其宗祝邵鼜布愍告於不顯大神巫咸及大沈久湫目底楚王熊相之多辠"。下文言穆公與楚成王"努力同心，袗以齊盟，葉萬世子孫毋相爲不利，親卬不顯大神巫咸而質焉"釋文用嚴氏《上古三代文》本。云云。夫巫咸乃南土所崇祀，且曾爲秦穆楚成齊盟之質。以全文而論，數懷王爲縱長之罪爲多，神不歆非類，則巫咸非秦所得祠。今則以愍告巫咸而詛楚，則必楚人持巫咸威靈，以詛秦兵，當即漢人所傳懷王祀神詛秦兵之言之義。且其事必極能鼓楚民，使其任衝鋒陷陣之勇，即《九歌》、《國殤》所詠也。其事必甚壯大威武，不然秦以大國，且甚修兵戎、嚴法令，何所用祀敵邦神巫而數訴其罪？至智者不爲此，至愚者亦不爲此。此中若以宗教情愫論之，則昜然理解：蓋楚累挫秦兵，即秦既"禮使介老將之以自救"，又"克祈即黎字楚師"，遂以勝利告於敗者之所崇祀，以禳除祈福而已。此可證楚人巫祀之隆，足以震驚敵人，而敵人亦爲之祠矣。是則屈子累言從彭咸之所居者，正其宗祝歸宿之所宜歟？

　　（三）《九歌》諸神論

　　《九歌》諸神以類言，則《東皇》、《東君》、《雲中君》、《大司命》、《少司命》爲天神，《河伯》、《山鬼》爲地祇，《湘君》、《湘夫人》益以《國殤》爲人鬼。《周禮·春官大宗伯》"掌建邦之天神人鬼地示之禮……以吉禮事邦國之鬼神示，以禋祀祀昊天上帝，以實柴祀日、月、星辰，以槱燎祀司中、司命、飌師、雨師，以血祭祭社稷五祀、五嶽，以貍沈祭山、林、川、澤，以疈辜祭四方百物，以肆獻祼享先王"云云，最爲詳盡。《九歌》之祀，具天神地祇人鬼，余舊説固疑爲楚國僭擬天子禮制，所以爲郊祭之樂。説雖有據，其實謬也。蓋未就《九歌》之詞爲内紬之分析，僅依形式爲起信之論證。古天子諸侯之祀，社稷爲重；而四方之祀則下達諸侯，五祀下達大士；今無祀社稷四方五祀之典，已不能與《周禮》吻合，而必欲附會國典，其事必不甚當。若謂不能以《周禮》繩楚制，則楚禮之見於春秋以來者，固多與三晋齊魯無大殊。《國語》載觀射父論祀曰"古者先王日祭月享，時類歲祀，諸侯舍日，卿大夫舍月，士庶人舍時，天子徧祀群神品物，諸侯祀天地三辰及其土之山川"。則河伯、東君固不在楚祀矣。且社稷四方五祀之典，固久已見於春秋以來楚之祀典，何以不並入《九歌》，爲十六十八章，如漢之郊祀者歟？祠祀之樂，男女戀羨之辭，有極媟嬻者，歷代傳說宮庭中多有其事，然皆爲祕祀，而不爲國典。既榮爲國典，斷不能以民神雜糅男女媟嫚之詞爲祝告祈禱之用，如《湘君》、《湘夫人》、《河伯》、《山鬼》所歌者。自春秋以來，男女之防漸嚴，而各統治階級自身雖嬻亂不經，其所以責之人民者則至嚴，豈能以邪嫚之音立之廟堂乎？故《九歌》之所歌，以爲楚民族較近原始宗教形式之歌，行之於民間者，其說爲可通；以爲歌之廟堂，爲必不可能矣。且國家祀典，必不越其望，故河非楚人所祀，必不在祀典。《左傳》哀六年"初昭王有疾，卜曰，河爲祟，王弗祭。大夫請祭諸郊。王曰，三代命祀，祭不越望。江漢濉章楚之望也，禍福之至，不是過也。不穀雖不德，河非所獲罪也。遂弗祭"云云，可證。而《雲中君》言"覽冀州兮有餘，橫四海兮焉窮"，冀州不在楚望，亦無爲他人讚歎之必要。《大司命》"紛總總兮九州，何壽夭兮在余"，又浮誇不實。而《湘君》、《湘夫人》所傳爲舜夫婦之事，亦非楚之祖妣。使在國典而祭人先，必以高陽熊鬻爲祖爲宗，以上配於天帝，何有於東方之虞舜？若使《九歌》乃民間娛神以自樂之歌劇，則娛愉從人性之好惡，崇祀無典禮之約束矣。

（四）《九歌》爲歌詠諸神故事以樂神鼓舞其民衆，而非祭神之用。

且不僅此也，王逸之所謂祠神，所謂祭祀之禮者，特充類言之。其實則古祀祭之用，蓋有兩種方式，一以祈福報施爲義，此一切列爲祭典之祭祀皆然，其詞以祝嘏祈報爲中心，如漢以後之郊祀。而較原始之祭祀，則所以爲一族一地，借浩唱樂神以鼓舞歡忻其民之義爲多。古人直質，無所謂媟嬻也。其内容往往以扮演歌詠所祀之神與英雄之故事，是爲後世戲劇之始，亦巫者主之。此雖被以祭祀之名，其實祭壇即劇場，古民衆以社爲聚會之所，度《九歌》亦沅湘之民，集於鄉社，搬演其心目中之天神英雄故事，迎神之前，有供張陳設，即《東皇太一》之所陳；即九件故事扮演既畢，又以會鼓傳芭，以送神而劇事畢。此州閭之會，因宗教之情，可以男女雜坐，握手無罰，目眙不禁者矣。古無戲劇之名，遂以祭祀概稱之（前引夏統從父以章丹陳珠祭祀先人故事可合參）。吾人試就《九歌》各首細爲紬繹，則頗多演一神之故事（《東皇》除外）者；有夫婦之義者，則合夫婦故實情事爲演主題，如《湘君》、《湘夫人》、《河伯》、《山鬼》等是也。此本原始宗教情事中常態，以儒家禮防言之，固爲燕昵，此朱熹所以必言不無褻慢荒淫之雜，原爲之更定，去其泰甚者矣。其實屈子蓋知之最切，而應用其宗祝情懷與民協調而不疑者也。使屈子言必去其泰甚，則《離騷》求宓妃二姚，不僅於媒嬙，且慢聖嬪亂之盛；而有娀佚女，則高辛之妃，乃高陽姪婦，亦原之祖姒，不幾於罪行彌天也與？

（五）論屈子爲宗祝兼史職，有修潤民歌之職責。

按屈子爲楚之宗臣，左徒之職，即三姓之主官，即宗正太常之屬。而屈姓世守天官，亦略與宗祝相近。宗史兼修，按伯夷典禮，爲秩宗，猶周官之宗伯也。而《大戴禮·誥志篇》謂虞史伯夷，是伯夷又爲史官，蓋以秩宗而職兼史官也，與屈子全同。此制于古實甚多，別詳。故能草憲令，預國事。則以“禮樂合天地之化，百物之産，以事鬼神，以諧萬民，以致百物”，此《周禮·大宗伯》之職度當時楚之禮樂之事，爲屈姓所世守者。屈子知之獨詳，不僅守之，而又議之删之。按觀射父對楚昭王釋重黎之語，論宗祝兩職，儼然爲《周禮·大宗伯》所司也。且與屈子身分極近。楚官制即不與《周禮》全同，而亦必不甚遠，其言曰“覡巫是使，制神之處位次主，而爲之牲器時服，而後使先聖之後之有光烈，而能知山川之號、高祖之主、宗廟之事、昭穆之世、齊敬之勤、禮節之宜、威儀之則、容貌之崇、忠信之質、禋絜之服，而敬恭神明者以爲之祝。使名姓之後，知四時之生、犧牲之物、玉帛之類、車服之儀、彝器之量、次主之度、屏攝之位、壇場之所、上下之神、氏姓之出，而心率舊典者爲之宗”云云。可爲參證。熱望其宗邦之富强。且兩使於齊，佐懷王爲合縱之長。則國政之所重依，亦人民之所重望。及其既放江南，人知其爲三閭大夫。國事已不可預，國政亦無可爲，則於不得已時，欲鼓舞其國民，以圖報强敵於他日。按屈子既放江南，楚國勢亦日益微危，郢都不保，必不以憔悴詩人自了（此中有道德與宗教責感爲之基礎，余別有説），而坐視國事于不可爲。必有深入民間，以求鼓舞其民圖報他日之念。自“南人變態＂，＂哀南夷之不吾知＂，所圖不遂乃自沈以殉宗國，且殉其爲史之職矣。此義至繁，別詳余《屈子南征爲復仇考》中《哀南夷辯》一文。且本有採詩之責，冀能復用於未來，乃深入齊民，與之竝處。屈子不能忘其教民移俗之責，人亦知其爲禮樂之族，世主樂教。故取民間流行歌舞樂神之曲，爲之修潤更定，亦隱以寓其教民動衆之意。昔孔子以布衣反魯定詩，以求合放韶舞，《三百篇》皆絃歌之，雅頌各得其所。則屈子以教民主樂之世胄，爲之定其樂調，正其詞句，使《九歌》者，成爲嚴密無隙，最有組織，且能鼓舞其民之樂章，使此未采於國家太師之詩，未領於天子祝官之神，《史記·封禪書》語。活潑地流行於民間，以訓練其民衆。不七十年而暴秦終以掊於三戶之楚，此屈子之教也。以屈子所世守之職而論，不可不爲；以屈子愛國之熱情而論，不能不爲。遂使《九歌》之雄健剛正，直貫於字裏行間，所以發憤淬礪其民族之氣者，爲千古獨唱矣。

丁　從表情上説

（一）屈賦三體裁之分析。

屈子之作，自寄情託興與憂思忼慨諸端而分析之，大體可分三類，一則以《離騷》爲本幹，總其義類；以《九章》爲枝葉，以《漁父》、《卜居》條其理趣，漸爲波瀾；以《遠遊》充其情思，以盡其流。凡此皆以個人感喟爲主，從己身之修姱自潔，以引入於去國出世之思理。＂慕古哀時，思善疾惡，怨靈修之不彰，悲黨人之雍濁，厲素履之芳潔，將超遠而不安，願儼合於禹湯，終殉迹於彭咸＂。節陳第《屈宋古音義·九章序》語。凡此皆情感與思想之相糾合，有時且不可分析之作。此其一。《九歌》獨自爲類，獨立成篇，與屈賦任何一篇無脈血幹技之系；其中亦無個人感喟，亦不自稱修潔；純爲客觀之叙事，引出神鬼之職司故實，及妃匹相戀之情。其寫情感則純從事狀深入，以攝取之。《河伯》之閎肆，《國殤》之雄毅，有蕩滌人情之力爲最巨；其寫景則寓情於景，即景即情，故＂秋風嫋嫋＂，託帝子之愁歎；＂流水潺湲＂，寓公子之相思。凡抒情寄意，兩不可分。此與《離騷》等之以抒情而遣辭者，其基本精神相差極遠。此其二。《天問》以學理爲賦誦，與荀子《佹詩》諸賦相近，純乎理智之作，蓋等於齊魯諸子之論天道人事者矣。《天問》分兩大段，前段問宇宙之現象奇異，後段問人事之善惡報施。其義爲事理之發展，善惡之判斷，與南學之老莊相近，而最似《道德經》五千言。

（二）屈子對宗教情感之兩種處理法。

《天問》以學術理智爲分析事理之言，近於諸子，爲説理散文之有韻者，兹姑不論。《離騷》等十三篇，與《九歌》十一篇，有一相同之情懷，曰“宗教情感”。《離騷》十三篇所最景仰之情，爲遠遊帝宫，西涉崑崙，寄意聖賢，匹偶聖姬，就重華而陳辭，依彭咸以爲儀，求宓妃之所在，望瑶臺之偃蹇，胥是也。而《九歌》之詠十神，天地日月山川人先鬼伯國殤，無一非宗教之所崇祀。其所仰之神異，而其情則類也。雖然，其處理方法，則兩者實大異：十三篇之所神祀者，以思想情愫之景仰爲主，從理智分析，得其美蔽善惡之辨。而自理想中結構一别然之宇宙，與個人修姱自潔之理想相結合，而欲歸依與景從；或個人情思無法處理之時，欲依神聖爲自解之計。自神化中有個人理性存在，爲高度之自覺感。至《九歌》十一篇，則全部爲神鬼事蹟之描寫，其寫情處，亦純從神鬼自身事象上立意，或借其神威靈感，以贊歎欣賞之，或借神鬼夫婦燕昵之情，以歌詠之；即有所寓寄，亦僅能於詞底窺測一二，非十三篇之直述冀望感念者可比。故《九歌》宗教感情之處理，乃寫實化之描寫也；十三篇宗教情感之處理，乃理想化之描寫也。

（三）《九歌》描寫方法與十三篇之比較。

以其爲理想化之描寫也，故一、己身所受哀樂之感爲最切；二、設喻之詞爲最多。以其爲寫實化也，故一、寫其事象爲客觀哀樂之象，而自身無移入情感之作用；二、亦無所假借於設喻之詞，而可直陳事狀。試就十三篇與《九歌》爲此兩大處理方式之分析，則其事蓋至明而無所蒙蔽。

何以言己身所受哀樂之感爲最切？按十三篇表情之詞，其例類至多，而哀傷、恐懼、悔恨之情爲最切，如曰“哀民生之多艱”，“哀衆芳之蕪穢”，“哀朕時之不當”，“哀高丘之無女”，“傷靈修之數化”，自小己之不辰，至君上之惑亂，下及衆賢失所，國無賢良，皆因事爲感，至於哀傷。試就《離騷》一篇分析言之，則寓情之辭，其所恐者曰"恐年歲之不吾與"，"恐修名之不立"，自修不及之意也；"恐皇輿之敗績"，君國之不幸也；其所曰悔者，"悔相道之不察"，自悔其失路也；所不悔者，曰"覽余初其猶未悔"，"雖九死其猶未悔"，自志堅貞不移也；所冀願者，"冀枝葉之峻茂兮，願竢時乎吾將刈"；所怨者，"怨靈修之浩蕩"；皆冀望宗國乂安而不得，而不能無所悲也。及其所冀望不可得，則曰"退將修吾初服"，或"欲少留此靈瑣"，"欲從靈氛之吉占"，或"延佇乎吾將反"，"吾將上下而求索"，"吾將遠逝以自疏"，"吾將從彭咸之所居"；然君國之重，亦已自忘其身，故一切出之以忍，"忍尤而攘垢"，"伏清白以死直"可也；見蹇蹇之爲患，則"忍而不能舍也"；見世俗之從流，則"寧溘死以流亡，余不忍爲此態也"；此皆表情真摯之處。其雜見於《九章》、《遠遊》如曰思，"獨煢煢而南行兮，思彭咸之故也"。曰憐，"眇遠志之所及兮，憐浮雲之相羊"。曰惜，《惜往日》之"曾信兮，受命詔以昭詩"。曰悲，"悲秋風之動容兮，何回極之浮浮"，"悲時俗之迫阨兮，願輕舉而遠游"。凡此等哀傷悲歎之字，皆切直深謐，蓋親身之感受者深，故言之不覺其切也。在《九歌》中，幾全無此等詞句。

　　且也情無可託，或發爲疑慮，故十三篇中多就事垂詢之語，如曰"何桀紂之猖披兮"？"何方圓之能周兮"？"何所獨無芳草兮"？"何百姓之震愆"！"孰云察余之中情"！"孰信修而莫之"！"孰察其撰正"，"孰虛僞之可長"，"豈余身之憚殃"，"余焉能忍此以終古"，"焉託乘而上浮"，"誰可與玩此遺芳兮"等，用何、孰、豈、焉、誰等字，亦表情之一法。而爲《九歌》所不用，實亦無所用於此等疑慮者也。蓋《九歌》所以寫神鬼之情貌，乃客觀事象之描寫，即有抒情寄意之詞，亦假神鬼之儀容以出之，無個人感喟之必要；此種情態，自無移入個人情感之餘地矣。其表達方法，自是大異。

　　何以言十三篇設喻之辭爲多，而《九歌》無所假借於設喻？

　　夫詞有借於設喻者，必情思幽深眇遠不能直狀，乃於無可奈何之中，設爲喻詞，以暢其義。此文藝創作，濟其窮塞之一法也。若無所用於曲諱，亦無幽隱之必要，則詩詞固以率真爲貴。十三篇者，屈子寄其幽隱之情於無可奈何之中而創作者也，故設喻以助其窮塞；《九歌》者，咏神鬼之故實，無所用於幽隱，即在燕昵媟嬻，乃至荒唐之情，亦寫實者之所不廢；故設喻之法，無所施爲。試即十三篇而觀，則以蓀指君上，"蓀不察余之中情兮"。以皇輿指君位，"恐皇輿之敗績"。以芳草喻衆賢或以自喻，十三篇中所言之芳草曰衆芳，曰芳草，曰蘭、芷、蕙、椒、江蘺、木根、芰荷、夫容、秋菊等，皆以爲設喻。《離騷》篇稱衆芳者三，芳草者二，蘭者十，蕙者五，江蘺者二，芷茝者四，申椒者二，菌桂者二，揭車者二。細別其所喻之義，雖亦時有不同，然大義不出上所陳也。《九章》、《遠遊》略近，《卜居》、《漁父》較少。兹皆不細爲分別矣以臭草喻衆小人，以玉瓊自喻其貞潔，以冠服喻其修飾，以賢女喻賢臣，以衆女喻在朝衆小，以雞鶩、雄鳩喻譖人，以路喻治道，"彼堯舜之耿介兮，既遵道而得路"，惟"夫黨人之偷樂兮，路幽昧以險隘"。以鷙鳥喻賢人。"鷙鳥之不群兮"。凡此喻詞，多近隱語。反視《九歌》則無可用，《九歌·少司命》"蓀獨宜兮爲民正"，以蓀喻少司命。蓀喻君上，爲屈子習語，此以喻祭祀之神，類相似也。此當爲屈子不自覺而使用之餘痕，充量言之，亦足爲屈子曾修潤《九歌》之一證。《九歌》有美人、子、君子、公子、佳、佳人、靈神等字，以爲指目對方形容神靈之詞，皆直狀之稱謂，無隱喻之作用。蓋《九歌》直狀事物，直而激，故無所用於隱喻；十三篇委曲以求全，婉而多諷，故以隱喻爲貴。此創造時心情之異。質言之，十三篇寄個人之哀思，《九歌》吐民間之狂樂，所以異其趣，亦即所以異其辭矣！

五　《九歌》篇數及錯簡問題

《九歌》凡十一篇，篇各一意，不相複，而極其變化之能事，蓋出於一人之手，而有一全盤設計以爲之者也。其用意至周密，組織極完整，非藝術修養至高如屈子者不能作。而其爲一個整體之全曲，亦從可知。參前各節所證然篇數不與篇名相應，此宜申說者一。古報天者以日主之，而篇中《東君》在《少司命》後，必爲錯篇，此又宜申說者二。

甲　篇數不相應之故

《九章》、《九辯》，篇名與篇數皆略同。而《九歌》獨十一。王逸、洪興祖無説。《西溪叢話》以爲九以數名，如《七發》、《七啓》，非以其篇章名；晁无咎增《大招》，又或以《惜誓》、《大招》補《國殤》、《禮魂》；而朱熹則本蓋闕之義；林雲銘以《國殤》、《禮魂》爲多作；《履齋筆記》言前九篇屈以托申己意，後二篇無所託，乃巫者禮神之調，直妄言不足信。青木正兒君言《湘君》與《湘夫人》，《大司命》與《少司命》，乃春秋二祀分用之詞，蓋本於《禮魂》"春蘭兮秋菊，長無絶兮終古"二語，更引篇中時令處以證《湘君》、《大司命》用於春祀，《湘夫人》、《少司命》用於秋祀，於説最爲創見。然何以分爲春秋二祀，説亦不得其精要。按《東皇太一》全篇皆歌禮備迎神之事，此舞中迎神之曲，而樂中之金奏也。故不頌神貌，神之特性不具，不作祝頌之語，但侈陳選日供張，節鼓陳瑟，芳菲滿堂而已，此迎神之意也。故《東皇太一》章有詞有曲，而舞容不具，故不入九數也。其《禮魂》一篇則言成禮會鼓，傳芭代舞，絶無其他至義，而韻語短促，以曲言，蓋所以送上列九神者也；以樂言，則爲群巫大合唱；以舞容言，則爲全舞之合演，無主神，故亦不入九數。且《九歌》自《河伯》以下，舞容極盛，人神之雜極矣。則於全套表演將畢之時，大合奏演，以舒遲容與其節，而結以"長無絶兮終古"，人神兩樂，激楚之情已施，禮成而退，亦樂舞極自然之節奏，則《禮魂》一篇之不入於九數，蓋情實兩得，無所蔽矣。《繼古藂編》以爲《山海經》夏后開上三檳於天，得《九辯》、《九歌》，郭注引《歸藏》"開筮皆彼九宜是爲帝辯同宫之序是爲《九歌》"云云，因謂"考此則《九歌》、《九辯》皆天帝樂名，夏初得之，屈原、宋玉取諸此也"云云。可謂善於牽引者矣。

乙　篇章錯簡

又今本《東君》一篇，在《少司命》之後，恐非原舊本，疑本在《雲中君》前。此蓋有數證。《禮記·大報天》而主日，則祀日爲祭祀至重之典。《東君》日神也，不宜遠距《東皇太一》，而以他篇間之，此一也。古祭祀有等差，天地日月，其等相近，而以類相屬，則《東君》不能獨懸絶於四等之司命以後。此二證也。《雲中君》乃月神，當以日神爲次，亦如《湘君》、《湘夫人》之相次，《大司命》、《少司命》之相次，何得分置兩章於絕不相連屬之所，則《東君》必在《雲中君》前無疑。此三證也。又《封禪書》言高帝長安置祠祀宮，晉巫祠五帝、東君、雲中君、司命巫社《漢書·郊祀志》所言亦同。亦《東君》在雲中君前，必本於先秦舊俗。則《九歌》原本亦必《東君》前於《雲中君》無疑。此四證也。

右文據人民文學出版社印行余舊著《屈原賦校注》迻錄。一九三二年余初定《九歌》證爲楚國郊祀歌，其證極曲會而繁複。一九四八年布之報端，國人毀譽參半。建國後出版社依全國輿論，責余改從民歌之說。時此書已二十餘年無由與國人相見，而民歌一說亦自有其可託。近年國人復有《九歌》非民歌之論，余亦怵然思之。敝帚自珍，附之余楚辭學論文中，復擷其要點於此以與國人商量。揭其要大致不過六義。一則《九歌》爲夏代樂變通制，與《雲門》之爲六變，《咸池》之爲八變，皆舊說之可徵者。《呂覽·古樂》言夏簫九成是也（淮南亦言之）。蓋即所謂禹九德之歌。（見《周禮》）此一也。《九歌》所祀備天神、人鬼、地祇三事，此本周以前天子禘祫之禮，詳《周禮·春官大宗伯》及《禮記·曲禮》、《祭法》等。又依禮制楚僅能"諸侯方祀"，然觀射父言諸侯祀天地三辰，（見《國語·楚語》）此楚之僭禮。太一、東君、雲中君、二司命，天神也；河伯、山鬼，山川也；兩《湘》，人鬼也，則射父之言備矣。此其二。且《九歌》爲十一首，蓋《太一》爲升歌，《禮魂》爲合樂備九成樂次之儀，而文中以鐘、鼓、筝、磬之樂，有會鼓合舞與古郊祀之禮所具樂事全合。此其三。且文中言覽冀州、河非楚望而烝嘗之禮、瑤席玉鎮器用之繁，雖卿大夫亦不能辦，豈能於民歌中見之。此其四。且《桓譚新論》亦言楚靈王祀上帝禮群神，躬執禮綴。谷永亦言懷王降祭禮事神，楚人固多祀祭之傳。此其五。又高祖以楚人得天下，故漢郊祀歌十九章全襲《九歌》，其神有泰元，即《九歌》之太一；日出入即東君，天門神即司命，上神即雲中君，其練時日即迎神曲，襲東君、太一者十之九。赤蛟即禮魂。以後例先，則《九歌》不能爲民歌而必爲楚祀天之詞矣。此其大。論證極繁，讀者可合參也。

東皇太一

　　五臣云"每篇之目，皆楚之神名。所以列於篇後者，亦猶《毛詩》題章之趣"。一本題上有祠字，下諸篇同，今洪補本則於篇題處言之。又《文選》六臣本東皇太一諸小題，亦列於每篇之首。"太一"一名，其意至雜，《禮運》"禮本於太一"（此言出《荀子》），指混沌元氣而言，即一之又一之義，雜見《易》道兩家之書者是也。有以爲居紫宮之神，其神最貴者，見《淮南》及《郊祀志》。有以爲北極附近之一星名者，見《天官書》。有以爲即北極星者，西漢緯書多言之。其説至紛雜不可理。按宋玉《高唐賦》云"進純犧，禱琁室，醮諸神，禮太一"，劉良注云"諸神百神也，太一天神也，天神尊敬禮也"，此楚人之所自言。以《九歌》按之，則《東君》、《雲中君》以下，所謂百神也；《東皇太一》即天神，明矣。以《周禮》按之，則正南郊午位，去國一里許，依泰壇以祭祀昊天，即圜丘之祭也。圜丘所祭之昊天，天之總神也，其神爲太一，居天之中。昊天爲生物之始，故於神爲最貴，則太一不得爲星名而純爲神名矣。惟太一之名，則始自周末。蓋戰國諸子，喜求一切事物之端始，以探其最高概念。在儒家則稱爲太極，在道家則謂之道，道之別名曰"太"，太即《老子》之所謂"有物混成，先天地生，吾不知其名，字之曰道，强爲之名曰太"是也。於是凡足以當一事一物一理之極之始者，皆可曰太，始而又始曰太始，極之又極曰太極，伯之又伯曰太伯，初之又初曰太初，上之又上曰太上，祖之始曰太祖，質之始曰太素（見《乾坤鑿度》）。一者，亦周末諸子用以表天地萬物混然不可分析之最高觀念，與道相同，道者一之運行，一者道之全德。雜見於《老子》、《韓非》諸書（淮南王言之益悉），至莊子而言"關尹老耼，聞古道術而悦之，建之以常無有，主之以太一"。太一爲一哲學中至高概念，此南楚哲人之言，與《易經》所謂太極生兩儀者，義不相謀而相合。戰國之世，不入於儒，則入於道，而《易》以陰陽五行之説類，於是文人學者，取哲家之義，推至天人之際，而巫祝方士羨門高羨上成鬱林之等，侈言天神人鬼之事者，相與附會，而太一遂昇爲天神，且以"太"、"一"兩字推極之義，而爲皇天上帝之名矣。楚俗好巫，度其接受此種思想固極易。漢祖父子，本楚人，好楚聲，於是楚民俗崇祀之風，隨帝室以北。文景雖未發皇，而武帝恢廓似高祖，好神仙鬼異，巫風亦極盛，故漢儀遂亦有太一之祠矣。

然何以曰東皇？按東皇即文中之"上皇"，《莊子·秋水》云"彼方跐黃泉而登大皇"。疏云"大皇，天也"。此言上皇，猶《秋水》之大皇矣。尊之則曰上皇，狀之則曰太皇。以皇指天，蓋南楚有是語也。然古說昊天，本亦有指春天之說，《爾雅》及《今文尚書》歐陽說是也。《説文》亦云"昦，春爲昦天，元氣昦昦"。昊即昦之隸變。春於方位屬東，而皇者，戰國以來所以謚天與人之主宰及君王之義，故東皇亦如今世稱玉皇矣。則《東皇太一》，蓋名之重疊累贅者與？與今人稱玉皇大帝相類。楚自靈王好巫，懷王且思祀神以助攻秦，則祀祠之神多矣。疑其崇祀太一爲昊天之神，與高帝之祀五帝，武帝之祀太一，皆有巫祝方士之導。則吾人正不必以其先世之有無，而論其是非有無矣。殊方異俗，文獻多缺，吾人固不必强説其有，而亦不必定指其無。古人往矣，又誰與定其得失！

（附論）顧亭林《日知錄》以爲"太一之名，不知始於何時"。《呂覽》太乙專爲神名，下引《史記》及諸家説，大約在漢景武之間，其爲天神，爲上帝，及漸肯定。但歷史事跡，不能以見于載記之早遲，定其起迄時代，況《九歌》、《東皇太一》已在楚祀典之中矣。考《楚辭·九歌·東皇太一》篇云"穆將愉兮上皇"，王逸注曰"上皇謂東皇太一也"。宋玉《高唐賦》曰"醮諸神，禮太一"。案上皇，即上帝之稱，變言上皇者，以協韻之故，以此知戰國時已以太一爲上帝矣。《文選·西京賦》注引《春秋合誠圖》云"紫宮大帝實太一之精也"。又引《春秋元命苞》曰"紫之言此也，宮之言中也。言天神圖法，陰陽開閉，皆在此中也"。太乙人道命法君基總論"君基太乙，爲紫大帝群曜之尊，執掌權衡，較量天地"，即沿《合誠圖》之説。《説文》一字訓云"造分天地，化成萬物"，亦以太一爲造化主，故有此語。細考先秦故籍，以一字表事物最高概念，寖假而爲造化之原，自《易》至老、莊，莫不有此思想，故道立于一之説，可以概是先秦對一字觀念演變。道主於一，則一之又一曰太一。太者，更加神聖之謂，故以太一爲造物主，亦即爲以太一爲帝，惟此説北土漸衰（重人事故），故惟屈子、道家尚存其説。又由太一而言三，一則道家所謂一氣三清者，至漢天文家以天極處最爲明大之星爲太一，《周禮·大宗伯》賈公彥正義引《文耀鉤》云“中宫大帝，其北極星下一明者，爲太一，合元氣以斗布常”。《史記·封禪書》“宜立太一，而上親郊之，天官至中宫天極星，其一明者太一，常居也”。《正義》曰“泰一天帝之別名也”。《索隱》引《春秋合誠圖》云“紫微大帝，實太一之精也”。《周禮》注“昊天上帝，又名太一”。《隋志》曰“北極大星，太一座也”。然《九歌》所以名東皇太一者，應讀作東、“皇太一”。皇太一云者，言太一爲最尊之神也，故文中得曰上皇，而東字則祀於東郊也。《史記·封禪書》“古者天子以春秋祭太一，東南郊”是也。又此亦如宋人最尊太一，祀於東則曰東太一，於西則曰西太一，於中央則曰中太一。且就東皇太一全文而論，陳設禮儀，其肅穆爲諸神冠，且文中並不出場，而遣辭用語，亦最莊嚴。

雲中君

王逸注爲雲神豐隆，一曰屏翳，後世皆本之。亦見《漢書·郊祀志》“晋巫祠五帝東君雲中君之屬”。是漢猶承其舊俗也。惟《周禮·大宗伯》以橷燎祀飆師雨，而不及雲師，是舊本無雲師也。按諸家以《雲中君》爲雲師，皆本王逸説，別無他據。而王逸實亦望文生訓，竝不足據。若祀雲師，則飆雨豈能無祭？寅按雲中在東君之後（詳前），與東君配，亦如大司命配少司命，湘君配湘夫人，則雲中君，月神也。又以本篇文義證之，曰“爛昭昭”，曰“齊光”，曰“皇皇”，皆與光義相連。雲師宜與電雨相屬，不得言光。且既降又突然焱舉，此亦與月出没之情態相類。而橫四海，即《尚書》所謂“光被四表”之義，故曰無窮，與雲神意象亦不合。且春秋以來，無祀雲神者，楚民即特殊，其大齊必不能出入太甚，則與其謂爲雲神之無據，不如指爲月神之有根矣。

（参）按徐文靖《管城碩記》以《雲中君》爲雲夢澤之神，説頗新，對研究有啟發。其言曰“按《左傳》定四年‘楚子涉睢濟江入於雲中’。

杜注‘入雲夢澤中’。是雲中，一楚之巨藪也，《雲中君》猶《湘君》耳。《尚書》雲土夢作乂。《爾雅》楚有雲夢。相如《子虛賦》雲夢者，方九百里。《湘君》有祠，巨藪如雲中，可無祠乎？靈皇皇兮既降，猋遠舉兮雲中，亦猶《湘君》云“橫大江兮揚靈……”

湘君　湘夫人

按《湘君》、《湘夫人》蓋楚民俗獨奉之神也。楚都江湘沅澧之浦，南望洞庭之浩渺，北望漢水之縈迴。而大江如帶，在襟袂之間。沼澤溝洫，縱橫原隰，煙雨風雲之變既甚，奇詭不經之説寖多。地近卑濕，巫風遍在其地，初民崇祠，宜多男女匹偶之事。故漢女解佩於交甫，高唐託夢於襄王，千古流傳，人所艷稱。然祠祀不取漢臬之女、巫山之神，而獨崇湘水之神者，此亦有説也。湘水北承洞庭，爲南楚最富之區，北間大江，亦種性最純之域，巫風祝嘏，當早已鑫午於大湖南浦。然楚山川之大者，水宜爲川，何以大祭而不及川？蓋湘君、湘夫人者，楚民所普遍崇奉之神，而又最適宜於巫風鼓舞之情者也。頌男女之癡情，傷夫婦之離別，故初民所最熱戀之事。且湘水南與蒼梧九嶷相接，自戰國以來，舜死蒼梧，二妃死湘水之説，已傳流至廣；哀艷之情，最足以感人情緒，舜撫三苗之威，遺説當在民間。則哀艷之事，乃出自畏服之人，於是而附益推蕩，蔚爲人所崇示，蓋有由來。則湘君、湘夫人者，亦非爲楚之山川之神，實乃楚人崇之如天者也（略近周人之崇祀姜嫄）。故原以不得志君國，見讒於女嬃，思欲遠游以自適，所就以爲申訴其哀者，不於楚之先祖，不於屈姓之先祖，不於古聖王任何一人如堯如禹，而獨就重華以陳者，此亦必非文人任意招來之人；故自沅湘南征，就以求之，其憬憧於舜，以舜爲可告訴求其申雪之人，則屈子蓋亦本之其民俗傳説而立言。意謂求之於吾族共戴之神，以己之忠耿上達於天聽之意乎？其陳詞既竟，乃發於蒼梧，九嶷拜迎，則屈子南望蒼梧九嶷之情，正亦楚國全民之所共。《涉江》亦云“吾與重華遊兮瑤之圃”，何爲而與重華遊？其意象亦與《離騷》同也。蓋舜遠征三苗，固曾南巡，及後陟方乃死，孔安國（《尚書孔傳》）韋昭（《國語‧魯語》）及《檀弓》、《淮南》皆言舜葬蒼梧之野。《山海經‧海內南經》亦言“蒼梧之山，帝舜葬於陽，帝丹朱葬於陰”。又《大荒南經》云“赤水之東，蒼梧之野，舜與叔均之所葬”。又《海內經》言“南方蒼梧之丘，蒼梧之淵，其中有九嶷山，舜之所葬，在長沙零陵界中”。舜南巡死葬蒼梧之說，戰國時蓋已遍載諸家之書。此種傳說，不論其所根據之史實如何，其爲民間流行之故事則無可疑。而二妃死於湘江之說，附會尤多。此亦如後世孟姜女、祝英台之流矣。《山海經‧中山經》云“洞庭之山，帝之二女居之，是常遊於江淵”云云。即堯二女舜之妃也。此事雜見於劉向《列女傳》、《禮記‧檀弓》鄭玄注、《水經注》等蓋至多。而《史記》秦始皇問博士曰“湘君何神？”對曰“聞堯之女，舜之妻，而葬此”。則爲後世解《九歌》之所本。此事不見春秋以來儒家之書，至以啟學者之疑。然古事之不見於儒書，爲縉紳先生之所不言者多矣。此本民俗方域之說，有不能以學理論斷者。即如郭璞注《山海經》謂二女帝者之后，配靈神祇，無緣下降小水，而爲夫人。而顧炎武以謂文人附會，以資諧諷，瀆神慢聖云云。此固學人拘墟禮數之見，無與於民俗之是非也。且湘君之參差，即《堯典》之“簫韶九成，鳳凰來儀”。而湘夫人稱帝子，謂其爲堯帝之子（《尚書》凡稱帝者皆指堯言，詳余《尚書新證》）。亦可爲內證。

總之，舜爲南楚民俗中所至崇奉之人，又按《墨子‧非攻》下“昔者三苗大亂，天命殛之，有妖宵出，民乃大振，高陽乃命禹於玄宮”。《藝文類聚‧符命部》引《隨巢子》“天命夏禹於玄宮”。按禹在舜世，而墨子言高陽者，舜爲高陽六世孫也。屈子自頌爲高陽之苗裔，則祖高陽而宗舜矣。是舜且爲楚人之所崇祀者耶？而二妃死湘江之說，當爲民間傳說之一事。於是以舜當湘君，二妃當湘夫人，巫會歡祝，以爲崇祀，亦方俗演進常有之例。必以禮說會之，宜不能得其鰓理矣。湘君指舜，湘夫人指二妃言，以舜死蒼梧，二妃不從，別死於湘江，魂靈永決，故兩文皆以不得見或不得久聚爲言。其他見王逸注，洪興祖補，朱子《集注》，多有可采。茲不備錄之矣。

大司命　少司命

《周禮·大宗伯》“以槱燎祀司中、司命”。《疏》引《星傳》云“三台上台司命爲太尉，又文昌宮第四亦曰司命，故稱兩司命”。《漢書·郊祀志》“荆巫有司命，説者曰文昌第四星也”。五臣云“司命星名，主知生死，輔天行化，誅惡護善也”。《莊子·至樂》亦言“使司命復生子形，爲子骨肉肌膚”，則司命固亦南楚之所流傳也。

《祭法》鄭氏注曰“司命主督察三命”，故《九歌·大司命》曰“紛總總兮九州，何壽夭兮在予”，謂此也。此惟天子得祀之。楚祀大司命，僭也。少司命者，甘氏曰“司命二星，在虛北”，又曰“司命繼嗣，移正朔”，故《九歌·少司命》曰夫人自有兮美子，又曰聳長劍兮擁幼艾，謂此也。此則楚所舊祀者，先代之制，不得而棄之。故雖僭祀太司命，又兼祀少司命也。《周禮·肆師》曰“立大祀，用玉帛牲牷；立小祀，用牲”。鄭司農曰“小祀，司命以下”。則從司命以上者，得用玉帛牲牷，其爲大祀，稱太可知矣。若文昌四星，亦爲司命，黃帝占曰主賞功進賢。則此乃主司王命，非主壽命者也。（用徐文靖《管城碩記》卷十四舊注。）

東君

《漢書·郊祀志》“晋巫祀五帝、東君、雲中君”云云。《廣雅》“朱明、耀靈東君日也”。東君之爲日神，蓋漢師舊説。按《周禮》云“大宗伯以實柴祀日月星辰”，則日月古載祀典甚明。《儀禮·覲禮》云“天子乘龍，載大旂，象日月，升龍降龍，出拜日於東門之外，反祀方明，禮日於南門外”。《禮記·玉藻》云“天子玉藻十有二旒，前後邃延，龍卷以祭，玄端朝日於東門外”。則祭日必於東方行之，蓋日出於東，故迎日於東，而其神亦曰東君矣。東君，猶後世東王之意云耳。按

《覲禮》拜日東門云云，鄭注引《朝事儀》曰“天子冕而執鎮圭，帥諸侯而朝日於東郊，所以敬尊之也”。蓋皆楚之習也。

河伯

河神也。《春秋左氏傳》“楚昭王有疾，卜曰，河爲祟。王曰，三代命祀，祭不越望。江漢睢漳，楚之望也。不穀雖不德，河非所獲罪也”。孔子許爲知天道。是春秋楚不祀河。然《吕覽》言“楚之衰也，作爲巫音”。（見《侈樂篇》）而《新論》謂“靈王務鬼信巫”。谷永謂懷王隆祭祀，事鬼，欲以獲福，助攻秦師，則楚宫庭巫風之盛，概可想見。然民間之祀，本於俗之好惡，宫庭之祀，又多本之民俗，故亦不必問楚境之是否北及於河也。餘詳洪補。《莊子·秋水篇》侈言河伯。《外物篇》“宋元君夢清江使河伯之所”。則南楚傳河伯之事最豐盛，不得以不祀河爲説（詳《秋水篇》）。

山鬼

《莊子》曰“山有夔”。《淮南子》曰“山出嘄陽”。然以本篇細繹之，則山鬼乃女神。而其所言，則思念公子靈修之事。靈修者，楚人以稱其大君之謂也，則山鬼豈亦襄王所夢巫山女神也耶？《高唐賦》託之於夢，此則託之於祠，故高唐可極言男女匹合之事，而此則但歌相思之意，則山鬼爲神女之莊嚴面，而神女爲文士筆底之山鬼浪漫面矣。姑説之以待世之好楚辭者。

附録

太炎説鬼曰余以爲鬼，頭既有形，初造字時，必不謂死者之靈，以聲求之。鬼與夔正相似。《説文》“夔即魖也。魖耗鬼也……”以耗鬼爲夔，則鬼爲生物可知。《魯語》“木石之怪夔罔兩”。韋解“或云夔一足，越人謂之山繅，富陽有之。人面，猿身，能言；罔兩山精，效人聲，而迷惑人"。若然，夔面似人，其身似猴，亦猴之屬，其能言，與狌狌相似也。禺頭似鬼，正謂與夔同，夔與罔兩同類，能迷惑人，故從厶。《史記·秦始皇本紀》"山鬼固不過知一歲也"。《楚辭》有《山鬼》篇，素未知山鬼何物，讀杜甫有懷鄭戴司戶詩，言"山鬼獨一脚"，乃知山鬼即夔，杜詩蓋猶見古訓。《楚辭》山鬼，窈窕慕人，含睇宜笑，正罔兩迷惑人等……山繅爲物，今貴州、四川有之。聲如小兒，足跡似人，民呼爲小神子，畏憚焉，試所謂木石之怪者。古謂夔一足，或如鶴有兩脛，常縮其一，非真一足也。更以《説文·鬼部》證之。彪爲老精物。……魃爲鬼服，彪固生物，是以有毛，魃之爲鬼服，則《楚辭》所謂帶薜荔、衱女蘿者，非死者之霝甚明。凡人年老，則智勝而黠，物亦如之，老精物者，蓋非生而能然。

國殤

戴震曰殤之義二，男女未冠笄而死者，謂之殤；在外而死者，謂之殤。殤之言傷也。國殤，死國事，所以別於二者之殤也。歌此以弔之，通篇直賦其事。

禮魂

禮，一作礼。寅按。禮古作礼，與礼形近。以全詩詞義觀之，蓋九祀既畢，合諸巫而樂舞，蓋樂中之合奏也。故以千古崇祀不絶之義，以總告諸神靈之前。蓋魂者氣之神也，即神靈之本名，故以之概九神也。按此《九歌》最後之大合樂。蓋總概《東君》、《雲中君》、《湘君》、《湘夫人》、《大司命》、《少司命》、《河伯》、《山鬼》、《國殤》，九祀作最後之總結。篇首《東皇太一》爲迎神曲，與此相合，有叙有結，蔚成套數，故曰九歌也。此合樂略與詩詞中之《亂辭》相似，大套曲子之亂爾，此故東皇太一主神不入場，而此則但空言 "長無絕兮終古" 而已。其組織極爲周恰。

天問

《天問》爲屈子之作。自史公以來無異詞。羅泌《路史》而後，代有非難。然唐虚之言，亦無顯證。與其過而疑之，何如存而不論。況於屈子之思理、學術、文學之衍化歷程，顯有可指之處。妄信古固失之誣，而妄疑古不更失之妄且陋哉！《天問》全文，以四字句爲主，似荀子《成相》、《雜篇》之屬，及相斯石刻；而文亦極静穆樸質，蓋非漢以後人所得贗也！

按此篇所論，皆舉上世傳説中之怪事、大事、天地萬象之理，造化變遷之象，存亡興廢之端，賢凶善惡之報，神奇鬼怪之説，妖妄不經之談，一一欲明其所以，探其因果，明天理之昭著，此蓋屈子學説之粹集。然而以惝恍迷離之文爲之者，此屈子之不爲諸子，而爲文學家之本色也。當屈子之世，謖下諸子彭蒙、田駢、宋鈃、尹文、慎到、環淵、真季、王斗、鄒衍之學盛於齊，按鄒衍、鄒奭依時代斷之，約遲于屈子四十至五十年間，則談天雕龍之説，久已前于二鄒子，考之載籍，則 "天論" 之説以南楚爲最盛，莊子最善之，其次則墨子亦有《天志》。屈子略後于莊子，而所言實較莊墨爲具體，而二鄒之説，又具體于屈子。則齊魯説天或且本之南楚，亦不可知。惜古説多已佚，今惟二鄒之説尚存于《史記·封禪書》，外此，則《天問》當爲重點資料矣惠施、莊周之論盛於宋、楚，皆鑿空道古，騖爲閎衍。屈子兩使於齊，身爲楚人，則齊人迂怪之説，惠莊漫衍之辭，林林總總，所聞必多。故《天問》所陳，蓋皆當日諸家競説之事，而按之以實，則所陳事理、天道、性命爲孔子之所不言，而三代史實，復遠於鄒魯之儒與墨翟之説。蓋屈子所陳非齊魯所習聞，與《老》、《莊》、《山經》相近，與三晉之《竹書》、《韓非》、《吕覽》等書，同爲古史之一系，故不與儒墨之言應也。

然觀其斷治評騭之言，則多明善惡、天道之義。於迂怪之説，復多所疑慮。而禮文之優，鄒魯爲最，儒家義理更切近人事，其維護古民族家族之封建宗法學說與當時統治者之所寄望，正復相似。屈子身世，固易接受此等學說者也。故嗜好與孔丘同。則此等亂神之説，迂怪之傳，所謂言不雅馴者，屈子蓋有整齊百家，是正雜説之意焉。王逸以爲呵問楚王廟堂之畫，固不必可信，後世疑譌之言，亦不考之甚者矣。

按古宗廟有壁畫之事，除《文選》所載外，亦見於金文銘辭中。《矢𣪘》銘云“武王成王伐商圖，遂省東國圖”。郭沫若氏云“此兩圖字當是圖繪之圖，古代廟堂，每有壁畫，此所圖内容，爲武王成王二代伐商，並省其國時事”。又徐同柏《從古堂鐘鼎款識》元專鼎或釋許惠鼎。銘云“唯九月既望甲戌，王格於周廟，□于圖室”。徐氏云“圖室即太室，謂之圖者，圖像也”。則不僅有圖，且直以圖稱矣。又壁畫至戰國已大盛。近世考古發掘出土者至多，此不必詳説。漢代尤盛，王延壽《魯靈光殿賦》云“圖畫天地，品類群生，雜物奇怪，山神海靈，寫載其狀，托之丹青，千變萬化，事各繆形，隨色象類，曲得其情，上紀開闢，邃古之初，五龍比翼，人皇九頭，伏羲鱗身，女媧蛇軀，鴻荒樸略，厥狀睢盱，焕炳可觀，黄帝唐虞，軒冕以庸，衣裳有殊，上及三后，媱妃亂主。忠臣孝子，烈士貞女，賢愚成敗，靡不載叙，惡以誡世，善以示後”云云。其言與《天問》一篇所陳事跡，所言大義，若合符節。延壽乃師叔子，則秉承父學而爲之，未必即魯殿真像，則叔師呵壁之説，亦有不可廢者。然《天問》除天地日月山川靈異諸問外，其涉及人事者，多有現實意義。必非依客觀事象而爲之，必有其主觀上之選釋，且先後次序自天地自然至三代史實而以楚之賢愚君臣爲結，則自有作者，自己之思想結構在其中，不得純以呵壁之客觀現象爲主而置此主觀現象於不顧也。

然天問一詞究何以稱，王逸以爲天尊不可問，故曰天問，洪興祖、陳本禮、屈復諸人，皆及此義而引之，其實皆未安。天字本義，漢以前人不盡以指蒼蒼者，且天體、天性亦屈子問中之一，則更不當如王説。考古書命篇之義，春秋以來多舉文中首字以標題。如《詩》如《論語》

皆是。蓋篇之義未甚顯，而卷不能不分，則題標首言，正所以顯其爲卷之義而已。至戰國乃有總結一篇含義，而爲總結性之篇題者，如莊子之《逍遥》、《齊物》，墨翟之《非攻》、《尚賢》，此事大致爲南人命篇之創造性方法，墨子前於孟子，而孟子書仍以首言命篇可爲證《天問》非放言抒情之作，其事至零雜，故屈子仍用古例，以篇首所陳之事，皆天體、天象、天德之類。離騷、九歌、九章、卜居、遠遊則爲總結性之題，亦即爲南楚民習之表現可自此見之。又不僅此也。考《天問》全篇涉及怪迂者，多僻斥之問，言及人事者，多以天道、天命爲説。則天字固亦可貫全文矣。

　　按卜辭，天字作吴、天、禿；孟鼎作夫，下像人，上爲載於人顛頂之上者，圖其形貌，言人之頂也；略本章太炎（炳麟）王靜安（國維）兩師説，別詳余所著《文字檏識》一書。《吕覽·大樂》、《侈樂》、《本生》諸篇尚用人頂之義；《易·睽》六三“其人天且劓”，則以名詞作動詞用。故天爲鑿頂之刑，天聲與端、題、顛、頂，皆得相轉，聲爲同族，故義得相因。此亦天作顛頂之義之一證。引申之則高遠於人者，皆可曰天，充其極乃爲蒼蒼者。更引申之則一切高遠神異不可知之事，及歸之於蒼蒼者之事，皆得謂之天矣。故自然之音，謂之天籟，莊子《齊物論》。自然之分，謂之天倪，同上日月星辰，謂之天宗，《禮記·月令》。衆妙之門，謂之天門，莊子《庚桑楚》。不離於宗謂之天人，莊子《天下篇》。詩言父母，則呼天只，《栢舟》孟言君王則稱天蹶。《孟子·離婁》、蓋本《詩》、《大雅》“天之方蹶”注。《爾雅·釋詁》亦曰“天君也”。於是而無爲爲之謂之天，《莊子·天地》、《在宥》兩篇。任其自然謂天，《莊子·在宥》“廣成子謂之天矣”。《馬蹄》“命曰天放”。《天道》“先明天而道德次之”。《大宗師》“知天之所爲者天而生也”。又“庸詎知吾所謂天者謂天之非人乎”。諸天字皆是也至高謂之天。《荀子·儒效》知其所以成，莫知其無形謂之天。《荀子·天論》萬物父母謂之天。《莊子·達生》一切不可知之事皆歸之於天。故天者神也。《鶡冠子》、《春秋繁露·郊祭篇》、《爾雅·釋文》引《禮統》。神明之所根也。《鶡冠子·泰鴻》萬物之統理，《周禮》、《莊子·齊物論》郭注。是一切遠於人、高於人、古於人之事，皆得稱之。《天問》所舉之事，皆與此相合。“皇天集命”、“天命反側”，又《天問》

評騭之一最高標準，則以天字命篇，於義無可損益者矣。故得統稱之曰天也。且《墨子》已言天志，此爲《天問》之最好考證資料。《莊子》四天《天運》、《天道》、《天地》、《天下》四篇也。且以古今學說，統之以《天下》，則談天本南土特有之學風，屈子正承此遺風者也。又天與元古又一字正形與側形之別，元本義亦訓首，引申爲始爲本，則天問者又窮本始之義歟？詳余所著《文字樸識》釋元、釋天諸文。《易·繫辭》言"法象莫大乎天地"。《天問》之義，其與此類乎？蓋問一切法象耳。則此所謂天，大約與《老》、《莊》之道字，《易》之易字相彷彿。問者，戴震云"難也。天地之大，有非恒情所能測者，設難以疑之"，則舉高古之事而問難之，亦猶《莊子》所謂"明於天地之德者謂之大本大宗"之義歟？更就《天問》一篇所涉及之人世而言，則人事得失，似皆以天理之昭著以明之。故舉天之不測不爽者以問憬不畏明之庸主具臣，而其要則以有道則興，無道則喪，黷武忌諫，耽樂淫色，疑賢信奸。爲廢興存亡之本云，亦猶墨子之《天志》云耳。

《天問》一篇與《莊子》之《天運篇》極相似，特文之簡妙不若莊子，而立場亦大殊，其中重要之言可以比附者當於《天問》，文中指明之，而其大要在篇首一段，直是《天問》之原則性總結。其言曰"天其運乎？地其處乎？日月其爭於所乎？孰主張是？孰綱維是？孰居無事，推而行是？意者有機緘而不得已邪？意者其運轉而不能自止邪……巫咸祒曰'……天有六極五常，帝王順之則治，逆之則凶。九洛之事，治成德備，監照下土，天下載之，此之謂上皇……帝乃下奏之以人，徵之以天，行之以禮義，建之以太清；夫至樂者先應之以人事，順之以天理，行之以五德，應之以自然，然後調理四時，太和萬物，四時迭起，萬物循生，一盛一衰，文武備經……是故鬼神守其幽，日月星辰行其紀'"。其論人事者，莫備於師金告顏子一段，其言曰"今而夫子，亦取先王已陳芻狗，聚弟子，遊居寢臥，其下故伐樹於宋，削迹於衛，窮於商周，非其夢邪……"、"故夫三皇五帝之禮義法度，不矜於同而矜於治……"、"故禮義法度者，應時而變者也……"又孔子見老聃一段有云"孔子曰

‘吾求之度，五年而未得……吾求之於陰陽，十有二年而未得’”。子貢見老聃一段云“老聃曰黃帝之治天下，使民心一……堯之治天下，使民心親……舜之治天下，使民心競……禹之治天下，使民心變”。莊子之言，蠤午旁出，恢詭譎怪，莫得涯涘，與屈子雖迥然不同，而其對象爲同一事理。則固可以相成也。請於《天問》全文中徵之。

遠遊

《遠遊》爲屈子之作，自王逸以來無異辭，至近人始疑之。廖平先生始以爲“與相如《大人賦》如出一手，大同小異”。然未即指爲司馬作也。然《遠遊》之可疑者三事，廖君一事外，則神仙真人之思，與屈子他文不類，一也；詞句多襲《離騷》、《九章》，二也。夫詞句類《大人賦》，則相如本楚辭，而又自附於儒流，儒者不言怪力亂神，而尤恥道神仙，然投時主之所好，巧趨便辟，易神仙爲大人，正足以明司馬之盜襲《遠遊》，而調停於時主與道統之間，侈陳怪異，上以取容，下不至開罪於儒門。使《遠遊》而盜襲《大人賦》，則何所取義而云然！此不待辨而可明者也。且《大人賦》於極言神仙而後承之曰“必長生若此而不死兮，雖濟萬世不足以喜”云云，則顯以長生爲不足求，此所謂諫一而諷百者也，與《遠遊》義遠矣（《大人賦》實《莊子·大宗師》與《遠遊篇》之合流，大人之名，亦即本於大宗師也。此更非淺人所能知）。至淺人以《遠遊》多襲用《離騷》、《九歌》。一人先後之作，中有因襲，此自古而然；後世如李、杜、元、白，其集中亦往往見意義相同，境界相仍之詩；即以《詩經》而論，句語之相同者，又豈在少數？則將認李杜有竄亂，《三百篇》有譌作乎？故此勘文句，以定篇章之是否者，淺妄之説，非可語於學術之源流者也。至有指遠遊神仙真人之説，與屈子他文不類，或進而以爲非屈子所有之思想者，初似允當，即考之實際，則亦一孔之見，不足語於學術之方如故也。兹請得略説之。

按《遠遊》所傳，蓋涉三事，思想則雜道與陰陽；趣向則近神仙隱

逸；指陳則備天文。夫三事者，正屈子本之世習，染之時好者也。楚本
重黎之後，自吳回復居火正，爲祝融，生陸終，終子六人，季連芈姓，
實爲楚先。重黎者，世掌天官，《尚書·堯典》及《史記·曆書》。以至於夏
商。重黎之後，曰羲和，實爲陰陽家者流之所從出；敬順昊天，曆象日
月星辰，以授民時。《漢書·藝文志》。屈子者，高陽之後，《離騷》亦重黎
羲和之後矣。楚自文王之後，國勢寖盛；設官分職，亦益周詳。掌政掌
教之職分而益顯，則屈姓或且世主天官之職矣。屈子爲左徒，即其世傳
"莫敖"一名之雅化；莫敖蓋即宗官之長，而兼識天文者也。古天官宗
官，亦史之所職，史公亦云"司馬氏爲重黎之後，世典周史"。又"世掌天官不治
民"。既主史兼主天官，史佚亦傳天數。蔡墨晋太史，亦述五官五祀，漢志陰陽家有宋
司星子韋子韋乃宋景公史官。詳余《古史考》。故屈子多識於前言往行，博聞强
記，明於治亂，嫻於辭令。則屈子深於陰陽天文者矣。別詳《天問》屈子
兩使於齊，正當稷下辨説最盛時期，則談天雕龍，大小九州，終始五德，
迂怪機祥，凡諸天文地象陰陽之説，所習聞於諸子方士者，必多且巨；
與其所世傳之學，必且相調和，相融會，此屈子陰陽天文思想之由來也。
《遠遊》稱虛靜、自然、壹氣、虛待、無爲之先，純爲五千言中語；而
餐六氣、含朝霞、保神明之清澄，入精氣而出麤穢，即莊子道引之士，
彭祖壽考者之好；吹呴呼吸，吐故入新之説。前者道家論道之精意，後
者隱遁仙去之奇説。蓋老聃、莊周，皆屈子鄉人；而雲夢煙雲，足以助
人神思，想入緬邈者，則屈子習聞鄉人之説，而又生值民神雜糅之鄉；
道家云出于史官，蓋參天地之化，而得自然運行之道者也（天文）。屈子本楚之主宗教
（一宗之教也）與邦史之世家，以今語説之，即族巫與邦史之主持者，此與陰陽術數天
文皆通，而道家實推此諸理而續其精英者也。故以理推之屈子實與道家最能接近，則
《遠遊》飽含道家思想，其實極其自然而正常也（《遠遊》襲《莊子·大宗師》處最多，
屈子蓋亦讀南華矣。以余所考，莊子蓋長於屈子二十歲以上）。即以漢以後之情實而論，
則承襲屈賦之詞賦家，多雜道德方士之義，亦本于此一義，非必皆依倣屈子也。此義至
繁，非短章所能盡，願俟他日更爲詳説之。則《遠遊》有道家方士之思，情實
順遂，兩無扞格者也。至神仙之思，則最了之義，爲長生久視之術；此
本戰代所最流行之一事。燕齊以求仙方而延年爲主（詳《管子·內業》、

《晏子春秋·内篇》），而楚南以養氣而外生死爲宗（詳《莊子·列子》），故燕齊多方士，而楚南多隱逸；然兩派雖各有勝義，各有宗主，而達生則一也。燕齊仙方之説，即秦始皇仙真人一流故事之所由，其爲屈子所因依者少；而導引養氣之義，始於南楚，且即與莊周、列禦爲之宗，與屈子近在咫尺；以一巫史兼任，又深習道家方士之説之屈子，於君國不可保，治道不能用，求死不忍之時，則發爲外生死之思，以常人入世之思想而論，此謂獨善其身，與儒言並不相背；以宗子賢臣而論，此爲自救救人之一途，與宗巫史官之立義亦不背。《遠遊》有此思想，其實蓋亦極其自然者也。近世爲學挶陋，未能融通四會，專固守殘，任用己私，未能爲三古學人條理終始，解析微眇，紛紛然以皮相尚論古人。古人雖已死而無以爲質，固不任其咎也，余故不惜費詞而爲之説。其他具詳篇中。女兒昆武論《遠遊》思想有特見，爲所推闡云。

九章

《漢書·揚雄傳》叙雄作《反騷》、《廣騷》後，繼之曰"又旁《惜誦》以下至《懷沙》一卷，名曰畔牢愁"。雄好擬古，而摹原作爲尤悢切。《九歌》爲典祀樂章，不可摹。而《九章》則《思美人》以下四篇，獨闕而不具：遂以啟洪興祖《思美人》、《惜往日》、《橘頌》、《悲回風》四篇非屈子所作之疑。其説似矣，曾國藩謂《惜往日》多俗句；吳汝綸以《悲回風》爲弔屈原者之作。至於近世，疑者益紛紛矣。然周秦典籍，作者本自不一人。墨翟之書，有儒者之言；莊周之作，雜方士之説；即至寶典如《論語》，鉅子如孟軻、韓非，其書亦不能醇一。蓋同此一家之説，皆可納之宗主堂廡之中，竟被主名，先秦典籍之例也。《九章》即不盡爲屈子之作，亦嫡庶衆子之從其宗者，其去屈子必不遠。考古之事，既不能有極積顯證以確定其時代主人，但當存故説，以待真智，固無取於多所更張也。曾、吳以文氣定《九章》臧否，其言雖若可信；然一人之作，剛柔美惡，固亦難衡。即以文之馬、班、韓、柳，詩之陶、謝、李、杜論，豈篇篇同調，句句不違者哉？賢者固無所不能，亦無所不可。則推敲文辭，以定一人之作者，史家所當慎擇之術也。即就子雲所擬五篇而論，設欲全翻舊案，指爲非屈子之作，亦非無術。然而歷世學人信之不疑者，其實與《思美人》以下四篇，同不返信王逸之叙論而已。叙論所本，疑不出向、歆叙録。向、歆以前之的然有據者，不過史公原傳。原傳所載，亦不過《懷沙》、《哀郢》。世人又何以不爲前五篇作正面論證，實指其必爲原之作者乎？吾人設必守其私學，執其我見，而以某種作用讀屈子作品，如康有爲之必指六經爲向、歆篡亂僞造者然，則廖平固不妨以其經今文説攝戰國秦漢一切學術之方法見解，以謂《離騷》、《遠遊》爲仙真人詩矣，則此蓋當別論者也。不然，吾人實不可輕易割裂古人，任意定其是非，推其極至，則竝屈子而疑之矣。曾、吳文人，凡文人之見，論魏晋以下多中程，論漢魏以上幾荒渺不足以言矣。則此又宜本蓋闕之義焉可耳？

屈賦之以九名者，凡兩篇，《九歌》、《九章》是也。《九歌》者，蓋爲一整套之大曲借用元曲名不可或少。前有金奏升歌，後有合樂，其實則爲十一章。《九章》者輯九篇了不相關之文存於一卷之中。《楚辭》之以數名者，除《九歌》外，如《九懷》、《九思》、《九嘆》、《七諫》等，皆相聯如貫珠，不可或缺。而《九章》則章自爲篇，篇自爲義，且多各有亂詞，如大曲中之合奏。《説文》訓樂竟爲一章。《九章》蓋即九首樂章，而非一大曲之九段也。然則《九章》必不爲屈子原題，必爲後之輯録者之所加無疑。

且《九章》之名，亦不見於劉向以前人著作之中。劉向《九歎》云"歎《離騷》以揚意兮，猶未殫於《九章》"。（爲西漢人著作中最早見九章之名之文也。）《史記》稱《哀郢》、《懷沙》。揚雄擬《惜誦》以下五篇，亦不以《惜誦》以下九篇爲《九章》。則輯《九章》者，豈即向、歆父子乎？雖然，王褒爲《九懷》以追愍屈原，東方爲《七諫》以昭其忠信；其所擬象者，自體貌以至文心，莫不本於《九章》。（《七諫》、《哀時命》、《九懷》襲用《九章》中語句者至多，此亦一佳證也。）《九章》久已爲西漢文人取則之典型，則稱引用《懷沙》諸小題者，亦如墨子之引《虞夏書》、《周書》，他家之引《堯典》、《湯誓》，不得因不見《尚書》之名，遂謂典謨訓誥之不在《尚書》也。以此例之，則《九章》名雖未存，而實已久定矣。

然則輯録而名定之者爲誰？雖不可確考，而其必後於屈原而前於王褒、劉向之徒。當景武之前，諸貴盛在朝，能爲楚辭者，有賈誼、劉安、枚乘、鄒陽、司馬相如、朱買臣、嚴助；而漢廷樂府，亦多楚聲（當時賈誼、劉安實爲楚辭大家，誼所爲《惜誓》，儼同《九章》，鵩鳥則方物卜居，安爲《離騷》傳，文辭美備）；度當時傳屈子之作者，必甚多。則輯《惜誦》等篇爲一卷者，雖不必即賈、劉、司馬、朱、嚴之徒，而亦必爲不甚遠之專家爲之。淮南王聚天下文學之士，大爲專書；又曾受詔爲《離騷傳》；且朝受詔而食時上，自必早有輯定之本，故能迅捷至此。安後雖不得其死，而其侍從文學之士，亦多在朝者，則《九章》之輯，蓋必成於淮南幕府無疑。以其上於天子，中祕有其藏本；子雲得觀書中祕，其擬作前五篇，亦即本於安所定之次耶？此非余固爲驚人之說，靜言思之，自能認余說之不可易。至劉向校書中祕，乃集諸爲《楚辭》者，定爲十六卷，王逸更附己所爲《九思》爲十七卷，明定《九章》爲一卷。東漢以來，遂多稱引《九章》者矣。

惜誦

王逸曰“此章言己以忠信事君，可質於明神。而爲讒邪所蔽，進退不可，惟博采衆善以自處而已”。寅按本篇大義，略與《離騷》相近。然無《離騷》傷老歎逝自絶於國之詞，而猶有冀望切盼之思。故其情切激，其氣憤勃，曲盡作忠造怨遭讒畏罪之意。其三十歲初放時之作與，又《九章》各篇，皆就文義立題，不作泛設。此以篇首首句二字命名，貌雖同於三百，而旨實切乎文蘊，與莊生之《逍遥》、《齊物》，荀子之《解蔽》、《正名》，同一體例也。《九章》各篇，作於何時？說者至爲紛綜。以余所考，武進蔣驥所定略爲得實，其言曰“《惜誦》、《抽思》、《思美人》，與《騷經》皆作於懷王時，其立言與《哀郢》、《涉江》以下六篇絕異。《騷經》之言曰‘余焉能忍而與此終古’。《惜誦》曰‘願陳志而無路’。《抽思》曰‘願自申而不得’。《思美人》曰‘願及日之未暮’。所謂不忘欲返者，其志甚奢。《騷經》之言君曰‘傷靈修之數化’。《惜誦》曰‘待明君其知之’。《抽思》曰‘矯以遺夫美人’。《思美人》曰‘思美人兮，擥涕而竚眙’。所謂冀君一悟者，其望甚厚。《哀郢》以下，於君素無故舊之思，於己漸絕進取之望，惟《哀郢》尚拳拳思返，然亦只欲歸死故鄉耳。《涉江》則寧重昏終身；《懷沙》則決計一死矣；《悲回風》欲死而未忍遽死；《惜往日》則畢辭而死矣。此兩朝辭旨異同之大概也”。

涉江

此章言自陵陽渡江而入洞庭，過枉陼辰陽入漵浦而止焉。蓋紀其行也。發軔爲濟江，故題曰涉江也。此蓋放於江南時所作，作於《哀郢》自故都東亹而後。蓋復自陵陽遡江而西，往來於江南之時也。文義皆極明白，路徑尤爲明晰。惟錯簡譌字，較《九章》各篇爲最多，蓋不易聯理者矣。

哀郢

此篇蓋放逐江南止於陵陽九年後，追思初放時情事而作也。自懷王入秦不反，頃襄王立，子蘭爲令尹，上官大夫等當國，妬賢害能，蔑先王優容之意，屈子遂見放流。然屈子於頃襄本不必有君臣之義，於楚國則仍有宗邦故園之情。故《哀郢》寄情，惟止於國家民族，無《離騷》“皇輿敗績”之懼。夫頃襄之世，楚益衰弱則江南九年，天不純命，夏丘門蕪，宜不堪問。州土平樂，江介遺風，眇不可追。故追思初放流亡情事，震愆離散，宛然在目。宗邦之危如此，而己有濟世之才，匡時之情，乃九年不反，料己不復能歸，則《哀郢》自哀，殊不可辨矣。

王而農以爲《哀郢》之作，當在"頃襄二十一年，白起入郢"。恐不足信。白起既入郢，則經鄂陼而江湘，發枉陼，宿辰陽，至溆浦，到長沙，而死於汨羅。此時之洞庭、五渚、江南早已淪陷，原何以能南行無阻？且頃襄二十三年曾收兵十五萬，反擊秦兵，拔十五邑，何以原不往前綫，而反自沈，與其一生行誼皆不相合。且文中所舉，在哀京城之荒亂，百姓之震愆，並無國亡家敗之情，則郢都之哀，疑別有因。余疑莊蹻暴楚，正在此時。則仲春東遷，實指莊蹻之事言也。

抽思

此篇以篇中少歌首句二字爲名，蓋原懷王時斥居漢北之作也。古今説其篇義者，蔣驥最得真義，其言曰"史載原至江濱，在頃襄之世。而懷王之放流，其地不詳。今觀此篇，曰來集漢北；又其逝郢曰，南指月與列星；則漢北爲所遷地無疑。黃昏爲期之語，與《騷經》相應，明指在左徒時言，其非頃襄時作，又可知矣。原於懷王，受知有素，其來漢北，或亦謫宦於斯，非頃襄棄逐江南比。故前陳辭以遺美人，終以無媒而憂誰告，蓋君恩未遠，猶有拳拳自媚之意。而於所陳耿著之辭，不憚亹亹述之，則猶幸其念舊而一悟也。視《涉江》、《哀郢》、《惜往日》、《悲回風》諸篇，立言大有逕庭矣"。

懷沙

蔣驥曰"《懷沙》之名，與《哀郢》、《涉江》同義。沙本地名，《遁甲經》沙土之祗，雲陽氏之墟。《路史》記雲陽氏、神農氏皆字於沙，即今長沙之地，汨羅所在也。曰懷沙者，蓋寓懷其地，欲往而就死焉耳。原嘗自陵陽涉江湘入辰溆，有終焉之志……然則奚不死於辰溆？

曰原將下著其志，而上悟其君，死而無聞，非其所也。長沙爲楚東南之會，去郢未遠，固與荒徼絶異，且熊繹始封，實在於此；原既放逐，不敢北越大江，而歸死先王故居，則亦首邱之意，所以惓惓有懷也。篇中首紀徂南之事，而要歸誓之以死。蓋原自是不復他往，而懷石沈淵之意，於斯而決。故史於原之死，特載之。若以懷沙爲懷石，失其旨矣。且辭氣視《涉江》、《哀郢》雖爲近死之音，然紆而未鬱，直而未激，猶當在《悲回風》、《惜往日》之前，豈可遽以爲絶筆與？"寅按，蔣説大致可信；而以沙爲長沙，尤爲特見。定此篇寫作時期在《涉江》、《哀郢》之後，《悲回風》、《惜往日》之前，亦允當不可易。此章言己雖放逐，不以窮困易其行。小人蔽賢，群起而攻之。舉世之人，無知我者，思古人而不得見，伏即死義而已！

思美人

此以篇首一句爲題，言己思念其君，不能自達，然反觀初志，不可變易，益自修飾而已。大旨承《抽思》立説。《抽思》始欲陳詞美人，終曰"斯言誰告"；此篇始言"舒情莫達"，終則益自修飾；兩篇皆作於懷王時，與《離騷》大旨相近。三篇參看，意義自顯。然此篇脱誤至多，不易轇理。因以啟後世之疑，有由來也。

惜往日

以篇首三字爲題。言己初見信任，楚幾於治。而懷王不知君子小人之情，以忠爲邪，以譖爲信，貞臣無辜，遂以見逐。然楚君昏暗，任私無法，而秦方朝夕以謀東略，則國亡無日，義恐再辱，遂欲赴淵。又懼無益君國，徒死無用，遂剴切以陳，思以牖啟昏暗。然法度己斁，罔可救藥，故畢辭赴淵以成其忠愛之忱矣！蔣驥曰"《惜往日》蓋靈均絶筆與？夫欲生悟其君不得，卒以死悟之，此世所謂孤注也。默默而死，不如其已，故大聲疾呼，直指讒臣蔽君之罪，深著背法敗亡之禍。危辭以撼之，庶幾無弗悟也。苟可以悟其主者，死輕於鴻毛。故略子推之死，而詳文君之悟，不勝死後餘望焉。《九章》惟此篇辭最淺易，非徒垂死之言，不暇雕飾；亦欲庸君入目而易曉也。嗚呼！又孰知佯聾不聞也哉"。寅按，蔣氏於此篇，從屈子情志關合處言之，爲最得。

林雲銘於此篇文章結構，言之爲最允，其言曰"以明法度起頭，以背法度結尾，中間以無度兩字作前後針綫，此屈子將赴淵，合懷王頃襄兩朝而痛叙被放之非辜，讒諛之得志，全在法度上決人材之進退，國勢之安危，蓋貞臣用則法度明，貞臣疏則法度廢；及既廢之後，愈無以參互考驗而得貞讒之實，而君之蔽晦日深，雖有貞臣，必不能用，是君爲壅君，國非其國也"。

橘頌

美橘之有是德，故曰頌。頌者，容也。此就文之用而言。至其體實與《荀子》諸物賦不殊，蓋戰國南疆新興文體之一，荀卿、屈原皆優爲之。惟荀卿哲人，故諸賦無切身寄情之語。而屈原文家，故《橘頌》有興歎致美之辭。此其大殊也。自王逸以來，多以此篇比附屈子忠貞之德。文人有作，固可借物以寄其情，甚且融己以攝於物。然寄情之方至多，比附之術無限，必牽合一人一生行事之某某等類，恐多扞格不通之義，實成塗附不經之言。以後窺前，所宜慎擇，故兹但條理文義，使無疑滯。即有義理，但求通解，不敢穿鑿云。

悲回風

此以首句三字名篇。全章皆以思理迴惑，不知所釋爲主。而最爲縈惑者，則是非善惡，本不相容，而又實不能顯別。因而心傷，作爲傷心之詩。詩中描繪心思，出入內外遠近不同之情，上下左右前後之態，而仍不知所止，悲感與思理相挾持，而遂思入眇茫，從彭咸之所居。既至天上，忽又感煙雨之終不可永久浮遊上天，遂思追踪伯夷。即覩申徒之死而無益，又自迴惑不解，大體情辭悽苦，惶惑不安。然錯簡紛出，釋之不易。自來説者，少有愜當。余別構新解，不知勝舊説否也？

卜居

居謂自處之方。卜者借於龜蓍，以決疑也。屈子以博聞強識之才，而主持類於巫史之職，則出處本可自裁，而稽疑亦能自理，則卜之他人，豈尚有可説？此蓋與《離騷》之取決巫咸，同其用意，其謂不知所從，則憤激之辭耳。朱熹云"蓋原哀憫當世之人，習安邪佞，違背正直，故陽爲不知二者之是非可否，而將假蓍龜以決之，遂爲此詞，發其取舍之端，以警世俗。説者乃謂原實未能無疑於此，而始將問諸卜人，則亦誤矣"。最爲通説。

漁父

《漢書·地理志》"楚有江漢川澤山林之饒，食物常足，故呰窳媮生而亡積聚，飲食還給，不憂凍餓"。復有雲夢之縹渺，洞庭之浩瀚，於是多隱遁之士。大隱如李耳、莊周、鶡子、孔子遊楚所遇之狂接輿、長沮、桀溺，本《史記·孔子世家》。《荀子·堯問》之繒封人、《韓非·解老》之詹何、《吕覽·異寶》之江上老人、《韓詩外傳》之北郭先生，皆隱於山水市井之間者也。《漢書·藝文志》所列道家之蜎子、長盧子、老萊子、鶡冠子亦皆楚人。是楚地多隱君子。而所謂"漁父"，莊、列已多稱説。則屈子以特達之宗室，憔悴江邊，遇漁父而相爲問答，有所譏彈，較孔子之遇長、桀，尤近自然。而聖不凝滯之顯喻，實同鳳兮德衰之微諫。則當時必有其人，有其事，無可疑。是屈子之録《漁父》，亦等《論語》之載楚狂矣。且滄浪一歌，孟軻明言其爲滄浪孺子之歌，而漁父咏之，蓋亦歌當時民間流行之曲而已。使屈子專在寄意，則四語羌無故實，將何所取義於此耶？史公以入《原傳》，蓋得諸人之真矣。自洪興祖以爲"假設問答以寄意"云云之言出，而朱熹亦不能無疑；至近世崔述以庾信《枯樹賦》之稱桓大司馬，謝惠連《雪賦》之稱相如，因以定《卜居》、《漁父》之稱屈原爲假託成文。假託成文，固亦莊子寓言之例，而尤爲辭賦家之常事；然假託云者，亦當探作者用心之所在，非可以一例而推。果如崔說，則凡古人著書皆可疑，不幾無一可信之書也歟？即以本篇而論，漁父隱遁之士，以談言微中，高自標舉，爲楚南習見之事，如篇首之所陳；則屈原之有此文，於勢爲無間。篇中陳義，僅忠愛與隱逸相對之詞，果爲假託，則屈原身世遭遇之足以借《漁父》而發恢者，且十百千倍於此，何以不利用此一法，酣暢透闢，一寫政治之良窳，風習之義蔽，人世之屈申，治道之得失，而乃簡短如是，僅爲個人得失之悲乎？此亦無所用於假託矣！且三閭之名，僅見此文，依託假冒，乃至杜撰官爵，以欺後世，史公非可以譌託欺者也，何以尚錄之本傳？又滄浪之歌，明載《孟子》，其爲江漢民間流行之曲，能假爲《漁父》之文者，未必不讀《孟子》；而《漁父》之歌之可供採擇者亦至夥，託譌者乃不之採，而取孺子所歌，大義與上文了不相屬，又未必爲漁者至高之境界，此不爲當時直錄所歷，不計巧拙，亦將無以解於此疑。故崔氏所陳，蓋信筆牽惹，未考其實者矣。余皆不取焉。王逸曰"漁父者，屈原之所作也。屈原放逐在江湘之間，憂愁嘆吟，儀容變易，而漁父避世隱身，釣魚江濱，欣然自樂，時遇屈原川澤之域，怪而問之，遂相應答"云云。蓋得其彷彿矣！

九辯

宋玉所作賦篇名。王逸注《章句序》云"《九辯》者，楚大夫宋玉之所作也……宋玉者，屈原之弟子也。憫惜其師，忠而放逐，故作《九辯》以述其志"云云。《九辯》爲宋玉所作，古今無異說，惟九辯一語，亦見於屈原作品《離騷》與《天問》兩文中。《離騷》云"啟九辯與九歌兮,王子用失乎家闊",《天問》云"啟棘賓商,九辯九歌",兩語皆無動字,皆與史實乖異。已詳見"啟棘賓商"兩語,與"啟九辯"與"九歌"句兩條下。此兩"九辯",皆當爲"舞韶"或"九韶"之譌。九字作動詞用。外此,則《招魂》言伏羲有駕辯之曲。似古固有以辯爲篇題之傳説。然駕辯之説,古今亦無確解。王逸以爲"辯者變也,謂陳道德,以變説君也",此就詞文立説。則《九辯》猶九論九詞矣,與歌詩爲辯之義不協。至王而農乃以爲辯猶遍也。"詞一関謂一遍","凡樂之數,至九而盈。故黄鐘九寸,寸有九分,不具十者。樂至乎盈,盈而必反也,舜作韶而九成"。"故屈原《九歌》、《九章》皆倣此以爲度"云云。所説爲近。則《九辯》之篇,直宋玉所創爲。然古樂九成則九變,變而益晉。以照宋玉《九辯》之文,則又有可疑者,一則《九辯》爲篇十,而不爲九,《九歌》之合樂,奏終有篇章《禮魂》,而主歌則亦九也。玉文無此作用,一也。

二則《九辯》之文,重沓反復,不得爲漸晉漸退,則九篇直非一整套(関)樂章,故亦不得以"成"之義附之,細繹九篇之旨,皆傷老歎逝爲中心,而以悲秋爲主,故寫秋景、秋情,以抒其志。玉蓋善寫景者也,又不僅寫景,而亦依景以寄情之聖手(《風賦》亦同此義)。王向農注第一首"悲哉秋之爲氣也",四句云"人之有秋心,天之有秋氣,物之有秋容,合而懷人之情,悽愴不容已矣"。最爲明快。第二首言"悲憂窮戚兮獨處廓"。而第三首言"悲廩秋",第四首言"皇天保佚而秋霖",第六首言"霜露慘悽而交下,廖廓而無處",凡此諸篇,大體皆就秋氣秋色,契入其他各篇,大義亦不外是,而第五章寫屈子欲進欲退之情,來回展轉,寫屈子心情最爲深摯,詞雖似複,而義自相屬,與第一章同爲《九辯》寫景寫情之最高峰(第五篇至"馮鬱鬱其何極"止,此從古本)。最後一章言"賴皇天之厚德,還及君之無恙",則冀原之能放歸,義雖與上章重,而以此作結,正見其閔屈子之忱。其文沈雄鏗鏘,雖與屈子文風不似,而情意惘惘,固屈子最深知之門下士也。

招魂

今本《楚辭》第九篇，王逸《章句》以爲宋玉作，"玉憐哀屈原忠而斥棄，愁懣山澤，魂魄放佚，厥命將落，故作《招魂》，欲以復其精神，延其年壽"云云。洪興祖、朱熹亦以爲宋玉作，以或招其師，恐非。《史記·屈原列傳贊》則以《招魂》爲屈子作，疑不能明；又或以爲屈原作以招懷王之魂；或以爲原自招（林雲銘説）。依余考之，則史公以爲原作以哀懷王入秦不返，終客死於秦，原哀而招之，説最沈鬱而有據（見後）。朱熹云"古者人死，則使人以其上服升屋履危，北面而號曰'皋某復'，遂以其衣三招之，乃下，以覆尸。此禮所謂復。而説者以爲招魂復魄，又以爲盡愛之道，而有禱祠之心者，蓋猶冀其復生也。如是而不生，則不生矣，於是乃行死事。此制禮者之意也"。此言其制度，然則古招魂之制有二。朱熹所言乃人初死之制也，《韓詩》云"鄭國之俗，三月上巳之溱洧兩水之上。招魂續魄，秉蘭草紼不祥"。則平時之招也。以《招魂》全文照之，似兩制皆當具備，而後能説，不易以一端量之也。《招魂》有文，亦如詛楚之有文矣，戰國文盛之象也。然禮制有等威，細攷此文，自工祝致告以下，皆足以考見禮制大略。則以工祝爲招，所招者指之曰君，招具有秦篝、齊縷、鄭綿、絡備四方之上服也，室中設像，宮室苑囿之偉麗，建造之華美，園林之奇，花木之盛，室中之觀，有朱塵之筵，珠被、璧衣、羅幬，而二八侍宿，則有九侯淑女，行有軒輬，戶有蘭薄，言飲食則多方之設，齊備六簋九鼎，五味調和，且有太牢之享，言樂則俱八佾之舞，鐘、鼓、竽、瑟，至於宮庭震驚，遊樂則具六簙、象棋，無一而非帝王將相之尊，則所招之魂，與其謂爲宋玉招原，不如謂爲原招懷王爲得。原位僅大夫，不得具九侯之淑女，不得居圖畫龍蛇之室，食不得備太牢，樂不得備二八，有鼓、鐘、竽、瑟之狂會，故余以史公之言爲有據，此屈子以招懷王者也。更證以亂詞之汨吾南征，路貫廬江長簿，則在南入溆浦之後，正懷王入秦不反，頃襄再放之時也。故遥望則倚沼瀛畦，身不在溆浦湘沅之間，何由遥望，何來沼瀛？下文又言青驪結駟，與王趨夢一段游樂之事，乃追憶往昔侍從遊樂之盛，與王趨夢曰"君王親發"云云，何有於招魂一制，則亦追思盛時事耳。君王親發，而爲青兕所掩，此秦留懷王而不反也，青兕以喻暴秦，情意詞旨，愷切明白，尚何可言？王爲青兕所憚，而時不可奄，皋蘭被徑，我行無由矣。於是見江水之湛湛，故目極千里而傷心，傷心者，招君之魂而不可得也。魂不可招，而往事如煙，亦傷心之憶也。時身在江以南，故再言魂兮歸來，哀之於江南也。蕭穆《敬孚類稿》卷一有《招魂》解二篇，主旨與余相似，而列章事狀，有足多者，可參。

大招

今本《楚辭》第十篇篇名，王逸《章句》以爲"大招者，屈原之所作也，或曰景差，疑不能明也"。後世多宗此義。惟朱熹以爲景差作，其言至有理致，余以爲可從，其言曰"其謂原作者，則曰詞義高古，非原莫及。其不謂然者，則曰《漢志》定著原賦二十五篇，今自《騷經》以至《漁父》，已充其目矣，其謂景差，則絶無左驗。是以讀書者往往疑之。然今以宋玉《大小言賦》考之，則凡差語，皆平淡醇古，亦深靖間退，不爲詞人墨客浮夸艷逸之態，然後乃知此篇決爲差作無疑也"云。自體校量而得其情。王夫之亦云"景差與宋玉齒，均爲楚之詞客，頡頏踵武，互相揚摧。而昭、屈、景爲楚三族，屈子舊所掌理，受教而知深，哀其誓死，而欲招之，宜矣。則景差之説爲長"云云。自景差族姓與屈子關係立説，可申朱熹之説，余謂本文自"永宜厥身"以前，盛稱宮室苑囿女樂飲食之美，若與《招魂》相似，而威儀稍謝，顯爲公卿大夫之制，以招原爲不越其分。"永宜厥身"以下，言國之輿地、田邑、民衆、重臣治制之美。賞罰之當，德譽配天，萬民以理，禁苛暴，篤大隱，豪傑壓陛，無一而非美政善治。尤以最末"天德明只，三公穆穆"者，公侯畢集，立九卿，尚三王，所以招之者，正在王伯道，足慰賢者之心。以此招原，既合於屈子身份，更切於屈子思理，申其忠愛之忱，以歆動之，其知屈子之深，非宗子之親，師友之情，不能得也。且所陳理義思慮與屈子極近，則其所受授者更非有宗親師誼與屈子相關者不能，此就文中所陳事象之内證而言。朱、王之説，至爲可斷。以文而論，則行文至樸厚，大異於《九辯》、《高唐》，而才情又不似屈子之宏偉。當爲屈子弟子中最樸厚誠愨之士，故以爲景差之作，蓋亦當於情實者矣。

惜誓

《惜誓》爲《楚辭》今本第十一篇。王逸《章句》言作者内容皆不中程，余無取焉。朱熹定爲賈誼之作，後世多宗之，是也。熹義實本之洪興祖，洪引賈《弔屈原文》中"所貴聖人之德"一段，以爲與此文意義頗同，朱熹亦云"今玩其詞，實亦瓌異奇偉，計非誼莫能及"。至衡陽王而農更引申言之曰"誼書若《陳時政疏》、《新書》出入互見，而辭有詳略，蓋誼所著作，不嫌複出，類如此"。

至本篇内容，王氏言之亦切直明快，其言云"《惜誓》者，惜屈子之誓死，而不知變計也。誼以爲原之忠貞既竭君不能用，即當高舉遠引，潔處山林，從松喬之游；而依戀昏主，迭遭讒毁，致爲頃襄所竄徙，乃憤不可懲。自沈汨羅，非君子遠害全身之道，故爲致惜焉。誼所言者，君子進退之常經，而原以同宗臣，且始受懷王非常寵任，則國勢垂亡，而欲引身以避患，誠有所不忍，其悱惻自喻之至性，有非賈生之所知者"云云，妙達屈子神旨。然以爲引身避患，誠有不忍，非賈生之所知，尚隔一間。蓋宗子宗臣本有守國之義，屈子爲三姓宗正，有守祧之義，雖見逐於昏主，而未見棄於宗族，不然何所獨無芳草，屈子豈不知之？而願守死以待者，冀南人之尚有可爲，即頃襄昏亂之極，反國無望，已不能保抱先靈，遂自效於汨羅。此自宗法社會之悲劇，有非賈生之所能知也。

招隱士

爲今本《楚辭》第十二篇。王逸《序》云"淮南小山之所作"。此自爲舊作，爲逸之所本。至謂小山之徒，閔傷屈原，又"怪其文，升天乘雲，役使百神似若仙者，雖身沈没，名德顯聞，與隱處山澤無異"云云。則顯爲依附之説，文中實無此旨。王夫之云"今按此篇義盡於招隱，爲淮南招致山谷潛伏之士，絶無閔屈子而章之之意"云云最切實。細讀全文，但寫山林景色，青莎雜樹，枝栢虬繚，山氣巃嵸，猿狄羣嘯，虎豹聚嘷，熊羆咆閔，可畏之境。招王孫之隱者，速速歸來，其文彷彿二招，其義遍指隱論，絲毫無關屈子，然其文音節局度，瀏灕昂激，紹《楚辭》之餘韻。雖志事各殊，而詞旨則同，可嗣音屈宋，步餘芳於別徑也。故得類附《離騷》之後，以廣三楚之韻。

七諫

此《楚辭》第十三篇。文凡七篇，曰《初放》、《沈江》、《怨世》、《怨思》、《自悲》、《哀命》、《謬諫》。而義主於諷一而諫二。故曰七諫。《謬諫》之篇，文特長，義特專切，故以諫總七篇。所以爲七者，王逸以爲古者人臣三諫不從，退而待放。屈原與楚同姓，無相去之義，故爲七諫慇懃之意，忠厚之節也。或曰七諫者，法天子有爭臣七人也。附會古意，了無當於曼倩之旨，蓋不可説。以全部七篇論之，申屈子忠愛之情，意盡於此，自諫而不聽，放逐山野，嘆世自傷，悲愁鬱鬱，屈子一生事迹，七篇略備。《初放》、《沈江》言其始終，《怨世》爲客觀存在，《怨思》、《自悲》爲主觀存在，而《怨思》從理智立言。《自悲》從情愫立言，分理至析，而承之以《哀時命》，則主客觀之相糾結，此叙事而雜抒情者也。至第七篇《謬諫》，則言諫之無益於事，而身自罹殃，故曰謬也。言屈子一生事，已略備，不必多於七，而亦不得少於七。則七篇，乃曼倩巧於安排，成一整套之作，有如後世大曲套數。又考以七數組成篇章，各爲套數，其事蓋始於武帝前後，遂成爲漢以後新文體之一，所謂《七林》者也。今可考者，以枚乘《七發》爲最早。《七發》者，枚叔以七事啟發梁孝王，蓋亦諫之類也。自是傅毅作《七激》，張衡《七辯》，崔駰作《七依》，魏晋以後，蔚成風氣，皆託詞以指時政，或寄往事，又皆自成整套。枚叔行年略前於曼倩（枚叔死在武帝建元六年，時曼倩蓋年十四五耳），則《七諫》正本之枚叔《七發》，以諫而曰發者，重在啟發時君，諫以寄望於未來也。《七諫》直以諫標題，而所言乃往事，所以陳故實，謂屈子之何用一再諫爲也。故《七諫》之體，當本於枚叔無疑（《七發》以客對問發之，便於正反陳說也）。然文體之有“七”，此中思理，恐別有自。大抵春秋戰國以來，數字使用，有以神秘性而推衍之者，五字得之五行家；九字爲西北民習，龍之代語；三字爲光明崇拜之會；八字爲四方風之會。而七字則人事有七政、七祀、七教、七廟；星象有斗極之七星、七元、七緯、七曜、七公、七襄、七十二候；音樂有七角、七商、七宮、七始、七律、七音，而生發之機，則有易之七日來復（舊注以陰陽制復釋之）。文體又別於七哀，而人有七情、七欲、七族、七德，大體自天文學發達以後，七之信仰日崇，故數實與天文之學有關，而剝復以七，又不無科學根據。此事在兩漢爲生發之時，幾有奪五行之說而代之之勢，則文士依傍以立體，於事爲最順。七既成爲思想上之一定點，故七體之文，得成爲一整體而不可分割，此枚叔《七發》不可缺一，曼倩《七諫》亦不可缺一。《七發》以最末一首結出本義，侈陳正道，所謂諫一而諷百者也。曼倩《七諫》亦以第七篇《謬諫》爲總結，組織亦相同矣。全文大義，當於各篇小題詳之。

初放

此《七諫》第一篇也，中有“王不祭其長利兮，卒見棄乎原壄”。正其初放之故，以下則陳其致放之由。以善惡是非、真偽等兩兩對比爲言，爲一篇主語結之以"竊怨君之不寤兮，吾獨死而後已"，以直接下篇《沈江》言也。

沈江

此《七諫》第二篇也。以思念古之賢君賢臣之得失發端，君賢則臣盡心，已則苦衆人之妒，正直遭謗，欲諫而不可（出諫字）。虛僞得當、終不變而死節，中間舉子胥沈江事，以爲喻。終之以赴湘流，懷沙礫而自沈，又申之以不忍見君之蔽雍。

怨世

《七諫》第三篇也。發端即言"世沈淖而難論"，仍用正反、是非、善惡等事象兩兩對比以成篇，雜舉芳草、棄捐、美人見妒、溷溷濁世、安所達吾志。下承以志貞不遇、小人居位。又以驥遇伯樂，呂望遇文王，甯戚遇桓公，皆有所遇，而吾獨乖剌無當，爲反襯。結之以生無所依，自願沈江，寧爲江海之泥塗，安能久見此濁世爲結。一篇皆怨世、自悲之辭，此依客觀事象立言也。

怨思

《怨思》者，東方《七諫》之第四篇也。其結爲"願壹往而徑逝兮，道雍絶而不通"。所謂怨思也。其他皆敷衍"方正不容"，"賢士隱處"之義，而以子胥之諫、比干之忠、子推自創，"德日忘而怨深"云云。其義可知矣。

自悲

此爲東方《七諫》之第五篇。自悲者，放逐獨居，永思無告，而內省無懟於心；一見無復歸之望，哀獨苦死之樂，而年未渠央，爲尤可惜。大體序去國之悲，鳥獸尚不失羣，狐死且得首丘，欲遠行以適志，而天道之不可問。此亦作爲屈子自傷放廢，既不得於君，又不得歸故土而自怨也。文在七篇之中，情辭爲甚，亦即立義之中心也。

哀命

此爲東方《七諫》之第六篇，即以篇首“哀時命之不合，傷楚國之多憂”發端，遂以“哀命”命題。哀形體之離解，神罔兩而無合。痛楚國之流亡，哀靈修之過到。結語言高丘赤岸，沒身不及。蓋由作者爲之傷感，而非代屈子立言也。

謬諫

此東方《七諫》之末篇也。發端即言“怨靈修荒唐，執操不固，效志不可，卒撫情以寂寞，賢良避匿，讒諛在堂”，多設正反、善惡、賢佞之事之物以爲比例，主於非其地、非其時、非其人，而欲有所建白，而世不見容，然嘗被君之厚德，則欲闔口而無言，又情勢之不能忍。表出諫諷之謬，自古皆然，又何怨乎今之人，則欲諫雖誠，又安得不乖謬乎？七篇旨義，只在“賢士不得志”。其他皆敷衍之詞，了無深義。篇篇手法，又大體相同。此無病呻吟之詞，所以爲後世所不取。

哀時命

爲今本《楚辭》之第十四篇。漢嚴忌所作。王逸《序》"忌好詞賦，客游於梁。梁孝王甚奇重之。忌哀屈原受性忠貞，不遭明君，而遇暗世，斐然作詞，歎而述之。故曰哀時命"。按此文發端曰"哀時命之不及古人兮"，篇名即本之此。而全篇旨義，亦即此一詞之演繹，大體集屈賦二十五篇之旨，零雜出之，愁悴委隋，冉冉而老，居處窮困，志意沈抑，道壅不通，所願不遂，徙倚仿偟，悃罔永思，放廢在外，不得復歸故土，如此而已。雜采諸篇詞意，揉爲篇章，了無新義，故後世多無所取。然其文能簡潔無累詞，可上隨賈誼，爲《楚辭》之嗣響。較東方、小山諸文，爲有可取云。

九懷

《九懷》者，王襃之所作也。王逸《章句》曰"襃讀屈原之文，嘉其溫雅，藻采敷衍，執握金玉，委之污瀆，遭世溷濁，莫之能識，追而愍之，故作《九懷》，以裨其詞，史官録第，遂列於篇"云云。其言雖膚淺，而大體無誤。惟又云"懷者思也。言屈原雖見放逐，猶思念其君，憂國傾危而不能忘也"云云。於文皆不甚貼切。依襃言，則全爲屈子立言，而照以全文，實多作者發抒之詞，亦或不能別測，其爲孰思，故亦不能固執一端，即如亂詞總結全文曰"皇門開兮照下土，株穢除兮蘭芷覩；四佞放兮後得禹，聖舜攝兮昭堯緒，孰能若兮願爲輔"云云。此古大臣輔弼之所同願，以爲屈原之懷固可，以爲作者探屈子之懷亦可，以爲作者自懷亦無不可。蓋襃爲諫議大夫，以文學侍從，至得意，本無悲戚可言，不過文人擬作，興到筆隨，本無可説。故其文只見擣撦，不見真宰，蓋與東方、叔師之作，同一無病呻吟者耳。

其文凡九篇，曰《匡機》、《通路》、《危俊》、《昭世》、《尊嘉》、

《蓄英》、《思忠》、《陶壅》、《株昭》，結以亂辭。其大義具各篇，此不詳。

匡機

本《九懷》第一篇，凡《九懷》九篇篇題，爲義至晦，幾不可説。友人大足徐君永孝仁甫有《九懷篇題試解》爲説多可採，兹以徐説爲據，而修正補充之云。

徐云"其詞有'顧游心兮郭酃'之'念君兮不忘'。則幾通機……《説文》'幾微也，殆也，幾一作機，暗喻天子。匡即《孝經》"匡救其惡"之匡，謂君有微殆，吾欲匡救之，即願爲忠臣也'"。按文發端即言極運不中，來將困窮，即指國情之危殆也。此一篇大旨所在，而"永懷内傷"，代屈子立言也。

通路

此《九懷》第二篇也。徐云"其首句曰'天門兮地户，孰由兮賢者'。言天地無門，賢者無由也。其末云'浮雲兮容與，道余兮何之'。可見作者欲通仕路，而不可得也"。按此乃褒代屈子之言。下言登陽上行，蔥嶺明光，飲飛泉，采芝英，遊列宿，騰蛇後從，飛距旁步。皆以周道通達，以反襯命之不當。所用事象，皆屈子各文之所常言也，亦當指爲代屈立言。

危俊

徐曰"其首句曰'林不容兮鳴蜩，余何宙兮中州'。言英俊不容也。末曰'覽可與兮匹儔，卒未有兮纖介'，則英俊之孤危可知"。按文中以榮茝逶逝列字縹縹鉅寶矽碬，雉雛求所，皆危俊之實也。

昭世

徐曰"首句'世溷兮冥昏',末句曰'悲余后兮失靈'。明其世非聖明之時,昭乃動詞"。按文中言"覽舊邦兮滃鬱,余安能兮久居",故遂高舉遠遊,然而反顧西圍軫丘崎傾,言欲隱去而不可,蓋明世之不昭也。

尊嘉

徐曰"謂尊重嘉善之人物,'迎余兮歡欣'。王逸注'喜笑迎己愛我善也'。愛善即尊嘉之確詁。'余悲兮蘭生'、'江離兮遺捐'、'辛夷兮擠藏'皆美物也。伍胥浮江,屈子沈湘,皆善人也。尊嘉之義,全篇可貫通"。按此作者贊歎尊美屈子之義,非屈子自爲尊嘉也。

蓄英

徐曰"謂積蓄英俊之豪氣,以待時也。其詞曰'亹亹兮自强',又曰'身去兮意存'。其首言草木蟲魚今秋雖變,言外有明年逢春再發之意"云云。按文自"修余兮袿衣"以下即入蓄義,用修字,得屈子好修、修飾之義,故承之以自强。自强即吾獨好修以爲恒也。

思忠

徐云"愚疑思當訓悲。《文選·勵志詩》"吉士思秋"注。忠爲中心《論語》皇疏。中心又爲哀思。忠即非衷也。其詞曰'感余志兮慘慓,心愴愴兮自憐'。又曰'寤辟慓兮永思,心怫鬱兮内傷'。皆悲於中心之謂"。按徐以思衷爲悲哀,説至允。"悲皇丘積葛"、"貞枝枯槁",此客觀現實現象之可悲者也。而時俗疾正弗可久留,故寤而辟慓。全篇皆就情思立説，皆以可悲作主旨，故徐解至切。

陶壅

按徐以陶訓喜，因謂陶壅爲可喜者，乃無可如何之辭。與余體認稍異。余以爲陶讀鬱陶之陶，"鬱陶思君"，則陶壅者，謂思之不通也。首以"覽杳杳兮世惟，余惆悵兮何歸"，思塞也；下言"奮翼高飛，欲以歸真爲道"。其術可羨，乃逝南娭，道九疑，越炎火，過萬首，而浮雲盡昏，霾土瞙瞙，而思及堯舜聖君，咎繇賢臣，然而九州惟我無君，故撫軾而嘆矣。此正《遠遊》及《離騷》西征之義耳。自思理亦言，則雖爲想像之虛設，而基本在於失去君國，故其思致亦鬱塞也。

株昭

徐曰"今按株借爲誅，責讓也。昭，顯也。株昭者，責讓顯達之人也。其詞曰'瓦礫進寶，鉛刀勵御。蹇驢服駕，鶉鴳飛揚'。皆喻小人得志，懷欲罔羅則誅責之詞"。按文云"心内切磋"，則小人得意如此，賢者失意如彼，而屈子之神章靈篇，惟余得以爲私娛。還顧世俗，乃壞敗罔羅，故卷佩將逝，涕流滂沱，則昭責指不能深知屈子之一切有責，不必即專指顯達在位之士也。其後亂辭，冀皇天照臨，粗穢除而蘭芷覩，四佞去而禹舜得，而堯緒昭矣，如此則賢人自願爲之輔也。此總九篇立説，而用於株昭爲尤切近。

九歎

本篇爲今本《楚辭》之第十六篇，漢劉向撰。王逸《章句序》曰"向以博古敏達，典校經書，辯章舊文，追念屈原忠信之節，故作《九歎》。歎者傷也，息也。言屈原放在山澤，猶傷念君，歎息無已。所謂

讚賢以輔志，騁詞以曜德者也"。按九篇目曰《逢紛》、《離世》、《怨
思》、《遠逝》、《惜賢》、《憂苦》、《愍命》、《思古》、《遠遊》。其義皆
具在各篇篇題解下。此不贅。攷九篇皆以歎曰作結，有如屈賦之亂曰。
總結以歎，故總題曰歎也。

逢紛

全篇言屈原以楚之宗親，乃見排而逢讒，至於放廢，棄在山野，愁
思南郢舊邦，心永思而意自頹。最後結以遭紛逢凶，蹇離尤兮，綜其生
平，無非遭逢紛亂而已。

離世

言君王聽人諛詞而棄之，而余之所陳，可上參於天地，旁引之四時；
可使神聖聽其直，一生端愨，而阿容晦光，執政者不能制，至奔突狂亂，
折軏摧轅。已雖不顧貧賤，而屢離憂患，九年不反，至於赴汨羅之長流。
此即所謂離世矣。言原之死也。

怨思

文義即一篇怨思也。傷懷山中，原野杳冥，歸骸舊邦，莫誰與語，
長辭遠逝，乘湘而去。此怨思之由也。

遠逝

悲故鄉而發。忽去余邦之彌久，草木搖落，時已槁悴，欲舒情陳詩，
冀以自免，而頹流下隕，身日遠逝矣。

惜賢

此爲《九歎》第五篇。自作者寄念屈子立言，痛惜其入其文也。篇首自"覽屈氏之《離騷》，心哀哀而怫鬱"。永以"切澳潗之流俗，芬芳蘭蕙，精華眩揚，然芬若不御，捐棄林薄"。有如申徒、由夷、介子、申生、荊和、申胥、比干之遭逢，江湘油油，長流汨兮，丁時逢殃，無可奈何。

憂苦

舊邦逢殃，九年不反。空虛寂寞，憂苦憔悴。遷志改操，心結不欲，外仿偟而內惻隱。《離騷》、《九章》不足解其憂。偓促登廊廟，律魁在山野。雖有簫韶好風，而實以見惡於人。此與上章《惜賢》皆就屈子鴻文立言，悲其文，亦所以悲其人也。

愍命

此《九歎》第七篇也。蓋哀愍屈子以忠正貞良不見容於時，蒙毒逢尤。義略同於《逢紛》。一篇篇末，言懷憂含戚，何侘傺兮，愍其遇也。

思古

首段言一生無歡，放在山野，劬勞憔悴，佂伀南行，心口禁閉，回湘沅而遠遷。而所思念者，邦國橫陷，宗神無次，先嗣中絶，惶惶自悲，乃著《離騷》之徵文，冀君王之一顧，還余於南郢，復往軌於初古。此《離騷》欲致君於三五之義，固宗子之真情也。思古者，思復古之聖賢在位，致國於治也。子政諸文，惟此篇爲有新義，非同泛響。

遠遊

此《九歎》第九篇也。此篇頗有屈子遠遊之義，亦即《離騷》西去之義也。故凌大清，登崑崙玄闕，歷祝融、朱冥、咸唐、扶桑、玉門、三危、九濱、上天、下地，汗漫而遠遊，復與古聖先賢，相值於靈山神水之間，入於帝宮馳風騁雨，遊無窮極，此亦求所以解脫耳。與屈子《遠遊》言近而質異矣。

九思

此今本《楚辭》第十七篇。王逸作《章句》序云"逸博雅多覽，讀《楚辭》而傷愍屈原，故爲之作解……逸與屈原同土共國，悼傷之情，與凡有異，竊慕褒之風，作頌一篇，名曰《九思》，以裨其辭"云云。考《九思》附《楚辭》末篇，依《序》意竝非逸所附録。序又云"未有解説，故聊叙訓誼焉"，則注解非逸自作。洪興祖《補注》以爲"其子延壽之徒爲之"，則不得曰"聊叙訓誼"，且其辭淺陋，定非延壽所爲。其九篇之目曰《逢尤》、《怨上》、《疾世》、《憫上》、《遭厄》、《悼亂》、《傷時》、《哀歲》、《守志》，義各詳焉。

逢尤

發端數語，有云"天生我兮當闇時，被謅譖兮虛獲尤"。逢尤猶獲尤也。下文則載駕出游，而命遭六極，放廢山野，竭節無由，舊邦路遠，煢煢不寐，眽眽終朝而已。

怨上

發端於令尹、群司，上下涊涊，國將不國，攝提運低，天地爲闇，吾獨介介特處，此怨當國之人也。

疾世

發端言此國無良，群小譁譊，欲載驅高馳而日暮，心悲天禄不再。此世之可疾也。

憫上

此章言衆多阿媚，骪靡貪枉，而己則無所歸薄，放在巖石，志不得申，年盡命促，悁悒孰告也。

遭厄

發端言"悼屈子之遭厄，沈玉躬兮湘汨"，即以遭厄兩字爲題。文中亦皆就此義立説，哀所求之不得，自天階下視鄥郢，而衆穢杳杳，思致詰詘也。

悼亂

發端曰"嗟嗟兮悲夫，殽亂兮紛挐"。小人在位，賢良失志。而上下左右，群小跋扈。仰天增嘆，自悲寡獨。懷我聖京，而日迫黃昏矣。

傷時

昊天昭靈，陽氣清明，草木華榮。然而貞良遇害，夭折糜碎，哀當世之莫知。

哀歲

文中言天時變化，忽忽惟暮，余感時傷俗，矇蔽不章，思欲遠逝，則下堂見蠆，出門觸蝱，險徒滿野。此子胥、比干之見廢，自恨無友，獨處煢煢，修德而困，無所寫其情也。

守志

首言出游之娛，景色之美，而余則顧瞻怡怡，日月闇昧，我后不聰，無由效忠，乃游遨以養神，崇忠貞而靡堅，食元氣而長存，而道遠日暮，所志未申。其後總以亂詞曰天庭至明，三光朗照，配稷契，恢唐功，蓋冀望之詞，此文士借古自慰之端耳。雖代屈子立言，而實作者想像之詞耳。

詩

《九歌》"展詩兮會舞"。王逸注曰"言乃復舒展詩曲，作爲雅頌之樂，合會六律，以應舞節"。洪補云"展詩猶陳詩也，《漢樂歌》曰'展詩應律鎗玉鳴'"。《大招》"二八接舞，投詩賦只"。王注"詩賦雅樂也，古者以琴、瑟歌詩賦爲雅樂，《關雎》、《鹿鳴》是也。言有美女十六人聯接而舞，發聲舉足，與詩雅相合，且有節度也"。《九懷》"抒中情而屬詩"。王逸注云"言己意中憾恨，憂而不解，則抒我中情，屬續詩文，以㪻己志也”。“杼一作抒”。按《楚辭》用詩字，此爲最具。而多與樂舞會。鄭氏《六藝論》曰“詩，絃歌諷諭之聲也”。《魯語》云“詩所以合意，歌所以詠詩也”。則有詞曰詩，徒歌曰歌也。

賦

《悲回風》之“賦詩”，《招魂》之“同心賦”，《大招》之“投詩賦”，三賦字，皆指詩賦言。《九章·悲回風》“竊賦詩之所明”。王逸注“賦鋪也，詩志也。言己守高眇之節，不用於世，則鋪陳其志，以自證明也”。《招魂》“人有所極，同心賦些”。王逸注“賦誦也。言衆坐之人，各欲盡情，與己同心者，獨誦忠信與道德”。朱熹注曰“賦者不歌而誦，其所撰之詞也。蓋人各以其所極，而同心陳之也”。又《大招》“二八接舞，投詩賦只”。王逸注“詩賦雅樂也。古者以琴瑟歌詩賦，爲雅樂。《關雎》、《鹿鳴》是也”。《周禮·太師》“曰賦，曰比，曰興”。《漢書·藝文志》“不歌而誦謂之賦”。《兩都賦序》“賦者古詩之流也”。

曲

此字《楚辭》所用凡分二義，一爲曲折，二爲歌曲。（一）《離騷》“背繩墨以追曲兮”。王逸注“繩墨所以正曲直。言百工不循繩墨之直道，隨從曲木，屋必傾危而不可居也”。按《説文》“曲象器曲受物之形”。小篆作㘒，古文作㇈。按此即古工考之曲尺也。引申爲物之不直。《廣雅·釋詁》“曲折也”。《詩·小戎》“亂我心曲”，《傳》“心之委抑也”。則引申以言意象矣。又《大招》“曲屋步壛”。注“周閣也”。周閣必曲折爲之，故曰曲屋。一切物之委折者，皆可曰曲。《招魂》之“曲瓊”、“曲池”，《抽思》之“曲路”，《大招》之“曲眉”，《招隱士》之“山曲”，《哀時命》之“曲隅”，《九歎·離世》之“江曲”，《憂苦》之“曲衍”，《守志》之“曲阿”。心理事象亦可曰曲。《謬諫》之“邪説多曲”，《遭厄》“指正義爲曲�訛”。（二）歌曲也。《九懷・株昭》“赴曲相和”，王逸注“宫商並會，應琴瑟也”。蓋樂聲多曲折，故以歌爲曲。《禮記》“閒傳三曲”。注“一舉聲而三折也”。《周語》“少曲與焉”。注“章曲也。其詩樂少章曲”。

重曰

緟之借字，猶言再也。

《遠遊》“重曰”。王逸注“憤懣未盡，復陳辭也”。洪補曰“重直用切，見《騷經》。此言一再陳辭耳”。按重本訓厚，此言再者，緟之借字。《説文》“緟，增益也”。凡重複、重叠字，皆此字之引申。此“重曰”，王注以爲復陳辭，義似未盡。考篇後短章，《楚辭》有亂曰、歌曰、少歌曰、重曰等别，細繹文理，此重曰略與亂曰相同，亂者樂竟而大合唱，以總結全篇之義。重曰亦猶亂曰，爲全篇慎重而言之義，此得訓爲再曰，重言之曰。與今言“總而言之”義近，亦篇末再唱爾。參亂曰條。

亂

《楚辭》亂字凡十二用，分兩義。一爲紛亂，一爲音樂文章最後總結之極簡詞句，别詳亂曰條。紛亂也。《離騷》“固亂流其鮮終兮”。（或謂《爾雅・釋水》正絶流曰“亂”，《書・禹貢》“亂於河”亦通。）《天問》“孰使亂惑”，《卜居》“心煩慮亂”，《招魂》“士女雜坐，亂而不分”，《七諫》“傷離散之交亂兮”，此諸處曰亂流、亂惑、煩亂、亂不分、散亂，皆一義也。《説文》“亂，治也。從𤔔，從乙，乙治之也”。又𤔔字訓“治也。幺子相亂，𠬪治之也”。按𤔔字從爪、從幺、從冂、從又，幺者絲也。爪又者上下理之，而冂則所以寫理之之象，此如牽之從冂爲牽耳。此爲象事字，加乙，則爲兼會意，言絲乙乙而秩出也。故𤔔、乱實爲一字之變體。而紛亂之亂，則當作敿，“煩也”。經傳皆以亂爲之。

《左傳》宣十二年"人反物爲亂"、宣十五年"民反德爲亂"、《管子》"四正不正，五官不官曰亂"、《韓非·八説》"人主肆意陳欲曰亂"皆古説之可徵者。《楚辭》所用皆此義也。畝本理亂，從質言，則亂之象也，從事言，則亂也而理之。故一字可爲相反兩義，其實則各就其立説之端緒言耳。經傳皆以亂爲之，故亂亦得理亂兩訓矣。方濬師《焦桐隨録》"總論語十例"以爲皆從本字，故亂作治解，乃乿字，從朱熹説，其實乿亦嗇之譌也。

亂曰

此本樂章節奏之專用術語，指樂終之合奏言。《楚辭》凡六見。《離騷》、《涉江》、《哀郢》、《抽思》、《招魂》、《七諫·謬諫》各一見。皆在每篇篇末，且皆變其詞句之長短與結構。此蓋樂章文詞總結簡要之稱。更照以《東皇太一》、《禮魂》、《大招》等篇，於樂之亂而審實其義與形式，則皆將全篇大義，作一簡畧檃括，稍變其句法，此古樂章文詞之體制也。或以音樂、音程、音色等有關。其曰亂者，當爲演奏音樂之術語。蓋樂有始終，凡樂至於終極，往往多一變革之形勢，使一切樂皆大合奏，所謂合樂者也。蓋古者奏樂之制，凡四節，一升歌，二笙入，三閒歌，皆堂上下分爲之，至第四節，則堂上下一時歌與樂合爲之。八音備，其音如亂者。謂衆樂如絲之可理而相協，此時樂中節奏之領袖，如鐘、鼓之類，皆八音所依爲節奏者，如絲之可理，故曰亂也。其聲之大即《東皇太一》之"五音繁會"，《大招》之"四上競氣"，皆是也。洋洋盈耳者亦此也。參四上條。又《九歌·東皇太一》曰"五音紛兮繁會"，五音繁合，即大合樂也。《禮魂》又曰"禮成兮會鼓"，會鼓則金奏合樂也。皆於《楚辭》得其證。

亂爲樂音術語，最早見於《論語》曰"師摯之始，《關雎》之亂，洋洋乎盈耳哉"。始即樂次之升歌，凡升歌必有指揮者發之，師摯正樂官，故起樂也。《關雎》之亂，言《關雎》合樂之終，故下文曰洋洋乎盈耳也。此義清儒考之悉矣。

《楚辭》亦以亂言樂。《大招》“叩鐘調磬，娛人亂只”。王以理釋亂，義不可通。此亦言樂終合樂爲亂，故有鐘磬也。娛人亂只者，猶言娛人之亂也。上言叩鐘調磬，知非升歌，必爲合樂，則合樂曰亂，得自《楚辭》中見之矣。

桂未谷引《樂記》“武亂皆生”，鄭注“謂失行列”，因謂騷賦之用亂曰者，煩音促節，與前文各異，亦失行列之義云云。與余説得相因也。

靈篇

《九懷》“神章靈篇兮”。王逸注“河曰洛書緯纖文”。“緯一作經”。按王注河曰曰字，當爲圖字形近而誤。《後漢書·班固傳》、《東都賦》“啟靈篇兮披瑞圖”，注“靈篇謂河洛之書也”。按圖書傳説出於洛神，故言之曰靈也。